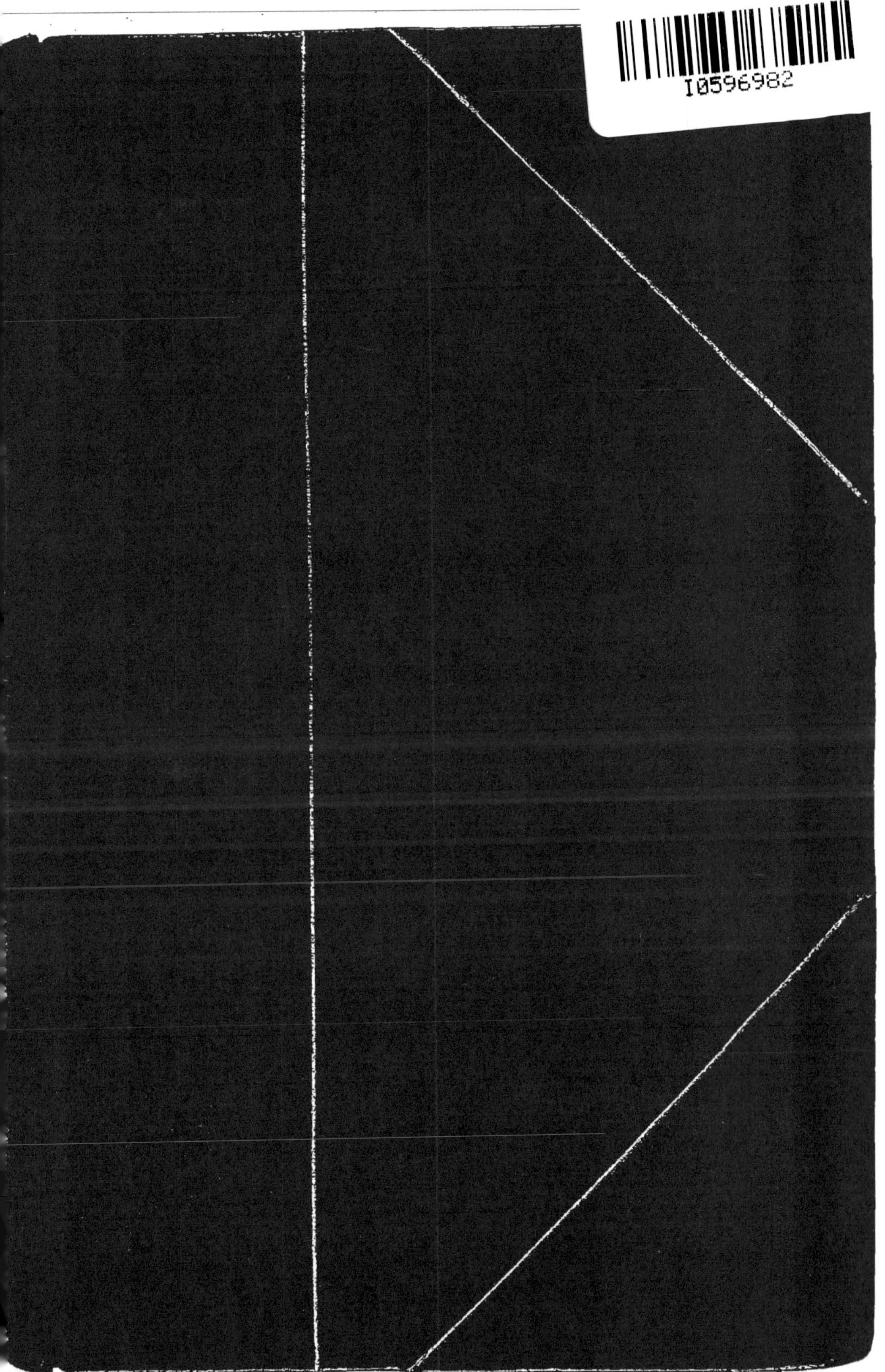

PRIME DU *CORSAIRE*

UN
DUEL SOCIAL

PAR

AGRIPPA

PREMIÈRE PARTIE

PARIS

AUX BUREAUX DU *CORSAIRE*

2, RUE DE MULHOUSE, 2

1873

[Z - Aragon 86 33

Les Mystères de Marseille

roman historique contemporain

Marseille - Imp. nouvelle t

Arnaud, 1867, 3 vol in-12

Ed. originale.

Ce roman fut d'abord publié en feuilleton dans le messager de Provence — Reproduit plus tard dans la Lanterne de Rochefort sans l'autorisation de l'auteur et redonné dans le Corsaire sous le pseudonyme Agrippa avec le titre Un duel social Réédité en 1873 comme prime du Corsaire - 3 vol

Nouvell ed. ~~avec titre etc~~ sous le titre Les Mys. de M. avec nom d'auteur Charpentier 1884 = ZOLA

UN

DUEL SOCIAL

PARIS. — IMPRIMERIE NOUVELLE (ASSOC. OUVR.),
rue des Jeûneurs, 14. — G. Masquin et Cᵉ.

UN
DUEL SOCIAL

PAR

AGRIPPA

———

PREMIÈRE PARTIE

———

PARIS

AUX BUREAUX DU *CORSAIRE*

2, RUE DE MULHOUSE. 2

—

1873

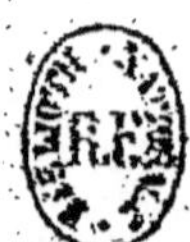

UN
DUEL SOCIAL

PREMIÈRE PARTIE

I

COMME QUOI BLANCHE DE CAZALIS S'ENFUIT AVEC PHILIPPE CAYOL

Vers la fin du mois de mai 184., un homme, d'une trentaine d'années, marchait rapidement dans un sentier du quartier Saint-Joseph, près des Aygalades. Il avait confié son cheval au méger d'une campagne voisine, et il se dirigeait vers une grande maison carrée, solidement bâtie, sorte de château campagnard comme on en trouve beaucoup sur les coteaux de la Provence.

Il fit un détour pour éviter le château et alla s'assoir au fond d'un bois de pins qui s'étendait derrière l'habitation. Là, écartant les branches, inquiet et fiévreux, il interrogea les sentiers du regard, semblant attendre quelqu'un avec impatience. Par moments, il se levait, faisait quelques pas, puis s'asseyait de nouveau en frémissant.

Cet homme, haut de taille et de tournure étrange, portait de larges favoris noirs. Son visage allongé, creusé de traits énergiques, avait une sorte de beauté violente et emportée. Et, brusquement, ses yeux s'adoucirent, ses lèvres fortes et épaisses eurent un sourire tendre. Une jeune fille venait de sortir du château, et, se courbant comme pour se cacher, elle accourait vers le bois de pins.

Haletante, toute rose, elle arriva sous les arbres. Elle avait à peine seize ans. Au milieu des rubans bleus de son chapeau de paille, son jeune visage souriait d'un air joyeux et effarouché. Ses cheveux blonds tombaient sur ses épaules ; ses petites mains, appuyées contre sa poitrine, tâchaient de calmer les bonds de son cœur.

— Comme vous vous faites attendre, Blanche, dit le jeune homme. Je n'espérais plus vous voir.

Et il la fit asseoir à son côté, sur la mousse.

— Pardonnez-moi, Philippe, répondit la jeune fille. Mon oncle est allé à Aix pour acheter une propriété ; mais je ne pouvais me débarrasser de ma gouvernante.

Elle s'abandonna à l'étreinte de celui qu'elle aimait, et les deux amoureux eurent une de ces longues causeries, si niaises et si douces. Blanche était une grande enfant qui jouait avec son amant comme elle aurait joué avec une poupée; Philippe, ardent et muet, serrait et regardait la jeune fille avec tous les emportements de l'ambition et de la passion.

Et, comme ils étaient là, oubliant le monde, ils aperçurent, en levant la tête, des paysans qui suivaient le sentier voisin et qui les regardaient en riant. Blanche effrayée s'éloigna de son amant.

— Je suis perdue! dit-elle toute pâle. Ces hommes vont avertir mon oncle. Ah! par pitié, sauvez-moi, Philippe.

A ce cri, le jeune homme se leva d'un mouvement brusque.

— Si vous voulez que je vous sauve, répondit-il avec feu, il faut que vous me suiviez. Venez, fuyons ensemble. Demain, votre oncle consentira à notre mariage... Nous contenterons éternellement nos tendresses.

— Fuir, fuir... répétait l'enfant. Ah! je ne m'en sens pas le courage. Je suis trop faible, trop craintive...

— Je te soutiendrai, Blanche... Nous vivrons une vie d'amour.

Blanche, sans entendre, sans répondre,

laissa aller sa tête sur l'épaule de Philippe.

— Oh ! j'ai peur, j'ai peur du couvent, reprit-elle à voix basse... Tu m'épouseras, tu m'aimeras toujours ?

— Je t'aime... Vois, je suis à genoux.

Alors, fermant les yeux, s'abandonnant au gouffre, Blanche descendit le coteau en courant, au bras de Philippe. Comme elle s'éloignait, elle regarda une dernière fois la maison qu'elle quittait, et une émotion poignante lui mit de grosses larmes dans les yeux.

Une minute d'égarement et d'épouvante avait suffi pour la jeter dans les bras de son amant, brisée et confiante. Elle aimait Philippe de toutes les premières ardeurs de son jeune sang et de toutes les folies de son inexpérience. Elle s'échappait comme une pensionnaire ; elle s'en allait volontairement, sans réfléchir aux terribles conséquences de sa fuite. Et Philippe l'emmenait, ivre de sa victoire, frémissant de la sentir marcher et haleter à son côté.

Le jeune homme voulait courir à Marseille pour se procurer un fiacre. Mais il craignit de laisser Blanche seule sur la grande route, et il préféra aller à pied avec elle jusqu'à la campagne de sa mère. Ils se trouvaient à une grande lieue de cette campagne, située au quartier de Saint-Just.

Philippe dut abandonner son cheval, et

les deux amants se mirent bravement en
marche. Ils traversèrent des prairies,
des terres labourées, des bois de pins,
coupant à travers champs, marchant à
grands pas. Il était environ quatre heures. Le soleil, d'un blond ardent, jetait
devant eux de larges nappes de lumière.
Et ils couraient dans l'air tiède, sous les
ardeurs du ciel bleu, poussés en avant
par la folie qui les mordait au cœur.
Lorsqu'ils passaient, les paysans levaient
la tête et les regardaient fuir avec étonnement.

Ils ne mirent pas une heure pour arriver à la campagne de la mère de Philippe. Blanche, exténuée, s'assit sur un
banc de pierre qui se trouvait à la porte,
tandis que le jeune homme était allé écar-
ter les importuns. Puis il revint et fit
monter la jeune fille dans sa chambre.
Il avait prié Ayasse, un jardinier que sa
mère occupait ce jour-là, d'aller chercher
un fiacre à Marseille.

Les deux amants étaient dans la fièvre
de leur fuite. En attendant le fiacre, ils
restèrent muets et anxieux. Philippe avait
fait asseoir Blanche sur une petite chaise ; à genoux devant elle, il la regardait
longuement, il la rassurait en baisant
avec douceur la main qu'elle lui abandonnait.

— Tu ne peux garder cette robe légère, lui dit-il enfin... Veux-tu t'habiller
en homme ?

Blanche sourit. Elle éprouvait une joie d'enfant à la pensée de se déguiser.

— Mon frère est de petite taille, continua Philippe. Tu vas mettre ses vêtements.

Ce fut une fête. La jeune fille passa le pantalon en riant. Elle était d'une gaucherie charmante, et Philippe baisait avidement la rougeur de ses joues. Quand elle fut habillée, elle avait l'air d'un petit homme, d'un gamin de douze ans. Elle eut toutes les peines du monde à faire tenir le flot de ses cheveux dans le chapeau. Et les mains de son amant tremblaient en ramenant les boucles rebelles.

Ayasse revint enfin avec le fiacre. Il consentit à recevoir les deux fugitifs dans son domicile situé à Saint-Barnabé. Philippe prit tout l'argent qu'il possédait, et tous trois ils quittèrent la campagne et montèrent en voiture.

Ils firent arrêter le fiacre au pont du Jarret, et gagnèrent à pied la demeure d'Ayasse. Philippe avait résolu de passer la nuit dans cette retraite.

Le crépuscule était venu. Des ombres transparentes tombaient du ciel pâle, et d'âcres odeurs montaient de la terre, chaude encore des derniers rayons. Alors une vague crainte s'empara de Blanche. Lorsque, à la nuit naissante, dans les voluptés du soir, elle se trouva seule, entre les bras de son amant, toutes ses pudeurs effrayées de jeune fille s'éveillèrent, et elle frissonna, prise d'un malaise inconnu. Elle s'abandonnait, elle était heureuse et épouvantée de se trouver livrée toute entière à la passion fougueuse de Philippe. Elle défaillait, elle voulait gagner du temps.

— Ecoute, dit-elle, je vais écrire à l'abbé Chastanier, mon confesseur... Il ira voir mon oncle, il obtiendra de lui mon pardon, il le décidera peut-être à nous marier ensemble... Il me semble que je tremblerais moins si j'étais ta femme.

Philippe sourit de la naïveté tendre de cette dernière phrase.

— Ecris à l'abbé Chastanier, répondit-il. Moi, je vais faire connaître notre retraite à mon frère. Il viendra demain et portera ta lettre.

Puis, la nuit se fit, tiède et voluptueuse. Et, devant Dieu, Blanche devint l'épouse de Philippe. Elle s'était livrée d'elle-même, elle n'avait pas eu un cri de révolte, elle péchait par ignorance, comme Philippe péchait par ambition et par passion. Ah! la douce et terrible nuit! elle devait frapper les deux amants de misère et leur donner toute une existence de souffrance et de regrets.

Ce fut ainsi que Blanche de Cazalis s'enfuit avec Philippe Cayol, par une claire soirée de mai.

II

OU L'ON FAIT CONNAISSANCE DU HÉROS, MARIUS
CAYOL

Marius Cayol, le frère de l'amant de Blanche, avait environ vingt-cinq ans. Il était petit, maigre, d'allure chétive. Son visage jaune clair, percé d'yeux noirs, longs et minces, s'éclairait par moments d'un bon sourire de dévouement et de résignation. Il marchait un peu courbé, avec des hésitations et des timidités d'enfant. Et, lorsque la haine du mal, l'amour du juste le redressaient, il devenait presque beau.

Il avait pris toute la tâche pénible, dans la famille, laissant son frère obéir à ses instincts ambitieux et passionnés. Il se faisait tout petit à côté de lui, il disait d'ordinaire qu'il était laid et qu'il devait rester dans sa laideur ; il ajoutait qu'il fallait excuser Philippe d'aimer à étaler sa haute taille et la beauté forte de son visage. D'ailleurs, à l'occasion, il se montrait sévère pour ce grand enfant fougueux qui était son aîné et qu'il traitait avec des remontrances et des tendresses de père.

Leur mère, restée veuve, n'avait pas de

fortune. Elle vivait difficilement avec les débris d'une dot que son mari avait compromise dans le commerce. Cet argent, placé chez un banquier, lui donnait de petites rentes qui lui suffirent pour élever ses deux fils. Mais, lorsque les enfants furent devenus grands, elle leur montra ses mains vides, elle les mit en face des difficultés de la vie.

Et les deux frères, jetés ainsi dans les luttes de l'existence, poussés par leurs tempéraments différents, prirent deux routes opposées.

Philippe, qui avait des appétits de richesse et de liberté, ne put se plier au travail. Il voulait arriver d'un seul coup à la fortune, il rêva de faire un riche mariage. C'était là, selon lui, un excellent expédient, un moyen rapide d'avoir des rentes et une jolie femme.

Alors, il vécut au soleil, il se fit amoureux, il devint même un peu viveur. Il éprouvait des jouissances infinies à être bien mis, à promener dans Marseille sa brusquerie élégante, ses vêtements d'une coupe originale, ses regards et ses paroles d'amour. Sa mère et son frère qui le gâtaient, tâchaient de fournir à ses caprices. D'ailleurs, Philippe était de bonne foi : il adorait les femmes, il lui semblait tout naturel d'être aimé et enlevé un beau jour par une jeune fille noble, riche et belle.

Marius, tandis que son frère étalait sa

bonne mine, était entré en qualité de commis chez M. Martelly, un armateur qui demeurait rue de la Darse. Il se trouvait à l'aise dans l'ombre de son bureau ; toute son ambition consistait à gagner une modeste aisance, à vivre ignoré et paisible. Puis il éprouvait des voluptés secrètes, lorsqu'il secourait sa mère ou son frère. L'argent qu'il gagnait lui était cher, car il pouvait donner cet argent, faire des heureux, goûter lui-même les bonheurs profonds du dévouement. Il avait pris dans la vie la route droite, le sentier pénible qui monte à la paix, à la joie, à la dignité.

Il se rendait à son bureau, lorsqu'on lui remit la lettre dans laquelle son frère lui annonçait sa fuite avec mademoiselle de Cazalis. Il fut pris d'un étonnement douloureux ; il mesura d'un coup d'œil l'abîme au fond duquel venaient de se jeter les deux amants. Il se rendit en toute hâte à Saint-Barnabé.

La maison du jardinier Ayasse avait, devant la porte, une treille qui formait un petit berceau ; deux gros mûriers, taillés en parasol, étendaient leurs branches noueuses et jetaient leur ombre sur le seuil. Marius trouva Philippe sous la treille, regardant avec inquiétude et amour Blanche de Cazalis assise à côté de lui ; la jeune fille, déjà lasse, était plongée dans les accablements des premiers soucis et des premières voluptés.

L'entrevue fut pénible, pleine d'angoisse et de honte. Philippe s'était levé.

— Tu me blâmes ? demanda-t-il en tendant la main à son frère.

— Oui, je te blâme, répondit Marius avec force. Tu as fait là une méchante action. L'orgueil t'a emporté, la passion t'a perdu. Tu n'as pas réfléchi aux malheurs que tu vas attirer sur les tiens et sur toi.

Philippe eut un mouvement de révolte.

— Tu as peur, dit-il amèrement. Moi, je n'ais pas calculé ; j'aimais Blanche, Blanche m'aimait. Je lui ai dit : « Veux-tu venir avec moi ? » Et elle est venue. Voilà notre histoire. Nous ne sommes coupables ni l'un ni l'autre.

— Pourquoi mens-tu ? reprit Marius avec une sévérité plus haute. Tu n'es pas un enfant. Tu sais bien que ton devoir était de défendre cette jeune fille contre elle-même : tu devais l'arrêter au bord du gouffre, l'empêcher de te suivre. Ah ! ne me parle pas de passion. Moi, je ne connais que la passion de la justice et de l'honneur.

Philippe souriait dédaigneusement. Il attira Blanche sur sa poitrine.

— Mon pauvre Marius, dit-il, tu es un brave garçon, mais tu n'as jamais aimé, tu ignores la fièvre d'amour... Voici ma défense.

Et il se laissa embrasser par Blanche qui se tenait à lui avec des frémissements.

La malheureuse enfant sentait bien qu'elle n'avait plus d'espoir qu'en cet homme. Elle s'était livrée, elle lui appartenait, elle le suivait comme son souverain maître. Et, maintenant, elle l'aimait presque en esclave, elle rampait vers lui, amoureuse et craintive.

Marius, désespéré, comprit qu'il ne gagnerait rien en parlant sagesse aux deux amants. Il se promit d'agir par lui-même, il voulut connaître tous les faits de la désolante aventure. Philippe répondit docilement à ses questions.

Il y a près de huit mois que je connais Blanche, dit-il. Je l'ai vue la première fois dans une fête publique. Elle souriait à la foule, et il me sembla que son sourire s'adressait à moi. Depuis ce jour, je l'ai aimée, j'ai cherché toutes les occasions de me rapprocher d'elle, de lui parler.

— Ne lui as-tu pas écrit? demanda Marius.

— Si, plusieurs fois.

— Où sont tes lettres ?

— Elle les a brûlées... Chaque fois, j'achetais un bouquet à Fine, la bouquetière du cours Saint-Louis, et je glissais ma lettre au milieu des fleurs. La laitière Marguerite portait les bouquets à Blanche.

— Et tes lettres restaient sans réponse ?

— Dans les commencements, Blanche a refusé les fleurs. Puis elle les a acceptées, puis elle a fini par me répondre. J'étais fou d'amour. Je rêvais d'épouser Blanche, de l'aimer à jamais.

Marius haussa les épaules. Il entraîna Philippe à quelques pas, et là, continua l'entretien avec plus de dureté dans la voix.

— Tu es un imbécile ou un menteur, dit-il tranquillement; tu sais que M. de Cazalis, député, millionnaire, maître tout puissant dans Marseille, n'aurait jamais donné sa nièce à Philippe Cayol, pauvre, sans titre, et républicain pour comble de vulgarité. Avoue que tu as compté sur le scandale de votre fuite pour forcer la main à l'oncle de Blanche.

— Et quand cela serait! répondit Philippe avec fougue. Blanche m'aime, je n'ai pas violenté sa volonté. Elle m'a librement choisi pour mari.

— Oui, oui, je sais cela. Tu le répètes trop souvent pour que je ne sache pas ce que je dois en croire. Mais tu n'as pas songé à la colère de M. de Cazalis; cette colère va retomber terriblement sur toi et ta famille. Je connais l'homme; ce soir, il aura promené son orgueil outragé dans tout Marseille. Le mieux serait de reconduire la jeune fille à Saint-Joseph.

— Non, je ne le veux pas, je ne le peux pas... Blanche n'oserait jamais rentrer chez elle... Elle était à la campagne depuis une semaine à peine; je la voyais jusqu'à deux fois par jour dans un petit bois de pins, nous jouissions en paix de la liberté des champs. Son oncle ne savait rien, et le coup a dû être rude pour lui... Nous ne pouvons nous présenter en ce moment...

— Eh bien! écoute, donne-moi la lettre pour l'abbé Chastanier. Je verrai ce prêtre; s'il le faut, j'irai avec lui chez M. de Cazalis. Nous devons étouffer le scandale. J'ai une tâche à accomplir, la tâche de racheter ta faute... Jure-moi que tu ne quitteras pas cette maison, que tu attendras ici mes ordres, mes prières.

— Je te promets d'attendre, si aucun danger ne me menace.

Marius avait pris la main de Philippe, et le regardait en face, loyalement:

— Aime bien cette enfant, lui dit-il d'une voix profonde, en lui montrant Blanche; tu ne répareras jamais l'injure que tu lui as faite.

Il allait s'éloigner, lorsque Mlle de Cazalis s'avança. Elle joignait les mains, suppliante, étouffant ses larmes.

— Monsieur, balbutia-t-elle, si vous voyez mon oncle, dites lui bien que je l'aime... Je ne m'explique pas ce qui est arrivé... Je voudrais rester la femme de Philippe et retourner chez nous avec lui.

Marius s'inclina doucement.

— Espérez, dit-il.

Et il s'en alla, ému et troublé, sachant qu'il mentait et que l'espérance était folle.

III

Marius, en arrivant à Marseille, courut à l'église Saint-Victor, à laquelle était attaché l'abbé Chastanier. Saint-Victor est une des plus vieilles églises de Marseille; ses murailles noires, hautes et crenelées, la font ressembler à un château-fort; on la dirait bâtie largement à coups de cognée par le peuple rude du port, qui a pour elle une vénération toute particulière.

Le jeune homme trouva l'abbé Chastanier dans la sacristie. Ce prêtre était un grand vieillard, à la figure longue et décharnée, d'une pâleur de cire; ses yeux, tristes et humbles, avaient la fixité vague de la souffrance et de la misère. Il revenait d'un enterrement et ôtait son surplis avec lenteur.

Son histoire était courte et douloureuse. Fils de paysans, d'une douceur et d'une naïveté d'enfant, il était entré dans les ordres, poussé par les désirs pieux de sa mère. Pour lui, en se faisant prêtre, il avait voulu faire un acte d'humilité, de dévouement absolu. Il croyait, en simple d'esprit, qu'un ministre de Dieu doit se

renfermer dans l'infini de l'amour divin,
renoncer aux ambitions et aux intrigues
de ce monde, vivre au fond du sanctuaire,
pardonnant les péchés d'une main et faisant l'aumône de l'autre.

Ah! le pauvre abbé, et comme on lui
montra que les simples d'esprit ne sont
bons qu'à souffrir et à rester dans l'ombre! Il apprit vite que l'ambition est une
vertu sacerdotale, et que les jeunes prêtres aiment souvent Dieu pour les faveurs
mondaines que distribue son Eglise. Il
vit tous ses camarades du séminaire jouer
des griffes et des dents et arracher çà et
là des lambeaux de soie et de dentelle. Il
assista à ces luttes intimes, à ces intrigues secrètes qui font d'un diocèse un
petit royaume turbulent. Et, comme il
demeurait humblement à genoux, comme
il ne cherchait pas à plaire aux dames,
comme il ne demandait rien et paraissait
d'une piété stupide, on lui jeta une cure
misérable ainsi qu'on jette un os à un
chien.

Il resta ainsi plus de quarante ans dans
un petit village situé entre Aubagne et
Cassis. Son église était une sorte de
grange, blanchie à la chaux, d'une nudité glaciale; l'hiver, lorsque le vent brisait une des vitres des fenêtres, le bon
Dieu avait froid pendant plusieurs semaines, car le pauvre curé ne possédait
pas toujours les quelques sous nécessaires pour faire remettre le carreau. D'ail-

leurs, il ne se plaignit jamais, il vécut en
paix dans la misère et la solitude; il
éprouva même des joies profondes à
souffrir, à se sentir le frère des mendiants de sa paroisse.

Il avait soixante ans, lorsqu'une de ses
sœurs, qui était ouvrière à Marseille, devint infirme. Elle lui écrivit, elle le supplia de venir auprès d'elle. Le vieux prêtre se dévoua jusqu'à demander à son
évêque un petit coin dans une église de
la ville. On lui fit attendre ce petit coin
pendant plusieurs mois et l'on finit par
l'appeler à Saint-Victor. Il devait y faire,
pour ainsi dire, tous les gros ouvrages,
toutes les besognes de peu d'éclat et de
peu de profit. Il priait sur les bières des
pauvres et les conduisait au cimetière; il
servait même de sacristain à l'occasion.

Ce fut alors qu'il commença à souffrir
réellement. Tant qu'il était resté dans
son désert, il avait pu être simple, pauvre et vieux à son aise. Maintenant il
sentait qu'on lui faisait un crime de sa
pauvreté et de sa vieillesse, de sa douceur et de sa naïveté. Et il eut le cœur
déchiré, lorsqu'il comprit qu'il pouvait
y avoir des valets dans l'Eglise. Il voyait
bien qu'on le regardait avec moquerie et
pitié. Il courbait la tête davantage, il se
faisait plus humble, il pleurait de sentir
sa foi ébranlée par les actes et les paroles
des prêtres mondains qui l'entouraient.

Heureusement, le soir, il avait de bonnes heures. Il soignait sa sœur, il se consolait à sa manière en se dévouant. Il entourait cette pauvre infirme de mille petites satisfactions. Il venait se réfugier auprès d'elle, et s'anéantissait dans cette dernière tendresse. Puis, une autre joie lui était venue : M. de Cazalis, qui se méfiait des jeunes abbés, l'avait choisi pour être le directeur de sa nièce. Le vieux prêtre ne tentait d'ordinaire aucune pénitente et ne confessait presque jamais ; il fut ému aux larmes de la proposition du député, et il interrogea, il aima Blanche comme son enfant.

Marius lui remit la lettre de la jeune fille et étudia sur son visage les émotions que cette lettre allait exciter en lui. Il y vit se peindre une douleur poignante. D'ailleurs, le prêtre ne parut pas éprouver cette stupeur que cause une nouvelle accablante et inattendue, et Marius pensa que Blanche, en se confessant à lui, avait avoué les relations qui s'établissaient entre elle et Philippe.

— Vous avez bien fait de compter sur moi, Monsieur, dit l'abbé Chastanier à Marius. Mais je suis bien faible et bien mal habile... J'aurais dû montrer plus d'énergie.

La tête et les mains du pauvre homme avaient ce tremblement doux et triste des vieillards.

— Je suis à votre disposition, continua-t-il... Comment puis-je venir en aide à la malheureuse enfant ?

— Monsieur, répondit Marius, je suis le frère du jeune fou qui s'est enfui avec Mlle de Cazalis, et j'ai juré de réparer la faute, d'étouffer le scandale. Veuillez vous joindre à moi... L'honneur de la jeune fille est perdu, si son oncle a déjà déféré l'affaire à la justice. Allez le trouver, tâchez de calmer sa colère, dites-lui que sa nièce va lui être rendue.

— Pourquoi n'avez-vous pas amené l'enfant avec vous ? Je connais la violence de M. de Cazalis ; il voudra des certitudes.

— C'est justement cette violence qui a effrayé mon frère... D'ailleurs, nous ne pouvons raisonner maintenant. Les faits accomplis nous accablent. Croyez que je suis indigné comme vous, que je comprends toute la mauvaise action de mon frère... mais, par grâce, hâtons-nous. Nous parlerons ensuite de justice et d'honneur.

— C'est bien, dit simplement l'abbé. Je vais avec vous.

Ils suivirent le boulevard de la Corderie et arrivèrent au Cours Bonaparte, où se trouvait la maison de ville du député, M. de Cazalis, le lendemain de l'enlèvement, était rentré à Marseille, dès le matin, en proie à une colère et à un désespoir terribles.

L'abbé Chastanier arrêta Marius à la porte de la maison.

— Ne montez pas, lui dit-il. Votre visite serait peut-être regardée comme une
insulte. Laissez-moi faire, et attendez-
moi.

Marius, pendant une grande heure, se
promena avec fièvre sur le trottoir. Il
eût voulu monter, expliquer lui-même
les faits, demander pardon au nom de
Philippe. Tandis que le malheur de sa
famille s'agitait dans cette maison, il devait rester là, oisif et impatient, dans
toutes les angoisses de l'atentte.

Enfin l'abbé Chastanier descendit. Il
avait pleuré; ses yeux étaient rouges, ses
lèvres tremblantes.

— M. de Cazalis ne veut rien entendre,
dit-il d'une voix troublée. Je l'ai trouvé
dans une irritation aveugle. Il est déjà
allé chez le procureur du roi.

Ce que le pauvre prêtre ne disait pas,
c'est que M. de Cazalis l'avait reçu avec
les reproches les plus durs, calmant sa
colère sur lui, l'accusant, dans son emportement, d'avoir donné de mauvais
conseils à sa nièce. L'abbé avait courbé
le dos; il s'était presque mis à genoux,
ne se défendant point, demandant pitié
pour autrui.

— Dites-moi tout, s'écria Marius désespéré.

— Il paraît, répondit le prêtre, que le
paysan chez lequel votre frère avait laissé son cheval, a guidé M. de Cazalis dans
ses recherches. Dès ce matin, une plainte

a été déposée, et des perquisitions ont été faites à votre domicile, rue Sainte, et à la campagne de votre mère, au quartier de Saint-Just.

— Mon Dieu, mon Dieu, soupira Marius.

— M. de Cazalis jure qu'il écrasera votre famille. J'ai vainement tâché de le ramener à des sentiments plus doux. Il parle de faire arrêter votre mère...

— Ma mère!... Et pourquoi?

— Il prétend qu'elle est complice, qu'elle a aidé votre frère à enlever mademoiselle Blanche.

— Mais que faire, comment prouver la fausseté de tout cela?... Ah! malheureux Philippe! Notre mère en mourra.

Et Marius se mit à sangloter dans ses mains jointes. L'abbé Chastanier regardait ce désespoir avec une pitié attendrie; il comprenait la tendresse et la droiture de ce pauvre garçon qui pleurait ainsi en pleine rue.

— Voyons, dit-il, du courage, mon enfant.

— Vous avez raison, mon père, s'écria Marius, c'est du courage que je dois avoir. J'ai été lâche, ce matin. J'aurais dû arracher la jeune fille des bras de Philippe et la ramener à son oncle. Une voix me disait d'accomplir cet acte de justice, et je suis puni pour ne pas avoir écouté cette voix... Ils m'ont parlé d'amour, de passion, de mariage. Je me suis laissé attendrir...

Ils gardèrent un moment le silence.

— Ecoutez, dit brusquement Marius, venez avec moi. A nous deux, nous aurons la force de les séparer.

— Je veux bien, répondit l'abbé Chastanier.

Et, sans même songer à prendre une voiture, ils suivirent la rue de Breteuil, le quai du Canal, le quai Napoléon et remontèrent la Cannebière. Ils marchaient à grands pas, sans parler.

Comme ils arrivaient au cours Saint-Louis, une voix fraîche leur fit tourner la tête. C'était Fine, la bouquetière, qui appelait Marius.

Joséphine Cougourdan, que l'on appelait familièrement du diminutif caressant de Fine, était une de ces brunes enfants de Marseille, petites et potelées, dont les traits fins et réguliers ont gardé toute la pureté délicate du type grec. Sa tête ronde s'attachait sur des épaules un peu tombantes ; son visage pâle entre les bandeaux de ses cheveux noirs exprimait une sorte de moquerie dédaigneuse ; on lisait une énergie passionnée dans ses grands yeux sombres, que le sourire attendrissait par moments. Elle pouvait avoir vingt-deux à vingt-quatre ans.

A quinze ans, elle était restée orpheline, ayant à sa charge un frère, âgé au plus d'une dizaine d'années. Elle avait bravement continué le métier de sa mère, et, trois jours après l'enterrement, encore tout en larmes, elle était assise dans un kiosque du cours Saint-Louis, faisant et vendant des bouquets en poussant de gros soupirs.

La petite bouquetière devint bientôt l'enfant gâtée de Marseille. Elle eut la popularité de la jeunesse et de la grâce. Ses fleurs, disait-on, avaient un parfum plus doux et plus pénétrant. Les galants vinrent à la file ; elle leur vendit ses roses, ses violettes, ses œillets, et rien de plus. Et c'est ainsi qu'elle put élever son frère cadet et le faire entrer, à dix-huit ans, chez un maître portefaix.

Les deux jeunes gens demeuraient place aux Œufs, en plein quartier populaire. Cadet était maintenant un grand gaillard qui travaillait sur le port ; Fine, grandie, embellie, devenue femme, avait l'allure vive et la câlinerie nonchalante des Marseillaises, et régnait, par sa beauté, sur toutes les filles du peuple, ses compagnes.

Elle connaissait les Cayol pour leur avoir vendu des fleurs, et elle leur parlait avec cette familiarité tendre que donnent l'air tiède et le doux idiome de la Provence. Puis, s'il faut tout dire, Philippe, dans les derniers temps, lui avait si souvent acheté des roses, qu'elle avait fini par éprouver de petits frissons en sa présence. Le jeune homme, amoureux d'instinct, riait avec elle, la regardait à la faire rougir, lui faisait en courant un bout de déclaration, le tout pour ne pas perdre l'habitude d'aimer. Et la pauvre enfant, qui jusque-là avait fort maltraité les amants, s'était laissée prendre à ce jeu. La nuit, elle rêvait de Philippe, elle se demandait avec angoisse où pouvaient bien aller toutes ces fleurs qu'elle lui vendait.

Marius, lorsqu'il se fut avancé, la trouva rouge et troublée. Elle disparaissait à moitié derrière ses bouquets. Elle était adorable de fraîcheur sous les larges barbes de son petit bonnet de dentelle.

— Monsieur Marius, dit-elle d'une voix hésitante, est-ce bien vrai ce que l'on répète autour de moi depuis ce matin?... Votre frère s'est enfui avec une demoiselle!

— Qui dit cela? demanda Marius vivement.

— Mais tout le monde... C'est un bruit qui court.

Et comme le jeune homme paraissait aussi troublé qu'elle et qu'il restait là sans parler :

— On m'avait bien dit que M. Philippe était un coureur, continua Fine avec une légère amertume. Il avait la parole trop douce pour ne pas mentir.

Elle était près de pleurer, elle étouffait ses larmes. Puis, avec une résignation douloureuse, d'un ton plus doux :

— Je vois bien que vous avez de la

peine, ajouta-t-elle... Si vous avez besoin
de moi, venez me chercher.

Marius la regarda en face et crut comprendre les angoisses de son cœur.

— Vous êtes une brave fille, s'écria-
t-il... Je vous remercie, j'accepterai peut-
être vos services.

Il lui serra la main avec force, comme
à un camarade, et courut rejoindre
l'abbé Chastanier, qui l'attendait sur le
bord du trottoir.

— Nous n'avons pas de temps à per-
dre, lui dit-il. Le bruit de l'aventure se répand dans Marseille... Prenons un fiacre.

La nuit était venue, lorsqu'ils arrivèrent à Saint-Barnabé. Ils ne trouvèrent
que la femme du jardinier Ayasse, trico-
tant dans une salle basse. Cette femme
leur apprit tranquillement que le monsieur et la demoiselle avaient eu peur et
qu'ils étaient partis à pied du côté d'Aix.
Elle ajouta qu'ils avaient emmené son
fils pour leur servir de guide dans les
collines.

Ainsi, la dernière espérance était morte. Marius, anéanti, revint à Marseille,
sans entendre les paroles d'encourage-
ment de l'abbé Chastanier. Il songeait
aux fatales conséquences de la folie de
Philippe; il se révoltait contre les malheurs qui allaient frapper sa famille.

— Mon enfant, lui dit le prêtre en le
quittant, je ne suis qu'un pauvre homme. Disposez de moi. Je vais prier Dieu.

IV

Les amants s'étaient enfuis un mer-
credi. Le vendredi suivant, tout Marseille connaissait l'aventure ; les commères, sur les portes, ornaient le récit
des commentaires les plus inouïs ; la noblesse s'indignait, la bourgeoisie faisait
des gorges chaudes. M. de Cazalis, dans
son emportement, n'avait rien négligé
pour augmenter le tapage et faire de
la fuite de sa nièce un effroyable scandale.

Les gens clairvoyants devinaient aisément d'où venait toute cette colère. M. de
Cazalis, député de l'opposition, avait été
nommé à Marseille par une majorité composée de quelques libéraux, de prêtres et
de nobles. Dévoué à la cause de la légiti-
mité, portant un des plus anciens noms de
Provence, s'inclinant humblement devant la toute-puissance de l'Eglise, il
avait éprouvé des répugnances profondes
à flatter les libéraux et à accepter leurs
voix. Ces gens-là étaient pour lui des
manants, des valets, qu'on aurait dû
fouetter en place publique. Son orgueil

indomptable souffrait à la pensée de descendre jusqu'à eux.

Il avait pourtant fallu plier la tête. Les libéraux firent sonner haut leurs services; un instant, comme on feignait de dédaigner leur aide, ils parlèrent d'entraver l'élection, de faire nommer un des leurs. M. de Cazalis, poussé par les circonstances, enferma toute sa haine au fond de son cœur, se promettant bien de se venger un jour. Alors eurent lieu des tripotages sans nom; le clergé se mit en campagne, les votes furent arrachés à droite et à gauche, grâce à mille révérences et à mille promesses. M. de Cazalis fut élu.

Et voilà qu'aujourd'hui Philippe Cayol, un des chefs du parti libéral, tombait entre ses mains. Il allait enfin pouvoir assouvir sa haine sur un de ces manants qui lui avaient marchandé son élection. Celui-là payerait pour tous; sa famille serait ruinée et désespérée; et lui, on le jetterait dans une prison, on le précipiterait du haut de son rêve d'amour sur la paille d'un cachot.

Eh quoi! un petit bourgeois avait osé se laisser aimer par la nièce d'un Cazalis. Il l'avait emmenée avec lui, et, maintenant, ils couraient tous deux les chemins, faisant l'école buissonnière de l'amour. C'était un scandale qu'on devait étaler. Un homme de rien aurait peut-être préféré étouffer l'affaire, cacher le plus possible, la déplorable aventure ; mais un Cazalis, un député, un millionnaire avait assez d'influence et d'orgueil, pour crier touthautetsans rougir la honte des siens.

Qu'importait l'honneur d'une jeune fille ! Tout le monde pouvait savoir que Blanche de Cazalis avait été la maîtresse de Philippe Cayol, mais personne au moins ne pourrait dire qu'elle était sa femme, qu'elle s'était mésalliée en épousantun pauvre diable sans titre. L'orgueil voulait que l'enfant restât déshonorée et que son déshonneur fût affiché sur les murs de Marseille.

M. de Cazalis fit coller dans les carrefours de la ville des placards, par lesquels il promettait une récompense de dix mille francs à celui qui lui amènerait sa nièce et le séducteur, pieds et poings liés. Lorsqu'on perd un chien de race, on le réclame ainsi par la voie des affiches.

Dans les hautes classes, le scandale s'étendait avec plus de violence encore. M. de Cazalis promenait partout sa fureur. Il mettait en œuvre toutes les influences de ses amis les prêtres et les nobles. Comme tuteur de Blanche, qui était orpheline et dont il gérait la fortune, il activait les recherches de la justice, il préparait le procès criminel. On eût dit qu'il prenait à tâche de donner, au spectacle gratis qui allait commencer, la plus large publicité possible.

Une des premières mesures prises par

M. de Cazalis avait été de faire arrêter la mère de Philippe Cayol. Lorsque le procureur du roi se présenta chez elle, la pauvre dame répondit à toutes ses questions qu'elle ignorait ce qu'était devenu son fils. Son trouble, ses angoisses, ses craintes de mère, qui la firent balbutier, furent sans doute considérés comme des preuves de complicité. On l'emprisonna, voyant en elle un otage, espérant peut-être que son fils viendrait se rendre pour la délivrer.

A la nouvelle de l'arrestation de sa mère, Marius devint comme fou. Il la savait de santé chancelante, il se l'imaginait avec terreur au fond d'une cellule nue et glaciale ; elle mourrait là, elle y serait torturée par toutes les angoisses de la misère et du désespoir.

Marius fut lui-même inquiété pendant un moment. Mais ses réponses fermes et la caution que son patron, l'armateur Martelly, offrit de donner pour lui, le sauvèrent de l'emprisonnement. Il voulait rester libre pour travailler au salut de sa famille.

Peu à peu, son esprit droit vit clairement les faits. Dans le premier moment, il avait été accablé par la culpabilité de Philippe, il n'avait distingué que la faute irréparable de son frère. Et alors il s'était humilié, songeant uniquement à calmer l'oncle de Blanche, à lui donner toutes les satisfactions possibles.

Mais, devant la rigueur de M. de Cazalis, devant le scandale qu'il soulevait, Marius s'était révolté. Il avait vu les fugitifs, il savait que Blanche suivait volontairement Philippe, et il s'indignait d'entendre accuser ce dernier de rapt. Les gros mots marchaient bon train autour de lui : son frère était traité de scélérat, d'infâme, sa mère n'était guère plus épargnée. Il en vint, par esprit de vérité, à défendre les amants, à prendre le parti des coupables contre la justice elle-même.

Puis, les plaintes bruyantes de M. de Cazalis l'écœuraient. Il disait que la vraie douleur est plus muette, et qu'une affaire, dans laquelle l'honneur d'une jeune fille est en jeu, ne se vide pas ainsi en pleine place publique. Et il disait cela, non qu'il eût désiré voir son frère échapper au châtiment, mais parce que ses délicatesses étaient froissées de toute cette publicité donnée à la honte d'une enfant. D'ailleurs, il savait à quoi s'en tenir sur la colère de M. de Cazalis : en frappant Philippe, le député frappait le manant, le républicain, plus encore que le séducteur.

C'est ainsi que Marius se sentit à son tour pris à la gorge par la colère. On l'insultait dans sa famille, on emprisonnait sa mère, on traquait son frère comme une bête fauve, on traînait ses chères affections dans la boue, on les accusait avec mauvaise foi et passion. Alors, il se releva. Le coupable n'était plus seulement l'amant ambitieux qui fuyait avec une jeune fille riche, le coupable était encore celui qui ameutait Marseille et qui allait user de sa toute-puissance pour satisfaire son orgueil. Puisque la justice se chargeait de punir le premier, Marius jura qu'il punirait tôt ou tard le second, et qu'en attendant la vengeance, il entraverait ses projets et tâcherait de balancer ses influences d'homme riche et titré.

Dès ce moment, il déploya une énergie fébrile, il se voua tout entier au salut de son frère et de sa mère. Le malheur était qu'il ne pouvait savoir ce que devenait Philippe. Deux jours après la fuite, il avait reçu une lettre de lui, dans laquelle le fugitif le suppliait de lui envoyer une somme de mille francs, pour subvenir aux besoins du voyage. Cette lettre était datée de Lambesc.

Philippe avait trouvé là une hospitalité de quelques jours chez M. de Girousse, un vieil ami de sa famille. M. de Girousse, fils d'un ancien membre du parlement d'Aix, était né en pleine Révolution; dès son premier souffle, il avait respiré l'air brûlant de 93, et son sang avait toujours gardé un peu de la fièvre révolutionnaire. Il se trouvait mal à l'aise dans son hôtel, situé sur le Cours, à Aix; la noblesse de cette ville lui sem-

blait avoir un orgueil si démesuré, une
inertie si déplorable, qu'il la jugeait sévèrement et préférait vivre loin d'elle;
son esprit droit, son amour de la justice
et du travail lui avaient fait accepter la
marche fatale des temps, et il offrait volontiers la main au peuple; il s'accommo-
dait aux nouvelles tendances de la société moderne; il avait rêvé un instant
de créer une usine et de quitter son titre de comte pour prendre le titre d'in-
dustriel. Il sentait qu'il n'y a plus aujourd'hui d'autre noblesse que la noblesse
du travail et du talent. Aussi préférait-il
vivre seul, loin de ses égaux; il habitait, pendant la plus grande partie de
l'année, une propriété qu'il possédait
près de la petite ville de Lambesc. C'est
là qu'il avait reçu les fugitifs.

Marius fut accablé de la demande de
Philippe. Ses économies ne se montaient
pas à six cents francs. Il se mit en campagne, et chercha pendant deux jours
à emprunter le reste de la somme de-
mandée.

Comme il se désespérait, un matin, il
vit entrer Fine chez lui. Il avait confié,
la veille, son chagrin à la jeune fille,
qu'il rencontrait partout sur ses pas depuis la fuite de Philippe. Elle lui demandait sans cesse des nouvelles de son
frère; elle semblait surtout tenir à savoir si la demoiselle était toujours avec
lui.

Fine déposa cinq cents francs sur une table.

— Voilà, dit-elle en rougissant. Vous me rendrez cela plus tard... C'est de l'argent que j'avais mis de côté pour racheter mon frère s'il tombait au sort.

Marius ne voulait pas accepter.

— Vous me faites perdre du temps, reprit la jeune fille avec une brusquerie charmante... Je retourne vite à mes bouquets. Seulement, si vous le voulez bien, je viendrai tous les matins vous demander des nouvelles.

Et elle s'enfuit.

Marius envoya les mille francs. Puis il n'apprit plus rien ; il vécut pendant quinze grands jours dans une ignorance complète des événements. Il savait qu'on traquait Philippe avec plus d'acharnement que jamais, et c'était tout. D'ailleurs, il ne voulait point croire les versions grotesques ou effrayantes qui couraient dans le public. Il avait bien assez de ses terreurs, sans s'épouvanter des cancans d'une ville.

Jamais il n'avait tant souffert. L'anxiété tendait son esprit à le rompre ; le moindre bruit l'effrayait ; il écoutait sans cesse, comme près d'apprendre quelque mauvaise nouvelle. Il sut que Philippe était allé à Toulon et qu'il avait failli y être arrêté.

Les fugitifs, disait-on, étaient ensuite revenus à Aix. Là, leurs traces se perdaient. Avaient-ils tenté de passer la frontière ? Etaient-ils restés cachés dans les collines ? On ne savait.

Marius s'inquiétait d'autant plus qu'il négligeait forcément son travail chez l'armateur Martelly. S'il ne s'était pas senti cloué à son bureau par le devoir, il aurait couru au secours de Philippe, et se serait employé, en personne, à son salut. Mais il n'osait quitter une maison où l'on avait grand besoin de lui. M. Martelly lui témoignait une sympathie toute paternelle. Veuf depuis quelques années, vivant avec une de ses sœurs, âgée de vingt-trois ans, il le considérait comme son fils.

Le lendemain du scandale soulevé par M. de Cazalis, l'armateur avait appelé Marius dans son cabinet.

— Ah ! mon ami, lui avait-il dit, voilà une bien méchante affaire. Votre frère est perdu. Jamais nous ne serons assez puissants pour le sauver des conséquences terribles de sa folie !

M. Martelly appartenait au parti libéral et s'y faisait même remarquer par une âpreté toute méridionale. Il avait eu maille à partir avec M. de Cazalis, il connaissait l'homme. Sa haute probité, son immense fortune le plaçaient au-dessus de toute attaque ; mais il avait là fierté de son libéralisme, il mettait une sorte d'orgueil à ne jamais user de sa puissance. Il conseilla à Marius de rester tranquille, d'attendre les événements ; il le seconderait de tout son pouvoir lorsque la lutte serait engagée.

Marius, que la fièvre brûlait, allait se décider à lui demander un congé, lorsque Fine, un matin, accourut chez lui tout en pleurs.

— M. Philippe est arrêté ! s'écria-t-elle en sanglotant. On l'a trouvé, avec la demoiselle, dans un bastidon du quartier des Trois-bons-Dieu, à une lieue d'Aix...

Et comme Marius, plein de trouble, descendait rapidement pour se faire confirmer la nouvelle, qui était vraie, Fine, encore baignée de larmes, eut un sourire triste et dit à voix basse :

— Au moins la demoiselle n'est plus avec lui !

V

Blanche et Philippe quittèrent la maison du jardinier Ayasse au crépuscule, vers sept heures et demie. Dans la journée, ils avaient vu des gendarmes sur la route ; on leur avait dit qu'ils seraient arrêtés le soir, et la peur les chassait de leur première retraite. Philippe mit une blouse de paysan. Blanche emprunta un costume de fille du peuple à la femme du méger, une robe d'indienne rouge à petits bouquets et un tablier rose ; elle se couvrit les seins d'un fichu jaune à carreaux, et posa sur sa coiffe un large chapeau de paille grossière. Le fils de la maison, Victor, un garçon d'une quinzaine d'années, les accompagna pour leur faire gagner, à travers champs, la route d'Aix.

La soirée était tiède, frissonnante. Des souffles chauds et âpres s'élevaient de la terre et alanguissaient les brises fraîches qui venaient par moments de la Méditerranée. Au couchant, traînaient encore des lueurs d'incendie ; le reste du ciel, d'un bleu sombre, pâlissait peu à peu, et

les étoiles s'allumaient une à une dans
la nuit, pareilles aux lumières tremblantes
d'une ville lointaine.

Les fugitifs marchaient vite, la tête
baissée, sans échanger une parole. Ils
avaient hâte de se trouver dans le désert
des collines. Tant qu'ils traversèrent la
banlieue de Marseille, ils rencontrèrent
de rares passants, qu'ils regardaient avec
méfiance. Puis, la campagne large s'é-
tendit devant eux, ils ne virent plus, de
loin en loin, au bord des sentiers, que
des pâtres graves et immobiles au milieu
de leurs troupeaux.

Et, dans l'ombre, dans le silence attendri de la nuit sereine, ils continuaient
à fuir. Des soupirs vagues montaient autour d'eux; les pierres roulaient sous
leurs pieds avec des bruits secs. La campagne endormie frissonnait et s'élargis-
sait toute noire dans la monotonie lugubre des ténèbres. Blanche, vaguement
effrayée, se serrait contre Philippe, hâ-
tant les petits pas de ses pieds pour ne
pas rester en arrière; elle poussait de
gros soupirs, elle se rappelait ses paisi-
sibles nuits de jeune fille.

Puis vinrent les collines, les gorges
profondes qu'il fallut franchir. Autour
de Marseille, les routes sont douces et
faciles; mais, en s'enfonçant dans les
terres, on rencontre ces arêtes de rochers qui coupent tout le centre de la
Provence en vallées étroites et stériles.

3

Des landes incultes, des coteaux pierreux semés de maigres bouquets de thym et de lavande, s'étendaient maintenant devant les fugitifs, dans leur morne désolation. Les sentiers montaient et descendaient le long des collines; des éclats de roches encombraient les chemins; sous la sérénité bleuâtre du ciel, on eût dit une mer de cailloux, un océan de pierres frappé d'éternelle immobilité en plein ouragan.

Victor, marchant le premier, sifflait doucement un air provençal, en sautant sur les roches, avec une agilité de chamois; il avait grandi dans ce désert, il en connaissait les moindres coins perdus. Blanche et Philippe le suivaient péniblement; le jeune homme portait à moitié la jeune fille dont les pieds se meurtrissaient aux pierres aiguës du chemin. Elle ne se plaignait pas, et, lorsque son amant interrogeait son visage dans l'ombre transparente, elle lui souriait avec une douceur triste.

Ils venaient de dépasser Septème, quand la jeune fille épuisée se laissa glisser sur le sol. La lune, qui montait lentement dans le ciel, montra son visage pâle, baigné de larmes. Philippe se pencha avec angoisse.

— Tu pleures, s'écria-t-il, tu souffres, ma pauvre enfant bien-aimée!... Ah! j'ai été lâche, n'est-ce pas, de te garder ainsi avec moi?

— Ne dites pas cela, Philippe, répondit Blanche... Je pleure, parce que je suis une malheureuse fille... Voyez, je puis à peine marcher. Nous aurions mieux fait de nous agenouiller devant mon oncle et de le prier à mains jointes...

Elle fit un effort, elle se releva, et ils continuèrent leur marche au milieu de cette campagne ardente et tourmentée. Ce n'était point l'escapade folle et gaie d'un couple amoureux; c'était une fuite sombre, pleine d'anxiété et de souffrance, la fuite de deux coupables silencieux et frissonnants.

Ils traversèrent le territoire de Gardanne, ils se heurtèrent pendant près de cinq heures aux obstacles du chemin. Ils se décidèrent enfin à descendre sur la grande route d'Aix, et là, ils avancèrent plus librement. La poussière les aveuglait.

Quand ils furent en haut de la montée de l'Arc, ils congédièrent Victor. Blanche avait fait six lieues à pied, dans les rochers, en moins de six heures; elle s'assit sur un banc de pierre, à la porte de la ville, et déclara qu'elle ne pouvait aller plus loin. Philippe, qui craignait d'être arrêté, s'il restait à Aix, se mit en quête d'une voiture; il trouva une femme, montée dans un charreton, qui consentit à le prendre avec Blanche, et à les conduire à Lambesc, où elle se rendait.

Blanche, malgré les cahots, s'endormit

profondément et ne se réveilla qu'à la porte de Lambesc. Ce sommeil avait calmé son sang; elle se sentait plus paisible et plus forte. Les deux amants descendirent de voiture. L'aurore venait, une aurore fraîche et radieuse qui les pénétra d'espérance. Tous les cauchemars de la nuit s'en étaient allés; les fugitifs avaient oublié les rochers de Septème, et marchaient côte à côte, dans l'herbe humide, ivres de leur jeunesse et de leur amour.

N'ayant pas trouvé M. de Girousse, auquel Philippe avait résolu de demander l'hospitalité, ils allèrent à l'auberge. Ils goûtèrent enfin une journée de paix, dans une chambre retirée, tout à leur passion. Le soir, l'aubergiste, croyant héberger un frère et sa sœur, voulut faire deux lits. Blanche sourit; elle avait maintenant le courage de ses tendresses.

— Faites un seul lit, dit-elle. Monsieur est mon mari.

Le lendemain, Philippe alla trouver M. de Girousse qui était de retour. Il lui conta toute l'histoire et lui demanda conseil.

— Diable ! s'écria le vieux noble, votre cas est grave. Vous savez que vous êtes un manant, mon ami; il y a cent ans, M. de Cazalis vous aurait pendu pour avoir osé toucher à sa nièce; aujourd'hui, il ne pourra que vous faire jeter en prison. Croyez qu'il n'y manquera pas.

— Mais que dois-je faire, maintenant ?

— Ce que vous devez faire ? Rendre la jeune fille à son oncle et gagner la frontière au plus vite.

— Vous savez bien que je ne ferai jamais cela.

— Alors, attendez tranquillement qu'on vous arrête... je n'ai pas d'autres conseils à vous donner. Voilà.

M. de Girousse avait une brusquerie amicale qui cachait le meilleur cœur du monde. Comme Philippe, confus de la sécheresse de son accueil, allait s'éloigner, il le rappela, et lui prenant la main :

— Mon devoir, reprit-il, avec une légère amertume, serait de vous faire arrêter. J'appartiens à cette noblesse que vous venez d'outrager... Ecoutez, je dois avoir de l'autre côté de Lambesc une petite maison inhabitée dont je vais vous remettre la clef. Allez vous cacher là, mais ne me dites pas que vous y allez. Sans cela je vous envoie les gendarmes.

C'est ainsi que les amants restèrent pendant près de huit jours à Lambesc. Ils y vécurent, retirés, dans une paix que troublaient par instants des épouvantes soudaines. Philippe avait reçu les mille francs de Marius ; Blanche devenait une petite ménagère, et les amants mangeaient avec délices dans la même assiette.

Cette existence nouvelle semblait un rêve à la jeune fille. Par moments, elle ne savait plus pourquoi elle était la maîtresse de Philippe ; elle se révoltait alors, elle aurait voulu retourner chez son oncle ; mais elle n'osait dire cela tout haut, elle se sentait faible, et seule elle avait accepté la fuite et elle n'avait pas le courage de revenir sur ses pas.

On était alors dans l'octave de la Fête-Dieu. Une après-midi, comme Blanche se mettait à la fenêtre, elle vit passer une procession. Elle s'agenouilla et joignit les mains. Elle crut se voir, en robe blanche, parmi les chanteuses, et son cœur se déchira.

Le soir même, Philippe reçut un billet anonyme. On l'avertissait qu'il devait être arrêté le lendemain. Il crut reconnaître l'écriture de M. de Girousse. La fuite recommença, plus rude et plus douloureuse.

VI

Alors ce fut une vraie déroute, une fuite sans trève ni repos, une épouvante de toutes les minutes. Poussés à droite et à gauche par leur effroi, croyant sans cesse entendre derrière eux des galops de chevaux, passant les nuits à courir les grands chemins et les jours à trembler dans de sales chambres d'auberge, les fugitifs traversèrent à plusieurs reprises la Provence, allant en avant et revenant sur leurs pas, ne sachant où trouver une retraite inconnue, perdue au fond de quelque désert.

En quittant Lambesc, par une terrible nuit de mistral, ils montèrent vers Avignon. Ils avaient loué une petite charrette; le vent aveuglait le cheval, Blanche frissonnait dans sa misérable robe d'indienne. Pour comble de malheur, ils crurent voir de loin, à une porte de la ville, des gendarmes qui regardaient les passants au visage. Effrayés, ils rebroussèrent chemin, ils revinrent à Lambesc qu'ils ne firent que traverser.

Arrivés à Aix, ils n'osèrent y rester, ils résolurent de gagner la frontière à tout prix. Là, ils se procureraient un passe-port, ils se mettraient en sûreté. Philippe, qui connaissait un pharmacien à Toulon, décida qu'ils passeraient par cette ville; il espérait que son ami pourrait lui faciliter la fuite.

Le pharmacien, un gros garçon réjoui qui se nommait Jourdan, les reçut à merveille. Il les cacha dans sa propre chambre et leur dit qu'il allait sur-le-champ chercher à leur procurer un passe-port.

Jourdan était sorti, lorsque deux gendarmes se présentèrent.

Blanche faillit s'évanouir; pâle, assise dans un coin, elle retenait ses sanglots. Philippe, d'une voix étranglée, demanda aux gendarmes ce qu'ils désiraient.

— Etes-vous le sieur Jourdan? interrogea l'un d'eux avec une rudesse de mauvais augure.

— Non, répondit le jeune homme. M. Jourdan est sorti; il va rentrer.

— Bien, dit sèchement le gendarme.

Et il s'assit pesamment. Les deux pauvres amoureux n'osaient se regarder; ils étaient terrifiés, ils éprouvaient un malaise indicible en présence de ces hommes qui venaient sans doute les chercher. Leur supplice dura une grande demi-heure. Enfin Jourdan rentra; il pâlit en apercevant les gendarmes, et répondit à leur question avec un trouble inexprimable.

— Veuillez nous suivre, lui dit un de ces hommes.

— Mais pourquoi? demanda-t-il. Qu'ai-je fait?

— On vous accuse d'avoir triché au jeu, hier au soir, dans un cercle. Vous vous expliquerez chez le juge d'instruction.

Un frisson de terreur secoua Jourdan. Il avait le visage bouleversé, pareil à celui d'un cadavre. Il demeura comme foudroyé, et suivit avec la docilité d'un enfant les gendarmes, qui se retirèrent sans même voir l'épouvante de Blanche et de Philippe.

L'histoire de Jourdan, en ce temps-là, fit grand bruit dans Toulon. Mais personne ne connut le drame intime et poignant qui s'était passé chez le pharmacien, le jour de son arrestation.

Ce drame découragea Philippe. Il comprit qu'il était trop faible pour échapper à la justice humaine qui le traquait. Puis, maintenant, il n'espérait plus se procurer un passe-port, il ne pouvait franchir la frontière. D'ailleurs, il voyait bien que Blanche commençait à se lasser. Il résolut alors de se rapprocher de Marseille et d'attendre, dans les environs de cette ville, que la colère de M. de Cazalis se fût un peu apaisée. Comme tous ceux qui n'ont plus d'espérance, il se sentait par moment des espoirs ridicules de pardon et de bonheur.

Philippe avait à Aix un parent nommé Isnard, qui tenait une boutique de mercerie. Les fugitifs ne sachant plus à

quelle porte frapper, revinrent à Aix,
pour demander à Isnard la clef d'un de
ses bastidons. La fatalité les poursuivait:
ils ne trouvèrent pas le mercier chez lui
et furent obligés d'aller se cacher dans
une vieille maison du cours Sextius, chez
une cousine du méger de M. de Girousse.
Cette femme ne voulait pas les recevoir,
craignant qu'on ne lui fît plus tard un
crime de son hospitalité; elle ne céda que
devant les promesses de Philippe qui lui
jura de faire exempter son fils du service
militaire. Le jeune homme était sans
doute dans une heure d'espérance; il se
voyait déjà le neveu d'un député, et usait
largement de la toute-puissance de son
oncle.

Le soir, Isnard vint trouver les amants
et leur remit la clef d'un bastidon qu'il
avait dans la plaine de Puyricard. Il en
possédait deux autres, l'un au Tholonet,
l'autre au quartier des Trois-bons-Dieux,
Les clefs de ceux-là étaient cachées sous
certaines grosses pierres qu'il leur désigna. Il leur conseilla de ne pas dormir
deux nuits de suite sous le même toit et
leur promit de faire tous ses efforts pour
dépister la police.

Les amants partirent et prirent le chemin qui passe le long de l'Hôpital.

Le bastidon d'Isnard était situé à droite
de Puyricard, entre le village et le chemin de Venelles. C'était une de ces laides
petites bâtisses, faites de chaux et de

pierres sèches, égayées par des tuiles
rouges; il n'y avait qu'une pièce, une
sorte d'écurie sale; des débris de paille
traînaient à terre et de grandes toiles d'a-
raignée pendaient au plafond.

Les amants avaient heureusement une
couverture. Ils amassèrent les débris de
paille dans un coin et étendirent la couverture sur le tas. Ils couchèrent là, au
milieu des âcres exhalaisons de l'humidité.

Le lendemain, ils passèrent la journée
dans un trou du torrent desséché de la
Touloubre. Puis, vers le soir, ils gagnèrent
le chemin de Venelles, firent un détour
pour éviter de passer dans Aix, et gagnèrent le Tholonet. Ils arrivèrent à onze
heures au bastidon que le mercier possédait en dessous de l'Oratoire des jésuites.

La maison était plus convenable. Il y
avait deux pièces, une cuisine et une
salle à manger dans laquelle se trouvait
un lit de sangle; les murs étaient cou-
verts de caricatures coupées dans le
Charivari, et des liasses d'oignons pendaient des poutres blanchies à la chaux.
Les deux amants purent se croire dans
un palais.

Au réveil, la peur les prit de nouveau;
il gravirent la colline et restèrent jusqu'à la nuit dans les gorges des Infernets.
A cette époque, les précipices de Jaumegarde gardaient encore toute leur sinistre
horreur; le canal d'Aix n'avait point

troué la montagne, et les promeneurs ne s'aventuraient pas dans cet entonnoir funèbre de rochers rougeâtres. Blanche et Philippe goûtèrent une paix profonde au fond de ce désert; ils se reposèrent longtemps près d'une fontaine qui coule, claire et chantante, d'un bloc de pierres gigantesque.

Avec la nuit revint le cruel souci du coucher. Blanche avait peine à marcher; ses pieds meurtris saignaient sur les cailloux pointus et tranchants. Philippe comprit qu'il ne pouvait la conduire loin. Il la soutint, et lentement ils montèrent sur le plateau qui domine les Infernets. Là s'étendent des landes incultes, de vastes champs de cailloux, des terrains vagues creusés de loin en loin par des carrières abandonnées. Je ne connais rien de si étrangement sinistre que ce large paysage aux horizons d'une ampleur lugubre, tachés çà et là d'une verdure basse et noire; les rocs, pareils à des membres brisés, percent la terre maigre; la plaine, comme bossue, semble avoir été frappée de mort au milieu des convulsions d'une effroyable agonie.

Philippe espérait trouver un trou, une caverne. Il eut la bonne fortune de rencontrer un poste, une de ces logettes dans lesquelles les chasseurs se cachent pour attendre les oiseaux de passage. Il enfonça la porte de la cabane sans aucun scrupule et fit asseoir Blanche sur

un petit banc qu'il sentit sous sa main.
Puis il alla arracher une grande quantité
de thym; le plateau est couvert de cette
humble plante grise dont la senteur âpre
traîne sur toutes les collines de la Provence.

Philippe entassa le thym dans le poste
et en fit ainsi une sorte de paillasse, sur
laquelle il étendit la couverture. Le lit
était fait.

Et les deux amants, sur cette couche
misérable, se donnèrent le baiser du
soir. Ah! que ce baiser contenait de
souffrance douce et de volupté amère!
Blanche et Philippe s'embrassaient avec
un emportement cruel, avec toutes les
fougues de la passion et toutes les colères
du désespoir.

L'amour de Philippe était devenu de la
rage. Sans cesse obligé de fuir, menacé
dans ses rêves de richesse, sous le coup
d'un châtiment implacable, le jeune
homme se révoltait et apaisait ses révoltes en pressant Blanche entre ses bras à
la briser. Cette jeune fille, qui s'abandonnait à ses étreintes, était pour lui une
vengeance; il la possédait en maître
irrité, il la pliait sous ses baisers, se hâ-
tant de satisfaire son cœur tandis qu'il
était libre encore.

Son orgueil grandissait dans une jouissance infinie. Tous ses mauvais instincts
d'ambition se contentaient largement.
Lui, fils du peuple, il tenait, enfin, sur

sa poitrine, une fille de ces hommes puissants et fiers dont les équipages lui avaient parfois jeté de la boue à la face. Et il se rappelait les légendes du pays, les vexations des nobles, le martyre du peuple, toutes les lâchetés de ses pères devant les caprices cruels de la noblesse. Alors il se vengeait, il étouffait Blanche dans ses caresses, il la dominait de tous les emportements de son sang.

Il avait fini par goûter une joie amère à la faire courir dans les pierres des chemins. Il ne s'avouait pas ces pensées mauvaises, il se cachait à lui-même la cruauté de sa conduite. La vérité était que l'angoisse et la fatigue de sa maîtresse la lui rendaient plus chère et plus désirable. Il l'aurait moins aimée dans un salon, en pleine paix. Le soir, lorsque, brisée de fatigue, elle tombait à son côté, il l'embrassait avec une joie cruelle; les souffrances de l'enfant étaient un aiguillon de plus qui exaltait sa passion.

Les amants avaient passé une nuit folle, dans la saleté du bastidon de Puyricard. Ils étaient là, couchés sur la paille, au milieu des toiles d'araignée, séparés du monde. Autour d'eux tombait le grand silence des cieux endormis. Et ils pouvaient s'aimer en paix, ils ne tremblaient plus, ils étaient tout à leur amour. Philippe n'aurait pas donné sa couche de paille pour un lit royal; il se disait, avec des transports d'orgueil, qu'il tenait dans

une écurie une descendante des Cazalis.

Et le lendemain et les jours suivants,
quelle jouissance poignante de traîner
Blanche à sa suite, au fond des déserts
de Jaumegarde! Il emportait sa maîtresse
avec des délicatesses de père et des violences de bête fauve.

Il ne put dormir dans le poste; l'odeur
forte du thym, sur lequel il était couché,
le rendit comme fou. Il rêva tout éveillé
que M. de Cazalis le recevait avec tendresse et qu'on le nommait député en
remplacement de son oncle. Par moments, il entendait les soupirs douloureux de Blanche qui sommeillait à son
côté, fiévreuse et agitée.

La jeune fille en était arrivée à considérer sa fuite avec Philippe comme un
cauchemar plein de plaisirs cuisants.
Elle restait, durant le jour, hébétée par
la fatigue; elle souriait tristement, elle
ne se plaignait jamais. Son inexpérience
lui avait fait accepter le départ, et son
caractère faible l'empêchait de demander
le retour. Elle appartenait corps et âme
à cet homme qui l'emportait dans ses
bras; elle eût voulu ne plus tant marcher, mais elle ne songeait pas à quitter
Philippe; elle continuait naïvement à
croire que son oncle la marierait avec
lui, et qu'il s'agissait uniquement de courir encore les rochers pendant quelques
jours. C'était une grande enfant, qui

avait eu le malheur d'être femme avant l'âge.

Dès le lever du soleil, les fugitifs quittèrent leur couche de thym. Leurs vêtements commençaient à se déchirer terriblement, et la pauvre Blanche avait aux pieds des souliers percés. Dans les fraîcheurs du matin, au milieu des parfums âcres du plateau que les jeunes rayons inondaient de lueurs jaunes et roses, les amants oublièrent pour une heure leur misère et leur abandon. Ils déclarèrent, en riant, qu'ils avaient une faim atroce.

Alors Philippe fit rentrer Blanche dans le poste et courut au Tholonet chercher des provisions. Il lui fallut une grande demi heure. Quant il revint, il trouva la jeune fille effrayée ; elle affirmait qu'elle avait vu passer des loups.

La table fut mise sur une large dalle de pierre. On eût dit un couple de bohémiens amoureux déjeunant en plein air. Après le déjeuner, les amants gagnèrent le centre du plateau, qu'ils ne quittèrent pas de la journée. Ils y goûtèrent peut-être les heures les plus heureuses de leurs amours.

Mais quand vint le crépuscule, la peur les prit, ils ne voulurent point passer encore une nuit dans cette solitude. L'air tiède et pur de la colline leur avait donné des espérances, des pensées plus douces.

— Tu es lasse, ma pauvre enfant ? demanda Philippe à Blanche.

— Oh ! oui, répondit la jeune fille.

— Ecoute, nous allons faire une dernière course. Gagnons le bastidon qu'Isnard possède au quartier des Trois-bons-Dieux, et restons là jusqu'à ce que ton oncle nous pardonne ou jusqu'à ce qu'il me fasse arrêter.

— Mon oncle pardonnera.

— Je n'ose te croire... En tous cas, je ne veux plus fuir, tu as besoin de repos. Viens, nous marcherons doucement.

Ils traversèrent le plateau, s'éloignant des Infernets, laissant à droite le château de Saint-Marc, qu'ils voyaient sur la hauteur. Au bout d'une heure ils étaient arrivés.

Le bastidon d'Isnard se trouvait situé sur le coteau qui s'étend à gauche de la route de Vauvenargues, lorsqu'on a dépassé le vallon de Repentance. C'était une petite maison à un étage ; en bas, il y avait une seule pièce, dans laquelle étaient une table boiteuse et trois chaises dépaillées. On montait par une échelle en bois à la chambre du haut, sorte de grenier entièrement nu, où les amants trouvèrent pour tout meuble un mauvais matelas posé sur un tas de foin. Isnard avait charitablement mis un drap de lit blanc au pied du matelas.

L'intention de Philippe était d'aller le lendemain à Aix et de se renseigner sur les dispositions de M. de Cazalis à son égard. Il comprenait qu'il ne pouvait se cacher plus longtemps; il se coucha, presque paisible, calmé par les bonnes paroles de Blanche qui jugeait les événements avec ses espoirs de jeune fille.

Il y avait vingt jours que les fugitifs couraient les champs. Depuis vingt jours la gendarmerie battait le pays, les suivant à la piste, faisant parfois fausse route, remise chaque fois dans le bon chemin par quelque circonstance légère. La colère de M. de Cazalis s'était accrue devant toutes ces lenteurs; son orgueil s'irritait à chaque nouvel obstacle. A Lambesc, les gendarmes s'étaient présentés quelques heures trop tard; à Toulon, le passage des fugitifs avait été seulement signalé le lendemain de leur retour à Aix; partout Philippe et Blanche s'échappaient comme par miracle. Le député finissait par accuser la police de mauvaise volonté.

On lui affirma, enfin, que les amants se trouvaient dans les environs d'Aix, et qu'ils allaient être arrêtés. Il accourut à Aix, et il voulut assister aux recherches.

La femme du cours Sextius, qui avait hébergé Blanche et Philippe pendant quelques heures, fut prise de terreur; pour ne pas être accusée de complicité, elle conta tout, elle dit que les jeunes gens devaient être cachés dans un des bastidons d'Isnard.

Isnard, interrogé, nia tranquillement.

Il déclara qu'il n'avait pas vu son parent depuis plusieurs mois. Ceci se passait à l'heure même où Philippe et Blanche entraient dans le bastidon du quartier des Trois-bons-Dieux. Le mercier ne put avertir les amants pendant la nuit. Le lendemain matin, à cinq heures, un commissaire de police frappait à sa porte et lui annonçait qu'une perquisition allait être faite chez lui et dans ses trois propriétés.

M. de Cazalis resta à Aix, déclarant qu'il craignait de tuer l'infâme séducteur de sa nièce, si jamais il se rencontrait face à face avec lui. Les agents qui s'étaient chargés de visiter le bastidon de Puyricard, trouvèrent le nid vide. Isnard offrit obligeamment de conduire deux gendarmes à sa campagne du Tholonet, se doutant qu'il ferait une promenade inutile. Le commissaire de police, accompagné également de deux gendarmes, se dirigea vers les Trois-bons-Dieux; il avait emmené un serrurier avec lui, Isnard ayant répondu vaguement que la clef de la maison était cachée sous une pierre, à droite de la porte.

Il était environ six heures, lorsque le commisssaire arriva devant la campagne. Toutes les ouvertures étaient closes; aucun bruit ne venait de l'intérieur. Le commissaire s'avança et, d'une voix haute, frappant du poing le bois de la porte:

— Au nom de la loi, ouvrez! cria-t-il.

L'écho seul répondit. Rien ne bougea, Au bout de quelques minutes, se tournant vers le serrurier :

— Crochetez la porte, reprit le commissaire.

Le serrurier se mit à l'œuvre. On entendit dans le silence le grincement du fer. Alors le volet d'une fenêtre s'ouvrit violemment, et, au milieu des clartés blondes du soleil levant, le cou et les bras nus, apparut Philippe Cayol, dédaigneux et irrité.

— Que voulez-vous? dit-il, en s'accoudant fortement sur l'appui de la fenêtre.

Au premier coup frappé à la porte par le commissaire, Philippe et Blanche s'étaient réveillés brusquement. Assis tous deux sur le matelas, dans les frissons du réveil, ils avaient écouté avec anxiété le bruit des voix.

Le cri « Au nom de la loi ! » ce terrible cri qui retentit aux oreilles des coupables comme un éclat de foudre, avait frappé le jeune homme en pleine poitrine. Il s'était levé, frémissant, éperdu, ne sachant que faire. La jeune fille, accroupie, enveloppée dans le drap, les yeux encore gros de sommeil, pleurait de honte et de désespoir.

Philippe comprenait que tout était fini et qu'il n'avait plus qu'à se rendre. Et une sourde révolte montait en lui. Ainsi ses rêves étaient morts, il ne serait jamais le mari de Blanche, il avait enlevé

une héritière pour être jeté en prison ;
au dénouement, au lieu de l'heureuse
existence qu'il avait rêvée, il trouvait
un cachot. Alors une pensée de lâcheté
lui vint ; il songeait à laisser là sa maîtresse et à s'enfuir du côté de Vauvenargues, dans les gorges de Sainte-
Victoire ; peut-être pourrait-il s'échapper
par une fenêtre donnant sur le derrière
du bastidon. Il se pencha vers Blanche,
et, en balbutiant, à voix basse, il lui dit
son projet. La jeune fille, que les sanglots
étouffaient, ne l'entendit pas, ne le comprit pas. Il vit avec angoisse qu'elle n'é-
tait pas en état de protéger sa fuite.

A ce moment, il entendit le bruit sec
des crochets que le serrurier introduisait
dans la serrure. Le drame intime et poignant qui venait de se passer dans cette
chambre nue, avait duré au plus deux ou
trois minutes.

Philippe se sentit perdu, et son orgueil
irrité lui rendit le courage. S'il avait eu
des armes, il se serait défendu. Puis il se
dit qu'il n'était point un ravisseur, que
Blanche l'avait suivi volontairement et
qu'après tout la honte n'était pas pour
lui. C'est alors qu'il poussa le volet avec
colère, demandant ce qu'on lui voulait.

— Ouvrez-nous la porte, commanda le
commissaire. Nous vous dirons ensuite
ce que nous désirons.

Philippe descendit l'échelle de bois et
ouvrit la porte.

— Etes-vous le sieur Philippe Cayol?
reprit le commissaire.

— Oui, répondit le jeune homme avec
force.

— Alors je vous arrête comme coupable de rapt. Vous avez enlevé une jeune
fille de moins de seize ans, qui doit être
cachée avec vous.

Philippe eut un sourire dédaigneux.

— Mademoiselle Blanche de Cazalis est
en haut, dit-il. Elle pourra déclarer s'il
y a eu violence de ma part. Je ne sais ce
que vous voulez dire en parlant de rapt.
Je devais aujourd'hui même aller me jeter aux genoux de M. de Cazalis et lui
demander la main de sa nièce.

Blanche, pâle et frissonnante, venait
de descendre l'échelle. Elle s'était habillée à la hâte.

— Mademoiselle, lui dit le commissaire, j'ai ordre de vous ramener auprès
de votre oncle qui vous attend à Aix. Il
est dans les larmes.

— J'ai un grand chagrin d'avoir mé-
contenté mon oncle, répondit Blanche
avec une certaine fermeté. Mais il ne faut
point accuser M. Cayol, que j'ai suivi de
mon plein gré.

Et se tournant vers le jeune homme,
émue, près de sangloter encore :

— Espérez, Philippe, continua-t-elle,
je vous aime et je supplierai mon oncle
d'être bon pour nous. Notre séparation
ne durera que quelques jours.

Philippe la regardait d'un air triste, secouant la tête.

— Vous êtes une enfant peureuse et faible, répondit-il lentement.

Puis il ajouta d'un ton âpre :

— Souvenez-vous seulement que vous m'appartenez... Si vous m'abandonnez, à chaque heure de votre vie vous me trouverez en vous, vous sentirez toujours sur vos lèvres la brûlure ardente de mes baisers, et ce sera là votre châtiment.

Blanche pleurait.

— Aimez-moi bien, comme je vous aime moi-même, reprit le jeune homme d'une voix plus douce.

Le commissaire fit monter Blanche dans une voiture qu'il avait envoyé chercher, et la reconduisit à Aix, tandis que deux agents emmenaient Philippe et allaient l'écrouer dans la prison de cette ville.

VII

La nouvelle de l'arrestation n'arriva à Marseille que le lendemain. Ce fut un véritable événement. On avait vu, dans l'après-midi, M. de Cazalis passer en voiture avec sa nièce sur la Cannebière. Les bavardages allaient leur train; chacun parlait de l'attitude triomphante du député, de l'embarras et de la rougeur de Blanche. M. de Cazalis était homme à promener la jeune fille dans tout Marseille pour faire savoir au peuple que l'enfant était rentrée en son pouvoir et que sa race ne se mésallierait pas.

Marius, prévenu le matin par Fine, courut la ville pendant la matinée entière. La voix publique lui confirma la nouvelle; il put saisir au passage tous les détails de l'arrestation. Le fait, en quelques heures, était devenu légendaire, et les boutiquiers, les oisifs des carrefours le racontaient comme une histoire merveilleuse qui se serait passée cent ans auparavant. Le jeune homme, las d'entendre ces contes à dormir debout, se rendit à son bureau, la tête brisée, ne sachant à quoi se décider.

Par malheur, M. Martelly devait rester absent jusqu'au lendemain soir. Marius sentait le besoin d'agir au plus tôt; il aurait voulu tenter sur-le-champ quelque démarche qui le rassurât sur le sort de son frère. Ses craintes du premier instant s'étaient d'ailleurs un peu calmées; il avait réfléchi qu'après tout son frère ne pouvait être accusé d'enlèvement, et que Blanche serait toujours là pour le défendre. Il en vint à croire naïvement qu'il devait aller voir M. de Cazalis pour lui demander, au nom de son frère, la main de sa nièce.

Le lendemain matin, il s'habilla tout de noir, et il descendait, lorsque Fine se présenta comme à son ordinaire. La pauvre fille devint toute pâle lorsque Marius lui eut fait connaître le motif de sa sortie.

— Me permettez-vous de vous accompagner? demanda-t-elle d'une voix suppliante. J'attendrai en bas la réponse de la demoiselle et de son oncle.

Elle suivit Marius. Arrivé au cours Bonaparte, le jeune homme entra d'un pas ferme dans la maison du député, et se fit annoncer.

La colère aveugle de M. de Cazalis était tombée. Il tenait sa vengeance. Il allait pouvoir prouver sa toute-puissance en écrasant un de ces républicains qu'il détestait. Il ne désirait plus maintenant que goûter la joie cruelle de jouer avec sa proie. Il donna l'ordre d'introduire M. Marius Cayol. Il s'attendait à des larmes, à des supplications ardentes.

Le jeune homme le trouva au milieu d'un grand salon, debout, l'air hautain et implacable. Il s'avança vers lui, et, sans lui laisser le temps de parler, d'une voix calme et polie :

— Monsieur, lui dit-il, j'ai l'honneur de venir vous demander, au nom de mon frère, M. Philippe Cayol, la main de mademoiselle Blanche de Cazalis, votre nièce.

Le député fut littéralement foudroyé. Il ne put se fâcher, tant la demande de Marius lui parut d'une extravagance grotesque. Se reculant, regardant le jeune homme en face, riant avec dédain :

— Vous êtes fou, monsieur... répondit-il. Je sais que vous êtes un garçon laborieux et honnête, et c'est pour cela que je ne vous fais pas jeter à la porte par mes valets... Votre frère est un scélérat, un coquin qui sera puni comme il le mérite... Que voulez-vous de moi?

Marius, en entendant insulter son frère, avait eu une envie féroce de tomber à coups de poing, comme un vilain, sur le noble personnage. Il se retint et continua d'une voix que l'émotion commençait à faire trembler :

— Je vous l'ai dit, monsieur, je viens ici pour offrir à mademoiselle de Cazalis la seule réparation possible, le mariage. Ainsi sera lavée l'injure qui lui a été faite.

— Nous sommes au-dessus de l'injure, cria le député avec mépris. La honte pour une Cazalis n'est pas d'avoir été la maîtresse d'un Philippe Cayol; la honte pour elle serait de s'allier à des gens tels que vous.

— Les gens tels que nous ont d'autres croyances en matière d'honneur... D'ailleurs, je n'insiste pas; le devoir seul me dictait l'offre de réparation que vous refusez... Permettez-moi seulement d'ajouter que votre nièce accepterait sans doute cette offre, si j'avais l'honneur de m'adresser à elle.

— Vous croyez? dit M. de Cazalis d'un ton railleur.

Il sonna, et donna l'ordre de faire descendre sa nièce sur-le-champ. Blanche entra, pâle, les yeux rougis, comme brisée par des émotions trop fortes. En apercevant Marius, elle frissonna.

— Mademoiselle, lui dit froidement son oncle, voici monsieur qui demande votre main au nom de l'infâme que je ne veux pas nommer devant vous... Dites à monsieur ce que vous me disiez hier.

Blanche chancelait. Elle n'osa pas regarder Marius. Les yeux fixés sur son oncle, toute tremblante, d'une voix hésitante et faible :

— Je vous disais, murmura-t-elle, que j'avais été enlevée par la violence, et que je ferai tous mes efforts pour qu'on punisse l'attentat odieux dont j'ai été la victime.

Ces paroles furent récitées comme une leçon apprise. A l'exemple de saint Pierre, Blanche reniait son Dieu.

M. de Cazalis n'avait pas perdu son temps. Dès que sa nièce fut en son pouvoir, il pesa sur elle de tout son entêtement et de tout son orgueil. Il comprit qu'elle seule pouvait lui faire gagner la partie. Il fallait que la jeune fille mentît, qu'elle étouffât les révoltes et les cris de son cœur, qu'elle fût entre ses mains un instrument complaisant et passif.

Pendant quatre heures, il la tint sous ses paroles froides et aiguës. Il ne commit pas la maladresse de s'emporter. Il parla avec une hauteur écrasante, rappelant l'ancienneté de sa race, étalant sa puissance et sa fortune. Il eut des habiletés exquises, faisant d'un côté le tableau d'une mésalliance ridicule et vulgaire, montrant d'un autre côté les joies nobles d'un riche et grand mariage. Il attaqua la jeune fille par la coquetterie, par la vanité, par le luxe, par l'amour-propre; il la fatigua, la brisa, l'hébéta, la rendit telle qu'il la voulait, souple et inerte.

Au sortir de ce long entretien, de ce long martyre, Blanche était vaincue. Peut-être, sous les paroles accablantes de son oncle, son sang de patricienne s'était-il enfin révolté au souvenir des caresses brutales de Philippe; peut-être ses vanités d'enfant s'étaient-elles éveillées en entendant parler de toilettes luxueuses, d'honneurs de toutes sortes, de délicatesses mondaines. D'ailleurs, elle avait la tête trop faible, le cœur trop lâche pour résister à la volonté terrible du député. Chaque phrase de M. de Cazalis la frappait, l'écrasait, mettait en elle une anxiété douloureuse. Elle ne se sentait plus la puissance de vouloir. Elle avait aimé et suivi Philippe par faiblesse; maintenant elle allait se tourner contre lui également par faiblesse : c'était toujours la même âme timide et inexpérimentée. Elle accepta tout, elle promit tout. Elle avait hâte d'échapper au poids étouffant dont les discours de son oncle l'accablaient.

Lorsque Marius l'entendit faire son étrange déclaration, il demeura stupéfait, épouvanté. Il se rappelait l'attitude de la jeune fille chez le jardinier Ayasse; il la voyait pendue au cou de Philippe, toute pamée, confiante et amoureuse.

— Ah! mademoiselle, s'écria-t-il avec amertume, l'attentat odieux dont vous avez été la victime paraissait vous indigner moins le jour où vous m'avez prié à mains jointes d'implorer le pardon et le consentement de votre oncle... Avez-vous songé que votre mensonge causera la perte de l'homme que vous aimez peut-être encore et qui est votre époux devant Dieu?

Blanche, roidie, les lèvres serrées, regardait vaguement en face d'elle.

— Je ne sais ce que vous voulez dire, répondit-elle en balbutiant... Je ne fais pas de mensonge... J'ai cédé à la force... Cet homme m'a outragée, et mon oncle vengera l'honneur de notre famille.

Marius s'était redressé. Une colère généreuse avait grandi sa petite taille, et sa face maigre était devenue belle de justice et de vérité. Il regarda autour de lui, et, faisant un geste méprisant :

— Et je suis chez les Cazalis, dit-il lentement, je suis chez les descendants de cette famille illustre dont la Provence s'honore... Je ne savais point que le mensonge habitât dans cette demeure, et je ne m'attendais pas à trouver logées ici la calomnie et la lâcheté... Oh ! vous m'entendrez jusqu'au bout. Je veux jeter ma dignité de laquais à la face indigne de mes maîtres.

Puis se tournant vers le député, désignant Blanche qui tremblait :

— Cette enfant est innocente, continua-t-il, je lui pardonne sa faiblesse... Mais vous, monsieur, vous êtes un habile homme ; vous sauvegardez l'honneur des filles en faisant d'elles des menteuses et des cœurs lâches ; vous êtes vraiment un noble fils de vos pères... Si maintenant vous m'offriez pour mon frère la main de mademoiselle Blanche de Cazalis, je refuserais, car je n'ai jamais menti, je n'ai jamais commis une méchante action, et je rougirais de m'allier à des gens tels que vous.

M. de Cazalis plia sous l'emportement du jeune homme. Dès la première insulte, il avait appelé un grand diable de laquais qui se tenait debout sur le seuil de la porte. Comme il lui faisait signe de jeter Marius dehors, celui-ci reprit avec un éclat terrible :

— Je vous jure que je crie à l'assassin si cet homme fait un pas... Laissez-moi passer... Un jour, monsieur, je pourrai peut-être vous cracher au visage, devant tous, les vérités que je viens de vous dire dans ce salon.

Et il s'en alla, d'un pas lent et ferme. Il ne voyait plus la culpabilité de Philippe ; son frère devenait pour lui une victime qu'il voulait sauver et venger à tout prix. Dans ce caractère droit, le moindre mensonge, la moindre injustice amenaient une tempête. Déjà le scandale que M. de Cazalis avait soulevé, lors de la fuite, lui avait fait prendre la défense des fugitifs ; maintenant que Blanche mentait et que le député se servait de la calomnie, il aurait voulu être tout-puissant pour faire acte de justice et crier la vérité en pleine rue.

Il trouva sur le trottoir Fine que l'inquiétude dévorait.

— Eh bien ? lui demanda la jeune fille, dès qu'elle l'aperçut.

— Eh bien ! répondit Marius, ces gens sont de misérables menteurs et des fous orgueilleux.

Fine respira longuement. Un flot de sang monta à ses joues.

— Alors, reprit-elle, monsieur Philippe n'épouse pas la demoiselle ?

— La demoiselle, dit Marius en souriant amèrement, prétend que Philippe est un scélérat qui l'a enlevée avec violence... Mon frère est perdu.

Fine ne comprit pas. Elle baissa la tête, se demandant comment la demoiselle pouvait traiter son amant de scélérat. Et elle songeait qu'elle eût été bien heureuse d'être enlevée par Philippe, même avec violence. La colère de Marius l'enchantait : le mariage était manqué.

— Votre frère est perdu, murmura-t-elle avec une câlinerie tendre; oh ! je le sauverai... nous le sauverons.

VIII

Lorsque, le soir, Marius raconta à M. Martelly l'entrevue qu'il avait eue avec M. de Cazalis, l'armateur lui dit en hochant la tête :

— Je ne sais quel conseil vous donner, mon ami. Je n'ose vous désespérer ; mais vous serez vaincu, n'en doutez pas. Votre devoir est d'engager la lutte, et je vous seconderai de mon mieux. Avouons pourtant entre nous que nous sommes faibles et désarmés en face d'un adversaire qui a pour lui le clergé et la noblesse. Marseille et Aix n'aiment guère la monarchie de Juillet, et ces deux villes sont toutes dévouées à un député de l'opposition qui fait une guerre terrible à M. Thiers. Elles aideront M. de Cazalis dans sa vengeance ; je parle des gros bonnets, le peuple nous servirait, s'il pouvait servir quelqu'un. Le mieux serait de gagner à notre cause un membre influent du clergé. Ne connaissez-vous pas quelque prêtre en faveur auprès de notre évêque ?

Marius répondit qu'il connaissait l'abbé

Chastanier, un pauvre vieux bonhomme
qui ne devait avoir aucun pouvoir.

— N'importe, allez le voir, répondit
l'armateur. La bourgeoisie ne peut nous
être utile ; la noblesse nous jetterait honteusement à la porte, si nous allions quê-
ter chez elle des recommandations. Reste
l'Eglise. C'est là qu'il nous faut frapper.
Mettez-vous en campagne, je travaillerai
de mon côté.

Marius, dès le lendemain, se rendit à
Saint-Victor. L'abbé Chastanier le reçut
avec une sorte d'embarras effrayé.

— Ne me demandez rien, s'écria-t-il
dès les premiers mots du jeune homme.
On a su que je m'étais déjà occupé de
cette affaire, et j'ai reçu de graves reproches... Je vous l'ai dit, je ne suis qu'un
pauvre homme, je ne puis que prier Dieu.

L'attitude humble du vieillard toucha
Marius. Il allait s'éloigner, lorsque le
prêtre le retint et lui dit à voix basse :

— Ecoutez, il y a ici un homme, l'abbé
Donadéi, qui pourrait vous être utile. On
prétend qu'il est au mieux avec Monsei-
gneur. C'est un prêtre étranger, un Ita-
lien, je crois, qui a su se faire aimer de
tout le monde en quelques mois...

L'abbé Chastanier s'arrêta, hésitant,
semblant s'interroger lui-même. Le digne
homme songeait qu'il allait se compromettre terriblement, mais il ne pouvait
résister à la joie douce de rendre un service.

— Voulez-vous que je vous accompagne chez lui ? demanda-t-il brusquement.

Marius, qui avait remarqué sa courte hésitation, essaya de refuser ; mais le vieillard tint bon, il ne songeait plus à sa tranquillité personnelle, il songeait à contenter son cœur.

— Venez, reprit-il, l'abbé Donadéi demeure à deux pas d'ici, sur le boulevard de la Corderie.

Après quelques minutes de marche, l'abbé Chastanier s'arrêta devant une petite maison à un étage, une de ces maisons closes et discrètes qui ont de vagues senteurs de mystères.

— C'est ici, dit-il à Marius.

Une vieille servante vint leur ouvrir et les introduisit dans un étroit cabinet, aux tentures sombres, qui ressemblait à un boudoir austère.

L'abbé Donadéi les reçut avec une aisance souple. Son visage pâle, d'une finesse où perçait la ruse, n'exprima pas le moindre étonnement. Il approcha des siéges d'un geste câlin, demi-courbé, demi-souriant, faisant les honneurs de son bureau, comme une femme ferait les honneurs de son cabinet de toilette.

Il portait une longue robe noire, lâche à la taille. Il avait des mines coquettes dans ce costume sévère ; ses mains blanches et délicates sortaient toutes petites des larges manches, et son visage rasé gardait une fraîcheur tendre au milieu des boucles châtaines de ses cheveux. Il pouvait avoir trente ans environ.

Il s'assit dans un fauteuil et écouta, avec une gravité souriante, les paroles de Marius. Il lui fit répéter les détails scabreux de la fuite de Philippe et de Blanche; cette histoire paraissait l'intéresser infiniment.

L'abbé Donadéi était né à Rome. Il avait un oncle cardinal. Un beau jour, son oncle l'avait envoyé brusquement en France, sans qu'on ait jamais bien su pourquoi. A son arrivée, le bel abbé s'était vu forcé d'entrer au petit séminaire d'Aix comme professeur de langues vivantes. Une position si infime l'humilia à tel point, qu'il en tomba malade.

Le cardinal s'émut et recommanda son neveu à l'évêque de Marseille. Dès lors, l'ambition satisfaite guérit Donadéi. Il entra à Saint-Victor, et, comme le disait naïvement l'abbé Chastanier, il sut se faire aimer de tous en quelques mois. Sa caressante nature italienne, son visage doux et rose en firent un petit Jésus pour les dévotes sucrées de la paroisse. Il triomphait surtout lorsqu'il était en chaire : son léger accent donnait un charme étrange à ses sermons, et, quand il ouvrait ses bras, il savait imprimer à ses mains des tremblements d'émotion qui mettaient en larmes l'auditoire.

Comme presque tous les Italiens, il

était né pour l'intrigue. Il usa et abusa de
la recommandation de son oncle auprès
de l'évêque de Marseille. Bientôt il fut
une puissance, puissance occulte qui
agissait sous terre et qui ouvrait des
trous devant les pas de ceux dont elle
voulait se débarrasser. Il devint membre
d'un cercle religieux tout-puissant à Marseille, et, par sa souplesse, en souriant et
en pliant l'échine, il imposa sa volonté à
ses collègues, il se fit chef de parti. Alors
il se mêla de chaque événement, il se
glissa dans toutes les affaires; ce fut lui
qui fit nommer M. de Cazalis à la dépu-
tation, et il attendait une bonne occasion
pour demander au député le payement de
ses services. Son plan était de travailler
à la réussite des gens riches; plus tard,
lorsqu'il aurait mérité leur reconnaissance, il comptait les faire travailler à
leur tour à sa propre fortune.

Il questionna Marius avec complaisance; il parut, par son attention, par la
bienveillance de son accueil, être tout
disposé à l'aider dans son œuvre de délivrance. Le jeune homme se laissa prendre à la douceur aimable de ses manières, il lui ouvrit son âme, il lui dit ses
projets, il lui avoua que le clergé seul
pouvait sauver son frère. Enfin, il lui
demanda son aide auprès de Monsei-
gneur. Alors l'abbé Donadéi se leva, et,
d'un ton de raillerie austère:

— Monsieur, dit-il, mon caractère sacré me défend de me mêler de cette déplorable et scandaleuse affaire. Les ennemis de l'Eglise accusent trop souvent les prêtres de sortir de leurs sacristies. Je ne puis que demander à Dieu le pardon de votre frère.

Marius, consterné, s'était également levé. Il comprenait qu'il venait d'être joué par Donadéi. Il voulut faire bonne contenance.

— Je vous remercie, répondit-il. Les prières sont une aumône bien douce pour les malheureux. Demandez à Dieu que les hommes nous fassent justice.

Il se dirigea vers la porte, suivi par l'abbé Chastanier qui marchait la tête basse. Donadéi avait affecté de ne pas regarder le vieux prêtre.

Sur le seuil, le bel abbé, retrouvant toute sa légèreté gracieuse, retint un instant Marius.

— Vous êtes employé chez M. Martelly, e crois? lui demanda-t-il.

— Oui, monsieur, répondit le jeune homme étonné.

— C'est un homme d'une grande honorabilité. Mais je sais qu'il n'est pas de nos amis... Je professe cependant pour lui la plus profonde estime. Sa sœur, Mlle Claire, que j'ai l'honneur de diriger, est une de nos meilleures paroissiennes.

Et comme Marius le regardait, ne trouvant rien à répondre, Donadéi ajouta en rougissant légèrement:

— C'est une pesonne charmante, d'une piété exemplaire...

Il salua avec une exquise politesse et ferma la porte doucement. L'abbé Chastanier et Marius, restés seuls sur le trottoir, se regardèrent, et le jeune homme ne put s'empêcher de hausser les épaules. Le vieux prêtre était confus de voir un ministre de Dieu jouer ainsi la comédie. Il se tourna vers son compagnon et lui dit en hésitant :

— Mon ami, il ne faut pas en vouloir à Dieu, si ses ministres ne sont pas toujours ce qu'ils devraient être. Ce jeune homme que nous venons de voir, n'est coupable que d'ambition...

Il continua ainsi, excusant Donadéi. Marius le regardait, touché de sa bonté, et, malgré lui, il comparait ce vieillard pauvre et modeste au puissant et gracieux abbé, dont les sourires faisaient loi dans le diocèse. Alors il pensa que l'Eglise n'aimait pas ses fils d'un égal amour et que, comme toutes les mères, elle gâtait les visages roses et les cœurs rusés, et négligeait les âmes tendres et humbles qui se dévouent dans l'ombre.

Les deux visiteurs s'éloignaient, lorsqu'une voiture s'arrêta devant la petite maison close et discrète. Marius vit descendre M. de Cazalis de la voiture ; le député entra vivement chez l'abbé Donadéi.

— Tenez, regardez, mon père, s'écria

le jeune homme. Je suis certain que le caractère sacré de ce prêtre ne va pas lui défendre de travailler à la vengeance de M. de Cazalis.

Il eut la tentation de rentrer dans cette maison, où l'on faisait jouer à Dieu un rôle si misérable. Puis il se calma, il remercia l'abbé Chastanier, et s'éloigna, en se disant avec désespoir que la dernière porte de salut, celle dont le haut clergé tenait la clef, se fermait devant lui.

Le lendemain, M. Martelly lui rendit compte d'une démarche qu'il venait de tenter auprès du premier notaire de Marseille, M. Douglas, homme pieux qui, en moins de huit ans, était devenu une véritable puissance par sa riche clientèle et ses larges aumônes. Le nom de ce notaire était aimé et respecté. On parlait avec admiration des vertus de ce travailleur intègre qui vivait frugalement ; on avait une confiance sans bornes dans son honnêteté et dans l'activité de son intelligence.

M. Martelly s'était servi de son ministère pour placer quelques capitaux. Il espérait que, si Douglas voulait prêter son appui à Marius, ce dernier aurait une partie du clergé pour lui. Il se rendit chez le notaire et lui demanda son aide. Douglas, qui semblait très préoccupé, balbutia une réponse évasive, disant qu'il était surchargé d'affaires, qu'il ne pouvait lutter contre M. de Cazalis.

—Je n'ai pas insisté, dit M. Martelly à Marius, j'ai cru comprendre que votre adversaire vous avait devancé... Je suis pourtant étonné que M. Douglas, un homme probe, se soit laissé lier les mains... Maintenant, mon pauvre ami, je crois que la partie est bien perdue.

Marius n'avait plus aucune espérance.

Pendant un mois, il courut Marseille, tâchant de gagner à sa cause quelques hommes influents. Partout on le reçut froidement, avec une politesse railleuse. M. Martelly ne fut pas plus heureux. Le député avait rallié toute la noblesse et le haut clergé autour de lui. La bourgeoisie, les gens de commerce riaient sous cape, sans vouloir agir, ayant une peur atroce de se compromettre. Quant au peuple, il chansonnait M. de Cazalis et sa nièce, ne pouvant servir autrement Philippe Cayol.

Les jours s'écoulaient, l'instruction du procès criminel marchait bon train. Marius était aussi seul que le premier jour pour défendre son frère contre la haine de M. de Cazalis et les mensonges complaisants de Blanche. Il avait toujours à ses côtés M. Martelly qui se déclarait impuissant, et Fine, dont les bavardages emportés ne gagnaient à Philippe que les sympathies chaleureuses des filles du peuple.

Un matin, Marius apprit que son frère et le jardinier Ayasse venaient d'être

mis en accusation, le premier comme
coupable de rapt, le second comme complice de ce crime. Madame Cayol avait
été relâchée, les preuves manquant pour
l'impliquer dans le procès.

Marius courut embrasser sa mère. La
pauvre et sainte femme avait beaucoup
souffert pendant sa captivité; sa santé
chancelante se trouvait gravement compromise. Quelques jours après sa sortie
de prison, elle s'éteignait doucement
dans les bras de son fils, qui jurait en
sanglotant de venger sa mort.

Le convoi devint une cause de manifestation populaire. La mère de Philippe
fut conduite au cimetière Saint-Charles,
suivie d'un immense cortége de femme
du peuple, qui ne se gênaient pas pour
accuser tout haut M. de Cazalis. Peu
s'en fallut que ces femmes n'allassent
ensuite jeter des pierres dans les fenêtres du député.

En revenant de l'enterrement, Marius,
dans son petit logement de la rue Sainte,
se sentit seul au monde et se mit à pleurer amèrement. Les larmes le soulagè-
rent; il vit la route qu'il devait suivre
nettement tracée devant ses pas. Les
malheurs qui l'accablaient grandissaient
en lui l'amour de la vérité et la haine de
l'injustice. Il sentait que toute sa vie allait
être vouée à une œuvre sainte.

Il ne pouvait plus agir à Marseille. La
scène du drame se déplaçait. L'action

devait se dérouler maintenant à Aix, selon les péripéties du procès. Marius voulait être sur les lieux pour suivre les différentes phases de l'affaire et profiter des incidents qui se présenteraient. Il demanda à M. Martelly un congé d'un mois que celui-ci s'empressa de lui accorder.

Le jour de son départ, il trouva Fine à la diligence.

— Je vais à Aix avec vous, lui dit tranquillement la jeune fille.

— Mais c'est une folie! s'écria-t-il. Vous n'êtes point assez riche pour vous dévouer ainsi... Et vos fleurs, qui les vendra?

— Oh! j'ai mis à ma place une de mes amies, une fille qui demeure sur le même palier que moi, place aux Œufs... Je me suis dit comme ça : « Je puis leur être utile, » j'ai passé ma plus belle robe, et me voilà.

— Je vous remercie bien, répondit simplement Marius d'une voix émue.

IX

A Aix, Marius descendit chez Isnard, qui demeurait rue d'Italie. Le mercier n'avait pas été inquiété. On dédaignait sans doute une proie d'une aussi mince valeur.

Fine alla droit chez le geôlier de la prison, dont elle était la nièce par alliance. Elle avait son plan. Elle apportait un gros bouquet de roses qui fut reçu à merveille. Ses jolis sourires, sa vivacité caressante la firent en deux heures l'enfant gâtée de son oncle ; le geôlier était veuf et avait deux filles en bas âge, dont Fine fut tout de suite la petite mère.

Le procès ne devait commencer que dans les premiers jours de la semaine suivante. Marius, les bras liés, n'osant plus tenter une seule démarche, attendait avec angoisse l'ouverture des débats. Par moments, il avait encore la folie d'espérer, de compter sur un acquittement.

Se promenant un soir sur le Cours, il rencontra M. de Girousse, qui était venu de Lambesc pour assister au jugement de Philippe. Le vieux gentilhomme lui prit le bras, et, sans prononcer une parole, l'emmena dans son hôtel.

— Là, dit-il, en s'enfermant avec lui dans un grand salon, nous sommes seuls, mon ami. Je vais pouvoir être roturier à mon aise.

Marius souriait des allures brusques et originales du comte.

— Eh bien, continua celui-ci, vous ne me demandez pas de vous servir, de vous défendre contre de Cazalis?... Allons, vous êtes intelligent. Vous comprenez que je ne puis rien contre cette noblesse entêtée et vaniteuse à laquelle j'appartiens. Ah! votre frère a fait là un beau coup!

M. de Girousse marchait à grands pas dans le salon. Brusquement, il se planta devant Marius.

— Ecoutez bien notre histoire, dit-il d'une voix haute. Nous sommes, dans cette bonne ville, une cinquantaine de vieux bons hommes comme moi, qui vivons à part, cloîtrés au fond d'un passé mort à jamais. Nous nous disons la fine fleur de la Provence, et nous restons là, inactifs, à rouler nos pouces... D'ailleurs, nous sommes des gentilshommes, des cœurs chevaleresques, attendant avec dévotion le retour de leurs princes légitimes. Eh! mordieu! nous attendrons longtemps, si longtemps que la solitude et la paresse nous auront tués, avant que le moindre prince légitime ne se montre. Si nous avions de bons yeux, nous verrions marcher les événements. Nous crions aux faits : « Vous n'irez pas plus loin ! » et les faits nous passent tranquillement sur le corps et nous écrasent. J'enrage, lorsque je nous vois enfermés dans un entêtement aussi ridicule qu'héroïque. Dire que nous sommes presque tous riches, que nous pourrions presque tous faire des industriels intelligents qui travailleraient à la prospérité de la contrée, et que nous préférons moisir au fond de nos hôtels, comme de vieux débris d'un autre âge !

Il reprit haleine, puis continua avec plus de force :

— Et nous sommes tout orgueilleux de notre existence vide. Nous ne travaillons pas, par dédain pour le travail. Nous avons une sainte horreur du peuple, dont les mains sont noires... Ah ! votre frère a touché à une de nos filles ! On lui fera voir s'il est du même sang que nous. Nous allons nous liguer tous ensemble et donner une leçon aux vilains ; nous leur ôterons l'envie de se faire aimer de nos enfants. Quelques ecclésiastiques puissants nous seconderont ; ils sont fatalement liés à notre cause... Ce sera une bonne campagne pour notre vanité.

Après un instant de silence, M. de Girousse reprit en raillant :

— Notre vanité... Elle a reçu parfois

de larges accrocs. Quelques années avant ma naissance, un drame terrible se passa dans l'hôtel qui est voisin du mien. M. d'Entrecasteaux, président du Parlement, y assassina sa femme dans son lit; il lui coupa la gorge d'un coup de rasoir, poussé, dit-on, par une passion qu'il voulait contenter même à l'aide du crime. Le rasoir ne fut retrouvé que vingt-cinq jours après au fond du jardin; on trouva également dans le puits les bijoux de la victime que le meurtrier y avait jetés pour faire croire à la justice que l'assassinat avait eu le vol pour mobile. Le président d'Entrecasteaux prit la fuite et se retira, je crois, en Portugal où il mourut misérablement. Le Parlement le condamna par contumace à être roué vif... Vous voyez que nous avons aussi nos scélérats et que le peuple n'a rien à nous envier. Cette lâche cruauté d'un des nôtres porta, dans le temps, un rude coup à notre autorité. Un romancier pourrait faire une œuvre poignante de cette sanglante et lugubre histoire.

— Et nous savons aussi plier l'échine, dit encore M. de Girousse qui s'était remis à marcher. Ainsi, lorsque Fouché, le régicide, alors duc d'Otrante, fut, vers 1810, exilé un moment dans notre ville, toute la noblesse se traîna à ses pieds. Je me rappelle une anecdote qui montre à quelle plate servilité nous étions descen-

dus. Au 1er janvier 1811, on faisait queue
pour offrir à l'ancien conventionnel des
vœux de bonne année; dans le salon de
réception, on parlait du froid rigoureux
qu'il faisait, et un des visiteurs exprimait des craintes sur le sort des oliviers.
« Eh! que nous importent les oliviers!
s'écria un des nobles personnages, pourvu
que M. le duc se porte bien!... » Voilà
comme nous sommes, aujourd'hui, mon
ami : humbles avec les puissants, hau-
tains avec les faibles. Il y a sans doute
des exceptions, mais elles sont rares...
Vous voyez bien que votre frère sera
condamné. Notre orgueil, qui plie devant un Fouché, ne peut plier devant un
Cayol. Cela est logique... Bonsoir.

Et le comte congédia brusquement
Marius. Il s'était exaspéré lui-même en
parlant, il craignait que la colère ne
finît par lui faire dire des sottises.

Le lendemain, le jeune homme le rencontra de nouveau. M. de Girousse, comme la veille, l'entraîna dans son hôtel.
Il tenait à la main un journal où se trouvaient imprimés les noms des jurés qui
devaient juger Philippe.

Il frappa du doigt avec force sur le
journal.

— Voilà donc les hommes, s'écria-t-il,
qui vont juger votre frère!... Voulez-vous
que je vous raconte à leur sujet quelques
histoires? Ces histoires sont curieuses
et instructives.

M. de Girousse s'était assis. Il parcourait le journal du regard, avec des haussements d'épaules.

— C'est là, dit-il enfin, un jury de choix, une assemblée de gens riches qui ont intérêt à servir la cause de M. de Cazalis... Ils sont tous plus ou moins marguilliers, plus ou moins répandus dans les salons de la noblesse... Ils ont presque tous pour amis des hommes qui passent leurs matinées dans les églises, et qui exploitent leurs clients le reste du jour...

Puis il nomma les jurés un à un, et parla du monde qu'ils fréquentaient avec une violence indignée.

— Humbert, dit-il, le frère d'un négociant de Marseille, d'un marchand d'huile, honnête homme qui tient le haut du pavé et que tous les pauvres diables saluent. Il y a vingt ans, leur père n'était que petit commis. Aujourd'hui, les fils sont millionnaires, grâce à ses spéculations habiles. Une année, il vend à l'avance, au prix courant, une grande quantité d'huile. Quelques semaines après, le froid tue les oliviers, la récolte est perdue, il est ruiné s'il ne trompe ses clients. Mais notre homme préfère être trompeur que pauvre. Tandis que ses confrères livrent à perte de bonne marchandise, il achète toutes les huiles gâtées, toutes les huiles rances qu'il peut trouver, et il fait les livraisons promises. Les clients se plaignent, se fâchent. Le spéculateur répond avec sang-froid qu'il tient strictement ses promesses, et qu'on n'a rien de plus à lui demander. Et le tour est joué. Tout Marseille, qui connaît cette histoire, n'a pas assez de coups de chapeau pour cette homme adroit.

— Gautier... autre négociant de Marseille. Celui-là a un neveu, Paul Bertrand, qui a escroqué en grand. Ce Bertrand était associé avec un sieur Aubert, de New-York, qui lui envoyait des navires de marchandises dont le chargement devait être vendu à Marseille. Ils avaient chacun une part égale dans les bénéfices. Notre homme gagnait beaucoup d'argent à ce commerce, d'autant plus qu'il avait le soin de tromper son associé à chaque partage. Un jour, une crise éclate, les pertes arrivent.

Bertrand continue à accepter les marchandises que les navires apportent toujours, mais il refuse de payer les traites qu'Aubert tire sur lui, disant que les affaires vont mal et qu'il est gêné. Les traites font retour, et reviennent de nouveau, avec des frais énormes. Alors Bertrand déclare tranquillement qu'il ne veut pas payer, qu'il n'est pas obligé de rester éternellement l'associé d'Aubert et qu'il ne doit rien. Nouveau retour des traites, nouveaux frais, remboursement onéreux pour le négociant de New-York, indigné et surpris. Ce dernier, qui n'a pu plaider

que par procuration, a perdu le procès
en dommages-intérêts qu'il a intenté à
Bertrand ; on m'a affirmé que les deux
tiers de sa fortune, douze cent mille
francs, avaient disparu dans cette catas-
trophe... Bertrand reste le plus honnête
homme du monde ; il est membre de toutes les sociétés, de plusieurs congréga-
tions ; on l'envie et on l'honore...

— Dutailly.., un marchand de blé. Il
est arrivé anciennement à un de ses
gendres, Georges Fouque, une mésaventure dont ses amis se sont hâtés d'étouffer le scandale. Fouque, s'arrangeait toujours de manière à faire trouver des
avaries aux chargements que les navires
lui apportaient. Les sociétés d'assurances
payaient, sur le rapport d'un expert. Fa-
tiguées de payer toujours, ces sociétés
chargent de l'expertise un honnête boulanger, qui reçoit bientôt la visite de Fouque. Celui-ci, tout en causant de choses
indifférentes, lui glisse dans la main
quelques pièces d'or. Le boulanger laisse
tomber les pièces et, d'un coup de pied,
les lance au milieu de l'appartement. La
scène se passait devant plusieurs personnes... Fouque n'a rien perdu de son
crédit.

— Delorme... Celui-là habite une ville
voisine de Marseille. Il est retiré du commerce depuis longtemps. Ecoutez l'infamie que son cousin Mille a commise. Il
y a une trentaine d'années, la mère de

Mille tenait un magasin de mercerie. Lorsque la vieille dame se retira, elle céda son fonds à un de ses commis, garçon actif et intelligent qu'elle considérait presque comme un fils. Le jeune homme, nommé Michel, acquitta vite sa dette et augmenta tellement le cercle de ses affaires qu'il se vit obligé de prendre un associé. Il choisit un garçon de Marseille, Jean Martin, qui avait quelque argent, et qui paraissait être un homme d'honneur et de travail. C'était une fortune assurée que Michel offrait à son associé. Dans les commencements, tout alla pour le mieux. Les bénéfices augmentaient chaque année, et les deux associés mettaient chacun de côté des sommes rondes au bout de l'an. Mais Jean Martin, âpre au gain et qui rêvait une fortune rapide, finit par se dire qu'il gagnerait le double, s'il était seul.

La chose était difficile; Michel, en somme, était son bienfaiteur, et il avait pour ami le propriétaire de la maison, le fils de Mme Mille. Pour peu que ce dernier fût honnête, Jean Martin devait échouer dans son indigne projet. Il alla le voir, comptant trouver un homme de son espèce, et, en effet, il trouva en lui le coquin qu'il cherchait. Il lui offrit de passer un nouveau bail à son nom, moyennant une forte somme d'argent, et comme Mille se faisait marchander, il doubla, il tripla la somme. Mille, qui est un cuistre et un avare, se vendit le plus cher possible; le marché fut conclu. Alors Jean Martin joua auprès de Michel un rôle d'hypocrite; il lui dit qu'il désirait rompre leur acte de société pour aller s'établir plus loin; il lui désigna même le local qu'il avait loué. Michel, étonné, mais ne pouvant soupçonner l'infamie dont il devait être la victime, lui dit qu'il était libre de se retirer, et l'acte fut rompu.

Peu de temps après, le bail de Michel finissait: Jean Martin, son nouveau bail à la main, mettait triomphalement son associé à la porte...

De pareils crimes échappent à la justice humaine; mais les gens lâches et avides sont condamnés devant le tribunal des hommes d'honneur. Je n'ai pas assez de mépris pour ce Mille, qui était l'ami d'enfance, pour ainsi dire le frère de Michel, et qui l'a trahi d'une façon si vénale et si basse.

Il y a de ces consciences sales qui portent légèrement le poids d'une infamie. Puisqu'on ne peut conduire en cour d'assises ces criminels adroits, qui jettent leurs amis sur le pavé pour un sac de pièces de cent sous, il faudrait qu'on affichât leurs noms en grosses lettres dans les carrefours, et que chaque passant crachât sur ces noms. C'est là l'ignoble pilori qu'ils méritent...

Michel, qu'une pareille trahison avait rendu presque fou, alla s'établir plus loin; mais, n'ayant plus de clientèle, il perdit l'argent péniblement amassé par trente années de travail. Il est mort paralytique, dans des souffrances atroces, en criant que Mille et Martin étaient des misérables, des traîtres, et en demandant vengeance à ses fils...

Aujourd'hui ses fils travaillent, suent sang et eau pour se faire une position. Mille est allié aux premières familles de la ville; ses enfants sont riches, ils vivent grassement dans la dévotion et dans l'estime de tous.

— Faivre... Sa mère avait épousé en secondes noces un sieur Chabran, armateur et escompteur. Sous prétexte de spéculations malheureuses, Chabran écrit un jour à ses nombreux créanciers qu'il est obligé de suspendre ses payements. Quelques-uns consentent à lui donner du temps. La majorité veut poursuivre. Alors, Chabran se procure, en qualité d'employés, deux jeunes garçons auxquels il apprend, huit jours durant, une certaine leçon; puis, flanqué de ces deux petits êtres, parfaitement dressés, il va voir, l'un après l'autre, tous ses créanciers, se lamentant sur sa détresse, et demandant pitié pour ses deux fils, déguenillés et sans pain... Le tour réussit à merveille. Tous les créanciers déchirèrent leurs titres... Le lendemain, Chabran était à la Bourse, plus calme et plus insolent que jamais. Un courtier, qui ignorait l'affaire, vint lui proposer à escompter deux valeurs signées précisément des négociants qui avaient, la veille, donné quittance à ce misérable :

« Je ne fais rien, dit-il hautement, avec des gens de cette classe. »

Aujourd'hui, Chabran est à peu près retiré des affaires ; il habite une splendide villa, où il donne le dimanche de somptueux dîners.

— Gerominot... le président du cercle où il passe ses soirées, est un usurier de la pire espèce. Il a gagné, dit-on, à ce métier-là, un petit million, ce qui lui a permis de marier sa fille à un gros bonnet de la finance. Son nom est Pertigny. Mais, depuis la faillite qui lui a laissé dans les mains un capital de trois cent mille francs, il se fait appeler Félix. Cet adroit coquin avait fait, il y a quarante ans, une première faillite qui lui permit d'acheter une maison. Les créanciers reçurent quinze pour cent. Dix ans plus tard, une seconde faillite le mit à même d'acquérir une superbe maison de campagne. Ses créanciers reçurent le 10 pour cent. Il y a quinze ans à peine, il fit enfin une troisième faillite de 300,000 francs et offrit le 5 pour cent. Les créanciers ayant refusé, il leur prouva que tous ses biens étaient à sa femme, et il ne donna pas un centime...

Marius était écœuré, il fit un geste de

dégoût, comme pour interrompre ces récits honteux.

— Vous ne me croyez peut-être pas, reprit le terrible comte, avec une certaine hauteur. Vous êtes un jeune naïf, mon ami. Je n'ai pas fini, je veux que vous m'écoutiez jusqu'au bout.

M. de Girousse raillait avec une verve sinistre. Ses paroles, hautes et sifflantes, tombaient avec des bruits de fouet sur les gens dont il racontait les sales histoires. On reconnaissait le gentilhomme dédaigneux, à la liberté de ses paroles et à la fougue généreuse de son emportement.

Il nomma les jurés à la file ; il fouilla leur vie, et celle de leur famille, il en mit à nu toutes les hontes et toutes les misères. A peine en épargna-t-il quelques-uns. Puis il se posa violemment devant Marius et continua avec âpreté.

— Auriez-vous la naïveté de croire que tous ces millionnaires, que tous ces parvenus, que tous ces gens puissants qui vous dominent et vous écrasent aujourd'hui sont de petits saints, des justes, dont la vie est sans tache ? Ces hommes étalent, à Marseille surtout, leur vanité et leur insolence ; ils sont devenus dévots et cafards ; ils ont trompé jusqu'aux honnêtes gens qui les saluent et les estiment. En un mot, ils forment à eux tous une aristocratie ; leur passé est oublié ; on ne voit que leur richesse et leur probité de fraîche date. Eh bien! j'arrache les masques. Écoutez... Celui-ci a fait fortune en trahissant un ami; cet autre en vendant de la chair humaine; cet autre, en vendant sa femme ou sa fille; cet autre, en spéculant sur la misère de ses créanciers; cet autre, en rachetant à vil prix, après les avoir lui-même adroitement discréditées, toutes les actions d'une compagnie dont il était le gérant; cet autre en coulant un navire chargé de pierres en guise de marchandises, et en se faisant payer par la compagnie d'assurance le prix de cet étrange chargement; cet autre, associé sur parole, en refusant de partager les chances d'une opération, dès que cette opération est devenue mauvaise; cet autre en dissimulant son actif, en faisant deux ou trois faillites et en vivant ensuite comme un homme de bien; cet autre en vendant pour du vin de l'eau de Campêche ou du sang de bœuf; cet autre en accaparant les blés en mer pendant les années de disette; cet autre en fraudant le fisc sur une grande échelle, en essayant de corrompre les employés et en volant tout son saoûl l'administration; cet autre en mettant au bas de ses billets des signatures fausses de parents ou d'amis qui n'osent nier, le jour de l'échéance, et qui payent au besoin plutôt que de compromettre le faussaire; cet autre en incendiant lui-même son usine

ou ses vaisseaux, assurés au-delà de leur
valeur ; cet autre en déchirant et en jetant au feu les billets qu'il a arrachés des
mains de son créancier, le jour du payement ; cet autre en jouant à la Bourse
avec l'intention de ne pas payer, s'il
perd, et en refusant en effet de payer, ce
qui ne l'empêche pas de s'enrichir, huit
jours après, aux dépens de quelque dupe...

La respiration manqua à M. de Girousse. Il garda un long silence, laissant
sa colère se calmer. Ses lèvres s'ouvrirent de nouveau; il eut un sourire moins
amer.

— Je suis un peu misanthrope, dit-il
doucement à Marius, qui l'avait écouté
avec douleur et surprise, je vois tout en
noir. C'est que l'oisiveté à laquelle mon
titre me condamne, m'a permis d'étudier
les hontes de ce pays. Mais sachez qu'il
y a d'honnêtes gens parmi nous ; s'ils
voulaient se lever en masse, ils écrase-
raient aisément les coquins. Je prie Dieu
chaque soir que cette guerre civile de la
vertu contre le vice ait lieu au plus tôt...
Quant à vous, ne comptez que sur l'é-
quité de la magistrature ; vous trouverez
en elle un appui ferme, indépendant et
loyal. Ses membres ne rampent pas comme des esclaves devant les volontés du
riche et du puissant. J'ai toujours eu
pour la magistrature un respect fanati-
que, car elle représente la vérité et la
justice sur la terre.

Marius prit congé de M. de Girousse, tout bouleversé par les paroles ardentes qu'il venait d'entendre. Il prévoyait, que son frère serait impitoyablement condamné. L'ouverture des débats devait avoir lieu le lendemain.

X

UN PROCÈS SCANDALEUX

Tout Aix était en émoi. Le scandale éclate avec une énergie étrange dans les petites villes paisibles, où la curiosité des oisifs n'a pas chaque jour un nouvel aliment. Il n'était bruit que de Philippe et de Blanche ; on racontait en pleine rue les aventures des jeunes amants ; on disait tout haut que l'accusé était condamné à l'avance et que M. de Cazalis avait, par lui ou ses amis, demandé sa condamnation à chaque juré.

Le clergé d'Aix prêtait son appui au député, assez faiblement il est vrai ; il y avait alors, dans ce clergé, des hommes éminents et honorables auxquels il répugnait de travailler à une injustice. Quelques prêtres obéirent cependant aux influences venues du cercle religieux de Marseille, dont l'abbé Donadéi était, pour ainsi dire, le maître. Ces prêtres essayèrent, par des visites, par des démarches habiles, de lier les mains à la magistrature, dont on craignait l'esprit droit et ferme. Ils ne réussirent qu'à persuader aux jurés la sainteté de la cause de M. de Cazalis.

La noblesse les aida puissamment dans cette tâche. Elle se croyait engagée d'honneur à écraser Philippe Cayol. Elle le regardait comme un ennemi personnel qui avait osé attenter à la dignité d'un des siens et qui, par là même, l'avait insultée tout entière. A voir ces comtes et ces marquis se remuer, s'irriter, se liguer en masse, on eût cru que les ennemis se trouvaient aux portes de la ville. Il s'agissait simplement de faire condamner un pauvre diable, coupable d'amour et d'ambition.

Philippe avait aussi des amis, des défenseurs. Tout le peuple se déclarait franchement pour lui. Les basses classes blâmaient sa conduite, réprouvaient les moyens qu'il avait employés, disaient qu'il aurait mieux fait d'aimer et d'épouser une simple bourgeoise comme lui; mais, tout en condamnant ses actes, elles le défendaient bruyamment contre l'orgueil et la haine de M. de Cazalis. On savait dans la ville que Blanche, chez le juge d'instruction, avait renié son amour, et les filles du peuple, vraies provençales, c'est-à-dire dévouées et courageuses, la traitaient avec un mépris insultant. Elles l'appelaient « la renégate; » elles cherchaient à sa conduite des motifs honteux et ne se gênaient pas pour crier leur opinion sur les places, dans le langage énergique des rues.

Ce tapage compromettait singulière-

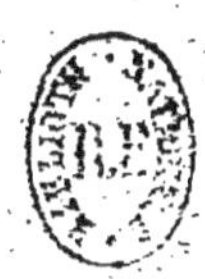

ment la cause de Philippe. La ville entière était dans le secret du drame qui
allait se jouer. Ceux qui avaient intérêt
à faire condamner l'accusé ne prenaient
même pas la peine de cacher leurs démarches, étant certains de leur triomphe;
ceux qui auraient voulu sauver le frère
de Marius, se sentant faibles et désarmés,
se soulageaient en criant, heureux d'irriter les gens puissants qu'ils n'avaient
pas l'espérance de vaincre.

M. de Cazalis avait, sans honte, traîné
sa nièce jusqu'à Aix. Pendant les premiers jours, il prit comme une volupté
orgueilleuse à la promener sur le Cours.
Il protestait par là contre l'idée de déshonneur que la foule attachait à la fuite
de la jeune fille; il semblait dire à tous :
« Vous voyez qu'un manant ne saurait
déshonorer une Cazalis. Ma nièce vous
domine encore du haut de son titre et de
sa fortune. »

Mais il ne put continuer longtemps de
pareilles promenades. La foule s'irrita
de son attitude, elle insulta Blanche, elle
manqua de jeter des pierres à l'oncle et
à la nièce. Les femmes surtout se montrèrent acharnées; elles ne comprenaient
pas que la jeune fille n'était point tant
coupable et qu'elle obéissait simplement
à une volonté de fer.

Blanche tremblait devant la colère populaire. Elle baissait les yeux pour ne
pas voir ces femmes qui la regardaient

avec des yeux ardents. Elle sentait derrière elle des gestes de mépris, elle entendait des mots horribles qu'elle ne comprenait pas, et ses jambes chancelaient, elle se tenait au bras de son oncle pour ne pas tomber. Pâle, frémissante, elle rentra un jour en déclarant qu'elle ne sortirait plus.

La pauvre enfant allait être mère.

Enfin les débats s'ouvrirent. Dès le matin, les portes du Palais-de-Justice furent assiégées; des groupes se formèrent au milieu de la place des Prêcheurs, gesticulant, parlant à voix haute. On clabaudait sur l'issue probable du procès, on discutait la culpabilité de Philippe et l'attitude de M. de Cazalis et de Blanche.

La salle des assises s'emplissait lentement. On avait ajouté plusieurs rangs de chaises pour les personnes munies de billets; ces personnes étaient en si grand nombre qu'elles durent presque toutes se tenir debout. Il y avait là la fine fleur de la noblesse, des avocats, des fonctionnaires, tous les personnages notables d'Aix. Jamais accusé n'avait eu un pareil parterre. Lorsqu'on ouvrit les portes pour laisser entrer le gros public, à peine quelques curieux purent-ils trouver place. Les autres furent obligés de stationner à la porte, dans les couloirs, jusque sur les marches du palais. Et, par moment, il s'élevait de cette foule des murmures, des huées, dont les bruits péné-

traient et grandissaient dans la salle,
troublant la tranquille majesté du lieu.

Les dames avaient envahi la tribune
Elles formaient, là-haut, une masse compacte de visage anxieux et souriants.
Celles qui étaient au premier rang s'éven-
taient, se penchaient, laissaient traîner
leurs mains gantées sur le velours rouge
de la balustrade. Puis, dans l'ombre,
montaient des rangs pressés de faces roses, dont on ne voyait pas les corps. Ces
faces roses étaient comme enfouies au
milieu des dentelles, des rubans, des
étoffes de soie et de satin; çà et là bril-
lait l'éclair rapide d'un bijou, lorsqu'une
des têtes se tournait.

Et, de cette foule rougissante et ba-
varde, tombaient des rires perlés, des
paroles adoucies, de petits cris aigus. Ces
dames étaient au spectacle.

Lorsque Philippe Cayol fut introduit,
il se fit un grand silence. Toutes les dames le dévorèrent du regard ; quelques-
unes d'entre elles braquèrent sur lui des
lorgnettes de théâtre, l'examinant de haut
en bas. Ce grand garçon, dont les traits
énergiques annonçaient les appétits violents, eut un succès d'estime. Les femmes, qui étaient venues pour juger du
goût de Blanche, trouvèrent sans doute
la jeune fille moins coupable, quand elles
virent la haute taille et les regards clairs
de son amant.

L'attitude de Philippe fut calme et di-

gne. Il était vêtu tout de noir. Il semblait
ignorer la présence de deux gendarmes
qui étaient à ses côtés, il se dressait et
s'asseyait avec les grâces d'un homme du
monde. Par moments, il regardait la
foule tranquillement, sans effronterie, Il
leva plusieurs fois les yeux vers la tribune, et, chaque fois, malgré lui, il eut
des sourires tendres ; ses incorrigibles
habitudes d'aimer et de vouloir plaire le
reprenaient, même devant la justice.

On lut l'acte d'accusation.

Cet acte était écrasant pour l'accusé.
Les faits, selon les dépositions de M. de
Cazalis et de sa nièce, s'y trouvaient in-
terprétés d'une façon habile et terrible.
On y disait que Philippe avait séduit
Blanche à l'aide de mauvais romans ; la
vérité était qu'il s'agissait de deux ouvrages de Mme de Genlis, parfaitement
puérils. L'accusation disait, en outre, en
acceptant la version de Blanche, que la
jeune fille avait été enlevée avec violence, qu'elle s'était cramponnée à un
amandier, et que, pendant toute la fuite,
le séducteur avait dû employer l'intimidation pour se faire suivre par sa victime. Enfin, le fait le plus grave consistait
dans une affirmation de Mlle de Cazalis :
elle prétendait qu'elle n'avait jamais écrit
de lettres à Philippe et que les deux lettres présentées par l'accusé étaient des
lettres antidatées qu'il lui avait fait écrire
à Lambesc, par mesure de précaution.

Lorsque la lecture de l'acte d'accusation fut achevée, la salle s'emplit du murmure bruyant des conversations particulières. Chacun, avant de venir au Palais, avait sa version, et chacun discutait, à demi-voix, le récit officiel. Au dehors, la foule poussait de véritables cris. Le président menaça de faire évacuer la salle, et le silence se rétablit peu à peu.

Alors on procéda à l'interrogatoire de Philippe Cayol.

Lorsque le président lui eut fait les demandes d'usage et qu'il lui eut répété les motifs de l'accusation qui pesait sur lui, le jeune homme, sans répondre, dit d'une voix claire :

— Je suis accusé d'avoir été enlevé par une jeune fille.

Ces paroles firent sourire tous les assistants. Les dames se cachèrent derrière leur éventail pour s'égayer à leur aise. C'est que la phrase de Philippe, toute folle et absurde qu'elle paraissait, contenait cependant l'exacte vérité. Le président fit remarquer avec raison que jamais on n'avait vu un jeune homme de trente ans enlevé par une jeune fille de seize ans.

— On n'a jamais vu non plus, répondit tranquillement Philippe, une jeune fille de seize ans courant les grands chemins, traversant des villes, rencontrant des centaines de personnes, et ne songeant pas à appeler le premier passant venu pour la délivrer de son séducteur, de son geôlier.

Et il s'attacha à montrer l'impossibilité matérielle de la violence et de l'intimidation dont on l'accusait. A chaque heure du jour, Blanche était libre de le quitter, de demander aide et secours ; si elle le suivait, c'est qu'elle l'aimait, c'est qu'elle avait consenti à la fuite. D'ailleurs, Philippe témoigna la plus grande tendresse pour la jeune fille et la plus grande déférence pour M. de Cazalis. Il reconnut ses torts, il demanda simplement qu'on ne fît pas de lui un séducteur indigne.

L'audience fut levée et renvoyée au lendemain pour l'audition des témoins. Le soir, la ville était bouleversée ; les dames parlaient de Philippe avec une indignation affectée, les hommes graves le traitaient avec plus ou moins de sévérité, les gens du peuple le défendaient avec énergie.

Le lendemain, la foule fut plus grande et plus bruyante encore, à la porte du Palais-de-Justice. Les témoins étaient presque tous des témoins à charge. M. de Girousse n'avait pas été cité ; on redoutait la franchise brusque de son esprit ; et, d'autre part, il aurait dû être plutôt arrêté comme complice. Marius, lui-même, était allé le prier de ne point se compromettre dans cette affaire ; il craignait, ainsi que ses adversaires, l'esprit violent du vieux comte, dont une boutade pouvait tout gâter.

Il n'y eût guère qu'une déposition en faveur de Philippe, celle de l'aubergiste de Lambesc, qui vint déclarer que Blanche donnait à son compagnon le titre de mari. Cette déposition fut comme effacée par celles des autres témoins. Marguerite, la laitière, balbutia et dit qu'elle ne se souvenait plus d'avoir apporté à l'accusé les lettres de Mlle de Cazalis. Chaque témoin servit ainsi les intérêts du député, soit par crainte, soit par sottise et manque de mémoire.

Les plaidoiries commencèrent et demandèrent une nouvelle audience. L'avocat de Philippe le défendit avec une simplicité digne. Il ne chercha pas à excuser ce qu'il y avait de coupable dans sa conduite; il le montra comme un homme ardent et ambitieux, qui s'était laissé égarer par des espoirs de richesse et d'amour. Mais, en même temps, il prouva que l'accusé ne pouvait être condamné pour rapt et que l'affaire en elle-même excluait toute idée de violence et d'intimidation.

Le réquisitoire du procureur du roi fut terrible. On comptait sur une certaine douceur, et les accusations énergiques du magistrat eurent un effet désastreux. Le jury rapporta un verdict affirmatif. Philippe Cayol fut condamné à cinq ans de réclusion et à l'exposition publique sur une place de Marseille. Le jardinier Ayasse fut puni de quelques mois de prison seulement.

De vagues rumeurs s'élevèrent dans la salle. Au dehors, la foule grondait.

XI

Blanche, cachée au fond de la tribune, avait assisté à la condamnation de Philippe. Elle était là, par ordre de son oncle, qui voulait achever de tuer ses tendresses en lui montrant son amant entre deux gendarmes, ainsi qu'un voleur. Une vieille parente s'était chargée de la conduire à ce spectacle édifiant.

Comme les deux femmes attendaient leur voiture, sur les marches du Palais, la foule qui se précipitait, les sépara brusquement. Blanche, entraînée au milieu de la place des Prêcheurs, fut reconnue par des femmes de la halle, qui se mirent à la huer et à l'insulter.

— C'est elle, c'est elle! criaient ces femmes, la renégate, la renégate!...

La pauvre enfant, éperdue, ne sachant où fuir, se mourait de honte et de peur, lorsqu'une jeune fille écarta puissamment le groupe hurlant qui l'entourait, et vint se planter à côté d'elle.

C'était Fine.

La bouquetière, elle aussi, venait d'assister à la condamnation de Philippe. Pendant près de trois heures, elle avait passé par toutes les angoisses de l'espoir et de la crainte; le réquisitoire du procureur du roi l'avait accablée, et elle s'était mise à pleurer en entendant prononcer le jugement.

Elle sortait du Palais, irritée, dans une surexcitation terrible, lorsqu'elle entendit les huées des femmes de la halle. Elle comprit que Blanche était là et qu'elle allait pouvoir se venger en l'injuriant; elle accourut, les poings fermés, l'insulte à la bouche. Selon elle, la jeune fille était la grande coupable; elle avait menti, elle avait commis un parjure et une lâcheté. A ces pensées, tout le sang plébéien de Fine lui montait à la face et la poussait à crier et à frapper.

Elle se précipita, elle écarta la foule pour prendre sa part de vengeance.

Mais lorsqu'elle fut devant Blanche, lorsqu'elle la vit pliée par l'effroi, cette enfant frissonnante et faible lui fit pitié. Elle la trouva toute petite, toute mignonne, d'une fragilité si délicate, qu'il lui vint au cœur une pensée généreuse de pardon. Elle repoussa d'un geste violent les femmes qui montraient le poing à la demoiselle, et, se cambrant, d'une voix haute et sèche :

— Eh bien ! cria-t-elle, n'avez-vous pas honte ?... Elle est seule, et vous êtes cent contre elle. Dieu n'a pas besoin de vos cris pour la punir.... Laissez-nous passer.

Elle avait pris la main de Blanche et se tenait droite et courroucée devant la foule qui murmurait et qui se serrait davantage pour ne pas livrer passage aux deux jeunes filles. Fine attendait, les lèvres pâles et tremblantes. Et, comme elle rassurait la demoiselle du regard, elle vit qu'elle allait être mère. Elle devint toute blanche, et, marchant vers les femmes du premier rang :

— Laissez-nous passer, reprit-elle avec plus d'éclat... Vous ne voyez donc pas, misérables, que la pauvre fille est enceinte et que vous allez tuer son enfant!...

Elle repoussa une grosse commère qui ricanait. Toutes les autres femmes s'écartèrent.

Les paroles de Fine les avaient subitement rendues silencieuses et compatissantes. Les jeunes filles purent alors s'éloigner entre deux haies de femmes, parmi lesquelles couraient de vagues murmures de regret. Blanche, rouge de honte, se serrait avec peur contre sa compagne et hâtait fiévreusement sa marche.

La bouquetière, pour éviter la rue du Pont-Moreau, alors pleine de monde et de tapage, prit la petite rue Saint-Jean. Arrivée sur le Cours, elle conduisit Mlle de Cazalis à son hôtel, dont la porte se trouvait ouverte. Pendant le trajet, elle n'avait pas prononcé une parole.

Blanche la força à entrer dans le vestibule, et là, poussant la porte à demi, se mettant presque à genoux :

— Oh ! mademoiselle, dit-elle d'une voix émue, que je vous remercie d'être venue à mon secours !... Ces méchantes femmes allaient me tuer.

— Ne me remerciez pas, répondit Fine avec brusquerie. J'étais venue comme les autres pour vous insulter, pour vous battre.

— Vous !

— Oui, je vous hais, je voudrais que vous fussiez morte au berceau.

Blanche regardait la bouquetière avec étonnement. Elle s'était redressée, ses instincts aristocratiques se révoltaient maintenant, et ses lèvres se plissaient légèrement de dédain. Les deux jeunes filles se trouvaient face à face, l'une avec toute sa grâce frêle, l'autre dans sa beauté fraîche et énergique. Elles se contemplaient, silencieuses, sentant gronder en elles la rivalité de leur race et de leur cœur.

— Vous êtes belle, vous êtes riche, reprit Fine avec amertume. Pourquoi êtes-vous venue me voler mon amant, puisque vous ne pouviez avoir plus tard pour lui que du mépris et de la colère ? Il fallait chercher dans votre monde ; vous auriez trouvé un garçon aussi pâle et aussi lâche que vous, qui aurait contenté vos amours de petite fille... Voyez-vous, ne prenez pas nos hommes, ou nous déchirerons vos visages roses.

— Je ne vous comprends pas, balbutia Blanche que la peur reprenait.

— Vous ne me comprenez pas... Ecoutez. J'aimais M. Philippe. Il venait m'acheter des roses, le matin, et mon cœur battait à se rompre, lorsque je lui donnais mes bouquets. Je sais à présent où allaient ces fleurs. On m'a dit un jour qu'il s'était enfui avec vous. J'ai pleuré, puis j'ai pensé que vous l'aimeriez bien et qu'il serait heureux. Et voilà que vous le faites mettre en prison... Tenez, ne parlons pas de cela, je me fâcherais, je vous frapperais...

Elle s'arrêta, haletante, puis continua, s'approchant, brûlant de son haleine ardente les joues glacées de Blanche:

— Vous ne savez donc pas comment nous aimons, nous les pauvres filles? Nous aimons de toute notre chair, de tout notre courage. Lorsque nous nous sauvons avec un homme, nous ne venons pas dire ensuite qu'il a profité de notre faiblesse. Nous le serrons avec force dans nos bras pour le défendre... Ah! si M. Philippe m'avait aimée! Mais je suis une malheureuse, une pauvresse, une laide...

Et Fine se mit à sangloter, aussi faible que mademoiselle de Cazalis. Celle-ci lui prit la main, et, la voix coupée de larmes :

— Par pitié, dit-elle, ne m'accusez
pas. Voulez-vous être mon amie, voulez-
vous que je mette mon cœur à nu devant
vous?... Je souffre tant, si vous saviez...
Moi, je ne puis rien, j'obéis à mon oncle
qui me brise dans ses mains de fer. Je
suis lâche, je le sais ; mais je n'ai pas la
force de n'être point lâche... Et j'aime
Philippe, je le trouve toujours en moi. Il
me l'a bien dit : « Ton châtiment, si jamais tu me trahis, sera de m'aimer éternellement, de me garder sans cesse dans
ta poitrine... » Il est là, il me brûle, il me
tuera. Tout à l'heure, quand on l'a condamné, j'ai senti en moi quelque chose
qui m'a fait tressaillir et qui m'a déchiré
les entrailles... Je pleure, voyez, je vous
demande grâce.

Toute la colère de Fine était tombée ;
elle soutint Blanche qui chancelait.

— Vous avez raison, continua la pauvre enfant, je ne mérite pas de pitié. J'ai
frappé celui que j'aime et qui ne m'aimera jamais plus... Ah! par grâce, s'il
devient un jour votre mari, dites-lui mes
larmes, demandez-lui mon pardon. Ce qui
me rend folle, c'est que je ne puis lui faire
savoir que je l'adore ; il rirait, il ne
comprendrait pas toute ma lâcheté...
Non, ne lui parlez pas de moi. Qu'il m'oublie, cela vaut mieux : je serai seule à
pleurer.

Il y eut un douloureux silence.

— Et votre enfant? demanda Fine.

— Mon enfant, dit Blanche avec égarement, je ne sais.... Mon oncle me le prendra.

— Voulez-vous que je lui serve de mère ?

La bouquetière prononça ces mots d'une voix tendre et grave. Mlle de Cazalis la serra entre ses bras dans une étreinte passionnée.

— Oh ! vous êtes bonne, vous savez aimer... Tâchez de me voir à Marseille. Quand l'heure sera venue, je me confierai à vous...

En ce moment, la vieille parente rentrait, après avoir en vain cherché Blanche dans la foule. Fine se restira lestement et remonta le Cours. Comme elle arrivait à la place des Carmélites, elle aperçut de loin Marius qui causait avec l'avocat de Philippe.

Le jeune homme était désespéré. Jamais il n'aurait cru qu'on pût condamner son frère à une peine si sévère. Les cinq années de prison l'épouvantaient ; mais il était peut-être encore plus douloureusement accablé par la pensée de l'exposition publique sur une place de Marseille. Il reconnaissait la main du député dans ce châtiment ; M. de Cazalis avait surtout voulu flétrir Philippe, le rendre à jamais indigne de l'amour d'une femme.

Autour de Marius, la foule criait à l'injustice ; il n'y avait qu'une voix dans le public pour protester contre l'énormité de la peine.

Et comme le jeune homme se récriait avec l'avocat, s'irritait et se désespérait, une main douce se posa sur son bras. Il se retourna vivement et aperçut Fine à son côté, calme et souriante.

— Espérez et suivez-moi, lui dit-elle à voix basse... Votre frère est sauvé.

XII

Pendant que Marius, avant le procès, courait la ville inutilement, Fine travaillait de son côté à l'œuvre de délivrance. Elle entreprenait une campagne en règle contre la conscience de son oncle, le geôlier Revertégat.

Elle s'etait installée chez lui. Elle passait ses journées dans la prison. Elle cherchait du matin au soir à se rendre utile, à se faire adorer de son parent qui vivait seul, comme un ours grondeur, avec ses deux petites filles. Elle l'attaqua dans son amour paternel ; elle eut des cajoleries charmantes pour les enfants, elle dépensa toutes ses économies en joujoux, en dragées, en chiffons de toilette.

Les petites n'avaient pas l'habitude d'être gâtées ; elles se prirent d'une tendresse bruyante pour leur grande cousine qui les faisait danser sur ses genoux et qui leur distribuait de si belles et de si bonnes choses. Le père fut attendri, il remercia Fine avec effusion.

Malgré lui, il subissait l'influence pénétrante de la jeune fille. Il grondait, lorsqu'il lui fallait quitter la chambre où elle était. La bouquetière semblait avoir apporté avec elle la senteur douce de ses fleurs, la fraîcheur de ses roses et de ses violettes. La loge du geôlier sentait bon, depuis qu'elle se trouvait là, rieuse et légère; ses jupes claires paraissaient y jeter de la lumière, de l'air, de la gaîté. Tout riait maintenant dans la salle noire, et Revertégat disait avec un gros rire que le printemps logeait chez lui. Le brave homme s'oubliait dans les effluves caressantes de ce printemps; son cœur s'amollissait, il se départait peu à peu de la rudesse et de la sévérité de son métier.

Fine était une fille trop rusée pour ne pas jouer son rôle avec une prudence caline. Elle ne brusqua rien, elle amena peu à peu le geôlier à la pitié et à la douceur. Puis, elle plaignit Philippe devant lui, elle le força à déclarer lui-même qu'on le retenait injustement en prison. Quand elle tint Revertégat dans ses mains, tout assoupi et tout obéissant, elle lui demanda si elle ne pouvait pas visiter la cellule du pauvre jeune homme. Le geôlier n'osa dire non; il conduisit sa nièce, la fit entrer et resta à la porte pour faire le guet.

Fine demeura toute sotte devant Philippe. Elle le regardait, confuse et rougissante, oubliant ce qu'elle voulait lui dire. Le jeune homme la reconnut et s'approcha vivement, d'un air tendre et charmé.

— Vous ici, ma chère enfant, s'écria-t-il. Ah ! que vous êtes gentille de venir me voir... Me permettez-vous de vous baiser la main ?

Philippe se croyait sûrement dans son petit appartement de la rue Sainte, et il n'était peut-être pas loin de rêver une nouvelle aventure. La bouquetière, surprise, presque blessée, retira sa main et regarda gravement l'amant de Blanche.

— Vous êtes fou, monsieur Philippe, répondit-elle. Vous savez bien que maintenant vous êtes marié pour moi... Parlons de choses sérieuses.

Elle baissa la voix et continua rapidement :

— Le geôlier est mon oncle, et, depuis huit jours, je travaille à votre délivrance. J'ai voulu vous voir pour vous dire que vos amis ne vous oublient pas... Espérez.

Philippe, en entendant ces bonnes paroles, regretta son accueil amoureux.

— Donnez-moi votre main, dit-il d'une voix émue. C'est un ami qui vous la demande pour vous la serrer en vieux camarade... Vous me pardonnez ?

La bouquetière sourit, sans répondre.

— Je pense, reprit-elle, pouvoir vous ouvrir prochainement la porte toute grande... Quel jour voulez-vous vous sauver ?

— Me sauver !... Mais je serai acquitté. A quoi bon fuir ! Si je m'échappais, je déclarerais par là même que je suis coupable.

Fine n'avait pas songé à ce raisonnement. Pour elle, Philippe était condamné à l'avance; mais, en somme, il avait raison, il fallait attendre le jugement. Comme elle gardait le silence, pensive et irrésolue, Revertégat frappa deux petits coups contre la porte pour la prier de quitter la cellule.

— Eh bien! reprit-elle en s'adressant au prisonnier, tenez-vous toujours prêt. Si vous êtes condamné, nous préparerons votre fuite, votre frère et moi... Ayez confiance.

Elle se retira, en laissant Philippe presque amoureux. Maintenant elle avait du temps devant elle pour gagner son oncle. Elle continua à suivre sa tactique, émerveillant le cher homme par sa bonté et sa grâce, l'apitoyant sur le sort du prisonnier. Elle mit dans la conspiration ses deux petites cousines, qui, sur un de ses désirs, auraient quitté leur père pour la suivre. Un soir, après avoir attendri Revertégat par toutes les cajoleries qu'elle put trouver en elle, elle en arriva enfin à lui demander carrément la liberté de Philippe.

— Pardieu! s'écria le geôlier, si cela ne dépendait que de moi, je lui ouvrirais tout de suite la porte.

— Mais cela ne dépend que de vous, mon oncle, répondit naïvement Fine.

— Ah ! tu crois... Le lendemain, on me mettrait sur le pavé, et je crèverais de faim avec mes deux filles.

Ces paroles rendirent la bouquetière toute sérieuse.

— Mais, reprit-elle au bout d'un instant, si je vous donnais de l'argent, moi, si j'aimais ce garçon, si je vous priais à mains jointes de me le rendre.

— Toi, toi !... dit le geôlier avec étonnement.

Il s'était levé, il regardait sa nièce pour voir si elle ne se moquait pas de lui. Quand il la vit grave et émue, il plia le dos, vaincu, adouci, consentant du geste.

— Ma foi, ajouta-t-il, je ferai ce que tu voudras... Tu es une trop bonne et trop belle fille.

Fine l'embrassa et parla d'autre chose. Maintenant elle était sûre de la victoire. A plusieurs reprises, de loin en loin, elle reprit la conversation, elle habitua Revertégat à l'idée de laisser échapper Philippe. Elle ne voulait pas jeter elle-même son parent dans la misère, et elle lui offrit la première une récompense de quinze mille francs. Cette offre éblouit le geôlier ; dès cet instant, il se livra pieds et poings liés.

Et voilà comment Fine avait pu dire à Marius, avec son fin sourire : « Suivez-moi... Votre frère est sauvé. »

Elle mena le jeune homme à la prison.

En chemin, elle lui conta toute sa campagne, elle lui dit comment elle avait peu
à peu gagné son oncle. L'esprit droit de
Marius se révolta d'abord au récit de
cette comédie; il lui répugnait de penser
que son frère devrait son salut à la
fuite, à l'achat d'une conscience. L'idée
du devoir était tellement enracinée en
lui, qu'il éprouvait une certaine honte à
payer Revertégat pour lui faire trahir le
mandat qu'on lui avait confié. Puis il
songea aux intrigues employées par M. de
Cazalis, il se dit qu'il usait après tout des
mêmes armes que ses adversaires, et le
calme se fit en lui.

Il remercia Fine d'une façon touchante,
il ne sut comment lui témoigner sa reconnaissance. La jeune fille, heureuse
de sa joie émue, écoutait à peine ses protestations de dévouement.

Ils ne purent voir Revertégat que le
soir. Le geôlier, dès les premiers mots de
la conversation, montra à Marius ses
deux petites filles qui jouaient dans un
coin de la salle.

— Monsieur, dit-il simplement, voici
mon excuse... Je ne demanderais pas un
sou, si je n'avais ces enfants à nourrir.

Cette scène était pénible pour Marius.
Il l'abrégea autant que possible. Il savait
que le geôlier cédait à la fois par intérêt et par dévouement, et, s'il ne pouvait
le mépriser, il se sentait mal à l'aise en
concluant avec lui un pareil marché.

D'ailleurs, tout fut arrêté en quelques minutes. Marius déclara qu'il partirait le lendemain matin pour Marseille et qu'il en rapporterait les quinze mille francs promis par Fine. Il comptait aller les prendre chez son banquier; sa mère avait laissé une cinquantaine de mille francs qui se trouvaient placés chez M. Bérard, dont la maison était une des plus fortes et des plus connues de la ville. La bouquetière devait rester à Aix et y attendre le retour du jeune homme.

Il partit, plein d'espérance, voyant déjà son frère libre. Comme il descendait de la diligence, à Marseille, il apprit une nouvelle terrible et inattendue qui l'écrasa. Le banquier Bérard venait d'être mis en faillite.

XIII

Marius courut chez le banquier Bérard. Il ne pouvait croire à la sinistre nouvelle, il avait la foi des cœurs honnêtes. En chemin, il se disait que les bruits qui couraient n'étaient peut-être que des calomnies, et il se rattachait à des espérances folles. La perte de sa fortune, en ce moment, était la perte de son frère ; il lui semblait que le hasard n'aurait point tant de cruauté : le public devait se tromper, Bérard allait lui remettre son argent. Il avait besoin de voir par lui-même pour être convaincu.

Lorsqu'il entra dans la maison de banque, une angoisse froide le saisit au cœur. Il vit la désolante réalité. Les bureaux étaient vides ; ces grandes pièces désertes et calmes, avec leurs grillages fermés et leurs bureaux nus, lui parurent funèbres. Une fortune qui croule laisse je ne sais quelle désolation morne derrière elle. Il s'échappait des cartons, des papiers, de la caisse, une vague senteur de ruine. Les scellés étalaient partout leurs bandes blanches et leurs gros cachets rouges.

Marius traversa trois pièces sans trouver personne. Il découvrit enfin un commis qui était venu prendre dans un pupitre quelques objets lui appartenant. Le commis lui dit d'un ton brusque que M. Bérard était dans son cabinet.

Le jeune homme entra, frémissant, oubliant de fermer la porte. Il aperçut le banquier qui travaillait paisiblement, écrivant des lettres, rangeant des papiers, arrêtant des comptes. Cet homme, jeune encore, grand, d'une figure belle et intelligente, était mis avec une exquise recherche; il portait des bagues aux doigts, il avait un air galant et riche. On eût pu croire qu'il venait de faire un bout de toilette pour recevoir ses clients et leur expliquer lui-même son désastre.

D'ailleurs, son attitude paraissait courageuse. Cet homme était une victime résignée des circonstances, ou bien un fieffé coquin qui payait d'audace.

En voyant entrer Marius, il prit un air de componction; il regarda en face son client, et son visage exprima une sorte de tristesse loyale.

— Je vous attendais, cher monsieur, dit-il d'une voix émue. Vous le voyez, j'attends toutes les personnes dont j'ai amené la ruine. J'aurai du courage jusqu'au bout, je veux que chacun puisse voir que je n'ai pas de rougeur au front.

Il prit un registre sur son bureau, et l'étala avec une certaine affectation.

— Voici mes comptes, continua-t-il.
Mon passif est d'un million, mon actif
d'un million cinq cent mille francs... Le
tribunal réglera, et je veux croire que
mes créanciers n'éprouveront point une
perte trop forte... Je suis le premier frappé ; j'ai perdu ma fortune et mon crédit,
je me suis laissé voler indignement par
des débiteurs insolvables.

Marius n'avait pas encore prononcé un
mot. Devant le calme abattu de Bérard,
devant cette mise en scène d'une douleur
austère, il ne trouvait plus au fond de
lui un seul cri de reproche, une seule
parole indignée et désespérée. Il plaignait presque cet homme qui faisait tête
à l'orage.

— Monsieur, lui dit-il enfin, pourquoi
ne m'avez-vous pas prévenu lorsque vous
avez vu vos affaires s'embrouiller et tourner mal ? Ma mère était amie de la vôtre,
et, en souvenir de nos anciennes relations, vous auriez dû me faire retirer de
chez vous cet argent que vous alliez compromettre... Votre ruine, aujourd'hui, me
dépouille entièrement et me jette dans le
désespoir.

Bérard s'avança vivement et saisit les
mains de Marius.

— Ne dites pas cela ! s'écria-t-il d'un
ton larmoyant, ne m'accablez pas. Ah !
vous ignorez les regrets cruels qui me
déchirent... Quand j'ai vu le gouffre, j'ai
voulu me rattraper aux branches ; j'ai

lutté : jusqu'au dernier moment, j'ai espéré sauver les sommes déposées entre mes mains... Vous ne savez pas quelles terribles chances courent les manieurs d'argent.

Marius ne trouva rien à répondre. Que pouvait-il dire à cet homme qui s'excusait en s'accusant? Il n'avait pas de preuves, il n'osait traiter Bérard de fripon, il ne lui restait qu'à se retirer tranquillement. Puis le banquier parlait d'une voix si dolente, d'une façon si pénétrée et si franche, qu'il en avait presque pitié. Il se hâta de sortir pour le laisser tranquille. Son malheur l'accablait.

Comme il traversait de nouveau les bureaux vides, le commis, qui avait fini de préparer son petit déménagement, prit son paquet et son chapeau et se mit à le suivre. Ce commis ricanait entre ses dents, et, à chaque marche, il regardait Marius d'un air étrange, en haussant les épaules. En bas, sur le trottoir, il l'aborda brusquement.

— Eh bien, lui dit-il, que pensez-vous du sieur Bérard?... C'est un fameux comédien, n'est-ce pas?... La porte du cabinet était restée ouverte; j'ai bien ri à voir ses mines désolées. Il a failli pleurer, l'honnête homme! Permettez-moi de vous dire, monsieur, que vous venez de vous laisser duper de la plus galante façon.

— Je ne vous comprends pas, répondit Marius.

— Tant mieux. C'est que vous êtes un esprit droit et juste... Moi, je quitte cette baraque avec une joie profonde. Il y a longtemps que je me doutais du coup; j'avais prévu le dénouement de cette haute comédie du vol. J'ai un flair tout particulier pour sentir les tripotages dans une maison.

— Expliquez-vous.

— Oh! l'histoire est simple. Je puis vous la conter en deux mots... Il y a dix ans que Bérard a ouvert une maison de banque. Aujourd'hui, je ne doute pas que, dès le premier jour, il n'ait préparé sa faillite. Voici le raisonnement qu'il a dû se tenir : « Je veux être riche, parce que j'ai de larges appétits, et je veux être riche au plus tôt, parce que je suis pressé de contenter mes appétits.

« Or, la voie droite est rude et longue; je préfère suivre le sentier de l'escroquerie et ramasser mon million en dix ans. Je vais me faire banquier, je vais avoir une caisse pour prendre les fonds du public à la pipée. Chaque année, j'escamoterai une somme ronde. Cela durera autant qu'il le faudra ; je m'arrêterai quand mes poches seront pleines. Alors je suspendrai tranquillement mes payements; sur deux millions qui m'auront été confiés, je rendrai généreusement deux ou trois cent mille francs à mes créanciers.

Le reste, caché dans un petit coin que
je sais, m'aidera à vivre comme je l'entends, en paresseux et en voluptueux. »
Comprenez-vous, cher monsieur ?

Marius écoutait le commis avec stupéfaction.

— Mais, s'écria-t-il enfin, ce que vous
me contez là est impossible. Bérard vient
de me dire que son passif est d'un million et son actif d'un million cinq cent
mille francs. Nous serons tous rembour-
sés intégralement. C'est une simple affaire de patience.

Le commis se mit à rire aux éclats.

— Ah! mon Dieu! que vous êtes naïf!
reprit-il. Vraiment, vous croyez à cet
actif d'un million cinq cent mille francs?...
D'abord, on prélèvera sur cette somme la
dot de madame Bérard. Or, madame Bérard a apporté cinquante mille francs à
son mari que celui-ci a transformés,
dans l'acte de mariage, en cinq cent
beaux mille francs. Comme vous le voyez,
c'est un petit vol de quatre cent cinquante mille francs. Reste un million, et
ce million est presque entièrement re-
présenté par des créances véreuses... Allez, le procédé est facile. Il y a, à Marseille, des gens qui, pour cent sous,
vendent leur signature ; ils vivent même
fort bien de ce métier aisé et lucratif.
Bérard s'est fait signer des tas de billets
par ces hommes de paille, et il a empoché
l'argent qu'il prétend aujourd'hui avoir

prêté à des débiteurs insolvables... Si l'on vous donne le dix pour cent, vous devrez vous estimer heureux. Et cela dans dix-huit mois, deux ans, lorsque le syndic de la faillite aura terminé sa tâche.

Marius était bouleversé. Ainsi, les cinquante mille francs que sa mère lui avait laissés, se changeraient en une somme ridicule qui ne lui servirait à rien. Il lui fallait de l'argent tout de suite, et on lui parlait d'attendre deux ans. Et sa ruine, son désespoir étaient l'œuvre d'un scélérat qui venait de le berner. La colère montait en lui.

— Ce Bérard est un coquin, dit-il avec force. Il sera vigoureusement traqué. On doit débarrasser la société de ces hommes habiles qui s'enrichissent de la ruine des autres. Le bagne les attend.

Le commis partit d'un nouvel éclat de rire.

— Bérard, reprit-il, aura peut-être quinze jours de prison. Voilà tout... Vous recommencez à ne pas comprendre?... Écoutez-moi.

Les deux jeunes gens étaient restés debout sur le trottoir. Les passants les coudoyaient. Ils rentrèrent dans le vestibule de la maison du banquier.

— Vous dites que le bagne attend Bérard, continua le commis. Le bagne n'attend que les gens maladroits. Depuis dix ans qu'il mûrit et caresse sa faillite, no-

tre homme a pris ses précautions; c'est
toute une œuvre d'art qu'une pareille infamie. Ses comptes sont en règle, et il a
mis la loi de son côté. Il sait à l'avance
les risques légers qu'il court. Le tribunal pourra tout au plus lui reprocher de
trop fortes dépenses personnelles ; on
l'accusera encore d'avoir mis en circulation un grand nombre de billets, moyen
ruineux de se procurer de l'argent. Mais
ces fautes n'entraînent qu'un châtiment
dérisoire. Je vous l'ai dit, Bérard aura
quinze jours, un mois au plus de prison.

— Mais, s'écria Marius, ne pourrait-on
aller crier le crime de cet homme en
pleine place publique, prouver son infamie et le faire condamner?

— Eh! non, on ne pourrait pas faire
cela. Les preuves manquent, vous dis-je.
Puis, Bérard n'a pas perdu son temps;
il a tout prévu, il s'est fait, à Marseille,
des amis puissants, devinant qu'il aurait
sans doute un jour besoin de leur influence. Maintenant, dans cette ville de
coteries, c'est une sorte de personnage
inviolable; si l'on touchait à un seul de
ses cheveux, tous ses amis crieraient de
douleur et de colère. On pourra tout au
plus l'emprisonner un peu, pour la forme.
Quand il sortira de prison, il retrouvera
son petit million, il étalera son luxe, il
se refera aisément une estime toute
neuve. Alors vous le rencontrerez en
voiture, vautré sur des coussins, et les

roues de sa calèche vous jetteront de la boue; vous le verrez insouciant et oisif, menant un grand train de maison, goûtant toutes les douceurs de l'existence. Et, pour couronner dignement ce succès du vol, on le saluera, on l'aimera, on lui ouvrira un nouveau crédit d'honneur et de considération.

Marius gardait un silence farouche. Le commis lui fit un léger salut, près de s'éloigner.

— C'est ainsi que la farce se joue, dit-il encore... J'avais tout cela sur le cœur, et je suis heureux de vous avoir rencontré pour me soulager... Maintetenant, un bon conseil : Tenez secret ce que je viens de vous conter, dites adieu à votre argent, et ne vous occupez pas davantage de cette triste affaire. Réfléchissez et vous verrez que j'ai raison... Je vous salue.

Marius resta seul. Il lui prit une furieuse envie de monter chez Bérard et de le souffleter. Tous ses instincts de justice et de probité se révoltaient et le poussaient à traîner le banquier dans la rue, en criant son crime. Puis le dégoût succéda à son emportement; il se souvint de sa pauvre mère, indignement trompée par cet homme, et dès lors il n'eut plus qu'un mépris écrasant. Il suivit le conseil du commis; il s'éloigna de cette maison, tâchant d'oublier qu'il avait eu de l'argent et qu'un coquin le lui avait volé.

D'ailleurs, tout ce que le commis venait de lui dire se réalisa de point en point. Bérard fut condamné, pour faillite simple, à un mois d'emprisonnement. Un an plus tard, le teint fleuri, l'allure aisée et insolente, il promenait, dans Marseille, sa joyeuse humeur d'homme riche. Il faisait sonner sa bourse dans les cercles, dans les restaurants, dans les théâtres, partout où il y avait des plaisirs à acheter. Et, sur son chemin, il trouvait toujours quelques complaisants ou quelques dupes qui lui tiraient largement le chapeau.

XIV

Marius descendit machinalement sur le port. Il allait, devant lui, ne sachant où ses pieds le conduisaient. Il était comme hébété. Une seule idée battait dans sa tête vide, et cette idée répétait, avec des bourdonnements de cloche, qu'il lui fallait quinze mille francs sur le champ. Il promenait autour de lui ce regard vague des gens désespérés ; il semblait chercher à terre pour voir s'il ne trouverait pas entre deux pavés la somme dont il avait besoin.

Sur le port, il lui vint des désirs de richesse. Les marchandises entassées le long des quais, les navires qui apportaient des fortunes, le bruit, le mouvement de cette foule qui gagnait de l'argent, l'irritaient. Jamais il n'avait senti sa misère. Il eut un moment d'envie, de révolte, d'amertume jalouse. Il se demanda pourquoi il était pauvre, pourquoi d'autres étaient riches.

Et toujours le son de cloche grondait dans sa tête. Quinze mille francs ! quinze mille francs! cette pensée lui brisait le crâne. Il ne pouvait revenir les mains vides. Son frère attendait. Il n'avait que quelques heures pour le sauver de l'infamie. Et il ne trouvait rien ; son intelligence endolorie ne lui fournissait pas une seule idée praticable. Il tournait dans son impuissance, il tendait son esprit vainement, il se débattait avec colère et anxiété.

Jamais il n'aurait osé demander quinze mille francs à son patron, M. Martelly. Ses appointements étaient trop faibles pour garantir un pareil emprunt. D'ailleurs, il connaissait les principes rigides de l'armateur, et il redoutait ses reproches, s'il lui avouait qu'il voulait acheter une conscience. M. Martelly lui aurait nettement refusé l'argent.

Tout d'un coup, Marius eut une idée. Il ne voulut pas la discuter avec lui-même, et il se dirigea en toute hâte vers son logement de la rue Sainte.

Là demeurait, sur le même pallier que lui, un jeune employé, nommé Charles Blétry. Ce Charles était attaché comme garçon de recette à la savonnerie de MM. Daste et Degans. Les deux jeunes gens demeurant côte à côte, une sorte d'intimité s'était établie entre eux. Marius avait été gagné par la douceur de Charles ; ce garçon fréquentait assidûment les églises, menait une conduite exemplaire, paraissait d'une haute probité.

Depuis deux ans, il faisait cependant de fortes dépenses. Il avait introduit un véritable luxe dans son petit appartement, achetant des tapis, des tentures, des glaces, de beaux meubles. Depuis cette époque, il rentrait plus tard, il vivait plus largement ; mais il restait toujours doux et honnête, tranquille et pieux.

Dans les commencements, Marius s'était étonné des dépenses de son voisin ; il ne s'expliquait pas comment un employé à dix-huit cent francs pouvait acheter des choses si chères. Mais Charles lui avait dit qu'il venait de faire un héritage et qu'il comptait bientôt quitter sa place pour vivre bourgeoisement. Il s'était même mis à sa disposition, lui offrant sa bourse toute ouverte. Marius avait refusé.

Aujourd'hui, il se souvenait de cette offre. Il allait frapper à la porte de Charles Blétry et lui demander de sauver son frère. Un prêt de quinze mille francs ne gênerait peut-être pas ce garçon, qui semblait jeter l'argent par les fenêtres. Marius comptait les lui rembourser peu à peu, persuadé que son voisin lui accorderait tout le temps nécessaire.

Il ne trouva pas le commis rue Sainte, et, comme il était pressé, il se dirigea vers la savonnerie de MM. Daste et Degans. Cette savonnerie était située boulevard des Dames.

Lorsqu'il y fut arrivé et qu'il eut demandé Charles Blétry, il lui sembla qu'on le regardait d'un air étrange. Les ouvriers lui dirent brusquement de s'adresser à M. Daste lui-même, qui était dans son cabinet.

Marius, étonné de cet accueil, se décida à pénétrer jusqu'au manufacturier. Il le trouva en conférence avec trois messieurs qui se turent dès son entrée.

— Pourriez-vous me dire, monsieur, demanda le jeune homme, si M. Charles Blétry est à la fabrique?

Daste échangea un regard rapide avec une des personnes qui étaient là, un gros monsieur grave et sévère.

— M. Charles Blétry va rentrer, répondit-il. Veuillez l'attendre... Etes-vous un de ses amis?

— Oui, reprit naïvement Marius... Il loge dans la même maison que moi. Je le connais depuis bientôt trois ans.

Il y eut un moment de silence. Le jeune homme, pensant que sa présence gênait ces messieurs, ajouta, en saluant et en se dirigeant vers la porte:

— Je vous remercie... Je vais attendre dehors.

Alors le gros monsieur se pencha et dit quelques mots à voix basse au manufacturier. M. Daste arrêta Marius du geste:

— Restez, je vous prie, s'écria-t-il... Votre présence peut nous être utile...

Vous devez connaître les habitudes de Blétry; vous pourriez sans doute nous donner des renseignements sur lui ?

Marius, surpris, ne comprenant pas, fit un geste d'hésitation.

— Pardon, reprit M. Daste avec une grande politesse, je vois que mes paroles vous surprennent.

Il désigna le gros monsieur et continua :

— Monsieur est le commissaire de police du quartier, et je viens de le faire appeler pour procéder à l'arrestation de Charles Blétry, qui nous a volé soixante mille francs en deux ans.

Marius, en entendant accuser Charles de vol, comprit tout. Il s'expliqua les dépenses folles de ce jeune homme.

Il remercia le ciel de ne pas avoir autrefois accepté ses offres de service. Jamais il n'aurait cru que son voisin pût être capable d'une action basse. Il savait bien qu'il y avait dans Marseille, comme dans tous les grands centres d'industrie, des employés indignes, des jeunes gens qui volent leurs patrons pour satisfaire leurs vices et leur amour du luxe; il avait souvent entendu parler de ces commis qui gagnent cent ou cent cinquante francs par mois, et qui trouvent moyen de perdre dans les cercles des sommes énormes, de jeter des pièces de vingt francs aux filles, de vivre dans les restaurants et les cafés.

Mais Charles paraissait si pieux, si modeste, si honnête, il avait joué son rôle d'hypocrite avec tant d'art, que Marius s'était laissé prendre à ces apparences de probité et qu'il lui venait même encore des doutes, malgré l'accusation formelle de M. Daste.

Il s'assit, attendant le dénouement de ce drame. Il ne pouvait d'ailleurs faire autrement. Pendant une demi-heure, un silence morne régna dans le cabinet. Le manufacturier s'était mis à écrire. Le commissaire de police et les deux agents, silencieux et comme endormis, regardaient vaguement devant eux, avec une patience terrible. Un tel spectacle aurait donné de l'honnêteté à Marius, s'il en avait manqué.

Rien n'était plus sinistre que ces trois hommes impassibles; on eût dit la loi inexorable attendant le crime.

Un bruit de pas se fit entendre. La porte s'ouvrit doucement.

— Voici notre homme, dit M. Daste en se levant.

Charles Blétry entra, ne se doutant de rien. Il ne vit même pas les personnes qui étaient là.

— Vous m'avez fait demander, monsieur? dit-il de cette voix traînante que prennent les employés en parlant à leurs chefs.

Comme M. Daste le regardait en face, avec un mépris écrasant, il se tourna et aperçut le commissaire qu'il connaissait de vue.

Il pâlit affreusement, il comprit qu'il était perdu, et tout son corps eut des frissons de honte et de peur. Il venait de se jeter dans le châtiment, tête baissée. Voyant que son épouvante l'accusait, il tâcha de paraître calme, de retrouver un peu de sang-froid et d'audace.

— Oui, je vous ai fait demander, s'écria M. Daste avec violence... Vous savez pourquoi, n'est-ce pas ?... Ah! misérable, vous ne me volerez plus !

— Je ne sais ce que vous voulez dire, balbutia Blétry... Je ne vous ai rien volé... De quoi m'accusez-vous ?

Le commissaire s'était assis au bureau du manufacturier pour rédiger son procès-verbal. Les deux agents gardaient la porte.

— Monsieur, demanda le commissaire à Daste, veuillez me dire dans quelles circonstances vous vous êtes aperçu des détournements que le sieur Blétry aurait, selon vous, commis à votre préjudice.

Daste raconta alors l'histoire du vol. Il dit que son garçon de recette mettait parfois des lenteurs extraordinaires à opérer certaines rentrées. Mais, comme il avait une confiance sans bornes dans ce jeune homme, il avait attribué ses retards à la mauvaise volonté des débiteurs. Les premiers détournements devaient remonter au moins à dix-huit mois. Enfin, la veille, un de ses clients étant tombé en faillite, Daste était allé réclamer lui-même le payement d'une somme de cinq mille francs, et là il avait appris que Blétry avait touché cette somme depuis plusieurs semaines. Le manufacturier, effrayé, était rentré en toute hâte à l'usine et s'était convaincu, en parcourant les livres du caissier, qu'il lui manquait près de soixante mille francs.

Le commissaire procéda ensuite à l'interrogatoire de Blétry. Ce garçon, pris au dépourvu, ne pouvant nier, inventa une histoire ridicule.

— Un jour, dit-il, j'ai perdu un portefeuille, contenant quarante mille francs. Je n'ai pas osé avouer cette perte considérable à M. Daste. Alors je me suis mis à détourner quelques fonds pour jouer à la Bourse, espérant gagner et rembourser la maison.

Le commissaire lui demanda des détails, le troubla, le força à se contredire. Blétry tenta un autre mensonge.

— Vous avez raison, reprit-il, je n'ai pas perdu de portefeuille. J'aime mieux tout dire. La vérité est que j'ai été volé moi-même. J'avais hébergé un jeune homme qui manquait de pain. Une nuit, il est parti en emportant mon sac de recette; il y avait dans ce sac une forte somme.

— Voyons, n'aggravez pas votre faute
en mentant, dit le commissaire avec
cette patience terrifiante des gens de police... Vous comprenez que nous ne pouvons vous croire. Vous nous faites des
contes à dormir debout.

Il se tourna vers Marius et continua :

— J'ai prié M. Daste de vous retenir,
monsieur, pour que vous nous aidiez
dans notre tâche... L'inculpé est votre
voisin, avez-vous dit. Ne savez-vous rien
sur son genre de vie, ne pourriez-vous
le conjurer avec nous de dire la vérité ?

Marius demeura terriblement embarrassé. Blétry lui faisait pitié ; il chancelait comme un homme ivre, il le suppliait du regard. Ce garçon n'était pas un
coquin endurci ; il avait sans doute cédé
à des entraînements, à des lâchetés d'esprit et de cœur.

Cependant la conscience de Marius
parlait haut ; elle lui ordonnait de dire ce
qu'il savait. Le jeune homme ne répondit
pas directement au commissaire ; il préféra s'adresser à Blétry lui-même.

— Ecoutez, Charles, lui dit-il, j'ignore
si vous êtes coupable. Je vous ai toujours
vu bon et modeste. Je sais que vous sou-
tenez votre mère et que vous êtes aimé
de tous ceux qui vous connaissent. Si
vous avez commis une folie, avouez votre
aveuglement ; vous ferez moins souffrir
ceux qui ont eu de l'estime et de l'amitié
pour vous, en vous accusant avec fran-

chise, en montrant un repentir sincère.

Marius parlait d'une voix douce et convaincante. Blétry, que les paroles sèches du commissaire avaient laissé muet et sourdement irrité, plia sous l'indulgence austère de son ancien ami. Il songea à sa mère, il pensa à cette estime, à ces amitiés qu'il allait perdre, et une émotion poignante le prit à la gorge. Il éclata en sanglots.

Il pleura à chaudes larmes, dans ses mains fermées, et, pendant plusieurs minutes, on n'entendit que les éclats déchirants de son désespoir. C'était là un aveu complet. Tout le monde gardait le silence.

— Eh bien ! oui, s'écria enfin Blétry au milieu de ses larmes, j'ai volé, je suis un misérable... Je ne savais plus ce que je faisais... J'ai pris d'abord quelques centaines de francs, puis il m'a fallu mille, deux mille, cinq mille, dix mille francs à la fois... Il me semblait que quelqu'un me poussait par derrière... Et mes besoins, mes appétits croissaient toujours.

— Mais qu'avez-vous fait de tout cet argent ? demanda le commissaire.

— Je ne sais pas... Je l'ai donné, je l'ai mangé, je l'ai perdu au jeu... Vous ignorez ce que c'est... J'étais bien tranquille dans ma misère, je ne songeais à rien, j'aimais à aller prier dans les églises, à vivre saintement, en honnête homme... Et voilà que j'ai goûté au luxe et au vice...., j'ai eu des maîtresses, j'ai acheté de beaux meubles... J'étais fou.

— Pourriez-vous me nommer les filles avec lesquelles vous avez mangé l'argent que vous dérobiez ?

— Est-ce que je sais leur nom !... Je les prenais ici et là, partout, dans les rues, dans les bals publics. Elles venaient, parce que j'avais de l'or plein mes poches, et elles partaient quand mes poches étaient vides...

Puis, j'ai beaucoup perdu au baccarat, dans les cercles... Voyez-vous, ce qui a fait de moi un voleur, c'est de voir certains fils de famille jeter l'argent par les fenêtres et se vautrer dans la richesse et l'oisiveté.

J'ai voulu avoir comme eux des femmes, des plaisirs bruyants, des nuits de jeu et de débauche... Il me fallait trente mille francs par an, et je n'en gagnais que dix-huit cents... Alors j'ai volé.

Le misérable, suffoqué, étouffant de douleur, se laissa tomber sur une chaise. Marius s'approcha de M. Daste, qui lui-même était ému, et le supplia d'être indulgent. Il se hâta ensuite de se retirer ; cette scène lui faisait saigner le cœur. Il laissa Blétry dans une sorte d'hébétement, de stupeur nerveuse. Quelques mois plus tard, il apprit que ce garçon avait été condamné à cinq ans de prison.

Quand Marius se trouva dehors, il éprouva un grand soulagement. Il com-

prit que le Ciel lui avait donné une leçon en le faisant assister à l'arrestation
de Charles. Quelques heures auparavant,
sur le port, il avait eu des pensées mauvaises de fortune. Il venait de voir où peuvent conduire de telles pensées et de tels
sentiments.

Et, tout d'un coup, il se rappela pourquoi il était venu à la savonnerie. Il n'a-
vait plus qu'une heure devant lui pour
trouver les quinze mille francs qui devaient sauver son frère.

XV

Marius s'avoua son impuissance. Il ne savait plus à quelle porte frapper. On n'emprunte pas quinze mille francs dans une heure, lorsqu'on est un simple commis.

Il descendit lentement la rue d'Aix, l'intelligence tendue, ne trouvant rien au fond de ses pensées endolories. Les embarras d'argent sont terribles ; on aimerait mieux lutter contre un assassin que contre le fantôme insaisissable et accablant de la pauvreté. Personne n'a pu jusqu'à présent inventer une pièce de cent sous.

Lorsque le jeune homme fut arrivé sur le cours Belzunce, désespéré, acculé par la nécessité, il se décida à retourner à Aix, les mains vides. La diligence allait partir ; il ne restait plus qu'une place sur l'impériale. Marius prit cette place avec joie ; il préférait rester à l'air, car l'anxiété l'étouffait, et il espérait que les horizons larges de la campagne calmeraient sa fièvre.

Ce fut un triste voyage. Le matin, il avait passé devant les mêmes arbres, les mêmes collines, et l'espérance qui le faisait sourire jetait alors des clartés joyeuses et douces sur les champs et les coteaux. Maintenant, il revoyait cette contrée et lui donnait toutes les tristesses de son âme; la campagne lui paraissait funèbre. La lourde voiture roulait toujours; les terres labourées, les bois de pins, les petits hameaux s'étalaient au bord de la route; et Marius trouvait, dans chaque nouveau paysage, un deuil plus sinistre, une douleur plus poignante. La nuit vint; il lui sembla que le pays entier était couvert d'un crêpe immense.

Arrivé à Aix, il se dirigea vers la prison, d'un pas lent. Il se disait qu'il apporterait toujours trop tôt la mauvaise nouvelle.

Lorsqu'il entra dans la geôle, il était neuf heures du soir. Revertégat et Fine jouaient aux cartes sur un coin de la table pour tuer le temps.

La bouquetière se leva d'un mouvement joyeux et courut à la rencontre du nouveau venu.

— Eh bien? demanda-t-elle avec un sourire clair, en renversant coquettement la tête en arrière.

Marius n'osa répondre. Il s'assit, accablé.

— Parlez donc! cria Fine. Vous avez l'argent?

— Non, répondit simplement le jeune homme.

Il reprit haleine et conta la faillite de Bérard, l'arrestation de Blétry, tous les malheurs qui lui étaient arrivés à Marseille. Il termina en disant :

— Maintenant, je ne suis qu'un pauvre diable... Mon frère restera prisonnier.

La bouquetière demeura douloureusement surprise. Les mains jointes, dans cette attitude de pitié que prennent les femmes de Provence, elle répétait sur un ton lamentable :

— Pauvres, pauvres, nous !

Elle regardait son oncle, elle semblait le pousser à parler. Revertégat contemplait les deux jeunes gens avec compassion. On voyait qu'une lutte se livrait en lui. Enfin, se décidant :

— Ecoutez, monsieur, dit-il à Marius, mon métier ne m'a pas endurci au point d'être insensible à la douleur des braves gens... Je vous ai déjà dit pourquoi je vous vendais la liberté de votre frère. Mais je ne voudrais pas que vous puissiez croire que l'amour de l'argent seul me guide... Si des circonstances malheureuses vous empêchent de me mettre en ce moment à l'abri de la misère, je n'en ouvrirai pas moins la porte à M. Philippe... Vous viendrez plus tard à mon secours; vous me donnerez les quinze mille francs sou à sou, quand vous pourrez.

Fine, en entendant ces mots, battit des mains. Elle sauta au cou de son oncle et l'embrassa à pleine bouche. Marius devint grave.

— Je ne puis accepter votre dévouement, répondit-il... Je me reproche déjà de vous faire manquer à votre devoir. Je refuse d'aggraver ma responsabilité en vous jetant, en outre, sur le pavé, sans un morceau de pain.

La bouquetière se tourna vers le jeune homme presque avec colère.

— Eh! taisez-vous, cria-t-elle; il faut sauver M. Philipppe... Je le veux... D'ailleurs, nous n'avons pas besoin de vous pour ouvrir les portes de la prison... Venez, mon oncle. Si M. Philippe consent, son frère n'aura rien à dire.

Marius suivit la jeune fille et le geôlier qui se dirigeaient vers la cellule du prisonnier. Ils avaient pris une lanterne sourde et se glissaient doucement dans les corridors, pour ne pas éveiller l'attention.

Ils entrèrent tous trois dans la cellule et refermèrent la porte derrière eux. Philippe dormait. Revertégat, attendri par les larmes de sa nièce, adoucissait autant que possible pour le jeune homme le régime sévère de la prison; il lui portait le déjeuner et le dîner que Fine préparait elle-même; il lui prêtait des livres, il lui avait même donné une couverture supplémentaire. La cellule était devenue habitable, et Philippe ne s'y ennuyait pas trop; il savait, d'ailleurs, qu'on travaillait à sa fuite.

Il s'éveilla et tendit les mains avec effusion à son frère et à la bouquetière.

— Vous venez me chercher ? demanda-t-il en souriant.

— Oui, répondit Fine. Habillez-vous vite. Marius gardait le silence. Son cœur battait à grands coups. Il redoutait qu'un désir cuisant de liberté ne fît accepter à son frère cette fuite qu'il avait cru devoir refuser.

— Ainsi, tout est convenu et arrangé, reprit Philippe. Je puis me sauver sans crainte et sans remords... Vous avez donné l'argent promis ?... Tu ne me réponds rien, Marius.

Fine se hâta d'intervenir.

— Eh ! je vous ai dit de vous dépêcher, cria-t-elle. De quoi vous inquiétez-vous ?

Elle avait pris les vêtements du jeune homme; elle les lui jetait, ajoutant qu'elle allait attendre dans le corridor.

Marius l'arrêta du geste.

— Pardon, dit-il, je ne puis laisser mon frère dans l'ignorance de nos malheurs.

Et, malgré les impatience de Fine, il raconta de nouveau son voyage à Marseille. D'ailleurs, il ne donna aucun conseil, il voulait laisser toute liberté à son frère.

— Mais alors, s'écria Philippe accablé,

tu n'as pas donné l'argent au geôlier...
Nous sommes sans un sou.

— Ne vous inquiétez pas de cela, répondit le geôlier en s'approchant... Vous
viendrez plus tard à mon aide.

Le prisonnier resta muet. Il ne songeait plus à la fuite; il songeait à la misère, à la triste mine qu'il ferait désormais sur les promenades de Marseille.
Plus de vêtements élégants, plus de flâ-
neries, plus d'amours. D'ailleurs, il y
avait en lui des sentiments chevaleresques, des idées de poëte qui l'empêchaient
d'accepter le dévouement de Revertégat.

Il rentra dans son misérable lit, remonta la couverture jusqu'à son menton,
et, d'une voix tranquille :

— C'est bien, dit-il, je reste.

Le visage de Marius rayonna. Fine
resta comme écrasée.

Elle voulut prouver la nécessité de la
fuite, elle parla de l'exposition publique,
de l'infamie du pilori. Elle s'animait,
elle était belle de colère, et Philippe la
regardait avec admiration.

— Ma belle enfant, répondit-il, vous
me feriez peut-être céder, si je n'étais devenu aveugle et entêté dans cette cellule... Mais, vraiment, j'ai déjà assez
commis de lâchetés, sans charger ma
conscience davantage... Il arrivera ce
que le ciel voudra... D'ailleurs, tout
n'est pas perdu. Marius me délivrera;
il trouvera l'argent, vous verrez... Vous

viendrez me chercher quand vous aurez payé ma rançon. Et nous nous sauverons ensemble, et je vous embrasserai...

Il parlait presque gaiement. Marius lui prit la main.

— Merci, frère, dit-il. Aie confiance.

Fine et Revertégat sortirent, Philippe et Marius restèrent seuls pendant quelques minutes. Ils eurent une convertion grave et émue : ils causaient de Blanche et de son enfant.

Quand les trois visiteurs furent revenus dans la geôle, la bouquetière se désespéra et demanda à Marius ce qu'il allait faire.

— Je vais me remettre en campagne, répondit-il. Le malheur est que nous sommes pressés et que je ne sais à quelle bourse m'adresser.

— Je puis vous donner un conseil, dit Revertégat. Il y a dans la ville, à deux pas d'ici, un banquier, M. Rostand, qui consentira peut-être à vous prêter une forte somme... Mais je vous avertis que ce Rostand a la réputation d'un usurier...

Marius n'avait pas le choix des moyens.

— Je vous remercie, dit-il. J'irai demain matin voir cet homme.

XVI

Le sieur Rostand était un habile homme. Il faisait en toute tranquilité son commerce honteux. Pour mettre une enseigne honorable à son industrie, il avait ouvert une maison de banque; il payait patente, il était légalement établi. Même, à l'occasion, il savait avoir un peu d'honnêteté, il prêtait de l'argent au même taux que ses confrères, les banquiers de la ville. Mais, dans ses bureaux, il y avait, pour ainsi dire, une arrière-boutique où il élaborait ses friponneries avec amour.

Six mois après l'ouverture de sa maison de banque, il devint le gérant d'une société d'usuriers, d'une bande noire qui lui confia des capitaux. La combinaison fut d'une simplicité patriarcale. Les gens qui avaient la bosse de l'usure et qui n'osaient trafiquer pour leur compte, à leurs risques et périls, lui apportèrent leur argent et le prièrent de le faire valoir. Il eut ainsi entre les mains un roulement de fonds considérable et il put exploiter largement les besoins des emprunteurs. Ceux qui fournissaient l'argent restèrent dans l'ombre. Il s'était solennellement engagé à prêter à des taux fabuleux, à cinquante, soixante, et même quatre-vingts pour cent. Chaque mois, les bailleurs de fonds se réunissaient chez lui ; il présentait ses comptes, et l'on partageait le gain. Mais il s'arrangeait de façon à garder la plus grosse part : à voler les voleurs.

Il s'attaquait surtout au petit commerce. Quand un marchand, la veille d'une échéance, venait le trouver, il lui imposait des conditions exorbitantes. Le marchand acceptait toujours. Rostand avait ainsi amené plus de cinquante faillites en dix ans. D'ailleurs, tout lui était bon ; il prêtait aussi bien cent sous à une marchande de légumes que mille francs à un marchand de bœufs ; il tenait la ville en coupe réglée, il ne perdait pas une occasion de donner dix francs pour s'en faire rendre vingt le lendemain. Il guettait les fils de famille, les jeunes viveurs qui jettent l'argent par les fenêtres ; il leur emplissait les mains de pièces d'or, afin qu'ils pussent en jeter davantage, et il restait sous les croisées pour ramasser ce qui tombait. Puis, il faisait des tournées dans la campagne, il allait tenter les paysans, et quand la récolte avait été mauvaise, il leur arrachait, lambeau par lambeau, leurs fermes et leurs terres.

Sa maison était une véritable trappe sous laquelle s'engloutissaient des for-

tunes. On citait les gens, les familles entières qu'il avait ruinés. Personne n'ignorait les secrets ressorts de son métier.
On montrait au doigt ses bailleurs de
fonds, des hommes riches, d'anciens of-
ficiers ministériels, des négociants, des
ouvriers même. Mais on n'avait pas de
preuves. La patente de Rostand le mettait à l'abri, et il était trop rusé pour se
laisser prendre en faute.

Depuis qu'il exploitait la place, il s'é-
tait trouvé une seule fois en danger.
L'histoire fit grand bruit. Une dame, appartenant à une famille distinguée, lui
emprunta une assez forte somme ; elle
était très pieuse et avait dissipé sa fortune en donnant à droite et à gauche, en
faisant de larges aumônes. Rostand, qui
la savait complétement dépouillée, exigea qu'elle signât des billets du nom de
son frère ; ayant ces faux entre les mains,
il était certain d'être payé par le frère,
qui avait intérêt à éviter un scandale. La
pauvre dame signa. La charité l'avait
ruinée, la bonté faible de son caractère
la fit succomber. L'usurier avait calculé
juste : les premiers billets furent payés ;
mais, comme de nouveaux effets se pré-
sentaient toujours, le frère se lassa et
voulut voir clair dans cette affaire. Il
alla chez Rostand et le menaça de le traquer ; il lui dit qu'il préférait déshonorer sa sœur que de se laisser voler impunément par un gredin comme lui. L'usu-

rier eut une peur atroce ; il rendit les billets qu'il possédait encore. D'ailleurs, il ne perdit pas un sou ; il avait prêté à cent pour cent.

Depuis ce jour, Rostand fut d'une prudence extrême. Il géra les capitaux de la bande noire avec des habiletés qui lui valurent l'admiration et la confiance de messieurs les usuriers. Tandis que ses bailleurs de fonds se promenaient au soleil, en braves gens qui ne volent personne, il restait enfoui dans un grand cabinet sombre ; c'est là que les pièces d'or de la société poussaient et fructifiaient. Rostand avait fini par aimer d'amour son métier, ses duperies et ses vols. Certains membres de la bande appliquaient leurs gains à satisfaire leurs passions, leurs appétits de luxe et de débauche. Lui, il mettait toute sa joie à être un fripon habile ; il s'intéressait à chacune de ses opérations comme à un drame poignant ; il s'applaudissait, quand ses comédies sinistres réussissaient, et il avait alors des amours-propres, des jouissances d'auteur triomphant ; puis, il rangeait sur une table l'argent volé et il s'abîmait dans des voluptés d'avare.

C'était chez un pareil homme que Revertégat envoyait naïvement Marins.

Le lendemain matin, ce dernier alla frapper à la poste de Rostand, vers les huit heures. La maison était lourde et carrée. Toutes les persiennes se trou-

vaient closes, ce qui donnait à la façade
une nudité glaciale, un air de mystère et
de défiance. Une vieille servante édentée,
vêtue d'un lambeau d'indienne sale, vint
entre-bâiller la porte.

— Monsieur Rostand? demanda Marius.

— Il est là, mais il est occupé, répondit la servante sans ouvrir la porte davantage.

Le jeune homme, impatienté, poussa le
battant et entra dans le vestibule.

— C'est bien, dit-il, j'attendrai.

La servante, surprise, hésitante, comprit qu'elle ne pourrait renvoyer ce garçon. Elle se décida à le faire monter au
premier, où elle le laissa seul dans une
sorte d'antichambre. La pièce était petite,
obscure, tapissée d'un papier verdâtre
que l'humidité avait déteint par larges
plaques; il y avait pour tout meuble une
chaise de paille. Marius s'assit sur la
chaise.

En face de lui, une porte ouverte lui
laissait voir l'intérieur d'un bureau, dans
lequel un commis écrivait avec une plume d'oie qui craquait terriblement sur le
papier. A sa gauche, était une autre porte
qui devait conduire dans le cabinet du
banquier.

Marius attendit longtemps. Des odeurs
âcres de vieux papier traînaient autour
de lui. L'appartement était d'une saleté
écœurante, et la nudité des murs lui don-

naît un aspect lugubre. La poussière s'amassait dans les coins, des araignées filaient leurs toiles au plafond. Le jeune homme étouffait, impatienté par les craquements de la plume d'oie qui devenait de plus en plus bruyante.

Il entendit soudain parler dans la pièce voisine, et, comme les paroles lui arrivaient nettes et distinctes, il allait éloigner sa chaise par discrétion, lorsque certaines phrases le clouèrent à sa place. Il y a des conversations que l'on peut écouter ; la délicatesse n'est pas faite pour sauvegarder l'intimité de certains hommes.

Une voix sèche, qui devait être celle du maître de la maison, disait avec une brusquerie amicale :

— Messieurs, nous sommes tous présents, parlons de choses sérieuses... La séance est ouverte... Je vais rendre un compte fidèle de mes opérations de ce mois, et nous procéderons ensuite à la répartition du gain.

Il y eut un léger tumulte, un bruit de conversations particulières qui alla en s'éteignant. Marius, qui ne pouvait encore comprendre, se sentait cependant pris d'une vive curiosité : il devinait qu'une scène étrange se passait derrière la porte.

A la vérité, l'usurier Rostand recevait ses dignes associés de la bande noire. Le jeune homme se présentait justement à

l'heure de la séance, au moment où le gérant montrait ses livres, expliquait ses
opérations, partageait les bénéfices.

La voix sèche reprit :

— Avant d'entrer dans les détails, je
dois vous avouer que les résultats de ce
mois sont moins bons que ceux du mois
dernier. Nous avions eu, en moyenne, le
soixante pour cent, et nous n'avons aujourd'hui que le cinquante-cinq.

Des exclamations diverses s'élevèrent.
On eût dit une foule mécontente qui pro-
teste par des murmures. Il pouvait bien
y avoir là une quinzaine de personnes.

— Messieurs, continua Rostand avec
une certaine amertume railleuse, j'ai fait
ce que j'ai pu ; vous devriez me remercier... Le métier devient plus difficile
chaque jour... D'ailleurs, voici mes comptes ; je vais rapidement vous faire connaître quelques-unes des affaires que j'ai
traitées...

Un silence profond régna pendant
quelques secondes. Puis on entendit un
froissement de papiers, les petits cla-
quements des feuillets d'un registre.
Marius, commençant à comprendre, écoutait avec plus d'attention que jamais.

Alors Rostand énuméra ses opérations,
donnant quelques explications sur chacune d'elles. Il avait le ton criard et na-
sillard d'un huissier de cour.

— J'ai prêté, dit-il, dix mille francs
au jeune comte de Salvy, un garçon de

vingt ans qui sera majeur dans neuf mois. Il avait perdu au jeu, et sa maîtresse paraît-il, exigeait de lui une grosse somme. Il m'a signé pour dix-huit mille francs de billets échéant à quatre-vingt dix jours. Ces billets sont datés, comme il convient, du jour où le débiteur aura atteint sa majorité. Les Salvy ont de grandes propriétés... C'est une excellente affaire.

Un murmure flatteur accueillit les paroles de l'usurier.

— Le lendemain, continua-t-il, j'ai reçu la visite de la maîtresse du comte; elle était exaspérée, son amant ne lui ayant remis que deux ou trois billets de mille francs. Elle m'a juré qu'elle m'amènerait de Salvy, pieds et poings liés, pour contracter un nouvel emprunt. Cette fois, je demanderai la cession d'une propriété... Nous avons encore neuf mois pour tondre le jeune fou que sa mère laisse sans argent.

Rostand feuilletait le registre. Il reprit après un court silence :

— Jourdier..., un marchand de drap qui, chaque mois, a besoin de quelques centaines de francs pour faire face à ses échéances. Aujourd'hui, son fonds nous appartient presque entièrement. Je lui ai encore prêté cinq cents francs à soixante pour cent. Le mois prochain, s'il me demande un sou, je le fais mettre en faillite, et nous nous emparons des marchandises.

— Marianne..., une femme de la halle. Tous les matins, elle a besoin de dix francs, et elle m'en rend quinze le soir. Je crois qu'elle boit... Petite affaire, mais gain assuré, une rente fixe de cinq francs par jour.

— Laurent..., un paysan du quartier de Roquefavour. Il m'a cédé, lambeau par lambeau, une terre qu'il possède près de l'Arc. Cette terre vaut cinq mille francs; nous l'aurons payée deux mille. J'ai expulsé notre homme de sa propriété... Sa femme et ses enfants sont venus chez moi pleurer misère... Vous me tiendrez compte de tous ces ennuis, n'est-ce pas?

— André..., un meunier. Il nous devait huit cents francs. Je l'ai menacé d'une saisie. Alors, il est accouru me supplier de ne pas le perdre en montrant à tous son insolvabilité. J'ai consenti à opérer la saisie moi-même, sans employer l'aide d'un huissier, et je me suis fait donner pour plus de douze cents francs de meubles et de linge... C'est quatre cents francs que j'ai gagnés à être humain.

Il y eut de petits frémissements d'aise dans l'auditoire. Marius entendit les rires étouffés de ces hommes que réjouissait l'habileté de Rostand. Celui-ci continua :

— Maintenant, viennent les affaires ordinaires : trois mille francs à quarante pour cent à Simon, le négociant ; quinze cents francs à cinquante pour cent au marchand de bœufs Charançon ; deux mille francs à quatre-vingts pour cent au marquis de Cantarel ; cent francs à trente-cinq pour cent au fils du notaire Tingrey...

Et Rostand continua ainsi pendant un quart-d'heure, épelant des noms et des chiffres, énumérant des prêts qui allaient de dix francs à dix mille francs, et des taux qui variaient entre vingt et cent pour cent. Lorsqu'il eut fini :

— Mais que nous disiez-vous donc? mon cher ami, dit une voix grasse et enrouée. Vous avez merveilleusement travaillé, ce mois-ci. Toutes ces créances sont excellentes. Il est impossible que les bénéfices ne montent pas à plus de cinquante-cinq pour cent, en moyenne. Vous vous êtes sans doute trompé, en nous énonçant ce chiffre.

— Je ne me trompe jamais, répondit sèchement l'usurier.

Marius, qui avait presque collé son oreille contre le bois de la porte, crut remarquer quelque indécision dans la voix du misérable.

— C'est que je ne vous ai pas encore tout dit, continua Rostand avec embarras. Nous avons perdu douze mille francs, il y a huit jours.

A ces mots, il y eut des exclamations terribles. Marius espéra, un moment, que ces coquins allaient se manger entre eux.

— Eh ! que diable ! écoutez-moi, cria le banquier dans le tumulte... Je vous fais gagner assez d'argent pour que vous me pardonniez de vous en faire perdre une fois, par hasard. D'ailleurs, ce n'est pas ma faute... J'ai été volé.

Il prononça ces mots avec toute l'indignation d'un honnête homme. Lorsque le calme se fut un peu rétabli, il continua :

— Voici l'histoire... Monier, un marchand de grains, un homme solvable, sur lequel j'ai eu les meilleurs renseignements, est venu me demander douze mille francs. Je lui ai répondu que je ne pouvais pas les lui prêter, mais que je connaissais un vieux ladre qui les lui avancerait peut-être à un taux exorbitant. Il revint le lendemain et me dit qu'il était prêt à passer par toutes les conditions. Je lui fis observer qu'on exigeait cinq mille francs d'intérêts pour six mois. Il accepta. Vous voyez que c'était une affaire d'or... Pendant que j'allais chercher les fonds, il se mit à mon bureau et souscrivit dix-sept billets de mille francs chacun. Je pris connaissance des effets et je les posai sur le coin de ce pupitre. Puis je causai quelques minutes avec Monier, qui s'était levé et qui, après avoir

empoché l'argent, se disposait à partir...
Quand il se fut éloigné, je voulus serrer
ses billets. Je pris les papiers .. Imaginez-
vous que le fripon avait changé les effets
contre un paquet tout semblable de traites dérisoires , barbouillées d'encre, à
l'ordre de je ne sais qui, sans signature...
J'étais volé. J'ai failli avoir un coup de
sang, j'ai couru après mon voleur qui se
promenait tranquillement au soleil, sur
le Cours.... Au premier mot que je lui
adressai, il me traita d'usurier et me menaça de me mener chez le commissaire
de police. Ce Monier a une réputation
d'homme intègre et loyal, et, ma foi, j'ai
préféré me taire.

Ce récit avait été interrompu plusieurs
fois par les observations irritées de l'auditoire.

— Avouez, Rostand , que vous avez
manqué d'énergie, reprit la voix enrouée.
Enfin, nous perdrons notre argent, nous
n'aurons que le cinquante-cinq pour
cent... Une autre fois vous veillerez
mieux à nos intérêts .. Maintenant, partageons.

Marius, malgré ses angoisses et son
indignation, ne put réprimer un sourire.
Le vol de ce Monier lui parut de la haute
comédie, et, tout au fond de lui, il applaudissait le fripon qui avait dupé un
autre fripon.

A cette heure, il savait quel métier

faisait Rostand. Il n'avait pas perdu un mot de ce qui se disait dans la pièce voisine, et il s'imaginait aisément la scène telle qu'elle devait s'y passer. Renversé à demi sur sa chaise, l'oreille tendue, il voyait des yeux de l'intelligence les usuriers se querellant, les regards avides, la face contractée par les passions mauvaises qui les agitaient. Un profond écœurement le prenait, au récit des escroqueries de Rostand ; il eut voulu entrer et souffleter cet homme.

Il éprouva une sorte de gaieté amère, lorsqu'il se rappela ce qu'il venait faire dans ce coupe-gorge. Quelle naïveté, bon Dieu ! C'est là qu'il croyait trouver les quinze mille francs qui devaient sauver Philippe, et il attendait depuis une heure pour que le banquier le mît à la porte comme un mendiant. Ou bien Rostand lui demanderait cinquante pour cent d'intérêt et le volerait avec impudence. A cette pensée, à la pensée que là, à côté de lui, se trouvait une réunion de coquins qui exploitaient les misères et les hontes d'une ville, Marius se leva brusquement et posa la main sur le bouton de la porte.

Dans la pièce, on entendait un bruit clair de pièces d'or. Les usuriers partageaient leur proie. Ils touchaient chacun le gain d'un mois de duperie. Cet argent, qu'ils comptaient et dont la musique chatouillait voluptueusement leur chair, avait par instants des éclats de sanglots ;

on eût dit que les victimes des usuriers se lamentaient.

Au milieu d'un silence frissonnant, la voix du banquier ne prononçait plus que des chiffres avec une sécheresse métallique. Il taillait la part à chacun de ses associés; il disait un chiffre et laissait tomber une pile de pièces qui sonnaient.

Alors Marius tourna le bouton de la porte. La face pâle, les regards fermes et droits, il resta quelques secondes silencieux sur le seuil.

Le jeune homme avait devant lui un spectacle étrange. Rostand était debout devant son bureau; derrière lui se trouvait un coffre-fort ouvert où il puisait des poignées d'or. Autour du bureau, assis en cercle, se tenaient les membres de la bande noire, les uns attendant leur part, les autres comptant l'argent qu'ils venaient de recevoir. A chaque minute, le banquier consultait ses comptes, se baissant sur un registre, lâchant l'argent en toute prudence. Ses dignes associés fixaient des regards ardents sur ses mains.

Au bruit que la porte fit en s'ouvrant, toutes les têtes se tournèrent avec un mouvement brusque d'effroi et de surprise. Et, quand les usuriers aperçurent Marius grave et indigné, d'un geste instinctif, ils posèrent chacun leur doigt sur leur tas d'or. Il y eut un moment de trouble et de stupeur.

Le jeune homme reconnut parfaitement ces misérables. Il les avait rencontrés sur le pavé, le front haut, la physionomie digne et loyale, et il en avait même salué quelques-uns, qui auraient pu sauver son frère. Ils étaient tous riches, honorés, influents; il y avait parmi eux d'anciens fonctionnaires, des propriétaires, des gens qui fréquentaient assidûment les églises et les salons de la ville. Marius, à les voir ainsi, avilis et crapuleux, pâlissant sous ses regards, fit un geste de dégoût et de mépris.

Rostand se précipita vers le nouveau venu. Ses yeux clignotaient fiévreusement; ses lèvres, lippues et blafardes, tremblaient; tout son masque rougeâtre et ridé d'avare exprimait une sorte d'étonnement effrayé.

— Que voulez-vous? demanda-t-il à Marius en balbutiant... On ne s'introduit pas comme ça dans les maisons.

— Je voulais quinze mille francs, répondit le jeune homme d'une voix froide et railleuse.

— Je n'ai pas d'argent, se hâta de répondre l'usurier qui se rapprocha de son coffre-fort.

— Oh! soyez tranquille, j'ai renoncé à l'idée de me faire voler... Je dois vous dire que depuis une heure je suis derrière cette porte et que j'ai assisté à votre séance.

Cette déclaration fut comme un coup

de massue qui fit détourner la tête à tous les membres de la bande noire. Ces hommes avaient encore la pudeur de leur honorabilité ; il y en eut qui se cachèrent la figure entre les mains. Rostand, qui n'avait pas de réputation à perdre, se remettait peu à peu. Il se rapprocha de Marius, il haussa la voix.

— Qui êtes-vous ? cria-t-il De quel droit venez-vous chez moi écouter aux portes ? Pourquoi pénétrez-vous jusque dans mon cabinet si vous n'avez rien à me demander ?

— Qui je suis ? dit le jeune homme d'un ton bas et calme, je suis un honnête garçon et vous êtes un coquin. De quel droit j'ai écouté à cette porte ? Du droit que les braves gens ont de démasquer et d'écraser les misérables. Pourquoi j'ai pénétré jusqu'à vous ? Pour vous dire que vous êtes un scélérat et contenter largement mon indignation.

Rostand tremblait de rage. Il ne s'expliquait pas la présence de ce vengeur, qui lui jetait des vérités à la face. Il allait crier, s'élancer sur Marius, lorsque celui-ci le retint d'un geste énergique.

— Taisez-vous ! reprit-il ; je vais m'en aller ; j'étouffe ici. Mais je n'ai pas voulu me retirer sans me soulager un peu... Ah ! messieurs, vous avez un furieux appétit. Vous vous partagez les larmes et les désespoirs des familles avec une gloutonnerie écœurante ; vous vous gorgez de vols et de friponneries... Je suis bien aise de pouvoir troubler un peu vos digestions et vous donner des frissons d'inquiétude au fond de votre lâcheté.

Rostand essaya de l'interrompre. Il continua d'une voix plus vibrante.

— Les voleurs de grand chemin ont au moins pour eux le courage. Ils se battent, ils risquent leur vie. Mais vous, messieurs, vous volez honteusement dans l'ombre, vous vous traînez ignoblement dans un commerce crapuleux. Et dire que vous n'avez pas besoin d'être des coquins pour vivre. Vous êtes tous riches. Vous commettez des scélératesses, Dieu me pardonne! par amusement et par passion.

Quelques-uns des usuriers se levèrent, menaçants.

— Vous n'avez jamais vu la colère d'un honnête homme, n'est-ce pas? ajouta Marius en raillant. La vérité vous irrite et vous épouvante. Vous êtes habitués à être traités avec les égards que l'on doit aux gens loyaux, et, comme vous vous êtes arrangés pour cacher vos infamies et pour vivre dans l'estime de tous, vous avez fini par croire vous-mêmes au respect que l'on accorde à votre hypocrisie. Eh bien! j'ai voulu qu'une fois en votre vie vous fussiez insultés comme vous le méritez, et c'est pourquoi je suis entré ici.

Le jeune homme vit qu'il allait être assommé, s'il continuait. Il se retira pas à pas vers la porte, dominant les usuriers du regard. Là, il s'arrêta encore.

— Je sais bien, messieurs, dit-il, que je ne puis vous traîner devant la justice humaine. Votre richesse, votre influence, votre habileté vous rendent inviolables. Si j'avais la naïveté de lutter contre vous, c'est moi sans doute qui serais puni... Mais, au moins, je n'aurai pas à me reprocher de m'être trouvé à côté d'hommes tels que vous, sans leur avoir craché mon mépris à la face. Je voudrais que mes paroles fussent un fer rouge qui marquât vos fronts d'infamie. La foule vous suivrait avec des huées, et peut-être profiteriez-vous alors de la leçon... Partagez votre or ; s'il reste en vous quelque probité, il vous brûlera les mains.

Marius ferma la porte et s'en alla. Quand il fut dans la rue, il eut un sourire de tristesse. Il voyait la vie s'étendre devant lui avec toutes ses hontes et toutes ses misères, et il se disait qu'il jouait dans l'existence le rôle noble et ridicule d'un Don Quichotte de la justice et de l'honneur.

Il pensait qu'il eût peut-être mieux valu ne pas entrer dans le cabinet de Rostand. Il venait de s'indigner en pure perte, il savait qu'il ne corrigerait personne. Mais, lorsque l'indignation le poussait, il ne s'appartenait plus ; il avait écrasé les usuriers par instinct, comme tout homme écrase les bêtes ignobles et malfaisantes.

XVII

Lorsque Marius eut raconté son équipée au geôlier et à la bouquetière, cette dernière s'écria :

— Nous voilà bien avancés ! Pourquoi vous êtes-vous mis en colère ? C..t homme vous aurait peut-être prêté de l'argent.

Les jeunes filles ont des entêtements qui leur donnent certaines souplesses de conscience ; ainsi Fine, toute loyale qu'elle était, aurait peut-être fait la sourde oreille chez Rostand, et même, à l'occasion, se serait servie des secrets que le hasard lui confiait.

Revertégat était un peu confus d'avoir conseillé à Marius d'aller chez le banquier.

— Je vous avais prévenu, monsieur, lui dit-il : je n'ignorais pas les bruits qui courent sur cet homme ; mais je faisais une large part à la médisance. Si j'avais connu la vérité entière, jamais je ne vous aurais envoyé chez lui.

Marius et Fine passèrent toute l'après-midi à bâtir des plans extravagants, à chercher en vain dans leur tête un moyen

d'improviser les quinze mille francs nécessaires au salut de Philippe.

— Comment ! criait la jeune fille, nous
ne trouverons pas dans cette ville un
brave cœur qui nous sortira d'embarras !
Est-ce qu'il n'y a pas ici des gens riches
qui prêtent leur argent à un taux raisonnable ? Voyons, mon oncle, cherchez
un peu avec nous. Nommez-moi une personne secourable pour que j'aille me jeter
à ses pieds.

Revertégat secouait la tête.

— Eh oui ! répondit-il, il y a ici de
braves cœurs, des gens riches qui vous
viendraient peut-être en aide. Seulement,
vous n'avez aucun titre à leur bonté, vous
ne pouvez guère leur demander de l'argent tout d'un coup. Il faut que vous
vous adressiez à des prêteurs, à des
escompteurs, et, comme vous n'offrez aucune garantie solide, vous êtes forcés
d'aller frapper à la porte des usuriers...
Oh ! je connais de vieux avares, de vieux
coquins qui seraient enchantés de vous
tenir dans leurs griffes, ou qui vous jet-
teraient dehors comme des mendiants
dangereux.

Fine écoutait son oncle. Toutes ces
questions d'argent se brouillaient dans
sa jeune tête. Elle avait une âme si ouverte, si franche, qu'il lui semblait tout
naturel et tout facile de demander et
d'obtenir une grosse somme en deux
heures. Il y a des millionnaires qui peu-

vent disposer si aisément de quelques
milliers de francs sans se gêner.

Elle insista.

— Allons, cherchez bien, dit-elle encore au geôlier. Ne voyez-vous réellement pas un seul homme auprès duquel
nous puissions tenter une démarche?

Revertégat regardait avec émotion son
visage anxieux. Il aurait voulu ne pas
étaler les vérités brutales de la vie devant cette enfant, pleine des espoirs de
la jeunesse.

— Non, vraiment, répondit-il, je ne
vois personne... Je vous ai parlé de
vieux coquins qui ont gagné honteusement de grandes fortunes. Ceux-là,
comme Rostand, prêtent cent francs pour
s'en faire rendre cent cinquante au bout
de trois mois...

Il hésita, puis reprit d'une voix plus
basse.

Voulez-vous que je vous conte l'histoire d'un de ces hommes... Il se
nomme Roumieu; c'est un ancien officier ministériel. Son industrie consistait
à faire une chasse terrible aux héritages.
S'introduisant dans les familles, appelé
par ses fonctions à y jouer un rôle de
confident et d'ami, il étudiait le terrain,
il dressait ses embûches. Lorsqu'il rencontrait un testateur d'âme faible et lâche, il devenait sa créature, il le circon-
venait, il l'attirait peu à peu à lui, par
des révérences, par des cajoleries, par

toute une comédie savante de petits soins et d'effusions filiales. Ah ! c'était un habile homme ! Il fallait le voir endormir sa proie, se faire souple et insinuant, se glisser dans l'amitié d'un vieillard. Lentement, il évinçait les veritables héritiers, les neveux et les cousins, puis il rédigeait lui-même un nouveau testament qui les spoliait de la fortune de leur parent et qui le nommait légataire universel. D'ailleurs, il ne brusquait rien ; il mettait dix ans pour atteindre son but, pour mûrir à point ses escroqueries : il procédait avec une prudence féline, rampant dans l'ombre pendant des années, et ne bondissant sur sa proie que lorsqu'elle était là pantelante, rendue inerte par ses regards et ses caresses. Il chassait aux héritages comme un tigre chasse au lièvre, avec une brutalité silencieuse, une férocité faisant patte de velours.

Fine croyait entendre une histoire des *Mille et une nuits :* elle écoutait son oncle en ouvrant de grands yeux étonnés. Marius commençait à se familiariser avec les scélératesses.

— Et vous dites que cet homme a fait une grande fortune ? demanda-t-il au geôlier.

— Oui, continua celui-ci. On cite des exemples étranges qui prouvent l'habileté étonnante de Roumieu... Ainsi, il y a dix à quinze ans, il s'introduisit dans les bonnes grâces d'une vieille dame qui

avait près de cinq cent mille francs de
fortune. Ce fut une véritable passion.
La vieille dame devint son esclave, à ce
point qu'elle se refusait un morceau de
pain pour ne pas toucher au bien qu'elle
voulait laisser à ce démon, qui était entré
en elle et qui la commandait en maître.
Elle était possédée dans le sens littéral
du mot; toute l'eau bénite d'une église
n'aurait pas suffi pour l'exorciser. Une
visite de Roumieu la plongeait dans des
extases sans fin; quand il la saluait dans
la rue, elle était comme frappée d'une
secousse, elle devenait toute rouge de
joie. On n'a jamais pu concevoir par
quels éloges, par quelle marche adroite
et envahissante, le notaire avait pu pénétrer si loin dans ce cœur que fermait
une dévotion exagérée. Lorsque la vieille
dame mourut, elle dépouilla ses héritiers
directs et laissa ses cinq cent mille francs
à Roumieu. Tout le monde s'attendait à
ce dénoument.

Il y eut un silence.

— Tenez, reprit Revertégat, je puis
encore vous citer un exemple... L'anecdote contient toute une comédie cruelle,
et Roumieu y fit preuve d'une souplesse
rare... Un nommé Richard, qui avait
amassé dans le commerce plusieurs centaines de mille francs, s'était retiré au
milieu d'une honnête famille qui le soignait et égayait sa vieillesse. En échange
de cette amitié prévenante, l'ancien né-

gociant avait promis à ses hôtes de leur laisser sa fortune. Ceux-ci vivaient dans cette espérance ; ils avaient de nombreux enfants et comptaient les établir d'une façon honorable. Mais Roumieu vint à passer par là ; il fut bientôt l'ami intime de Richard, il l'enmena parfois à la campagne, il accomplit en grand secret son œuvre de possession. La famille, qui logeait le commerçant retiré, ne se douta de rien ; elle continua à soigner son hôte, à attendre l'héritage : pendant quinze ans elle vécut ainsi dans une douce quiétude, faisant des projets d'avenir, certaine d'être heureuse et riche. Richard mourut, et, le lendemain, Roumieu héritait, au grand étonnement et au grand désespoir de l'honnête famille volée dans son affection et dans ses intérêts... Tel est le chasseur d'héritages. Lorsqu'il marche, on n'entend pas le bruit de ses griffes sur la terre ; ses bonds sont trop rapides pour qu'on puisse en avoir conscience ; il a déjà sucé tout le sang de sa proie, avant qu'on ne l'ait vu s'accroupir sur elle.

Fine était révoltée.

— Non, non, dit-elle, je n'irai jamais demander de l'argent à un pareil homme.... Ne connaissez-vous pas un autre prêteur, mon oncle ?

— Eh ! ma pauvre enfant, répondit le geôlier, tous les usuriers se ressemblent ; ils ont tous dans leur vie quelque tache ineffaçable... Je connais un vieux ladre, qui a plus d'un million de fortune et qui vit seul dans une maison sale et abandonnée. Guillaume s'enterre au fond de son antre puant. L'humidité crevasse les murs de ce caveau ; le sol n'est pas même carrelé, et l'on marche sur une sorte de fumier ignoble, fait de boue et de débris ; des toiles d'araignée pendent au plafond, la poussière couvre tous les objets, un jour bas et lugubre entre par les vitres noires de crasse. Notre avare paraît dormir dans la saleté, comme les araignées des poutres dorment immobiles au milieu de leurs toiles. Quand une proie vient s'engluer dans les fils qu'il tend, il l'attire à lui et lui suce le sang de ses veines... Cet homme ne mange que des légumes cuits à l'eau, et jamais il ne contente sa faim. Il s'habille de haillons, il mène une vie de mendiant et de lépreux. Et tout cela pour garder l'argent qu'il a déjà amassé, pour augmenter sans cesse son trésor... Il ne prête qu'à cent pour cent.

Fine pâlissait devant le spectacle hideux que lui faisait entrevoir son oncle.

— D'ailleurs, continua le geôlier, Guillaume a des amis qui vantent sa piété. Il ne croit ni à Dieu ni au diable, il vendrait le Christ une seconde fois, s'il le pouvait ; mais il a eu l'habileté de feindre une grande dévotion, et cette comédie lui a valu l'estime de certains esprits étroits et aveugles. On le rencontre, traînant

les pieds dans les églises, s'agenouillant
derrière tous les piliers, usant des seaux
d'eau bénite... Interrogez la ville, demandez quelle bonne action a jamais faite ce
saint personnage? Il adore Dieu, dit-on;
mais il vole son semblable. On ne pourrait citer une personne qu'il ait secourue.
Il prête à usure, il ne donne pas un sou
aux malheureux. Un pauvre diable mourrait de faim à sa porte, qu'il ne lui apporterait pas un morceau de pain et un verre
d'eau. S'il jouit d'une considération quelconque, c'est qu'il a dérobé cette considération comme tout ce qui lui appartient...

Revertégat s'arrêta, regardant sa nièce,
ne sachant s'il devait continuer.

— Et vous auriez la naïveté d'aller chez
un pareil homme, dit-il enfin. Je ne puis
tout dire, je ne puis parler des vices de
Guillaume. Ce vieillard a des passions
ignobles; par moments, il oublie son avarice, il contente ses appétits de luxure.
On raconte tout bas des marchés honteux, des séductions révoltantes.

— Assez!... cria Marius avec force.

Fine, rouge et consternée, baissait la
tête, n'ayant plus ni courage ni espérance.

— Je vois que l'argent est trop cher,
reprit le jeune homme, et qu'il faut se
vendre pour en acheter. Ah! si j'avais le
temps de gagner par mon travail la somme qu'il nous faut!

Ils restèrent tous trois silencieux, ne
pouvant trouver aucun moyen de salut.

XVIII

OU LUIT UN RAYON D'ESPÉRANCE

Le lendemain matin, Marius poussé par la nécessité, se décida à aller frapper chez M. de Girousse. Depuis qu'il cherchait de l'argent, il songeait à s'adresser au vieux comte. Mais il avait toujours reculé devant cette pensée; il redoutait les brusqueries originales du gentilhomme, il n'osait lui avouer sa misère, il rougissait d'avoir à faire connaître l'emploi des quinze mille francs qu'il sollicitait. Rien ne lui était plus pénible que d'être forcé de mettre un tiers dans la confidence de l'évasion de son frère, et M. de Girousse l'effrayait plus que tout autre.

Lorsque le jeune homme se présenta, l'hôtel était vide, le comte venait de partir pour Lambesc. Marius fut presque heureux de ne trouver personne, tant sa démarche lui pesait. Il resta sur le Cours, irrésolu, n'ayant pas le courage d'aller à Lambesc, désespéré d'être réduit à l'inaction.

Comme il remontait une allée, accablé, les yeux vagues, il rencontra Fine. Il était sept heures du matin. La bouquetière, en grande toilette, tenant à la main un petit sac de voyage, lui parut toute décidée, toute souriante.

— Où allez-vous donc? lui demanda-t-il avec suprise.

— Je vais à Marseille, répondit-elle.

Il la regarda d'un œil curieux, l'interrogeant du regard.

— Je ne puis rien vous dire, continua-t-elle. J'ai un projet, mais je crains d'échouer. Je reviendrai ce soir... Allons, ne vous désespérez pas.

Marius accompagna Fine jusqu'à la diligence. Lorsque la lourde voiture s'ébranla, il la suivit longtemps des yeux; cette voiture emportait sa dernière espérance et allait lui rapporter l'angoisse ou la joie.

Jusqu'au soir, il rôda autour des diligences qui arrivaient. On n'attendait plus qu'une voiture, et Fine n'avait point encore paru. Le jeune homme, rongé d'impatience, allant et venant d'un pas fébrile, tremblait que la bouquetière ne revînt que le lendemain. Dans l'ignorance où il était, ne sachant quelle pouvait bien être cette dernière tentative, il ne se sentait point le courage de passer une nuit entière d'anxiété et d'indécision. Il se promenait sur le Cours, frissonnant, en proie à une sorte de cauchemar.

Enfin, il aperçut la diligence, au loin, au milieu de la place de la Rotonde. Quand il entendit les roues sonner sur le pavé, il eut des palpitations violentes.

Il s'adossa contre un arbre, regardant les voyageurs qui descendaient un à un, avec une lenteur désespérante.

Tout d'un coup, il fut comme cloué au sol. Presque en face de lui, par une portière ouverte, il venait de voir apparaître la grande taille, la figure pâle et triste de l'abbé Chastanier. Quand l'abbé fut sur le trottoir, il tendit la main et aida une jeune fille à descendre. Cette jeune fille était mademoiselle Blanche de Cazalis.

Derrière elle, Fine sauta à terre d'un bond léger, sans se servir du marche-pied. Elle était rayonnante.

Les deux voyageurs, guidés par la bouquetière, se dirigèrent vers l'hôtel des Princes. Marius, qui était demeuré dans l'ombre de la nuit naissante, les suivit machinalement, ne pouvant comprendre, comme hébété.

Fine resta dix minutes au plus dans l'hôtel. Lorsqu'elle en sortit, elle aperçut le jeune homme, et courut à lui prise d'un accès de joie folle.

— J'ai réussi à les amener, dit-elle en battant des mains ; maintenant, j'espère bien qu'ils obtiendront ce que je désire... Demain, nous serons fixés.

Alors elle prit le bras de Marius et lui conta sa journée.

La veille, elle avait été frappée par une parole du jeune homme, qui regrettait de ne pas avoir le temps nécessaire pour gagner en travaillant la somme qu'il lui

fallait. D'un autre côté, les tristesses de
son oncle lui avaient prouvé qu'il était
presque impossible de trouver un prêteur,
un usurier raisonnable. La question se
réduisait donc à gagner du temps, à tâcher d'éloigner le plus possible l'époque
où l'on attacherait Philippe au pilori. Ce
qui épouvantait Fine et Marius, c'était
cette exposition infâme, livrant les condamnés aux ricanements et aux insultes
de la foule.

Dès lors, le plan de la jeune fille fut
arrêté, un plan hardi, qui peut-être réus-
sirait par son audace même. Elle comptait aller droit chez M. de Cazalis, pénétrer jusqu'à sa nièce et lui étaler le tableau de l'exposition de Philippe, dans
tout ce qu'un pareil spectacle aurait d'insultant pour elle. Elle la déciderait à
l'aider, elles iraient toutes deux supplier
le député d'intervenir; si M. de Cazalis
ne consentait pas à demander la grâce,
peut-être voudrait-il bien tenter d'obtenir
un sursis.

D'ailleurs, Fine ne raisonnait guère ses
moyens d'action; il lui semblait impossible que l'oncle de Blanche résistât à
ses larmes. Elle avait foi dans son dévouement.

La pauvre enfant rêvait toute éveillée,
lorsqu'elle espérait que M. de Cazalis flé-
chirait à la dernière heure. Cet homme
fier et entêté avait voulu l'infamie de
Philippe, et rien au monde n'aurait pu

mettre un obstacle à l'accomplissement
de sa vengeance. Si Fine avait eu à se
heurter contre lui, elle se serait brisée;
elle aurait dépensé en pure perte ses
plus jolis sourires, ses larmes les plus tou-
chantes.

Heureusement pour elle, les circonstances la servirent. Lorsqu'elle se présenta
à l'hôtel du député, au cours Bonaparte,
on lui dit que M. de Cazalis venait d'être
appelé à Paris par certaines exigences de
sa position politique. Elle demanda à voir
mademoiselle Blanche; on lui répondit
vaguement que mademoiselle était ab-
sente, qu'elle voyageait.

La bouquetière, fort embarrassée, fut
obligée de se retirer et d'aller réfléchir
dans la rue. Tous ses plans se trouvaient
dérangés; cette absence de l'oncle et de
la nièce lui ôtait l'appui sur lequel elle
croyait pouvoir compter, n'ayant pas un
seul ami qui la soutînt. Elle ne voulait
pas cependant perdre sa dernière espérance et revenir à Aix aussi désespérée
que la veille, après avoir fait un voyage
inutile.

Brusquement, la pensée de l'abbé Chastanier lui vint. Marius lui avait souvent
parlé du vieux prêtre; elle connaissait
sa bonté, son dévouement. Peut-être pourrait-il lui donner des renseignements précieux.

Elle le trouva chez sa sœur, la vieille
ouvrière infirme. Elle lui ouvrit son

cœur, elle lui apprit en quelques mots le motif de son voyage à Marseille. Le prêtre l'écouta avec une vive émotion.

— C'est le ciel qui vous amène ici, lui répondit-il. Je crois pouvoir, dans une telle circonstance, violer le secret qui m'a été confié. Mademoiselle Blanche n'est pas en voyage. Son oncle voulant cacher sa grossesse et ne pouvant l'emmener à Paris, a loué pour elle une petite maison au village de Saint-Henri... Elle habite là avec une gouvernante. M. de Cazalis, auprès duquel je suis rentré en grâce, m'a prié de lui faire de fréquentes visites et m'a donné sur elle d'assez larges pouvoirs... Voulez-vous que je vous conduise auprès de cette pauvre enfant, que vous trouverez bien changée et bien abattue?

Fine accepta avec joie.

Blanche pâlit lorsqu'elle aperçut la bouquetière, et se mit à pleurer à chaudes larmes. Un léger cercle bleuâtre entourait ses yeux; ses lèvres étaient décolorées, et ses joues avaient des blancheurs de cire. On voyait qu'un cri terrible, le cri du cœur et de la conscience, s'élevait en elle et la rendait toute chancelante.

Quand Fine, avec une voix douce et des caresses attendries, lui eut fait comprendre qu'elle pouvait peut-être éviter à Philippe une suprême humiliation, elle

se leva toute droite et dit d'une voix
brisée :

— Je suis prête, disposez de moi... J'ai
dans les entrailles un enfant qui me parle
sans cesse de son père. Je voudrais apaiser la colère de ce pauvre petit être qui
n'est pas encore né.

— Eh bien, reprit Fine chaleureusement, aidez-moi dans notre œuvre de délivrance... Je suis certaine que vous obtien-
driez tout au moins un sursis en tentant
une démarche.

— Mais, fit observer l'abbé Chastanier,
mademoiselle Blanche ne peut aller seule
à Aix. Je dois l'accompagner... Je sais
que M. de Cazalis, s'il apprend ce voyage,
me fera les plus graves reproches. J'accepte pourtant la responsabilité de cet
acte, car je crois agir en honnête homme.

Dès que la bouquetière eut obtenu un
consentement, elle laissa à peine le temps
au vieillard et à la jeune fille de faire
quelques préparatifs. Elle revint avec
eux à Marseille, elle les poussa dans la
diligence, et c'est ainsi qu'elle les amena
triomphalement dans Aix. Le lendemain,
Blanche devait se rendre chez le président qui avait prononcé le jugement de
de Philippe.

Marius, lorsque Fine eut terminé son
récit, l'embrassa vivement sur les deux
joues, ce qui fit monter des lueurs roses au front de la jeune fille.

XIX

Le lendemain matin, Fine alla retrouver Blanche et l'abbé Chastanier. Elle voulait les accompagner jusqu'à la porte de l'hôtel du président, pour connaître tout de suite le résultat de leur démarche. Marius, comprenant que sa présence serait pénible à Mlle de Cazalis, se mit à rôder sur le Cours, comme une âme en peine, suivant de loin les deux jeunes filles et le prêtre. Quand les solliciteurs furent montés, la bouquetière aperçut le jeune homme et lui fit signe de venir la rejoindre. Ils attendirent tous deux, sans échanger une parole, agités et anxieux.

Le président reçut Blanche avec une grande commisération. Il comprenait qu'elle était la plus cruellement frappée dans cette malheureuse affaire. La pauvre enfant ne put parler; dès les premiers mots, elle se mit à sangloter, et tout son être, suppliant, demandait pitié, mieux que ne l'auraient fait ses prières. Ce fut l'abbé Chastanier qui dut expliquer leur présence et présenter la requête.

— Monsieur, dit-il au président, nous

venons à vous, les mains jointes. Mlle de Cazalis est déjà brisée sous les malheurs qui l'ont accablée. Elle vous prie en grâce de lui épargner une nouvelle humiliation.

— Que désirez-vous de moi ? demanda le président d'une voix émue.

— Nous désirons que, s'il est possible, vous évitiez un nouveau scandale... M. Philippe Cayol a été condamné à l'exposition publique, et ce châtiment doit lui être infligé ces jours-ci. Mais l'infamie ne l'atteindra pas seul ; il n'y aura pas qu'un coupable attaché au pilori, il y aura une pauvre enfant souffrante qui vous demande pitié. Vous entendez, n'est-ce pas ? les cris de la foule, les injures qui réjailliront sur Mlle de Cazalis ; elle sera traînée dans la boue par la populace, et son nom circulera autour de l'ignoble poteau, avec des ricanements haineux et de sales expressions...

Le président paraissait douloureusement touché. Il garda un moment le silence. Puis, comme pris d'une idée soudaine :

— Mais, demanda-t-il, est-ce M. de Cazalis qui vous envoie vers moi ? A-t-il connaissance de la démarche que vous faites ?

— Non, répondit le prêtre avec une dignité franche, M. de Cazalis ne sait pas que nous sommes ici... Les hommes ont des intérêts, des passions qui les emportent et qui les empêchent parfois de juger nettement leur position. Peut-être allons-nous contre le désir de l'oncle de Mlle Blanche, en venant vous solliciter... Mais au-dessus des passions et des intérêts des hommes, il y a la bonté et la justice. Aussi n'ai-je pas craint de compromettre mon caractère sacré, en prenant sur moi de vous demander d'être bon et juste.

— Vous avez raison, monsieur, dit le président. Je comprends les motifs qui vous ont amené, et, vous le voyez, vos paroles m'ont vivement ému. Malheureusement, je ne puis arrêter le châtiment; il n'est pas dans mon pouvoir de modifier un arrêt de la cour d'assises.

Blanche joignit les mains.

— Monsieur, balbutia-t-elle, je ne sais ce que vous pouvez faire pour moi; mais, je vous en prie, soyez miséricordieux, dites-vous que c'est moi que vous avez condamnée et tâchez d'alléger mes souffrances.

Le président lui prit les mains, et, avec une douceur paternelle:

— Ma pauvre enfant, répondit-il, je comprends tout. Mon rôle, dans cette affaire, a été pénible... Aujourd'hui, je suis désespéré de ne pouvoir vous dire : « Ne craignez rien; j'ai la puissance de renverser le pilori, et vous ne serez pas attachée au poteau avec le condamné. »

— Alors, reprit le prêtre accablé,

l'exposition aura lieu prochainement...
Il ne vous est pas même permis de retarder cette scène déplorable.

Le président s'était levé :

— Le ministre de la justice, sur la demande du procureur général, peut en faire éloigner l'époque, dit il vivement. Voulez-vous que cette exposition ne se fasse que dans les derniers jours de décembre ? Je serais heureux de vous prouver toute ma compassion et tout mon bon vouloir.

— Oui, oui, s'écria Blanche avec ardeur. Eloignez ce moment terrible le plus possible... Je me sentirai peut-être plus forte...

L'abbé Chastanier, qui connaissait les projets de Marius, pensa que, devant la promesse du président, il devait se retirer sans insister davantage. Il se joignit à Blanche pour accepter l'offre qui leur était faite.

— Eh bien, c'est convenu, leur dit le président en les accompagnant. Je vais demander, et j'obtiendrai, j'en ai la conviction, que la justice n'ait son cours que dans quatre mois... Jusque-là, vivez en paix, mademoiselle. Espérez, le ciel enverra peut-être quelque soulagement à vos souffrances.

Les deux solliciteurs descendirent.

Lorsque Fine les aperçut, elle courut à leur rencontre.

— Eh bien ? demanda-t-elle haletante.

— Comme je vous le disais, répondit l'abbé Chastenier, le président ne peut empêcher l'exécution du jugement.

La bouquetière devint toute pâle.

— Mais, se hâta d'ajouter le vieux prêtre, il a promis d'intervenir pour faire reculer l'époque de l'exposition… Vous avez quatre mois devant vous pour travailler au salut du prisonnier.

Marius, malgré lui, s'était approché du groupe que formaient les jeunes filles et l'abbé. La rue, solitaire et silencieuse, blanchissait sous l'ardent soleil de midi; de légères touffes de gazon entouraient les pavés éclatants, et, seul, un chien promenait son échine maigre dans le mince filet d'ombre qui traînait le long des maisons.

Lorsque le jeune homme entendit les paroles de l'abbé Chastanier, il s'avança d'un mouvement brusque et lui serra les mains avec effusion.

— Ah! mon père, lui dit-il d'une voix tremblante, vous me rendez l'espérance et la foi. Depuis hier, je doutais de Dieu. Comment vous remercier, comment vous prouver ma reconnaissance? Maintenant je me sens un courage invincible et je suis certain de sauver mon frère.

Blanche, à la vue de Marius, avait baissé la tête. Un rougeur ardente était montée à ses joues. Elle restait là, confuse et embarrassée, souffrant horriblement de la présence de ce garçon qui connaissait son parjure, et que son oncle et elle avaient plongé dans le désespoir. Le jeune homme, lorsque sa joie se fut un peu calmée, regretta de s'être approché. L'attitude désolée de Mlle Cazalis lui faisait pitié.

— Mon frère a été bien coupable, lui dit-il enfin... Veuillez lui pardonner comme je vous pardonne moi-même.

Il ne put trouver que ces quelques paroles. Il aurait voulu lui parler de son enfant, la questionner sur le sort qui était réservé à ce pauvre être, le lui réclamer au nom de Philippe. Mais il la vit si accablée qu'il n'osa la torturer davantage.

Sans doute Fine comprit ce qui se passait en lui. Tandis qu'il faisait quelques pas avec l'abbé Chastanier, elle dit à Blanche d'une voix rapide :

— Rappelez-vous que je vous ai offert d'être la mère de votre enfant. Maintenant, je vous aime, je vois que vous êtes un brave cœur... Faites un signe, et je cours à votre aide. D'ailleurs je veillerai, je ne veux pas que le pauvre petit souffre de la folie de ses parents.

Pour toute réponse, Blanche serra silencieusement la main de la bouquetière. De grosses larmes coulaient le long de ses joues.

Mlle de Cazalis et l'abbé Chastanier repartirent sur-le-champ pour Marseille. Fine et Marius coururent à la prison. Ils apprirent à Revertégat qu'ils avaient quatre mois pour préparer l'évasion, et le geôlier leur jura qu'il tiendrait sa parole, quels que fussent le jour et l'heure où ils la lui rappelleraient.

Avant de quitter Aix, les deux jeunes gens voulurent voir Philippe, pour le mettre au courant des événements et lui dire d'espérer. Le soir, à onze heures, Revertégat les introduisit de nouveau dans la cellule. Philippe, qui commençait à s'habituer au régime de la prison, ne leur parut pas trop abattu.

— Pourvu, leur dit-il, que vous m'évitiez l'ignominie de l'exposition publique, je consens à tout... Je préférerais me casser la tête contre un mur que d'être attaché au poteau infâme.

Et, le lendemain, la diligence ramena à Marseille Marius et Fine. Ils allaient continuer sur un plus vaste théâtre la lutte où les poussait leur cœur; ils allaient fouiller au fond des misères humaines et voir à nu les plaies d'une grande ville, livrée à tous les emportements de l'industrie moderne.

FIN DE LA PREMIÈRE PARTIE

TABLE

Paris. — Imprimerie Nouvelle. — G. Masquin et Cᵉ.

LE CORSA[IRE]

JOURNAL POLITIQUE QUOTID[IEN]

Le meilleur marché et le mieux renseigné de tous les journaux

Chaque jour le CORSAIRE publie une LET[TRE DE]
PARIS, par **ALCESTE**, la *Séance*, par Ch. [...]
la *Journée*, par Gabriel GUILLEMOT, des ar[ticles]
[...] C., TONY RÉVILLON, Henri MARET, etc.
Roman-Feuilleton.

On s'abonne à Paris, aux Bureaux du Journal, 2 rue [...]
et chez tous les Libraires.

ABONNEMENTS

	PARIS		DÉPA[RTEMENTS]
Un mois	Fr. 3.50	»	[...] mois
Trois mois	10	»	Trois mois
Six mois	20	»	Six mois
Un an	40	»	Un an

Étranger, le port en [sus]

PRIX DU NUMÉRO : PARIS [...]

[...] IMP. NO[...]

UN

DUEL SOCIAL

PAR

AGRIPPA

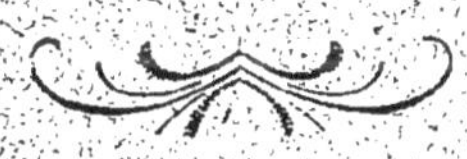

DEUXIÈME PARTIE

PARIS

AUX BUREAUX DU *CORSAIRE*

2, RUE DE MULHOUSE, 2

1873

UN
DUEL SOCIAL

UN
DUEL SOCIAL

PAR

AGRIPPA

DEUXIEME PARTIE

PARIS

AUX BUREAUX DU *CORSAIRE*

2, RUE DE MULHOUSE, 2

—

1873

UN
DUEL SOCIAL

DEUXIÈME PARTIE

I

LE SIEUR SAUVAIRE, MAITRE PORTEFAIX

Le patron de Cadet Cougourdan, le maître portefaix Sauvaire, était un petit homme vif, noirâtre, aux membres trapus et vigoureux. Son grand nez crochu, ses lèvres minces, son visage allongé exprimaient cette confiance vaniteuse, cette vantardise rusée qui sont les traits distinctifs de certains types du Midi.

Elevé sur le port, simple ouvrier dans sa jeunesse, il avait mis de côté, pendant dix ans, les gros sous qu'il gagnait. Il soulevait des poids énormes, il avait une force nerveuse qui faisait merveille. Il disait d'habitude qu'il ne craignait pas les gros hommes. La vérité était que ce nain aurait rossé un géant. Mais il se montrait prudent et sage dans l'emploi de sa vigueur; il évitait les querelles, sachant que la tension de ses muscles valait de l'argent et qu'un coup de poing ne rapporte que des ennuis. Il vivait sobrement, tout au travail et à l'avarice, ayant hâte d'atteindre le but qu'il rêvait.

Un jour enfin, il eut devant lui les quelques milliers de francs qu'il lui fallait pour accomplir son projet. Il devint patron du soir au lendemain, il prit des hommes sous ses ordres, et, les bras croisés, les regarda courir et suer. De temps à autre, il leur donnait un coup de main en grondant. Au fond, Sauvaire était un paresseux fieffé; il avait travaillé par entêtement, aimant mieux faire d'un coup toute la besogne de sa vie et se reposer plus tard dans les douceurs d'une oisiveté d'homme riche. Maintenant que de pauvres diables lui gagnaient une fortune, il se promenait, les mains dans les poches, empilant l'argent, attendant d'avoir une grosse somme pour s'abandonner à ses instincts de vie libre et bruyante.

Peu à peu, l'ouvrier avare se transforma en un enrichi prodigue. — Sauvaire avait des appétits cuisants de richesse et de plaisirs; il voulait posséder beaucoup d'argent pour s'amuser beaucoup, et il voulait s'amuser beaucoup pour montrer à tous qu'il possédait beaucoup d'argent. Un orgueil bête, une vanité de parvenu le poussait à faire un tapage du diable autour de ses joies. Quand il riait, il eût désiré que tout Marseille entendît son éclat de rire.

Il portait maintenant des vêtements de drap fin, sous lesquels on devinait toujours le corps roidi et épais de l'ouvrier. Sur son gilet s'étalait une large chaîne d'or, épaisse d'un bon doigt, et laissant pendre des breloques massives qui auraient assommé un bœuf. Il avait, à la main gauche, une bague toute d'or, sans la moindre pierre. Chaussé de souliers vernis, coiffé d'un feutre souple, il flânait tout le jour sur la Cannebière et sur le port en fumant une magnifique pipe d'écume garnie d'argent. Et, tout en marchant, il faisait sauter ses breloques sur son ventre, il promenait sur la foule un regard plein d'une câlinerie goguenarde et vaniteuse. Il jouissait.

Il avait peu à peu confié la direction de sa maison à Cadet Cougourdan, dont les allures vives et énergiques lui plaisaient; ce garçon de vingt ans possédait une intelligence droite et ouverte qui lui donnait une véritable supériorité sur les autres portefaix. Sauvaire fut enchanté d'avoir sous la main un pareil ouvrier; il le nomma surveillant des hommes qui

travaillaient pour lui, et dès lors il put
étaler largement ses appétits dans Marseille. Il se contenta, le matin, de faire
ses comptes et d'empocher l'argent gagné.

L'existence rêvée commença. Sauvaire
se fit recevoir d'un cercle. Il joua, mais
avec prudence, trouvant que la volupté
du jeu ne vaut pas les sommes qu'on
perd; il voulait s'amuser pour son argent, il cherchait des plaisirs solides et
durables. Il mangea dans les meilleurs
restaurants, il eut des femmes qu'il étala
devant la foule. Sa vanité était voluptueusement chatouillée, lorsqu'il pouvait
se vautrer sur les coussins d'une voiture
à côté d'une vaste jupe de soie. La femme
n'était rien, la robe de soie était tout. Il
traînait la robe de soie dans des cabinets
particuliers, et il ouvrait les fenêtres,
pour que les passants pussent voir qu'il
était en partie fine avec une dame bien
mise, et qu'il se faisait servir des plats
très chers. D'autres auraient fermé les
jalousies, poussé le verrou; lui, il rêvait
d'embrasser ses maîtresses dans une
maison de verre, afin que la foule fût
bien persuadée qu'il était assez riche
pour aimer de jolies femmes. Il entendait
l'amour à sa manière.

Depuis un mois, il vivait dans le ravis-
sement. Il avait fait la rencontre d'une
jeune femme dont la connaissance chatouillait délicieusement son amour-pro-

pre. Cette jeune femme était la maîtresse d'un comte ; on la regardait comme une des reines du demi-monde marseillais. Elle se nommait Thérèse Armand ; mais on la désignait habituellement sous le nom familier d'Armande.

Lorsque Armande mit pour la première fois sa petite main gantée dans la main large de Sauvaire, le maître portefaix faillit s'évanouir de joie. Cette poignée de main s'échangeait sur les allées de Meilhan, devant la porte de la maison habitée par la lorette, et les passants se retournaient pour voir cet homme et cette jeune femme qui s'adressaient des sourires et se faisaient des révérences. Sauvaire s'en alla, gonflé d'orgueil, s'extasiant sur la toilette et sur les bonnes manières d'Armande. Il n'eut plus qu'une pensée : avoir cette femme pour maîtresse, supplanter un comte, promener à son bras des dentelles et du velours.

Il guetta la lorette et se mit sur son passage. Il devenait presque amoureux des chiffons luxueux qu'elle portait et des parfums qu'exhalaient ses vêtements. Il était fier d'être salué par elle, de paraître un de ses amis, et il ne lui aurait même pas déplu de passer pour un de ses amants.

Un soir, il monta chez elle et n'en sortit que le lendemain. Il crut à une victoire remportée par les charmes de sa personne. Pendant huit jours, il fut d'une fatuité insupportable ; il regardait les passants d'un air de pitié moqueuse. Quand Armande était à son bras, sur un trottoir, la rue ne lui semblait pas assez large. Le balancement et le bruit frissonnant des jupes de sa maîtresse le jetaient dans une extase recueillie. Il adorait les crinolines qui tiennent beaucoup de place et qui gênent la circulation.

Il contait sa bonne fortune à tout le monde. Cadet fut un de ses premiers confidents.

— Ah ! si vous saviez ! lui dit-il, la charmante personne, et comme elle m'adore !... Il y a de tout chez elle, des tapis, des rideaux, des glaces. On se croirait dans le monde, chez une duchesse... Et, avec cela, pas fière du tout, bonne fille, la main toujours ouverte... Hier, j'ai déjeûné dans son petit salon ; puis nous avons pris une voiture découverte et nous sommes allés au Prado. Tout le monde nous regardait... Il y a de quoi mourir d'aise en compagnie d'une pareille femme.

Cadet souriait. Il rêvait l'amour d'une forte fille ; Armande lui faisait l'effet d'une poupée mécanique, d'un jouet fragile qu'il aurait brisé dans ses doigts. Mais il ne voulait pas contrarier son patron, il s'extasiait avec lui sur les charmes exquis de la lorette. Le soir, il contait à Fine les folies de Sauvaire.

La bouquetière avait repris sa place

dans son petit kiosque du cours Saint-Louis. Elle vendait ses fleurs, l'œil aux aguets, cherchant les occasions de venir en aide à Marius. Elle ne perdait pas de vue l'emprunt des quinze mille francs, et, chaque jour, elle bâtissait un nouveau plan, elle rêvait de mettre à contribution les personnes que le hasard rapprochait d'elle.

— Penses-tu, dit-elle un matin à son frère, penses-tu que M. Sauvaire serait un homme à prêter de l'argent?

— C'est selon, répondit Cadet.... Il donnerait volontiers mille francs à un pauvre diable, sur une place publique, devant beaucoup de monde pour faire parade de son bon cœur.

La bouquetière se mit à rire.

— Oh! ce n'est pas une aumône qu'on lui demanderait, reprit-elle... Il faudrait que la main gauche du prêteur ignorât ce que ferait sa main droite.

— Diable! dit Cadet, c'est trop de désintéressement... D'ailleurs, on pourrait voir.

Fine, sur ce bout de conversation, conçut tout un projet. Elle croyait Sauvaire très riche, et, au fond, elle ne le jugeait pas méchant homme. Peut-être pourrait-on obtenir quelque chose de lui, en se servant de l'influence d'Armande.

La bouquetière comprit qu'elle devait d'abord décider Marius à aller chez la lorette. C'était là le difficile. Le jeune homme refuserait net, dirait qu'il ne pouvait y avoir rien de commun entre lui et cette femme.

Un jour, elle laissa échapper comme par mégarde le nom d'Armande, et elle fut très étonnée de voir Marius sourire et sembler être en pays de connaissance.

— Est-ce que vous connaissez cette dame ? lui demanda-t-elle.

— Je suis allé une fois chez elle, répondit-il. C'est Philippe qui m'y conduisit. Cette dame, comme vous l'appelez, ouvrait ses salons une fois par semaine, et mon frère était un des habitués du lieu... Ma foi, j'ai été fort bien reçu, et j'ai trouvé là une véritable maîtresse de maison, très distinguée et fort élégante.

Fine parut toute triste d'entendre l'éloge d'Armande dans la bouche de Marius.

—Il paraît, continua ce dernier, que les choses ont un peu changé chez elle, depuis un an. Elle est, m'a-t-on dit, très embarrassée dans ses affaires. D'ailleurs, on la dit très adroite, très intrigante même; si elle trouve quelque imbécile, elle se tirera des ennuis où elle est.

La jeune fille s'était remise de l'étrange émotion qui l'avait saisie. Elle poursuivit habilement l'exécution de son projet, sans rien brusquer.

— L'imbécile est trouvé dit-elle en riant... Ne connaissez-vous pas M. Sauvaire, le patron de Cadet ?

— Un peu, répondit Marius; je le rencontre parfois en pantoufles sur le port.

— Eh bien! il est l'amant d'Armande depuis quelques mois... On prétend qu'il a déjà dépensé quelque argent avec elle...

Puis, d'un ton indifférent, Fine ajouta:

— Pourquoi ne retournez-vous pas chez Armande?... Vous rencontreriez là des gens riches qui pourraient vous aider dans l'affaire que vous savez... M. Sauvaire serait peut-être tout disposé à vous rendre service.

Marius devint grave et garda un moment le silence. Il se consultait.

— Bah! dit-il, enfin, vous avez raison... Je ne dois reculer devant aucune tentative... Il faudra demain que j'aille voir cette femme; j'expliquerai ma visite, en lui parlant de mon frère.

La bouquetière regardait le jeune homme en face, avec de petits battements de paupières.

— Et surtout, reprit-elle en riant d'un rire forcé, n'allez pas rester au pied de cette enchanteresse... J'ai souvent entendu parler de ses toilettes riches et savantes, de son esprit, de l'étrange pouvoir qu'elle a sur les hommes.

Marius, étonné de la voix émue de son amie, lui prit la main et l'examina d'un regard pénétrant.

— Qu'avez-vous donc? lui demanda-t-il. Ne dirait-on pas que je vais chez le diable et que je suis un pêcheur... Ah!

ma pauvre Fine, je suis loin de penser à
de pareilles bêtises. J'ai une tâche sacrée
à remplir... Puis, regardez-moi bien.
Quelle est la femme qui voudrait d'un
magot pareil?

La jeune fille le regarda et elle fut
toute surprise de ne plus le trouver laid.
Jadis, il lui avait semblé affreux; maintenant elle voyait comme de la lumière
sortir de son visage et lui transfigurer la
face. Le jeune homme lui serra amicalement la main, et elle demeura toute
troublée.

Le lendemain soir, ainsi qu'il l'avait
résolu, Marius se présenta chez Armande.

UNE LORETTE MARSEILLAISE

Armande avait une origine fort mystérieuse. Elle prétendait être née dans l'In-
de, d'une femme indigène et d'un offcier
anglais. Elle partait de là et contait, à qui
voulait l'entendre, un roman dont elle
était l'héroïne. Elle mettait sa première
faute sur le compte d'un riche protecteur
qui l'avait prise chez lui, à la mort de
son père, et qui l'avait élevée délicatement pour en faire plus tard sa maîtresse,
comme on engraisse une volaille pour la
trouver plus savoureuse et plus tendre
sous la dent. Son esprit se plaisait dans
ce conte brutalement romanesque.

Grâce à ses mensonges, sa véritable
histoire ne fut jamais connue. Elle s'était
abattue un jour sur Marseille, comme un
de ces oiseaux qui flairent de loin une
contrée riche en proies de toute espèce.
En s'établissant dans une ville riche et
industrielle, elle avait fait preuve d'une
rare intelligence. Dès son arrivée, elle
s'attaqua aux gens de commerce, aux jeunes négociants qui remuent l'argent à la
pelle. Elle comprit que ces garçons,
cloués toute la journée dans un bureau,

désirent âprement s'amuser le soir et jeter un peu de l'or qu'ils ont gagné.

Elle tendit ses piéges avec art. Elle
monta sa maison sur un grand pied et
lui donna une sorte de cachet aristocratique. Il lui fut aisé de vaincre toutes les
rivales qu'elle trouva installées dans la
ville. Ces pauvres filles déchues étaient
d'une ignorance crasse; elles s'habillaient
mal, savaient à peine parler, étalaient un
luxe mesquin et ignoble, s'abandonnaient
bêtement. Armande les écrasa de toute
son élégance et de tout l'esprit qu'elle
avait acquis çà et là en se frottant à des
gens bien élevés. Elle devint en peu de
mois une sorte de célébrité mondaine.

Chez elle, comme le disait naïvement
Sauvaire, elle prenait des airs de duchesse. Un goût exquis avait présidé à l'ameu-
blement de son logis.

Elle ouvrit son salon, elle attira les
jeunes gens riches par le bruit qu'elle
faisait faire autour d'elle, et les retint par
sa bonne grâce et la distinction de ses
manières. La femme entretenue perçait à
peine sous la maîtresse de maison. Elle
avait des amants, elle les montrait même
volontiers; mais, en public, dans ses soirées, elle gardait une décence dont on
lui tenait grand compte. Elle était le
type du vice élégant, parfumé, spiri-
tuel.

Elle s'entoura peu à peu de tous les viveurs de la ville. Elle n'admettait d'ail-

leurs que des gens riches, gagnant beaucoup et dépensant plus encore. Dans les commencements, elle n'eut qu'à choisir ses victimes ; une foule était à ses pieds. Elle croqua à belles dents plusieurs fortunes, vivant en plein luxe, fournissant aux besoins de sa maison, qui étaient énormes.

Les gens sages et graves la regardaient comme une véritable plaie, comme un gouffre sans fond où allaient s'engloutir les capitaux des jeunes commerçants marseillais. Les femmes entretenues, ses rivales, la déchiraient à belles dents et l'accusaient d'intrigues honteuses ; elles tournaient en moquerie son visage maigre, ses rides précoces ; elles disaient qu'elle était laide, — ce qui était presque vrai, — et déclaraient ne rien comprendre à l'engouement que ces imbéciles d'hommes avaient pour cette pécore. Armande les laissait dire, et régnait tranquillement. Pendant plusieurs années elle les domina par son esprit, par son luxe, par sa science de femme élégante et raffinée. On allait chez elle en habit noir et en cravate blanche.

Puis, sans cause apparente, tout d'un coup, son crédit baissa. La gêne vint et fit comme des trous dans son luxe. Sans doute sa mode était passée, les amants généreux manquaient. Elle tomba dans les transes de cette demi-misère qui porte de la soie et marche sur des tapis. Sentant qu'elle allait rouler dans le ruisseau si elle ne faisait pas des efforts prodigieux pour garder son appartement de grande dame, elle lutta avec désespoir contre la mauvaise chance. Elle comprenait que son prestige venait uniquement de sa richesse apparente, de ses toilettes exquises, de l'argent qui lui permettait de jouer à l'aise son rôle de duchesse déclassée. Le jour où la soie lui manquerait, où elle fermerait son salon, elle savait qu'elle deviendrait une pauvre fille, une créature laide et fanée dont personne ne voudrait plus. Aussi déploya-t-elle une énergie fébrile pour trouver des amants, pour se procurer de l'argent à tout prix.

C'est à cette époque qu'elle fit la connaissance d'une dame Mercier, qui lui avança quelques fonds à un taux exorbitant. Elle avait dupé tant de jeunes imbéciles qu'elle se laissa duper à son tour, sans trop se plaindre.

Elle espérait d'ailleurs faire payer le capital et les intérêts des sommes empruntées, au premier homme riche dont elle serait la maîtresse. Les hommes riches ne se présentèrent pas ; la jeune femme devint de plus en plus inquiète et embarrassée.

Armande, poussée par la nécessité, sentant chaque jour sa beauté, son gagne-pain, s'en aller avec son luxe, en arriva au crime. Déjà, pour faire face aux exigences de ses créanciers, elle avait dû

vendre des glaces, des meubles, des por-
celaines; sa maison se vidait, elle voyait
peu à peu les murs se dénuder et elle
songeait avec effroi à l'heure où elle se
trouverait, lasse et vieillie, entre quatre
murailles nues. Les amants se sauve-
raient alors de son bouge, elle mourrait
de misère et de honte.

Les tapissiers, les modistes, tous les
fournisseurs auxquels elle devait, devenaient plus âpres en flairant la ruine pro-
chaine de leur cliente; ils savaient que
les amants se faisaient rares, ils exi-
geaient le remboursement immédiat de
leurs créances. Quelques uns d'entre eux
parlèrent de saisir le mobilier. Armande
comprit qu'elle était perdue, si elle ne
battait pas monnaie tout de suite, n'importe de quelle façon.

Elle eut recours à un moyen extrême.
Elle imita l'écriture de trois ou quatre
amants qu'elle avait, et se souscrivit à
son ordre des billets qu'elle signa des
noms de ces hommes. Puis, n'osant se
présenter chez un banquier, elle s'adressa à la dame Mercier, qui consentit à lui
escompter quelques-uns de ces billets. Il
est à croire que l'usurière n'ignorait pas
l'origine des effets et qu'elle spéculait
même sur l'infamie d'Armande. La tenant dans ses griffes, pouvant à toute
heure lancer une plainte au procureur
du roi, comptant d'ailleurs sur les sous-
cripteurs supposés qui auraient eu inté-

rêt à éviter un scandale, elle considérait les faux, qu'elle possédait en garantie, comme préférables à de bonnes traites. Elle basait toute une fortune sur ses complaisances criminelles, exigeant des intérêts énormes, embrouillant de plus en plus les affaires de la lorette, se mettant complétement à sa charge, jouant un rôle de ruse et d'hypocrisie dont elle se tirait à merveille.

Pendant près de deux ans, Armande vivota, sans inquiétude. Elle avait mis les billets payables chez elle, et, à chaque échéance, elle faisait l'argent coûte que coûte, tirant cent francs du premier homme qu'elle rencontrait, complétant la somme nécessaire en vendant quelque chose, en empruntant encore, en faisant de nouvelles traites fausses. La Mercier continuait à se montrer humble et serviable; elle voulait tenir sa proie étroitement serrée, avant de montrer les dents et de mordre.

Puis vint un moment où Armande ne put décidément pas rembourser les billets faux. Elle se jetait en vain dans le ruisseau; elle allait au Château-des-Fleurs, comme une fille; elle ne parvenait plus à gagner la somme qu'il lui fallait pour entretenir sa maison.

C'est à ce moment-là qu'elle fit la connaissance de Sauvaire; elle lâcha pour lui un comte qu'elle avait ruiné, croyant que le maître portefaix était riche et généreux. En d'autres temps, lorsqu'elle était la reine de Marseille et qu'elle étalait insolemment son velours et ses dentelles, elle aurait regardé Sauvaire du haut de la richesse et de l'élégance de ses amants. Mais maintenant elle ne dédaignait plus aucune proie; elle s'attaquait à la foule, et se serait volontiers mise à ramasser de l'argent dans des mains sales et ignobles. L'ancien ouvrier prit pour de la tendresse la nécessité qui poussait la jeune femme dans ses bras. Armande, au bout de quelques mois, s'aperçut avec terreur que son nouvel amant avait l'économie prudente du parvenu et qu'il s'appliquait en égoïste tout l'argent qu'il dépensait. Deux ou trois des billets faux ne furent pas payés; la dame Mercier commença à se fâcher.

Les choses en étaient là lorsque, un soir, Marius se rendit naïvement chez la lorette. Il croyait encore trouver dans son salon une partie de la riche et nombreuse société à laquelle son frère l'avait présenté. Il rêvait vaguement de lier connaissance avec quelque jeune négociant qui lui viendrait en aide; il comptait même un peu sur Sauvaire, dont Fine avait volontairement exagéré l'obligeance.

Il fut très étonné de trouver le salon vide. Une seule lampe éclairait cette grande pièce, qui lui parut singulièrement nue. Sauvaire était à demi couché

sur un vaste divan, et il semblait digérer
avec affectation le dîner qu'il venait de
faire, lâchant quelques boutons de son
gilet et tenant un cure-dents entre ses
doigts. A côté de lui, assise dans un fauteuil, Armande lisait *Graziella*, en appuyant rêveusement le front sur la paume
de sa main gauche; une levrette, qu'elle
nommait *Djali*, était couchée à ses pieds,
la tête posée le long de ses pantoufles de
velours cerise.

Un des moyens de séduction employé
par Armande était de lire devant ses
amants les œuvres des grands poëtes modernes. Elle avait une petite bibliothèque,
où se trouvaient les ouvrages de Château-
briand, de Victor Hugo, de Lamartine,
de Musset.

Le soir, dans la clarté pâle de la lampe,
à l'heure où elle était encore belle, elle
épelait langoureusement des pages de
vers ou de prose poétique. Cela mettait
comme une auréole autour de sa tête. Les
amants croyaient avoir affaire à une fille
ignorante, et ils trouvaient une dame ins-
truite, presque lettrée, qui lisait des livres qu'eux-mêmes n'avaient jamais eu
ni le temps, ni le courage de feuilleter.
Sauvaire surtout se sentit écrasé et
dominé, le jour où sa maîtresse prit un
recueil de vers et se mit tranquillement
à en tourner les pages devant lui. A
peine parcourait-il parfois un journal.
Une femme ouvrant un volume de poé-

sies lui parut une créature supérieure. Chaque fois qu'Armande lisait en sa présence, il se recueillait, il prenait un air précieux et charmé. Il lui semblait qu'il devenait savant lui-même.

Marius eut un léger sourire en voyant l'attitude penchée d'Armande, feignant l'extase, et la posture de Sauvaire qui se vautrait sur le divan, les mains jointes au milieu du ventre. Il y avait toute une comédie entre l'hypocrisie savante de cette femme et le contentement épais et aveugle de cet homme.

La lorette accueillit le nouveau venu avec cette grâce facile et enjouée qui est une des nécessités de son métier. Elle avait eu des rapports plus ou moins intimes avec Philippe, elle traitait Marius en vieille connaissance. Elle le fit asseoir, en lui reprochant la rareté de ses visites.

— Je sais bien, ajouta-t-elle, que vous avez eu beaucoup d'ennuis dans ces derniers temps. Ce pauvre Philippe!... je me l'imagine parfois dans un cachot humide, lui qui aimait tant le luxe et les plaisirs... Cela lui apprendra à mieux placer ses tendresses.

Sauvaire s'était un peu relevé. Il avait la bonne qualité de ne pas être jaloux; il se montrait au contraire tout fier des amants que sa maîtresse avait eus. Les anciennes amours d'Armande doublaient à ses yeux le prix de sa bonne fortune. D'ailleurs, Marius lui parut si chétif, qu'il

fut charmé de paraître vigoureux à côté
de lui.

La jeune femme présenta les deux
hommes l'un à l'autre.

— Oh ! nous nous connaissons dit le
maître portefaix avec un rire satisfait...
Je connais aussi M. Philippe Cayol. En
voilà un gaillard !...

A la vérité, Sauvaire était enchanté
d'être trouvé en tête-à-tête avec Armande. Il se mit à la tutoyer, à appuyer
sur les plaisirs qu'ils prenaient ensemble.
Il continua en parlant de Philippe et en
s'adressant à sa maîtresse :

— Il venait souvent chez toi, n'est-ce
pas?... Ah ! va, ne t'en défends pas ; je
crois que vous vous êtes aimés... Je le
rencontrais parfois au Château-des-
Fleurs... Nous y sommes allés hier, au
Château-des-Fleurs. Hein ? ma chère,
quelle foule, que de toilettes !

Il se tourna vers Marius.

— Le soir, ajouta-t-il, nous avons
mangé au restaurant.... C'est très cher,
monsieur. Tout le monde ne peut pas se
payer cela.

Armande paraissait souffrir. Il y avait
encore au fond de cette femme des délicatesses étranges, un reste de ses jouissances exquises d'autrefois. Elle regardait Marius avec de légers haussements
d'épaule, avec des coups d'œil qui rail-
laient Sauvaire. Celui-ci, imperturbable,
s'étalait complaisamment.

Marius devina alors les embarras et les tourments de la lorette. Il lui vint comme des pitiés en voyant le salon désert et en comprenant sur quelle pente effroyable roulait cette femme qu'il avait connue insouciante et heureuse. Il regretta d'être monté.

A un moment, il resta seul avec Sauvaire, qui se mit à lui expliquer sa fortune et à lui conter sa joyeuse vie. Une servante était venue dire tout bas à Armande que Mme Mercier se trouvait dans l'antichambre et qu'elle paraissait fort en colère.

OU LA DAME MERCIER MONTRE SES GRIFFES

Mme Mercier était une petite vieille de cinquante ans, ronde, grasse, qui larmoyait toujours en se plaignant de la dureté des temps. Vêtue d'indienne déteinte, ayant sans cesse au bras un vieux cabas de paille qui lui servait de caisse, elle trottait à petits pas, avec des allures sournoises de chatte. Elle se faisait humble et misérable, elle prenait des airs malheureux pour apitoyer les gens. Son visage frais, où les rides semblaient des plis de graisse, protestait contre les larmes qui l'inondaient à chaque minute.

L'usurière joua admirablement son rôle auprès d'Armande. Elle fit d'abord la bonne femme. Elle s'empara de la lorette avec un art infernal, se montrant tour à tour serviable et égoïste, embrouillant les comptes, laissant croître les intérêts, mettant sa débitrice dans l'impossibilité de rien vérifier.

Ainsi, lorsqu'un billet arrivait à échéance et qu'Armande n'avait pas les fonds, Mme Mercier se désolait, puis elle promettait d'emprunter l'argent à quelqu'un, déclarant qu'elle ne possédait pas elle-même la somme nécessaire. Elle avançait le montant du billet, se faisait rembourser immédiatement par la lorette, qui avait ainsi un nouvel intérêt à payer. Dans ce va-et-vient d'effets, dans ce continuel accroissement du taux, Armande ne savait plus quel était son compte, ce qu'elle avait payé ni ce qu'elle devait encore. Toujours la dette augmentait, sans que l'usurière fît de nouveaux prêts, et plus la créance vieillissait, plus elle devenait obscure. La jeune femme se sentait perdue au fond d'un chaos.

L'usurière gardait ses allures éplorées et câlines. Quand elle fournissait l'argent elle-même pour qu'Armande pût la payer, elle lui faisait sentir tout son dévouement, tout l'héroïsme de sa conduite.

— Vous n'avez jamais vu une créancière comme moi, disait-elle. Je vais jusqu'à emprunter l'argent dont vous avez besoin. C'est beau cela !

— Mais, répondait Armande, c'est pour vous que vous empruntez cet argent, puisque je vous le donne.

— Pas du tout, reprenait la vieille. Je cherche uniquement à vous rendre service.

Mme Mercier s'introduisit ainsi peu à peu dans la maison. Tous les deux ou trois jours elle venait y montrer sa face rusée et attendrie. Armande devint sa propriété, son esclave. Tantôt elle accourait, se laissait aller avec désespoir sur une chaise, et accusait la jeune femme de vouloir se sauver sans la payer; il fallait qu'on lui fît visiter l'appartement pour lui montrer que les malles n'étaient pas faites. Tantôt elle sonnait violemment, elle se disait volée, elle reprochait ses dépenses à la lorette, elle comparait sa misérable vie à la sienne, elle lui reprochait d'être insolvable et criblée de dettes, et finissait en demandant de nouvelles garanties.

D'autres fois, elle venait brusquement réclamer de l'argent, puis elle s'adoucissait, elle pleurait misère, et elle s'en allait en traînant les pieds d'une façon lamentable. Chacune de ses visites était accompagnée d'un déluge de pleurs. Elle avait les larmes faciles et abusait de cet avantage pour embarrasser les gens.

Elle faisait suivre chaque plainte d'un sanglot, elle se tortillait pitoyablement sur sa chaise, elle prononçait d'une voix dolente les moindres paroles. Armande, lasse et ahurie, restait d'ordinaire devant elle sans trouver une parole; par moments, elle lui aurait tout abandonné, son linge, ses robes, son mobilier, pour être débarrassée de ses lamentations continuelles.

L'usurière avait inventé un autre genre d'exploitation. Parfois, elle arrivait, les yeux rouges, déclarant qu'elle n'avait

pas de pain, qu'elle se mourait. La jeune
femme, agacée, énervée, lui disait de
s'asseoir et de manger. D'autres fois, la
vieille versait des ruisseaux de larmes
pour avoir du sucre ou du café ou de
l'eau-de-vie.

— Hélas! chère dame, pleurnichait-
elle, je suis bien malheureuse. Ce matin,
j'ai dû prendre mon café sans sucre, et,
demain, je n'aurai ni sucre, ni café.
Soyez charitable... C'est vous qui me
mettez ainsi sur la paille ; si vous me
donniez mon argent, je ne serais pas forcée de venir mendier... Par grâce, donnez-moi quelques livres de café et de sucre. Ça comptera pour tous les services
que je vous ai rendus.

Armande n'osait refuser. Elle dépensait ses derniers sous, tremblante devant certains regards fauves et railleurs
de sa créancière. Si elle déclarait qu'elle
n'avait pas d'argent :

— C'est bien, répondait l'usurière, je
vais présenter à votre amant le billet que
vous m'avez remis...

La lorette ne la laissait pas achever.
Elle envoyait vendre quelque chose et lui
achetait ce qu'elle désirait. La malheureuse fille fermait les yeux pour ne pas
voir le gouffre creusé devant elle. Elle
appartenait à cette femme qui tenait entre ses mains des preuves terribles contre
elle, et elle lui obéissait, sourdement irritée, se demandant avec désespoir par

quels moyens elle pourrait s'échapper de
ses griffes.

Pendant près de deux ans, Mme Mercier pleura et tira d'Armande tout ce
qu'elle put. Elle ne s'en allait jamais les
mains vides.

L'argent qu'elle avait prêté à la lorette lui rapportait déjà le deux cent cinquante pour cent. Si le capital se trouvait compromis, les intérêts couvraient
deux ou trois fois la somme. Un jour,
l'usurière comprit qu'elle devait changer
de tactique. Armande ne la recevait plus
qu'avec des frémissements nerveux qui
devaient amener une crise. D'ailleurs,
elle n'avait plus le sou, et, à deux reprises, elle s'était carrément refusée à lui
donner du sucre.

Dès lors, la vieille résolut de ne plus
pleurer et d'employer les grands moyens.
Il lui restait à jouer le tout pour le tout,
à exiger de la lorette un payement immédiat de l'arriéré, en la menaçant d'a-
dresser une plainte au procureur du roi.

Elle avait eu la prudence de ne jamais
témoigner de soupçon au sujet des billets
faux qu'elle possédait; Armande croyait
qu'elle ne se doutait de rien.

Le plan de l'usurière fut bientôt arrêté.
Elle décida qu'elle irait chez la jeune
femme et qu'elle lui ferait une peur atroce. Si un de ses amants se trouvait là,
elle s'adresserait à lui, elle soulèverait
un scandale et arriverait à rentrer dans

son argent d'une façon quelconque. Elle voulait dévorer sa proie, après lui avoir sucé tout le sang de ses veines.

La veille, était échu le billet de mille francs qu'Armande avait signé du nom de Sauvaire et qu'elle avait donné en renouvellement d'un autre effet à Mme Mercier. Cette dernière, ayant un prétexte pour se fâcher, résolut de ne pas attendre davantage. Elle se présenta chez la jeune femme juste au moment où Marius et le maître portefaix se trouvaient là.

Armande était toute troublée en l'abordant dans l'antichambre. Elle l'entraîna au fond d'un petit boudoir qui n'était séparé du salon que par une mince porte. Elle lui offrit un siége, avec ce regard craintif et suppliant que prennent les gens insolvables vis-à-vis de leurs créanciers.

— Ah! ça, cria l'usurière en refusant le siége, vous moquez-vous de moi, ma bonne dame !... Encore un billet qui me revient sans être payé !... Je suis lasse à la fin.

Elle avait croisé les bras, elle parlait d'une voix haute et insolente. Son petit visage gras et rouge luisait de colère; il était rayonnant d'une joie mauvaise. Armande aurait préféré voir cette femme pleurant et se lamentant d'un ton traînard, comme à l'ordinaire.

— Par grâce, lui dit-elle effrayée, parlez plus bas. J'ai du monde... Vous savez combien ma position est embarrassée. Accordez-moi quelques jours.

Mme Mercier eut un geste brusque. Elle se dressait sur la pointe des pieds, elle parlait dans le visage de la lorette.

— Qu'est-ce que ça me fait, à moi, que vous ayez du monde ?... reprit-elle sans baisser le ton. Je veux être payée, et tout de suite !... Madame porte des chapeaux, madame va au Château-des-Fleurs, madame a des amants qui lui donnent mille jouissances... Est-ce que j'en ai, moi, des amants ?... Je me prive, je mange du pain sec et bois de l'eau, tandis que vous vous gorgez de bonnes choses. Cela ne peut pas durer. Il me faut mon argent, où je vous mènerai quelque part... Vous savez où, n'est-ce pas ?

Elle accompagna ces mots d'un coup d'œil menaçant et cruel. Armande devint pâle comme une morte.

— Ah ! cela vous chiffonne, continua la vieille en ricanant... Vous m'avez donc prise pour une imbécile. Si j'ai fait la bête, c'est que je l'ai bien voulu, c'est que sans doute j'avais intérêt à le faire...

Elle se mit à rire en haussant les épaules. Puis elle ajouta violemment :

— Si vous ne me payez pas ce soir, j'écris demain au procureur du roi.

— Je ne sais ce que vous voulez dire, balbutia Armande.

L'usurière s'était assise. Elle se sentait maîtresse de la position ; elle voulait se donner la volupté de jouer un moment avec sa proie.

— Ah! vous ne savez pas ce que je veux dire, lorsque je vous parle du procureur du roi, dit-elle en faisant une affreuse grimace, comme prise d'une gaieté soudaine... Mais vous mentez, ma bonne dame! Regardez-vous donc dans cette glace; vous êtes toute blême... Avouez que vous êtes une coquine.

A ce mot, Armande se redressa. Il lui sembla qu'elle venait de recevoir un coup de fouet dans la figure. Le sang-froid lui revint, et, montrant la porte à la dame Mercier.

— Vous allez sortir tout de suite, lui dit-elle d'une voix haute.

— Non, je ne sortirai pas, reprit la vieille en s'enfonçant dans un fauteuil... Je veux mon argent... Si vous me touchez, je crie au meurtre, et les personnes qui sont dans votre salon viendront à mon secours... Je vous ai déjà dit que je n'étais pas bête... Payez-moi tout de suite, et je vous laisserai tranquille.

— Je n'ai pas d'argent, répondit froidement Armande.

Cette réponse exaspéra l'usurière. Depuis plus d'un an, Armande la lui faisait régulièrement à chacune de ses visites. Elle finit par la regarder comme une moquerie.

— Vous n'avez pas d'argent... vous dites toujours ça, cria-t-elle. Donnez-moi vos meubles et vos robes... D'ailleurs, non, j'aime mieux que vous alliez en prison. Je vais faire une plainte, je vous accuserai de faux... Nous verrons, ma belle dame, si vous trouverez parmi les geôliers des amants qui vous payeront des robes de soie et de fins repas.

Armande chancelait, perdant toute son assurance, craignant que les cris de la vieille femme ne fussent entendus de Marius et de Sauvaire. Sa créancière s'aperçut de son épouvante et se mit à crier plus fort.

— Oui, dit-elle, je puis demain vous faire passer aux assises.... Vous savez cela, n'est-ce pas ?... J'ai entre les mains plus de dix billets faux sur lesquels vous avez imité la signature de vos amants. C'est du propre travail... J'irai trouver chacun de ces messieurs, je leur dirai ce que vous êtes, et ils vous jetteront à la rue. Vous mourrez dans le ruisseau.

Elle reprit haleine, tandis que la jeune femme frémissante songeait à l'étrangler pour la faire taire.

— Tiens, au fait, continua-t-elle, vous avez du monde ; il y a peut-être dans votre salon un de ces hommes dont vous avez volé le nom pour battre monnaie... Je vais aller voir. Il faut que je sache... Laissez-moi passer.

Elle se dirigea vers la porte, Armande se mit devant elle, les bras tendus, prête à frapper si elle s'avançait.

— Vous voulez me battre, moi qui vous ai nourrie, moi qui vous ai prêté mon pauvre argent, balbutia l'usurière qui suffoquait de colère.

Et elle recula en criant :

— A moi... à moi !

Armande se retourna vivement pour donner un tour de clef à la serrure. Mais il n'était déjà plus temps. La porte venait de s'ouvrir, et elle se trouva face à face avec Marius et Sauvaire, qui regardaient dans le boudoir d'un air inquiet et curieux.

IV

QUI PROUVE QUE LE MÉTIER DE LORETTE

A SES PETITS ENNUIS

Sauvaire et Marius étaient restés près d'une demi-heure seuls dans le salon. Le jeune homme aurait bien voulu se retirer; mais il n'avait pas cru devoir s'en aller avant d'avoir salué la maîtresse de la maison. Il feignait d'écouter les histoires du maître portefaix.

Bientôt des éclats de voix étaient arrivés jusqu'à eux. Peu à peu le bruit s'accrut à tel point que tous deux prêtèrent l'oreille, ne pouvant jouer la discrétion davantage. C'est alors que le cri: « A moi... à moi! » les fit se dresser et ouvrir la porte qui donnait dans le boudoir.

Un spectacle étrange les attendait. Devant leur apparition, Armande recula, chancelante, et se laissa tomber dans un fauteuil; la tête entre les mains, elle éclata en sanglots; elle resta là, écrasée, sans vouloir relever le front ni prononcer une parole. L'usurière, toute courroucée, le visage enflammé, s'approcha des deux hommes et se mit à leur parler avec une volubilité rageuse. De temps à autre, elle s'interrompait pour se retour-

ner et montrer le poing à Armande qui
semblait ne pas l'entendre, toute convul-
sionnée par le désespoir qui secouait son
corps.

— Vous avez vu, n'est-ce pas ? répétait
la vieille femme. Elle a voulu me battre.
Elle avait le bras en l'air... Ah ! la misérable !... Imaginez-vous, mes bons messieurs, que j'ai donné tout mon argent à
cette femme. J'aime à rendre service.
Puis, je la croyais honnête. Elle m'a fait
escompter des billets signés par des personnes honorables ; je me croyais bien
garantie. Aujourd'hui, j'apprends que les
billets sont faux et que j'ai été indignement
volée. Qu'auriez-vous fait à ma place ?
Je lui ai reproché son indigne conduite ;
alors elle m'a menacée de me frapper...

Sauvaire ouvrait des yeux étonnés. Il
regardait tour à tour l'accablement d'Armande et l'irritation de Mme Mercier. Il
s'approcha de la jeune femme.

— Allons, ma chère, lui dit-il, défends-
toi. Cette femme ment, n'est-ce pas ? Tu
n'as pas fait de pareilles sottises... Parle
donc !

Armande ne bougea pas et continua à
sangloter.

— Oh ! elle ne parlera pas, elle ne se
défendra pas, reprit l'usurière qui triomphait. Elle sait bien que j'ai les preuves
dans les mains... Je vais écrire demain
matin au procureur du roi.

Marius, douloureusement surpris, jetait

sur Armande des regards de pitié. Le hasard mettait encore sous ses pas une nouvelle honte, une nouvelle misère humaine. Il se rappelait la triste scène à laquelle il avait déjà assisté, lorsqu'on avait arrêté devant lui Charles Blétry. Une pensée de miséricorde le prenait en face de cette jeune femme que le vice jetait dans l'infamie. Il devinait en partie les circonstances qui l'avaient poussée au crime, il comprenait les nécessités qui, de chute en chute, la faisaient tomber jusqu'au ruisseau. Il eût voulu la sauver, la rendre à la vie honnête, lui donner les moyens de sortir de l'égout.

—Pourquoi voulez-vous la perdre? dit-il tranquillement à l'usurière. Vous ne serez pas payée plus vite... Ne l'accablez pas, fournissez-lui au contraire les moyens de se relever et de vous rembourser.

— Non, non, répondit impitoyablement la vieille, je veux qu'elle aille en prison. J'ai déjà trop attendu... Hier encore, elle n'a pas soldé un effet de mille francs qu'elle avait mis payable chez elle... Elle a signé ce billet du nom de Sauvaire, le nom d'un de ses amants, sans doute.

Le maître portefaix, en s'entendant nommer, fit un haut-le-corps. Le chiffre de mille francs l'effraya.

— Vous dites que vous avez un effet

de mille francs signé Sauvaire ? demanda-t-il avec une sorte d'épouvante.

— Oui, monsieur, dit la vieille. Je l'ai apporté ; il est dans mon cabas.

— Montrez-le-moi, je vous prie.

Sauvaire retourna le billet dans ses mains, en étudia de près l'écriture, et resta confondu.

— Pardieu ! s'écria-t-il, voilà qui est parfaitement imité !

Il se pencha vers Armande, que la douleur courbait, et continua d'un ton sec :

— Ah ça, ma chère pas de bêtises ! Je ne payerai jamais cela, vous savez... Que diable ! je vous donnerais bien cent francs ; mais mille francs, c'est trop.

Il ne la tutoyait plus ; il commençait à regretter sa campagne dans le demi-monde marseillais.

— Oh ! je n'ai pas que celui-là, reprit Mme Mercier ; j'en possède plusieurs autres signés de différents noms... Cependant, si l'on me payait celui-là, je consentirais à ne rien dire... J'attendrais encore.

Les paroles sensées de Marius lui avaient fait comprendre qu'il était préférable de ne pas adresser une plainte... Puisqu'elle tenait Sauvaire, elle espérait qu'il payerait... Elle devint toute douce, elle changea de plan, et se mit à excuser Armande.

— Après tout, dit-elle, je ne sais pas si les autres billets sont faux..... La pauvre petite femme a passé par de rudes moments. Il ne faut pas lui en vouloir, monsieur. Au fond, elle est bonne personne.

Et elle se mit à pleurer à chaudes larmes. Marius ne put retenir un sourire... Sauvaire allait et venait, agité, grondant sourdement. L'infamie de sa maîtresse le touchait peu ; il était simplement irrité par le combat que l'égoïsme et la générosité se livraient en lui.

— Non, décidément ! s'écria-t-il enfin, je ne puis rien donner.

Armande, écrasée dans son fauteuil, sanglotait toujours, d'une façon sourde et déchirée. Cette femme, qui avait connu toutes les joies exquises du luxe et de l'adoration, souffrait cruellement au fond de la boue où elle était tombée. Elle était là, infâme et avilie, en face de sa misère et de sa honte, et des désespoirs cuisants la prenaient, lorsqu'elle songeait à ses élégances et à ses richesses d'autrefois. Jamais plus elle ne se relèverait ; elle allait descendre encore, devenir la dernière des créatures. Et elle se désespérait d'autant plus que son ignominie serait publique. La présence de Sauvaire et de Marius doublait ses remords et son accablement.

Sa douleur muette touchait étrangement Marius, qui était faible devant les larmes. S'il les avait eus, il aurait donné volontiers les mille francs que demandait l'usurière. Après un silence pénible, il s'adressa à Sauvaire, qui marchait à grands pas dans la pièce, inquiet et ennuyé.

— Voyons, monsieur, lui dit-il, il faut sauver cette femme de l'infamie. Ses sanglots plaident sa cause mieux que je ne pourrais le faire... Vous l'aimez, vous ne l'abandonnerez pas dans un pareil désespoir.

— Eh! oui, je l'aimais, répondit brusquement le maître portefaix, et je crois l'avoir assez montré depuis trois mois. Savez-vous que j'ai déjà dépensé plus de cinq mille francs avec elle... Je ne veux plus rien donner. Tant pis! elle s'arrangera comme elle pourra... Ce serait mille francs jetés à l'eau. Quel plaisir tirerai-je de cet argent si je le lui remets?

— Vous aurez fait une bonne œuvre et sauvé peut-être une pécheresse... L'action qu'elle a commise est honteuse, et je ne cherche pas à excuser son crime; seulement, je crois deviner ce qui l'a poussée à devenir faussaire, je pourrais plaider sa cause.

— Oh! tout cela ne me regarde pas. Elle a fait ce qu'elle a voulu... Vous voyez bien que je ne me suis pas fâché. Je vais simplement me mettre hors de cette méchante histoire.

Marius se décourageait. Il se rappela ce que Fine lui avait dit sur la vanité du maître portefaix, et il reprit d'un ton dégagé :

II

— N'en parlons plus. Je vous ai dit ces choses parce que je vous savais très riche et très généreux... Tôt ou tard on aurait connu votre belle action, et vous auriez gagné à cette affaire pour plus de mille francs d'éloges.

— Vous croyez? dit Sauvaire en hésitant.

— J'en suis certain. Peu d'hommes se dévoueraient à ce point, et c'est pour cela qu'il y aurait une véritable gloire à sauver cette femme... Mais n'en parlons plus.

Sauvaire cessa de marcher. Il s'arrêta au milieu de la pièce, et se mit à réfléchir.

Madame Mercier, qui le voyait hésiter et qui éprouvait des frémissements de désir à la pensée de toucher mille francs, pensa qu'elle devait intervenir. Elle avait repris sa voix larmoyante, son allure humble et doucereuse.

— Ah ! monsieur, dit-elle à Sauvaire, si vous saviez combien cette pauvre petite femme vous adore... Il y a des hommes très riches qui ont essayé de vous supplanter. Elle a refusé toutes les propositions, et c'est peut-être cela qui l'a empêchée de réparer les fautes commises, en la mettant dans la gêne... Vous ne pouvez pas vous imaginer combien elle tient à vous.

De pareilles paroles flattèrent beaucoup le maître-portefaix. Du moment où son amour-propre était en jeu, la question changeait. Il prit une pose triomphante.

— Eh! bien, soit, dit-il; je donnerai les mille francs. Je vous les porterai demain soir... Retirez-vous, laissez madame tranquille.

L'usurière salua avec une humilité rampante, et s'en alla doucement, fermant les portes sans bruit.

Armande avait levé le front. Son visage rougi de larmes paraissait vieilli. La lorette était laide. Encore toute secouée d'effroi et toute fiévreuse de honte, elle se dressa péniblement et voulut s'agenouiller devant Marius et Sauvaire.

Le jeune homme la retint.

— Ce n'est pas devant les hommes que vous devez vous agenouiller, lui dit-il. Agenouillez-vous devant Dieu, et il vous pardonnera.

— Oui, ma chère, ajouta le maître portefaix, je vous conseille de vous convertir... D'ailleurs, j'accepte vos remerciements, et je souhaite que mon bienfait vous soit profitable.

La vérité était que Sauvaire ne trouvait plus aucun charme à Armande. Il venait de s'apercevoir que la pauvre créature était fanée, et il avait reçu une trop rude leçon pour s'oublier plus longtemps dans les boudoirs du demi-monde. Les grisettes faisaient mieux son affaire.

Les deux hommes se retirèrent, et sur

le seuil de la porte, Armande baisa ardemment la main de Marius. Elle sentait en lui une pitié vraie et profonde, elle le remerciait de l'avoir sauvée.

Le lendemain soir, Sauvaire alla prendre Marius pour se rendre avec lui chez la dame Mercier. L'usurière habitait une maison sordide de la rue du Pavé-d'Amour. Les deux visiteurs montèrent trois étages et frappèrent inutilement à une porte humide et noirâtre. Au bruit qu'ils faisaient, une voisine sortit et leur apprit que « la vieille coquine » avait été arrêtée le matin.

— Depuis quelque jours, leur dit cette voisine, elle était traquée par la police. Il paraît qu'une plainte avait été adressée au parquet. Toute la maison est enchantée de son arrestation... Elle n'a eu que le temps de brûler les papiers qui pouvaient la compromettre.

Marius comprit que le ciel venait de délivrer Armande. Il interrogea les gens de la maison et acquit la certitude que l'usurière avait brûlé les billets souscrits par la lorette, dans la crainte que ces billets ne devinssent une nouvelle charge contre elle; elle se doutait qu'Armande, en se trouvant compromise, ne ménagerait pas la vérité et donnerait des détails accablants. D'ailleurs, en détruisant les traites, elle ne perdait rien, étant depuis longtemps rentrée dans ses fonds.

Sauvaire se réjouit singulièrement de l'aventure. Il remporta triomphalement ses mille francs. Il avait pu faire preuve de générosité et de richesse, sans donner un sou. C'était tout bénéfice.

— Vous êtes témoin que j'allais donner l'argent, dit-il à Marius. Voilà comme je suis, moi. J'aime à être généreux, je jette l'or par les fenêtres... Oh! un don de mille francs ne me gêne pas, lorsqu'il s'agit de payer mes plaisirs.

Marius le laissa s'extasier sur ses mérites et courut chez Armande pour lui annoncer la bonne nouvelle.

Il trouva la jeune femme triste et troublée. Elle avait passé une nuit atroce, se débattant dans sa fange, cherchant un moyen suprême pour sortir de l'infamie.

Lorsqu'elle apprit que les billets faux étaient détruits, qu'elle avait recouvré sa liberté, elle fut comme transfigurée. Elle remercia passionnément Marius elle lui jura que la leçon lui profiterait et qu'elle allait changer de vie.

— Je travaillerai, dit-elle, je me conduirai en honnête femme... Alors, seulement, je veux que vous me rendiez votre amitié... Je ne vous reverrai que lorsque je n'aurai plus à rougir devant vous... Au revoir!

Marius la quitta, touché de sa décision et de ses promesses. Lorsqu'il se trouva seul, il se fit un crime de son abnégation ; depuis deux jours il vivait en dehors de lui, sans s'occuper du salut de son frère. Lorsque Fine lui demanda le résultat de sa démarche, il n'osa lui conter les scènes poignantes auxquelles il avait assisté ; il se contenta de lui dire qu'il ne fallait pas songer à emprunter de l'argent à Sauvaire et qu'Armande fermait son salon.

— A quelle porte allez-vous frapper, maintenant ? lui demanda la bouquetière.

— Je ne sais, répondit-il... J'ai cependant un projet que je vais tâcher de mettre à exécution.

V

LE NOTAIRE DOUGLAS

Marius était rentré chez M. Martelly ; il y avait repris son emploi, trouvant une sorte de paix dans le travail. Son esprit devenait plus libre, au milieu du silence et de la tranquillité de son bureau. Il se disait qu'il avait quatre mois devant lui pour venir en aide à Philippe, il réfléchissait pendant des journées entières aux moyens qu'il devait employer.

L'armateur Martelly le traitait toujours comme un fils. Parfois, le jeune homme songeait à lui tout dire, à lui emprunter les quinze mille francs. Puis, des craintes, des timidités le prenaient ; il redoutait l'austérité républicaine de son patron. Il résolut de lutter encore, d'épuiser tout les moyens possibles avant de s'adresser à lui. Plus tard, lorsqu'il aurait vainement frappé à toutes les portes, il se résoudrait à lui confier ses embarras et à implorer sa bienveillance.

En attendant, il décida qu'il n'agirait plus comme un jeune naïf et qu'il ne ferait plus une seule démarche inutile. Il songea un instant à gagner lui-même la somme nécessaire. Le chiffre de quinze mille francs l'effrayait; il comprenait qu'il ne pouvait économiser cette petite fortune en quatre mois. D'ailleurs, il se sentait un courage à soulever des montagnes.

Il se rappela que le notaire Douglas, dont M. Martelly avait vainement demandé l'appui pour Philippe, lui offrait depuis quelques mois de l'employer comme procureur fondé. Le notaire et 'armateur étaient liés par des questions d'intérêts, et souvent M. Martelly envoyait Marius chez Douglas pour régler certains comptes. Un jour, en allant chez ce dernier, le jeune homme décida qu'il accepterait ses offres; si les bénéfices étaient minces, peut-être pourrait-il tenter un emprunt, lorsqu'il se serait fait connaître.

Le notaire Douglas habitait une maison d'apparence simple et austère. Les bureaux occupaient tout le premier étage; il y avait là un véritable monde de commis, dans de grandes pièces froides et nues, rangés le long de tables en sapin noirci. Le luxe n'avait point pénétré dans cette étude où régnaient une activité prodigieuse et une sorte de rudesse honnête. On se sentait chez un homme qui travaillait sans relâche et qui ne s'oubliait jamais au fond des petites joies de l'existence.

Depuis près de dix ans, Douglas avait

succédé à un sieur Imbert, dont il était
resté commis pendant plus de douze années. C'était alors un jeune homme intelligent et remuant, ayant la passion
des affaires, rêvant des spéculations gi-
gantesques. La fièvre d'industrie qui secouait toute la France, brûlait son sang
et lui donnait une étrange ambition; il
aurait voulu gagner beaucoup d'argent,
non pas qu'il tînt à vivre dans la richesse,
mais parce qu'il goûtait des voluptés cuisantes à démêler les questions d'intérêts
et à faire réussir les entreprises qu'il
tentait.

Dès les premiers jours, il se trouva
trop à l'étroit dans sa charge de notaire.
Il était né banquier, il avait les mains
faites pour manier de grosses sommes.
Le notariat, avec ses opérations calmes,
son caractère presque paternel et sacré,
ne convenait aucunement à sa nature
d'agioteur. Il se sentait déclassé, car tous
ses instincts le poussaient à faire valoir
l'argent qu'on déposait chez lui. Il ne put
se résigner au rôle d'intermédiaire désintéressé, et il se lança dans le négoce haletant et fiévreux, qui plus tard fit de lui
un grand criminel.

Il paya sa charge en quelques mois,
sans qu'on pût savoir au juste où il avait
pris l'argent nécessaire. Puis, il déploya
une activité fébrile. En très peu de temps
son étude prit une extension considérable. Il se plaça à la tête du notariat de

Marseille, ouvrant sa porte toute grande et se créant une clientèle qui augmentait chaque jour. Son procédé fut d'une grande simplicité ; il n'éconduisait jamais un client, il répondait à toutes les demandes ; il trouvait toujours de l'argent pour les gens qui désiraient emprunter, et il avait toujours des placements excellents pour ceux qui lui confiaient des valeurs. Un roulement de fonds considérable s'établit ainsi dans son étude.

Dans les commencements, on s'étonna un peu des succès rapides de Douglas. On parla d'imprudence, on trouva que le jeune notaire marchait trop vite et se chargeait d'un trop lourd fardeau. Puis, on ne s'expliquait pas bien les moyens qu'il employait pour faire face aux exigences que lui créait l'accroissement continuel de ses affaires. Mais Douglas calma les inquiétudes du public par la simplicité de sa vie. On le croyait très riche, et il gardait des vêtements modestes, n'affichait aucun luxe, ne prenait aucun plaisir. Chacun sut qu'il menait une existence sobre, se nourrissant mal, vivant en petit bourgeois. D'ailleurs, il était d'une grande piété ; il faisait de larges aumônes, allait à l'église et demeurait à genoux pendant toute la durée des offices. Dès lors, il acquit une réputation d'honnête homme qui se consolida de jour en jour ; on finit par le citer comme un modèle de sainteté et d'honneur; son nom fut respecté et aimé.

Il avait mis à peine six ans pour arriver à ce résultat. Pendant six années, il se tint à la tête du notariat marseillais : son étude resta la plus fréquentée, celle où se traitaient le plus d'affaires. Les gens riches tenaient à honneur d'avoir pour notaire cet homme pieux et modeste qui était doué de toutes les vertus. La noblesse et le clergé le soutenaient; les gens de commerce avaient fini par se montrer d'une foi aveugle en sa loyauté. La position était conquise, et Douglas l'exploitait fiévreusement.

Il avait alors quarante-cinq ans environ. C'était un homme fort et trapu qui tournait à l'obésité. Son visage, toujours soigneusement rasé, avait une pâleur mate; les chairs semblaient mortes, les yeux seuls vivaient. On aurait dit, à le voir, un bedeau devenu banquier. Sous son apparence douce, on entendait comme un grondement sourd; le sang devait battre à grands coups dans ce corps souple qui paraissait dormir. Quand il causait d'une voix traînante, sa voix laissait échapper par moments des éclats qui révélaient la fièvre intérieure dont il était secoué.

A toute heure, on le trouvait dans son cabinet, une salle froide et pauvrement meublée. Il y avait toujours quelque prêtre, quelque religieuse dans l'antichambre. D'ailleurs, la porte restait ouverte et l'on pénétrait jusqu'au maître de la maison avec la plus grande facilité. Douglas étalait même un peu trop complaisamment sa charité, son dédain du luxe, sa bonhomie austère.

Marius se sentait une véritable sympathie pour cet homme dont les vertus simples le séduisaient. Il aimait à aller chez lui.

Ce jour-là, après avoir parlé à Douglas de l'affaire pour laquelle M. Martelly l'envoyait, le jeune homme ajouta en hésitant :

— Il me reste, monsieur, à vous entretenir d'une question qui m'est personnelle... Seulement, je crains de vous importuner...

— Comment donc! mon cher ami, dit le notaire avec cordialité, je suis tout à votre service... Je vous ai déjà offert mon aide, je vous ai ouvert ma maison.

— Je me souviens de vos propositions obligeantes, et je désirais justement vous rappeler ce que vous m'avez dit, il y a plusieurs mois.

— Je vous ai dit qu'il ne tenait qu'à vous de gagner quelque argent avec moi. Je serais heureux d'obliger un garçon tel que vous, en mettant à l'épreuve votre bonne volonté et votre courage... Ce que je vous ai dit alors, je vous le répète aujourd'hui.

— Je vous remercie et j'accepte, répondit simplement Marius que les allures franches et généreuses de Douglas avaient ému.

Ce dernier, en entendant les paroles du jeune homme, eut un tressaillement de joie. Il tourna vivement son fauteuil et indiqua un siége à son interlocuteur.

— Asseyez-vous et causons, dit-il. Je n'ai que cinq minutes à vous donner... Voilà comme j'aime les jeunes gens : durs à la fatigue et parlant carrément... Vous ne savez pas combien vous me rendez heureux en me mettant à même de vous être utile.

Il souriait, et chacune de ses phrases était une caresse. Il continua :

— Voici ce dont il s'agit... Comme mes clients ne résident pas tous à Marseille, j'ai dû chercher un moyen pour faciliter les transactions. J'ai pris à mes ordres plusieurs procureurs fondés qui représentent les personnes absentes et qui gèrent les biens de ces personnes. Lorsqu'un de mes clients, pour une cause quelconque, ne peut s'occuper de ses affaires, il me laisse une procuration en blanc, en me confiant le soin de trouver une personne loyale qui remplisse honnêtement son mandat. Je sais que vous êtes un garçon actif et probe, et je vous offre de représenter deux ou trois des propriétaires dont j'ai là les procurations. Nous n'aurons que votre nom à mettre,

et vous toucherez cinq pour cent sur toutes
les transactions que vous ferez.

Il parlait d'une voix simple et calme.
Marius fut effrayé de la responsabilité
d'un pareil emploi; mais il se sentait
une telle droiture d'esprit qu'il n'hésita
pas à accepter.

— Je suis à vos ordres, dit-il à Douglas.
Vous me guiderez, vous me conseillerez.
Je sais que je n'ai rien à craindre en
vous obéissant en toute chose.

Le notaire se leva et alla prendre quelques papiers

— Pour ne pas vous accabler dès le dé-
but, reprit-il, je vais ne vous confier d'a-
bord que deux procurations.

Il choisit des dossiers et vint se remettre à son bureau. Il lut les deux procurations, après y avoir intercalé le nom
de Marius.

Ces procurations donnaient des droits
illimités au mandataire : droit de vendre
et d'acheter, d'hypothéquer et de plaider
devant les tribunaux.

Quand il eut terminé la lecture des
deux pièces, le notaire ajouta :

— Maintenant, il faut que je vous
donne quelques renseignements sur les
personnes que vous allez représenter.

Douglas remit à Marius une des procurations.

— Voici d'abord, reprit-il, le pouvoir
de mon client et ami, M. Authier de
Lambesc. Il est, en ce moment, à Cher-

bourg et doit partir prochainement pour New-York, où il va prendre possession d'un fort héritage... Il a acquis à Marseille, avant son départ, un immeuble situé rue de Rome. Vous gérerez cet immeuble pendant son absence. D'ailleurs, il doit m'envoyer demain ses instructions, que je vous transmettrai.

Le notaire prit l'autre procuration.

— Et voici maintenant, continua-t-il, le pouvoir de M. Mouttet, un ancien négociant de Toulon, qui m'a confié des fonds, en me chargeant de prendre des hypothèques sur une maison de campagne sise au quartier Saint-Just. Mouttet vient de m'envoyer de nouveaux fonds qu'il désire placer ; comme la goutte le cloue sur son fauteuil, il m'a prié de lui trouver un procureur fondé, qui puisse donner à sa place les signatures nécessaires... Revenez demain, et nous nous entendrons définitivement sur les deux affaires.

Douglas se leva pour congédier Marius. Sur le seuil, il lui serra la main avec une familiarité brusque et cordiale. Le jeune homme se retira, un peu étourdi par les faits rapides qui venaient de se passer. Il s'étonnait de la facilité avec laquelle le notaire l'avait chargé de graves intérêts, et se sentait mal à l'aise sous le coup de la lourde responsabilité qui allait peser sur lui.

VI

Le lendemain, Marius se rendit chez Douglas, pour recevoir ses dernières instructions.

— Allons, vous êtes exact, lui dit le notaire en souriant. Vous verrez que nous ferons d'excellentes affaires. Je veux vous enrichir.... Asseyez-vous là. Je suis à vous dans un instant.

Douglas déjeunait sur un coin de son bureau. Il mangeait du pain rassis avec quelques noix et buvait de l'eau. Cette frugalité émut Marius et dissipa son malaise de la veille. Un homme aussi sobre ne pouvait le jeter dans de mauvaises affaires ; c'était là certainement un cœur droit, une âme loyale, un esprit pieux et sincère qui s'était voué à sa tâche comme un prêtre se voue à Dieu.

Quand le notaire eut fini ses noix :

— Causons, maintenant, dit-il... J'ai reçu une lettre de M. Authier. Il désire que l'on grève son immeuble d'hypothèques. Il a besoin d'argent pour son voyage. Voici sa lettre.

Marius prit le papier que Douglas lui

tendait. Comme il cherchait machinalement les timbres de la poste :

— Cette lettre, dit vivement le notaire, m'a été adressée dans une grande enveloppe qui contenait plusieurs pièces.

Le jeune homme rougit, craignant d'avoir blessé son nouveau patron. Il prit connaissance de la lettre de M. Authier, qui demandait, effectivement, à faire un emprunt sur la maison de la rue de Rome. Il priait Douglas de faire usage de sa procuration et de lui envoyer l'argent au plus tôt. Quant Marius eut achevé sa lecture :

— Voilà une demande d'emprunt qui arrive à propos, reprit le notaire, car M. Mouttet me presse de plus en plus pour lui trouver un placement sûr et avantageux. Vous trouvant, dès aujourd'hui, le procureur fondé de mes deux clients, du prêteur et de l'emprunteur, vous allez pouvoir les contenter tous deux sur-le-champ. Il s'agit simplement de me donner votre signature, et j'enverrai à M. Authier les fonds que m'a fait remettre M. Mouttet.

Marius trouva que Douglas allait bien vite en besogne. Il aurait voulu voir les immeubles, échanger au moins une lettre avec les personnes qu'il devait représenter. Il ne doutait pas de la bonne foi du notaire, mais il ne pouvait se défendre d'une crainte vague et inexplicable. Le malaise de la veille le reprenait ; il lui semblait qu'il descendait dans un trou noir, et la voix douce, les sourires de Douglas le troublaient étrangement. D'ailleurs, il ne savait comment définir la sensation bizarre qui s'emparait de lui, il voulait réagir, il croyait à la bonne foi de son interlocuteur.

Le notaire apprêtait déjà les papiers sur lesquels il fallait que Marius mît sa signature. Il s'arrêta brusquement.

—Ah! diable! dit-il, il nous manque une pièce... Je vais l'envoyer chercher au bureau des hypothèques par un de mes commis.

Douglas paraissait très contrarié. Marius, comme poussé par un instinct, obéissant au malaise qu'il éprouvait, se leva vivement.

— Je ne puis attendre, dit-il; je devrais déjà être chez M. Martelly. Remettons, si vous le voulez bien, la signature des pièces à après-demain, lundi.

— Soit, dit le notaire, en hésitant. J'aurais préféré que l'affaire se terminât aujourd'hui. Vous avez vu combien M. Authier est pressé... Enfin, venez après-demain.

Marius respira à l'aise dans la rue. Il se traita d'enfant, il rougit des soupçons vagues qui lui étaient venus. Il s'était presque enfui sous l'empire d'un sentiment indéfinissable, et il haussait les épaules, comme un petit garçon qui a eu peur de son ombre. D'ailleurs, il était

heureux d'avoir deux jours devant lui
pour réfléchir, pour s'expliquer ses répugnances et les vaincre.

Dans l'après-midi du même jour, il reçut à son bureau, chez M. Martelly, une
visite qui l'enchanta. M. de Girousse,
qui traînait son oisiveté dans toutes les
villes du département, vint lui serrer la
main. Il arrivait à Marseille et devait repartir le soir même.

—Ah! mon cher ami, dit-il à l'employé,
que vous êtes heureux d'être pauvre et
de travailler pour vivre. Vous ne sauriez
vous imaginer combien je m'ennuie... Si
je le pouvais, je prendrais la place de
votre frère; il me semble que je m'amuserais en prison.

Marius sourit des étranges désirs du
vieux comte.

—Le procès de Philippe, continua ce dernier, m'a aidé à vivre pendant un mois.
Jamais je n'ai assisté à un si beau spectacle de la sottise et de la misère humaines. J'ai eu une furieuse envie, au tribunal, de me lever et de dire tout ce que
je pensais. On m'aurait certainement mis
une camisole de force... Lambesc devient
inhabitable.

Depuis que M. de Girousse était là,
Marius ne songeait qu'à lui demander des
renseignements sur M. Authier. Il se disait que le comte devait connaître cet
homme, qui habitait la même petite ville
que lui, d'après les paroles du notaire

Douglas. Il essaya de prendre un air indifférent.

— Il y a pourtant des gens riches, à Lambesc, dit-il ; vous pourriez les fréquenter et vous ennuyer moins... Ne connaissez-vous pas M. Authier, un propriétaire qui est, je crois, votre voisin ?

— M. Authier, répéta le vieux gentilhomme en cherchant dans sa mémoire, M. Authier... je ne trouve personne de ce nom-là à Lambesc. Vous dites que ce monsieur est un propriétaire ?

— Oui... Il a dernièrement acheté une maison à Marseille ; il doit posséder une propriété assez vaste, dans les environs de votre château.

M. de Girousse cherchait toujours.

— Vous vous trompez, dit-il enfin... décidément je ne connais pas M. Authier... Je suis certain que pas un des propriétaires de Lambesc ne se nomme ainsi, car je me suis amusé à apprendre les noms de tous les habitants de la contrée. Il faut bien se distraire un peu.

— Voyons, entendons-nous, reprit Marius qui devenait pâle et tremblant. Il s'agit d'un M. Authier qui vient de faire un riche héritage ; il se trouve en ce moment à Cherbourg et va partir pour New-York, où est mort le parent dont il est le légataire universel.

Le comte éclata de rire.

— Quelle histoire me contez-vous là ? s'écriait-il. Si une pareille aventure arrivait à Lambesc, si un de mes voisins héritait d'un oncle d'Amérique, croyez-vous que je n'en saurais rien et que je ne m'amuserais pas pendant une semaine du tapage que produirait un tel roman dans ma petite ville?... Je vous répète qu'il n'y a jamais eu d'Authier à Lambesc, et que jamais personne n'y a fait l'héritage de vaudeville dont vous me parlez.

Marius resta écrasé. Le raisonnement du comte était juste, et Douglas seul pouvait être le menteur, en tout cela. Le jeune homme n'osait aller au fond de sa pensée, qui lui laissait entrevoir des abîmes.

— Quel intérêt prenez-vous donc à ce M. Authier? demanda M. de Girousse intrigué.

— Aucun, répondit Marius en balbutiant; c'est un de mes amis qui m'a parlé de cet homme, et j'aurai mal entendu le nom de la ville.

Il hésitait encore à accuser Douglas; il y avait comme un bourdonnement dans sa tête qui l'empêchait de juger nettement la situation. Il reçut avec une sorte d'embarras la poignée de main d'adieu que lui donna M. de Girousse, en lui disant :

— Au revoir. Venez donc ouvrir la chasse avec moi. Cela m'amusera.

Lorsque le comte se fut éloigné, Marius resta dans une perplexité poignante. Il ne pouvait se résoudre à traiter le notaire de coquin; il se rappelait les allures pieuses et modestes de cet homme et se disait qu'une hypocrisie si effroyable ne saurait exister.

Sans doute, il y avait malentendu. Cependant les affirmations de M. de Girousse étaient nettes et décisives : M. Authier n'était pas connu à Lambesc, et, dès lors, Douglas mentait dans un intérêt quelconque. Le jeune homme n'osait tirer les conséquences de ce mensonge ; il devinait des gouffres sous ses pas et s'expliquait le malaise qu'il éprouvait en face du notaire. N'ayant encore que des soupçons, il se promit de découvrir la vérité entière, avant de s'engager en rien et de donner sa signature. D'ailleurs, ne voulant pas agir en écervelé, et comprenant quelle gravité aurait la moindre accusation, il décida qu'il procéderait en toute prudence, sans rien brusquer et sans montrer sa défiance.

Le lendemain était un dimanche. Dès le matin, Marius, ayant devant lui une journée de liberté, se rendit rue de Rome où se trouvait l'immeuble acquis par Authier. Cet immeuble consistait en une grande et belle maison, louée à différents locataires. Marius, muni de son pouvoir de procureur fondé, questionna habilement chacun de ces locataires ; il eut bientôt la certitude qu'aucun d'eux ne connaissait M. Authier, ne l'avait même jamais vu, et que tous jusque-là, avaient traité directement avec le notaire Douglas.

Les soupçons du jeune homme se confirmaient. Il voulut tenter une dernière épreuve et alla trouver l'ancien propriétaire de la maison, dont un des locataires lui donna l'adresse. Ce propriétaire se nommait Landrol et demeurait dans une rue voisine.

— Monsieur, lui dit Marius, je suis chargé par M. Authier de gérer la maison que vous lui avez vendue, et je viens vous demander quelques renseignements sur les anciens baux que vous avez passés et sur les prix des locations.

M. Landrol se mit obligeamment à sa disposition et répondit à toutes ses demandes.

Marius usait de prudence ; quand il eut causé de ceci et de cela, il en arriva habilement au véritable but de sa visite.

— Je vous remercie mille fois, dit-il, et je regrette d'avoir abusé de votre patience... Mon excuse est que je n'ai pu voir M. Authier, absent en ce moment... J'ai pensé qu'ayant traité avec lui, vous pourriez me parler de sa personne et me faire connaître ses intentions.

— Mais je n'ai pas traité avec M. Authier, répondit simplement Landrol. Je n'ai même jamais vu ce monsieur. L'affaire a été menée et terminée par M. Douglas, qui m'a fourni toutes les signatures nécessaires.

— Ah !... Je croyais que M. Authier avait visité l'immeuble, comme il est d'usage.

— Pas du tout... Ignorez-vous qu'il est en Amérique depuis plus de six mois? M Douglas a visité lui-même la maison et l'a acquise au nom de son client, dont il avait reçu les instructions.

Marius se mordit les lèvres. Il avait failli laisser échapper son terrible secret. La veille, le notaire lui avait dit qu'Authier était venu de Lambesc pour chercher et choisir un immeuble. Maintenant, le mensonge était évident. Authier ne pouvait tout à la fois être depuis six mois en Amérique et attendre de l'argent à Cherbourg pour partir. Sans doute, ce personnage n'existait pas plus à Cherbourg et à New-York, qu'il n'existait à Lambesc.

C'était une pure fiction, un pantin de fantaisie que Douglas mettait en avant dans quelque but criminel. Et Marius songea tout à coup que la procuration passée à son nom constituait un faux, entraînant la peine des travaux forcés pour le faussaire.

Il se prit à rougir, comme s'il eût été lui-même le coupable, et balbutia un nouveau remerciement à Landrol, qui le regardait curieusement, étonné de le voir si mal renseigné sur les affaires de l'homme qu'il allait représenter.

Lorsqu'il se trouva seul dans la rue, Marius fut obligé de se rendre à l'évidence. Douglas seul avait pu commettre le faux dont il était porteur.

D'ailleurs, le jeune homme ne s'expliquait pas bien la cause du crime. L'immeuble avait été intégralement payé, et il fut obligé de s'arrêter à la pensée que le notaire s'était décidé à acquérir personnellement une propriété sous un nom supposé, pour dissimuler l'état de sa fortune. Mais, malgré cette explication, le délit n'en existait pas moins ; Douglas, l'homme pieux et honnête, était un faussaire.

Marius craignit un instant que Mouttet, l'ancien négociant de Toulon, fût également une marionnette. Il courut chez un de ses amis qui avait longtemps habité Toulon, et le questionna.

Il respira plus à l'aise lorsqu'il eut appris que Mouttet existait réellement et qu'il était client de Douglas. Alors, toujours poussé par ses soupçons, il voulut voir la propriété sur laquelle Mouttet possédait des hypothèques. Il avait consacré sa matinée à chercher inutilement un homme, il employa son après-midi à chercher une maison.

Elevé au quartier de Saint-Just, dans l'ancienne maison de campagne de sa mère, Marius connaissait toutes les habitations de ce coin du littoral. La propriété sur laquelle Douglas prétendait avoir pris des hypothèques, au nom de Mouttet, appartenait à un sieur Giraud, chez qui le jeune homme avait joué étant enfant.

Il se rendit immédiatement chez Giraud

et se présenta en promeneur, en ami qui venait simplement serrer la main du maître du logis.

On était vers le milieu de septembre. A l'horizon, la mer dormait, lourde et immobile, pareille à un immense tapis de velours bleu. La campagne s'étendait, toute jaune de soleil, brûlante et accablée. De petits souffles venaient par moments du rivage et couraient rapidement sur le sol qui frissonnait. Lorsque Marius passa devant la maison de campagne où sa mère l'avait bercé, une émotion poignante lui mit de grosses larmes dans les yeux.

Au milieu du silence de ce désert morne et brûlé, il croyait entendre la voix aimée de la sainte femme dont le souvenir le soutenait dans la tâche de délivrance qui l'accablait.

Giraud le reçut en enfant prodigue.

— On ne vous voit plus, lui dit-il; venez donc vous consoler parfois ici de tous vos chagrins... Vous avez dans cette maison des amis dévoués qui vous aideront à passer des heures plus douces.

Marius fut touché de cet accueil. Il désespérait souvent de l'humanité, depuis qu'il se trouvait face à face avec les misères et les hontes de la vie. Il oublia pendant une heure les motifs de sa visite. Ce fut Giraud lui-même qui lui facilita l'interrogatoire délicat qu'il s'était promis de lui faire subir.

— Vous le voyez, lui dit le maître de la

maison, nous vivons heureux ici. Certes, nous ne sommes par riches, mais les quelques arpents de terre que nous possédons suffisent à nous donner le nécessaire.

— Je vous croyais gêné, répondit Marius. Les récoltes ont été mauvaises...

Giraud regarda le jeune homme avec étonnement.

— Gêné, dit-il, mais pas du tout... Pourquoi me dites-vous cela?

Marius sentit qu'il rougissait.

— Excusez-moi, balbutia-t-il; je ne voudrais pas vous paraître indiscret... On m'a assuré qu'à la suite des dernières récoltes, vous aviez été obligé d'hypothéquer votre propriété.

En entendant ces paroles, Giraud partit d'un bruyant éclat de rire.

— Ceux qui vous ont assuré cela se sont trompés, reprit-il. Dieu merci, je n'ai pas un seul pouce de terrain engagé.

Marius voulut insister.

— Pourtant, dit-il encore, on m'a nommé le notaire, M. Douglas, qui aurait pris les hypothèques.

Giraud riait toujours de son rire large et franc.

— M. Douglas est un saint homme, répondit-il, mais la maison qu'il a hypothéquée n'est pas la mienne, soyez-en certain.

La veille, Marius avait vu l'acte dans lequel la maison de Giraud était nette-

ment désignée. Cet acte portait d'ailleurs
la signature du propriétaire. Le notaire
avait donc commis un second faux, et ce
faux n'était pas si facilement explicable
que le premier. Douglas avait évidemment mis dans sa poche l'argent de Mouttet, destiné à l'emprunteur.

Marius se retira, voulant réfléchir avant
de tout dénoncer. Authier n'existait pas;
et la maison sur laquelle Mouttet avait
des hypothèques, n'existait pas davantage, puisque Giraud déclarait que cette
maison n'était pas la sienne. Il y avait là
des abîmes dans lesquels le jeune homme
ne descendait qu'en frissonnant. Le lundi
matin, après une nuit fiévreuse, il se décida à se rendre chez le notaire.

VII

Marius, en entrant dans l'étude de Douglas, fut surpris du calme religieux de ces grandes pièces froides où il savait que le crime habitait. Il ne pouvait s'accoutumer à tant d'impudence, à tant d'hypocrisie. Il aurait voulu que chaque mur criât tout haut l'infamie du notaire. L'activité silencieuse des commis, l'apparence honnête de la maison l'exaspéraient et le jetaient dans des doutes pénibles.

Le jeune homme, pâle et ému, s'assit dans une antichambre. Douglas l'aperçut par la porte de son cabinet qui était ouverte.

— Entrez, entrez, lui cria-t-il ; vous ne me gênez pas... Je suis à vous dans un instant.

Marius entra. Il y avait dans le cabinet cinq ou six prêtres, parmi lesquels se trouvait l'abbé Donadéi. Cet abbé, coquet et souriant, caressait le notaire de la voix et du regard. Il venait lui demander des aumônes.

— Vous êtes de nos amis, lui disait-il, et nous nous adressons à vous chaque fois que les troncs de nos paroisses sont vides.

— Vous faites bien, monsieur, répondit Douglas en se levant.

Il prit quelques pièces d'or dans un tiroir.

— Combien vous faut-il ? demanda-t-il au prêtre.

— Mais, reprit Donadéi d'une voix douce, je pense que cinq cents francs nous suffiront... Nous avons grand besoin de l'aide des gens pieux et honorables..

Douglas l'interrompit.

— Voici cinq cents francs, dit-il.

Et il ajouta d'une voix qui tremblait un peu.

— Mon père, priez pour moi.

Alors tous les prêtres se levèrent et entourèrent le notaire en le remerciant, en appelant sur lui les bénédictions du ciel. Douglas, debout, recevait leurs vœux, calme et pâle, et Marius crut s'apercevoir que ses lèvres et ses paupières avaient de légers battements nerveux. Donadéi, d'une élégance souple, ne tarissait pas en éloges, en protestations caressantes.

— Dieu vous rendra ce que vous nous donnez, disait-il. Il vous le rend déjà en faisant prospérer votre maison et en vous accordant la paix des âmes justes et honnêtes... Ah ! monsieur, vous êtes un bien bel exemple, dans cette ville, que le matérialisme du siècle corrompt; il serait à souhaiter que nos commerçants imitassent votre vie simple, et qu'ils eussent votre piété et votre bonté de cœur. On ne verrait pas alors le spectacle horrible qu'offre notre société marseillaise...

Douglas semblait mal à l'aise ; les éloges du prêtre l'impatientaient. Il interrompit Donadéi, et lui dit en le poussant vers la porte :

— Non, non, je ne suis pas un saint, monsieur... Tout le monde a besoin de la miséricorde de Dieu. Si vous croyez me devoir quelques remerciements, veuillez prier pour moi.

Les prêtres saluèrent, firent une dernière révérence, et se retirèrent enfin.

Marius, dans un coin du cabinet, avait assisté à cette scène, silencieux et navré. Il s'indignait en face de la comédie sinistre qui se jouait devant ses yeux. Peut-être Douglas croyait-il acheter le pardon du ciel et le payer largement avec l'argent qu'il avait volé. Ainsi, ce saint homme, ce bon cœur qui secourait les malheureux, ce chrétien qui vivait dans les églises, n'était qu'un hypocrite et un coquin. Et Marius, en se disant cela, regardait les prêtres et le notaire ; il lui semblait qu'il rêvait tout éveillé, il ne s'expliquait plus les largesses de Douglas et les effusions tendres de Donadéi. Il était venu pour accabler le faussaire sous le poids de la honte, et il se trouvait devant un homme charitable pour lequel l'Eglise elle-même faisait des vœux.

Lorsque le premier moment de surprise

fut passé, Marius eut un désir plus âpre de venger la justice et l'honneur. Le rôle que Douglas venait de jouer écœurait le jeune homme et le rendait sans pitié.

Quand le notaire eut accompagné les prêtres et qu'il fut rentré dans le cabinet, il s'avança vers Marius, souriant, la main ouverte et tendue. Devant cette main, l'employé recula lentement, en regardant le notaire d'un œil fixe et dur. Puis, brusquement :

— Fermez la porte, dit-il.

Douglas, étonné et comme dominé, alla fermer la porte

— Mettez le verrou, reprit Marius tout aussi sèchement. Nous avons à causer ensemble.

Douglas mit le verrou et revint d'un air surpris et mécontent.

— Qu'avez-vous donc, mon cher ami ? demanda-t-il.

Et comme Marius, pris peut-être d'une dernière pitié, ne répondait pas, il continua :

— D'ailleurs, vous avez raison. Il vaut mieux être seuls pour causer d'affaires... Eh bien ! êtes-vous prêt ? Je me suis procuré la pièce qui nous manquait et je n'ai plus besoin que de votre signature pour prendre hypothèque sur la maison d'Authier, au nom de Mouttet... Vous savez que nous sommes pressés ; j'ai encore reçu ce matin une lettre de mon client

Authier qui me supplie de lui envoyer de l'argent au plus tôt.

Le notaire se leva, étala des papiers, trempa une plume dans l'encre et la présenta à Marius.

— Signez, lui dit-il simplement.

Marius était resté muet, suivant d'un regard tranquille chaque mouvement de Douglas. Au lieu de prendre la plume, il le regarda en face et lui dit d'une voix calme :

— Hier, je suis allé visiter l'immeuble de la rue de Rome. J'ai vu les locataires et l'ancien propriétaire, qui m'ont appris qu'ils ne connaissaient pas M. Authier.

Douglas pâlit, ses lèvres eurent ce frémissement que Marius avait déjà remarqué. Il reprit les papiers, posa la plume et s'assit, en balbutiant :

— Ah!... cela m'étonne beaucoup.

— Avant-hier, continua Marius, j'avais reçu la visite de M. de Girousse, un riche propriétaire de Lambesc, et il m'avait affirmé qu'aucun de ses voisins ne portait le nom d'Authier et que cette personne n'existait certainement pas...Aujourd'hui, je vois qu'il ne se trompait point... Que dois-je croire?

Le notaire ne répondit pas. Il regardait vaguement devant lui, pâlissant et frémissant, se sentant perdu, cherchant sans doute avec désespoir un moyen de salut.

— Je me suis ensuite rendu au quartier de Saint-Just, reprit impitoyablement

Marius. La maison que vous m'avez dit
avoir grevé d'une hypothèque, au nom
de votre client Mouttet, appartient justement à un ancien ami de ma mère, à M.
Giraud, qui m'a affirmé que ses biens
étaient libres... Je vous le demande encore, que dois-je croire?

Et comme Douglas gardait toujours le
silence :

— Eh bien! dit le jeune homme avec
éclat, puisque vous refusez de répondre,
je vais vous dire, moi, ce que je crois et
ce qui est...

Votre M. Authier n'a jamais existé; c'est
là un pantin que vous avez créé pour faire
plus à l'aise un trafic honteux. D'autre part, vous n'avez pas pris d'hypothèque et vous avez mis dans votre poche
l'argent de Mouttet. Pour arriver à ce
beau résultat, vous avez commis plusieurs
faux, et aujourd'hui vous êtes tout prêt à
en commettre d'autres, pour vous procurer de nouveaux fonds.

Marius parlait à un marbre immobile
et insensible. Le calme de Douglas accrut
sa colère.

— Je n'ai point à juger vos crimes, ré-
prit-il d'une voix plus haute; mais j'ai à
vous demander compte de votre indigne
conduite envers moi. Comment! vous vouliez me mêler de gaieté de cœur à vos
sales affaires; vous m'auriez compromis,
et vous me traitiez avec amitié, vous con-
naissiez ma position de travailleur... J'ai

le droit, n'est-ce pas, de vous dire que vous êtes un infâme !

Le notaire ne sourcillait pas.

— Et tout à l'heure, continua Marius, il y avait là des prêtres qui vous bénissaient... Ah ! vous avez joué votre rôle avec une science parfaite. Moi seul, dans Marseille, sais ce que vous êtes, et si je disais tout haut quelle est l'énormité de votre crime, on me lapiderait peut-être, tant vous avez dupé habilement le public. Comment croire que le notaire Douglas, cet homme estimé de tous, cet homme frugal et religieux, travaille honteusement dans l'ombre à la ruine de sa vaste clientèle... Moi-même je douterais encore de votre infamie, si je pouvais en douter, à vous voir si calme devant moi, dans votre attitude humble et pieuse de moine en prières... Mais parlez donc, défendez-vous si vous le pouvez !

Douglas avait pris un couteau à papier, le tournait entre ses doigts, comme indifférent à tout ce que disait Marius.

— Qe voulez-vous que je vous dise ? répondit-il enfin. Vous me jugez en enfant Je vous laisse crier. Peut-être m'écouterez-vous ensuite plus paisiblement

VIII

Lorsque Marius entendit Douglas l'accuser de le juger en enfant, il se révolta et ouvrit les lèvres pour lui crier qu'il le jugeait en honnête homme. Ce misérable était d'une impudence rare ; il traitait d'enfant ceux dont la conscience indignée condamnait son infamie. Ce faussaire trouvait puéril qu'on lui reprochât ses faux, et il prenait des attitudes d'homme incompris.

Comme le jeune homme allait se récrier, le notaire l'interrompit avec un mouvement d'impatience.

— Si vous parlez toujours, lui dit-il, vous aurez toujours raison. Je vous ai laissé m'insulter en paix. Que diable ! laissez-moi me défendre en toute tranquillité... Certes, j'aurais préféré que mon système ne fût pas connu de vous. Mais, puisque vous avez découvert une partie de la vérité, j'aime mieux tout vous dire. Je vous sais intelligent ; vous me comprendrez mieux que tout autre... D'ailleurs, je suis las ; je n'ai pas réussi dans l'application de ma théorie, et je sais bien que je suis perdu. C'est pour cela

que je consens à me confesser entièrement à vous. Vous verrez que je n'ai rêvé
la ruine de personne, et que j'étais de
bonne foi, lorsque je vous ai amicalement
offert de gagner quelque argent. Enfin,
vous me jugerez, et j'espère qu'ensuite
vous me consid'rerez simplement comme
un spéculateur malheureux.... Veuillez
m'écouter.

Marius croyait rêver. Il regardait Douglas comme on regarderait un fou qui
parlerait raisonnablement. Le ton paisible
de cet homme, le peu de remords qu'il montrait, ses gestes convaincus, le faisaient
ressembler à un inventeur sincère qui ex-
pliquerait tristement, mais sans honte,
pourquoi son invention n'a pas réussi.

— N'entrons pas dans les détails, reprit-
il, écartons les affaires Authier et Mouttet qui sont de peu d'importance. Ce qu'il
faut voir et juger, c'est l'ensemble de la
machine vaste et compliquée que j'étais
parvenu à établir...

Vous vous étonnez de ma complaisance.
Je vous le répète, je suis perdu, je puis
parler sans craindre de me compromettre.
Je trouve même une sorte de volupté âpre
à vous expliquer mon invention.

Il se posa devant Marius en homme qui
a une histoire intéressante à conter. Il
jouait toujours négligemment avec le couteau à papier.

— Avant tout, dit-il, je reconnais avec
vous que j'ai failli à mon mandat et que je

suis un grand criminel, si l'on me considère comme un notaire. Mais je me suis toujours regardé comme un banquier, comme un manieur d'argent. En un mot, veuillez ne voir en moi qu'un spéculateur... Lorsque je succédai à mon ancien patron, l'étude n'avait qu'une assez maigre clientèle. Mes premiers efforts ont tendu à faire de cette étude le centre d'un grand mouvement d'affaires. Il m'a fallu satisfaire à toutes les demandes, prêter à qui avait besoin d'argent, emprunter à qui ne savait où placer, vendre à qui désirait acheter, acheter à qui cherchait à vendre. J'ai imité les chasseurs qui s'entourent d'oiseaux en cage pour appeler les oiseaux libres ; j'ai créé une quarantaine de personnages, imaginaires, sous les noms desquels j'ai pu faire des transactions de toute espèce. Authier, je vous l'avoue, est un de ces personnages. Il m'a été ainsi permis d'acheter un grand nombre d'immeubles que j'ai payés au moyen d'emprunts faits par les acquéreurs fictifs et en donnant hypothèques sur ces immeubles... Je me suis créé de la sorte un capital, un roulement de fonds, une clientèle nombreuse qui ont servi de base à mon crédit.

Douglas parlait d'une voix nette. Il continua après un court silence.

— Vous devez le savoir, lorsqu'on spécule sur l'argent, on se trouve parfois en face d'exigences terribles. Je me serais forcément arrêté à mes premières spéculations si, mes immeubles se trouvant grevés, je n'avais pu me procurer d'une façon quelconque les fonds nécessaires aux autres opérations que je rêvais. J'usai du moyen qui me parut le plus simple et le plus commode. Lorsque les hypothèques eurent absorbé la valeur des biens, je rendis les biens libres par une fausse quittance, et je les offris ensuite en garantie à de nouveaux emprunts

— Mais c'est infâme ce que vous me dites là! s'écria Marius.

— Je vous ai prié de ne pas m'interrompre, reprit Douglas brusquement. Je me défendrai tout à l'heure, je me contente d'exposer des faits... Je dus bientôt agrandir mon système. Mes quarante personnages ne me suffisaient plus.

J'eus alors recours à un moyen extrême dont l'audace réussit parfaitement. Je fis contracter des emprunts à des propriétaires, à des commerçants connus, dont je grevai les biens et contrefis la signature; après chaque nouvelle hypothèque, j'opérai une radiation, à l'aide d'une fausse quittance, ce qui me mettait à l'abri de toute inquiétude.. Vous comprenez; c'est très simple.

— Oui, oui, je comprends, murmura Marius, qui finissait par croire que le notaire était fou.

— D'ailleurs, continua Douglas, j'ai battu monnaie de n'importe quelle façon, lorsque cela a été nécessaire. Je voulais marcher droit à mon but, et je suis toujours allé en avant sans m'inquiéter des obstacles, en acceptant franchement toutes les conséquences de ma théorie... Ainsi, j'ai parfois créé tout ensemble et le débiteur et l'immeuble ; j'ai pris des hypothèques sur des propriétés qui n'existaient pas ou qui n'appartenaient pas aux prétendus emprunteurs... D'autres fois, lorsque j'ai eu de pressants besoins d'argent, pour faire face à quelque exigence imprévue, j'ai créé, sous les noms des premiers négociants de Marseille, des billets à ordre que j'ai émis à perte, après les avoir endossés moi-même... Vous voyez bien que je ne vous cache rien et que je m'accuse moi-même. Je me mets à nu devant vous, parce que je tiens à me justifier, et que je dois désormais renoncer à appliquer mon système.

Marius était littéralement épouvanté. Il descendait en frissonnant jusqu'au fond de l'abîme où se trouvait Douglas. Cet homme parlait de système, de justification, et l'employé ne pouvait comprendre le sens de ces mots, dans une telle circonstance. Il sentait qu'il était devant un phénomène moral, devant une monstruosité humaine, et il subissait la confession étrange de son interlocuteur, comme on subit un cauchemar. Il lui semblait qu'il se trouvait dans le bruit et la fumée d'une machine, au milieu d'engrenages qui se mordaient. Il se perdait au fond des spé-

culations du notaire, il n'osait suivre les
pensées de ce misérable, qui s'élargis-
saient à l'aise dans le crime.

— Ainsi, reprit Douglas, vous avez bien
compris quel a été mon système. En principe, j'ai voulu être banquier, faire valoir
les fonds qui me passaient entre les mains.
J'ai acquis pour mon propre compte des
immeubles que j'ai cru pouvoir revendre
avec bénéfice. Ma théorie des noms supposés répondait à toutes les exigences ; à
l'aide de ces noms, je n'ai renvoyé aucun
de ceux qui se sont adressés à moi ; j'ai
été, suivant l'occasion, prêteur, emprunteur, acheteur et vendeur.

Lorsque les fonds que me fournissait
mon crédit personnel ou celui que j'étais
parvenu à donner aux noms imaginaires,
ne m'ont pas suffi, je m'en suis procuré
d'autres en grevant d'emprunts simulés la
première personne venue, parent, ami ou
client, sauf à libérer plus tard les biens
de cette personne, comme je les avais
hypothéqués, toujours à son insu. En un
mot, mon étude est devenue une maison
de banque.

— Une maison de vol, cria Marius, une
manufacture de faux !

Douglas haussa légèrement les épaules.

— Vous devriez déjà me comprendre,
dit-il, et voir que je n'ai jamais cherché
à voler un seul de mes clients. J'espère
que vous me rendrez justice tout à
l'heure... Il me reste à vous parler de ma

meilleure invention. Pour gérer les immeubles acquis et faire valoir les sommes empruntées, j'imaginai d'établir des procureurs fondés, qui représenteraient habituellement mes quarante personnages imaginaires ; je choisis pour procureurs fondés des jeunes gens honorables, dont je me fis des complices inconscients. J'avais foi en mon système et j'aurais à coup sûr enrichi ceux qui m'aidaient, si de fâcheuses circonstances ne m'avaient empêché de réussir. Lorsque je vous ai offert de représenter Authier, je voulais uniquement, je vous le répète, vous venir en aide et vous faire participer aux gains d'une spéculation que je croyais excellente.

Ces dernières paroles exaspérèrent Marius. Il était à bout de courage, et il sentait qu'il allait devenir fou, s'il continuait à entendre les étranges discours de Douglas.

— Je vous ai écouté patiemment, dit-il en frémissant. Les infamies que vous venez de me conter avec une rare impudence, me prouvent que vous êtes un imbécile ou un coquin.

— Eh ! non, interrompit le notaire en frappant du poing sur son bureau. Vous ne m'avez pas compris, décidément. Je vous l'ai répété quatre ou cinq fois, je suis un banquier... Écoutez-moi, par grâce.

Douglas s'était levé. Il se posa devant Marius, d'un air simple et digne. Rien

dans son attitude n'indiquait la peur ni
la honte.

— Vous m'avez appelé coquin et voleur,
dit-il doucement, et je vous ai laissé m'insulter ; vous m'accusiez au nom de la société, vous parliez comme un procureur
du roi qui jugerait légalement ma conduite. Vous devez vous placer à un autre
point de vue, si vous voulez me comprendre... Raisonnons un peu. Un voleur,
n'est-ce pas ? est celui qui dérobe le bien
d'autrui et qui s'enfuit, lorsque ses poches sont pleines. Jamais je n'ai eu la
pensée du vol. Il y a six ans que j'applique mon système, et je suis plus pauvre
que le premier jour ; mes opérations n'ont
pas réussi, j'ai même perdu quelques milliers de francs qui m'appartenaient.

Vous savez quelle a été ma vie : j'ai
bu de l'eau et mangé du pain ; j'ai mené
une existence de travailleur austère et
infatigable. Mon seul luxe a été de faire
quelques aumônes. L'étrange voleur qui a
vécu dans son cabinet comme dans un
cloître et qui a remué des sommes énormes sans être seulement tenté d'en détourner un sou ! Avouez que si j'étais
vraiment un voleur, il y a longtemps que
j'aurais amassé des fonds dans ma caisse
et que je me serais sauvé.

Marius demeura surpris et embarrassé
Il n'avait pas envisagé la question sous ce
point de vue. Evidemment, cet homme
avait raison ; on ne pouvait l'accuser de vol.

— Ce qui vous blesse et vous irrite,
reprit Douglas, c'est mon système lui-
même. Il a échoué, et je vais être un grand
criminel; s'il avait réussi, j'aurais réalisé
une grande fortune sans faire le moindre
tort à personne, je serais immensément
riche et tout le monde m'estimerait... Oui,
ma base d'opération a été le crime; j'ai
spéculé sur le faux, j'ai suivi une voie
hardie et nouvelle. Mais, dans ma pensée,
la réussite était certaine; j'avais foi en
mon activité, je ne songeais pas que je
pouvais entraîner quelqu'un dans ma
chute. Là a été mon aveuglement... Voyez
quelle était ma conduite; je prenais des
hypothèques sur des immeubles qui n'existaient pas ou qui étaient déjà donnés en
garantie, mais je payais les intérêts des
sommes prêtées; je passais des billets
faux, mais je remboursais ces billets;
mes personnages imaginaires n'étaient en
quelque sorte que des prête-noms derrière
lesquels je me trouvais, et je les faisais
agir uniquement pour agrandir mes spéculations. Comprenez-moi bien : je voulais avant tout me procurer des fonds et
les faire valoir; peu importent les valeurs
fictives que j'ai émises, peu importent les
actes faux, les moyens quelconques que
j'ai employés afin d'étendre mon crédit
et le cercle de mes affaires. En matière
de spéculation, la seule réalité est le
gain qu'on tire plus ou moins habilement
d'un capital. Voyez à la Bourse, on trafi-

que sur de simples suppositions. Admettez
un instant qu'en achetant et vendant des
immeubles, à l'aide de l'argent des autres,
j'aie réussi à doubler le capital que je
m'étais procuré illégalement; je remboursais intégralement ce capital, je ne volais
personne, je détruisais les actes faux, et
je me retirais avec une fortune gagnée
par mon travail et mon intelligence. C'est
là tout mon système. N'ayant pas de fortune personnelle, il m'a fallu emprunter
à mes clients la mise de fonds nécessaire
à toute opération. Ce n'était pas un vol,
c'était un simple emprunt.

En entendant les raisonnements clairs
et logiques de Douglas, une sorte d'épouvante s'emparait de Marius. Le notaire
grandissait terriblement à ses yeux. Pendant un moment, il le regarda comme un
génie déclassé qui avait employé dans le
mal de rares facultés d'énergie et d'audace. Si cet homme avait eu de larges
moyens d'action, peut-être aurait-il accompli de grandes choses. Au fond de tout
criminel de la taille de Douglas, il y a des
qualités supérieures.

Marius s'étonnait surtout de la façon
simple et naturelle dont le notaire parlait
des faux qu'il avait commis. Des détraque-
ments avaient dû se produire dans cette
intelligence. Cet homme était malade; la
fièvre de spéculation qui le brûlait, l'avait
peu à peu amené à considérer le crime
comme un moyen excellent, pourvu que

le crime restât caché et impuni. Il le disait lui-même : tout faussaire qu'il était, il croyait rester honnête, du moment où il ne faisait perdre un sou à personne. Le sens moral lui manquait, il ne sentait pas que le crime porte son infamie en lui.

Après un silence, Douglas reprit en hochant la tête :

— Les systèmes sont toujours beaux, la pratique seule vous fait ouvrir les yeux sur les défauts du raisonnement. En théorie, je devais gagner une immense fortune Je ne sais comment les choses ont tourné, je me trouve écrasé de dettes, et je vois bien que je suis perdu... J'ai englouti plus d'un million dans des opérations malheureuses; toute ma clientèle est ruinée...

La voix du notaire avait faibli, et l'émotion faisait monter des larmes à ses yeux. Il se mit à marcher fiévreusement. Et, tout en marchant :

— Vous ne pouvez vous imaginer, dit-il, quelle vie atroce je mène depuis deux ans. Toutes mes opérations ont manqué. Alors je me suis trouvé en face d'exigences terribles. Pour conserver mon crédit, pour dissimuler mes faux, il a fallu que journellement j'en commisse d'autres. Je ne songeais plus à gagner de l'argent, je songeais à me défendre, à me sauver du bagne. Dieu m'est témoin que si j'avais pu rattraper les capitaux compromis j'aurais remboursé tout le monde, pour vivre ensuite selon la loi commune. Mais les intérêts énormes que j'avais à payer m'ont écrasé ; j'ai revendu à perte les immeubles acquis ; j'ai eu beau me débattre, la mauvaise chance s'est attachée à moi et m'a poussé jusqu'au fond de l'abîme. Aujourd'hui, mon passif est énorme, je ne puis faire face aux échéances de cette quinzaine et, pour moi, une suspension de payement équivaut à une condamnation aux travaux forcés ; si la justice jette un seul coup d'œil dans mes papiers, je suis à l'instant mis en prison.

Marius se sentait presque de la pitié pour ce misérable. Douglas s'assit de nouveau et reprit avec abattement :

— D'ailleurs, tout est fini, je me suis confessé à vous, je sais que vous allez me livrer à la justice... Je veux en finir, car ma position n'est plus tolérable... Vous avez raison, je suis un infâme et je dois être puni.

Marius ne bougea pas. Il songeait, ne sachant quel parti prendre. Une crainte le retenait ; il ne voulait pas être mêlé à cette affaire, redoutant d'être appelé comme témoin et de perdre un temps précieux ; sa mission le réclamait. D'autre part, il n'avait pas charge de dénoncer le notaire ; désormais cet homme avait les bras liés, il allait fatalement au devant du châtiment, il tomberait de lui-même entre les mains de ses juges.

— Eh bien ! pourquoi hésitez-vous ?

demanda Douglas. Vous savez tout; j'attendrai ici les agents que vous enverrez.

Le jeune homme se leva, déchira les procurations sur lesquelles se trouvait son nom.

— Vous êtes un misérable, répondit-il, mon jugement n'a pas changé. Mais je n'ai pas besoin d'aider le ciel, qui saura bien vous punir sans moi. Le châtiment viendra de lui-même.

Et il sortit.

Voici en quelques lignes la fin de cet épisode. Le lendemain, Douglas ne pouvant faire face à ses échéances, prit la fuite. A cette nouvelle, une véritable panique se répandit dans Marseille. Plusieurs fortunes étaient compromises, et l'on ne pouvait encore mesurer toute l'étendue du désastre. Ce fut une sorte de malheur public. A l'effroi des intéressés se mêlait la stupeur des honnêtes gens; on ne pardonnait pas au notaire l'hypocrisie qui avait trompé toute une ville pendant plusieurs années.

Douglas fut repris et jugé à Aix, au milieu d'une irritation terrible. Il accepta son rôle avec un rare sang-froid. Sans lui, jamais la justice n'aurait réussi à voir clair dans une affaire aussi embrouillée. Le tribunal avait à juger plus de neuf cents actes entachés de tous les genres de faux, variés de tant de manières que l'esprit ne saurait concevoir aucune combinaison que le faussaire n'ait employée.

Les faits qu'on lui reprochait étaient si nombreux, ils se compliquaient de tant de détails, ils atteignaient un si grand nombre de victimes, qu'il était devenu impossible de porter la lumière dans ce chaos sans le concours de celui qui, après avoir imaginé et exécuté ses crimes, était demeuré seul maître de son secret. Douglas travailla avec un zèle infatigable et une étonnante véracité à débrouiller le désordre de ses affaires et à fixer sa position, ainsi que celles de ses créanciers et de ses débiteurs.

D'ailleurs, il se défendit toujours énergiquement contre l'accusation de vol. Il répéta à plusieurs reprises qu'il était simplement un spéculateur malheureux, et que, si la justice et les circonstances le lui avaient permis, il aurait rétabli ses affaires et celles de ses clients. Il sembla accuser le tribunal de lui lier les mains et de l'empêcher de réparer le mal qu'il avait fait.

Il fut condamné aux travaux forcés à perpétuité et à l'exposition publique.

IX

Il y avait plus de deux mois que Marius et Fine étaient de retour à Marseille. Le jeune homme, en sortant de l'étude de Douglas, dut s'avouer qu'il avait jusque-là perdu son temps et qu'il n'avait pu encore trouver le premier sou des quinze mille francs nécessaires au salut de Philippe. Décidément, il ne savait qu'aimer et se dévouer; il se sentait l'âme trop droite, l'esprit trop loyal et d'une simplicité trop généreuse pour se procurer en quelques semaines la forte somme qu'il cherchait avec désespoir. Il s'était toujours conduit comme un enfant; les déplorables incidents auxquels il venait de se trouver mêlé, les amours d'Armande et de Sauvaire et les crimes de Douglas, lui montraient la vie sous un aspect terrifiant qui le décourageait; il reculait au lieu d'avancer; il craignait, en faisant une nouvelle tentative, d'échouer et même de se compromettre, en tombant une fois de de plus sur des coquins qui l'exploiteraient. Il finissait par ne plus voir que

des piéges autour de lui. Ces cœurs tendres, ignorant le mal et voulant le bien,
sont brisés et saignent fatalement à chaque heure de la vie.

Cependant le mois de décembre approchait. Il fallait se presser, si l'on voulait
sauver Philippe. On ne pouvait plus compter sur aucune pitié, et le condamné serait attaché à l'ignoble poteau. A ces pensées, Marius pleurait d'impuissance et de
lassitude. Il aurait voulu délivrer son
frère par une besogne de géant; si on
l'eût mis à l'épreuve, il se serait engagé à
trouer le mur du cachot avec ses ongles,
à égratigner et à émietter la pierre sous
ses doigts. Cette tâche d'ouvrier ne lui eût
pas paru lourde, et il en serait venu à
bout, quitte à user ses mains. Mais la
pensée des quinze mille francs l'épouvantait; dès qu'il s'agissait d'argent, de démarches humbles ou de trafics plus ou
moins honorables, il perdait la tête, il se
sentait incapable de mener à bien la moindre entreprise. Cela expliquait la naïve
confiance qui l'avait poussé chez Armande
et chez Douglas.

Toute espérance n'était pourtant pas
morte en lui. Grâce aux qualités mêmes
qui le rendaient faible, à la bonté de son
cœur et à la droiture de son esprit, il revenait toujours à des pensées de confiance
et d'espoir. Les leçons que les misères et
les hontes de la vie lui donnaient ne pouvaient l'empêcher de croire toujours à la

bienveillance et à la sympathie secourable d'autrui.

— J'ai encore plus de six semaines devant moi, pensait-il. Il est impossible que
je ne trouve pas un véritable ami d'ici-là.
Rien n'est désespéré.

Il serait à coup sûr tombé malade, dans
les angoisses, dans les espérances et les
désespérances de sa tâche, s'il n'avait eu
à son côté un ange consolateur qui lui
souriait aux heures mauvaises. Une étroite intimité s'était établie entre lui et les
Cougourdan. Presque chaque jour, il allait voir Fine et passait de longues soirées
avec elle. Dans les commencements, ils
parlèrent ensemble de Philippe; puis, tout
en n'oubliant pas le pauvre prisonnier, ils
s'entretinrent d'eux-mêmes, de leur enfance et de leur avenir. Ce furent des
causeries pleines d'abandon qui les repo-
saient des fatigues et des anxiétés de la
journée et qui leur donnaient de nouvelles forces pour le lendemain.

Peu à peu, chaque matin, Msrius sou-
haita ardemment d'être au soir, afin de
se retrouver dans la petite chambre de
Fine. Quand il avait un espoir, il accourait pour en faire part à son amie, et,
quand il avait un chagrin, il accourait
encore pour lui tout conter et recevoir ses
consolations. Là seulement, au fond de
cette mansarde propre, qui sentait bon et
qui avait des clartés douces, il vivait à
l'aise, dans une tristesse attendrie. Un

soir, il voulait absolument aider la jeune
fille qui faisait des bouquets pour la ven-
te du lendemain; il prit un plaisir d'enfant à ôter les épines des roses, à réunir
les œillets en minces touffes, à prendre
une à une, délicatement, les violettes et
les marguerites qu'il présentait ensuite
à Fine.

Dès lors, il devint fleuriste, de huit à dix
heures. Ce travail l'amusait, disait-il, et
calmait ses inquiétudes. Lorsqu'il touchait
les doigts de Fine, en lui offrant les fleurs,
il sentait des chaleurs douces lui monter
au visage; le malaise étrange, l'émotion
pénétrante qu'il éprouvait alors, était sans
doute la seule cause de la vocation subite
qu'il avait montrée pour l'état de fleuriste.

Certes, Marius était un grand naïf. On
l'aurait beaucoup étonné, on l'aurait même blessé, en lui démontrant qu'il devenait amoureux de Fine. Il se serait écrié
qu'il se savait bien trop laid pour oser aimer la jeune fille, et que d'ailleurs un
pareil amour, né et grandi à l'ombre du
malheur de son frère, lui semblerait un
crime. Mais son cœur aurait bientôt protesté. Jamais Marius n'avait vécu dans
l'intimité d'une femme. Il s'était laissé
prendre au premier regard affectueux.
Fine, le consolant, l'encourageant, ayant
toujours pour lui un sourire caressant et
et une tiède poignée de main, lui parut
d'abord être tout à la fois une sœur et une

mère que le ciel lui envoyait dans son amertume. La vérité était qu'à son insu cette sœur, cette mère, devenait une épouse, une épouse qu'il aimait déjà de toute la passion tendre et dévouée de son cœur.

Et cet amour devait naître forcément, entre deux jeunes gens qui pleuraient et qui souriaient ensemble. Le hasard les avait rapprochés et leur bonté les mariait. Ils étaient dignes l'un de l'autre, il y avait en eux la sympathie toute puissante du dévouement et de l'abnégation.

Fine, depuis quelque temps, avait des sourires sournois que Marius ne voyait pas. Elle devinait que le jeune homme l'aimait, avant même que celui-ci ne se fût aperçu de son amour.

Les femmes ont une vue exquise pour pénétrer ces sortes de secrets ; elles lisent dans les yeux de leurs amants et vont jusqu'à l'âme. D'ailleurs, la bouquetière cacha soigneusement les rougeurs de ses joues et les palpitations de ses seins ; elle s'étudia à rester l'amie cordiale de Marius, à ne pas lui ouvrir les yeux par une poignée de main plus brûlante et plus fiévreuse. A les voir, chaque soir, assis en face l'un de l'autre, ayant entre eux une table chargée de roses, on les aurait pris pour un frère et une sœur.

Fine, chaque dimanche, se rendait à Saint-Henri. Elle s'était prise pour Blanche d'une sorte de pitié sympathique, d'une amitié miséricordieuse. Cette pauvre jeune fille qui allait être mère, et dont la vie et le cœur étaient brisés à jamais, lui devenait plus chère chaque jour; elle voyait ses remords, ses larmes de regret, elle assistait à son existence vide et désolée, et elle cherchait par ses visites à adoucir son infortune. Elle apportait son gai sourire dans cette petite maison de la côte, où Blanche pleurait en songeant à Philippe et à son enfant. C'était pour la bouquetière comme un saint pèlerinage qu'elle accomplissait religieusement. Elle partait vers midi, après le déjeuner et restait jusqu'au soir avec Mlle de Cazalis. Le soir, à la nuit tombante, elle trouvait Marius qui l'attendait au bord de la mer, et ils rentraient tous deux à Marseille, à pied, en se donnant le bras, comme deux jeunes époux.

Marius goûtait des jouissances pures pendant ces promenades. Le dimanche soir était devenu pour lui la récompense de tous ses efforts de la semaine. Il attendait Fine sur le bord de la mer, oubliant ses chagrins, guettant avec anxiété pleine de volupté l'arrivée de la jeune fille; puis, quand elle était là, ils se souriaient et revenaient à petits pas, dans les ombres douces de la nuit naissante, en échangeant des paroles d'amitié et d'espoir. Jamais le jeune homme ne trouvait le chemin assez long.

Un dimanche soir, Marius arriva de

bonne heure. Comme une pensée de délicatesse l'empêchait d'entrer dans la maison de Blanche et de renouveler ses douleurs, il s'assit sur une falaise qui se dresse près du village, et prit patience en regardant l'immensité bleue qui se creusait devant lui. Il resta près de deux heures, abîmé dans une rêverie vague, dans des pensées de tendresse et de bonheur qui le berçaient mollement. L'immense horizon l'attendrissait ; à son insu, tout son amour pour Fine lui montait du cœur aux lèvres ; la mer et le ciel, l'infini des eaux et de l'air le troublaient et lui ouvraient l'âme ; il ne voyait que Fine dans la large mer, il n'entendait que son nom dans le bruit sourd et régulier des vagues.

La bouquetière arriva et s'assit sur le rocher, à côté du jeune homme. Marius lui prit la main, sans parler. Devant eux s'étendaient la mer et le ciel, d'un bleu doux et pâle. Le crépuscule tombait. Une sérénité profonde alanguissait les derniers bruits et les dernières clartés : les grondements des eaux se faisaient plaintifs et caressants, et, au couchant, de minces lueurs roses jetaient des reflets tendres sur les rochers de la côte. Il y avait des souffles de tendresse dans l'air, une grande voix frissonnante qui allait en s'éteignant.

Marius, profondément ému, gardait dans la sienne la main de son amie. Il continuait son rêve. Les yeux à l'horizon,

sur cette brume vague où la mer et le ciel
se confondent, il souriait tristement. Et, à
voix basse, sans en avoir conscience, ses
lèvres dirent tout haut ce que pensait son
cœur.

— Non, non, murmura-t-il, je suis trop
laid...

Fine, depuis l'instant où Marius lui
avait pris la main, souriait de son air
tendre et sournois. Enfin, son ami allait
se décider à parler; elle devinait cela aux
regards plus profonds de ses yeux, à la
pression plus étroite de sa main. Quand
elle entendit le jeune homme dire qu'il
était trop laid, elle parut étonnée et fâ-
chée.

— Trop laid! cria-t-elle; mais vous
êtes beau, Marius!

La jeune fille avait mis tant d'âme dans
le cri qui venait de lui échapper, que Marius tourna la tête et joignit les mains, en
la regardant avec anxiété. Fine, comprenant qu'elle avait brusquement livré le
secret de son cœur, baissa son front qui
se couvrait d'une rougeur légère. Elle
resta ainsi, muette et embarrassée, pendant quelques secondes. Mais elle n'était
pas fille à reculer devant l'aveu complet
de son amour; il y avait en elle trop de
franchise et de vivacité pour qu'elle con-
sentît à jouer la petite comédie hypocrite
que jouent toutes les amoureuses en pareille occasion.

Elle releva courageusement le front et

regarda en face Marius qui tremblait.

— Ecoutez, mon ami, lui dit-elle. Je veux être franche. Il y a six mois, je ne pensais guère à vous. Je vous croyais laid, je ne vous avais sans doute jamais regardé... Aujourd'hui, la beauté vous est venue ; je ne sais pas comment cela s'est fait, je vous jure...

Malgré toute sa décision, elle hésitait un peu, et de subites rougeurs lui montaient encore aux joues. Elle s'arrêta, ne pouvant dire carrément à Marius qu'elle l'aimait. D'ailleurs, elle connaissait la timidité du jeune homme et parlait uniquement pour l'encourager. Marius restait dans son extase attendrie ; il ne demandait pas davantage, il serait demeuré là, sur la falaise, pendant toute la nuit, sans chercher à obtenir de Fine des aveux plus complets. Fine s'impatientait.

L'histoire de l'amour de la bouquetière était simple, et rien n'est plus facile que d'expliquer comment Marius avait pu devenir beau à ses yeux. Fine avait d'abord aimé la haute taille, le visage énergique de Philippe, avec cet aveuglement des jeunes filles qui les pousse à choisir les beaux garçons, ceux qui ont toute leur beauté sur leur visage et rien dans l'âme. Puis, blessée au cœur par l'indifférence de l'amant de Blanche, voyant clair enfin dans le caractère vaniteux et brutal de cet homme, elle avait jugé sévèrement sa conduite et s'était détachée peu à peu de lui. C'est alors qu'elle se trouva seul à seule avec Marius, dans une intimité qui les rapprochait de plus en plus.

L'amour, ici, était né de la bonté et du dévouement. Marius, laid pour les yeux du corps, devint beau pour les yeux de l'âme. Dans les commencements, Fine n'avait vu en lui qu'un ami désolé qu'il fallait secourir ; elle avait accepté la moitié de sa tâche, fraternellement, poussée un peu par son amour pour Philippe et beaucoup par son besoin naturel de se montrer serviable. Elle s'était donc jointe à Marius, et leur pensée commune de délivrance les avait unis chaque jour davantage. Leur tendresse se développa ainsi en pleine abnégation ; ils s'aimèrent en se dévouant, en vivant du même espoir, en travaillant à la même œuvre.

Et c'est dans l'accomplissement de cette œuvre généreuse que Marius devint beau, Fine oublia l'irrégularité du visage en voyant les tendresses sereines et exquises du cœur. Elle fut prise d'admiration et d'affection pour cette noble nature, dont l'amour lui parut devoir être d'une hauteur sublime. Etre aimée de cette âme qui se donnait tout entière, fut son rêve, car elle comprenait qu'elle ne trouverait chez aucun homme la même douceur ni la même loyauté. La comparaison forcée qu'elle établit entre Philippe et Marius fit de ce dernier un être divin, l'ange amoureux rêvé par les jeunes filles

Dès ce moment, le visage de Marius se transfigura pour elle ; elle le vit beau de toute la beauté du regard et du sourire. On l'aurait profondément étonnée en lui disant que son amant était laid.

Marius entendait encore le cri de son amie, ce cri d'amour qui lui disait : « Tu es beau, et je t'aime ! » Il n'osait parler, craignant de dissiper le doux rêve qui alanguissait délicieusement son esprit.

Fine, embarrassée, souriait toujours.

— Vous ne me croyez pas ? demanda-t-elle, parlant pour parler, sans trop savoir ce qu'elle disait.

— Si je vous crois, répondit Marius d'une voix basse et profonde, j'ai besoin de vous croire... Quand vous n'étiez pas là la voix attendrie des vagues m'a dit un secret... Je ne sais ce qu'ont la mer et le ciel ce soir. Ils parlent d'une voix si douce qu'ils ont ému mon cœur et troublé mon esprit. A cette heure dernière, dans les mélancolies du crépuscule, je viens de trouver en moi un bonheur que j'ignorais ; l'immense horizon a parlé... Voulez-vous connaître le secret que les vagues m'ont murmuré à l'oreille ?

—Oui, dit la bouquetière dont une émotion poignante faisait trembler la voix.

Marius se pencha davantage, et d'un ton bas et craintif :

—Les vagues m'ont dit que je vous aimais, murmura-t-il.

L'ombre tombait, plus grise et plus so-

lennelle. Au ciel, des clartés pâles traînaient, dans une transparence laiteuse. La
mer immobile, d'un bleu sombre, s'en-
dormait en respirant d'une haleine lente
et forte. Des senteurs fraîches et salées
montaient, portées par le vent du soir, et
les sérénités de l'espace flottaient plus
mystérieuses, dans la nuit croissante.

L'heure était douce pour un aveu d'a-
mour. Une tendresse divine, un calme
souriant sortaient de la grande mer attendrie. Au pied de la falaise, les vagues
battaient lentement, berçant la côte qui
sommeillait ; elles apportaient leur fraîcheur consolatrice, tandis que, de la terre,
chaude encore et fiévreuse, venaient des
souffles âpres de passion. On eût dit que
la grande mer appuyait de sa voix adoucie
les tendres paroles de Marius.

— Eh bien, dit gaiement la bouquetière, les vagues sont de méchantes langues... Vous ont-elles dit la vérité, au
moins ?

Marius était loin, bien loin de la terre.
L'émotion que la vue de l'infini venait de
mettre en lui l'avait enlevé en plein ciel.
Il ne songeait plus aux misérables chagrins d'ici-bas.

— Oui, oui, s'écria-t-il, les vagues ont
dit la vérité. . Je le sens bien maintenant,
mon amie, je vous aime, et il me semble
que je vous aime depuis que je suis né...
Ah! que cet aveu me fait de bien. Depuis
longtemps, il me manquait quelque chose ;

lorsque j'étais en face de vous, des douceurs étranges me pénétraient, j'enten-
dais des voix confuses au fond de moi, et
je ne pouvais distinguer les mots incon-
nus qu'elles murmuraient. Aujourd'hui,
elles parlent hautement ; il a suffi du
silence de cette falaise pour que je les
entendisse me crier mon amour.

Fine écoutait en souriant les paroles de
Marius. L'ombre devenait de plus en plus
bleuâtre et mystérieuse.

Le jeune homme eut un moment d'hésitation. Puis d'un ton humble et doux :

— Vous ne vous fâchez pas de ce que
je vous dis là ? demanda-t-il... Je sais bien
que vous ne pouvez pas m'aimer.

— Vous ne savez rien du tout, répondit
Fine avec une brusque tendresse... Bon
Dieu ! comme vous êtes long à vous décider. Il y a plus d'un mois que ma réponse
est toute prête.

— Et cette réponse ?

— Demandez-la aux vagues, reprit la
bouquetière en riant.

Et elle tendit ses deux mains à Marius
qui se mit à les baiser comme un fou. La
nuit était tout à fait venue, et la sourde
clameur de la mer se traînait voluptueusement dans les ténèbres. Le jeune homme
se pencha vers la jeune fille et posa religieusement un dernier baiser sur son
front.

Alors ils bavardèrent comme des amoureux, comme des enfants, avec des puéri-

lités adorables. Ce furent des souvenirs du passé, des projets pour l'avenir. Leur voix était une musique qui les caressait, et ils parlaient pour s'entendre parler, pour sentir l'un l'autre leur souffle tiède courir sur leur visage. Ils étaient si heureux dans la nuit sereine, dans l'ombre, en face de l'infini qui s'ouvrait devant eux !

— Vois-tu, disait Fine à un moment, nous nous marierons quand ton frère sera évadé. Il faut avant tout que Philippe soit libre.

Au nom de Philippe, Marius frissonna. Il avait oublié son frère. La triste réalité se dressa devant lui. Pendant deux heures, il avait vécu en plein ciel, et voilà qu'il retombait sur la terre du haut de son rêve.

— Philippe, murmura-t-il accablé, oui, nous devons penser à Philippe... — O mon Dieu, mon bonheur serait-il déjà mort... Tu aimes mon frère, n'est-ce pas ? Par grâce, dis-moi la vérité.

Fine ne répondit pas et se mit à sangloter. Les paroles de Marius lui brisaient l'âme. Le jeune homme insista, en se désespérant. Alors la bouquetière cria :

— Je t'aime parce que tu es bon, parce que tu sais aimer, parce que je trouverai en toi un père, un frère, un amant... Tu vois bien que je ne puis aimer Philippe.

Il y avait un tel élan de foi et d'amour dans ce cri, que Marius comprit enfin le

cœur ardent et dévoué de la jeune fille.
Il la serra entre ses bras, d'un brusque
mouvement d'adoration Maintenant il
n'éprouvait plus qu'une sorte de remords.

— Nous sommes heureux, reprit-il,
nous sommes égoïstes. Tandis que nous
respirons ici l'air libre du ciel, notre
frère étouffe en prison... Ah! nous ne savons pas travailler à sa délivrance.

— Enfant! répondit Fine, nous nous
aimons à cette heure, nous devenons époux,
nous faisons une provision de courage
pour la lutte... Tu verras comme on est
courageux quand on aime et qu'on est
aimé.

Ils restèrent silencieux, la main dans
la main. La mer berçait toujours leur
amour de sa voix monotone. Ils rentrèrent à Marseille à la clarté des étoiles,
pleins de leur jeune espérance et de leur
jeune tendresse.

IX

OU LES HOSTILITÉS RECOMMENCENT

Blanche menait une vie de larmes. L'automne pâlissait les horizons mélancoliques, la saison devenait froide et triste. De larges frissons secouaient la mer dont les voix se faisaient gémissantes , et, sur la côte, les arbres jetaient leurs feuilles à la terre ; sous la nudité morne du ciel s'étalait la nudité des eaux et du rivage. Cette tristesse de l'air, ces derniers adieux de l'été mettaient autour de Blanche la désespérance qui était dans son cœur.

Elle vivait retirée dans la petite maison de la côte. Cette maison, située à quelques minutes du village de Saint-Henri, se trouvait isolée sur une falaise et dominait la mer, qui venait battre les rochers sous ses fenêtres. Blanche restait pendant des journées entières à regarder et à écouter les vagues, dont les bruits réguliers endormaient ses souffrances. C'était là sa seule distraction ; les yeux fixes, la pensée allanguie, elle suivait du regard les grandes nappes d'écume qui se brisaient et jaillissaient ; son être endolori s'apaisait en face de l'immensité douce et monotone.

Parfois, le soir, elle sortait, accompagnée de sa gouvernante. Elle descendait au bord de la mer, elle s'asseyait sur un éclat de rocher. Le vent frais de la nuit calmait les fièvres qui la brûlaient. Elle s'oubliait dans les ténèbres, assourdie par les gémissements des eaux, et elle ne rentrait que lorsque le froid la rendait toute frissonnante.

Une même pensée la courbait toujours. A chaque heure, cette pensée était là, accablante, inexorable. Dans les frissons de la nuit ou dans les tiédeurs du jour, en face de l'infini ou devant le néant de l'obscurité, Blanche pensait à Philippe et à l'enfant qu'elle portait en elle.

Fine était sa grande consolatrice. Si la bouquetière n'avait pas consenti à venir passer l'après-midi du dimanche avec elle, la pauvre enfant serait morte de désespoir. Elle se sentait le besoin impérieux de confier ses tristesses à une bonne âme. La solitude l'effrayait; car, lorsqu'elle se retrouvait seule, ses remords se dressaient comme autant de fantômes et l'épouvantaient.

Dès que Fine arrivait, les deux jeunes filles montaient dans une petite chambre et s'enfermaient pour causer et pleurer à l'aise. La fenêtre restait ouverte; au loin, sur le velours bleu de la mer, passaient

des voiles blanches, comme des messagè-
res d'espérance.

Et, chaque fois, les mêmes larmes
étaient répandues, les mêmes paroles revenaient, déchirantes et attendries.

— Oh! que la vie est lourde, disait
Blanche... J'ai songé toute la journée aux
heures que j'ai passées avec Philippe dans
les rochers de Jaumegarde et des Infernets J'aurais dû me tuer dans ces abîmes,
tomber au fond de quelque précipice...

— Pourquoi toujours pleurer, toujours
regretter, répondait Fine doucement.
Vous n'êtes plus une jeune fille, vous allez avoir des devoirs sacrés à remplir. Par
grâce, songez au présent, ne vivez pas
dans un passé à jamais irréparable...Vous
finirez par vous rendre malade, par tuer
votre enfant.

Blanche frissonnait.

— Tuer mon enfant! reprenait-elle avec
des sanglots... Ne me dites pas cela. Il
faut que cet enfant vive pour racheter ma
faute et obtenir mon pardon... Ah! Philippe le savait bien, il me le disait bien
que je lui appartenais pour toujours. J'ai
eu beau le renier, j'ai vainement cherché
à tuer en moi son souvenir. Mon orgueil
a été brisé, j'ai dû m'abandonner à l'a-
mour plein de remords poignants qui me
déchirent. Et, aujourd'hui, j'aime Philippe
comme jamais je ne l'ai aimé, avec tous
mes regrets et tout mon désespoir.

Fine ne répondait rien. Elle aurait

voulu que Blanche fût plus forte et accep-
tât la rude tâche que la maternité allait
lui créer. Mais mademoiselle de Cazalis
était toujours la pauvre âme faible qui ne
savait que pleurer, et la bouquetière se
promettait bien de la laisser pleurer, et
d'agir lorsque le moment serait venu.

— Si vous saviez, continuait Blanche,
combien je souffre, quand vous n'êtes pas
là ! Je sens Philippe en moi, qui me torture
et me brûle ; il revit dans mon enfant, je
le porte partout dans mon sein, et partout
il me reproche mon parjure... Toujours,
il est devant moi, autour de moi, dans
moi ; je le vois sur le grabat de son cachot, je l'entends se plaindre et me mau-
dire... Je voudrais n'avoir pas de cœur.
Alors, je vivrais tranquille.

— Voyons, calmez-vous, disait Fine.
Devant un tel désespoir, les consolations
de la bouquetière restaient souvent im-
puissantes. La jeune fille assistait avec
une certaine terreur à ces scènes de désolation. Elle étudiait l'amour brisé de
Blanche, comme un médecin étudie une
maladie étrange et terrible, et elle se disait : « Voilà ce qu'on souffre, voilà ce
qu'on devient, lorsqu'on aime lâchement. »

Un jour, dans une de ces crises de désespoir, Blanche regarda fixement sa
compagne et lui dit d'une voix déchirée :

— Vous devez l'épouser, n'est-ce pas ?
Fine ne comprit pas tout de suite.

— Ne me cachez rien, reprit vivement Blanche. J'aime mieux tout savoir. Vous êtes une bonne fille, vous le rendrez heureux, et je préfère le voir marié avec vous que de le savoir dans Marseille, courant les amours faciles... Quand je serai morte, dites-lui que je l'ai toujours aimé.

Et elle éclata en sanglots. La bouquetière lui prit doucement les mains.

— Je vous en prie, lui dit-elle, soyez mère, ne soyez plus amante. S'il est possible, oubliez tout pour votre enfant... D'ailleurs, tranquillisez-vous, je n'épouserai jamais Philippe; je serai peut-être sa sœur...

— Sa sœur? répéta mademoiselle de Cazalis.

— Oui, répondit Fine qui souriait divinement en songeant à Marius. J'aime et je suis aimée.

Et elle lui conta ses amours, elle apaisa sa fièvre en lui parlant de Marius. Blanche, en écoutant le récit de ces tendresses tranquilles, pleura des larmes moins brûlantes. Dès ce jour, elle aima Fine davantage, elle n'eut plus qu'une tristesse sourde en pensant à Philippe, elle se dévoua toute à son enfant. L'amour vrai, l'amour dévoué et généreux de sa compagne entrait dans son cœur.

Parfois, Fine trouvait l'abbé Chastanier dans la petite maison de la côte. Le prêtre apportait à Blanche les consolations de la religion; il la soutenait en lui parlant du ciel, en l'arrachant de la terre et de ses passions. Il entreprit une lutte entre l'amour de sa pénitente et les abnégations du sacrifice. Il aurait voulu voir entrer Mlle de Cazalis dans un couvent, car il comprenait qu'il n'y avait plus pour elle de bonheur possible dans la vie et les plaisirs du monde. Elle devait rester éternellement veuve, et elle ne possédait pas assez de force d'âme pour se créer une vie paisible dans son veuvage.

Mais le pauvre prêtre était bien ignorant des choses du cœur. Blanche aimait mieux pleurer avec Fine en parlant de Philippe, que d'écouter les sermons de l'abbé Chastanier. Cependant, le vieillard trouvait parfois en lui des accents doux et tendres, et la jeune fille le regardait avec étonnement, prise du désir de pénétrer dans le monde calme où il vivait. Elle aurait voulu s'agnouiller au pied des autels et rester, jusqu'à sa mort, prosternée, abîmée dans une extase qui l'aurait délivrée de tous ses maux. C'est ainsi que peu à peu elle devenait ce qu'elle devait être, une servante de Dieu, une de ces saintes filles que le monde a blessées et qui montent dans le ciel avant leur mort.

Un jour, l'abbé Chastanier resta jusqu'au soir et s'éloigna avec Fine. Il avait à apprendre à la bouquetière des mauvaises nouvelles qu'il ne voulait pas faire connaître devant Blanche. Il trouva, sur la côte, Marius qui attendait son amie.

— Mon cher enfant, lui dit-il, voilà vos chagrins qui vont recommencer. M. de Cazalis m'a écrit hier. Il s'étonne beaucoup de ce que la sentence prononcée contre votre frère n'ait pas encore reçu son exécution, et il me dit qu'il fait des démarches pour hâter l'heure de l'exposition publique.., Où en êtes-vous ? Comptez-vous délivrer bientôt le prisonnier ?

— Eh non ! répondit Marius avec douleur, je ne suis pas plus avaneé que le premier jour... J'espérais avoir encore au moins six semaines devant moi.

— Je ne crois pas, reprit l'abbé, que M. de Cazalis puisse décider le président à nous manquer de parole... D'ailleurs, notre démarche a été tenue secrète, et cela me fait penser que le sursis durera jusqu'à la fin de décembre, comme on l'a promis. Mais je vous conseille de vous hâter... On ne sait ce qu'il peut arriver, et j'ai tenu à vous avertir des faits qui se passent.

Fine et Marius étaient consternés. Ils rentrèrent à Marseille avec le prêtre, silencieux, retombés dans toutes les angoisses de leur misère. Leur amour les avait comme aveuglés pendant une semaine, et voilà qu'ils retrouvaient le même gouffre sous leurs pas.

XI

Quelques jours après, un matin, comme Marius se rendait à son bureau, vers neuf heures, il trouva la rue Paradis encombrée d'une foule bruyante qui descendait vers la Cannebière. Il s'arrêta au coin de la rue de la Darse, et, se dressant sur la pointe des pieds, il aperçut la place Royale pleine de monde; on eût dit un Océan de têtes humaines. Autour de lui, le flot incessant de la foule descendait toujours, avec des bourdonnements sourds; les visages avaient un air curieux et avide; il était aisé de comprendre que tous ces gens se ruaient à un de ces spectacles cruels qui font les délices des multitudes.

L'ardente curiosité qui poussait le peuple s'empara peu à peu de Marius; certaines paroles qu'il saisit au passage mirent en lui une vague anxiété; il voulut aller voir, lui aussi; il se laissa entraîner par tout ce monde qui emplissait la rue comme un torrent.

Il arriva assez facilement jusqu'à la place Royale. Mais, là, le flot de curieux sortant de la rue Paradis se brisait contre une masse compacte de gens qui stationnaient. Chacun se haussait, regardant dans la direction de la Cannebière.

Le jeune homme aperçut vaguement des soldats à cheval; il ne distinguait rien autre chose, et ne devinait pas encore quel poignant spectacle pouvait ainsi faire accourir toute la population de la ville,

Autour de lui la foule grondait. Des voix jetaient de brusques et courtes paroles, au milieu du murmure profond de la multitude. Marius saisissait quelques-unes de ces paroles :

— Il est arrivé d'Aix dans la nuit, disait-on.

— Oui, et il repartira demain pour Toulon.

— Je voudrais bien voir la mine qu'il fait.

— On dit qu'il s'est mis à sangloter, lorsqu'il a vu le bourreau apporter les cordes.

— Non! non! il a fait bonne contenance ; allez, c'est un gaillard robuste qui ne pleure pas comme une femme.

— Ah! le scélérat! le peuple devrait ramasser des pierres et le lapider.

— Je vais tâcher de m'approcher...

— Attendez-moi. On doit le huer là-bas... Je veux en être

Ces paroles coupées, pleines de ricanements, criées avec des gestes emportés,

retentissaient cruellement aux oreilles de
Marius. Une véritable épouvante s'emparait de lui et une sueur froide lui montait
au frond. Il avait peur, il ne raisonnait
plus.

Il se demandait avec angoisse quel pouvait être cet homme que la foule courait
insulter.

La foule se tassait, se pressait de plus
en plus. Le jeune homme comprit que jamais il ne pourrait trouer ce mur formidable. Alors il se décida à tourner la
place Royale. Il descendit lentement la
rue Vacon, prit la rue Beauveau, et déboucha sur la Cannebière. Là, un spectacle étrange l'attendait.

La Cannebière, dans toute sa longueur,
du port au cours Belzunce, était emplie
d'une foule immense qui augmentait à
chaque minute. De chaque rue descendaient des flots de peuple. La multitude
devenait de plus en plus serrée et violente.

Par instants, des souffles de colère couraient dans la foule, et alors des cris s'é-
lévaient et s'étendaient par larges clameurs, pareils aux grondements profonds
de la mer. Toutes les fenêtres se garnis-
saient de spectateurs; des gamins étaient
montés le long des maisons, s'accrochant
aux devantures des boutiques. Marseille
entier se trouvait là, et chaque curieux
tournait avidement les yeux vers le même
point. Il y avait sur la Cannebière plus de

soixante mille personnes qui regardaient et huaient un malheureux attaché au poteau infâme.

Lorsque Marius eut réussi à s'approcher, il comprit enfin quel était le spectacle qui attirait et retenait la foule. Au milieu de la Cannebière, en face de la place Royale, se dressait un échafaud fait de planches grossières.

Sur cet échafaud, un homme était lié à un poteau. Deux compagnies d'infanterie, un piquet de gendarmerie et de chasseurs à cheval entouraient la plate-forme et défendaient le condamné contre l'irritation croissante du peuple.

Marius ne vit d'abord que le misérable lié au pilori et dominant la foule. Une horrible anxiété lui fit chercher à apercevoir le visage du patient. Peut-être était-ce Philippe, peut-être M. de Cazalis avait-il réussi à faire avancer l'heure de l'exposition ? A cette pensée, la vue de Marius se troubla, il sentit des larmes lui emplir les yeux, et il eut devant ses regards comme un nuage épais qui l'empêchait de rien distinguer.

Il s'appuya contre une boutique, près de défaillir, frappé au cœur par chaque cri de la foule. Il en arriva, dans la fièvre qui le secouait, à croire qu'il avait réellement reconnu son frère sur l'échafaud et que c'était bien Philippe qui était là et que la multitude insultait. La honte, la douleur, la pitié qui le saisirent alors, mirent en lui une angoisse atroce. Pendant quelques minutes, il resta comme écrasé ; on ne peut analyser la souffrance, quand elle devient si aiguë et si profonde. Au bout d'un instant, le jeune homme eut le courage de relever la tête et de regarder le condamné.

Le malheureux était fortement lié au poteau. Il portait un pantalon et une veste de toile grise ; ces vêtements, larges et flottants, avaient un air lamentable. Sa tête était couverte d'une casquette dont il avait tiré la visière sur ses yeux. D'ailleurs, il tenait la tête obstinément baissée, dérobant ainsi ses traits aux curieux. Il avait la face tournée vers le port, et pas une fois il ne releva le front pour regarder la large mer qui s'étendait devant lui, libre et heureuse, avec une sorte d'ironie poignante.

Lorsque Marius eut de nouveau contemplé le patient, il lui prit des doutes, il se sentit soulagé. Cet homme paraissait deux fois plus gros que son frère.

Puis il connaissait Philippe, il savait qu'il n'aurait pas tenu la tête ainsi baissée et qu'il se serait fait un devoir de rendre à la foule mépris pour mépris. Cependant Marius avait toujours de vagues craintes ; cette tête baissée l'inquiétait ; il aurait voulu distinguer nettement les traits du condamné.

Autour du jeune homme, la foule continuait à jeter des paroles brèves, des exclamations, des mots de colère ou d'ironie.

— Eh ! lève donc la tête, coquin, criait-on, montre-nous ta face de scélérat!..

— Oh! il ne la lèvera pas, il se moque de nous, j'ai cru le voir sourire tout à l'heure...

— Enfin, le voilà réduit à l'impuissance. Il a les mains attachées, il ne pourra plus voler...

— Vous croyez cela, vous. . Il a failli voler sa grâce.,.

— Oui, oui, certaines gens, des gens riches, des gens pieux, ont cherché à lui éviter l'humiliation du poteau...

— Un pauvre diable n'aurait pas rencontré de pareilles sympathies...

— Mais le roi a tenu bon ; il a dit que le châtiment devait être le même pour les scélérats de toutes les classes...

— Oh! le roi est un brave homme...

— Hé! Douglas, coquin, cafard, voleur, hypocrite, tu ne feras plus tes farces, mon ami, tu n'iras plus dans les églises prier le bon Dieu de protéger tes escroqueries...

Marius respira. Les cris qu'il entendait autour de lui lui apprenaient enfin quel était le patient. Alors il reconnut Douglas, il vit distinctement la face pâle et grasse de l'ancien notaire. Mais, tout au fond de lui, il songeait à son frère, il se disait que lui aussi aurait peut-être à subir les ricanements et les huées de la foule.

La multitude grondait toujours.

— Il a ruiné plus de cinquante familles, le bagne est une peine trop douce pour lui...

— Marseille devrait se faire justice en le déchirant.

— Oui, oui, c'est cela, nous l'enlèverons et nous le tuerons, lorsqu'il va passer.

— Voyez donc comme il semble à son aise, là-haut.

— Il ne souffre pas assez, on aurait dû le pendre par les pieds.

— Ah! voilà le bourreau qui va le délier... Courons vite.

En effet, Douglas descendait de la plateforme. Il monta dans une petite charrette découverte, attelée d'un seul cheval, qui devait le reconduire à la prison. A ce moment, un grand mouvement eut lieu dans la foule. Tout le peuple se précipita, pour huer, tuer peut-être le misérable. Mais les soldats entouraient la charrette et les gendarmes à cheval galopaient, écartant les émeutiers.

Marius regarda une dernière fois le condamné avec une pitié profonde. Cet homme, certes, était un grand coupable, mais le calvaire de honte qu'il montait, faisait de lui plutôt un objet de commisération que de colère.

Le jeune homme était resté adossé à une boutique. Comme il regardait la

charrette s'éloigner, il entendit deux ouvriers qui passaient en disant :

— Nous reviendrons le mois prochain.
Tu sais, on doit exposer ce garçon qui a
enlevé une fille... — Ce sera bien plus
amusant.

— Ah! oui, Philippe Cayol.., Je l'ai
connu; c'est un grand gaillard... Il faudra savoir le jour exact pour ne pas manquer ce spectacle... Il y aura du tapage.

Les ouvriers s'éloignèrent. Marius resta pâle et brisé. Ces hommes avaient raison : dans un mois ce serait le tour de son
frère. Et il se disait que le hasard venait
de le faire assister à toutes les hontes
que Philippe aurait à subir. Il savait
maintenant quelles souffrances l'attendaient, il mettait l'amant de Blanche à
la place de Douglas et il s'imaginait l'horrible scène qui aurait lieu. Une angoisse
terrible le tint longtemps les yeux fermés, les oreilles pleines de bourdonnements : il voyait Philippe sur la plate-
forme, il entendait la foule rire et l'insulter.

XII

Comme Marius était appuyé contre la devanture de la boutique, les yeux à terre, douloureusement ému par le spectacle auquel il venait d'assister, il sentit une main se poser sur son épaule avec une brusquerie amicale.

Il leva la tête et vit devant lui le maître portefaix Sauvaire.

— Eh! mon jeune ami, que diable faites-vous là? s'écria ce dernier avec un gros rire... On dirait qu'on va vous attacher à ce poteau.

Et il désignait la plate-forme. Sauvaire était galamment habillé; il portait un pantalon et un paletot de drap fin, et son gilet, négligemment boutonné, laissait passer des bouts de chemise blanche. La lourde chaîne et les breloques massives de sa montre s'étalaient avec complaisance. Comme il était à peine dix heures, le maître portefaix se promenait en pantoufles, son feutre souple sur l'oreille et sa belle pipe d'*écume de mer* entre les dents. On sentait que le trottoir de la

Cannebière lui appartenait; il était là
comme chez lui, tenant le plus de place
possible, regardant les passants d'un air
familier et protecteur. Les deux mains dans
ses poches, élargissant son pantalon, les
jambes écartées, il examinait Marius avec
des regards de supériorité pleins de con-
descendance.

— Vous paraissez triste et malade, continua-t-il. Faites donc comme moi : por-
tez-vous bien, mangez et buvéz bien, me-
nez une joyeuse vie. Ah! moi, je ne sais
pas ce que c'est que le chagrin. Je suis
fort, j'ai un bon estomac, je puis dépenser
cent francs quand cela me plaît... Je sais
qu'il faut être riche pour faire comme
moi. Tout le monde n'est pas riche..

Il regardait Marius d'un air de pitié;
il le trouvait si chétif, si pâle, qu'il éprouvait une joie bête à se sentir gras et
rouge à côté de lui. Dans ce moment-là,
il aurait volontiers prêté mille francs au
jeune homme.

Marius n'écoutait pas son bavardage. Il
lui avait serré la main d'une façon dis-
traite, et était retombé dans ses pensées
noires. Il songeait avec désespoir que depuis trois mois il avait lutté vainement
et que sa tâche n'était pas même com-
mencée.

Le poteau qui se dressait devant lui attendait Philippe, et il lui semblait que
ses pieds étaient cloués sur le trottoir et
qu'il ne pouvait plus courir au secours de

7.

son frère. En ce moment, il se serait vendu pour avoir quelques milliers de francs, il aurait commis une lâcheté.

Sauvaire, ne recevant pas de réponse, continuait à bavarder. Il aimait à entendre le son de sa voix.

— Que diable! disait-il, un jeune homme doit s'amuser. Eh! pauvre vous, vous ne vous amusez pas assez, vous travaillez trop, mon jeune ami... Ah! il faut beaucoup d'argent : les plaisirs, c'est très cher. Moi, il y a des semaines où je dépense des centaines de francs... Vous ne pouvez pas vous amuser autant que moi, c'est impossible, je le sais; mais vous pourriez cependant rire un peu. Vous avez bien quelques sous, n'est-ce pas?..... Tenez, voulez-vous que je vous mène quelquefois, le soir, dans des endroits où vous ne vous ennuierez pas?

Le maître portefaix crut se montrer très généreux en faisant cette proposition à Marius. Il attendit un moment les remerciements du jeune homme. Puis, comme le pauvre garçon gardait toujours un silence désespéré, il lui prit le bras avec autorité et l'entraîna sur le trottoir.

— Je me charge de vous, s'écria-t-il, je vais vous lancer de la belle façon. Je veux que dans huit jours vous soyez presque aussi gai que moi... Je mange dans les meilleurs restaurants; j'ai pour maîtresses les plus jolies femmes de Marseille...

Vous voyez, je me promène tout le jour... Voilà une belle vie...

Il s'arrêta et se planta brusquement devant Marius, en se croisant les bras. Il reprit :

— Savez-vous à quelle heure je me suis couché?... A trois heures du matin!... Et savez-vous où j'ai passé la nuit?... Au cercle Corneille, où l'on jouait un jeu d'enfer. Imaginez-vous qu'il y avait là deux créatures ravissantes, des femmes qui avaient des robes de velours, avec des bijoux, avec des dentelles, avec des choses si chères qu'on n'oserait pas les toucher du bout des doigts... Clairon, une petite brune, a gagné plus de cinq mille francs.

Marius leva vivement la tête.

— Ah! dit-il d'une voix étrange, on peut gagner cinq mille francs dans une nuit?

Sauvaire éclata de rire.

— Bon Dieu! que vous êtes naïf, dit-il; j'ai vu gagner des sommes plus fortes. Il y a des gens qui ont de la chance... L'année dernière, j'ai connu un jeune homme qui a gagné seize mille francs en deux nuits... Il entre au cercle avec moi, il n'avait pas un sou sur lui. Je lui prête cinq francs, et, le lendemain, dans la nuit, il possédait seize beaux mille francs... Nous avons mangé cela ensemble. Seigneur! me suis-je amusé pendant un mois!

Des lueurs rouges passaient sur le vi-
ge de Marius. Il se sentait envahi par
un frisson chaud qui montait et lui brûlait la proitrine. Jamais il n'avait éprouvé
une émotion si poignante.

— Il faut faire partie d'un cercle, pour
jouer? demanda-t-il.

Le maître portefaix sourit et cligna les
yeux d'un air d'intelligence, en haussant
les épaules.

— Je croyais, reprit Marius, que les
étrangers ne pouvaient être introduits dans
un cercle, et que les membres seuls, ayant
payé une cotisation, avaient le droit d'y
jouer.

— Oui, oui, vous avez raison, répondit
Sauvaire en riant, les membres seuls ont
le droit de jouer...

Seulement ceux qui n'en ont pas le
droit, les étrangers, sont souvent en plus
grand nombre autour du tapis vert, et
jouent plus gros jeu que les membres.....
Comprenez-vous?

Ce fut Marius qui reprit le bras de Sauvaire. Ils firent quelques pas en silence,
puis le jeune homme demanda à son compagnon d'une voix sèche et comme étranglée :

— Pouvez-vous me conduire ce soir au
cercle Corneille?

— Bravo! s'écria le maître portefaix.
Nous allons rire. Allons, je vois que vous
commencez à comprendre la vie. Voyez-
vous, le vin, le jeu, les belles, je ne sors

pas de là, moi. Quand je vous ai vu si pâle,
je me suis dit : Voilà un gaillard qu'il faut
lancer. Tâchez de gagner de l'argent,
prenez vite une maîtresse, et vous en-
graisserez, que diable !... Certes, je vous
mènerai ce soir au cercle Corneille et je
vous ferai connaître Clairon.

Marius eut un mouvement d'impatience.
Il se souciait bien de Clairon. Une idée
fixe battait dans sa tête. Puisqu'on pouvait gagner seize mille francs au jeu, en
deux nuits, il voulait tenter la fortune et
demander au hasard la rançon de Philippe. Et il se disait que le ciel le proté-
gerait, qu'il sortirait du cercle les mains
pleines d'or.

Il s'était fait comme un détraquement
dans son intelligence droite et généreuse.

Sous les coups répétés du malheur,
l'esprit de justice et de sagesse qui était
en lui, venait de se voiler. Tout l'accablait. L'abbé Chastanier, en lui apprenant
les nouvelles démarches de M. de Cazalis,
lui avait porté le premier coup. Puis,
l'exposition de Douglas, ce spectacle terrible et cruel d'infamie, avait achevé de
le troubler, de le rendre fou, en étalant
sous ses yeux le châtiment ignoble réservé à son frère. A cette heure, il perdait la tête ; réduit à l'impuissance, ne
sachant à quelle porte frapper, dans ses
angoisses suprêmes, il songeait au jeu
comme à un moyen providentiel qui devait le tirer d'embarras ou le replonger

plus profondément dans le néant de son désespoir.

D'ailleurs, il agissait dans la fièvre, ne sachant plus ce qu'il faisait, obéissant aux instincts de la bête. Il regarda Sauvaire, en se demandant si c'était le ciel ou l'enfer qui venait de mettre cet homme sous ses pas, au moment où la pensée des démarches du député et du supplice de Philippe le torturait. Dans cet instant, il aurait tout accepté, il aurait combattu la mauvaise chance avec des armes criminelles. Il y a ainsi des heures de tentation où les plus belles âmes succombent; le dévouement devient aveugle parfois et pousse aux actions basses.

Marius sentait bien qu'il se salissait la pensée et le cœur en allant dans un tripot; mais la folie était entrée en lui, son impuissance l'irritait, il voulait en finir d'un seul coup et il jetait un défi à la fortune.

— Eh bien, c'est entendu, reprit Sauvaire en le quittant; où vous trouverai-je, ce soir?

— Je serai ici, sur la Cannebière, à dix heures, répondit Marius.

Il quitta le maître portefaix et se rendit à son bureau. Jamais il ne s'était trouvé dans un pareil état d'exaltation. Il passa une journée terrible, secoué par la fièvre, la tête brûlante, les yeux vagues, pensant, avec des désirs âpres, à la nuit qu'il allait passer. Il rêvait tout éveillé, voyant l'or s'amonceler devant lui, croyant déjà être riche et s'imaginant que son frère était libre.

Le soir, il alla chez Fine, comme à l'ordinaire, vers huit heures. La jeune fille sentit que ses mains brûlaient.

— Qu'avez-vous donc? lui demanda-t-elle avec inquiétude.

Il balbutia, et se sauva en disant :

— Ne me questionnez pas!... Philippe sera libre et nous vivrons tous heureux.

Il passa chez lui, prit cent francs qu'il avait économisés sou à sou, et alla retrouver Sauvaire A dix heures, ils entraient tous deux au cercle Corneille.

XIII

LES TRIPOTS MARSEILLAIS

Avant de raconter le nouvel épisode de ce drame, avant de montrer Marius dans toutes les angoisses du jeu, il est nécessaire d'expliquer les causes qui ont multiplié les tripots dans Marseille. Celui qui écrit ces lignes voudrait pouvoir étaler, dans toute sa nudité hideuse, la plaie dévorante qui ronge une des villes les plus riches et les plus vivantes de la France. On lui pardonnera la courte digression qu'il va se permettre, en songeant à l'utilité du but qu'il se propose.

On a remarqué que la passion du jeu désolait surtout les grands centres de commerce.

Lorsqu'une population entière est livrée à une spéculation effrénée, lorsque toutes les classes d'une ville trafiquent du matin au soir, il est presque impossible que ce peuple de commerçants ne se jette pas dans les émotions poignantes du jeu. Le jeu devient alors une spéculation qui s'ajoute aux autres; on trafique sur le hasard, on continue la nuit la besogne du

jour; pendant le jour, on a tâché d'augmenter sa fortune en vendant des marchandises quelconques, et, pendant la
nuit, on tâche d'augmenter le gain du
jour en le hasardant sur le tapis vert.
S'il est vrai que le commerce est souvent
un jeu de hasard, les commerçants peuvent croire qu'ils ne changent pas de milieu en passant de leur comptoir dans le
tripot voisin.

D'ailleurs, la fièvre commerciale est
contagieuse. A Marseille, en face de certaines grandes fortunes gagnées en quelques années par des négociants, il n'est pas
un jeune homme qui ne rêve une pareille
aubaine. Tout le monde veut entrer dans
le négoce, la ville entière est une énorme
banque où l'on ne vit que pour battre
monnaie. Allez sur le port, allez dans
tous les endroits où va la foule : vous
n'entenderez parler que d'argent, vous
vous croirez dans un immeuse bureau où
toutes les conversations sont hérissées de
chiffres.

La grande affaire est, lorsqu'on a dix
francs dans sa poche, d'en gagner vingt,
trente, quarante. Ceux qui ont de gros capitaux jouent à la Bourse, achètent et re-
vendent des marchandises. Mais les pauvres, ceux qui ne possèdent que quelques
francs, s'adressent au jeu ; n'ayant pas le
moyen de tenter de vastes entreprises, ils
contentent leur besoin de spéculation en
spéculant sur le hasard ; c'est là un moyen

de faire fortune ou de se ruiner, à la portée de tout le monde, moyen facile et
prompt, négoce étrange, plein d'émotions
cuisantes.

Le joueur est un spéculateur qui vit
dans une nuit toute une existence haletante, qui éprouve les anxiétés, les
espérances et les désespoirs d'un négociant Dans une ville comme Marseille,
l'argent règne en souverain maître; où la
population est secouée par une terrible
fièvre commerciale, le jeu devient une
nécessité, une sorte de banque ouverte
à tous, dans laquelle chacun, le pauvre et
le riche, vient risquer ses gros sous ou
ses pièces d'or.

Ajoutez à cela que les riches, ceux qui
remuent l'argent à la pelle, ceux qui gagnent en une journée des sommes énormes, ne tiennent guère à cet or qu'ils en-
tassent si facilement. Un ouvrier regarde
avec dévotion la pièce de cinq francs
qu'on lui remet le soir; il a sué sang et
eau pour gagner cette pièce, elle représente pour lui un labeur accablant, de
longues heures de fatigue; il faut qu'il
vive avec cet argent, et, pour toutes ces
raisons, il le considère avec respect et ne
le jette pas par la fenêtre. Mais un négociant, un agioteur qui, tout en restant
assis dans son bureau, se trouve avoir
gagné le soir plusieurs centaines de
francs, ne craint pas de laisser tomber
quelques pièces de vingt francs en met-

tant son gain dans sa poche. Il sait que le
lendemain il en gagnera sans doute autant; il est encore jeune et il veut jouir
de la vie; il est demeuré enfermé pendant plusieurs heures, il a besoin de plaisirs bruyants, le soir, d'émotions fortes.
Alors il jette son argent dans les restaurants, dans les cafés, sur les tapis
verts; il dépense cet argent aussi facilement qu'il l'a gagné.

Une ville commerciale est presque forcément joueuse et débauchée. Dans ce
grand ruissellement des fortunes, dans
ce souffle brûlant du négoce qui pénètre
au fond de toutes les maisons, il y a des
heures de folie, des besoins impérieux de
jouissance. Par moments, ce peuple est
aveuglé par l'éclat de l'or; il se rue dans
la débauche comme il s'était rué dans les
affaires. Et la fièvre secoue la ville d'un
bout à l'autre; les petits et les grands, les
riches et les pauvres, sont agités du
même frisson, du même besoin de perdre
ou de gagner de l'or, jusqu'à la ruine ou
jusqu'au million.

On comprend l'existence, j'allais dire la
nécessité des tripots dans Marseille. Dernièrement, on comptait plus de cent tripots, et le nombre augmente tous les
jours. La police est vaincue par la rage
des joueurs. Lorsqu'on découvre et qu'on
ferme une maison de jeu, il s'en ouvre
deux autres à côté. Pour couper le mal
dans sa racine, il faudrait apaiser la fiè-

vre qui agite toute la population. D'ailleurs, à mon sens, le mal est irremédiable ; on peut tuer l'homme, mais on ne tue pas ses passions.

La police a une action directe sur les tripots ; elle ferme tous ceux qu'elle peut découvrir. Mais son action devient difficile à exercer dans les cercles qui, parfois, se changent en de véritables maisons de jeu. Les joueurs sont inventifs, pour contenter leur passion ; ils tâchent de mettre la loi de leur côté. Ici, entendons-nous, dans ce que je vais dire, je n'ai nullement la pensée d'attaquer certains cercles honorables de Marseille ; je veux seulement me faire l'historiographe de ces cercles honteux, fréquentés par des escrocs et que le sang d'un suicide a parfois souillés affreusement.

Voici comment un cercle se fonde ; quelques personnes demandent l'autorisation de se réunir le soir dans un local désigné, pour causer entre elles, pour boire et même jouer à des jeux permis : chaque membre doit verser une cotisation, et il est défendu d'introduire des étrangers, c'est-à-dire de tenir une table de jeu ouverte à tout venant. Et, maintenant, voici ce qui arrive : au bout de quelques mois, on ne cause plus, on ne boit plus, on passe des nuits entières devant le tapis vert ; les mises, qui étaient d'abord très faibles, ont monté peu à peu, et il est aisé de se ruiner en quelques nuits ; la discipline s'est relâchée, entre qui veut, il y a plus d'étrangers dans le cercle que de membres, les femmes elles-mêmes sont admises, les filous se présentent bientôt pour dépouiller les joueurs novices, et cela dure jusqu'au moment où la police fait une descente et ferme le cercle. Deux mois plus tard, le cercle se rouvre plus loin, la farce recommence et a le même dénouement.

C'est là une des plaies vives de Marseille, plaie dévorante qui s'étend chaque jour. Les cercles tendent à devenir des tripots, des gouffres où s'engloutissent la fortune et l'honneur des imprudents qui s'y hasardent. Et une fois qu'on a goûté aux joies cuisantes du jeu, tous les autres plaisirs paraissent fades ; on y brûle jusqu'à la dernière goutte de son sang, on y perd jusqu'au dernier sou de sa bourse.

Il ne se passe pas de semaine sans qu'il n'y ait un nouveau sinistre, sans qu'une nouvelle plainte ne soit adressée au parquet. Toute la ville souffre des angoisses du jeu, et toute la ville se précipite dans les tripots.

Ce sont des négociants qui se ruinent autour du tapis vert ; ils viennent là compromettre les intérêts de leurs clients, ils dévorent d'abord leur gain, ils entament ensuite les capitaux qu'on a confiés à leur probité commerciale ; puis, ils sont obligés de se mettre en faillite, et ils entraî-

nent dans leur ruine ceux qui ont eu foi
en leur honnêteté.

Ce sont de petits employés qui ont des
appétits de luxe et de débauche, et que la
modicité de leurs appointements empêche
de contenter leurs passions ; ils voient
autour d'eux les gens riches se vautrer
dans les jouissances, avoir des maîtresses,
s'étaler dans des voitures, épuiser les
joies bruyantes de la vie ; une [atroce ja-
lousie les prend à la gorge, ils ont l'âpre
désir de mener une pareille existence de
fêtes et de plaisirs ; alors, pour se procurer de l'argent, ils jouent ; ils jouent
d'abord leurs appointements, puis, quand
la chance leur est contraire, ils volent
leurs patrons, ils entrent dans le crime et
en sortent perdus et infâmes.

Ce sont encore des jeunes gens, de
pauvres garçons naïfs, tout frais sortis du
collége, que dépouillent d'habiles fripons,
et qui plongent leur famille dans le désespoir ; s'ils gagnent, ils se jettent dans
le vice, ils se traînent dans la débauche ;
s'ils perdent, ils font des dettes, ils sous-
crivent des billets à des usuriers, et ils
gaspillent à l'avance la fortune qu'ils auraient possédée plus tard.

On racontait dernièrement une histoire
caractéristique. Un employé qui avait reçu de son patron quelques milliers de
francs pour aller payer à la douane le
droit d'entrée de certaines marchandises,
se rendit le soir dans un cercle et perdit

au baccarat l'argent qui lui avait été confié. Ce fut la folie d'un instant; l'employé
était un honnête garçon qui avait eu un
accès de fièvre. Le patron menaça de porter plainte. A cette nouvelle, les membres
du cercle s'assemblèrent et décidèrent
qu'ils rembourseraient eux-mêmes au patron la somme détournée par le commis.

Lorsqu'ils eurent payé, le commis signa
un billet à l'ordre du caissier du cercle,
et le caissier n'a jamais poursuivi le payement de ce billet que le pauvre employé
n'a pas pu payer.

Cette bienveillance des joueurs n'est-
elle pas un aveu? Ils ont compris qu'ils
étaient tous coupables solidairement du
détournement commis, et ils ont étouffé
l'affaire pour que la justice ne vînt pas les
accuser et les déranger dans l'assouvis-
sement de leur passion.

C'est dans ce monde frappé de folie, au
milieu de ces joueurs fiévreux et lâchement emportés par leurs instincts, que Sauvaire introduisit Marius.

XIV

Le cercle Corneille était un de ces espèces de tripots autorisés, dont il a été question dans le précédent chapitre. En principe, il devait être uniquement composé de membres admis à la majorité des voix et payant une cotisation de 25 francs. Mais, en réalité, tout le monde pouvait y entrer et y jouer. Pour sauvegarder les apparences, dans les commencements, on se contentait d'afficher sur une glace les noms des nouveaux venus; ou bien on exigeait des étrangers une carte d'introduction fournie par un des membres.

Bientôt, on n'avait plus demandé de carte, on ne s'était plus donné la peine d'afficher les noms. Entrait qui voulait.

Certes, le maître portefaix était un honnête homme; il était incapable de commettre une action basse. Mais l'habitude des plaisirs lui avait fait contracter d'étranges amitiés. Il disait naïvement qu'il aimait mieux vivre avec les fripons qu'avec les honnêtes gens; ces derniers l'ennuyaient, et les fripons le faisaient rire; il cherchait d'instinct les mauvaises so-

ciétés où il pouvait se débrailler à son
aise et s'amuser comme il l'entendait,
c'est-à-dire en faisant un tapage de tous
les diables. D'ailleurs, sous son air bonhomme, il cachait une ruse et une prudence rares ; jamais il ne se compromettait, jouant peu, s'éloignant dès qu'il courait un danger quelconque. Il n'ignorait
pas l'indignité de la plupart des habitués
du cercle Corneille ; il y allait parce qu'il
trouvait là des femmes faciles et qu'il
pouvait y contenter ses appétits de parvenu.

Sauvaire et Marius montèrent un escalier étroit et arrivèrent, au premier étage,
dans une vaste salle où étaient rangées
une vingtaine de petites tables de marbre ; contre les murs, se trouvaient des
divans en velours rouge, et, au milieu,
traînaient des chaises de paille ; on eût
dit une salle de café. Au fond, était une
grande table, recouverte de drap vert et
sur laquelle des bandes de soutache rouge
dessinaient deux carrés ; au centre, il y
avait une corbeille pour recevoir les cartes dont on s'était servi. C'était la table
de jeu. Des siéges entouraient cette table.

Marius, en entrant, jeta un regard effaré dans la salle. Il suffoquait, comme
un homme qui vient de tomber à l'eau et
que les vagues étouffent. On aurait dit
qu'il entrait dans un antre, dans une caverne où des bêtes féroces allaient le dévorer. Son cœur battait à grands coups,
ses tempes se couvraient de sueur. Une

sorte de timidité, mêlée de répugnance, le tenait immobile, gauche, l'air embarrassé.

Il n'y avait presque personne dans la salle. Quelques hommes buvaient. Deux femmes causaient vivement et à voix basse dans un coin. La table de jeu restait noire et déserte au fond, le long du mur, car on n'avait pas encore allumé les becs de gaz qui descendaient au milieu du tapis vert. Peu à peu, Marius reprit son assurance ; mais la fièvre battait toujours dans ses veines.

— Que voulez-vous prendre? lui demanda Sauvaire.

— Je ne sais pas, répondit machinalement le jeune homme, qui regardait la table de jeu avec une curiosité effrayée.

Le maître portefaix fit servir de la bière ; il s'étendit de tout son long sur un divan et alluma un cigare.

— Ah! voilà Clairon et son amie Isnarde, s'écria-t-il tout à coup en apercevant les deux filles qui causaient dans un coin... Voyez donc quels amours de femmes. Hein! qu'en dites-vous? Il vous faudrait des petites comme cela pour vous consoler de vos chagrins.

Marius regarda les filles. Clairon portait une vieille robe de velours noir, tachée et éraillée ; elle était petite, brune, fanée ; son visage pâle et souillé de plaques jaunes avait un air de lassitude qui faisait peine à voir. Isnarde, grande, sèche, paraissait plus vieille et plus usée encore; son corps maigre semblait vouloir percer par endroits sa robe de soie déteinte. Marius ne s'expliqua pas l'admiration passionnée de Sauvaire pour ces misérables créatures. Il détourna la tête et fit un geste de dégoût; le frais visage de Fine venait de lui apparaître, et il était honteux de se trouver dans un pareil endroit. La pensée du salut de son frère seule le soutenait.

Les deux filles auxquelles les éclats de voix de Sauvaire avaient fait tourner la tête, se mirent à rire.

— Oh! ce sont des luronnes, murmura le maître portefaix, on ne s'ennuie pas avec elles... Si vous voulez, nous les emmènerons, ce soir?

— Est-ce qu'on ne va pas jouer? demanda Marius d'une voix brusque, en interrompant son compagnon.

— Bon Dieu! comme vous êtes pressé! reprit Sauvaire qui s'étalait davantage pour attirer l'attention des filles... Parbleu oui, on va jouer, on jouera jusqu'à demain matin, si vous le voulez... Que diable! vous avez bien le temps... Voyez donc comme Clairon et Isnarde me regardent...

Peu à peu, les habitués arrivaient. Un garçon alluma le gaz, et plusieurs joueurs allèrent s'asseoir autour de la table de jeu. Les deux filles se mirent à tourner dans la salle, en adressant des sourires aux hommes qu'elles connaissaient; elles finirent pas s'asseoir près du banquier qui tenait les cartes, espérant, sans doute, glaner quelques pièces de vingt francs. Sauvaire consentit alors à se rapprocher des joueurs.

Marius se tint un instant debout, étudiant le jeu. Il se pencha vers son compagnon et lui dit :

— Veuillez m'expliquer comment il faut s'y prendre.

Le maître portefaix s'égaya beaucoup de la naïveté du jeune homme.

— Mais, mon bon, lui répondit-il, rien n'est plus facile. D'où sortez-vous donc? Tout le monde connaît le baccarat... Tenez, asseyez-vous là... Mettez votre mise sur ce tableau ou sur l'autre, dans un de ces carrés entourés d'une bande rouge... Vous voyez, le banquier se sert de deux jeux de couleurs différentes et de cinquante-deux cartes chacun; il donne deux cartes à chaque tableau, et s'en donne deux à lui-même... Les dix et les figures ne comptent pas; le plus haut point est neuf, et il faut tâcher d'approcher le plus près possible de ce point... Si vous avez plus que le banquier, vous gagnez; si vous avez moins que lui, vous perdez... Voilà tout.

— Mais, dit Marius, je vois certains joueurs demander une carte.

— Oui, ajouta Sauvaire, on a la faculté d'échanger une carte pour arranger son jeu... Souvent ou le dérange... Je vous conseille de toujours vous tenir à six; c'est un joli point.

Marius s'assit devant la table.

— Vous ne jouez pas? demanda-t-il encore à Sauvaire.

— Ma foi non, répondit le maître portefaix, j'aime mieux rire avec Clairon.

Et il alla rôder autour de la petite brune. La vérité était qu'il ne se souciait pas de risquer son argent. Il trouvait le jeu trop dévorant. Pour lui, les émotions du gain et de la perte étaient trop rapides; il aimait les joies solides et durables.

Le banquier battait les cartes.

— Faites votre jeu, messieurs, dit-il.

Marius posa, en frissonnant, cinquante francs sur le tapis. Il avait décidé qu'il jouerait ses cent francs en deux coups.

Des lueurs rouges passaient devant ses yeux; il entendait en lui une sorte de grondement qui l'étourdissait; ses oreilles tintaient et sa vue devenait trouble. Ses sensations étaient si violentes qu'elles lui déchiraient la chair.

— Rien ne va plus ! dit le banquier.

Et il donna les cartes. C'était à Marius à les relever. Il les prit et les regarda d'un air hébété. Il avait cinq. Il demanda des cartes et n'eut plus que quatre. On abattit les jeux. Le banquier avait trois. Uu murmure d'étonnement courut autour de la table. Marius avait gagné.

A partir de ce moment, le jeune homme

ne s'appartint plus. Il vécut comme dans un rêve. Pendant plus de cinq heures, il resta là, abattu, écrasé, endormi par la monotonie du jeu, gagnant toujours, ne perdant que pour gagner plus encore. Il jouait avec une audace qui faisait trembler les joueurs, et il gagnait contre toutes les probabilités, il mettait à sec les banquiers qui se succédaient.

Il avait à côté de lui un homme âgé qui le regardait d'un air stupéfait et envieux. Cet homme finit par se pencher vers lui et par lui demander à voix basse :

— Monsieur, seriez-vous assez bon pour me dire quelle est votre *mascotte* ?

Marius n'entendit pas. Une *mascotte*, dans l'argot des joueurs provençaux, est une sorte de talisman qui protége contre la mauvaise chance celui qui le possède. Tous les joueurs sont plus ou moins superstitieux. Chacun d'eux invente une petite divinité protectrice, un moyen de fixer la fortune.

Le vieux monsieur parut blessé du silence de Marius.

—Je ne crois pas avoir été indiscret, reprit-il ; j'aurais été curieux de savoir ce qui peut vous donner une pareille veine... Moi, je ne me cache pas ; voici ma *mascotte...*

Il se découvrit et montra dans le fond de son chapeau une image de la Vierge. Si Marius avait eu son sangfroid, il aurait souri ou se serait indigné peut-être. Mais

il était tout énervé par plusieurs heures
de jeu, il fit un geste d'impatience et continua à empiler l'or devant lui, sans prononcer une seule parole.

Sauvaire, émerveillé de la chance de
son compagnon, était venu se placer derrière sa chaise. Il aimait mieux voir jouer
que de jouer lui-même.

La vue de grosses sommes d'argent
étalées sur une table de jeu le réjouissait, lorsqu'il ne courait pas le risque de
perdre. Clairon et Isnarde l'avaient suivi
et s'appuyaient familièrement sur le dos-
sier du siége de Marius. Elles se penchaient vers le jeune homme, elles lui
souriaient et le caressaient du regard.
Pareilles à des oiseaux de proie, elles
étaient accourues à l'odeur de l'or.

Cinq heures sonnèrent. Un jour blafard
entrait par les croisées. Les joueurs s'en
étaient allés un à un. Marius finit par se
trouver seul. Il avait dix mille francs de
gain devant lui.

Le jeune homme serait resté devant la
table de jeu jusqu'au soir, jusqu'au lendemain, sans en avoir conscience, sans se
plaindre de la fatigue qui l'accablait.
Pendant plus de cinq heures, il avait joué
machinalement, n'ayant qu'une idée dans
la tête, celle de gagner, de gagner toujours. Il aurait voulu en finir d'un seul
coup, gagner en une nuit la somme qui
lui était nécessaire, et ne plus remettre
les pieds dans le tripot.

Lorsqu'il se trouva seul devant la table, abruti, aveuglé, le corps brisé par l'émotion et la lassitude, il fut désespéré, il chercha quelqu'un du regard pour jouer encore. Il venait de compter la somme qu'il avait gagnée, et il savait qu'elle montait à dix mille francs seulement.

Il lui fallait cinq autres mille francs. Il aurait donné tout au monde pour que le jour ne fût pas venu. Peut-être alors aurait-il eu le temps de compléter la rançon de Philippe. Et il était là, regardant ses pièces d'or, les mettant lentement dans sa poche, pliant un à un les billets de banque, cherchant dans la salle un joueur attardé.

Il y avait à une petite table, près de lui, un homme qui avait regardé jouer toute la nuit sans jouer lui-même. Quand il avait vu que Marius gagnait, il s'était rapproché de lui et ne l'avait plus quitté du regard. Il semblait attendre. Il laissa les joueurs s'en aller un à un, couvant Marius des yeux, étudiant la fièvre qui l'agitait, le guettant comme on guette une proie assurée.

Au moment où le jeune homme, contrarié et tout frissonnant, allait se décider à partir, l'inconnu se leva vivement et s'approcha.

— Monsieur, demanda-t-il à Marius, voulez-vous jouer une partie d'écarté avec moi?

Marius allait accepter avec joie, lorsque

Sauvaire qui le suivait pas à pas, le saisit
par le bras et lui dit à voix basse :

— Ne jouez pas.

Le jeune homme se tourna et questionna du regard le maître-portefaix.

— Ne jouez pas, reprit celui-ci, si vous
tenez à garder les dix mille francs que
vous avez dans votre poche... — Pour
l'amour de Dieu, refusez et venez vite...
Vous me remercierez ensuite.

Marius avait bien envie de ne pas écouter Sauvaire ; mais le maître portefaix le
tirait peu à peu vers la porte, et, le
voyant hésiter, il se chargea de répondre pour lui :

— Non, non, monsieur Félix, dit-il à
l'homme qui offrait de jouer à l'écarté,
mon ami est fatigué, il ne peut rester
plus longtemps... Au revoir, monsieur
Félix !

M. Félix parut fort ennuyé de cette réponse. Il regarda fixement Sauvaire, comme pour lui dire : — De quoi diable vous
mêlez-vous ? Puis il tourna sur ses talons,
siffla entre ses dents et murmura :

— Allons ! j'ai perdu ma nuit.

Sauvaire n'avait pas lâché Marius.
Quand ils furent tous deux dans la rue, le
jeune homme demanda d'un ton fâché à
son compagnon :

— Pourquoi m'avez-vous empêché de
jouer ?

— Eh ! pauvre innocent, répondit le
maître portefaix, parce que j'ai eu pitié

de vous, parce que je n'ai pas voulu que ce cher M. Félix vous gagnât vos dix mille francs.

— Cet homme est donc un fripon?

— Oh! non, il reste dans les strictes lois de l'honnêteté.

— Alors, j'aurais gagné.

— Non, vous auriez perdu... Les calculs de M. Félix sont certains... Voici comment il procède. Il ne joue jamais pendant la nuit. Vers le matin, lorsque les joueurs sont tout secoués par la fièvre, il s'adresse à un d'eux et le fait asseoir à une table d'écarté. Il ne s'agit plus d'un jeu de hasard, il s'agit d'un jeu où l'on a besoin de toute son intelligence et de tout son sang-froid. M. Félix est calme, prudent, il a la tête fraîche et reposée ; son adversaire est fiévreux, aveuglé, il ne voit plus même ses cartes, et en quelques coups il est dépouillé le plus honnêtement du monde.

— Je comprends, je vous remercie.

— M. Félix a déjà gagné une véritable fortune en mettant chaque nuit son système en pratique... D'ailleurs, je vous le répète, il joue en parfait honnête homme... Seulement il s'arrange de façon à ce que ses adversaires jouent toujours en parfaits imbéciles. Et voilà comme quoi les gens habiles réussissent... Si j'étais à sa place, je prendrais un brevet d'invention.

Marius restait silencieux. Les deux hommes s'étaient arrêtés au milieu de la rue déserte, en face de la porte du cercle

Corneille. Le temps était gris et pluvieux, des odeurs fades traînaient sur les pavés, et le vent du matin avait une fraîcheur pénétrante.

Boutonnés jusqu'au menton, frissonnants tous deux, Marius et Sauvaire se courbaient et chancelaient comme des hommes ivres ; leur face pâle, leurs yeux vagues disaient clairement aux rares promeneurs la nuit honteuse qu'ils venaient de passer.

Comme Marius allait s'éloigner, il sentit un bras se glisser sous le sien. Il se tourna et reconnut Isnarde. Clairon venait de prendre le bras de Sauvaire. Les deux femmes n'avaient pas quitté ces hommes qui sentaient l'or ; elles les avaient suivis, affamées à la pensée des dix mille francs que Marius portait sur lui, se promettant bien de prendre leur part de cette somme.

Le jeune homme leur paraissait être un grand innocent dont elles auraient facilement raison et qu'elles dépouilleraient à leur aise.

Isnarde eut un éclat de rire épais, et dit d'une voix légèrement avinée :

— Est-ce que vous allez déjà vous coucher, messieurs ?

Marius retira vivement son bras, avec un dégoût qu'il ne prit pas la peine de cacher.

— Mes amours, répondit Sauvaire, je veux bien vous payer à déjeuner... Hein !

promettez-moi d'être bien amusantes...
Venez-vous, Marius ?

— Non, répondit brusquement le jeune
homme.

— Ah ! monsieur, ne vient pas, dit alors
Clairon d'une voix traînante, ah ! c'est en-
nuyeux... Il nous aurait payé du champagne... Il nous doit bien cela.

Marius fouilla dans ses poches, en tira
deux poignées d'or et les jeta presque à
la face de Clairon et d'Isnarde. Les femmes empochèrent l'argent sans se fâcher
le moins du monde.

— A ce soir, dit Marius à Sauvaire.

— A ce soir, répondit le maître portefaix.

Il prit une des deux femmes à chacun
de ses bras, et s'en alla ainsi en chantant,
en riant aux éclats, en faisant un bruit
d'enfer dans la rue silencieuse.

Marius le regarda s'éloigner, puis il
gagna, en se traînant le long des murs,
sa petite chambre paisible de la rue Sainte. Il était six heures du matin. Il se coucha et s'endormit d'un sommeil de plomb.
Il ne se réveilla qu'à deux heures.

En ouvrant les yeux, il aperçut sur sa
commode l'argent qu'il avait gagné. Les
reflets fauves qui couraient sur les pièces
d'or l'effrayèrent presque ; tout d'un coup,
il se rappela avec une netteté étrange la
nuit qu'il avait passée ; il se souvint des
plus minces détails, et une émotion poignante le prit à la gorge. Il eut peur d'ê-
tre devenu joueur, car sa première pen-

sée, au réveil, avait été qu'il retournerait
le soir au tripot et qu'il gagnerait encore. A cette pensée, il y avait eu.en lui
des frissons, des brûlures, toute une volupté cuisante.

Et il se répétait : « Non, ce n'est pas
vrai, je ne puis avoir cette horrible passion, je ne puis être devenu joueur du
soir au lendemain ; je joue pour délivrer
Philippe, je ne joue pas pour moi. » Il
n'osa s'interroger davantage.

Puis la pensée de Fine lui vint. Alors
il se retint pour ne pas éclater en sanglots. Il se dit qu'il avait déjà dix mille
francs et qu'il pouvait se dispenser de retourner au tripot ; il trouverait aisément
cinq mille francs, il ne courrait pas le risque de perdre ce qu'il avait gagné.

Il s'habilla et descendit dans la rue. Sa
tête éclatait. Il ne songea pas même à aller à son bureau. Il entra dans un restaurant et ne put manger. Tout tournait devant lui, et, par moments, il étouffait,
comme si l'air lui eût manqué tout à
coup. Quand la nuit fut venue, machinalement, pas à pas, il se rendit au cercle
Corneille.

XV

COMME QUOI MARIUS EUT DU SANG SUR LES
MAINS

En entrant dans la salle, Marius aperçut à une table Sauvaire entre Clairon et Isnarde. Le maître portefaix n'avait pas quitté les deux filles depuis le matin. Il se leva et vint serrer la main du jeune homme.

— Ah ! mon ami, dit-il, que vous avez eu tort de ne pas venir avec nous... Nous nous sommes amusés comme des bossus... Ces filles sont d'un drôle !... Elles feraient rire des pierres... Voilà comme j'aime les femmes, moi !

Il entraîna Marius à la table où Clairon et Isnarde buvaient de la bière. Le jeune homme s'y assit d'assez mauvaise grâce.

— Monsieur, lui dit Isnarde, voulez-vous que je m'associe avec vous, ce soir ?

— Non, répondit-il sèchement.

— Il fait bien de refuser, cria Sauvaire d'une voix bruyante. Vous voulez le faire perdre, ma chère... Vous connaissez le proverbe : Heureux en amour, malheureux au jeu. Et il ajouta à voix basse, en s'adressant à son compagnon :

— Pourquoi ne la prenez-vous pas pour maîtresse?... Vous ne voyez donc pas les regards qu'elle vous lance.

Marius, sans répondre, se leva et alla s'asseoir devant la table de jeu. Une partie s'organisait, et il avait hâte de retrouver les émotions de la veille.

Il voulut suivre la même tactique. Il mit cinquante francs sur le tapis, et les perdit; il mit cinquante autres francs, et les perdit encore.

Les joueurs sont justement fatalistes; ils savent par expérience que le hasard a ses lois comme toutes les choses de ce monde; qu'il travaille parfois toute une nuit à la fortune d'un homme, et que souvent, le lendemain, il travaille à sa ruine, avec le même entêtement. Il arrive toujours un moment où la chance tourne, où celui qui a gagné pendant une longue série de coups, perd pendant une nouvelle série toute aussi longue. Marius en était à un de ces moments terribles.

Il perdit à cinq reprises. Sauvaire, qui s'était approché et qui suivait son jeu, se pencha vers lui et lui dit rapidement :

— Ne jouez pas ce soir, vous n'êtes pas en veine... Vous allez perdre tout ce que vous avez gagné hier.

Le jeune homme haussa les épaules avec impatience. Sa gorge se séchait et la sueur montait à son front.

— Laissez-moi, répondit-il brusquement, je sais ce que je fais... Je veux tout ou rien.

— A votre aise, reprit le maître porte-faix. Je vous ai averti... J'ai acquis quelque expérience depuis plus de dix ans que je joue et que je vois jouer. Dans quelques heures, mon bon, vous n'aurez plus un sou... C'est toujours comme ça que ça arrive.

Il prit une chaise et s'assit derrière Marius, voulant assister à la réalisation de ses prédictions. Clairon et Isnarde, qui espéraient glaner quelques pièces d'or comme la veille, vinrent également se placer auprès du jeune homme. Elles riaient, elles faisaient les belles, et Sauvaire, par instants, plaisantait bruyamment avec elles. Ces éclats de rire, ces ricanements qu'il entendait derrière lui, exaspéraient Marius. Il fut deux ou trois fois sur le point de se retourner et d'envoyer Sauvaire et les filles au diable. Désespéré de perdre, énervé par les coups étranges et terribles que lui portait le hasard, il sentait monter en lui une colère qu'il aurait voulu soulager sur quelqu'un.

Il avait d'abord joué comme la veille, avec audace et décision, risquant les coups de cinq, comptant sur sa bonne chance. Mais sa bonne chance l'avait abandonné, l'audace ne lui réussissait plus. Il voulut alors procéder en toute prudence; il rusa ave le hasard, il calcula les probabilités, il joua enfin en joueur habile. Il perdit tout aussi souvent. A plusieurs reprises, il eut huit et le banquier eut neuf. La fortune semblait prendre un âpre plaisir à dépouiller celui qu'elle avait comblé de ses faveurs. C'était bel et bien un combat à outrance, et, à chaque lutte nouvelle, à chaque coup de cartes, Marius était vaincu. Au bout d'une heure, il avait déjà perdu quatre mille francs.

Sauvaire chantonnait derrière lui;

— Qu'est-ce que j'avais dit ?... Je le savais bien !

Et Clairon et Isnarde, qui voyaient se fondre les pièces d'or sur lesquelles elles comptaient, commençaient à railler le jeune homme et à chercher du regard un joueur plus heureux.

Marius, éperdu, voyant le gouffre ouvert devant lui, se tourna vers Sauvaire et lui dit d'une voix étranglée :

— Vous qui savez jouer, faites-moi jouer.

— Oh ! répondit le maître portefaix, vous joueriez comme un ange, que vous perdriez... Le hasard est aveugle, voyez-vous, il va où il veut, jamais on ne le dirige... Vous feriez mieux de vous retirer.

— Non, non, je veux en finir.

— Eh bien ! essayons... Jouez la série.

Marius joua la série. Coup sur coup, il perdit cinq cents francs.

— Ah ! diable ! dit Sauvaire... Jouez l'intermittence alors.

Marius joua l'intermittence. Il perdit encore.

— Je vous ai averti, je vous ai averti, répétait le maître portefaix... Essayez une martingale.

Marius essaya une martingale et ne fut pas plus heureux.

— C'est à devenir fou, s'écria-t-il avec emportement.

— Ne jouez plus, dit Sauvaire.

— Si, je veux jouer, je jouerai jusqu'à la fin.

Le maître portefaix se leva en sifflant entre ses dents.

Il ne pouvait comprendre l'entêtement nerveux de son compagnon, lui qui ne hasardait jamais plus de cent francs sur un tapis vert.

— Tenez, reprit-il, le banquier a brûlé la main et se retire... Prenez sa place... Cela fera peut-être tourner la veine.

Marius prit la place du banquier. Il paya deux francs le jeu de cartes qu'on lui remit et glissa un franc dans la cagnotte, selon l'usage du cercle. Il battit les cartes et les présenta ensuite aux joueurs, en leur disant :

— Messieurs, les cartes passent...

Certains joueurs battirent de nouveau les cartes et les rendirent à Marius, qui les battit une troisième fois, ainsi qu'il en avait le droit.

La partie recommença. Maintenant, le jeune homme pouvait être dépouillé en quelques coups.

Il perdit à deux reprises. Sauvaire se tenait toujours derrière lui. Il finissait par s'intéresser à ce joueur intrépide. Le jeune homme allait de nouveau distribuer les cartes aux joueurs, aux pontes, comme on les appelle, lorsque le maître porte-faix lui arrêta le bras, et, se penchant à son oreille, lui dit à voix basse .

— Prenez garde, on vous vole. . Vous distribuez les cartes en jeune naïf.

— Comment cela?

— Oui, vous les relevez en les donnant, de sorte que les pontes qui sont devant vous les voient passer et savent quel est votre jeu... Tous les nouveaux banquiers se laissent prendre à cette filouterie... Tenez le jeu renversé dans votre main et baissez les cartes en les donnant.

Marius suivit ce sage conseil et s'en trouva bien. Il gagna. En quelques coups, il rattrapa une somme assez forte. Puis la chance tourna encore, il perdit. Alors s'établit une sorte d'équilibre entre ses gains et ses pertes. Mais peu à peu cependant il sentait glisser entre ses doigts les dix mille francs.

Il ne négligea rien pour faire tourner la veine. A plusieurs reprises, il s'arrêta et changea de jeu. Une autre fois, il épuisa la main. Il jouait d'une façon brusque et irrégulière pour dévoyer le hasard et le ramener à lui.

Mais toute cette tactique ne lui servait guère. La fortune semblait prendre maintenant un malin plaisir à jouer avec sa proie, à la faire souffrir plus longtemps en ne la tuant pas d'un seul coup. Elle caressait par instants Marius, elle lui faisait gagner une somme importante ; puis, tout d'un coup, elle l'égratignait, elle lui enlevait ce qu'elle venait de lui donner, et même davantage.

Sauvaire faisait le guet autour de la table pour que son jeune ami ne fût pas trop volé.

Marius avait devant lui un garçon jeune encore qui jouait petit jeu et qui devait cependant gagner déjà une somme assez ronde ; chaque fois qu'il gagnait, sa mise se trouvait être de vingt-cinq francs, et chaque fois qu'il perdait, il n'avait devant lui qu'une pièce de cinq francs en argent; il gardait cette pièce de cinq francs, qui était une *mascotte*, disait-il, et il payait en monnaie.

Le maître portefaix regardait ce garçon avec méfiance. Il suivit ses gestes, et il s'aperçut qu'il cachait une pièce de vingt francs sous sa pièce de cinq francs en argent; lorsqu'il gagnait, il étalait le tout, il empochait vingt-cinq francs; lorsqu'il perdait, il laissait la pièce d'or cachée sous la grosse pièce d'argent et il ne donnait à Marius que cinq francs.

Il paraît qu'il ne se passe pas de nuit sans que cette filouterie adroite n'ait lieu dans un tripot de Marseille.

— Attends, attends, murmura Sauvaire, je vais te pincer, mon bon.

Au coup suivant, Marius gagna. Le filou s'apprêtait à lui donner cinq frances en monnaie, lorsque Sauvaire, allongeant le bras, fit sauter la pièce de cinq frans et découvrit la pièce d'or qu'elle cachait.

— Vous trichez, monsieur, cria-t-il, hors d'ici !

Le fripon ne se troubla pas.

— De quoi vous mêlez-vous? répondit-il insolemment.

Il laissa ses vingt-cinq francs sur la table, se leva, fit quelques tours dans la salle et se retira en toute tranquillité. Les pontes s'étaient contentés de grogner. Marius devint très pâle. Il en était donc tombé jusque-là, il jouait avec des voleurs.

A partir de ce moment, le jeune homme eut devant les yeux un voile qui lui fit commettre les plus lourdes fautes. Il souffrait cruellement. Au désespoir de perdre se mêlait en lui une angoisse horrible; la voix de la conscience se réveillait, il se jugeait lui-même, il frissonnait de honte en se voyant assis devant un tapis vert.

Et toutes ses répugnances lui revinrent, tous ses sentiments d'honneur lui crièrent qu'il avait choisi un mauvais moyen pour sauver son frère et que le ciel le punirait. Il ne joua plus qu'avec un dégoût profond.

Il perdit, et il fut presque heureux de ses pertes. Toute sa fièvre tomba, l'émotion ne le serra plus à la gorge. L'argent le brûlait lorsqu'il le touchait; il aurait voulu jeter cet argent par la fenêtre et se retirer les poches vides. Il lui avait suffi de savoir qu'un filou s'était assis à la même table que lui, pour comprendre que sa place n'était pas dans un tripot et que jamais il ne délivrerait Philippe en descendant dans la boue.

Le hasard qui le dépouillait, lui paraissait maintenant être une providence.

Bientôt, il n'eut plus que deux ou trois cents francs devant lui.

A son côté, depuis le commencement de la soirée, jouait un jeune homme qui avait suivi toutes les péripéties du jeu avec une anxiété horrible. A mesure qu'il perdait, il devenait plus pâle et plus hagard. Il avait mis devant lui une somme assez importante, et il regardait désespérément chaque pièce d'or qui s'en allait.

Marius l'avait entendu, à plusieurs reprises, prononcer des paroles entrecoupées, et il s'était inquiété de son angoisse.

Il sentait vaguement qu'il se passait un drame effroyable dans le cœur de ce garçon.

Un dernier coup acheva de dépouiller

son voisin. Le jeune inconnu resta un instant immobile, le visage contracté, comme frappé de la foudre. Puis il se mit la main sur les yeux, tira rapidement un pistolet de sa poche, en introduisit le canon dans sa bouche, et lâcha le coup.

Il y eut un horrible craquement. Le sang jaillit et de larges gouttes, tièdes et roses, tombèrent sur les mains de Marius.

La détonation du pistolet avait retenti comme un éclat de tonnerre au milieu de la table de jeu.

Tous les joueurs se levèrent épouvantés, les yeux fixes et agrandis. Le cadavre était retombé sur la table, les bras repliés, la tête pendante ; la balle avait traversé le cou et était sortie à droite, au-dessous de l'oreille ; il y avait là un trou rouge, horriblement ouvert, qui laissait échapper un filet de sang. Une mare, rougeâtre et épaisse, se forma sur le tapis vert ; dans cette mare trempaient les cartes abandonnées.

Des paroles effrayées, dites à voix basse, couraient parmi les joueurs.

— Connaissez-vous ce malheureux ?

— C'est, je crois, un garçon de recette de la maison Lambert et Compagnie.

— Sa famille est riche et honorable. Son frère a acheté une étude d'avoué, il n'y a pas six mois.

— Il aura détourné une somme importante et se sera tué, après l'avoir perdue.

— En tous cas, il aurait bien dû se tirer son coup de pistolet ailleurs... Dans
une heure, la police sera ici et l'on fer-
mera le cercle.

— Ces gens qui ont la manie de se
tuer sont assommants... On était bien ici,
on jouait à l'aise. Maintenant il faut dé-
ménager.

— On est allé prévenir le commissaire
de police?

— Oui.

— Je me sauve.

Ce fut une fuite générale. Les joueurs
prirent leur chapeau et se glissèrent prudemment dans l'escalier. On les entendit
se heurter aux marches, comme des hommes ivres.

Marius était resté assis, à côté du cadavre. Il se trouvait frappé d'immobilité.
D'un air stupide et hagard, il regardait
le cou rouge du suicidé et les éclaboussures sanglantes qui couvraient ses mains.
Les cheveux se dressaient sur sa tête,
des lueurs de folie passaient dans ses
yeux démesurément ouverts. Il tenait
encore le jeu de cartes. Brusquement, il
jeta les cartes, il secoua violemment ses
mains, comme pour en essuyer le sang
qui ruisselait entre ses doigts, et il prit
la fuite en poussant un cri rauque.

Il ne ramassa même pas les quelques
centaines de francs qui étaient devant lui.
La mare épaisse et nauséabonde s'élar-
gissait peu à peu, et, maintenant les piè-

ces d'or semblaient nager dans un flot sanglant.

Il ne restait plus dans la salle que le cadavre et les deux filles. Sauvaire avait été un des premiers à fuir. Lorsque Clairon et Isnarde se virent seules, elles s'approchèrent doucement de la table. L'or qui luisait dans le sang les attirait.

— Partageons, dit Isnarde.

— Oui, dépêchons-nous, répondit Clairon, il est inutile que la police ramasse cet argent.

Et toutes deux prirent une poignée d'or, traînant leurs mains au milieu de la mare rougeâtre. Les pièces tachées de sang disparurent dans leur poche. Elles s'essuyèrent les doigts avec leur mouchoir, et s'enfuirent à leur tour, haletantes, croyant entendre derrière elles la voix terrible du commissaire de police.

Il était trois heures du matin. Le temps était pluvieux comme la veille. De larges souffles de vent poussaient de grands nuages sombres qui faisaient des taches noires au milieu du ciel gris.

Une sorte de brouillard léger et humide flottait dans l'air et tombait en pluie fine et glaciale. Rien n'est plus morne que ces heures matinales dans une grande ville ; les rues sont sales, les maisons se découpent en silhouettes sinistres sur les horizons bas et ignobles.

Marius courait comme un fou au milieu des rues silencieuses et désertes. Il glis-

sait sur les pavés gras de fange, il mettait
les pieds dans les ruisseaux, il se heurtait aux angles des trottoirs. Et il courait
toujours, les bras en avant, secouant ses
mains avec une rage furieuse.

Il lui semblait que les éclaboussures de
sang tombées sur ses doigts lui brûlaient
la chair. Ces éclaboussures étaient comme
des charbons ardents qui le faisaient crier
de souffrance. Et cette souffrance devenait physique, tant l'imagination du jeune
homme avait été frappée par l'horrible
spectacle qui s'était passé sous ses yeux.

Et il courait, chancelant, frissonnant,
ayant une idée fixe qui le poussait. Il voulait aller tremper ses mains dans la mer
et les laver avec toute l'eau des océans.
Là seulement il pourrait apaiser la terrible brûlure qui le dévorait.

Il courait, inquiet et farouche, secouant
toujours ses mains, prenant les rues écartées, comme un assassin.

Par moment la folie montait à sa tête ;
il s'imaginait que c'était lui qui avait tué
le suicidé pour lui voler quinze mille
francs. Alors, il croyait entendre derrière
lui les pas pesants de la force armée, il
précipitait sa course, ne sachant où cacher ses mains, qui allaient l'accuser.

Il dut traverser le cours Belzunce. Des
ouvriers passaient sous les allées, et Marius éprouva une horrible angoisse. Pour
éviter de descendre au Port par la Cannebière, il se jeta dans la vieille ville. Là,

les rues sont étroites et sombres, personne ne pourrait voir ses mains sanglantes.

Il arriva sur la place aux Œufs. Alors seulement il pensa à Fine.

Il manqua de tomber, foudroyé par cette pensée. Il avait oublié son amante. Il songea tout à coup qu'elle était matinale, qu'elle pouvait être déjà sur la place et qu'elle allait le voir couvert de sang comme un lâche assassin. Elle l'interrogerait et il ne pourrait rien répondre. Il ne savait plus, tout se brouillait dans sa tête, il se trouvait perdu au fond d'un cauchemar étouffant. Ses mains le brûlaient, voilà tout, et il courait toujours, il courait pour aller les plonger dans la mer et éteindre les charbons qui s'attachaient à sa chair.

Il descendit des ruelles étroites, des pentes roides, au risque de se casser vingt fois la tête. Il glissa et tomba à deux reprises ; il se releva chaque fois d'un bond et reprit sa course avec plus d'âpreté.

Enfin, il aperçut les masses noires des vaisseaux qui dormaient dans l'eau épaisse du port. Si sa fuite eût duré quelques minutes de plus, il serait devenu fou. Sa tête éclatait, des bourdonnements, des sons de cloche emplissaient ses oreilles.

Il courut le long du port, sur les dalles blanches et polies, et, comme il ne trouvait pas de barque, il eut un instant la pensée folle de se jeter dans l'eau pour apaiser d'un coup ses souffrances. Les

brûlures qu'il croyait ressentir devenaient intolérables. Il criait et pleurait.

Il finit par découvrir une petite barque
de promenade amarrée au bord du quai.
Il sauta dans cette barque, se coucha à
plat ventre et plongea fiévreusement ses
bras dans l'eau, jusqu'aux épaules. Il
laissa alors échapper un profond soupir
de soulagement. La fraîcheur de l'eau
apaisait sa fièvre, les flots lavaient le sang
qui mordait ses mains.

Il resta longtemps ainsi couché, oubliant tout, ne sachant plus pourquoi il
était là. Par instants, il sortait ses bras
de l'eau, il frottait furieusement ses mains,
les regardait et les frottait encore. Il lui
semblait toujours apercevoir de larges taches rouges sur sa peau. Puis il replon-
geait ses bras, agitant l'eau doucement,
goûtant une sorte de volupté à sentir le
froid le pénétrer et le secouer de frissons.

Au bout d'une heure, il était encore là,
songeant qu'il n'y aurait jamais assez
d'eau dans la mer pour laver ses mains.
Puis, peu à peu, ses idées se calmèrent,
sa tête devint lourde. Il lui sembla que
son cerveau était vide. Des frissons glacés
couraient dans ses membres. Il se leva en
grelottant, et, machinalement, pas à pas,
gagna la rue Sainte, sans songer à rien.
Il ne savait plus d'où il venait ni ce qu'il
avait fait. Il se coucha et fut pris d'une
fièvre terrible.

XVI

LE PAROISSIEN DE MADEMOISELLE CLAIRE

Marius resta au lit pendant quinze jours, en proie à un violent délire. Il eut une fièvre cérébrale aiguë qui le mit à deux doigts de la mort. Sa jeunesse et les soins touchants qu'il reçut, le sauvèrent.

Un soir, à l'heure du crépuscule, il ouvrit les yeux, la tête libre... Il lui sembla sortir d'une nuit profonde. Il ne sentait pas son corps, tant il était faible ; mais la fièvre avait disparu, et sa pensée, vacillante encore, se réveillait.

Les rideaux de son lit étaient tirés. Un jour doux et tiède passait à travers le linge blanc, et l'entourait d'une lumière attendrie. Des parfums traînaient dans la chambre silencieuse. Marius se souleva. Au léger bruit qu'il fit, il vit glisser une ombre derrière les rideaux.

— Qui est là ? demanda-t-il d'une voix affaiblie.

Une main écarta doucement les rideaux, et Fine, en voyant Marius assis sur son séant, s'écria d'un ton joyeux et ému :

— Dieu soit loué ! vous êtes sauvé, mon ami.

Et elle se mit à pleurer des larmes douces. Le malade comprit tout. Il tendit ses pauvres mains amaigries à la jeune fille.

— Merci, lui dit-il, je sentais que vous étiez là... Il me semble que j'ai fait un rêve affreux; et, je me souviens maintenant, au milieu de ce rêve, je vous voyais penchée sur moi comme une mère.

Il laissa aller sa tête sur l'oreiller et reprit d'une voix d'enfant :

— J'ai été bien malade, n'est-ce pas?

— Tout est fini, ne pensons plus à ces vilaines choses, dit gaiement la bouquetière... Où étiez-vous donc allé, mon ami, les manches de votre paletot étaient toutes mouillées?

Marius passa la main sur son front.

— Oh! je me souviens, s'écria-t-il, c'est horrible...

Alors il raconta à Fine les deux terribles nuits qu'il avait passées dans le tripot. Il se confessa à elle, retraça une à une ses angoisses et ses souffrances. La jeune fille pleurait.

— C'est une terrible leçon que Dieu m'a donnée, dit Marius en terminant. J'avais douté de la Providence et je m'étais adressé au hasard. Un instant, j'ai frissonné, j'ai cru sentir en moi tous les instincts misérables du joueur. Dieu m'a guéri avec un fer rouge.

Il s'arrêta et reprit avec inquiétude :

— Combien de temps suis-je resté malade ?

— Environ deux semaines, répondit Fine.

— Oh! mon Dieu! deux semaines perdues... Nous n'avons plus devant nous qu'une vingtaine de jours.

— Eh! ne vous inquiétez pas de cela, guérissez-vous.

— M. Martelly ne m'a pas fait demander?

— Ne vous inquiétez pas, vous dis-je... Je suis allée le voir, tout est arrangé.

Marius parut plus calme. Fine continua:

— Il n'y a plus qu'un parti à prendre, c'est d'emprunter l'argent à M. Martelly. Nous aurions dû commencer par là... Tout ira bien... Maintenant, dormez, ne parlez plus, le médecin l'a défendu.

La convalescence marcha rapidement, grâce aux soins tendres et dévoués de Fine. La jeune fille avait compris que son sourire devait suffire maintenant pour guérir Marius, et, chaque matin, elle apportait son sourire, son haleine fraîche qui emplissait la petite chambre d'un souffle de printemps.

— Ah! que c'est bon d'être malade! répétait souvent le convalescent.

Les deux amoureux passèrent ainsi une semaine douce et attendrie. Leur amour avait grandi au milieu de la souffrance et des craintes de la mort. Un nouveau lien les unissait l'un à l'autre. Désormais, ils s'appartenaient.

Au bout de huit jours d'une intimité gaie et émue, lorsque, par un clair soleil, Marius put descendre et aller faire quelques pas sur le cours Bonaparte, on les prit, lui et Fine, pour deux jeunes époux, au lendemain des fiançailles. Ils s'étaient fiancés dans le dévouement, dans la douleur ; maintenant ils marchaient doucement, la bouquetière soutenant le jeune homme encore faible et le regardant avec des regards caressants et charmés. Elle se montrait fière de son œuvre, fière de la guérison de son amant, et Marius la remerciait avec des coups d'œil, avec des sourires pleins d'une reconnaissance passionnée.

Le lendemain, l'employé voulut retourner à son bureau, et Fine dut se fâcher pour qu'il se reposât encore un ou deux jours. Marius avait hâte de voir M. Martelly ; il désirait sonder le terrain et savoir s'il pouvait compter sur l'armateur.

— Eh ! rien ne presse, disait la bouquetière avec un calme qui étonnait le jeune homme, Nous avons encore une semaine devant nous. Il suffit que nous ayons l'argent au dernier moment.

Deux jours s'écoulèrent, et Marius finit par obtenir de la jeune fille qu'elle le laissât reprendre son emploi. Il fut convenu entre eux que, le lundi suivant, ils partiraient pour Aix. Fine parlait comme si elle avait déjà eu dans la poche la somme nécessaire à la liberté de Philippe.

Marius se rendit à son bureau et fut reçu par M. Martelly avec une tendresse, une bonté de père. L'armateur voulait lui accorder encore une semaine de congé, mais le jeune homme lui assura que le travail achèverait de le guérir. Il était honteux en sa présence, il savait que dans deux ou trois jours il lui demanderait l'emprunt d'une assez forte somme, et cette pensée le gênait. M. Martelly le regardait avec un sourire pénétrant qui l'embarrassait un peu.

— J'ai vu Mlle Fine, dit l'armateur en accompagnant Marius jusqu'à son bureau, c'est une charmante personne, un brave cœur... Aimez-la bien, mon ami.

Il sourit encore et se retira. Marius, resté seul, goûta une sorte de joie à se retrouver dans le cabinet où il avait vécu de si nombreuses journées de travail. Il reprit possession de son petit domaine, eut du plaisir à s'asseoir devant son bureau, à toucher aux papiers, aux plumes qui traînaient. Il avait failli mourir, et voilà qu'il revoyait face à face sa tranquille existence de chaque jour.

La pièce où il travaillait était située en face des appartements de l'armateur. Parfois les visiteurs se trompaient, frappaient à sa porte. Ce matin-là, comme il allait se mettre à la besogne, deux coups furent frappés discrètement. Il cria d'entrer.

Un homme, vêtu d'une longue redingote noire, se présenta. Cet homme avait le visage rasé, les mouvements doux, l'attitude humble et sournoise d'un homme d'église.

— Mademoiselle Claire Martelly? dit-il.

Marius, occupé à l'examiner, ne répondit pas; il se demandait où il avait pu voir déjà ce dévot personnage. L'homme hésitait. Il finit par tirer d'une des immenses poches de sa redingote un livre de messe enfermé dans son étui.

— Je lui rapporte, continua-t-il d'une voix flûtée, son paroissien qu'elle a oublié hier soir, dans un confessionnal.

Marius se demandait toujours : « Où diable ai-je vu cette face de cafard? » L'homme comprit sans doute l'interrogation muette de son regard. Il inclina légèrement la tête en ajoutant :

— Je suis bedeau à l'église Saint-Victor.

Ces quelques mots furent un trait de lumière pour le jeune homme. Il se souvint d'avoir vu l'individu qu'il avait sous les yeux, dans la sacristie, un jour qu'il était allé chercher l'abbé Chastanier. Il y eut comme une brusque secousse dans son intelligence, et, poussé par une sorte de divination :

— C'est M. Donadéi qui vous envoie, n'est-ce pas? demanda-t-il à son tour.

— Oui, répondit le bedeau après avoir hésité.

— Eh bien, donnez-moi ce paroissien, je le remettrai à Mlle Claire.

— C'est que M. l'abbé m'a bien recommandé de ne le donner qu'à cette demoiselle.

— Elle l'aura dans un instant. Elle n'est peut-être pas encore levée; vous la dérangeriez.

— Vous me promettez bien de faire la commission?

— Certainement.

— Dites à cette demoiselle que M. l'abbé a trouvé, hier, ce paroissien dans son confessionnal et qu'il m'a chargé de le lui rapporter... M. l'abbé présente ses compliments à mademoiselle.

— Je dirai tout cela, soyez tranquille.

Le bedeau posa le paroissien sur le bureau et se retira en faisant une révérence: Même en fermant la porte, il hésitait encore et restait méfiant.

Quand il fut parti, Marius s'étonna de l'insistance qu'il avait mise à vouloir pénétrer jusqu'à Mlle Claire. Il se rappela vaguement les éloges que Donadéi lui avait faits de la jeune sœur de M. Martelly. Il regardait le paroissien, et sa pensée s'égarait dans des explications, dans des raisonnements vagues.

D'un mouvement machinal, il allongea le bras et prit le livre de messe. Il le sortit de son étui. C'était un de ces volu-

mes épais, presque carrés; il avait des
coins en argent ciselé, emprisonnant une
riche reliure. Sur le plat étaient brodées
les initiales de la jeune fille.

Marius considérait ce livre, le retour-
nait dans ses mains, lorsqu'il s'aperçut
qu'un mince bout de papier dépassait l'or
des tranches. Il ouvrit le paroissien,
poussé par une curiosité qu'il ne raisonna
pas, et une feuille pliée en quatre glissa
devant lui.

C'était une mignonne feuille de papier
rose, qui exhalait une vague odeur de
musc. Marius, par délicatesse, allait remettre cette feuille dans le livre, lorsque,
en la prenant, il vit qu'elle était marquée
de l'initiale D et d'une croix en relief. Il
la déplia brusquement et lut ce qui suit :

« Chère âme, vous dont le Seigneur m'a
confié le salut, écoutez, je vous prie, le
projet que j'ai formé pour votre bonheur
éternel. Je n'ai point osé vous dire ce
projet de vive voix, craignant de trop céder aux émotions adorables que votre
sainteté fait naître en moi.

« Vous ne pouvez rester dans la maison
de votre frère. C'est là un lieu de perdi-
tion; vore frère est adonné au culte abo-
minable des idoles modernes. Venez, venez avec moi. Nous gagnerons une solitude; je vous remettrai entre les mains
de Dieu.

« Peut-être mes larmes, mes frissons
vous ont-ils livré le secret de mon cœur.

Je vous aime, comme la sainte Eglise, notre mère, aime les âmes blanches qui
viennent à elle. Je vous rêve chaque nuit,
je nous vois enlacés dans une étreinte céleste, et nous montons au ciel tous deux,
en échangeant des baisers angéliques.

« Ah! ne résistez pas à l'appel de Dieu.
Venez. Il y a une religion supérieure que
nous ne révélons pas au vulgaire. Cette
religion unit deux à deux les créatures;
elle lie ensemble les âmes sœurs; elle fait
des époux et non des martyrs.

« Rappelez-vous nos entretiens. Dites-
vous que je vous aime, et venez. Je vous
attends chez moi. J'aurai une chaise de
poste dans une rue voisine. »

Marius resta tout étourdi après une pareille lecture. L'abbé Donadéi proposait
bel et bien un enlèvement à Mlle Claire.
Il régnait, il est vrai, dans sa lettre, un
brouillard d'encens, un mysticisme liber-
tin et nuageux qui dérobait le sens brutal
de la pensée sous la douceur dévote et caressante des mots; l'idée était paraphra-
sée, délayée dans ce style creux et baro-
que dont se servent certains prêtres;
mais Donadéi n'avait pu sans doute trouver une périphrase religieuse pour parler
de la chaise de poste, et sa lettre hypocrite et exquise se terminait grossière-
ment par une offre de gendarme à laquelle on ne pouvait se tromper. Un désir
âpre avait dû emporter le gracieux abbé

et lui faire oublier la prudence sournoise qui le guidait dans tous ses actes.

L'employé lut et relut le billet, en se demandant ce qu'il allait faire. Il était indigné, la colère montait en lui. Il aurait voulu châtier le misérable qui salissait le saint vêtement qu'il portait, qui compromettait la religion en abusant de son caractère sacré pour tenter une séduction infâme.

Mais une pensée horrible retenait Marius. Il ignorait le mal qui avait pu être commis; il ne savait ce que pensait Mlle Claire, et il craignait que Donadéi, dans l'ombre mystérieuse du confessionnal, n'eût déjà réussi à troubler le cœur de la jeune fille. Avant de frapper le prêtre, il voulait savoir s'il ne frapperait pas sa victime. Pour rien au monde, il ne se serait hasardé à soulever un scandale qui aurait certainement tué M. Martelly.

Il résolut de punir l'abbé d'une façon originale et exemplaire, s'il devait ne punir que lui. Il prit le paroissien et se rendit chez Mlle Claire, tremblant de saisir sur son visage une émotion accusatrice.

XVII

Mlle Claire Martelly était une jeune personne de vingt-trois ans, que les circonstances avaient jetée dans la dévotion. Elle avait dû épouser un de ses cousins qui s'était noyé misérablement à Endoume, dans une partie de plaisir. Le désespoir l'avait rapprochée de Dieu, et, peu à peu, elle avait goûté des douceurs telles, dans la fréquentation des églises, qu'elle s'était comme endormie dans les parfums pénétrants de l'encens, bercée par les voix murmurantes des prêtres.

Ce n'était pas précisément une âme dévote, c'était une âme douce et contemplative que la religion avait consolée, et qui se montrait reconnaissante envers elle. Peut-être un réveil devait-il venir un jour, qui la rendrait aux joies du monde. En attendant, elle vivait un peu en recluse, calme et sereine, ayant des goûts dignes et graves. Son frère, libre penseur et républicain, esprit tendre et large, la laissait pratiquer à sa guise et lui accordait une entière liberté. Il n'usait de son titre de chef de famille que pour veiller à ses intérêts et lui assurer une position heureuse et indépendante.

Marius trouva Mlle Claire dans un petit salon où elle travaillait d'habitude à des layettes d'enfant qu'elle donnait à des femmes pauvres. La jeune fille connaissait Marius et le traitait affectueusement, comme un ami de la famille. Souvent M. Martelly avait emmené son employé à une propriété qu'il possédait du côté de l'Estaque, et là Marius et Claire étaient devenus de bons camarades. Les braves cœurs se devinent mutuellement et ne tardent pas à s'entendre.

La belle dévote, en voyant entrer l'employé, se leva vivement et lui tendit la main.

— C'est vous, Marius! dit-elle gaiement. Vous voilà guéri... Ah! tant mieux. Le ciel m'a exaucée.

Le jeune homme fut ému de cet accueil amical. Il regarda dans les yeux de la jeune fille, et n'y distingua qu'une flamme pure, qu'une virginité calme et blanche. Il fut comme soulagé d'un poids qui l'étouffait, tant le regard ferme et droit de la demoiselle était large et noble.

— Je vous remercie, répondit-il... Mais je ne viens pas pour vous faire voir un revenant...

Et il ajouta en présentant le paroissien :

— Voici un livre de messe que vous

avez, paraît-il, oublié hier à Saint-Victor.

— Ah! oui, dit la jeune fille, j'allais l'envoyer chercher... Comment est-il dans vos mains?

— Un sacristain vient de l'apporter.

— Un sacristain?

— Oui, de la part de l'abbé Donadéi.

Claire prit le livre, le posa tranquillement sur un meuble, sans paraître éprouver aucune émotion. Marius la suivait anxieusement du regard. Si la moindre rougeur fût montée à ses joues, il eût pensé que tout était perdu.

— A propos, reprit la jeune fille en s'asseyant, vous connaissez, je crois, M. Chastanier.

— Oui, répondit Marius étonné.

— C'est un excellent homme, n'est-ce pas?

— Certes, un brave cœur, un esprit profondément pieux et honnête.

— Mon frère m'en a fait un grand éloge ; mais vous savez, en matière de religion, je n'ai pas en mon frère une confiance illimitée.

Elle sourit. Marius ne comprenait pas où elle voulait en venir, mais il la trouvait si paisible, si heureuse, qu'il se sentait entièrement rassuré.

— Je vois décidément que l'abbé Chastanier est un saint, reprit-elle, et je vais, dès demain, lui confier la direction de ma conscience.

— Vous quittez l'abbé Donadéi? s'écria vivement Marius.

La jeune fille leva de nouveau la tête, surprise de l'éclat de voix de l'employé.

— Oui, je le quitte, répondit-elle avec une grande simplicité. Il est jeune et il a l'esprit léger des Italiens... Puis, j'ai appris sur son compte de laides choses.

Elle piquait paisiblement son aiguille, ses mains n'avaient pas un frémissement, son front restait blanc et pur. Marius se retira, comprenant qu'il pouvait agir sans blesser cette âme vierge, et qu'en punissant Donadéi, il ne punirait que lui. Il ne connaissait pas la cause réelle qui décidait Claire à changer de confesseur; peut-être avait-elle compris qu'elle n'était plus en sûreté entre les mains du galant abbé; mais, en tout cas, il n'y avait derrière elle aucun fait, aucune parole, qui la fissent rougir: elle s'éloignait avant le danger, elle n'avait rien dans son cœur qui troublât un instant ses pudeurs de jeune fille.

Marius fut dès lors certain de ne pas soulever un scandale dans cette maison qu'il considérait un peu comme la sienne. Il remercia le ciel de l'avoir mis entre Donadéi et la sœur de M. Martelly pour épargner à cette dernière une lecture honteuse: il remercia le ciel de lui confier le soin de confondre le prêtre indigne et de chasser de l'Eglise ce ministre qui manquait à son serment de chasteté.

Il avait gardé le soyeux papier rose qui contenait la déclaration exquise de Donadéi. Il aurait pu se contenter de porter ce papier à l'évêque de Marseille. Il préféra punir et bafouer lui-même l'abbé qui s'était impudemment moqué de lui, le jour où il avait tenté de recommander Philippe à sa bienveillance. Son plan était fait. Seulement, pour exécuter ce plan, il lui fallait l'aide de Sauvaire.

Il ne rentra pas à son bureau après le déjeuner, et chercha le maître portefaix dans tous les cafés. Pas de Sauvaire. Marius se décida alors à aller demander à Cadet Cougourdan s'il savait où se cachait son patron.

— Oh ! il ne se cache pas, ce n'est pas son habitude, répondit Cadet en riant. Il doit être dans un restaurant de la Réserve, et je parie bien qu'il cherche à se faire voir de tout Marseille.

Marius descendit sur le port et se fit conduire à la Réserve dans une de ces petites barques de promenade, couvertes de tentes étroites, à raies jaunes et rouges.

La petite barque glissa lentement sur l'eau épaisse du bassin, entre des ordures de toute espèce, des écorces d'orange, des débris de légumes, des objets sans nom qui croupissent dans une sorte d'écume blanchâtre. Et la petite barque allait toujours, au milieu d'une allée ménagée entre les navires, nageant le long des flancs noirs des vaisseaux.

Elle était comme perdue dans une forêt, qui élevait de tous côtés ses arbres maigres et droits, surmontés chacun d'un lambeau d'étoffe éclatante.

Marius n'avait pas encore abordé qu'il entendait déjà les rires bruyants de Sauvaire attablé sans doute sur la terrasse d'un des restaurants qui sont au bord de l'eau. On ne le voyait pas, mais il s'arrangeait de façon à faire savoir qu'il était là.

Les restaurants de la Réserve ressemblent aux restaurants d'Asnière et de Saint-Cloud : ce sont des sortes de châlets qui visent à la coquetterie et qui prennent des airs pittoresques.

La vérité est qu'ils sont faits d'un peu de plâtre et de quelques planches, et qu'un coup de vent les emportera un jour ou l'autre en pleine mer. Sauvaire aimait à aller dans ces restaurants, parce que les prix y sont très élevés et qu'on y est vu de loin.

Marius, guidé par les éclats de voix du maître portefaix, le trouva tout de suite. Il occupait une terrasse avec Clairon et Isnarde, dont il ne se séparait plus; il était persuadé qu'il avait l'air plus riche en traînant deux femmes avec lui, une sous chaque bras.

La terrasse tremblait sous l'orage de gaieté dont Sauvaire l'emplissait. Le di-

gne homme commençait à être légèrement
gris.

— Bravo, bravo ! cria-t-il en apercevant Marius... Nous allons recommencer à
déjeuner... Nous déjeunons depuis cinq
heures. Nous avons mangé des clovisses,
une bouillabaisse, du thon...

Il continua, il énuméra une dizaine de
mets avec un orgueil d'enfant. Il était
tout fier de s'être donné une indigestion.

— Hein ! continua-t-il, on est bien ici ?...
C'est cher, mais c'est comme il faut ..
Qu'est-ce que vous voulez manger ?

Marius s'excusa en faisant observer
qu'il était trois heures et qu'il avait dé-
jeuné depuis longtemps.

— Bah ! on mange toujours, s'écria
Sauvaire ravi d'être surpris en partie
fine... Nous allons manger jusqu'à ce soir
comme cela... Ça coûtera de l'argent,
mais tant pis... Clairon, ma fille, tu vas
te griser si tu bois trop de champagne.

Clairon ne tint pas compte de l'obser-
vation et avala un grand verre de champagne. D'ailleurs, elle n'avait plus rien à
craindre, elle était grise.

— Bon Dieu ! que ces femmes-là sont
amusantes ! continua Sauvaire en se levant et en s'éventant à coups de serviette.

Il s'approcha de la rampe de la terrasse
et cria très fort, pour être entendu des
passants.

— J'ai déjà dépensé beaucoup d'argent

avec elles, mais je ne le regrette pas, elles sont drôles!

Marius s'accouda à côté de lui.

— Voulez-vous passer une bonne soirée demain? lui demanda-t-il brusquement.

— Pardieu, si je le veux! répondit Sauvaire.

— Ça vous coûtera quelques louis.

— Diable! Sera-ce très drôle?

— Très drôle. Vous rirez pour votre argent.

— J'accepte alors.

— Tout Marseille connaîtra l'aventure et l'on parlera de vous pendant huit jours.

— J'accepte, j'accepte.

— Eh bien, écoutez.

Marius se pencha à l'oreille de Sauvaire et lui parla à voix basse. Il lui exposait son plan. Au bout d'un instant, le maître portefaix se mit à éclater d'un large rire qui manqua l'étouffer. Il trouvait la chose drôle, très drôle.

— C'est convenu, dit-il quand Marius eut terminé sa confidence, je me trouverai demain soir avec Clairon, sur le boulevard de la Corderie, à dix heures. Ah! la bonne farce!

XVIII

L'abbé Donadéi s'était laissé envahir par un de ces désirs fougueux qui éclatent parfois dans les natures rusées et sournoises. Lui si habile, si prudent, il venait de commettre une maladresse. Il en eut conscience lorsque le sacristain fut parti, emportant le paroissien et le billet doux. Dès lors, il lui fallut accepter toutes les conséquences de son coup d'audace.

Claire avait mis en lui des appétits âpres qu'il voulait contenter à tout prix. Il était au-dessus des scrupules sacrés de sa profession.

Il voyait de trop haut les choses humaines, il avait trempé dans trop de trafics plus ou moins honorables, pour hésiter devant une séduction. Cela était la moindre affaire ; ce qui l'inquiétait, c'étaient les suites de cette séduction.

Pendant deux grands mois, il avait tenté d'attirer la jeune fille chez lui. Puis, comme Claire allait se rendre à son désir, très naïvement, il avait renoncé à ce moyen, comprenant qu'une pareille intrigue ne pouvait se mener en plein Marseille. C'est ainsi qu'il en était peu à peu arrivé à vouloir jouer le tout pour le tout, en hardi joueur ; sa passion grandissait et le torturait, il consentait à échanger sa position influente contre l'amour libre et entier d'une femme : il préférait enlever Claire franchement et se sauver avec elle en Italie.

Donadéi était trop fin, trop intelligent, pour ne pas se ménager une retraite. Si la jeune fille avait fini par l'embarrasser, il l'aurait jetée dans un couvent, et serait rentré en grâce auprès de son oncle le cardinal. Tout bien calculé, tout bien examiné, un enlèvement lui avait paru le plus commode et le plus prompt des moyens, celui même qui offrait le moins de danger.

Il n'avait qu'une crainte , c'était que Claire ne vînt pas à son rendez-vous, qu'elle refusât de partir avec lui.

Alors le billet doux restait entre les mains de la jeune fille et devenait une arme terrible. Il n'avait pas la femme, et il pouvait perdre sa position. Mais le désir aveuglait Donadéi ; il ne voyait pas nettement la candeur tranquille de sa pénitente : il prenait les adorations qu'elle adressait à Dieu pour autant d'aveux muets qu'elle lui faisait à lui-même.

Il lui restait pourtant de vagues craintes, il se repentait presque de s'être avan-

cé au point de ne pouvoir plus reculer.
Au dernier moment, toute sa prudence,
toute sa lâcheté se réveillaient. Il attendit avec impatience le retour du sacristain. Dès qu'il l'aperçut :

— Eh bien ? lui demanda-t-il.

— J'ai remis le livre, répondit le bedeau.

— A la demoiselle elle-même ?

— Oui, à la demoiselle.

Le bedeau fit cette réponse avec un
aplomb superbe. En chemin, il avait re-
gretté d'avoir donné le paroissien à Marius, et, comme il comprenait qu'il venait
de remplir fort mal sa commission, il s'é-
tait décidé à mentir pour mériter les bonnes grâces de M. l'abbé.

Donadéi fut un peu rassuré. Il comptait que si la lecture du billet indignait la
jeune fille, elle brûlerait ce billet. Un hasard, l'oubli d'un livre de messe, avait
hâté un dénouement qu'il cherchait à
amener depuis longtemps. Il n'avait plus
qu'à attendre.

Le lendemain, dans la matinée, il reçut
la visite d'une dame voilée dont il ne
put distinguer le visage. Cette dame
lui remit une lettre et se retira rapidement. La lettre ne contenait que ces quatre mots : « Oui, à ce soir ! » Donadéi fut
transporté d'aise, il fit ses préparatifs de
départ.

Si quelqu'un eût suivi la dame voilée,
on l'aurait vue rejoindre le galant Sau-

vaire qui l'attendait dans la rue du Petit-
Chantier. Elle leva son voile : c'était
Clairon.

— Il est gentil, cet abbé-là, dit-elle en
abordant le maître portefaix.

— Il te plaît, tant mieux ! répondit Sauvaire. Ah ça, ma fille, sois sage; c'est tout
simplement le ciel que tu vas gagner.

Et ils s'éloignèrent en riant aux éclats.

Vers neuf heures et demie, Clairon et
Sauvaire se trouvaient de nouveau dans
la rue du Petit-Chantier. Ils marchaient
lentement, s'arrêtant à chaque pas, semblant attendre quelqu'un. Clairon était
vêtue simplement d'une robe en laine
noire; elle avait le visage caché sous une
épaisse voilette. Sauvaire était déguisé en
commissionnaire,

— Voici Marius, dit tout à coup ce dernier.

— Etes-vous prêts ? demanda à voix
basse le jeune homme qui arrivait; savez-
vous bien vos rôles?

— Pardieu ! répondit le maître portefaix, vous verrez comme nous allons vous
jouer la comédie... Ah ! la bonne farce !...
J'en rirai pendant six mois.

— Allez chez l'abbé, nous vous atten-
dons ici... Soyez prudent.

Sauvaire alla frapper chez Donadéi, qui
lui ouvrit lui-même la porte, tout effaré,
en costume de voyage.

— Que voulez-vous ? demanda brusquement le prêtre désappointé en voyant un homme devant lui.

— Je suis venu avec une demoiselle, répondit le faux commissionnaire.

— C'est bien... Qu'elle entre vite.

— Elle n'a pas voulu venir jusqu'à votre porte.

— Ah !

— Elle m'a dit comme ça : « Tu diras à ce monsieur que je préfère monter tout de suite en voiture. »

— Attendez, j'ai encore quelque chose à prendre...

— C'est que la demoiselle a peur, au milieu du boulevard.

— Alors, courez vite lui dire que la chaise de poste est au coin de la rue des Tyrans... Qu'elle monte dedans... J'y serai dans cinq minutes...

Donadéi ferma vivement la porte, et Sauvaire se mit à rire silencieusement, en se tenant les côtes. Il trouvait l'aventure impayable.

Il regagna la rue du Petit-Chantier, où Clairon et Marius l'attendaient.

— Tout marche à merveille, leur dit-il à voix basse, l'abbé donne dans le piége avec une innocence angélique... Je sais où est la chaise de poste.

— Je l'ai vue en venant, dit Marius, elle est au coin de la rue des Tyrans.

— C'est cela, il n'y a pas un instant à perdre, l'abbé a promis d'y être dans cinq minutes.

Nos trois personnages se coulèrent doucement le long des maisons et descendirent le boulevard de la Corderie jusqu'à
la rue des Tyrans. Là, ils aperçurent dans
l'ombre la chaise de poste attelée, chargée, prête à partir au premier claquement
de fouet. Marius et Sauvaire se cachèrent
dans le creux d'une porte cochère, Clairon
resta devant eux, sur la chaussée.

En attendant l'abbé, Sauvaire et Clairon plaisantaient à voix basse.

— Bah ! il ne voudra pas de moi, disait
Clairon, il me lâchera au premier relais.

— Qui sait ?

— Il est gentil ; j'avais peur qu'il ne fût
vieux.

— Dis donc, tu parais amoureuse de
l'abbé... Oh ! je ne suis pas jaloux. Seulement, si tu t'en vas si volontiers avec lui,
tu devrais bien me rendre les mille francs
que je t'ai donnés pour te décider à nous
servir.

— Les mille francs ! ah ! bien, et s'il me
plante là, ne faudra-t-il pas que je paye
mon voyage pour revenir ?

— Je plaisantais, ma chère, je ne re-
prends pas ce que j'ai donné. D'ailleurs,
je ris pour mon argent.

Marius intervint. Il répéta à Clairon
ses instructions.

— Faites bien ce que je vous ai recommandé, dit-il. Tâchez qu'il ne s'aperçoive
de la duperie qu'à quelques lieues de
Marseille. Ne parlez pas, jouez votre rôle

avec science... Dès qu'il aura tout découvert, agissez carrément, dites-lui que j'ai
son billet dans les mains et que je suis
bien décidé à le porter à l'évêque s'il vous
arrivait le moindre mal ou s'il reparais-
sait jamais ici... Conseillez-lui d'aller
chercher fortune ailleurs.

— Je pourrai revenir tout de suite à
Marseille ? demanda Clairon.

— Certainement. Je ne veux que le renvoyer de la ville en le ridiculisant à jamais.

J'aurais pu le faire chasser de l'église
par ses supérieurs ; je préfère le tuer par
la moquerie.

Sauvaire pouffait de rire en s'imaginant
la scène qui aurait lieu entre Donadéi et
Clairon.

— Eh ! ma chère, reprit-il, dis-lui que
tu es mariée et que ton mari va sans
doute te chercher partout pour t'intenter
un procès en adultère... Veux-tu que je
coure après vous et que je fasse une peur
atroce à ton ravisseur ?

Cette idée bouffonne enchanta Sauvaire,
à tel point qu'il faillit étrangler de gaieté.
Depuis un instant, Marius voyait une forme noire s'avancer avec rapidité.

— Silence, dit-il, je crois que voilà notre homme. A votre rôle, Clairon, mettez-
vous devant la portière de la voiture.

Sauvaire et Marius s'enfoncèrent davantage dans leur cachette. Clairon, le

visage couvert, toute noire, se plaça dans l'ombre de la chaise de poste.

C'était bien Donadéi qui arrivait. Il était tout essoufflé. Il avait jeté la soutane aux orties, et portait galamment un habit de ville.

— Chère, chère Claire, dit-il avec émotion en baisant la main de Clairon, que vous avez été bonne de venir !

— Claire, Clairon, murmura Sauvaire, c'est la même chose.

— Ah ! c'est Dieu qui vous a conseillée, continuait le prêtre en poussant doucement la fille dans la voiture.

Il monta derrière elle en disant :

— Nous allons au ciel !

Le postillon fit claquer son fouet, et la chaise de poste partit avec un roulement terrible.

Alors Sauvaire et Marius se montrèrent, riant aux éclats.

— Eh ! l'abbé enlève l'âme sœur de son âme, dit Marius.

— Bon voyage, l'abbé ! cria Sauvaire.

Lorsque la chaise de poste eut disparu dans la nuit, emportant Donadéi et Clairon, le maître portefaix et le jeune employé descendirent lentement le boulevard de la Corderie, causant de l'aventure, pris de gaietés soudaines à la pensée de ce prêtre indigne voyageant en tête-à-tête avec une créature perdue.

— Vous imaginez-vous la mine qu'il fera tout à l'heure, disait Sauvaire, lorsqu'il lèvera la voilette de Clairon?... Entre nous, vous savez, Clairon est laide. Elle a au moins trente-cinq ans.

Le maître portefaix convenait volontiers de l'âge et de la laideur de Clairon, depuis que les trente-cinq ans et le visage fané de cette fille rendaient meilleure la farce qu'il venait de jouer.

— Je lui souhaite bien du plaisir, continuait-il... Ah! non, c'est trop drôle!

Il se tordait, il avait hâte d'arriver à la Cannebière pour conter l'histoire à ses amis. Marius, plus grave, songeait qu'il avait donné au prêtre la compagne qu'il méritait; Clairon était bien l'âme avilie, sœur de cette âme basse et criminelle. Il quitta le maître portefaix vers onze heures et rentra chez lui.

A minuit, les personnes qui n'étaient pas couchées à Marseille savaient que M. l'abbé Donadéi venait d'enlever dans une chaise de poste Clairon, une fille qui se traînait depuis quinze ans au milieu de toute la débauche de la ville. Sauvaire était allé crier la nouvelle dans les cafés et avait raconté l'aventure avec un luxe de détails inouïs. On répétait de bouche en bouche la phrase précieuse du gracieux abbé à la lorette, en montant en voiture : « Nous allons au ciel! » on savait qu'il lui avait baisé la main, on clabaudait sur les motifs qui pouvaient avoir décidé le couple amoureux à s'enfuir. Le meilleur de l'histoire était que

Sauvaire, ne connaissant pas les faits qui avaient poussé Marius à faire enlever Clairon, fut d'une naïveté suprême; comprenant que la farce serait d'autant meilleure que l'amour de Donadéi pour Clairon paraîtrait plus sérieux, il mentit avec un aplomb tout méridional, il fit accroire aux gens que le prêtre se mourait véritablement d'amour pour cette créature ridée, jaunie, lasse de honte, que tout le monde connaissait. Ce fut un étonnement général, une moquerie universelle; on ne pouvait s'imaginer que le galant abbé, dont toutes les dévotes raffolaient, se fût sauvé avec une pareille femme, et on faisait des gorges chaudes sur ces amours monstrueuses.

Le lendemain, le scandale était connu de toute la ville. Sauvaire triomphait, il était devenu un personnage.

On savait qu'il avait été le dernier amant de Clairon, et que c'était à lui que Donadéi avait volé cette fille. Pendant toute la journée, il se promena en pantoufles sur la Cannebière, recevant d'un air comique les condoléances que ses intimes venaient lui offrir. Il criait très haut, répondant aux uns, appelant les autres, usant et abusant de sa popularité. Certes, il ne regrettait pas ses mille francs; jamais il n'avait placé pour ses plaisirs une somme à plus gros intérêts.

Le scandale devint épouvantable, lorsque deux jours après on vit revenir Clairon. Sauvaire lui acheta une robe de soie et la promena toute une après-midi dans Marseille, en voiture découverte.

On les montrait au doigt, on se mettait sur les portes quand ils passaient. Sauvaire faillit étouffer de joie.

Clairon était allée jusqu'à Toulon. Donadéi n'avait pas tardé à voir quelle femme il enlevait : il était entré dans une rage terrible et avait voulu jeter la fille sur la grande route, à une heure du matin, loin de toute habitation. Mais Clairon n'était pas facile à émouvoir. Elle avait parlé haut, menaçant l'abbé, usant des armes que Marius possédait. Donadéi, frémissant, obligé d'obéir, avait dû conduire sa compagne à Toulon où ils s'étaient séparés, la créature pour revenir à Marseille, le prêtre pour gagner la frontière.

Sauvaire promena tant sa maîtresse et souleva un tel tapage, que l'autorité s'émut, et que, sur la prière de l'évêque, on envoya Clairon exercer ailleurs le pouvoir de ses charmes. Depuis ce temps, le maître portefaix, dans ses moments d'épanchement, c'est-à-dire dix à douze fois par jour, dit à ceux qui veulent bien l'écouter : « Ah ! si vous saviez la jolie femme que j'ai eue pour maîtresse ; ce sont les prêtres qui me l'ont prise ! »

———

XIX

Le lendemain de l'enlèvement, Marius alla à son bureau, satisfait de son expédition de la veille. Il venait de sauver une honnête famille du désespoir et de délivrer la ville d'un intrigant dont il avait personnellement à se plaindre. Le cœur léger, la conscience tranquille, il allait se mettre à la besogne, lorsqu'on vint lui dire que M. Martelly le faisait demander.

En se rendant au salon, le jeune homme fut pris d'une angoisse profonde. Il se décida brusquement à demander à son patron la rançon de Philippe.

Cette décision le rendit tout tremblant. Il sentait bien qu'il n'oserait jamais faire une pareille demande, s'il ne la faisait par une sorte de coup de tête. Puisqu'il allait voir M. Martelly, il était inutile d'attendre davantage, il valait mieux risquer la démarche tout de suite.

Il trouva dans le salon M. Martelly et l'abbé Chastanier. L'armateur était pâle et des lueurs de colère luisaient dans ses yeux.

Il alla vivement vers l'employé et lui
dit d'une voix rapide :

— Vous êtes un garçon de courage et
d'honneur, et je n'ai pas voulu agir, dans
une circonstance grave, sans vous demander votre avis.

L'abbé Chastanier paraissait honteux et
triste. Il se faisait petit dans son fauteuil,
et ses pauvres mains tremblaient de vieillesse et de chagrin.

M. Martelly dit alors à Marius, en lui
désignant le vieux prêtre :

— Je viens de recevoir la visite de
monsieur, et j'ai appris une tentative
ignoble qui me bouleverse.

— Calmez-vous, par grâce, interrompit
le prêtre, ne me faites pas repentir d'a-
voir fait mon devoir d'honnête homme en
venant vous prévenir... Je veux croire
que je me suis effrayé à tort.

— Vous ne seriez pas ici, monsieur, si
vos soupçons n'étaient basés sur des certitudes. Je vous remercie de votre demar-
che, je comprends les sentiments de dignité qui vous ont amené chez moi, et je
comprends même le dernier effort que
vous faites pour défendre l'infâme...

L'armateur se retourna vers Marius et
continua d'un ton âpre :

— Imaginez-vous qu'un prêtre essaye en
ce moment de me déshonorer... Monsieur
vient de me dire de veiller sur Claire. Il
m'a appris avec mille réticences que l'abbé Donadéi exerce sur elle un pouvoir

dangereux et qu'il craignait... Ah! si ce
misérable a terni la pureté de cette enfant, je le tue comme un chien.

L'abbé Chastanier baissa la tête. Il ne
regrettait pas sa démarche, il avait agi
en honnête homme; mais il restait anéanti devant l'explosion de colère de M. Martelly. Il souffrait comme s'il eût été coupable lui-même : il avait honte pour l'E-
glise tout entière.

L'armateur se calma un peu. Il reprit
après un court moment de silence :

— Je n'ai pas voulu prendre un parti
avant d'avoir consulté un homme calme et
sage, et je vous ait fait appeler, Marius...
Mon premier mouvement a été de courir
chez ce prêtre et de le souffleter. Il y a
peut-être mieux à faire...

Marius avait écouté son patron d'un air
tranquille, ce qui mit un peu de calme
dans le cœur de Chastanier. Le jeune
homme, qui avait sa réponse toute prête,
ne pensait guère à Donadéi; il s'interrogeait pour savoir de quelle façon il pourrait solliciter un emprunt. A ce moment,
il entendit M. Martelly qui lui disait avec
force :

— Voyons, à ma place, que feriez-vous?

Le jeune homme se mit à sourire.

— Je ferais ce que j'ai fait, dit-il paisiblement.

Et il conta l'enlèvement de Clairon. Dès
les premiers mots, dès que le jeune homme eut parlé de l'entretien qu'il avait eu

avec Claire, au sujet du livre de messe, M. Martelly lui serra la main avec effusion.

La certitude que sa sœur avait passé au milieu du péril, sans même s'en douter, le remplit d'une grande joie. Il se mit à rire lorsqu'il connut l'aventure entière, et l'abbé Chastanier lui-même ne put retenir un sourire triste qu'il se hâta de réprimer; le pauvre prêtre n'oublia pas que dans cette comédie burlesque un ministre de la religion avait joué le vilain rôle.

— Je ne vous aurais pas avoué, dit en terminant Marius, la part que j'ai prise dans cette mystification, si vous aviez ignoré le danger que votre tranquillité a pu courir... J'ai voulu simplement vous rassurer.

— Ne cherchez pas à échapper à ma reconnaissance, s'écria l'armateur... Je vous regardais déjà comme mon fils adoptif; vous venez de me rendre un tel service, que je ne sais vraiment comment vous en récompenser.

En disant ces mots, M. Martelly attira Marius à part et le regarda ensuite en face, d'une façon douce et encourageante.

— Vous n'avez pas de secret à me dire? demanda-t-il à demi-voix.

Marius se troubla.

— Vous êtes un grand enfant, continua l'armateur... Heureusement que j'ai vu Mlle Fine pendant votre maladie; sans cela j'ignorerais encore tout à cette heure.

Attendez, je vais vous signer un bon de quinze mille francs, que vous toucherez sur-le-champ à la caisse, si vous voulez.

En entendant l'offre généreuse que lui faisait l'armateur, Marius fut cloué sur place. Il pâlit, et une émotion inexprimable emplit ses yeux de grosses larmes. Il étouffait, il craignait d'éclater en sanglots.

Eh quoi! on lui offrait brusquement cet argent qu'il avait cherché avec désespoir pendant plusieurs mois; il n'avait rien demandé, et ses plus chers désirs étaient satisfaits! Il croyait rêver, il ne comprenait pas encore.

M. Martelly s'était dirigé vers une table. Il s'assit et se disposa à signer un bon sur sa caisse. Avant de se mettre à écrire, il leva la tête et dit simplement à Marius :

— C'est bien quinze mille francs qu'il vous faut, n'est-ce pas?

Cette question tira Marius de sa stupeur. Il joignit les mains, et, d'une voix tremblante :

— Comment connaissez-vous mes secrètes pensées? demanda-t-il; qu'ai-je fait pour que vous soyez si bon et si généreux?

L'armateur sourit doucement.

— Je ne vous dirai pas, comme on dit aux enfants, que mon petit doigt m'a tout conté... Mais, en vérité, j'ai reçu la visite d'une petite fée. Ne vous l'ai-je pas déjà avoué? Mlle Fine est venue me voir.

Le jeune homme comprit enfin. Il remercia ardemment, du fond de son cœur, le bon ange qui, tout en le sauvant de la mort, avait travaillé à lui rendre la tranquillité et l'espoir. Il s'expliqua alors le visage paisible et souriant de la bouquetière, lorsqu'il lui avait parlé de Philippe. Elle était certaine du salut du prisonnier, elle avait accompli à elle seule toute la besogne pénible d'un emprunt.

Marius ne savait plus s'il devait se jeter aux pieds de M. Martelly, ou courir se jeter à ceux de Fine. Il était tout reconnaissance, tout amour.

L'armateur prenait un plaisir pur à voir le visage de son employé s'éclairer des joies du cœur. Ses regards rencontrèrent ceux de l'abbé Chastanier qui était resté assis, et ces deux hommes se comprirent ; le libre penseur, le républicain goûtait, ainsi que le prêtre, les voluptés du bienfait, l'émotion délicieuse de faire le bonheur d'autrui et d'assister au spectacle de ce bonheur.

— Mais, s'écria Marius au milieu de sa joie, je ne sais quand je pourrai vous rembourser une aussi forte somme.

— Que cela ne vous inquiète pas, répondit l'armateur... Vous m'avez rendu de grands services, vous venez de me sauver peut-être du déshonneur. Laissez-moi vous obliger, sans qu'il soit question de remboursement entre nous.

Et comme une ombre passait sur le

front de Marius, l'armateur lui prit la main et ajouta :

— Je n'entends pas payer votre dévouement, mon ami... Je sais que ce n'est point avec de l'argent qu'on s'acquitte de certaines dettes... Je vous en prie, voyez la question d'une autre façon : il y a bientôt dix ans que vous êtes chez moi et j'espère que vous y resterez longtemps encore ; eh bien ! les quinze mille francs que je vais vous donner, sont une prime, une légère part dans les bénéfices que j'ai réalisés avec votre concours... Vous ne pouvez refuser.

M. Martelly se pencha pour signer le bon. Marius l'arrêta encore.

— Vous savez à quel emploi je destine cet argent? demanda-t-il avec une certaine anxiété.

L'armateur posa la plume, contrarié et légèrement pâle.

— Bon Dieu ! s'écria-t-il, comme les honnêtes gens sont difficiles à obliger ! Il faut avec eux tout savoir.. Eh ! par grâce, mon ami, ne me forcez pas à être votre complice.

Je sais que vous êtes un brave garçon, une âme dévouée et aimante. Voilà tout. Je n'ai pas besoin de connaître tous vos actes et toutes vos pensées. Vous ne ferez jamais une action mauvaise, n'est-ce pas? Cela me suffit.

Par un scrupule d'esprit juste et libéral, M. Martelly voulait sembler ignorer que l'argent remis par lui à Marius allait servir à acheter une conscience. Il prêtait d'ailleurs très volontiers la main à l'évasion de Philippe, sachant quelles armes M. de Cazalis avait employées pour faire emprisonner le jeune homme. Mais, en principe, il désirait garder intacte son austérité républicaine, il s'était promis de n'être pas ouvertement complice de l'évasion.

Marius insista. Alors l'abbé Chastanier intervint avec cet aveuglement de charité qui lui faisait toujours accepter légèrement les plus lourdes responsabilités.

— Ne refusez pas, mon ami, dit-il au jeune homme. Je connais vos projets et je me porte garant auprès de M. Martelly que ce que voulez faire est bon et juste.

Il souriait de son pâle sourire de vieillard. Marius comprit quelle charité suprême lui dictait de semblables paroles, et il vint lui serrer les mains avec effusion. Pendant ce temps, l'armateur signait le bon de quinze mille francs.

— Voici, dit-il, en remettant le papier à Marius. Je vous engage à passer à la caisse tout de suite.

Et comme le jeune homme, après l'avoir remercié encore, allait se retirer, il le rappela.

— Ah! écoutez, ajouta-t-il, vous devez être encore un peu faible. Prenez un congé d'une semaine. Vous travaillerez mieux ensuite.

Il voulait lui donner le temps d'aller délivrer Philippe. Marius devina et fut de nouveau ému aux larmes. Il se retira rapidement, pour ne pas pleurer comme un enfant, et il passa sur-le-champ à la caisse. Quand il eut les quinze mille francs dans sa poche, il descendit l'escalier en quatre sauts et se mit à courir dans la rue comme un fou. Il allait chez Fine.

Justement la bouquetière était dans sa petite chambre de la place aux Œufs. Marius entra brusquement, riant et dansant, la tête perdue. Il prit la jeune fille à bras-le-corps et l'embrassa bruyamment sur les deux joues, comme une sœur. Puis il étala sur la table les quinze billets de banque. Fine étonnée, presque effrayée de l'entrée étrange du jeune homme, se mit à rire et à battre des mains.

Alors eut lieu entre les deux amants une scène charmante de tendresse, de remerciements et d'effusions. Marius criait qu'il était un imbécile et que Fine seule avait tout sauvé. Et il baisait les mains de la jeune fille, il se mettait à genoux devant elle, il la regardait avec une extase attendrie.

Fine, en rougissant, se défendait vivement et cherchait à prouver qu'elle ne méritait pas le moindre merci.

Pendant près de six mois, ils s'étaient voués à une tâche pénible, ils avaient vainement frappé à toutes les portes. Et, aujourd'hui, tout d'un coup, la rançon de

Philippe se trouvait étalée devant leurs yeux. Leur joie devait être poignante. Ils oubliaient leurs misères et leurs terreurs, les hontes et les sottises qu'ils avaient coudoyées un instant. Il n'y avait plus que de la félicité, une joie chaude et large dans leur cœur.

Avant de se séparer, ils arrêtèrent qu'ils partiraient le lendemain matin pour Aix.

XX

L'ÉVASION

Le lendemain, vers sept heures, Marius alla louer un cabriolet. Il ne voulait pas prendre la diligence. Il avait besoin d'une voiture pour la fuite, et il préférait se procurer à Marseille cette voiture qui le conduirait ainsi à Aix et qui lui servirait ensuite pour ramener son frère. La veille, il s'était entendu avec un capitaine marin, qui devait conduire Philippe à Gênes.

Marius et Fine partirent à neuf heures. Le jeune homme conduisait. Ce fut une véritable partie de plaisir pour les deux amoureux.

A la montée de la Viste, ils descendirent et coururent sur la grande route comme des enfants, laissant le cheval marcher lentement. Ils déjeunèrent à Septèmes, dans une petite chambre d'auberge, et, au dessert, ils firent mille projets d'avenir. Maintenant que Philippe allait être libre, ils pouvaient songer à leur mariage. Ils s'attendrissaient, ils voyaient venir l'heure où ils s'aimeraient en paix.

Le reste du voyage fut fait en toute

gaieté. Vers midi, ils passèrent devant la propriété d'Albertas et s'arrêtèrent de nouveau pour laisser souffler le cheval et pour se reposer eux-mêmes sous les arbres, à droite de la route. Ils entrèrent enfin dans Aix à trois heures.

Malgré tous leurs retards, ils arrivaient encore bien trop tôt. Pour ne pas éveiller les soupçons, il voulaient ne se rendre à la prison qu'à la tombée du jour. Marius laissa le cabriolet à la garde de Fine, dans une rue déserte, et alla frapper chez son parent Isnard. Celui-ci fit remiser la voiture et s'engagea à se trouver avec elle, à minuit précis, au haut de la montée de l'Arc. Les deux jeunes gens, quand ces diverses précautions furent prises, se cachèrent jusqu'au soir.

Comme Marius gagnait avec Fine la boutique d'Isnard, où ils devaient attendre la nuit, il se heurta presque dans M. de Cazalis, au détour d'une rue. Il baissa la tête et marcha rapidement. Le député ne le vit pas.

Mais le jeune homme se désespéra de cette rencontre; il lui vint de sourdes inquiétudes, il craignit que quelque nouveau malheur empêchât, au dernier moment, l'accomplissement de sa tâche. Sans doute, M. de Cazalis était à Aix pour hâter sa vengeance, et peut-être avait-il réussi à assurer son triomphe.

Jusqu'au soir, Marius fut fiévreux et impatient. Les idées les plus bizarres lui venaient à l'esprit et l'effrayaient. Maintenant qu'il avait l'argent, il redoutait de rencontrer d'autres obstacles.

Enfin, il se rendit à la prison, accompagné de Fine. Il était neuf heures. Les deux jeunes gens frappèrent à la porte massive. Un pas lourd se fit entendre, et une voix grondeuse leur demanda ce qu'ils voulaient.

— C'est nous, mon oncle, dit Fine. Ouvrez-nous.

— Ouvrez-nous vite, monsieur Revertégat, murmura Marius à son tour.

La voix grondeuse grogna et répondit sourdement :

— M. Revertégat n'est plus ici, il est malade.

Le guichet se ferma. Marius et Fine restèrent muets et accablés devant la porte close.

La bouquetière, depuis quatre mois, n'avait pas jugé nécessaire d'écrire à son oncle. Elle avait sa promesse, et cela suffisait.

La nouvelle de la maladie du bonhomme fut un coup de foudre pour elle et son compagnon. Jamais la pensée ne leur était venue que Revertégat pût être malade. Et voilà que tous leurs efforts se brisaient contre un obstacle imprévu. Ils avaient la rançon de Philippe, et ils ne pouvaient le délivrer.

Quand leur stupeur douloureuse fut un peu dissipée, la bouquetière se redressa.

— Allons voir mon oncle, dit-elle; il doit être chez une de ses cousines, rue de la Glacière.

— A quoi bon? répondit Marius, tout est perdu.

— Non, non, venez toujours.

Marius la suivit comme écrasé sous le désespoir. Fine marchait gaillardement, ne pouvant croire que le hasard fût si cruel.

Revertégat se trouvait, en effet, chez sa cousine de la rue de la Glacière. Il y était alité depuis quinze jours. Quand il vit entrer les deux jeunes gens, il comprit ce qu'ils venaient réclamer de lui. Il se souleva à demi, baisa sa nièce au front, et lui dit avec un sourire :

— Eh bien! l'heure est donc venue?

— Nous sommes allés à la prison, répondit la jeune fille. On nous a dit que vous étiez malade.

— Mon Dieu! pourquoi ne nous avez-vous pas prévenus? s'écria douloureusement Marius. Nous nous serions hâtés.

— Oui, reprit la bouquetière, maintenant que vous n'êtes plus geôlier, comment allons-nous faire?

Revertégat les regardait, surpris de ce désespoir.

— Pourquoi vous désolez-vous? demanda-t-il enfin. Je suis un peu souffrant, c'est vrai; j'ai demandé un congé, mais j'occupe toujours ma place; je me mets à

vos ordres pour demain soir, si vous le
voulez.

Marius et Fine poussèrent un cri de
joie.

— L'homme qui vous a répondu, continua Revertégat, a été chargé de me rem-
placer pour quelques jours. Demain matin, j'irai reprendre mon emploi ; je n'ai
plus qu'un peu de fièvre, je puis sortir
sans danger. D'ailleurs, le cas est pressant.

— Je savais bien qu'il ne fallait pas
désespérer ! cria triomphalement la bouquetière.

Marius était tout tremblant d'émotion.

— Vous avez eu raison de venir me
voir aujourd'hui, reprit le geôlier après
un court silence. J'ai appris ce matin que
M. de Cazalis était à Aix et qu'il faisait
tous ses efforts pour hâter le jour de l'exposition publique... Il a obtenu, m'a-t-on
dit, que cette exposition aurait lieu dans
trois jours. Si M. Philippe ne se sauve
pas demain soir, je ne pourrai plus vous
servir, car après-demain le prisonnier
sera transféré dans la prison de Marseille.

Marius frissonna. Il était arrivé à temps.
Il s'entendit avec Revertégat et prit rendez-vous pour le lendemain soir. Il courut ensuite prévenir Isnard que la fuite
était retardée d'un jour.

Le lendemain, les deux jeunes gens restèrent cachés pendant toute la journée.

D'ailleurs, ils étaient plus calmes, ils avaient une certitude, ils ne redoutaient plus que les petits obstacles imprévus qui se présentent dans toute aventure.

L'évasion devait avoir lieu à onze heures. Vers dix heures, Marius et Fine se rendirent à la prison. Revertégat était à son poste ; il leur ouvrit doucement et les introduisit dans la geôle.

— Tout est prêt, leur dit-il.

— Mon frère est-il prévenu ? demanda Marius.

— Oui... J'ai dû prendre quelques précautions. Pour mettre ma responsabilité à couvert autant que possible, je désire que le prisonnier ait l'air de s'être sauvé par la fenêtre de son cachot.

— C'est un excellent désir, mon oncle, interrompit Fine avec gaieté.

— Voici ce que j'ai fait, continua Revertégat. Cette après-midi, je me suis rendu dans la cellule de M. Philippe et j'ai scié moi-même un des barreaux de sa fenêtre.

— Est-ce qu'il est nécessaire que mon frère passe par la fenêtre ? demanda Marius avec inquiétude.

— Pas le moins du monde ; nous allons aller le chercher, il sortira avec vous par la porte... Seulement, je détacherai le barreau et j'attacherai à la grille un bout de corde. Demain, on croira que le prisonnier s'est enfui par là... Je n'en donnerai pas moins ma démission, mais j'éviterai ainsi de grands ennuis.

Les jeunes gens approuvèrent ce plan. Revertégat alluma une lanterne sourde, et tous trois se dirigèrent à pas de loup vers la cellule de Philippe. Marius tenait sous son bras un grand caban, pour envelopper et cacher son frère.

Ils trouvèrent Philippe debout, prêt à partir. Marius put à peine le reconnaître, tant il avait pâli et maigri. Ils s'embrassèrent silencieusement, évitant de parler pour ne point faire de bruit. Revertégat alla à la fenêtre, détacha le barreau et noua le bout de la corde. Fine était restée dans le couloir pour faire le guet.

Et ils revinrent tous quatre par les corridors étroits, se glissant lentement le long des murs, redoutant de se heurter dans l'ombre.

Marius n'avait pas quitté la main de Philippe. Quand ils furent revenus à la geôle, il jeta le caban sur le dos de son frère, lui cacha la tête dans le capuchon, et voulu s'éloigner tout de suite. Un tremblement intérieur le faisait haleter; maintenant qu'il touchait au but de ses efforts, il craignait d'échouer. Au moindre bruit, il frissonnait. Revertégat eut beaucoup de peine à le faire patienter pendant dix minutes; le geôlier craignait que le bruit de leur marche dans les corridors n'eût donné l'éveil, et il voulait n'ouvrir la porte qu'à coup sûr. Un silence profond régnait dans la prison. Alors Revertégat se décida à tirer les verroux.

Les deux frères s'échappèrent vivement et se dirigèrent, la tête baissée, vers la place des Prêcheurs. Fine resta un instant en arrière : elle était chargée de remettre les quinze mille francs à son oncle. Elle rejoignit ses compagnons au moment où ils allaient s'engager dans la petite rue Saint-Jean.

Ils prirent ensuite le Cours et marchèrent dans l'ombre noire des arbres. Une seule crainte leur restait : il leur fallait sortir de la ville, alors fermée de portes que des gardiens étaient chargés d'ouvrir aux gens attardés, et ils redoutaient d'être arrêtés là misérablement.

Ils marchaient toujours, regardant autour d'eux, se défiant des rares passants qu'ils rencontraient. A la hauteur de la rue des Carmes, ils trouvèrent un homme qui se mit à les suivre. Le cœur de Marius battit à se rompre. Le jeune homme crut que tout était perdu.

A un moment, l'inconnu hâta le pas. Il vint gaillardement frapper sur l'épaule de Marius.

— Eh! je ne me trompe point, dit-il, c'est vous, mon jeune ami. Que diable faites-vous à cette heure sur le Cours?

Marius, pris d'une rage sourde, serrait déjà les poings, lorsqu'il reconnut la voix de M. de Girousse.

— Vous voyez, je me promène, répondit-il en balbutiant.

— Ah ! vous vous promenez, reprit le comte d'un ton narquois.

Il regarda Fine, il regarda surtout Philippe enveloppé dans le caban.

— Voilà une tournure que je connais, murmura-t-il.

Et il ajouta avec sa brusquerie amicale :

— Voulez-vous que je vous accompagne ? Vous désirez sortir d'Aix, n'est-ce pas ?... On n'ouvre pas la porte à tout le monde. Je connais un garde. Venez.

Marius accepta avec reconnaissance. M. de Girousse fit ouvrir la porte sans difficulté. Il n'avait plus adressé une seule parole aux jeunes gens. Quand il fut sur la place de la Rotonde, il donna une poignée de mains à Marius.

— Je vais rentrer par la porte d'Orbitelle, lui dit-il. Bon voyage.

Et il reprit à voix plus basse, en se penchant :

— C'est moi qui rirai bien demain, en voyant la mine que fera de Cazalis.

Marius regarda avec émotion s'éloigner cet homme généreux qui cachait la bonté de son cœur sous des allures brusques et originales.

Isnard attendait les fugitifs avec le cabriolet. Philippe voulut conduire, pour recevoir tout l'air de la nuit au visage.

Il éprouvait une poignante volupté à sentir la légère voiture l'emporter dans l'ombre ; cette course lui faisait mieux goûter les délices de la liberté.

Puis vinrent les effusions, les confidences, pendant que le cheval montait lentement les pentes. Fine et Marius avouèrent leur amour à Philippe, et celui-ci parut charmé des douceurs de cette jeune tendresse. En prison, il avait beaucoup réfléchi, il était devenu grave. Il ne pensait plus à ses amourettes d'autrefois; il comprenait que la vie s'ouvrait devant lui, impérieuse et difficile.

Lorsque son frère lui annonça qu'il épouserait sans doute prochainement la bouquetière, il devint pâle et triste. Il songeait à Blanche. Marius comprit qu'il venait involontairement de toucher à une blessure encore vive; il donna à Philippe des nouvelles de son enfant, il s'entretint gravement avec lui, à demi-voix, et lui promit de veiller aux intérêts de son cœur pendant son absence.

Il allait d'ailleurs s'occuper activement de lui obtenir sa grâce. Il ne l'oublierait pas dans les tranquillités saintes, dans les tiédeurs caressantes de ses amours. Lui et Fine songeraient à l'exilé.

Et, le lendemain matin, Philippe, accoudé sur le pont du petit navire qui le conduisait à Gênes, regarda longuement la côte de Saint-Henri. Là-bas, au-dessus des flots bleus, il apercevait une tache blanche, la maison où la pauvre Blanche pleurait toutes les larmes de son cœur.

FIN DE LA DEUXIÈME PARTIE

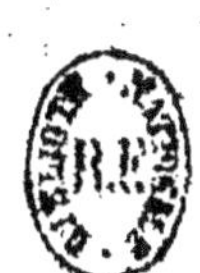

TABLE

Paris. — Imprimerie Nouvelle. — G. Masquin et Ce.
14, rue des Jeûneurs

UN
DUEL SOCIAL

PAR

AGRIPPA

TROISIÈME PARTIE

PARIS

AUX BUREAUX DU CORSAIRE

2, RUE DE MULHOUSE, 2

1873

UN

DUEL SOCIAL

UN
DUEL SOCIAL

PAR

AGRIPPA

TROISIEME PARTIE

PARIS

AUX BUREAUX DU *CORSAIRE*

2, RUE DE MULHOUSE, 2

—

1873

UN
DUEL SOCIAL

TROISIÈME PARTIE

I

LE COMPLOT

Environ deux mois après l'évasion de Philippe, par une calme soirée de février, Blanche se promenait lentement au bord de l'eau. Le crépuscule allait tomber. Au loin, la mer était toute pâle, toute tranquille, et, au pied de la côte, elle bruissait faiblement, à peine frissonnante sous les vents du soir. La journée avait été presque chaude ; les tiédeurs du printemps prochain traînaient déjà au fond de l'air limpide. Dans le grand ciel bleu du Midi, il y a parfois des soleils d'hiver qui ont les forces généreuses des soleils d'été.

La jeune femme allait à petits pas, le long de la falaise, regardant tomber la nuit sur les flots qui devenaient d'un bleu

noir et dont les plaintes se faisaient plus
vagues et plus douces. La pauvre Blanche
était bien changée ! Elle avait à peine dix-
sept ans, et les fatalités terribles qui venaient de la frapper la courbaient et mettaient sur son jeune visage des pâleurs
de morte. Toute sa vigueur, toute sa vie
légère et insouciante s'en étaient allées
dans ses larmes. Le terme terrible où elle
serait mère approchait, et elle avançait
en chancelant, plus accablée encore sous
le poids de ses désespoirs que sous le
poids de son enfant.

Derrière elle, à quelques pas, marchait
une grande femme, sèche et roide, qui la
suivait, comme un garde-chiourme suit
un forçat. Elle ne la perdait pas des yeux,
elle surveillait tous ses mouvements. Cette
femme était une nouvelle gouvernante
que M. de Cazalis avait donnée à sa nièce
depuis quelques semaines. Le député se
trouvait alors à Marseille, où il était accouru dès qu'il avait appris que les couches de Blanche devaient avoir lieu prochainement. Il voulait être là pour veiller
à ses intérêts. Cet enfant, ce bâtard qui
allait entrer dans sa famille, l'inquiétait
étrangement. D'ailleurs, ses calculs étaient
faits, il désirait seulement suivre le plan
qu'il avait arrêté longtemps à l'avance.
On verra quel était ce plan.

Lorsqu'il eut obtenu un congé et qu'il
put se rendre en secret à la petite maison
de Saint-Henri, il se dit que sa nièce

n'était pas assez prisonnière. Il lui fallait cloîtrer la pauvre enfant, s'il tenait à mener à bien ses projets. La première gouvernante qu'il avait choisie lui parut avoir été trop faible, trop complaisante. Il sut qu'une jeune fille venait presque chaque jour s'entretenir avec Blanche, et cela lui donna des craintes secrètes. C'est alors qu'il résolut de confier la garde de la petite maison à une geôlière vigilante qui ne laisserait entrer personne et qui lui rendrait un compte fidèle des incidents les plus minces.

Mme Lambert, la femme roide et sèche, le garde-chiourme, était admirablement faite pour jouer un pareil rôle. Vieille fille, élevée dans une dévotion exagérée, elle avait la rudesse des cœurs étroits, la méchanceté sourde des gens qui n'ont jamais aimé. Elle savait Blanche coupable d'une faute d'amour, et cela la rendait plus dure, plus implacable, elle que tous les hommes dédaignaient. Elle exécuta dans sa rigueur le mandat que M. de Cazalis lui avait confié, elle surveilla sa prisonnière avec une ruse diabolique, elle fit autour d'elle une solitude complète, renvoyant ceux qui s'approchaient de trop près.

La petite maison devint ainsi une sorte de citadelle dans laquelle elle se retrancha et où elle tint Blanche à sa merci. Fine fut chassée impitoyablement; dès qu'elle se montrait sur la côte, Mme Lam-

bert se mettait à une des fenêtres et restait là à l'épier jusqu'à ce qu'elle se fût
éloignée. La bouquetière dut renoncer à
venir. Alors la pauvre Blanche manqua
mourir de chagrin et d'ennui; elle se sentit étouffer dans l'étreinte rude de sa geôlière qui la serrait chaque jour davan-
lage.

Un seul visiteur, l'abbé Chastanier,
était admis, et encore Mme Lambert s'ar-
rangeait-elle de façon à entendre ce que
le prêtre disait à la jeune femme.

Ce soir-là, Blanche avait obtenu de sa
gouvernante la grâce de faire une courte
promenade au bord de la mer. Ses couches étaient prochaines, et il lui prenait
des nausées, des étourdissements que le
grand air calmait. Les deux promeneuses
suivaient la falaise, la jeune femme se
demandant comment elle pourrait faire
pour déjouer cette surveillance qui en-
travait ses projets, Mme Lambert regardant derrière chaque roche, craignant de
voir quelqu'un s'élancer et lui voler sa
proie. Cemme elles allaient rentrer, elles
virent tout à coup dans l'étroit sentier
une forme noire qui s'avançait vers elles.

La nuit était complétement tombée.
Mme Lambert eut une peur atroce, et elle
se portait vivement en avant, lorsqu'elle
reconnut l'abbé Chastanier. Le prêtre
n'avait pas trouvé Blanche dans la petite
maison, et il venait la chercher sur la
côte.

— Rentrons vite, dit brusquement Mme Lambert. Vous serez mieux pour causer dans le salon. Le vent devient frais.

— Nous sommes très bien ici, murmura Blanche. Restons encore quelques instants.

Et elle poussa légèrement du coude l'abbé Chastanier, pour qu'il appuyât son désir.

— Eh! oui, dit à son tour le prêtre, la soirée est d'une douceur printanière. Cet air frais qui vient de la mer est excellent, et il fera grand bien à notre chère malade.

Il prit le bras de la jeune femme et ajouta gaiement :

— Nous allons nous promener ensemble, mon enfant, comme deux amoureux..! Si vous craignez de vous enrhumer, rentrez, madame Lambert. Nous vous rejoindrons tout à l'heure.

Et il reprit le chemin de la falaise, emmenant avec lui Blanche que l'innocente malice du vieillard fit sourire. Mme Lambert n'eut garde de rentrer; elle aurait mieux aimé courir le risque de s'enrhumer dix fois que de perdre de vue sa prisonnière pendant un quart d'heure.

Elle se mit à suivre les promeneurs à une dizaine de pas, grondant, prise d'inquiétude et de rage, tâchant d'écouter ce qu'ils disaient et s'emportant contre les vagues dont les clameurs l'empêchaient d'entendre. Elle écoutait à l'aise dans la

petite maison, soit franchement, soit cachée derrière une porte ; mais là, sur les
rochers, elle n'osait, elle ne pouvait faire
son métier d'espion.

Blanche disait au prêtre d'une voix
triste et reconnaissante :

— Que je vous remercie de m'avoir ai-
dée à me procurer un moment d'entretien avec vous !... Vous le voyez, ma prison
devient chaque jour plus étroite.

— Espérez, ma chère enfant, répondit
l'abbé Chastanier ; vous serez délivrée
bientôt, vous pourrez alors agir selon votre foi et selon votre cœur.

— Oh ! je ne pense pas à moi, ils pourraient faire de ma triste personne ce qu'il
leur plairait, sans que j'eusse la moindre
idée de révolte... D'ailleurs, vous le savez, ma résolution est prise, vos douces
paroles m'ont indiqué le seul chemin que
je puisse suivre maintenant.

— Ce n'est pas moi, c'est Dieu lui-même qui vous a menée à la paix et à l'espoir.

Blanche sembla ne pas avoir entendu.
Elle continua en s'animant peu à peu :

— J'ai fait le sacrifice de toutes mes
joies, je suis heureuse de souffrir ; car
j'espère ainsi gagner mon pardon... Par
moments, je voudrais inventer des cilices
plus rudes pour hâter la pénitence.

— Alors, mon enfant, pourquoi vous
plaignez-vous de votre solitude ? demanda
doucement le prêtre.

— Eh ! il ne s'agit pas de moi, mon père. Si j'étais seule menacée d'une prison peut-être éternelle, je me résignerais... Mais je tremble pour ce pauvre petit que je vais mettre au monde.

— Que pouvez-vous craindre ?

— Que sais-je ?... Si mon oncle n'avait pas certains projets, il ne m'enfermerait point ainsi. Songez à toutes les précautions que l'on prend pour m'isoler, pour m'empêcher de communiquer en secret, même avec vous... Je suis sûre que Mme Lambert se désespère en ce moment.

— Vous exagérez.

— Non, vous savez que je dis la vérité, vous cherchez à calmer mes inquiétudes. Voyez-vous, tout cela m'épouvante, et je crains pour mon enfant, je crains un malheur que je sens là, dans l'ombre.

Elle garda un silence douloureux et reprit brusquement, d'une voix déchirée :

— Voulez-vous m'aider à sauver mon enfant ?

Le prêtre fut surpris et troublé par ce cri. Il hésita, n'osant répondre.

— Calmez-vous, dit-il enfin. Vous savez que je vous suis tout dévoué.

— Je vous le répète, continua Blanche, j'ai fait le sacrifice de mes joies, mais je désire que mon enfant soit heureux.

— Que puis-je faire pour vous ? demanda l'abbé Chastanier ému.

Mme Lambert s'était approchée peu à peu. Elle avait fini par marcher sur les talons des promeneurs. Blanche entendit le bruit de ses pas sur les cailloux ; elle se pencha et dit à voix basse au prêtre :

— Priez Fine de venir ici demain vers six heures et de passer près de moi, sans que Mme Lambert puisse la reconnaître.

Le lendemain, Blanche et sa gouvernante se promenaient sur la falaise, au coucher du soleil. Pendant la journée, la jeune femme s'était plainte de violentes douleurs à la tête, et elle avait passé l'après-midi entière enfermée dans sa chambre. Puis, le soir, elle avait feint des éblouissements et des nausées pour aller prendre l'air sur la côte.

Mme Lambert se tenait auprès d'elle, méfiante, se promettant de ne pas se laisser jouer le même tour que la veille. Blanche, de temps à autre, regardait avec anxiété le chemin qui venait de Marseille.

A la nuit tombante, elle vit au loin, sur ce chemin, une femme vêtue d'une mante provençale et dont le visage était caché sous un large capuchon d'indienne. A la démarche vive et leste de cette femme, elle devina que c'était la personne qu'elle attendait.

La femme avançait rapidement. En passant, elle heurta légèrement Blanche, qui lui remit une lettre, en murmurant :

— Accomplissez mes vœux, je vous en supplie !

Et le doux visage de Fine apparut un

instant sous le capuchon, avec un bon sourire consolateur, plein de promesses de dévouement. Puis, la bouquetière se retira lestement, comme elle était venue.

Mme Lambert, sèche et roide, n'avait rien vu, rien compris.

III

II

Comme le disait Blanche, si son oncle n'avait pas eu certains projets, il ne l'aurait point enfermée ainsi. Le désir de cacher autant que possible la grossesse de la jeune femme ne justifiait pas l'excès de précautions que prenait M. de Cazalis pour isoler sa nièce et la tenir complètement en sa puissance. Le rôle impitoyable que jouait Mme Lambert, l'attitude grave et sévère du député, la vie solitaire qu'on lui faisait mener, tout avertissait Blanche que quelque événement cruel se tramait dans l'ombre et la menaçait.

Par un instinct maternel, elle sentait que ce n'était point elle qu'on voulait frapper, mais l'enfant qu'elle portait encore dans son sein. On attendait sans doute la naissance de ce pauvre petit, et alors se passerait quelque chose de terrible qu'elle ne pouvait prévoir, mais dont la pensée vague la faisait trembler. Elle avait appelé Fine à son secours pour sauver le nouveau-né des malheurs qui la désespéraient à l'avance.

Les craintes de Blanche étaient exagérées. La solitude dans laquelle elle vivait exaltait ses pensées et dressait devant elle des hallucinations horribles. M. de Cazalis n'était pas un homme à se compromettre en martyrisant un enfant.

Il désirait simplement faire disparaître le plus possible l'héritier de Blanche. Voici, d'ailleurs, en quelques mots, le plan qu'il avait arrêté et les raisons qui le poussaient à employer de pareils moyens.

Blanche, à la mort de son père, s'était trouvée riche de plusieurs centaines de mille francs. Elle avait dix ans. Elle se retira chez son oncle, qui fut nommé tuteur, et qui, dès lors, géra la fortune de la jeune fille. D'ailleurs, il n'entama pas cette fortune; mais en se voyant tant d'or entre les mains, il perdit la tête, il mena grand train, il mangea presque entièrement sa propre fortune en quelques années.

Lors de la fuite de sa nièce avec Philippe, il eut une peur atroce d'être obligé de rendre ses comptes de tutelle, non pas qu'il eût dissipé entièrement l'argent qui appartenait à Blanche, mais parce qu'il serait tombé dans une véritable misère si on lui avait retiré cet argent des mains. Depuis plusieurs mois, il ne vivait plus que sur le bien de sa nièce.

Tant qu'il avait tenu la jeune fille en sa possession, il n'avait éprouvé aucune crainte. Il savait qu'il faisait d'elle tout ce qu'il voulait, qu'il la pliait à ses volontés, comme une cire molle. Le caractère faible de sa nièce le mettait à l'aise. Jamais une pareille poupée n'oserait réclamer son bien !

Il comptait la marier ou la mettre au couvent, en ne lâchant que le moins d'argent possible. Aussi l'escapade de Blanche l'avait-elle attéré. S'il s'était emporté, s'il avait traqué les fugitifs, s'il avait repris violemment sa nièce avec lui, c'est qu'il redoutait un mariage entre elle et Philippe ; il connaissait Philippe, il savait que ce garçon lui ferait rendre jusqu'à la dernière pièce d'or. Son intérêt avait été tout aussi douloureusement atteint que son orgueil. Tandis qu'il s'emportait tout haut contre une mésalliance, il frissonnait en se disant tout bas que cette mésalliance ne serait pas seulement une tache à son blason, mais encore un trou horrible à sa bourse par lequel son luxe et sa puissance s'en iraient.

Aussi était-il rentré en possession de Blanche avec toutes les joies âpres d'un avare qui a de nouveau entre les doigts un trésor qu'on lui avait volé. Il s'apprêta à jouir commodément des richesses de sa nièce.

Et voilà que sa nièce devint enceinte. Lorsqu'il s'aperçut de cette grossesse, il fut terrifié. Tous ses calculs étaient derangés. Blanche allait avoir un héritier, et cet héritier serait sans doute plus exigeant que sa mère. De Cazalis devint impitoyable, il voulut traîner Philippe au poteau ; il chercha à le rendre infâme pour faire rejaillir un peu de son infamie sur son enfant ; il aurait voulu pouvoir priver cet enfant de ses droits civils avant même qu'il vînt au monde.

Quand il apprit que Philippe était en fuite et qu'il échappait ainsi à l'infamie, ses inquiétudes se changèrent en véritables terreurs. Il était ruiné.

La lutte était suprême pour lui. S'il se trouvait obligé de rendre ses comptes de tutelle, il tombait littéralement sur la paille. Il serait encore très heureux s'il pouvait s'en tirer à aussi bon marché, au prix de la misère ; car il n'était pas bien sûr de n'avoir pas entamé la fortune de Blanche d'une façon trop large et trop visible.

D'un côté, en gardant sa nièce, en gardant l'argent, il continuait à mener grand train, il restait riche et puissant, il trouvait moyen de dépouiller la jeune fille d'une manière légale ; d'un autre côté, si on lui demandait brusquement des comptes, si l'on exigeait, au nom de l'enfant et de la mère, le dépôt remis entre ses mains, il était obligé de solliciter une aumône pour ne pas mourir de faim : il roulait dans la plus affreuse misère. On comprend avec quelle énergie il acceptait le combat et avec quelle âpreté il s'efforçait de triompher.

Blanche n'existait pas pour lui. Sur un simple regard, sur un éclat de voix, elle frissonnait, elle consentait à tout. Mais il tremblait à la pensée de l'enfant qu'elle portait en elle.

Cette petite créature qui n'avait pas encore vu le jour, faisait pâlir le tout-puissant Cazalis. Il se surprenait à désirer ardemment que cet enfant ne naquît pas vivant. Il ne lui aurait pas donné la mort, par orgueil de race, mais il priait Dieu de le frapper dans le sein de Blanche. Ce pauvre être grandirait, et, un jour, poussé par les Cayol, il pourrait réclamer les biens de sa mère. Cette pensée mettait des sueurs froides au front du député. Les Cayol, là était sa grande épouvante ! Si jamais les Cayol s'emparaient de l'enfant, ils l'élèveraient pour en faire leur vengeance.

Alors de Cazalis s'imaginait tous les malheurs qui l'accableraient : il lui faudrait rendre gorge, donner toute une fortune à ces gens qu'il aurait voulu écraser ; et lui, il mendierait peut-être le long des routes.

Telles étaient les craintes qui l'avaient poussé à enfermer Blanche dans la petite maison de la côte. Il voulait l'isoler des Cayol, empêcher les Cayol de s'entendre avec elle et de s'emparer de l'enfant, le lendemain des couches. Toutes les précautions qu'il prenait tendaient à lui assurer la possession pleine et entière du

fils de Philippe. Sa nièce ne comptait pas;
il lui aurait accordé une liberté plus
grande, s'il ne s'était agi que d'elle et de
ses caprices de malade.

Mais il fallait bien qu'il la tînt prisonnière pour ne pas laisser échapper son enfant. Il cloîtrait Blanche uniquement pour
cloîtrer son héritier. Il comptait être là,
à la naissance de ce pauvre être, pour
s'en emparer et l'empêcher de devenir
l'instrument de sa perte. En attendant, il
avait chargé Mme Lambert de surveiller
les alentours de la maison et de ne permettre à personne d'y pénétrer. Il craignait quelque coup de main.

Il se disait qu'il serait sauvé, lorsqu'il
tiendrait l'enfant en sa possession. Tout
au fond de lui, par moments, il était presque heureux que sa nièce eût commis une
faute irréparable.

Si elle était restée pure et qu'elle se fût
mariée, il n'aurait pu garder quelques
parcelles de sa fortune qu'avec beaucoup
de peine. Maintenant, elle ne se marierait
sans doute pas, elle entrerait dans un
couvent pour y pleurer sa honte et ses
amours brisées, et il garderait impunément tout l'argent. Il tolérait les visites
de l'abbé Chastanier, parce qu'il espérait
bien que le vieux prêtre indiquerait la
religion à Blanche comme unique refuge.
Cette façon de se débarrasser de la pauvre fille était si naturelle qu'elle devait
forcément réussir.

Une fois la mère au couvent, il se chargeait de l'enfant. Il était trop orgueilleux, trop égoïste, trop avide de puissance et de considération, pour songer un instant à un crime.

Son plan consistait simplement à garder toujours l'enfant auprès de lui, à l'élever avec soin, à tâcher de le pousser aussi dans la religion. D'ailleurs, il ne pouvait prévoir l'avenir. Il voulait seulement mettre toutes les chances de son côté. Au lieu d'une ruine immédiate, il préférait courir le risque d'une ruine lointaine. Son fils adoptif grandirait sous ses yeux, et il essayerait de s'en défaire d'une façon honnête, soit en le poussant dans les ordres, soit en le faisant tuer dans une guerre, soit en le jetant sur le pavé, après avoir trouvé un moyen légal de lui voler sa fortune. En tous cas, il fallait éviter à tout prix qu'il tombât entre les mains des Cayol.

On connaît maintenant les pensées secrètes et le plan de M. de Cazalis, et l'on s'explique pourquoi il tenait Blanche si étroitement cachée. Il venait la voir chaque jour, le matin, accompagné d'un docteur qui le renseignait quotidiennement sur les progrès de la grossesse.

Lorsque sa nièce hasardait quelques plaintes timides sur la façon dont on l'emprisonnait, il s'emportait, il parlait de l'honneur de la famille, il faisait rougir la pauvre enfant en lui criant qu'elle devrait s'enterrer elle-même dans une tombe pour dérober sa honte à tout le monde. Il aurait voulu en finir, il avait hâte de retourner à Paris où l'appelaient les travaux de la Chambre, qui était en pleine session ; mais il ne voulait pas s'éloigner avant d'avoir remis en mains sûres l'enfant de Blanche.

Chaque jour, il se faisait rendre un compte exact par Mme Lambert de ce qui s'était passé pendant son absence. Il lui demandait surtout si elle n'avait vu personne autour de la maison. La gouvernante le rassurait, personne ne se montrait, et Cazalis commençait à croire qu'on ne lui disputerait pas l'enfant.

Aussi éprouva-t-il une grande joie, lorsqu'un matin on lui annonça que les couches auraient lieu le soir même.

Blanche entendit ces paroles, dites à demi-voix. Quand son oncle et le médecin eurent quitté sa chambre, elle se traîna jusqu'à la fenêtre et attacha au volet un bout de chiffon blanc.

III

Il est nécessaire, pour l'intelligence des faits qui vont suivre, de décrire en quelques mots la petite maison de la côte. Cette maison offrait une singularité de construction assez bizarre : elle avait deux portes, une sur le devant, qui donnait accès dans les pièces du bas, et une sur le derrière, qui conduisait de plain-pied dans les chambres du haut. L'explication est simple : la maison se trouvait adossée contre un rocher qui montait jusqu'au premier étage, et ce premier étage, vu de l'intérieur des terres, devenait ainsi un rez-de-chaussée.

La chambre de Blanche, dont les fenêtres donnaient sur la mer, était en haut, à gauche de l'escalier. A la suite de cette chambre, il y en avait une seconde, plus petite, qui servait à la jeune fille de cabinet de toilette, et dans laquelle s'ouvrait la porte de derrière. Un cadenas rouillé fermait cette porte qui n'avait peut-être pas été ouverte depuis vingt ans. La clef était perdue, personne ne passait par là. M. de Cazalis, en louant la maison, n'avait pas songé à s'inquiéter de cette issue condamnée. Il ne se rappelait même plus son existence.

Quelques semaines avant ses couches, Blanche, en cherchant à terre une épingle qu'elle venait de laisser tomber, trouva dans une fente, entre le parquet et le mur, une petite clef dont la présence en cet endroit piqua sa curiosité. Sa première pensée fut que cette clef devait être celle du cadenas qui fermait l'ancienne porte. Elle ne s'était pas trompé ; la clef ouvrit le cadenas, et Blanche, poussant la porte, put jeter un coup d'œil dans la campagne. Elle mit sa trouvaille en sûreté et n'en parla à personne, avertie par une sorte d'instinct qu'elle avait désormais entre les mains un moyen de salut.

Le jour de ses couches, après avoir attaché un bout de chiffon blanc au volet de sa fenêtre, elle prit la petite clef du cadenas au fond du tiroir où elle l'avait cachée ; puis elle revint se coucher en chancelant. Elle glissa la petite clef sous un de ses matelas et se mit à sourire d'un air confiant et tranquille.

Dès que M. de Cazalis sut que les couches auraient lieu le soir, il résolut de s'établir dans la maison et de ne la quitter que lorsqu'il se serait assuré la possession de l'enfant. Il retint le médecin, fit venir une sage-femme et envoya chercher à

Marseille une nourrice qu'il avait arrêtée depuis longtemps ; cette nourrice était une créature qui lui appartenait corps et âme et sur la fidélité de laquelle il pouvait compter.

Ces dispositions prises, il attendit les événements ; il alla se promener au bord de la mer, vaguement inquiet, malgré toutes ses précautions, songeant avec terreur qu'il était perdu si l'enfant lui échappait. Et il se tranquillisait un peu, en se disant que cela était impossible, qu'il se coucherait plutôt devant la porte de Blanche, jusqu'à ce que le nouveau-né fût emporté par la nourrice.

Il se promena pendant plusieurs heures le long de la plage, jetant de temps à autre des coups d'œil sur les fenêtres de la chambre, où sa nièce criait dans les angoisses de l'enfantement. Ne voulant pas assister à cette scène, il avait prié Mme Lambert de venir le chercher, dès que les couches seraient terminées. La nuit tomba ; il finit par s'asseoir au milieu des galets, regardant les ombres qui allaient et venaient sur les vitres éclairées de la petite maison.

Pendant ce temps, la pauvre Blanche était à deux doigts de la mort. Un instant le médecin et la sage-femme désespérèrent de sa vie.

Le chagrin avait tellement affaibli son corps, que la secousse profonde de l'enfantement faillit la briser. Elle eut un fils,

et elle n'entendit pas le premier cri du
pauvre petit; pâle, évanouie, comme
morte, elle gisait sur son lit de douleur.
L'enfant fut mis à côté d'elle, la nourrice
n'était pas encore venue, et Mme Lambert courut prévenir M. de Cazalis que
tout était fini et que sa nièce se mourait.

Le député arriva en toute hâte et fut
horriblement contrarié en voyant que la
nourrice ne se trouvait pas là; il aurait
voulu que le fils de Blanche disparût sur-
le-champ. D'ailleurs, il se contint: il lui
fallait ne pas montrer son anxiété devant
le docteur et la sage-femme.

Au fond, il se souciait médiocrement
des souffrances de sa nièce, mais il dut
jouer l'inquiétude et l'affection en face de
la pauvre fille étendue toute blanche sur
le lit. Il demanda au docteur s'il y avait
quelque danger.

— Je ne le pense pas, répondit celui-ci,
et je crois que je puis me retirer.

Il ajouta en montrant la sage-femme :

— La présence de madame suffira. Seulement, je ne saurais trop vous recommander d'éviter à l'accouchée toute con-
trariété, toute émotion forte. Il y va de sa
vie... Je reviendrai demain.

Comme M. de Cazalis reconduisait le
docteur, la nourrice arriva. Il rentra avec
elle dans la petite maison et lui fit de
vifs reproches en montant à la chambre
de Blanche. La nourrice excusa son re-
tard, et le député lui donna ses dernière

instructions. Elle allait emporter le nouveau-né et veiller sur lui avec une vigilance de toutes les heures. Cette femme
devait repartir le lendemain matin pour
le village qu'elle habitait dans un coin
perdu du département des Basses-Alpes.

De Cazalis espérait qu'on n'irait pas
chercher son neveu au fond d'un pareil
trou.

Il trouva auprès de l'accouchée Mme
Lambert et la sage-femme, qui s'empressaient silencieusement autour du lit. Lorsqu'il s'approcha pour prendre l'enfant,
afin de le remettre à la nourrice, il rencontra les yeux de Blanche, qui venaient
de s'ouvrir tout grands et qui se fixèrent
sur lui d'une façon ardente. Il osa pourtant allonger la main vers le nouveau-né,
malgré les terribles regards de sa nièce.

Alors la jeune femme fit un suprême effort; elle réussit à se mettre sur son séant
et à attirer son fils sur ses genoux.

— Que voulez-vous ? demanda-t-elle à
de Cazalis d'une voix basse et étouffée.

Le député recula.

— La nourrice est arrivée, répondit-il
en hésitant. Vous savez ce dont nous sommes convenus. Il faut lui remettre votre
enfant.

Quelques jours avant les couches, il
avait signifié à sa nièce que l'honneur de
la famille demandait l'éloignement du
fils de Philippe dès sa naissance. Blanche avait plié comme toujours, devant les

paroles brèves et violentes de son oncle. Mais elle avait espéré qu'elle pourrait garder le nouveau-né au moins pendant vingt-quatre heures, et c'était sur cette espérance qu'elle avait basé un plan de salut.

Quand elle vit M. de Cazalis devant elle, exigeant la remise immédiate de l'enfant, elle pensa que tout était perdu. Si l'on emportait le petit sur-le-champ, son plan échouait, elle n'avait pas le temps de soustraire le fruit de ses entrailles aux dangers vagues que devinaient ses angoisses de mère.

Elle devint plus pâle encore, elle serra le nouveau-né contre sa poitrine. Elle n'avait pas prévu ce coup qui la frappait, et elle se débattait sous les regards impitoyables de son oncle.

— Oh! par pitié! cria-t-elle, laissez-le-moi jusqu'à demain matin.

Elle se sentait faible, elle avait peur d'être lâche et d'obéir.

Le député reprit d'une voix impérieuse, dont il tâchait de contenir les éclats pour ne pas être entendu de la sage-femme.

— Vous me demandez une chose impossible. Votre fils doit disparaître pendant quelque temps, si vous ne voulez pas me couvrir de honte!

— Je vous le remettrai demain matin, dit Blanche, qui frissonnait. Soyez bon... permettez que je puisse le regarder et l'aimer jusque-là. Cela ne peut vous faire du tort, personne ne le verra, cette nuit, dans cette chambre.

— Eh ! il vaut mieux en finir tout de suite. Embrassez-le et remettez-le à la nourrice.

— Non, je le garde... Vous me tuez, monsieur.

Elle prononça ces derniers mots d'un accent déchirant. M. de Cazalis n'ajouta rien, craignant de s'emporter : cette résistance imprévue le surprenait et l'inquiétait. Il s'avançait pour s'emparer du pauvre petit que Blanche serrait dans ses bras, lorsque la sage-femme, qui avait écouté et entendu, le prit à part et lui dit qu'elle ne répondait pas de sa nièce s'il continuait cette scène odieuse. Il vit qu'il lui fallait céder.

— Eh bien ! gardez votre fils, dit-il à l'accouchée d'un ton brusque. Vous êtes vraiment ridicule... La nourrice attendra jusqu'à demain.

Blanche plaça son enfant à côté d'elle et se laissa aller sur l'oreiller, étonnée et heureuse de sa victoire. Des lueurs roses montèrent à ses joues, et elle baissa les paupières, feignant de sommeiller, tout entière à l'espérance et à la joie.

Peu à près, Mme Lambert et la sage-femme, la voyant paisible, se retirèrent pour aller se reposer quelques instants. M. de Cazalis resta un instant seul avec sa nièce, qui tenait toujours ses yeux fermés.

Il regarda le nouveau-né, en se disant
que ce pauvre être, si faible et si chétif,
était son plus cruel ennemi ; la pensée
qu'une créature à peine née pouvait le
réduire à la misère et au désespoir lui
parut d'une ironie cruelle.

Comme il allait quitter la chambre, il
entendit un léger bruit dans le cabinet
de toilette. Il ouvrit la porte de ce cabinet, regarda, et, ne trouvant rien,
il crut s'être trompé. Il se décida alors à
descendre, et se promit de veiller toute
la nuit, car il éprouvait malgré lui des
inquiétudes sourdes. S'il avait cédé devant le désir de Blanche, c'est qu'il n'a-
ait pu faire autrement. L'enfant aurait
dû être déjà loin, selon lui.

D'ailleurs, il se disait qu'il s'en débar-
rasserait le lendemain, que cela était
convenu, et qu'il était impossible que les
Cayol vinssent le prendre jusque-là. Lui-
même avait mis les verroux de la porte
d'entrée et, de temps à autre, il jetait un
coup d'œil dans le vestibule.

Dès que Blanche se trouva seule, elle se
dressa d'un mouvement brusque, l'oreille
tendue. Elle aussi, elle avait entendu le
bruit léger qui venait du cabinet de toilette. Elle se leva avec effort, prit la pe-
tie clef cachée sous le matelas et se traîna en chancelant, en se tenant aux meubles, vers la porte qui s'ouvrait sur le
derrière de la maison. Une pareille imprudence pouvait la tuer.

<table>
<tr><td>III</td><td>2.</td></tr>
</table>

Mais une force surhumaine semblait la soutenir, et elle avançait, les pieds nus sur le carreau, sans songer qu'elle jouait sa vie. Elle se disait simplement qu'elle sauvait son fils.

On grattait à l'ancienne porte, et telle était la cause du bruit qui avait attiré l'attention de M. de Cazalis. Blanche, dont la tête tournait, réussit à introduire la clef dans le cadenas, après avoir failli s'évanouir plus de dix fois. Elle ouvrit la porte.

Ce fut Fine qui entra.

Le billet que Blanche lui avait remis à la dérobée, sur la plage, quelques jours auparavant, contenait ces quelques lignes :

« J'ai besoin de votre affection et de votre dévouement. Je sais quel est votre cœur, je vais à vous comme on va à une sainte libératrice. Protégez-moi, je vous en supplie.

« Lorsque je devrai vous appeler à mon secours, j'attacherai un bout de chiffon blanc au volet de ma fenêtre. Je vous attends vers une heure, dans la nuit qui suivra le jour où vous verrez ce signal. Tenez-vous à l'ancienne porte qui se trouve derrière la maison et grattez doucement pour m'avertir de votre présence. Vous serez mon bon ange. »

Lorsque Fine eut lu ce billet, elle comprit qu'il s'agissait de l'enfant de Philippe. Elle prit l'avis de Marius, qui lui conseilla d'obéir de point en point aux instructions de Blanche. A partir du lendemain, la bouquetière posta sur la plage, à une centaine de mètres de la petite maison, un gamin qui reçut l'ordre de venir la prévenir tout de suite dès qu'il apercevrait le signal convenu. Le gamin resta près de huit jours sans rien voir. Un matin, il finit par distinguer de loin le bout de chiffon blanc; il accourut en toute hâte à Marseille.

Le soir, Fine et Marius vinrent en cabriolet jusqu'à Saint-Henri. Ils laissèrent leur voiture au village et s'avancèrent tous deux vers les rochers au milieu desquels se trouvait située la petite maison. Le jeune homme resta caché à quelques pas de l'ancienne porte; la jeune fille, à l'heure indiquée, gratta à cette porte.

Lorsque Blanche lui eut ouvert, elle entra vivement. L'accouchée, qu'un effort suprême venait d'épuiser, tomba dans ses bras, presque évanouie. La bouquetière n'eut que le temps de la porter sur son lit et de couvrir ses membres grelottants. Elle alla ensuite pousser le verrou de la porte qui donnait sur l'escalier, afin que personne ne pût les surprendre. Puis elle se débarrassa de la grande mante qui l'enveloppait, et elle s'empressa auprès de Blanche dont les yeux restaient toujours fermés.

Peu à peu, la pauvre enfant revint à elle. Dès qu'elle eut levé les paupières et qu'elle eut reconnu Fine à son côté, elle se souleva, dans un élan de joie et d'espérance, et se jeta à son cou avec des larmes heureuses.

Pendant un instant, elles demeurèrent toutes deux sans voix. Puis Fine aperçut le nouveau-né, elle le prit et l'embrassa. Alors un cri sortit des lèvres de Blanche, un cri qui venait du cœur.

— Vous l'aimerez comme si vous étiez sa mère, n'est-ce pas ? demanda-t-elle.

La bouquetière regardait l'enfant avec cette curiosité avide des vierges qui aiment et qui songent à la maternité. En contemplant le fils de Philippe, elle pensait à Marius, elle se perdait dans une rêverie vague qui faisait tressaillir ses entrailles. Et elle se disait : « J'aurai un enfant comme celui-ci. »

Cette pensée mit des rougeurs ardentes sur ses joues. Elle remit le nouveau-né sur le lit et s'assit à côté de Blanche.

— Ecoutez, dit rapidement celle-ci, nous avons peu de temps à nous. On peut monter et nous surprendre d'un moment à l'autre... Vous m'êtes toute dévouée, n'est-ce pas ?

Fine se pencha et la baisa au front.

— Je vous aime comme une sœur, répondit-elle.

— Je le sais, et c'est pour cela que je me confie à vous. Je vais vous léguer le plus saint héritage qu'une femme puisse laisser derrière elle.

— Mais vous n'êtes point morte !

— Si, je suis morte; dans quelques jours, lorsque je serai rétablie, j'appartiendrai à Dieu... Ne m'interrompez pas. Je quitte ce monde, et, avant de le quitter, je veux donner une mère à mon enfant, qui n'en aura bientôt plus. J'ai songé à vous.

Et Blanche serra ardemment les mains de Fine.

— Vous avez bien fait, dit simplement la bouquetière. De tout temps, vous le savez, j'ai un peu considéré votre enfant comme le mien.

— Je n'ai pas besoin, reprit l'accouchée avec effort, de vous dicter un testament d'amour. Aimez mon fils comme vous savez aimer, avec tout votre cœur; aimez-le pour moi et pour Philippe, et tâchez qu'il ait une vie plus heureuse que celle de ses parents.

L'émotion étreignit la voix de Blanche dans des sanglots. Elle continua, après un court silence :

— Mais si je n'ai que faire de vous demander votre amour pour mon enfant, je vous prie à mains jointes de veiller sur lui avec vigilance... Dès demain, cachez-le quelque part, dans un coin ignoré; évitez qu'on puisse soupçonner le secret de sa naissance; en un mot, jurez-moi de le défendre contre n'importe qui, et de le garder toujours auprès de vous comme un dépôt sacré.

Elle s'animait en parlant, et Fine la conjura du geste de baisser la voix.

— Vous craignez quelque guet-apens ? demanda doucement la bouquetière.

— Je ne sais ce que je crains ; j'ai des inquiétudes vagues... Il me semble que mon oncle hait cet enfant et que je dois l'arracher de ses mains. Je vous le remets pour qu'il ne reste pas en sa possession. Puisque je ne puis rester là pour veiller sur lui, je désire le laisser à une bonne âme qui en fera un esprit droit et juste. D'ailleurs, si même je ne quittais pas ce monde, je ne voudrais pas le garder avec moi dans la maison de M. de Cazalis. Je suis faible et lâche, je ne saurais pas le défendre.

— Le défendre contre quoi ?

— Eh!... je ne sais... je frissonne, voilà tout.

M. de Cazalis est un homme implacable... Mais ne parlons point de cela..... Je vous donne mon enfant, et désormais il est en sûreté. Je puis m'en aller tranquille. Dieu a été bon en faisant réussir mes chers projets. J'ai eu si peur de ne pas vous voir cette nuit, de ne pouvoir vous remettre mon bien-aimé trésor !

Il y eut de nouveau un moment de silence, Fine reprit en hésitant :

— Puisque vous me donnez vos instructions suprêmes, je puis, je dois même vous adresser une question... Je sais que vous ne vous tromperez pas sur mes intentions... Vous possédez, je crois, une grande fortune que gère M. de Cazalis?

— Oui, répondit Blanche; mais je ne me suis jamais occupée de cet argent.

— Votre fils, continua la bouquetière, n'a aujourd'hui aucun besoin, et tant qu'il restera avec nous, il pourra être pauvre. Nous le ferons riche de tendresse et de bonheur... Mais, un jour, la fortune peut être dans ses mains un levier puissant... Vous n'entendez pas le priver de votre héritage?

— Je vous ai dit que je quittais le monde : je vais être comme morte.

— C'est une raison de plus pour assurer l'avenir de votre enfant. Demandez des comptes à M. de Cazalis, réglez vos affaires avant de vous éloigner.

Blanche frissonna.

— Oh ! je n'oserai jamais, murmurat-elle. Vous ignorez la puissance terrible que mon oncle exerce sur moi : un seul de ses regards m'écrase... Non, je ne puis lui demander des comptes.

— Cependant les intérêts de votre fils exigent de votre part une pareille démarche.

— Non, vous dis-je, je ne m'en sens pas le courage.

Fine demeura un instant silencieuse et embarrassée. Son devoir la poussait à insister ; elle aurait voulu tirer Blanche de ses craintes lâches.

— Puisque vous ne pouvez agir par

vous-même, reprit-elle enfin, laissez aux autres le soin de veiller sur la fortune de ce pauvre petit... Vous ne vous opposez pas à ce qu'on revendique un jour cette fortune que vous semblez abandonner aujourd'hui.

— Vous êtes cruelle, répondit la jeune mère avec des larmes, vous me faites sentir ma faiblesse et mon impuissance... Vous le savez bien, je vous donne tout pouvoir.

— Alors, rien n'est perdu. Ne signez aucun acte, n'aliénez pas un pouce de vos propriétés... En outre, remettez-moi, dès que vous serez rétablie, les papiers qui constatent l'identité de votre fils... De la sorte, nous serons forts, nous pourrons parler haut, quand l'heure sera venue.

Blanche paraissait accablée par ces questions d'argent. Elle voyait combien elle était faible. Si elle avait eu quelque énergie, elle ne se serait point retirée de la lutte, elle aurait vécu pour son enfant, le protégeant elle-même et défendant ses intérêts. La bouquetière devina les réflexions désolées qu'elle faisait, et elle ajouta d'une voix plus basse :

— Si je vous ai chagriné, si je vous ai fait toutes ces questions, c'est qu'il est un homme qui a des droits sur cet enfant et qui, un jour, pourra veiller lui-même aux intérêts de son fils... Je veux alors lui rendre compte de ma mission et lui donner les moyens d'achever cette mission.

Blanche éclata en sanglots.

— Je ne vous ai point parlé de Philippe, s'écria-t-elle, parce que je ne dois plus penser à lui. Ah! sa vengeance a été cruelle; il a laissé en moi un amour qui m'a dévorée et qui me jette aujourd'hui dans la pénitence... Dites-lui que je l'ai aimé au point de quitter le monde à dix-sept ans, et dites-lui que je le conjure de travailler au bonheur de notre enfant. Tout ce qu'il fera sera bien fait.

A ce moment, Fine entendit un bruit de pas dans l'escalier. Elle se leva, se couvrit rapidement de sa mante et prit l'enfant que la jeune mère lui tendait en pleurant et qu'elle retenait toujours pour l'embrasser encore une fois. Ces adieux furent déchirants, pleins d'un désespoir muet et d'une hâte anxieuse.

Blanche se leva pour reconduire Fine et pour refermer le cadenas derrière elle. Sur le seuil de la porte, au vent froid qui soufflait de la campagne, elle demeura un instant demi-nue et déposa un dernier baiser sur le front de son fils. Quand elle repoussa la porte, il lui sembla qu'on venait de lui arracher le cœur.

Elle n'eut que le temps de tirer le verrou de la porte de sa chambre et de se recoucher. Son oncle entra doucement.

IV

M. de Cazalis s'était assoupi, en bas, dans un salon, sous la chambre de Blanche. Dans son sommeil, il lui avait semblé, à plusieurs reprises, entendre marcher au-dessus de sa tête. Un bruit plus distinct finit par le réveiller en sursaut. Il se dressa, pris de méfiance, et voulut aller s'assurer s'il venait de rêver ou non. D'ailleurs, il craignait seulement que Blanche ne se fût levée, pour écrire une lettre et prévenir ainsi les amis qu'elle avait au dehors. Il ne lui vint pas à la pensée que quelqu'un pouvait s'être introduit dans la maison; il avait veillé à la porte d'entrée, comme un chien de garde.

Il monta, décidé à espionner sa nièce. N'entendant rien, il poussa légèrement la porte et jeta un coup d'œil dans la chambre. Aux lueurs pâles de la veilleuse il aperçut Blanche, les yeux fermés, le visage à moitié caché sous le drap, qui pa-

raissait dormir profondément. Enhardi
par le silence qui régnait, il résolut de se
rassurer entièrement en faisant une visite
minutieuse ; il fouilla d'abord le cabinet
de toilette, et n'aperçut rien de suspect ;
il revint dans la chambre, regarda inutilement. Il souriait déjà de ses craintes
puériles, lorsqu'une pensée aiguë lui traversa le cerveau. Il retint un cri d'épouvante. Il n'avait pas vu l'enfant.

Bien qu'il eût regardé dans tous les
coins, il se mit de nouveau à chercher. Il
secoua brutalement le lit, sans que Blanche ouvrît les yeux. Il ne comprit même
pas, à ce détail, que la jeune mère feignait le sommeil. Une angoisse terrible
troublait son esprit, et, désespéré, il finit
par tourner comme une bête fauve,
n'ayant qu'une pensée, celle de retrouver
le nouveau-né à tout prix. Dans son
anxiété, il se baissait et regardait sous
les meubles, il s'imaginait que sa nièce
avait caché son fils quelque part pour lui
faire peur et le rendre fou.

Pendant près d'un quart d'heure, il
fureta ainsi avec rage, revenant dix fois
au même endroit, ne pouvant croire la
terrible vérité.

Quand il fut las, quand il eut acquis la
certitude que l'enfant n'était ni dans la
chambre, ni dans le cabinet de toilette,
il vint se placer devant le lit où Blanche
restait écrasée, sans un mouvement. Il
contempla stupidement la place où se

trouvait le nouveau-né, lorsqu'il avait laissé sa nièce seule. Et il répétait machinalement : « Il était là, et il n'y est plus. » Cette pensée retentissait dans sa tête avec des éclats douloureux.

Il ne songea pas d'abord à s'expliquer cette étrange disparition. Il ne vit que le fait, et son épouvante lui montra, dans un éclair aveuglant, toutes les conséquences effrayantes de ce fait.

Ses calculs étaient déjoués. L'héritier de Blanche ne se trouvait plus entre ses mains, et il serait obligé, un jour ou l'autre, de rendre à cet héritier ses comptes de tutelle. Pour lui, c'était la honte et la misère ; on découvrirait qu'il avait déjà entamé la fortune de sa nièce, et on lui reprendrait les fonds qui seuls soutenaient sa puissance. On comprend quel effroyable coup lui donnait cet enlèvement qui annonçait toute une série de représailles. Il ne se trompait pas sur la main qui lui portait ce coup.

Il reconnaissait là une vengeance des Cayol, et il s'épouvantait en pensant que ces gens disposaient maintenant de son honneur et de ses richesses. Il se disait, avec terreur, qu'il était à leur merci et qu'ils pouvaient lui infliger un châtiment atroce pour son orgueil.

Ce qui l'irritait surtout, c'était d'échouer au port. Quelques heures de plus, et le fils de Philippe se trouvait caché, hors de la portée des Cayol. Le député songeait que s'il n'avait pas cédé aux larmes de Blanche, l'enfant serait déjà loin. Cette pensée lui rappelait toujours les précautions qu'il avait prises, et il se disait que jamais projet habile n'avait avorté si misérablement.

Peu à peu, il en arriva à la colère; il entra dans une irritation aveugle en se voyant dupé de cette façon cruelle.

Alors, il se demanda comment l'enfant avait pu être enlevé, et la recherche des causes et des moyens de la disparition augmenta encore sa rage. Il comprit que sa nièce avait dû prêter la main au complot, il fut tenté de la battre. Se penchant vers elle, il la regarda avec des yeux ardents, et, brusquement :

— Qu'en avez-vous fait? lui demanda-t-il d'une voix sourde.

Depuis que son oncle était dans la chambre, Blanche frissonnait entre les draps. Elle tenait les yeux obstinément fermés, pour ne pas le voir, pour retarder l'éclat qu'elle prévoyait.

Elle écoutait avec terreur le bruit sec de ses pas, elle le suivait dans ses recherches vaines, et plus le moment de la crise approchait, plus elle se sentait frémissante et glacée. Lorsqu'il se posa devant le lit, et qu'il l'examina, immobile et muet de stupeur, elle crut qu'il discutait avec lui-même les moyens de la tuer. Aux éclats de sa voix, elle ouvrit malgré elle les yeux, que l'effroi agrandissait; mais sa gorge était sèche, serrée par l'angoisse, et elle ne put répondre.

— Qu'avez-vous fait de l'enfant? lui demanda de nouveau M. de Cazalis d'une voix plus étouffée.

Elle balbutia, elle ne put prononcer un seul mot. Alors son oncle l'accusa et l'injuria avec un emportement de brute ; il se laissa aller à toute la violence qui était en lui.

— Vous n'êtes pas de mon sang, lui cria-t-il, je vous renie. J'aurais dû vous laisser entre les mains de ce goujat qui vous avait enlevée. Vous étiez sa digne compagne... Eh! quoi, vous vous liguez avec nos ennemis, vous placez votre honneur sous leur sauvegarde de laquais, vous vous méfiez de moi et vous préférez confier votre enfant à cette famille de va-nu-pieds... Ne niez pas. Je devine tout... Tenez, vous êtes une malheureuse. Vous avez déshonoré notre nom, et maintenant vous ne craignez pas de nous mettre à la merci de votre amant.

Oh! j'ai eu tort, je devais voir que vous aviez un cœur de boue et ne pas me mêler de ces sales affaires... Je souhaite qu'ils fassent un coquin de votre fils, un scélérat comme eux, un mendiant, qui viendra quelque jour mendier à notre porte et que je chasserai.

Il parla ainsi pendant un quart d'heure, en proie à une fureur qui l'aveuglait et qui l'empêchait de comprendre toute la maladresse de sa colère. Il ne respecta rien, il couvrit sa nièce de fange, il la blessa si profondément qu'elle se redressa, frémissante et fière, puisant une sorte de courage dans son indignation et sa douleur.

S'il n'avait été qu'impérieux et froid, la pauvre Blanche aurait faibli et lui aurait peut-être donné encore des armes contre elle; mais il était grossier, et elle devint forte, elle lui répondit avec une fermeté pleine de franchise.

— Vous avez raison, monsieur, lui dit-elle, j'ai remis mon fils à ceux auxquels il appartenait. Je n'ai pas à vous expliquer les motifs de ma conduite, et vous outrepassez en ce moment les droits que vous pouvez avoir sur moi... D'ailleurs vous le savez, ma résolution est prise dès que je serai rétablie, j'entrerai dans les ordres, nous deviendrons étrangers l'un à l'autre... Cessez donc de m'injurier, monsieur.

— Mais pourquoi ne m'avez-vous pas laissé cet enfant que j'aurais aimé comme mon fils? reprit son oncle, qui se contenait à grand'peine.

— J'ai agi selon mon cœur, continuat-elle, ne m'interrogez pas, je ne pourrais vous répondre... Je veux bien oublier vos injures et vous remercier d'avoir veillé sur mon enfance. C'est tout ce que je puis faire... Vous avez failli me tuer avec votre emportement aveugle.

M. de Cazalis comprit qu'il était allé trop loin. Il eut peur que sa nièce ne devinât les motifs de sa colère. Peut-être voyait-elle que l'intérêt seul le guidait. Cette pensée le troubla et calma subitement son irritation. Il ne put s'empêcher d'adresser à Blanche une question dangereuse.

— Il y a entre nous, balbutia-t-il, des comptes qu'il faudrait régler.

— Ne parlons pas de cela, répondit vivement l'accouchée. Je n'ai ni la force ni la volonté de m'occuper de ces choses... Je vous l'ai dit, moi, je suis morte, je n'ai plus besoin de rien. Quant à mon fils, il s'adressera plus tard à vous, il fera valoir ses droits, s'il le désire. J'ai remis le soin de ses intérêts entre des mains honnêtes... Seulement, je dois vous prévenir que ceux dont vous parliez si brutalement tout à l'heure sont bien décidés à agir, dans le cas où vous vous opposeriez à mes volontés... Maintenant, par grâce, laissez-moi, je me sens défaillir.

Blanche se laissa aller sur l'oreiller, heureuse d'avoir vaincu, d'avoir assuré l'avenir de son fils. Elle s'endormit en souriant.

M. de Cazalis hésita un instant. Puis, ne trouvant rien à ajouter, il se retira. Le malheur qui venait de le frapper était irréparable. Mais il préférait encore un péril lointain au péril de provoquer sur le champ des explications. Le fils de Blan-

che ne grandirait pas [en un jour, et le
député pensait qu'il aurait le temps de se
mettre à l'abri de ses réclamations. Il
valait mieux se taire et attendre.

Plus tard, quand la mère serait dans les
ordres, il pourrait chercher l'enfant et
s'en emparer. Il savait que Philippe s'é-
tait enfui en Italie, et il en concluait que
le nouveau-né n'avait pu être remis qu'au
frère du fugitif. C'était donc autour de
Marius qu'il comptait diriger ses recherches.

En attendant, il crut prudent de se rendre en toute hâte à Paris, où l'appelait
son mandat de député. Il échappait ainsi
aux questions immédiates, il laissait à
Blanche le temps de quitter le monde, et
il pouvait réfléchir à l'aise au plan qu'il
devait suivre pour ne pas être inquiété et
pour ne point lâcher un sou de la fortune
de sa nièce.

V

Blanche resta trois semaines au lit, entre la vie et la mort. Les émotions profondes qui l'avaient secouée, la nuit de ses couches, déterminèrent une terrible fièvre qui faillit l'emporter. Pendant ces trois semaines d'agonie, elle eut à son chevet Fine et l'abbé Chastanier. Son oncle, en partant, avait congédié Mme Lambert, inutile désormais, et la porte de la petite maison s'ouvrait de nouveau devant la bouquetière. Aucun gardien ne veillait plus sur l'accouchée ; M. de Cazalis s'était contenté de remettre sa nièce entre les mains du vieux prêtre, et il comptait bien, à son retour à Marseille, la trouver ensevelie au fond de quelque couvent.

Peu à peu Blanche se rétablit. Les soins tendres et dévoués qu'elle recevait, les souffles âpres et sains de la mer qui entraient librement par ses fenêtres, l'obligèrent à vivre, malgré les désirs vagues qu'elle éprouvait de mourir, de

quitter ce monde où elle avait déjà tant
pleuré. Lorsque le médecin lui annonça
qu'elle était sauvée, elle tourna vers Fine
ses grands yeux tristes de malade, et,
avec un pâle sourire :

— J'aurais été si bien dans la terre ! dit-
elle. Il faut donc souffrir encore.

— Voulez-vous ne pas dire cela ! s'écria
la jeune fille. Les morts ont froid, allez !
Aimez, faites le bien, et vous aurez toute
une vie heureuse devant vous !

Et elle embrassa Mlle de Cazalis, qui
lui répondit d'une voix attendrie :

— Vous avez raison, j'oubliais que je
pouvais travailler à soulager les misères
des malheureux et trouver ainsi moi-même quelque soulagement à mes souffrances.

La convalescence marcha rapidement.
Bientôt Blanche put se lever et se traîner
jusqu'à la fenêtre ; là elle s'abîma dans des
contemplations consolatrices en face de
la grande mer qui étendait son infini devant elle.

Tous les malades devraient aller se guérir au bord des nappes bleues de la Méditerranée ; la vue de cette immensité calme
et douce a je ne sais quelle majesté tranquille qui apaise les douleurs de l'âme et
de la chair.

Ce fut par une claire matinée, devant
la fenêtre ouverte, les regards perdus au
fond de l'horizon bleuâtre, que Blanche

parla nettement à l'abbé Chastanier de sa
ferme volonté d'entrer en religion.

— Mon père, lui dit-elle, mes forces reviennent chaque jour, et, comme la vie
de ce monde n'est plus faite pour moi, je
veux que, dès ma guérison, mes premiers
pas me conduisent à Dieu.

— Ma fille, lui répondit le prêtre, cette
décision est grave, et, avant de vous laisser former des nœuds éternels, je dois
vous rappeler les biens que vous quittez....

— C'est inutile, interrompit vivement
la jeune femme, ma résolution est irré-
vocable... Vous connaissez toutes les raisons qui me fiancent au ciel. Vous-même
m'avez montré l'amour divin comme le
seul refuge contre l'amour humain qui
m'a brisée. Ne me traitez pas en petite
fille, je vous en prie ; traitez-moi en femme qui a beaucoup souffert et qui a besoin de racheter ses lâchetés... Avouez-
le, mon père, il n'y a pas pour moi de
biens comparables à la tranquillité de
l'âme, et si je parviens à goûter les joies
du pardon, je n'aurai point à regretter les
quelques avantages mondains auxquels je
renonce si volontiers... Ne m'empêchez
pas d'aller à Dieu.

L'abbé Chastanier plia la tête. Blanche
parlait d'une voix si profonde et si émue
qu'il comprit que la grâce venait de toucher cette pauvre enfant, et qu'il ne pou-

vait lui refuser les douceurs de l'abnégation.

— Je ne voulais point discuter ma résolution, reprit la convalescente d'une
voix plus calme. Je désirais vous consul-
ter sur l'ordre religieux que je dois choisir... Je vous l'ai dit, je me sens forte, et,
dans huit jours, il faut que j'aie quitté
cette plage dont chaque rocher me rappelle ma courte vie de passion et de douleur.

— J'ai déjà pensé au choix que vous
pourriez faire, répondit le prêtre, et j'ai
songé à l'ordre des Carmélites.

— Les Carmélites ne sont-elles pas
cloîtrées ?

— Oui, elles mènent une vie contemplative; elles s'agenouillent devant Dieu
et le supplient de pardonner au monde.
Ce sont des filles de l'extase... Votre place
est parmi elles. Vous êtes faible, vous
avez besoin d'oublier, de mettre une in-
franchissable barrière entre vous et votre
adolescence. Je vous conseille de vous enfermer au fond du sanctuaire, loin des
hommes, et de vivre dans la prière ardente, pleine d'oubli et de volupté céleste.

Blanche regardait la grande mer. Les
paroles du prêtre avaient mis des larmes
au bord de ses paupières. Après un silence, elle murmura, comme se parlant
à elle-même :

— Non, non, il y aurait de la lâcheté à

chercher ainsi le calme, à m'endormir
dans l'extase. Ce serait là une sorte d'é-
goïsme divin dont je ne veux pas... Je
désire gagner mon pardon en travaillant
de mes mains et de mon cœur à me rendre utile aux misérables. Si je ne puis
veiller sur mon enfant, il faut que je
veille sur les enfants des pauvres mères
qui n'ont pas de pain. Je sens qu'à ce
prix seul je serai heureuse.

Il y eut un nouveau silence ; puis Mlle
de Cazalis, prenant la main de l'abbé et
le regardant en face, ajouta avec un sourire d'ange :

— Mon père, pouvez-vous me faire entrer parmi les sœurs de Saint-Vincent de
Paul, celles que l'on nomme les sœurs
des pauvres ?

Chastanier se récria, disant qu'elle était
bien trop délicate, qu'elle ne pourrait
supporter les rudes fatigues qu'endurent
ces saintes filles dans les hôpitaux, dans
les orphelinats, partout où il y a des services à rendre et des douleurs à soulager.

— Eh ! ne vous inquiétez pas, s'écria
Blanche dans un élan de dévouement, je
serai forte pour gagner mon pardon. Je
ne puis accepter que le cilice du travail.
Si je ne me rends pas utile, je n'oublierai
jamais... J'ai une dernière prière à vous
adresser : qu'on me place dans un orphelinat ; je me croirai la mère de tous les
petits êtres confiés à ma garde, je les ai-

merai comme j'aurais aimé mon enfant...

Elle pleura, elle parla avec un tel emportement d'amour que l'abbé Chastanier fut obligé de céder. Il promit de faire les démarches nécessaires, et quelques jours plus tard, il annonça à Blanche que ses vœux seraient exaucés. Pour lui, il voyait le doigt de Dieu dans la décision de la jeune femme; son âme, dévouée jusqu'à l'aveuglement, était faite pour comprendre les abnégations extrême de sa pénitente.

Il écrivit à M. de Cazalis, qui lui répondit, avec une indifférence parfaite, que sa nièce était libre, et que tout ce qu'elle faisait était bien fait. Au fond, le député était enchanté de voir entrer Blanche dans un ordre pauvre et modeste qui ne se montre pas friand de dotations.

La veille du jour où Mlle de Cazalis devait quitter la petite maison, elle se montra inquiète et embarrassée devant l'abbé Chastanier. Fine, qui était là, la pressa de questions sur la cause de cette tristesse soudaine. Blanche finit par s'agenouiller devant le prêtre et par lui dire d'une voix tremblante :

— Mon père, je ne suis pas encore morte aux désirs de ce monde... Je voudrais voir mon enfant une dernière fois avant d'appartenir tout entière à Dieu.

L'abbé s'empressa de la relever.

— Allez, lui répondit-il, allez où vous pousse votre cœur, et sachez que vous n'offensez pas le ciel en cédant à vos tendresses. Le ciel aime ceux qui aiment. C'est là toute la doctrine chrétienne.

Blanche, émue et souriante, se hâta de se vêtir. Fine devait la mener auprès de son enfant. Elles sortirent bientôt toutes deux. Depuis le jour des couches, elles avaient évité de parler du fils de Philippe.

La bouquetière avait simplement rassuré la jeune mère en lui disant que le pauvre petit était en sûreté, qu'il se portait bien et qu'il recevait tous les soins désirables.

Lorsque Fine et Marius avaient eu le nouveau-né en leur possession, ils étaient revenus en cabriolet à Marseille. Le lendemain, par un coup d'audace qui devait réussir, ils avaient caché l'enfant à Saint-Barnabé, chez la femme du jardinier Ayasse, pensant que jamais M. de Cazalis ne viendrait le chercher là.

Ce fut donc à Saint-Barnabé que Fine conduisit Blanche.

Lorsque cette dernière revit la campagne du méger avec les grands mûriers qui étalaient leurs branches devant la porte, lorsqu'elle aperçut le banc de pierre sur lequel elle s'était assise avec Philippe, tout le passé lui revint à la mémoire et elle éclata en sanglots. Une année à peine venait de s'écouler, et il lui semblait que des siècles de souffrance séparaient l'heure de ses premières amours de l'heure présente. Elle se voyait encore

pendue au cou de son amant, insouciante,
se livrant avec des naïvetés de vierge,
espérant un avenir de tendres félicités.
Et, en même temps, elle se voyait désolée, le cœur saignant, brisée au point de
renoncer aux joies de ses dix-huit ans.

Une amertume suprême la serrait à la
gorge, lorsqu'elle songeait que quelques
mois avaient suffi pour la mener, des espoirs d'affection et de bonheur qui chan-
tent dans le cœur de toutes les jeunes filles,
aux sombres pensées de remords et d'humilité qui emplissent l'âme des péni-
tentes...

Blanche s'était arrêtée devant la porte
du jardinier Ayasse, tremblante d'émotion, n'osant entrer, craignant en quelque
sorte de trouver le spectre de Philippe
dans cette maison, où elle avait reçu les
caresses du jeune homme. Elle voulait
appartenir à Dieu, elle redoutait les derniers frissons de sa chair.

Fine, qui s'aperçut de son trouble, dissipa sa terreur et calma la fièvre de ses
souvenirs, en lui disant de sa voix calme :

— Allons, entrez... Votre fils est là.

Blanche franchit vivement le seuil de
la maison. Son fils était un petit ange qui
devait la défendre contre le passé. Dès
qu'elle eut fait trois pas dans la première
pièce, une grande salle rustique et enfu-
mée, elle se trouva devant un berceau.
Elle se pencha sur l'enfant qui dormait
et le contempla longtemps sans l'éveiller.

La mégère, assise auprès de la porte, tricotait un bas en chantant à demi-voix un air doux et lent de Provence.

Et, comme le crépuscule tombait, la jeune mère posa un baiser sur le front de l'enfant. Elle pleurait, et ses larmes chaudes éveillèrent le pauvre petit qui tendit les bras en se plaignant vaguement. Blanche sentit son cœur défaillir. Son devoir ne la retenait-il pas auprès de ce berceau? Avait-elle le droit de se réfugier dans le sein de Dieu? Mais elle eut peur de céder à des désirs inavoués, à des espérances folles. Alors elle se dit qu'elle avait péché et qu'elle devait être punie ; elle crut entendre une voix qui lui criait: « Ton châtiment sera d'être privée des caresses de ton enfant! » Et elle s'enfuit, en sanglotant, après avoir couvert de baisers le visage de celui qu'elle se condamnait à ne plus revoir.

Désormais, la jeune femme était bien morte à tous les amours de ce monde; elle venait de briser le dernier lien qui l'attachait aux hommes, et son être endolori appartenait entièrement au ciel. Cette crise suprême la débarrassa de sa chair. Elle devint tout âme.

En revenant à Marseille, elle remit à Fine les papiers qui constataient l'identité de son fils. Le lendemain, elle partit pour une petite ville du département du Var, où elle entra dans un orphelinat, ainsi qu'elle en avait témoigné le désir.

VI

Deux années s'écoulèrent. Dès les premiers mois, Marius épousa Fine et alla s'établir avec elle dans un petit logement, clos et discret, du cours Bonaparte. M. Martelly, qui signa au contrat, fournit en quelque sorte la dot de Marius en l'intéressant aux affaires de sa maison ; il ne le considéra plus comme un employé, mais comme un associé qui apportait pour capital toute son intelligence et tout son dévouement. De son côté, Fine quitta son kiosque du cours Saint-Louis, afin de se consacrer entièrement à son ménage ; mais, voulant continuer à gagner sa vie, elle fit, dans ses moments de loisir, des fleurs artificielles qu'elle savait rendre vivantes de grâce et de fraîcheur.

Parfois, quand on la complimentait sur son habileté, elle soupirait, elle regrettait ses bouquets frais et parfumés d'autrefois. « Ah ! si vous voyiez les roses du bon Dieu ! » disait-elle.

Ce furent deux années de bonheur tranquille. Le jeune ménage vécut comme dans un nid de mousse, tiède et caché. Les jours se suivaient, également heureux, pleins d'une douce monotonie. Et les époux auraient voulu que l'éternité s'étendît ainsi devant eux, ramenant à chaque heure les même baisers et les mêmes joies.

Le matin, Marius partait pour son bureau ; Fine se mettait devant sa petite table, tournant des tiges, gauffrant des pétales, créant de ses doigts légers de délicates fleurs de mousseline. Puis, le soir, ils s'en allaient tous deux par les rues bruyantes, et ils gagnaient le bord de la mer, du côté d'Endoume. Ils avaient trouvé là un coin de rocher où ils s'asseyaient, seuls, en face de l'immensité bleue ; la nuit tombait, ils regardaient avec émotion la grande mer qui les avait fiancés autrefois, à Saint-Henri. Ils venaient ainsi la remercier et chercher dans ses voix profondes le chant large et pénétrant qui convenait à leurs amours. Quand ils s'en retournaient, ils s'aimaient toujours davantage, ils goûtaient des nuits plus heureuses.

Une fois par semaine, le dimanche, ils passaient la journée à la campagne. Ils partaient dès le matin pour Saint-Barnabé, et ne rentraient que le soir. La visite qu'ils rendaient au fils de Blanche et de Philippe était pour eux une sorte de pèlerinage. Puis ils se trouvaient à leur aise chez le jardinier Ayasse, sous les mûriers de la porte. La chaude campagne les emplissait d'une gaieté vive, ils avaient de féroces appétits et ils redevenaient turbulents et jeunes. Tandis que Marius causait avec le méger, Fine jouait à terre avec l'enfant.

Et c'étaient des éclats de rire, des puérilités adorables. Selon le désir de Blanche, Marius et Fine avaient servi de parrain et de marraine à son fils et lui avaient donné le nom de Joseph. Lorsque Joseph appelait Fine : « Maman, » la jeune femme soupirait, elle regardait son mari, comme pour l'accuser de ne pas lui donner un petit ange blond pareil à son filleul ; puis elle serrait ce dernier dans ses bras, elle l'aimait comme si elle eût été sa mère.

Joseph grandissait, charmant et délicat, ainsi que tous les enfants de l'amour. Il marchait déjà seul et bégayait quelques mots dans ce bavardage délicieux et bizarre du premier âge. Marius et Fine se contentaient de l'adorer. Plus tard ils songeraient à faire de lui un homme et à lui assurer la position à laquelle il avait droit.

Mais le jeune ménage ne s'oubliait pas dans ses joies calmes au point de ne plus songer au fugitif, à ce pauvre Philippe qui vivait seul et désolé en Italie. Marius s'occupait activement de lui obtenir sa grâce, pour qu'il pût rentrer à Marseille et recommencer une nouvelle vie, une vie de travail et d'honneur. Malheureusement les obstacles croissaient devant le jeune homme, et il sentait une résistance sourde qui faisait échouer ses efforts les plus énergiques. D'ailleurs, il ne désespérait de rien, il était même certain d'arriver à son but un jour ou l'autre.

En attendant, il se contentait d'échanger quelques lettres avec son frère, lui recommandant d'avoir du courage et surtout de ne pas céder à l'envie de rentrer en France. Une pareille imprudence pouvait tout perdre. Philippe répondait qu'il était à bout de force, qu'il s'ennuyait à mourir. Ce désespoir, cet accablement effrayaient Marius, qui allait jusqu'à inventer des mensonges pour retenir le fugitif en exil. Il lui promettait d'avoir sa grâce dans un mois, puis, le mois écoulé, il lui assurait que ce serait à coup sûr pour le mois suivant.

Pendant plus d'une année, il le fit patienter ainsi. Un dimanche soir, comme Fine et Marius revenaient de Saint-Barnabé, des voisins leur dirent qu'un homme était venu les demander à plusieurs reprises dans l'après-midi. Comme ils allaient se mettre au lit, après avoir cherché vainement quel pouvait être cet homme, on frappa doucement à leur porte. Marius, qui alla ouvrir, manqua de tomber à la renverse.

— Comment, c'est toi ! s'écria-t-il d'une voix désespérée.

Fine accourut et reconnut Philippe qui

l'embrassa après avoir embrassé son frère.

— Oui, c'est moi, répondit-il, je serais mort là-bas, j'ai voulu revenir à tout prix.

— Quelle folie ! reprit Marius avec accablement. J'étais certain d'avoir ta grâce... Maintenant, je ne réponds plus de rien.

— Bah ! je me cacherai jusqu'au jour où tu auras réussi... Je ne pouvais plus vivre loin de vous, loin de mon enfant... C'était une maladie.

— Mais que ne m'as-tu prévenu ? J'aurais pris certaines précautions.

— Eh ! si je t'avais prévenu, tu m'aurais empêché de rentrer à Marseille. J'ai fait un coup de tête. Toi, qui es sage, tu répareras tout.

Et Philippe, se tournant vers Fine, lui demanda vivement :

— Comment se porte mon petit Joseph ?

Alors les dangers que courait le fugitif furent oubliés. Après la surprise et le mécontentement des premières minutes, vinrent des effusions, toute une causerie tendre qui se prolongea jusqu'à trois heures du matin. Philippe conta ses misères, ses souffrances d'exilé. Il avait donné çà et là des leçons de français pour vivre, évitant de se fixer dans un endroit, préférant rester seul et inconnu. Lorsqu'il eut confessé toutes ses douleurs, Marius, profondément ému, ne songea plus à lui reprocher son retour ; il chercha au contraire les moyens de le cacher à Marseille, afin qu'il pût attendre sa grâce auprès de son petit Joseph.

Il exigea d'abord que Philippe se fît raser, ce qui changea toute la physionomie du jeune homme. Puis il l'habilla de vêtements grossiers et le fit entrer comme portefaix chez Cadet, le frère de sa femme, qui avait succédé à Sauvaire. Il était entendu que Cadet laisserait Philippe se promener en paix sur le port, sans lui imposer le moindre travail. Dès le second jour, le faux portefaix voulut travailler pour se distraire et il se chargea de conduire une escouade d'hommes de peine.

Pendant plusieurs mois, les choses en restèrent là. Marius s'attendait d'un jour à l'autre à pouvoir libérer son frère.

Quant à Philippe, Il était parfaitement heureux. Chaque soir il se rendait à Saint-Barnabé, et là, goûtait auprès de son fils des joies qui lui faisaient oublier toutes les tristesses de sa vie.

Il y avait près d'une année qu'il était à Marseille, lorsqu'un soir, en arrivant chez le jardinier Ayasse, il crut voir derrière lui un homme grand et sec, qui le suivait depuis le port. Les rires de bienvenue du petit Josehp lui firent oublier cet incident. S'il avait tourné la tête, le lendemain, il aurait vu que l'homme grand et sec l'accompagnait et l'espionnait de nouveau.

VII

OU M. DE CAZALIS VEUT EMBRASSER SON
PETIT-NEVEU

Pendant les trois années qui s'étaient écoulées depuis la naissance du fils de Blanche et de Philippe, des changements importants avaient eu lieu dans l'existence de M. de Cazalis. Il n'avait pas été réélu député aux dernières élections, et il s'était fixé à Marseille. Son échec, dû à l'impopularité que ses démêlés avec les Cayol lui donnaient parmi le peuple, ne paraissait l'attrister que médiocrement. A la vérité, il aimait mieux veiller à ses affaires qu'à celles du pays ; il avait assez de soucis chez lui, assez de besogne pour parer les coups qui le menaçaient, sans se charger d'un mandat qui le clouait à Paris pendant plusieurs mois de l'année.

Il s'installa dans son hôtel du cours Bonaparte et agit en sorte de s'y faire oublier de la ville entière. Il cessa de sortir en voiture, d'éclabousser les paisibles négociants ; il mit tous ses soins à passer inaperçu, il réussit au bout d'un certain temps à devenir un inconnu pour le plus grand nombre. Son rêve était d'assurer au plus tôt sa tranquillité et d'aller ensuite à Paris manger à grand tapage la fortune de sa nièce.

S'il acceptait la vie triste et cachée qu'il menait, c'est qu'un instinct de prudence lui conseillait d'étudier la position et de chercher l'impunité avant de toucher à des biens qui ne lui appartenaient pas.

Il avait des envies folles de se satisfaire tout de suite. Mais son orgueil était lâche devant le châtiment; il voulait bien voler Blanche, pourvu qu'on ne pût jamais lui crier qu'il était un voleur.

Quand il fut parvenu à se faire oublier, quand il se fut cloîtré dans son hôtel, en simple particulier, amoureux de l'ombre et du silence, il dressa ses batteries. Il se trouvait au centre de l'intrigue qu'il voulait conduire, et il espérait avoir endormi la méfiance de ses adversaires par ses airs nonchalants et désintéressés. Au fond, son plus âpre désir était de retrouver l'enfant de sa nièce et de s'en emparer.

Alors seulement, il pourrait disposer de la fortune qui dormait entre ses mains. Mais, par un prodige d'hypocrisie et d'habileté, il sut se contraindre pendant près de trois ans; il demeura calme et oisif, sans paraître faire la moindre démarche pour savoir où l'on avait caché son petit-neveu. Et, en réalité, il ne hasarda pas une seule tentative, il resta fidèle à son plan de feinte insouciance.

Cette comédie eut pour résultat de tranquilliser Marius. Le jeune homme avait cru, le lendemain de l'enlèvement, que M. de Cazalis allait s'emporter, fouiller Marseille, chercher partout le fils de sa nièce.

Il fut d'abord très surpris de l'attitude indifférente et paisible de l'oncle de Blanche; il pensa que cette tranquillité cachait quelque piége; puis peu à peu ses soupçons s'évanouirent, il s'endormit dans une confiance heureuse, il finit par ne plus songer à cet homme, qui se cachait dans l'ombre pour mieux guetter sa proie.

Si M. de Cazalis patientait et ne cherchait pas le lieu où l'enfant se trouvait caché, c'était qu'il avait compris que de longtemps les Cayol ne pouvaient se servir de cet enfant contre lui. Il leur permettait de l'élever, comptant le voler quand il deviendrait dangereux de le laisser entre leurs mains.

Tant que Philippe ne rentrerait pas eu France et tant que son fils n'aurait pas atteint un certain âge, Marius avait les bras liés; il lui était impossible de soulever un scandale quelconque qui tournerait contre son frère. A vrai dire, M. de Cazalis comptait beaucoup sur l'esprit droit et juste de Marius pour mener à bien ses propres affaires; il se disait que jamais le

jeune homme n'oserait compromettre
Blanche et qu'il lui abandonnerait plutôt
l'héritage. En tout cas, il avait au moins
pour cinq ans de tranquillité devant lui;
il laissait aller les événements, en se promettant d'agir lorsque l'heure serait
venue.

S'il comptait sur les vertus de Marius,
il avait de véritables peurs lorsqu'il songeait à Philippe. Il se disait que celui-là
ne l'épargnerait pas le jour où il tomberait entre ses mains.

Il se rappelait les violences, le caractère
brusque et énergique du fugitif, il le
croyait homme à ne reculer devant rien
lorsqu'il s'agirait de contenter une haine
et de se venger. Aussi prit-il certaines
précautions pour se mettre à l'abri de
cette haine, dans le cas où Philippe voudrait rentrer en France. Il désirait ardemment lui voir commettre cette imprudence, et, plus encore pour le faire arrêter que pour échapper à sa vengeance,
il chargea un certain Mathéus, un coquin
dévoué, de se rendre en Italie, de s'attacher aux pas du jeune homme et de revenir avec lui s'il s'embarquait. L'espion
s'acquitta fidèlement de son mandat.

Il retrouva Philippe à Gênes et ne le
quitta plus. Quand le fugitif revint à
Marseille, Mathéus se trouvait sur le
même navire. Mais, par un hasard, il le
perdit de vue pendant le débarquement,
et ne l'ayant pas retrouvé sur le port, il

ne put annoncer à son maître que la présence de son ennemi dans la ville, sans lui indiquer le lieu où il s'était caché.

Lorsque M. de Cazalis sut que Philippe se trouvait à Marseille, il fut pris d'une véritable épouvante, non pas qu'il craignît une vengeance immédiate et directe, mais parce qu'il s'imagina que le jeune homme allait le traquer sourdement et lui faire rendre gorge. Il désirait bien le voir rentrer en France, mais à la condition de connaître son refuge et de le livrer à la police le lendemain de son arrivée. Du moment qu'il lui échappait, il croyait toujours le sentir autour de lui, creusant des piéges sous ses pas. Il vécut pendant un an dans des anxiétés continuelles, pris d'effrois subits, ne sachant s'il devait fuir ou rester.

Il eut beau surveiller Marius, le suivre en tous lieux, il ne put arriver jusqu'à Philippe, car il avait été convenu entre ce dernier et son frère qu'ils renonceraient à se voir tant que la grâce du condamné ne leur permettrait pas de se serrer la main sans péril. D'ailleurs, Philippe était tellement changé sous ses grossiers habits de portefaix, sans barbe, le visage et les mains hâlés, que Mathéus passa plusieurs fois à côté de lui sans le reconnaître. M. de Cazalis, qui ne voulait point mêler la police à ses affaires tant qu'il n'aurait pas préparé une arrestation certaine, se désespérait des insuccès de son espion. Il le lançait chaque matin dans Marseille, en lui faisant des promesses de plus en plus séduisantes.

Il avait connaissance des démarches que Marius tentait pour obtenir la grâce du fugitif, et il comprenait que cette grâce serait accordée s'il ne se hâtait pas de pousser de nouveau Philippe dans un cachot. Son idée fixe était de retrouver et de livrer son ennemi, ce qui, pensait-il, le mettrait pour l'instant à l'abri de tout danger.

Un jour, M. de Cazalis, en passant sur le port, se mêla à un rassemblement qui se formait autour d'un blessé. Il demanda quel accident venait d'arriver, et on lui répondit que c'était un portefaix qui avait eu le pied écrasé sous une énorme caisse de marchandises.

Comme il s'approchait davantage, il vit auprès du pauvre diable un de ses collègues, un autre portefaix qui donnait des ordres et dont les gestes brusques et la voix haute lui causèrent une profonde émotion. Il n'avait entendu qu'une fois la voix de Philippe, lors du procès, et cette voix était restée vibrante et forte dans ses oreilles.

Il revint en toute hâte à son hôtel et fit appeler Mathéus qui reçut de lui des instructions détaillées. Ce dernier devait s'assurer de l'identité du portefaix et le suivre pendant deux ou trois jours pour connaître ses habitudes et les lieux qu'il fréquentait. Le lendemain, la chasse commença.

Le plan de M. de Cazalis était d'une simplicité adroite. Il voulait faire coup double. Des envies lui venaient d'embrasser son petit-neveu, et, jugeant qu'il l'avait laissé assez longtemps aux Cayol, il désirait le posséder à son tour. Pour retrouver et voler l'enfant, il décida qu'il se servirait du père. Philippe, à coup sûr, devait rendre de fréquentes visites à son fils, et il n'y avait qu'à le suivre pour connaître la retraite du petit. M. de Cazalis se disait que lorsqu'il connaîtrait cette retraite, il lui serait facile d'y faire arrêter son ennemi et de s'emparer en même temps de l'héritier de Blanche. Mathéus avait ordre de ne pas perdre le faux portefaix de vue et d'établir une enquête pour savoir si un enfant ne se trouvait pas caché dans une des maisons où il entrerait.

Deux jours après, Mathéus annonça à M. de Cazalis que le portefaix était bien Philippe Cayol, et que, chaque soir, ce portefaix se rendait à Saint-Barnabé chez un jardinier nommé Ayasse, qui avait chez lui un jeune enfant en garde. L'ancien député comprit tout, et il eut un sourire de triomphe.

— A quelle heure cet homme va-t-il à Saint-Barnabé? demanda-t-il à Mathéus.

— A six heures du soir, répondit celui-ci, et il y reste jusqu'à huit ou neuf heures.

— Bien... Reviens demain à six heures. Je te donnerai mes ordres.

Le lendemain, M. de Cazalis eut une courte conférence avec Mathéus. Puis ils partirent pour Saint-Barnabé où ils arrivèrent à sept heures. Deux gendarmes les accompagnaient.

VIII

LE JARDINIER AYASSE

Philippe, depuis qu'il se cachait à Marseille, menait une vie monotone, et la seule consolation qu'il eût était d'aller, chaque soir, embrasser son fils à Saint-Barnabé. Marius, par prudence, l'avait supplié d'attendre d'être libéré pour faire de pareilles visites, car il comprenait qu'il aurait mieux valu que le père et l'enfant fussent séparés jusqu'au jour où ils se seraient vus sans courir le risque de se compromettre l'un et l'autre. Mais il avait dû céder devant les prières instantes de son frère, et, pour se tranquilliser, il se disait que de Cazalis devait ignorer la présence à Marseille de Philippe et de son fils.

Le fugitif, qui ne voyait personne, pas même Marius, venait donc chaque soir chez Ayasse et goûtait là les seules joies de sa vie. D'ordinaire, dès qu'il était arrivé, le jardinier et sa femme profitaient de sa présence pour s'absenter, pour porter à Marseille les légumes et les fruits qu'ils récoltaient. Philippe restait seul au logis, il poussait les verroux et jouait avec Joseph, comme un enfant. Une paix sereine se faisait en lui : il oubliait le passé et le présent, il rêvait un avenir paisible. Dès qu'il était là, enfermé dans cette vieille maison, si tranquille et si douce, il ne se souvenait plus qu'il était un condamné, un misérable qu'un gendarme pouvait reconduire à la ville, les menottes aux mains ; il se croyait un paysan, un homme qui avait cultivé sa terre toute la journée et qui se reposait le soir auprès du berceau de son fils. Ces heures sereines lui donnaient de nouvelles forces et apaisaient les mauvaises fièvres qui le prenaient parfois.

On n'aurait pas reconnu dans cet homme, courbé et vieilli, veillant sur un enfant comme une nourrice dévouée, le brillant cavalier, le jeune amoureux, élégant et tapageur, qui remplissait Marseille, trois ans auparavant, du bruit de ses bonnes fortunes. Le malheur est une rude école.

Le soir où de Cazalis et Mathéus se rendaient à Saint-Barnabé, accompagnés de deux gendarmes, Philippe, comme à son ordinaire, était arrivé chez Ayasse vers six heures. Le jardinier et sa femme l'attendaient pour conduire à Marseille une voiture de raisin. Dès qu'il se trouva seul, il se retira dans la salle du bas et s'enferma. Le petit Joseph n'était guère en train de jouer ; il avait couru au milieu des vignes toute la journée, et il dormait sur une sorte de vieux canapé, les lèvres souriantes et barbouillées de raisin. Philippe marcha doucement pour ne pas l'éveiller et vint s'asseoir en face de lui.

Il le regardait dormir, au milieu du silence, dans la lueur vague du crépuscule qui tombait. Pendant près d'une heure, il resta ainsi muet et immobile, écoutant la respiration légère de l'enfant avec une émotion poignante, trouvant dans sa contemplation des délices profondes. De grosses larmes, qu'il ne sentait pas, coulaient sur ses joues.

Comme il était là, perdu dans une extase attendrie, on frappa brusquement à la porte, et il lui sembla que des mains se posaient sur ses épaules pour l'arrêter. Les coups violents et pressés qui retentissaient le tirèrent de son rêve ; il retomba sur la terre, du haut de ses songes, et il passa de sa sérénité oublieuse à son épouvante de toutes les heures. Il se dit que là, derrière la porte, il y avait des gendarmes.

A demi levé, il écouta, bien décidé à ne pas ouvrir. Il fermait la porte chaque soir, pour faire croire que la maison était vide. Le petit Joseph dormait toujours, rose et riant. Les coups redoublaient, et Philippe crut remarquer qu'ils étaient donnés par une main faible et impatiente. Au même instant, il entendit

une voix de femme, une voix étouffée,
pleine d'effroi, qui balbutiait :

— Ouvrez, ouvrez vite, pour l'amour
de Dieu !

Il lui sembla reconnaître cette voix, et,
obéissant à une sorte d'instinct, il tira les
verroux.

Fine entra d'un bond dans la chambre,
referma vivement la porte, essoufflée, défaillante. Pendant plusieurs secondes,
elle reprit haleine, les mains sur son
cœur, ne pouvant parler.

Philippe la regardait avec étonnement.
Jamais Fine ne venait à cette heure chez
Ayasse, et il fallait qu'il se passât quelque chose de bien grave pour qu'elle eût
risqué une pareille visite, qui le compromettait.

— Eh bien ? demanda-t-il.

— Ils sont là, répondit Fine en poussant un profond soupir ; je les ai vus sur
la route et je me suis mise à courir à
travers champs pour arriver avant eux.

— De qui parlez-vous ?

Fine regarda Philippe, comme surprise
de sa question.

— Ah ! oui, reprit-elle, vous ne savez
rien... Je venais pour vous dire qu'on devait vous arrêter ce soir.

— On doit m'arrêter ce soir ! cria le
jeune homme en se redressant avec colère.

— Cette après-midi, continua l'ancienne bouquetière, Marius a appris par un

hasard providentiel que M. de Cazalis avait requis deux gendarmes pour opérer une arrestation du côté de Saint-Barnabé.

— Toujours, toujours cet homme!

— Alors, Marius, qui est rentré fou de douleur, m'a chargée d'accourir ici, de prendre l'enfant, et de vous conjurer de fuir.

Philippe fit un pas vers la porte.

— Eh! non, s'écria la jeune femme avec désespoir, il est trop tard, maintenant. Je ne suis pas arrivée à temps. Je vous ai dit qu ils étaient là...

Elle sanglotait, elle venait de s'asseoir sur une chaise, auprès du petit Joseph, et elle le regardait dormir, accablée et anxieuse. Philippe tournait dans la salle, comme pour chercher une issue.

— Et pas un moyen de salut! murmurait-il... Ah! j'aime mieux tout risquer. Donnez-moi l'enfant. La nuit vient et peut-être aurai-je le temps de m'échapper par la porte.

Il se baissait pour prendre Joseph, lorsque Fine lui saisit les mains, en lui faisant un geste énergique qui l'invitait à prêter l'oreille. Alors, dans le silence frissonnant, on entendit un bruit de pas devant la maison. Presque en même temps, on heurta brutalement à la porte à coups de crosses de fusil. Une voix rude répéta à plusieurs reprises :

— Ouvrez, au nom de la loi !

Philippe devint très pâle et se laissa glisser sur le canapé, à côté de son fils.

— Tout est perdu, murmura-t-il.

— N'ouvrez pas, répondit Fine à voix basse; Marius m'a recommandé, dans le cas où vous ne pourriez fuir, d'entraver autant que possible votre arrestation, afin de gagner du temps.

— Pourquoi n'est-il pas venu lui-même?

— Je ne sais. Il ne m'a point communiqué ses projets; il est parti de son côté en courant, tandis que je montais en fiacre pour venir ici.

— Il ne vous a pas dit s'il viendrait nous prêter secours?

— Non; je vous le répète, il était fou de douleur. Je l'ai entendu seulement murmurer : « Dieu veuille que je réussisse! »

A ce moment, les crosses de fusil heurtèrent plus violemment la porte, et de nouveau retentit le cri terrifiant :

— Ouvrez, au nom de la loi!

Fine mit un doigt sur ses lèvres pour recommander à Philippe un silence absolu, et, tous deux, ils restèrent sur le canapé, silencieux et frissonnants. Chaque coup, chaque mot leur donnait une secousse, augmentait leur anxiété. Entre eux, le petit Joseph dormait toujours, mais d'un sommeil inquiet et agité. Le groupe effrayé que formaient ces trois personnes, au fond de la grande chambre pleine d'ombre, avait un caractère lamentable et saisissant.

Tandis que les fusils retentissaient, avec des cliquetis aigres sur le bois de la porte, ils gardaient une immobilité et un mutisme qui les auraient fait prendre pour des cadavres sans les mouvements d'attention et d'effroi qui les courbaient par instants.

Il y avait déjà près de cinq minutes que les gendarmes frappaient et criaient. L'un d'eux finit par déclarer à M. de Cazalis que la maison paraissait vide et qu'ils n'avaient pas des pouvoirs suffisants pour enfoncer la porte.

— Si nous étions certains que votre homme fût là, ajouta-t-il, nous ferions sauter la serrure; mais nous ne pouvons courir le risque de tenter une telle chose inutilement.

— L'homme est là à coup sûr, s'écria Mathéus, je l'ai vu entrer.

— Je réponds de tout, dit à son tour M. de Cazalis, je prends sur moi la responsabilité de vos actes.

Les deux gendarmes hochèrent la tête, sachant parfaitement qu'eux seuls seraient punis s'ils violaient un domicile. Ils avaient reçu uniquement l'ordre d'arrêter la personne qu'on leur désignerait, et ils ne voulaient pas dépasser leur consigne. M. de Cazalis se désespérait de les voir irrésolus, près d'abandonner la partie, lorsque des bruits s'élevèrent dans l'intérieur de la maison.

—Entendez-vous, dit-il; vous voyez bien

que la maison n'est pas vide et que notre homme est là !

Voici ce qui venait d'arriver : le petit
Joseph avait ouvert les yeux et, effrayé
de se trouver dans l'obscurité et d'entendre de grosses voix, il avait éclaté en sanglots. Epouvantée, Fine tentait vainement
de le rassurer par ses caresses, sans par-
venir à étouffer le bruit de ses cris. Le
fils livrait le père.

Les gendarmes frappèrent de nouveau,
en criant :

— Si vous n'ouvrez pas, nous enfonçons
la porte !

A la violence des coups de crosse contre
le bois, Philippe comprit que la porte ne
résisterait pas longtemps ; il se leva et
alluma une lampe ; il ne craignait plus
que la clarté le trahît. Joseph, terrifié par
les coups sourds et profonds qui ébran-
laient la maison, criait plus fort, et Fine,
qui s'était dressée et qui le berçait dans
ses bras, allait de long en large, désespérée, ne pouvant le faire taire.

— Oh ! laissez-le crier, lui dit Philippe.
Maintenant, ils savent que je suis là.

Et il vint embrasser son enfant en murmurant d'une voix désolée :

— Pauvre cher petit !

Il le regardait, et de grosses larmes
emplissaient ses yeux. Il songeait qu'il
venait d'être livré par son bien-aimé Joseph, et cette pensée l'accablait d'une tristesse profonde.

Il se disait que Dieu était bien cruel
d'avoir choisi pour le perdre son cher
amour, cette créature innocente qu'il adorait de toutes ses tendresses.

Quand il eut embrassé une dernière
fois Joseph, il se dirigea vers la porte
d'un pas brusque. Fine l'arrêta.

— Vous allez leur ouvrir ? demanda-
t-elle avec angoisse.

— Eh ! oui, répondit-il. N'entendez-
vous pas ?... Le bois cède, et la serrure
doit être près de sauter... Ayasse peut
revenir d'un moment à l'autre, et d'ailleurs, maintenant que la fuite est impossible, je ne veux pas que cette porte soit
endommagée davantage.

— Par grâce, attendez encore... Gagnons du temps.

— Gagner du temps... Pourquoi ? Tout
n'est-il pas perdu ?

— Non, j'ai foi en Marius. Il m'a recommandé d'entraver le plus possible
votre arrestation, et je vous supplie d'o-
béir à ses prières. Il y va de votre salut.

Philippe secoua la tête.

— On me fera payer cher chaque minute de résistance, dit-il. Il vaut mieux
ne pas lutter inutilement.

Fine voyait que le désespoir le rendait
lâche, et elle ne savait plus que lui dire
pour lui donner quelque énergie. Il lui
vint une idée soudaine.

— Mais, s'écria-t-elle, que va devenir

Joseph? Quand vous serez arrêté, ces hommes vont l'arracher de mes bras.

Le jeune homme, qui posait déjà la main sur un verrou, se retourna brusquement, pâle et tremblant. Il revint auprès de Fine.

— Ne m'avez-vous pas dit que de Cazalis est là avec les gendarmes? demanda-t-il.

— Oui, lui répondit-elle.

Il devint plus pâle encore et balbutia, d'une voix étranglée :

— Oh ! je comprends tout maintenant... Misérable égoïste, je ne songeais qu'à mon salut, et mon enfant était plus menacé que moi!... Vous avez raison, ils ne viennent m'arrêter ici que pour voler Joseph... Que faire? mon Dieu!

A ce moment, un coup fut donné dans la porte si brusque et si violent que le bois craqua, comme s'il allait éclater. Philippe regarda autour de lui d'un air égaré.

— Pas une issue, reprit-il, et dans quelques minutes cette porte sera éventrée... Le plan de ce Cazalis est habile; d'un coup de filet, il prend le père et le fils... Oh! je vendrais mon âme pour lui échapper.

Les coups devenaient de plus en plus retentissants. On sentait qu'une sorte de rage s'emparait des gendarmes devant cette porte qui résistait si longtemps.

Philippe resta quelques secondes la tête

entre les mains, tâchant de réfléchir; de trouver un moyen de salut. Puis, d'une voix basse et rapide :

— Je suis de votre avis, dit-il à Fine. Il faut chercher à gagner du temps, car je ne puis croire que le ciel nous abandonne... Marius a toujours été mon bon ange.

— Barricadons la porte avec les meubles, s'écria la jeune femme.

— Non, le moyen est mauvais. Une résistance ouverte ne peut que hâter les événements.

— Que voulez-vous donc faire?

— Ouvrir la porte et me livrer... Auparavant vous monterez en haut dans le grenier avec Joseph, vous vous cacherez le mieux possible, et je m'arrangerai de manière à faire traîner les formalités de mon arrestation, pour donner au Ciel le temps de nous secourir.

— Et si l'on vous emmène tout de suite, et si je reste à la merci de ces hommes?

— Alors, c'est Dieu lui-même qui voudra notre perte... Il ne s'agit point de raisonner, et nous n'avons pas deux partis à prendre. Entendez-vous? la porte craque... Pour l'amour de Dieu! montez vite et cachez-vous.

Il poussa Fine vers l'escalier, et, quand elle eut disparu dans l'ombre, il alla tirer les verroux.

IX

GRACE! GRACE!

Avant d'ouvrir, Philippe avait éteint la lampe.

Les gendarmes, qui allaient se précipiter dans la maison, s'arrêtèrent court sur le seuil, craignant que l'obscurité ne cachât quelque piége. Peut-être avait-on ouvert devant leurs pas la trappe d'une cave, peut-être les attaquerait-on par derrière, dès qu'ils seraient entrés. A vrai dire, le gouffre noir qui se creusait en face d'eux les effrayait.

— Il faudrait avoir une lumière, murmura l'un d'eux. Nous ne pouvons chercher et trouver le coupable dans ces ténèbres.

— Je n'ai pas une allumette sur moi, dit l'autre.

M. de Cazalis se désespérait; il n'avait pas prévu ce nouvel obstacle.

La nuit était comme un mur épais et impénétrable qui le séparait encore de Philippe.

— Auriez-vous peur! s'écria-t-il.

Et, dans un mouvement de rage, il

poussa [les gendarmes qui avancèrent ainsi de deux ou trois pas dans la pièce.

Philippe, qui s'était placé debout contre le mur, à l'entrée, s'élança par derrière le dos des gendarmes et se trouva dehors, après avoir presque renversé Mathéus.

— Au secours! hurla celui-ci, l'homme s'échappe!

Les gendarmes se tournèrent vivement. Philippe s'était arrêté devant la maison, à quelques mètres.

Il aurait pu fuir, mais il ne songeait plus à lui, il songeait à son enfant; s'il avait éteint la lampe, s'il avait fait mine de se sauver, c'était uniquement pour gagner du temps. Les bras croisés, dédaigneux, il dit à voix haute :

— Que me voulez-vous, pourquoi m'avez-vous forcé à ouvrir cette porte ?

Les deux gendarmes s'étaient élancés et l'avaient pris chacun par un poignet.

— Lâchez-moi, leur dit-il avec force. Vous voyez bien que je me livre volontairement. Si j'avais voulu fuir, je serais déjà loin... Parlez, que me voulez-vous?

— Nous avons ordre de vous arrêter, répondirent-ils en le lâchant, dominés par les éclats impérieux de sa voix.

— C'est bien, reprit-il, je vous suivrai lorsque vous m'aurez montré le mandat qui me concerne... Entrons.

Il revint dans la salle, en feignant de ne voir ni Mathéus ni de Cazalis. Lorsqu'il eut allumé la lampe et que l'ancien

député et son âme damnée se présentèrent, il se tourna vers les gendarmes, et,
d'un ton de raillerie amère :

— Ces messieurs sont de la police? demanda-t-il.

Le gentilhomme reçut cette phrase en
plein visage comme un coup de fouet. Il
eut conscience du rôle indigne qu'il
jouait, et la colère sourde qui grondait
en lui éclata.

— Qu'attendez-vous? cria-t-il, bâillon-
nez ce misérable, garrottez-le... Ah ! coquin, je te retrouve, et, cette fois, tu ne
m'échapperas pas !

Il écumait, il demandait les menottes
pour les mettre lui-même à Philippe. Celui-ci le regardait avec un mépris écrasant. Les gendarmes lui avaient remis le
mandat d'amener lancé contre lui, et il
en prenait connaissance, lentement, cherchant un moyen pour retarder encore le
moment de son arrestation.

Pendant ce temps, Mathéus disparut. Il
avait allumé un rat de cave qu'il portait
sur lui, et il s'était glissé dans l'escalier.
Il allait exécuter les ordres de M. Cazalis
qui lui avait promis une honnête récompense s'il parvenait à voler le petit Joseph, à la faveur du désordre qu'amènerait l'arrestation de Philippe.

Mathéus était un homme prudent qui ne
faisait rien à la légère. Depuis deux jours,
il étudiait les habitudes de la maison
Ayasse; il savait que le jardinier et sa

femme devaient se trouver à Marseille, et il se disait que Philippe, en entendant les gendarmes, avait sans doute caché son fils dans une chambre du haut. Il comptait trouver l'enfant seul et s'en emparer aisément.

Il visita les pièces du premier étage et ne trouva rien. Il fit sauter la serrure d'une porte qui était fermée, fouilla chaque coin et acquit la certitude que Joseph n'était pas là.

Alors il se décida à monter au grenier.

La porte du grenier ne fermait qu'au loquet. Mathéus la poussa et fit quelques pas sur la paille qui emplissait ce galetas; il élevait le rat de cave, regardant de loin dans les coins, n'osant avancer de peur de mettre le feu. Il ne vit rien. Il y avait là un amas de choses indescriptibles, de vieilles barriques défoncées, des instruments de culture hors d'usage, des débris sans nom, qui encombraient le plancher, jetant çà et là de grandes ombres noires.

Mathéus pensa que Philippe n'avait pu cacher son fils au milieu de ces vieilleries, couvertes de poussière et de toiles d'araignée. Il ne chercha pas davantage et redescendit au premier étage où il fit de nouveau une visite minutieuse. Il ouvrit les meubles, souleva les rideaux, regarda partout. Pas d'enfant. Alors, notre homme s'assit et se mit à réfléchir; le coquin avait l'habitude de raisonner en toutes circonstances et de toujours se conduire selon les règles d'une conduite serrée.

Son raisonnement fut court et invincible. Il avait entendu crier l'enfant, donc l'enfant était dans la maison ; s'il ne le trouvait pas au premier étage, c'est qu'il devait être forcément dans le grenier. Il avait mal cherché sans doute.

Il remonta au grenier.

Dès qu'il y fut entré, pour ne pas mettre le feu, il posa son rat de cave sur un vieil arrosoir. Il avait bien eu un instant la pensée d'enflammer les bottes de paille, au risque d'incendier la maison. L'enfant était là à coup sûr, et Mathéus sentait vaguement que la mort de ce petit être réjouirait de Cazalis. Il n'avait qu'à laisser tomber le rat de cave et l'héritier de Blanche était rôti de la belle façon.

Mais il eut peur de faire trop de zèle, d'outrepasser ses pouvoirs. Son maître lui avait demandé l'enfant vivant, il ne pouvait décemment pas le lui apporter mort.

Il se mit à sonder la paille, à fouiller parmi les vieilles barriques. Il allait lentement, ne laissant échapper aucun coin, s'attendant à chaque instant à mettre la main sur un corps chaud. Le rat de cave, posé sur l'arrosoir, jetait dans le grenier une lueur jaune et vacillante qui éclairait d'une façon sinistre les recherches prudentes et sournoises de cet homme.

Quand il fut arrivé au fond du galetas, Mathéus s'arrêta brusquement. Il venait d'entendre le bruit haletant d'une respiration oppressée. Il sourit en silence, d'un air de triomphe, et écouta pour savoir d'où sortait ce bruit. Le bruit sortait d'une sorte d'encoignure formée par des bottes de foin empilées à quelque distance de la muraille.

Mathéus fit un pas, allongeant la tête, les mains tendues, comme pour s'emparer de sa proie. Quand il eut jeté un coup d'œil dans la cachette, il laissa retomber ses mains de surprise.

En face de lui, Fine venait de se dresser, d'un mouvement brusque et effrayé. Elle serrait contre sa poitrine le petit Joseph qui s'était rendormi et qui souriait dans son sommeil.

Depuis près d'un quart d'heure, la jeune femme écoutait les pas étouffés de Mathéus. Pendant ce temps, ses anxiétés furent atroces. Elle faillit crier d'angoisse, lorsque Mathéus visita une première fois le grenier où elle s'était réfugiée en l'entendant monter. Puis, quand il redescendit, elle respira, elle crut être sauvée. Et voilà qu'il était revenu et qu'il l'avait découverte. Elle était perdue, il allait lui arracher Joseph des bras.

Droite, frémissante, se disant qu'elle se laisserait plutôt assassiner que de livrer l'enfant, elle regardait Mathéus en face, avec une sorte d'épouvante courageuse.

Mathéus, dans le premier moment, fut stupéfait. Il ne s'attendait point à trouver là cette jeune femme qu'il ne connaissait pas et qui semblait être la mère du petit. Pendant plusieurs minutes, Fine et lui se contemplèrent, lui frappé d'étonnement, elle d'effroi, béants en face l'un de l'autre, sans parler.

Puis le misérable eut un sourire de mauvais augure. Après tout, il aimait mieux avoir affaire à cette jeune femme qu'à Philippe ; d'une poussée, il allait la renverser sur le foin, et il lui arracherait l'enfant aisément. Fine lut sans doute ses pensées dans ses yeux, car elle s'adossa contre le mur, les jambes raidies, prête à lutter.

Ils n'échangeaient pas une parole. Le rat de cave éclairait vaguement leur terrible silence. Mathéus allongeait la main, Fine fermait les yeux, se croyant déjà morte, lorsqu'un bruit croissant monta de la salle où Philippe se trouvait encore avec les gendarmes. Une voix bien-aimée, que la jeune femme reconnut, criait : « Grâce ! grâce ! » avec des éclats de joie et de triomphe. Fine se redressa.

— Entendez-vous, dit-elle à Mathéus ; le ciel nous a secourus. C'est pour vous, coquin, que les gendarmes ont apporté des menottes.

Mathéus, surpris et effrayé, oublia Fine et l'enfant, ne songeant plus qu'à son salut. Il courut à la porte du grenier et écouta. Il se demandait avec terreur par où il pourrait fuir, dans le cas où les choses tourneraient mal.

Voici ce qui se passait en bas.

Philippe, après avoir pris connaissance du mandat d'amener lancé contre lui, avait été obligé de se livrer aux gendarmes; il réussit cependant à retarder encore son départ, en prétextant qu'il ne pouvait quitter la maison du jardinier Ayasse sans lui laisser quelques lignes d'explication. La vérité était qu'il avait vu Mathéus disparaître par l'escalier, et qu'il tremblait pour Fine et son enfant. Il ne comptait plus sur Marius; il aurait simplement voulu attendre le retour du jardinier, afin de ne pas laisser la maison à la merci de M. de Cazalis.

Les gendarmes lui permirent d'écrire quelques lignes. Puis ils lui déclarèrent qu'il fallait marcher. Philippe regarda désespérément autour de lui, et il n'aperçut que l'ancien député qui ricanait avec triomphe.

— Eh bien! lui cria ce digne gentilhomme, vous voilà donc muselé! Vous n'enlèverez plus des héritières, vous ne jetterez plus le scandale dans les familles. Ah! ce sera un curieux spectacle que de voir le galant Philippe Cayol attaché au pilori!

Philippe ne répondit pas. Par dédain, pour ne pas être tenté de souffleter l'ancien deputé, il feignait depuis qu'il était là d'ignorer sa présence. Pendant que M. de

Cazalis l'insultait, un gendarme lui mettait les menottes.

— En route ! dit cet homme.

Et il fallut que Philippe s'avançàt vers
la porte. Une angoisse horrible le serra à
la gorge, il faillit éclater en sanglots. A
ce moment, comme la porte était ouverte,
un cri joyeux retentit au dehors, et un
homme entra en répétant : « Grâce !
grâce ! »

C'était Marius. N'ayant pas trouvé de
voiture, il était venu de Marseille en courant. Il tira un pli de ses vêtements cou-
verts de poussière, et le présenta aux
gendarmes. Ce pli annonçait la grâce que
le roi accordait à Philippe. Depuis un
mois, on promettait cette grâce au frère
du condamné, et le ciel avait voulu qu'elle
vînt justement à l'heure où de Cazalis
usait de ses derniers pouvoirs pour forcer
le parquet à agir selon la lettre de la loi.
Marius n'était pas accouru sur-le-champ
à Saint-Barnabé, désirant aller voir une
dernière fois si la grâce ne serait point
arrivée à Marseille.

Les gendarmes prirent connaissance du
papier que le jeune homme leur avait remis, et ils s'inclinèrent devant cette lettre
toute-puissante. Leur mission était terminée : ils n'avaient plus qu'à se retirer.

M. de Cazalis, hagard, terrifié par
ce dénoûment imprévu, les regarda s'é-
loigner avec colère, comme s'ils eussent travaillé eux-mêmes à la liberté

de son ennemi ; il se pressait le front entre les mains et se demandait, dans la folie de son désespoir, s'il n'y avait pas un moyen de forcer les gendarmes à traîner Philippe en prison.

Marius, dès son entrée, avait jeté les bras au cou de son frère, en lui criant :

— Tu es libre... Dieu merci ! J'arrive à temps.

Et Philippe était resté un instant immobile, étouffant, ne sachant comment remercier le ciel. Puis, brusquement, sans songer qu'il avait les mains liées par les menottes, il s'était élancé dans l'escalier. Il venait de penser à cet homme qui était monté pour voler son fils.

Mathéus entendit le bruit de ses pas. Epouvanté, comprenant qu'un danger le menaçait, il chercha rapidement du regard un moyen de fuite. Il aperçut, devant la fenêtre du grenier qui était ouverte, un bout de corde pendu à une poulie. Il saisit la corde, au risque de tomber, et se laissa glisser. Il descendit ainsi paesque sur la tête de M. de Cazalis qui se retirait, l'injure à la bouche, la rage au cœur. Quand l'ancien député vit Mathéus sans l'enfant, il faillit le battre. Son expédition avait entièrement échoué ! il ne s'était emparer ni du père ni du fils.

Il rentra à Marseille en roulant dans sa tête des projets de vengeance, décidé à profiter de tous les événements pour écraser les Cayol.

Fine, sauvée miraculeusement des brutalités de Mathéus, revint avec Philippe
dans la salle du bas. Et là les deux frères
et la jeune femme embrassèrent le petit
Joseph, en se livrant à des accès de tendresse et de joie.

— Maintenant, nous sommes forts! s'é-
cria Marius. Une condamnation infâme
ne pèse plus sur nous; nous pouvons relever la tête et travailler ouvertement au
bonheur de cet enfant.

Le lendemain, au réveil, les deux frères éprouvèrent une joie vive en se retrouvant ensemble, heureux et délivrés de toute crainte. La veille, ils avaient emmené Joseph avec eux, après avoir largement récompensé et remercié le jardinier Ayasse.

Philippe et son fils couchèrent dans le petit logement du jeune ménage. Pendant la nuit, Marius, encore tout secoué, ne put dormir et rêva le plan d'une vie nouvelle. Dès que la famille se trouva réunie autour de la table sur laquelle Fine venait de servir le déjeûner, il se décida à exposer ce plan.

— Voyons, dit-il, parlons de choses sérieuses. Il s'agit de savoir ce que nous allons faire de cet enfant et ce que Philippe fera lui-même.

Philippe devint grave et attentif. Souvent il avait songé à l'existence qu'il mènerait le jour où il lui serait permis de vivre sans se cacher ; il sentait qu'il devrait travailler pour son fils, renoncer à ses ambitions et à ses folies.

— L'enfant, continua Marius en souriant et en regardant Fine, trouvera aisément une mère...

La jeune femme tenait le petit Joseph sur ses genoux et lui faisait manger sa soupe, avec mille caresses. En entendant les paroles de son mari :

— Une mère, s'écria-t-elle, mais elle est toute trouvée !... On me l'a confié, on me l'a donné, n'est-ce pas, Philippe ?... C'est moi qui suis sa mère... Puisque Marius ne veut pas me faire le cadeau d'un fils, je prends celui-ci, et je ne le rends plus. Il restera toujours avec moi. Vous verrez comme je le soignerai, comme je l'aimerai.

Philippe attendri serra avec effusion les mains de l'ancienne bouquetière. La pensée de son fils en bas âge l'avait effrayé parfois, et il s'était demandé comment il saurait élever un enfant de 4 ans.

Il sentait combien il serait inhabile dans une pareille besogne. L'offre de Fine le sauvait d'une cruelle anxiété : il ne se séparait pas de Joseph, et Joseph aurait auprès de lui une mère dévouée.

— Voilà l'enfant placé, reprit Marius en riant, et je me charge de placer le père... Avant tout, Philippe, dis-moi quels sont tes projets ?

— Je veux travailler, répondit fermement le jeune homme, je veux vous faire

oublier mes sottises et me créer un avenir calme et heureux.

— C'est parfait... Tu renonces à tes
rêves de richesse, tu consens à être un
pauvre diable comme moi?

— Oui.

— Alors, j'ai ton affaire... Tu ne peux
garder la blouse du portefaix, et je t'offre
un modeste emploi qui te fera vivre, sans
être à charge à personne.

— J'accepte tout à l'avance... Je me
confie à toi, les yeux fermés, certain
que tu ne peux me conduire qu'au bonheur.

— Eh bien! je vais sur le champ t'ins-
taller chez mon patron, M. Martelly... Il
y a plus de six mois que je te réserve
chez lui une place de dix-huit cents francs.
Crois-moi, mon pauvre ami, reste obscur,
ne cherche plus à dominer, et nous goû-
terons de douces heures.

Les deux frères se rendirent chez l'armateur, qui fit à Philippe un bieveillant
accueil et qui parut heureux de lui venir
en aide en l'acceptant à titre d'employé.

— Mon cher Marius, dit-il gaiement,
placez-moi ce garçon-là où vous voudrez.
Il y a beaucoup de besogne à faire ici, et
nous avons besoin de commis intelligents
et actifs. J'aime qui me sert fidèlement.

Marius chargea son frère d'une partie
de la correspondance, qui était considérable. Dès ce moment, une existence de
paix commença pour Philippe. Il vécut

des journées douces et mornes dans son
bureau; le soir, il retrouvait l'intérieur
calme du jeune ménage, il prenait Joseph
sur ses genoux et jouait avec lui pendant
des heures entières.

Fine avait obtenu du propriétaire la
jouissance d'une chambre qui se trouvait
au quatrième étage et qu'elle arrangea
d'une façon simple et coquette pour le
jeune homme. La vie fut en commun;
Philippe mangeait et couchait chez son
frère, il ne sortait jamais et ne semblait
à l'aise que dans cette paisible félicité do-
mestique.

Ce fut, pendant plusieurs semaines, une
vie toute de douceur et de tendresse. A
voir cette famille si unie, si heureuse, jamais on n'aurait pu soupçonner les émotions violentes qui l'avaient secouée,
quelques mois auparavant. Les soirées
étaient tièdes, attendries, pleines de paroles amicales.

On eût dit la réunion de gens qui n'ont
pas connu le malheur, et qui vivent dans
la certitude d'une joie éternelle.

Cependant, parfois Philippe retrouvait
sa voix brève et irritée de jadis. Lorsque
la pensée de M. de Cazalis se présentait à
lui, la fièvre le reprenait; il parlait de
faire rendre gorge à l'oncle de Blanche.

— Nous sommes lâches, dit-il un soir à
Marius, nous ne savons pas nous venger.
Je devrais aller souffleter cet homme et
lui réclamer la fortune de mon fils.

Ces brusques colères de son frère effrayaient Marius, dont l'esprit calme e juste jugeait la situation avec plus de sang-froid.

— Tu serais bien avancé, répondit-il, si tu allais donner un soufflet à ton ennemi. Il te ferait emprisonner de nouveau, voilà tout.

— Mais cet homme est un voleur. Il garde un argent qui ne lui appartient pas, il le mange peut-être. Ah ! tu es heureux, Marius, de pouvoir penser à ces choses sans t'emporter. Moi, j'ai des envies de lui arracher ces biens qui reviennent de droit à Joseph.

— Je t'en supplie, ne fais plus de coups de tête. Nous vivons en paix, ne gâte pas notre bonheur.

— Alors tu veux que je renonce pour mon enfant à l'héritage de sa mère ?

— Eh ! j'aime mieux te voir renoncer à cet héritage, pour le moment du moins, que de [te laisser troubler de nouveau notre vie. Contentons-nous de nous défendre, et n'attaquons pas. Nous sommes trop faibles, nous serions brisés au premier heurt.

— Je voudrais que mon fils fût riche et puissant. J'ai de l'ambition pour lui, si je je n'en ai plus pour moi.

— Ton fils est heureux, nous l'aimons et nous l'élevons en honnête homme. Crois-moi, il n'a besoin de rien, il serait peut-être plus à plaindre, si tu réussissais à en faire un riche héritier.

Souvent de pareilles conversations revenaient entre Philippe et Marius. Ce dernier sentait que M. de Cazalis était trop puissant pour qu'on pût l'attaquer avec des chances de succès ; il avait compris que l'ancien député, à la première occasion, prendrait encore l'offensive, et il voulait réserver toutes ses forces pour la défense. Son plus cher désir était de faire oublier de l'oncle de Blanche l'existence de Joseph et de Philippe.

D'ailleurs, de nombreuses raisons l'amenaient à prêcher à son frère le désintéressement. Il craignait que celui-ci ne redevînt fou en devenant riche. Il rêvait naïvement pour son neveu l'existence tranquille de commis, qu'il avait menée, et il ne croyait pas pouvoir lui préparer un avenir plus doux.

Souvent il se disait : « Cet enfant sera pauvre et heureux comme moi, il trouvera une Fine qui lui donnera les félicités que je goûte. » Au fond de lui, il avait décidé qu'il ne réclamerait jamais un sou à M. de Cazalis.

Quand Philippe le pressait par trop, il lui parlait de Blanche, il lui disait qu'un scandale tuerait cette pauvre fille et que M. de Cazalis ne se laisserait pas arracher plusieurs centaines de mille francs sans ameuter tout Marseille. C'est ainsi qu'il maintenait son frère et qu'il l'empêchait de faire un éclat qui aurait pu causer des malheurs irréparables.

Peu à peu, il prouva à Philippe que l'heure n'était pas venue de se venger et de réclamer l'héritage de Blanche. Dès lors, la vie de la famille fut encore plus paisible. Ils n'avaient qu'une vague inquiétude : ils sentaient M. de Cazalis tourner autour d'eux, dans l'ombre, et ils se serraient pour protéger le petit Joseph contre les tentatives de son grand-oncle.

On arriva ainsi jusqu'aux premiers jours de février. Marius, tranquillisé, satisfait de voir son frère se plier aisément à une vie obscure et modeste, le croyait corrigé de ses colères et de ses rêves ambitieux. Il espérait lui faire accepter l'existence bourgeoise qu'il menait et lui faire oublier les angoisses dont il avait déjà réussi à le tirer.

Rien dans la conduite de Philippe ne lui donnait des craintes ; il se disait avec joie qu'il avait vaincu le sort, lorsque tout d'un coup son frère se mit à sortir seul, à s'absenter de son bureau pendant des journées entières.

Marius trembla ; il eut conscience que leur bonheur était menacé. Il suivit Philippe pour savoir où il allait. Il apprit ainsi que le jeune homme était membre d'une société secrète, et que, sous une impulsion venue sans doute de Paris, cette société travaillait activement à propager les idées républicaines.

Cette découverte le désola, il fut désespéré de voir son frère se compromettre et fournir des armes à M. de Cazalis, qui pourrait en user d'une façon terrible. Lorsqu'il se hasarda à sermonner le conspirateur :

— Ecoute, lui répondit celui-ci, je t'ai promis de ne plus faire de folies pour mon compte, mais je n'ai pas entendu renoncer à mes convictions. L'heure du peuple est venue, et je serais un malhonnête homme si je ne travaillais pas à ce que je crois être le bien de tous.

Et il ajouta avec un sourire :

— Je n'aurai plus qu'une maîtresse, et celle-là s'appellera la Liberté.

Marius essaya vainement de le retenir, le soir, auprès du petit Joseph. Philippe ne voulut rien entendre, et le jeune ménage dut assister, muet et désolé, à la ruine de leur cher bonheur.

La vérité était qu'une vie paisible ne convenait pas à Philippe ; il avait pu vivre pendant deux mois dans une félicité morne, mais il commençait à être écœuré : il lui fallait des émotions violentes, une existence de dangers et de secousses. Aussi se jeta-t-il avec joie dans les périls que promettait une révolution imminente. Il avait toujours été un homme d'action, un démocrate ultra ; aigri par la souffrance, ayant à se venger de la noblesse, il accepta l'espérance d'une insurrection avec une âpreté joyeuse. Et il reprit ses allures brusques, il se fit chef de parti, il poussa sourdement les ouvriers à la révolte, il prépara la population pauvre aux barricades qu'il rêvait.

Le vendredi, 25 février, un coup de foudre éclata sur Marseille. On apprit la déchéance de Louis-Philippe et la proclamation de la République à Paris.

La nouvelle d'une Révolution consterna la ville. Ce peuple de négociants, conservateurs d'instinct, n'ayant souci que des intérêts matériels, était tout dévoué à la dynastie des d'Orléans, qui, pendant dix-huit années, avait favorisé le large développement du commerce et de l'industrie. L'opinion dominante à Marseille était que le meilleur gouvernement est celui qui laisse aux spéculateurs leur liberté d'action.

Aussi les habitants furent-ils épouvantés à l'annonce d'une crise qui allait forcément arrêter les affaires et amener des faillites nombreuses, en supprimant les crédits sur lesquels vivaient la plupart des maisons de commerce.

Marseille n'accepta donc la République que comme un déplorable sinistre commercial. La ville se sentit frappée au cœur, dans sa prospérité, par le mouvement insurrectionnel de Paris. La majorité se désespéra à la pensée de perdre les pièces de cent sous amassées, et il y eut à peine quelques hommes que le mot de liberté fit tressaillir et tira du sommeil épais de l'argent.

Philippe s'abusait étrangement en croyant pouvoir semer et développer parmi ses concitoyens les idées républicaines. Il s'employait avec toutes les fougues de son tempérament; il rêvait tout éveillé et travaillait violemment à réaliser ses rêves. S'il avait mieux étudié le milieu où il se trouvait, s'il avait eu le sang-froid nécessaire pour juger les hommes et les choses qui l'entouraient, il aurait à coup sûr renoncé à lever le drapeau du libéralisme et se serait prudemment tenu tranquille.

Le parti républicain, à vraiment parler, n'existait pas. Il n'y avait aucun lien entre la bourgeoisie libérale et le peuple; le peuple restait en bas, sans chefs, sans tendances bien nettes, n'osant agir seul; la bourgeoisie se contentait de rêver une petite liberté honnête, faite pour son usage. Les quelques républicains de salon qui traînaient partout leurs belles phrases, étaient de simples bavards, qui ne se rendaient nullement compte de l'esprit moderne des sociétés, et qui cherchaient uniquement le moyen de se produire à leur avantage, grâce au nouvel état de choses.

En face de ces éléments républicains, faibles et désunis, se trouvaient deux camps puissants : les légitimistes, qui riaient tout bas de la chute de Louis-

Philippe et qui espéraient profiter de la bagarre pour ressaisir le pouvoir, et les conservateurs, la foule des commerçants, qui réclamaient la paix à tout prix, quel que fût d'ailleurs le maître, roi légitime ou usurpateur. Ces derniers ne souhaitaient ardemment qu'une liberté : la liberté de gagner des millions.

Si la ville eût osé, elle eût fait peut-être une contre-révolution. Obligée de se soumettre aux événements, elle se contenta d'opposer une sourde réaction au nouveau gouvernement. Dès la première heure, elle accepta la République avec méfiance et tâcha d'en amoindrir la portée autant que possible. Les éléments conservateurs et légitimistes y dominèrent toujours et en firent un antre très actif d'opposition.

Par moments, lorsque la fièvre ne l'exaltait pas, Philippe voyait clairement que lui et les siens ne réussiraient jamais à faire de Marseille une ville républicaine ; il avait alors de grands désespoirs et de grandes colères. Pendant quelque temps, il s'était jeté dans le journalisme ; mais il avait bien vite compris que les articles ardents qu'il lançait n'étaient même pas lus par la foule effrayée des négociants, et que c'était là de l'enthousiasme dépensé en pure perte. Il jugea que l'action était préférable au journalisme.

Une des mesures qui le désespéra fut la création d'une garde nationale choisie

exclusivement dans la bourgeoisie aristocratique de Marseille.

Cette garde nationale était évidemment destinée à tenir le peuple en respect. Il aurait voulu qu'on y admît les pauvres et les riches, afin de confier la garde de la cité à l'ensemble des citoyens, à une troupe franchement animée de sentiments libéraux. Le peuple épouvantait les conservateurs, et ceux-ci armaient la bourgeoisie pour créer un antagonisme entre elle et lui, pour les heurter l'un contre l'autre, si les circonstances le demandaient. C'était tout simplement préparer une guerre civile. La corporation des portefaix fut seule acceptée et armée, parce qu'on réfléchit sans doute que les membres de cette corporation, vendus en quelque sorte aux négociants qui les employaient, consentiraient à combattre leurs frères, les autres travailleurs, la populace dont le nom seul faisait frémir.

Philippe refusa énergiquement de faire partie de la garde nationale.

— Je reste avec le peuple, dit-il, en pleine place publique; si jamais on l'attaque, si on ne respecte pas ses droits, je lui conseillerai de s'armer à son tour et je combattrai avec lui.

Du vendredi 25 au mardi 29, Marseille ne put se décider à proclamer la République. Les autorités de l'ancien régime gardèrent leur poste, la ville entière resta anxieuse et mal à l'aise.

Le préfet et le maire affirmaient qu'ils étaient sans nouvelles de Paris. Les républicains sentaient le péril immense qu'il y avait à laisser le pouvoir entre les mains des serviteurs du roi déchu; ils firent plusieurs manifestations qui restèrent sans résultat; la réaction commençait déjà, les conservateurs ne voulaien pas abandonner la place avant d'être bien sûrs que tout était désespéré. On atteignit ainsi le lundi soir. Les ouvriers, réunis sur la Cannebière, durent se diriger vers l'Hôtel-de-Ville, en masse, torche en main et drapeau en tête, pour obtenir la promesse formelle que le nouveau gouvernement serait publiquement proclamé le lendemain matin.

Pendant ces cinq jours d'anxiété, Philippe vécut dans une fièvre terrible. Il n'allait plus à son bureau, il rentrait tard, tout secoué par les émotions violentes de la journée. Le soir, il apportait dans le jeune ménage, morne et désolé, des paroles brèves de colère et de menace. Et Fine et Marius le regardaient avec désespoir, comprenant qu'il se perdait, ne pouvant l'arrêter au bord du gouffre.

OU MATHÉUS SE FAIT RÉPUBLICAIN

Le lendemain de son expédition chez le jardinier Ayasse, M. de Cazalis, dont la colère était tombée, fut pris d'une véritable épouvante. Il se sentait au pouvoir de ses ennemis : maintenant que Philippe avait sa grâce, les Cayol allaient sans doute le traquer sans pitié.

Il laissa voir ses craintes devant Mathéus. Ne sachant sur qui passer l'emportement que lui causait son impuissance, il accabla ce dernier de reproches, il l'injuria, il lui dit que s'il n'avait pas volé Joseph, c'est qu'il devait être payé par Marius.

Mathéus accepta philosophiquement les injures, en haussant les épaules.

— Allons, continuez, dit-il avec impudence à l'ancien député, dites-moi que je suis un gueux, si cela peut vous soulager. Au fond, vous savez que je vous suis tout dévoué, puisque vous me payez bien plus grassement que jamais ne pourraient le faire ces va-nu-pieds de Cayol... Au lieu de vous irriter, il serait bien plus sage de raisonner la position et de prendre un parti.

Le sang-froid du coquin calma M. de Cazalis. Il avoua alors à son complice qu'il avait une grande envie de fuir et d'aller vivre tranquille en Italie ou en Angleterre.

C'était la façon la plus simple et la plus prompte d'échapper aux ennuis qui le menaçaient. On n'irait certainement pas lui réclamer ses comptes de tutelle en pays étranger.

Mathéus écouta son maître en hochant la tête. Ce plan de fuite ne faisait pas du tout ses affaires. Il avait besoin, pour achever sa fortune, que M. de Cazalis restât à Marseille, afin de spéculer sur sa peur et de lui soutirer le plus d'argent possible en le servant avec la scélératesse nécessaire. Il sentait bien que le gentilhomme avait raison de vouloir fuir ; là était le salut.

Mais le salut de M. de Cazalis lui importait fort peu ; il se souciait médiocrement de le compromettre, du moment où il avait intérêt à le lancer dans une lutte dont l'issue était douteuse. Ce qu'il voulait avant tout, c'était ne pas perdre ses appointements d'espion. Il plaida chaleureusement contre la fuite, et il fut assez heureux pour trouver quelques bonnes raisons.

— Pourquoi fuir? dit-il. Vous ne voulez donc plus vous venger? Puis, rien n'est désespéré. Vos ennemis tremblent devant vous, et ils n'oseront jamais vous attaquer en face. Mille choses les forcent au silence. Allez, vous avez grand tort de vous effrayer. Moi, à votre place, je resterais, je voudrais vaincre, je reprendrais carrément l'offensive.

Ces imbéciles commettront bien quelque faute. Nous profiterons de tout, et il arrivera un moment où nous les tiendrons de nouveau entre nos griffes... Vous m'avez accusé d'être un maladroit, parce que je n'ai pas réussi à vous apporter le petit. Je ne suis pas un maladroit, et j'ai une revanche à prendre. Foi d'honnête homme, vous aurez l'enfant... Que diable! à nous deux, nous sommes capables de faire réussir tout ce que nous entreprendrons.

Il parla longtemps, il fit habilement appel à l'orgueil, au besoin de vengeance de son maître, et finit par le décider à rester et à continuer la lutte. Alors eut lieu entre eux une longue conférence.

Avant de rien mettre en œuvre, M. de Cazalis voulut que Mathéus tentât une démarche auprès de Blanche. Mathéus devait essayer de lui faire signer divers papiers qui dépouillaient son fils d'une grande partie de son héritage. Il partit, bien décidé à ne rien faire signer du tout: cela simplifiait trop les affaires et rendait ses services inutiles; une fois les papiers signés, son maître pouvait se passer de lui. Il s'arrangea de façon à ce que Blanche lui refusât fermement sa signature.

M. de Cazalis fut exaspéré par ce refus, et il ne rêva plus que vengeance. Il ne parlait de rien moins que d'assommer les Cayol. C'était à ce degré d'irritation que le voulait Mathéus.

Il se hâta de se faire donner des pleins pouvoirs, et eut soin de l'entretenir dans une colère continuelle, D'ailleurs, il lui recommanda de ne se mêler de rien, de ne pas se compromettre. Chaque soir, il venait lui faire un rapport, vrai ou faux ; il le tenait au courant des faits et gestes de ses ennemis, le calmant, l'irritant, selon le besoin, et lui promettant toujours une prompte victoire.

Deux mois s'écoulèrent, M. de Cazalis commençait à 'impatienter, disant que les Cayol étaient bien trop sages et que jamais ces gens-là ne commettraient une faute, lorsqu'un soir Mathéus entra dans son salon, d'un air vainqueur, en se frottant les mains.

— Eh bien ! qu'y a-t-il de nouveau? demanda vivement l'ancien député à son complice.

Mathéus ne répondit pas sur-le-champ. Il s'était assis commodément dans un large fauteuil, il cligna de l'œil, les mains sur le ventre, d'une façon béate. Ce faquin traitait d'égal à égal l'illustre descendant des de Cazalis.

— Que pensez-vous de la République ?

dit-il brusquement à son maître d'une voix goguenarde; c'est une belle invention des hommes, n'est-ce pas?

Le gentilhomme haussa les épaules. Il tolérait l'impudence de Mathéus, qui prenait souvent un secret plaisir à le blesser.

— Vous savez que la monarchie est morte et enterrée, reprit ce dernier railleusement; il y a vingt-quatre heures que nous sommes citoyens, et il me prend des envies de vous tutoyer.

M. de Cazalis, depuis plusieurs mois, suivait les événements politiques d'un œil fort indifférent. Il avait appris la veille la chute de Louis-Philippe, sans même s'arrêter à cette nouvelle. Autrefois, lorsqu'il était député de l'opposition, lorsqu'il cherchait à ébranler ce trône que le peuple venait de briser, il aurait applaudi à cet événement, quitte à chercher ensuite les moyens les plus prompts de museler la canaille, nom qu'il donnait aux ouvriers d'ordinaire.

Mais, aujourd'hui, son seul souci était d'arriver à conserver la fortune de sa nièce et à pouvoir la manger impunément.

Lorsqu'il entendit Mathéus dire qu'il lui prenait des envies de le tutoyer, il eut cependant un mouvement de révolte et de mépris.

— Ne plaisantons pas, dit-il sèchement. Voyons, quelles nouvelles avez-vous?

Mathéus garda son attitude insolente.

— Eh! eh! dit-il en ricanant, comme

vous parlez brusquement à un de vos frères, car vous savez que nous sommes tous frères ; cela est écrit sur les drapeaux... Oh ! la République est une belle chose !

— Au fait. Que savez-vous ? d'où venez-vous ?

— Je sais que nous ferons peut-être des barricades un de ces jours, et je viens du club des Travailleurs, dont je suis un des membres les plus populaires... Il est regrettable, monsieur, que vos opinions vous empêchent de venir m'entendre. J'ai fait ce matin un discours contre les légitimistes, qui a emporté tous les suffrages. D'ailleurs, je puis vous donner quelques échantillons de mon éloquence.

Et Mathéus se leva et se tint debout, une main sur le cœur, l'autre tendue en avant, comme un homme qui va parler.

M. de Cazalis comprit que son digne compère avait à lui apprendre une bonne nouvelle et qu'il lui faisait payer cette nouvelle en s'amusant à ses dépens. Il appartenait à cet homme, il se vit forcé d'accepter ses ricanements jusqu'à ce qu'il lui plût de tout dire. Par une sorte de lâcheté, pour flatter ce coquin qui jouait avec lui comme avec une proie, il s'abaissa même jusqu'à sourire de ses grimaces de saltimbanque, espérant ainsi le décider à parler plus tôt.

— Vous devez faire un excellent orateur, lui dit-il en riant du bout des lèvres, avec une sorte de timidité anxieuse.

Mathéus avait gardé sa position, cherchant les phrases de son discours. Puis, il se laissa retomber dans le fauteuil, croisa ses jambes, se renversa, et reprit en ricanant toujours :

— Je ne me souviens plus... C'était très beau... Je disais que les légitimistes étaient des gueux. Je crois même que j'ai prononcé votre nom, et que j'ai proposé de vous pendre à la première occasion... On a applaudi... Vous comprenez que je dois dérouter les soupçons.

Il riait en montrant ses dents de loup. M. de Cazalis, que la familiarité du scélérat commençait à exaspérer, marchait de long en large, faisant tous ses efforts pour ne pas éclater.

Mathéus jouissait délicieusement de sa colère. Il garda un instant le silence. Quand il vit qu'il serait imprudent de railler davantage, il ajouta d'un ton narquois :

— A propos, j'oubliais de vous dire que M. Philippe Cayol est mon collègue au club des Travailleurs.

M. de Cazalis s'arrêta brusquement devant l'espion.

— Enfin ! murmura-t-il.

— Oui, continua Mathéus d'une voix lente. M. Philippe Cayol est un républicain très chaud dont je m'honore d'être le disciple. Je vous avoue humblement que ses discours sont d'un démocrate autrement fervent que moi. A coup sûr, ce jeune homme sauvera la patrie, si elle a jamais besoin d'être sauvée.

—Ah ! ce niais s'est jeté dans le mouvement libéral.

— A corps perdu... Il est un des chefs du parti rouge. Les ouvriers l'adorent, parce qu'ils n'est pas fier avec eux et qu'il a la naïveté de leur dire de bonne foi que le peuple est roi et que les pauvres vont prendre la place des nobles et des riches.

M. de Cazalis rayonnait.

— Il se compromet, nous le tenons, s'écria-t-il.

Mathéus feignit d'être scandalisé.

—Comment, il se compromet! dit-il. Dites que c'est un héros, un fils sublime de la République. Dans dix ans, les peuples vainqueurs des rois, lui dresseront des autels. J'ai été si enthousiasmé par ses discours, que j'ai subitement senti en moi l'étoffe d'un républicain.

Il se leva, et, avec une majesté bouffonne :

— Citoyen, continua-t-il, vous voyez en moi un républicain. Regardez-moi, voyez comment un républicain est fait. Nous ne sommes que quelques centaines dans Marseille, mais nous suffirons pour opérer le salut de l'humanité. Quant à moi, je suis plein de zèle...

A son tour, il se promenait de long en large.

— Voici ce que j'ai déjà fait pour la République, continua-t-il. J'ai pris M. Philippe Cayol pour modèle, et, afin de bien me pénétrer de son esprit, je l'ai suivi pas à pas. Nous avons été membres tous les deux d'une société secrète; puis, je me suis fait recevoir du club des Travailleurs en même temps que lui. Là, toutes les fois qu'il parle, je l'applaudis, je le grise d'enthousiasme.

C'est ma manière à moi, chétif, de servir la patrie. Je suis certain que M. Philippe Cayol, encouragé par moi, fera de grandes choses.

— Je comprends, je comprends, murmura M. de Cazalis.

Mathéus déclamait toujours.

— Nous élèverons des barricades, c'est moi qui le veux, parce que des barricades sont nécessaires à la gloire de M. Philippe Cayol. Le peuple a assez travaillé, n'est-ce pas? il faut que les aristocrates travaillent un peu à leur tour... Quelques coups de fusils mettront bon ordre à tout cela...

M. Philippe Cayol marchera à la tête de ses amis les ouvriers : il les conduira à la victoire et à la fortune, à moins qu'un gendarme ne le prenne au collet et ne le conduise devant une cour d'assises, qui aurait à coup sûr le mauvais goût de le condamner à la déportation.

L'ancien député ne se tenait pas de joie. Les grimaces de Mathéus l'amusaient maintenant. Il lui serrait les mains, il lui répétait avec effusion:

— Merci, merci, je te payerai, tu seras riche.

Mathéus garda pendant un instant une attitude triomphante. Puis, il partit d'un éclat de rire.

— Eh! allez donc, s'écria-t-il, la farce est jouée.

Il y avait chez cet homme des allures de saltimbanque. Il était heureux de la petite mise en scène qu'il venait de donner aux nouvelles qu'il apportait. Le maître et le valet s'assirent et causèrent à voix plus basse.

— Vous m'avez compris, dit ce dernier. Nous tenons le sieur Philippe, qui se conduit en enfant. Fiez-vous à moi. Je l'amènerai à commettre quelque extravagance, qu'on lui fera payer cher.

— Mais si tu le suis pas à pas, il doit te reconnaître.

— Eh! non, il ne m'a vu qu'une fois, la nuit, à Saint-Barnabé. D'ailleurs, j'ai fait l'emplette d'une perruque d'un blond ardent qui me donne une excellente allure révolutionnaire... Ah! quels niais que ces démocrates, mon cher patron! Ils parlent de justice, de devoir, d'égalité; ils ont des airs honnêtes qui m'irritent. Je parie qu'ils me massacreraient s'ils savaient que je travaille pour vous. Jamais vous ne me payerez assez le sacrifice que je fais en consentant à passer pour un des leurs.

— Et si le parti libéral l'emportait! demanda M. de Cazalis, qui était devenu rêveur.

Mathéus regarda son maître avec stupéfaction.

— Comment dites-vous? fit-il en raillant. Alors vous croyez qu'on aime la République autant que cela, à Marseille. Quoi qu'il arrive, entendez-vous, les libéraux seront rossés, dans cette bonne ville. N'ayez aucune inquiétude. Si le Cayol peut être pris dans quelque échauffourée, son affaire est réglée. Je ne donne pas quinze jours pour que nos négociants aient assez de la liberté et pour qu'ils désirent étrangler tous ceux qui la servent.

L'ancien député se rappela les manœuvres qui avaient amené autrefois son élection, et il ne put réprimer un sourire. Son acolyte avait raison : où l'argent règne, les idées républicaines ne poussent pas.

— Je n'ai pas besoin, continua Mathéus, de vous exposer mon plan tout entier. Soyez tranquille, je réussirai à vous livrer le père et le fils. Nous recommencerons l'expédition de Saint-Barnabé, mais d'une façon plus intelligente.

Et, comme son maître le remerciait encore :

— Ah ça ! reprit-il brutalement, vous ne me ferez pas pincer avec les autres républicains pour vous débarrasser de moi? Je me compromets, et j'exige des garanties. Ecrivez-moi une lettre, dans laquelle vous me chargerez de veiller sur Philippe Cayol.

De la sorte, vous devenez mon complice. Je vous rendrai cette lettre contre une somme d'argent que nous fixerons pour le payement de mes services.

M. de Cazalis consentit à tout. Il ne pouvait d'ailleurs faire autrement. Puis, il était certain de tenir toujours Mathéus par l'argent. Ce dernier lui recommanda de rester tranquille dans son hôtel. Il voulait agir seul.

XII

LA RÉPUBLIQUE A MARSEILLE

La République fut enfin solennellement proclamée le mardi, 29 février, sur la Cannebière, par une matinée sombre et pluvieuse. Au moment où les anciennes autorités déposaient leurs pouvoirs, le commissaire provisoire que Paris envoyait à Marseille descendait la rue d'Aix en malle-poste. Un singulier hasard mit ainsi face à face, pendant le défilé de la troupe et de la garde nationale, les représentants de la royauté déchue et ceux de la jeune République.

Cette journée fut grande et solennelle pour Philippe Ses plus chères espérances étaient réalisées.

Un instant, il avait craint qu'une Régence ne succédât à la monarchie. Les lenteurs mises par le préfet et le maire de Marseille à reconnaître la révolution lui faisaient penser que la lutte, à Paris, n'avait peut-être pas été décisive. On gagnait du temps; on espérait sans doute une réaction qui ne se produisit pas.

Quand il entendit proclamer publiquement le nouveau gouvernement, il lui
sembla que le peuple venait de remporter
une victoire suprême, il crut fermement
que l'heure de la grande cause démocratique était arrivée.

Mais les espérances que le jeune homme
avaient conçues en entendant prononcer
les grands mots de liberté, d'égalité et de
fraternité, ne tardèrent pas à s'évanouir
devant les faits. Il tomba du haut de ses
rêves humanitaires dans la réalité des
passions et des intérêts humains. Ce fut
une rude chute pour lui, qui l'exaspéra
et le poussa aux résolutions extrêmes.

Il avait cru naïvement que la proclamation de la République serait suivie
d'un large mouvement qui entraînerait
toute la ville dans une voie libérale. Il
fut douloureusement étonné lorsqu'il vit
que l'autorité supérieure, poussée sans
doute par la fatalité des circonstances,
était obligée de compter avec la réaction.

Les conservateurs, les légitimistes eux-
mêmes restèrent, en quelque sorte, les
maîtres de Marseille. Ils eurent, dans les
postes officiels, des créatures à eux, ils
dirigèrent secrètement les affaires publi-
ques. En un mot, la ville toléra le nouveau
gouvernement plutôt qu'elle ne l'accepta.

Les républicains, comprenant que la
victoire ne leur resterait pas chez eux,
voulurent au moins envoyer à Paris des
représentants fermement résolus à dé-

fendre les intérêts du peuple. Les élections prochaines absorbèrent toutes leurs forces d'action. Ils sentaient combien une victoire leur serait précieuse, ils souhaitaient ardemment que les représentants ne fussent pris que dans leurs rangs.

Les élections devaient avoir lieu le 23 avril. Pendant les trois semaines qui précédèrent cette date, Philippe se mêla activement aux travaux et aux menées des différents clubs.

La démocratie avait subi un premier échec, lors de la nomination d'une commission municipale, dans laquelle, malgré le désir hautement avoué des républicains, étaient entrés des hommes hostiles à la République. Aussi les clubs, pour ne pas être battus une seconde fois, déployaient-ils une grande activité et une grande énergie. Ils dressaient des listes préparatoires, ils catéchisaient le peuple, ils cherchaient désespérément, et par tous les moyens, à faire triompher leur cause.

Pendant ces trois semaines fiévreuses, Philippe put encore s'aveugler. Il oublia quel était le véritable esprit de la ville, il ne vit plus la formidable réaction qui entourait le petit groupe des libéraux, et il se mit de nouveau à rêver le succès de ses opinions. Il courait Marseille du matin au soir, encourageant les uns, remerciant les autres, tâchant de conquérir le plus de voix possible. Il s'était chargé, en outre, de voir certains hommes dont les républicains voulaient faire leur représentants, et que leur modestie ou toute autre cause tenait dans l'ombre. Parmi ces hommes se trouvait M. Martelly.

Un matin, Philippe se rendit à son bureau, où il ne faisait plus que de courtes apparitions, et demanda à l'armateur un moment d'entretien. M. Martelly le reçut sur-le-champ. Il comprit que ce n'était point à titre d'employé que le jeune homme lui rendait visite ; il ne lui parla pas de ses absences, il le traita en ami, devinant sans doute la mission qu'il était chargé de remplir auprès de lui.

Après deux ou trois phrases banales, Philippe entra carrément en matière.

— Je ne vous ai pas vu depuis longtemps au club des Travailleurs, dit-il à M. Martelly. Vous êtes membre de ce club, n'est-ce pas ?

— Oui, répondit l'armateur... J'y vais rarement ; je crois que de pareilles réunions avancent peu les affaires du libéralisme.

Philippe feignit de ne pas entendre.

— On regrette souvent votre absence, continua-t-il. Des hommes comme vous sont précieux. Vous avez eu tort, me disait hier un de nos collègues, de vous mettre à l'écart, lors de la nomination de la commission municipale. Aujourd'hui, voici les élections qui approchent, vous devriez vous montrer, appuyer de votre honorabilité la cause que nous défendons.

M. Martelly ne répondit pas. Il regardait en face son interlocuteur, pour le forcer à lui faire des propositions claires et nettes. Philippe comprit son désir et s'exécuta de bonne grâce.

— Nous sommes tout disposés à pousser votre candidature, reprit-il. Pourquoi ne vous mettriez-vous pas sur les rangs?

Il y eut un moment de silence. L'armateur paraissait grave et triste.

— Pourquoi?... répondit-il d'une voix lente, parce que je suis certain à l'avance d'échouer. Laissez-moi vous parler comme un ami, comme un père. Vous courez à votre perte, mon enfant. La République vous tuera, et vous tuerez la République. Vous savez quelles sont mes convictions, et vous ne doutez pas, je l'espère, que je sois prêt à verser mon sang pour le triomphe du juste et du vrai. Mais vraiment, nous ne nous trouvons point ici dans un milieu où le dévouement puisse être utile. Nous sommes vaincus avant d'avoir combattu. J'ai eu un instant la pensée d'aller à Paris, d'offrir mes services au nouveau gouvernement, de lui venir en aide par ma fortune et par ma personne. A Marseille, j'ai les bras liés; j'ai résolu de me tenir à l'écart, je ne veux pas me mêler à toutes les sales affaires que je prévois.

— Alors, vous avez la certitude que la réaction triomphera?

— Oui. Si toutes les villes de province sont animées du même esprit que Marseille, notre République durera au plus deux ou trois ans, et nous ne tarderons pas à avoir ensuite un dictateur. Interrogez les faits, ils vous répondront.

Le ton grave de M. Martelly, son désespoir tranquille impressionnèrent vivement Philippe. Il eut un moment conscience de l'accablante réalité.

— Vous avez peut-être raison, reprit-il tristement, mais si les jeunes gens avaient votre expérience, ils se croiseraient les bras, et cela aurait l'air d'une lâcheté. Voyez-vous, il vaut mieux lutter... Alors, vous refusez de vous mettre en avant ?

—Non, certes... Si le peuple croit avoir besoin de moi, je répondrai à son appel, quoi qu'il arrive. Bien que je sois certain de ne pas réussir, je ne pense pas avoir le droit de me soustraire aux nécessités des circonstances. Je ne reculerai point devant un échec, du moment où les républicains me demanderont de courir la mauvaise chance de cet échec. Ce que je ne veux pas, c'est qu'on me confonde avec les ambitieux qui remuent la ville aujourd'hui, qui flattent la République comme ils ont flatté la royauté, afin d'asseoir leur fortune et leur position.

Je me suis tenu dans l'ombre jusqu'ici, par crainte d'être pris pour un de ces hommes. Je veux qu'il soit bien dit, si je pose ma candidature, que le peuple m'a sollicité et que je n'ai sollicité personne.

La voix de M. Martelly s'était animée. Debout, les yeux ardents, il appuyait chacune de ses paroles d'un geste énergique. Philippe avait également quitté son siége.

— Allons, je vous retrouve, dit-il; vous verrez que tout ira bien. Je vais, de ce pas, dire à nos amis que vous acceptez leur mandat. Votre nom sera mis dès aujourd'hui sur les listes préparatoires; et il faudra bien qu'il sorte de l'urne.

— Vous êtes jeune, reprit l'armateur en hochant la tête, vous rêvez les yeux ouverts. Ah! mon pauvre enfant, la liberté est bien malade. Je crois que nous assistons à ses funérailles.

Philippe se redressa d'un mouvement violent.

— Eh bien! s'écria-t-il, si on la tue, nous prendrons des fusils et nous tuerons ses assassins. Ce sera la guerre civile, des barricades, du sang, des morts! Tant mieux!

Il était tremblant, exaspéré. M. Martelly lui avait pris les mains et cherchait à le calmer.

— Si vous faisiez des barricades, lui dit-il, j'irais me mettre entre votre feu et celui de la troupe; je ne voudrais pas que l'on versât du sang au nom de la fraternité. Non, non, pas de violence.

Philippe se retira. Cet entretien laissa en lui des inquiétudes sourdes. La raison calme de l'armateur avait jeté comme de l'eau froide sur sa passion. Malgré lui, il désespérait intérieurement. Il continua à s'occuper activement des élections. Lorsque vint le grand jour, il avait presque réussi à retrouver son espérance. Aussi les résultats de la journée furent-ils foudroyants pour lui. Toutes les prédictions de M. Martelly s'accomplissaient.

Non-seulement il n'était pas nommé, mais encore le parti de la réaction l'avait complétement emporté. Sur dix représentants élus, il y avait à peine trois républicains radicaux ; les autres appartenaient au parti conservateur et surtout au parti légitimiste.

Dès lors, Philippe vécut dans une irritation continuelle. Il voyait clairement l'inutilité de ses efforts, et il s'acharnait à une tâche maudite qui ne pouvait le conduire qu'au malheur. Chaque jour, le parti qu'il soutenait essuyait une nouvelle défaite. La réaction grandissait, levait la tête ; un journal alla jusqu'à prêcher ouvertement la décentralisation politique, pour échapper à ce qu'il nommait la dictature révolutionnaire de Paris.

L'autorité supérieure, faible et impuissante, faisait de continuelles concessions. Si un roi eût débarqué sur la Cannebière, la ville entière l'eût acclamé.

Les républicains avaient vainement protesté contre l'organisation de la garde nationale, dont les compagnies étaient uniquement composées de bourgeois riches et par conséquent conservateurs. Il y avait dans cette organisation un danger permanent de guerre civile. Le jour où le peuple et les gardes nationaux se rencontreraient, il y aurait un choc, forcément. Philippe, dans ses heures de colère et de désespoir, prévoyait cette rencontre fatale, il goûtait une joie sombre à rêver une lutte à main armée.

En attendant, il fraternisait avec le peuple, il était de tous les banquets, il se grisait de déclamations. Après les élections, il avait donné sa démission à M. Martelly, afin de vivre librement dans les rues, au milieu des événements de chaque jour. Il ne savait comment tout cela finirait, il nourrissait seulement le vague espoir d'un combat d'où le peuple sortirait vainqueur ; alors la République triompherait, les ouvriers commanderaient à leur tour.

Deux mois se passèrent. On arriva ainsi vers le milieu de juin.

Fine et Marius vivaient dans d'éternelles alarmes. Ce dernier n'osait plus faire la leçon à son frère, qui le recevait chaque fois avec plus de brusquerie. Il se contentait de le surveiller secrètement, d'être toujours prêt à le sauver des folies qu'il pourrait commettre.

Un jour, comme il débouchait sur la Cannebière, il se trouva face à face avec un capitaine de la garde nationale, qui faisait luire au soleil les galons neufs de son uniforme. Il reconnut Sauvaire.

L'ancien maître portefaix était rayonnant. Il frappait du talon sur les pavés d'une façon victorieuse. Par moments, il regardait du coin de l'œil ses épaulettes, et alors un sourire de vanité satisfaite montait malgré lui à ses lèvres.

Son épée le gênait bien un peu, en lui battant les mollets ; mais il la tenait d'une main, il y appuyait son poing, le bras arrondi. On voyait que cette épée devait être « le plus beau jour de sa vie, » tout comme le sabre de M. Prudhomme. Son uniforme le sanglait militairement : le digne homme étouffait à coup sûr dans sa tunique, mais il était heureux d'étouffer pour le salut de la patrie. A la façon dont il marchait, les coudes en dehors, la tête un peu renversée en arrière, on devinait qu'il croyait sauver la France, au moins une fois tous les dix pas. On lisait sur son visage, largement épanoui, une joie enfantine d'être bien habillé, d'être déguisé en soldat, et un désir féroce d'être pris au sérieux.

La rencontre de Marius l'embarrassa d'abord. Il craignit que le jeune homme ne se souvînt du passé, du temps où il fréquentait les tripots, et qu'il ne se mît à le plaisanter en le retrouvant sous l'uniforme. Il le regarda d'un air inquiet, ayant une peur terrible de voir sa dignité compromise. Quand il s'aperçut que son jeune ami retenait le léger sourire qui n'avait fait qu'effleurer ses lèvres; il jugea bon de se montrer dans toutes les grâces de son grade d'officier.

— Eh! s'écria-t-il d'une voix militaire, brève et retentissante, eh! c'est mon jeune ami! Comment allez-vous? Il y a des siècles que je ne vous ai vu. Ah! que d'événements, bon Dieu! que d'événements!

Il parlait si haut que tous les passants se retournaient. Cette attention que l'on prêtait à sa personne le flattait énormément. Il se secoua, ravi, rendant un bruit d'acier et envoyant dans les yeux de la foule les reflets qui couraient sur ses galons et sur ses épaulettes.

Comme Marius lui serrait la main sans répondre, il crut l'avoir écrasé par la magnificence de son costume. Il lui prit le bras d'un air de protection et se mit à remonter la Cannebière en daignant lui donner des preuves d'amitié.

— Hein, vous me regardez? reprit-il. Cela vous étonne de me voir de la garde nationale?... Que voulez-vous! on m'a tant prié, tant supplié, que j'ai fini par accepter. Vous comprenez, je préférerais mille fois être tranquillement assis chez moi. Mais, en ces temps difficiles, les bons citoyens ont des devoirs à remplir. On avait besoin de moi, je n'ai pu refuser.

Il mentait avec un aplomb écrasant. C'était lui qui avait sollicité, les mains jointes, un poste de capitaine. Il voulait avoir des épaulettes en or ; à cette condition seule, il consentait à servir la patrie.

Marius cherchait quelques mots de réponse, il ne trouvait rien. Il finit par murmurer :

— Oui, oui, les temps sont difficiles.

— Mais nous sommes là, cria Sauvaire en mettant le poing sur son épée ; on passera sur nos corps avant de troubler la tranquillité du pays. Ne craignez rien, rassurez vos femmes et vos enfants ; la garde nationale ne faillira pas au mandat qui lui est confié.

Il débita cela comme une tirade apprise par cœur. Marius, pour le décontenancer, avait envie de lui demander des nouvelles de Clairon.

— Voyez toute cette population, continuait Sauvaire, elle est paisible, elle a foi en notre vigilance et en notre courage.

Il s'arrêta, et reprit de son ancienne voix, de sa voix naïve et satisfaite :

— Comment trouvez-vous mon uniforme ? J'ai l'air martial, n'est-ce pas ?.. Savez-vous que les épaulettes m'ont coûté diablement de l'argent.

— Vous êtes tout à fait bien, répondit Marius, et je vous avoue que votre vue inattendue m'a fait une grande impression... Et quelles sont vos opinions ?

Sauvaire parut tout effaré.

— Mes opinions ? répéta-t-il en cherchant ce que cela pouvait signifier, mes opinions?... Ah ! oui, ce que je pense de la République, n'est-ce pas ?... Mais je pense que la République est une excellente chose.

Seulement, l'ordre, vous comprenez...

La garde nationale a été créée pour maintenir l'ordre. L'ordre, moi je ne sors pas de là.

Il se dandina, triomphant d'avoir pu se trouver une opinion. Au fond, il estimait la République qui lui avait donné des épaulettes ; mais on lui avait dit que les républicains, s'ils l'emportaient, lui voleraient son argent, et il détestait les républicains. Ces deux sentiments contradictoires s'arrangeaient en lui tant bien que mal. D'ailleurs, il ne s'interrogeait jamais sur ses convictions.

Il fit encore deux ou trois tours avec Marius, puis le quitta en lui déclarant d'un air important que son service le réclamait. Mais ce n'était qu'une fausse sortie, il tourna sur ses talons et revint dire au jeune homme, d'un ton confidentiel :

— J'oubliais... Dites-donc à votre frère qu'il se compromet avec ce tas de va-nu-pieds qu'il traîne toujours à sa suite. Conseillez-lui de ne plus se mêler à la canaille et de se faire nommer capitaine comme moi. Cela est plus prudent.

Et comme Marius, sans lui répondre, lui serrait la main pour le remercier, il ajouta, en bon homme qu'il était au fond :

— Si je puis vous être utile, dans quelque bagarre, comptez sur moi... J'aime mieux servir mes amis que la patrie. Je suis tout à votre disposition, entendez-vous?

Il ne paradait plus, il se montrait tel qu'il était réellement, naïf et serviable. Marius le remercia encore, et ils se quittèrent les meilleures amis du monde.

Le soir, le jeune homme parla à Fine et à son frère de la rencontre qu'il avait faite. Il les égaya en leur décrivant l'attitude triomphante de Sauvaire.

Philippe finit par s'irriter.

—Et c'est à de pareils hommes que l'on confie la tranquillité de la ville! s'écria-til. Ces messieurs sont bien mis, ces messieurs jouent au soldat. Ah! qu'ils prennent garde! on les forcera peut-être à prendre leur rôle au sérieux. Le peuple est las de leur sottise et de leur vanité.

— Tais-toi, dit sévèrement Marius. Ces hommes peuvent être ridicules, mais ils représentent le pays. On ne tue pas son pays.

Philippe se leva et reprit avec plus de violence :

— Le pays n'est pas avec eux. Ce sont les ouvriers, les travailleurs qui sont le pays... La bourgeoisie a des fusils, le peuple n'en a pas. On garde le peuple, à main armée, comme une bête féroce. Eh bien! un jour, le lion montrera les dents et dévorera ses gardiens. Voilà tout.

Et il monta brusquement dans sa chambre.

XII

LA STRATÉGIE DE MARIUS

Mathéus était décidément un républicain pur, un radical avec lequel il ne fallait pas plaisanter. Le front à demi-couvert par sa perruque rousse, il agitait sa tête, dans les clubs, comme une torche aux lueurs rouges. Il était toujours pour les partis extrêmes; il appuyait toutes les propositions qui pouvaient amener des désordres dans la ville. On finit par avoir pour lui une sorte de terreur respectueuse, et l'on écoutait ses avis avec une admiration effrayée. Le lendemain des élections, il avait parlé carrément de brûler Marseille. Cela lui donna une grande popularité parmi les libéraux exaltés.

Il rencontrait souvent Philippe; mais il évitait de lier connaissance avec lui. Il se contentait de le surveiller de loin, de prendre note des paroles ardentes que le jeune homme laissait parfois échapper. Il aurait voulu le voir se mêler à une bonne petite conspiration. Tant que le père de Joseph se contenterait de déclamer dans les clubs et d'assister aux banquets et aux manifestations populaires, Mathéus comprenait qu'il ne pourrait rien contre lui. Et c'est pour cela qu'il poussait à la guerre, aux barricades. Il espérait qu'au premier coup de fusil, Philippe descendrait se battre dans les rues et qu'on le condamnerait comme insurgé.

D'ailleurs, la guerre civile entrait dans les calculs de Mathéus. Il avait promis à son maître de lui livrer le père et le fils ; il comptait sur le tumulte d'une insurrection pour voler le petit Joseph, tandis qu'on tuerait ou qu'on emprisonnerait Philippe. Il avait arrêté dans sa tête un plan qui, selon lui, ne pouvait manquer de réussir. Mais il s'agissait de décider le peuple à se battre. Il sentait bien qu'il n'avait pas le pouvoir de pousser une foule en avant ; tout ce qu'il lui était permis de faire, c'était d'exalter quelques pauvres diables.

Le peuple, d'ailleurs, lui paraissait tout disposé à se fâcher, et il se promettait bien, si jamais un coup de fusil était tiré, de gâter les choses à tel point que la lutte deviendrait inévitable.

Pendant ce temps, M. de Cazalis s'impatientait. Depuis trois mois, il attendait vainement l'accomplissement des promesses de Mathéus. Quand ce dernier venait le soir, en cachette, lui rendre compte des événements de la journée, il se plaignait amèrement des longs retards qui le forçaient à vivre caché au fond de son hôtel.

— Eh! monsieur, lui disait l'espion avec son rire insolent, je ne puis pourtant pas faire des barricades à moi tout seul! Laissez mûrir l'insurrection... Vous voilà plus républicain que moi. On s'y fait, n'est-ce pas?

Un soir, Mathéus entra brusquement chez l'ancien député en criant :

— Ma foi, je crois que nous nous battrons demain. Je viens de parler pendant deux heures, au club.

Il était rayonnant. Il voyait dans un avenir prochain les quelques milliers de francs que son maître lui avait promis s'il réussissait. M. de Cazalis le pressa de questions, désirant avoir enfin des certitudes.

— Voici, reprit Mathéus. Les Marseillais n'auraient peut-être jamais bougé, mais ils viennent de recevoir la visite de quelques Parisiens qui ont assisté aux journées de février, et cela leur a mis du cœur au ventre.

Vous savez, je veux parler de ces Parisiens destinés à la guerre d'Italie, et qui, volés en route par un de leurs chefs, sont arrivés à Marseille dénués de tout.

— Mais ces Parisiens sont partis, interrompit M. de Cazalis.

— Oui, mais ils ont laissé ici un souffle révolutionnaire. Il y a eu, en leur faveur, un rassemblement devant la préfecture, qui a failli amener des coups de fusils. Le peuple voulait que la ville vînt à leur secours... Les ouvriers sont très mécontents; ils doivent faire demain une grande manifestation qui tournera mal, je l'espère.

— Que veulent donc les ouvriers? demanda l'ancien député.

Mathéus mit alors M. de Cazalis au courant de la situation du moment, qui était fort grave. Le grand danger venait des ouvriers des ateliers nationaux, dont la création, à Marseille, avait rencontré beaucoup de difficultés et devait amener d'irréparables malheurs. Les seuls travaux que l'on pût confier au peuple, après le décret du gouvernement provisoire, furent des travaux de terrassement nécessités par le canal, alors en construction, qui conduit aujourd'hui les eaux de la Durance dans la ville.

Il y avait là tout un monde de travailleurs, employés indistinctement à une besogne autre que leurs métiers spéciaux maudissant pour la plupart le pain qu'ils gagnaient, entretenant ainsi un foyer éternel de révolte.

Le mécontentement de ces ouvriers venait de l'irrégularité de la durée des labeurs que le gouvernement avait établie entre eux et les ouvriers de Paris. Les ateliers de Paris, d'après le décret, ne devaient travailler que pendant dix heures, tandis que ceux des départements travaillaient pendant onze heures. Devant les réclamations incessantes des ouvriers marseillais, le commissaire, craignant l'exaspération de cette foule peu disciplinée, crut devoir user de ses pleins pouvoirs et réduisit à une durée de dix heures le travail à Marseille.

Malheureusement, tous les chefs d'atelier n'acceptèrent pas cette réduction. Quelques-uns continuèrent à exiger de leurs hommes onze heures de travail ; d'autres retinrent le prix de l'heure de travail que leurs ouvriers ne faisaient plus. De là de continuelles révoltes, un état permanent d'exaspération qui ne pouvaient finir que par une crise violente. Jusqu'à ce moment, les démarches des travailleurs n'avaient obtenu aucun résultat sérieux ; les procès-verbaux qu'ils avaient dressés étaient restés sans effet; les manifestations qu'ils avaient faites s'étaient terminées par des promesses vaines, que personne ne tenait, dès qu'ils avaient le dos tourné; ils voulaient en finir, ils voulaient obtenir justice.

Le mardi, 20 juin, la veille du jour où Mathéus donnait ces détails à son maître, les délégués des corporations s'étaient réunis pour discuter l'opportunité d'une grande manifestation. Ils avaient presque tous voté contre cette manifestation, prévoyant sans doute la lutte sanglante qu'elle amènerait.

— Les délégués sont des gens prudents et habiles, dit Mathéus en terminant;

mais heureusemeut que les ouvriers sont bien trop irrités pour les écouter. S'il y a parmi eux des têtes froides, il y a aussi des cerveaux ardents qui rêvent d'avoir raison à coups de fusils...

Je crois pouvoir vous promettre une bonne petite insurrection. Je sais qu'un grand nombre d'ouvriers ne veulent pas tenir compte du vote des délégués et qu'ils ont décidé que la manifestation aurait lieu demain. Ce sera bien le diable si quelque circonstance n'amène pas la lutte. Vous verrez comme je vous chaufferai cela.

M. de Cazalis écoutait l'espion avec une joie qu'il ne prenait pas la peine de dissimuler.

— Tes dispositions sont bien arrêtées ? lui demanda-t-il. Tu es certain que le Cayol se compromettra et que tu pourras t'emparer de l'enfant ?

— Eh ! n'ayez aucune inquiétude, répondit l'autre. Cela me regarde... S'il y a bataille, le sieur Philippe sera au premier rang des insurgés, soyez-en certain ; et quant à l'enfant, il rentrera en votre possession avant le soir... Ces ouvriers sont bêtes comme tout ; ils vont se faire tuer et emprisonner pour des niaiseries. Ah ! la bonne farce que la République... Bonsoir, je viendrai demain matin vous donner le programme de la journée.

Mathéus quitta M. de Cazalis et resta jusqu'à la nuit dans les rues, écoutant ce qu'on disait, tâchant de prévoir les événements.

Un bruit qui courait l'inquiéta; on prétendait que le commissaire du gouvernement ne paraissait pas hostile à la manifestation. Il avait reçu, affirmait-on, la visite de quelques délégués, accourus pour lui faire savoir qu'ils étaient impuissants à contenir la foule des ouvriers, et il leur avait laissé entrevoir que la démarche du peuple auprès de lui ne lui déplaisait pas et pourrait lui donner une action plus décisive contre les chefs d'atelier récalcitrants. On ajoutait même qu'il avait déjà fixé l'itinéraire que suivrait la colonne pendant qu'il recevrait les délégués.

Mathéus se coucha, désespéré, furieux contre la République.

— Quel tas de lâches, murmurait-il; ils n'oseront pas se tirer un seul coup de fusil. Eh! battez-vous donc, misérables!... Vous me ruinez en ne vous battant pas. Ils se montrent le poing; les pauvres veulent manger les riches, et ils finissent toujours par s'embrasser. C'est dégoûtant. Vous verrez que demain la querelle finira par un banquet où le commissaire et les ouvriers prendront ensemble une indigestion de charcuterie... Enfin, il faudra voir.

XIII

LA STRATÉGIE DE MATHÉUS

Dès son réveil, il alla en toute hâte se promener aux abords de la préfecture. On était au jeudi 22. L'hôtel était entouré de troupes.

— Eh ! allez donc, se dit Mathéus avec une joie âpre, je savais bien qu'on se battrait... Je vais aller chercher mes amis les ouvriers pour les heurter contre ces baïonnettes-là.

Avant de se retirer, il se mêla aux groupes, il y apprit que le commissaire s'était sans doute repenti d'avoir autorisé la manifestation. Dès la veille, quelques compagnies de la garde nationale avaient été prévenues, et on avait mis sur pied la troupe de ligne. L'espion, a qui aucun détail n'était indifférent, remarqua que, parmi la garde nationale convoquée, ne se trouvait aucune compagnie républicaine. Sauvaire paradait, à l'angle de deux rues.

Mathéus se hâta de courir au boulevard Chave, où devait avoir lieu une nouvelle réunion des délégués. Comme l'avant-

veille, les délégués se prononcèrent contre la manifestation. Un certain nombre
d'entre eux déclarèrent même que les
ouvriers qu'ils représentaient s'étaient,
dès le matin, rendus à leur travail comme à l'ordinaire. Tandis que les hommes
paisibles se retiraient, ceux qui voulaient
à tout prix la manifestation, excités,
poussés par Mathéus, envahirent les ateliers et entraînèrent leurs camarades.
Un noyau se forma, qui alla toujours grandissant et qui finit par devenir une véritable foule. Le peuple était lancé et ne
devait plus s'arrêter.

Lorsque Mathéus comprit qu'il n'avait
plus besoin de pousser en avant cette foule, il la laissa se grossir d'elle-même et
se diriger vers la préfecture. Pendant ce
temps, il acheva de disposer son plan de
bataille.

Il voulut d'abord aller donner des nouvelles à M. de Cazalis, ainsi qu'il le
lui avait promis. Neuf heures sonnaient.
Il revint vers la préfecture, en se disant
qu'il rejoindrait toujours la colonne et
qu'il avait tout le temps nécessaire pour
se rendre au cours Bonaparte. Pensant
avec juste raison qu'on ne lui laisserait
pas traverser la place Saint-Ferréol, alors
pleine de troupes, il gagna le quai du Canal, prit la rue de Breteuil et se trouva à
quelques pas de l'hôtel de son maître.

Il lui fallait passer devant la maison
habitée par les Cayol, située sur le cours

Bonaparte, près de cet hôtel. En passant,
il leva la tête et jeta un regard triomphant sur la maison.

Son plan devait dépendre des circonstances. Il comptait sur les troubles de
l'insurrection pour voler Joseph. Sans
doute Marius courrait à la recherche
de son frère dès le premier coup de
fusil, et il lui serait facile d'aller arracher l'enfant des bras de Fine. D'ailleurs,
il espérait que, la préfecture se trouvant
voisine, tout le quartier prendrait feu :
peut-être même élèveraient-on des barricades dans les rues environnantes ; il attendait en un mot quelque événement qui
lui faciliterait le rapt du petit, et il se jurait d'agir carrément, de risquer tout pour
réussir.

Comme il regardait la porte une dernière fois, se rappelant l'intérieur de la
maison qu'il étudiait depuis longtemps,
il vit sortir de cette porte, rapidement,
une jeune femme qui tenait un enfant
dans ses bras. Mathéus reconnut Fine et
le petit Joseph. Cette brusque sortie l'effraya ; il comprit qu'on cherchait à lui
dérober sa proie. Déséspéré, il se mit à
suivre la jeune femme.

Fine allait vivement devant lui, sans se
retourner, pressée d'arriver.

Elle descendit la rue de Breteuil, remonta la Cannebière jusqu'à la place
Royale et s'engagea dans les ruelles de
l'ancienne ville. Mathéus venait toujours

derrière elle, se demandant où elle pouvait aller, ayant des tentations de courir la heurter et de lui enlever l'enfant. Mais il sentait que l'heure n'était pas venue et qu'il pourrait s'attirer une mauvaise affaire. Il jurait contre cette femme qui dérangeait tous ses calculs.

Ils arrivèrent ainsi tous deux sur la place aux Œufs. Là, Fine disparut brusquement dans une maison, et Mathéus resta quelques minutes sur la place, perplexe, cherchant à faire tourner à son avantage la précaution que prenaient les Cayol.

Dès la veille, Marius avait été averti par son frère des troubles qui pouvaient avoir lieu autour de la préfecture, et il s'était décidé à ne pas laisser Joseph dans la maison du cours Bonaparte. Il craignait vaguement un coup de main ; il sentait que de Cazalis devait être là, dans l'ombre, tout prêt à agir à la première circonstance qui se présenterait. Quand on se bat dans les rues, on vole souvent dans les maisons.

Le jeune homme jugea donc prudent de ne pas garder l'enfant dans la chambre où l'on viendrait, à coup sûr, le chercher, en cas de rapt, et il fut résolu, entre lui et Fine, qu'ils le cacheraient quelque part dès le matin.

Ils choisirent pour retraite le petit logement que l'ancienne bouquetière avait longtemps habité place aux Œufs, et que

son frère cadet occupait encore. Tandis que
Marius courait les rues pour veiller sur
Philippe, sa femme venait de se réfugier
avec le fils de Blanche dans un coin de
Marseille où elle ne pensait guère qu'on
pût la découvrir. En montant l'escalier,
elle était toute joyeuse, elle se disait
qu'elle et l'enfant étaient sauvés.

Mathéus, après avoir fait deux ou trois
tours sous les arbres, s'approcha d'un
poste de gardes nationaux qui se trouvait
dans un angle de la place. Ce poste était
occupé par des hommes appartenant à une
compagnie républicaine. L'espion vit sur-
le-champ à qui il avait affaire.

— Il paraît qu'on va se battre devant la
préfecture, dit-il au lieutenant.

Le lieutenant feignit de ne pas avoir
entendu. Au bout d'un instant :

— C'est ici, reprit Mathéus, qu'on ferait
de belles barricades ! Voyez donc : la place
semble avoir été disposée tout exprès.

Le lieutenant regarda complaisamment
autour de lui, et finit par se décider à
parler.

— Oui, oui, dit-il, il n'y aurait que
quelques ruelles à boucher. Les ouvriers
sont nos frères ; ce n'est pas nous autres
qui lutterons contre eux.

Mathéus, que le lieutenant prenait pour
un terrassier, lui serra énergiquement la
la main et se sauva en courant. Le hasard
venait de le servir ; il tenait en entier son

plan de campagne. Il arriva tout essoufflé chez M. de Cazalis.

— Tout va bien, lui cria-t-il, je réponds du succès.

Il s'aperçut alors que M. de Cazalis portait un uniforme de garde national.

— Pourquoi ce carnaval ? lui demanda-t-il avec surprise ; je venais vous conseiller de ne pas vous montrer.

— Je ne puis rester en place, répondit l'ancien député ; je suis trop impatient, je veux voir par moi-même... Descendons.

Ils descendirent, et Mathéus raconta sa matinée à son maître. Comme ils approchaient de la préfecture, ils entendirent un bruit sourd et terrible, le grondement naissant de l'émeute.

XIV

Pendant que Mathéus suivait Fine et allait prévenir M. de Cazalis, la colonne des ouvriers se formait et descendait vers la Cannebière. Cette colonne partit de la gare du chemin de fer; elle n'était alors composée que de quelques centaines de travailleurs; mais, à mesure qu'elle s'avançait, elle recrutait tout le peuple qui se trouvait sur son passage; des hommes et des femmes, la population flottante des rues était entraînée par ce torrent de foule qui se précipitait des hauteurs de Marseille.

Lorsque la manifestation déboucha de la rue Noailles, elle s'étendit au bas du Cours comme un flot formidable. Il y avait là des milliers de têtes qui s'agitaient avec un large balancement, pareilles aux vagues d'un océan humain.

Un bruit sourd, confus, semblable à la voix rude de la mer, courait dans les rangs de cette foule. D'ailleurs, elle avait un calme effrayant. Elle avançait, sans pousser un cri, sans commettre aucun dé-

gât, sombre et muette. Elle tombait, elle
roulait, pour ainsi dire, sur Marseille,
comme une avalanche fatale et implacable, qui se grossissait dans chacun de ses
bonds ; elle semblait ne pas avoir conscience de ses actes et obéir à des lois
physiques de chute et d'emportement.
Une roche énorme, lancée de la plaine,
eût ainsi tombé et roulé jusqu'au port.

Le peuple allait demander justice. Il
tendait instinctivement vers le pain
que la République lui avait promis et
qu'elle lui faisait payer bien trop cher.

Les blouses blanches et bleues dominaient dans les rangs. Il y avait çà et là
quelques jupes éclatantes de femme. On
apercevait de loin en loin les taches noires des paletots, des vêtements sombres
que portaient certains hommes auxquels
le peuple semblait obéir. Et la foule descendait la Cannebière, coulant entre les
maisons comme une eau vivante et tumul-
tueuse, pleine de reflets bariolés, avec un
grondement menaçant.

Au premier rang, au milieu d'un groupe
d'ouvriers, marchait Philippe, la tête
haute, le front dur et résolu. Il portait
une redingote noire qu'il avait boutonnée
entièrement et qui lui serrait la taille
comme une tunique militaire. On sentait
qu'il était prêt pour la lutte, qu'il l'attendait et la désirait. Les yeux clairs, les
lèvres pincées, il ne prononçait pas un
mot. Autour de lui, les ouvriers, pâles et

silencieux, le regardaient par instants, paraissant attendre ses ordres.

Comme la colonne entrait dans la rue Saint-Ferréol, il y eut un léger tumulte, elle fit halte pendant une ou deux minutes, puis elle se remit en marche.

La rue, jusqu'à la place qui la termine, était vide; quelques boutiquiers avaient fermé leurs magasins; du monde regardait par les fenêtres; un silence de mort régnait, coupé seulement par le bruit profond des pas de la foule.

Au milieu de la rue vide, au coin d'une ruelle latérale, les ouvriers du premier rang aperçurent un homme, petit et d'allure chétive, qui semblait attendre la colonne. Lorsque Philippe fut près de cet homme, il reconnut son frère. Marius, sans prononcer une parole, vint se placer à côté de lui et marcha tranquillement au milieu des émeutiers. Les deux frères échangèrent un simple regard.

On dut croire qu'ils étaient étrangers l'un à l'autre.

Et le flot humain continua à rouler ainsi jusqu'à la place Saint-Ferréol.

Là, à quelques mètres de la place, un cordon de troupes fermait la rue. La foule était sans armes, et les baïonnettes des soldats luisaient au soleil. Le peuple s'arrêta à une dizaine de pas; des murmures de colère et de surprise coururent dans les premiers rangs et s'étendirent avec une rapidité étonnante d'un bout à l'autre

de la colonne, dont la queue se trouvait
encore sur la Cannebière.

Les ouvriers disaient d'une voix basse
et grondante qu'on voulait les égorger,
qu'ils devaient être entourés de troupes,
et qu'on n'avait autorisé la manifestation
que pour les massacrer à l'aise.

Pendant que ces murmures grandissaient, trois ou quatre délégués sortirent
des rangs et demandèrent à être introduits
auprès du commissaire du gouvernement,
ainsi que cela avait été convenu la veille.
Ils venaient à peine de disparaître derrière la ligne des soldats, qu'un fait irréparable se produisit, fait dont les conséquences furent terribles et sanglantes.

La queue de la colonne, en entendant
parler de troupe armée, de baïonnettes et
de massacre, crut sans doute que les ouvriers du premier rang étaient égorgés.

Elle se mit à pousser furieusement.
Obéissant au mouvement irrésistible de
cette masse d'hommes, le groupe qui entourait Philippe dut avancer de quelques
pas. Les bras croisés sur la poitrine, pour
montrer qu'ils n'avaient aucune pensée
d'attaque et qu'ils obéissaient à une simple pression, les ouvriers arrivèrent ainsi
devant les soldats. En les voyant approcher, un officier, perdant la tête, ordonna
brusquement de croiser les baïonnettes.
Et les baïonnettes, blanches et aiguës,
s'abaissèrent, se tournèrent vers le peuple.

Il y eut une tentative désespérée de recul. Philippe et les siens se jetèrent en arrière, voulant arrêter la foule énorme et écrasante qui les poussait à la mort. Mais ce mur vivant était impénétrable et s'avançait, pareil à un mur de pierre. Forcément, fatalement, les ouvriers arrivèrent sur les pointes des baïonnettes que les soldats tenaient en arrêt. A un instant, ils virent ces pointes devant leur poitrine, ils les sentirent qui entraient peu à peu dans leur chair.

Pendant que le général qui commandait les troupes faisait un geste de désespoir et ordonnait de relever les baïonnettes, on raconte qu'une voix claire criait de la place Saint-Ferréol : « Piquez, mais piquez donc ces canailles ! »

Et, aux fenêtres d'un cercle aristocratique voisin, des messieurs bien mis applaudissaient, en voyant couler le sang du peuple, comme s'ils eussent été dans une loge, égayés par les farces d'un acteur.

Aux premiers coups de baïonnettes qui furent portés, les ouvriers poussèrent des cris de rage et de terreur. Cette foule qui était restée silencieuse et grave devint folle en se voyant attaquée sans avoir été avertie par aucune sommation légale. Elle ne pouvait se défendre, elle n'avait que ses poings pour se protéger contre les fusils qui la menaçaient.

Le sentiment de l'attaque brutale et injuste dont elle était l'objet l'exaspéra et la jeta dans une insurrection qu'elle ne désirait que vaguement. La guerre civile qui allait ensanglanter Marseille n'eut pas d'autre cause que ces quelques coups de baïonnettes donnés au hasard et comme fatalement.

Philippe ne fut pas blessé, grâce à Marius qui le tira brusquement en arrière, au moment où il commettait la folie de se jeter en avant, les poings fermés. Autour de lui, quelques ouvriers furent atteints légèrement. Un seul eut le bras traversé. Les visages pâles des émeutiers devinrent sombres et ardents ; la colonne entière fut prise d'un poignant désir de vengeance. Des gestes furieux dominaient les têtes qui hurlaient et s'agitaient.

Au commandement du général, les soldats avaient relevé leurs baïonnettes et reculé pas à pas. Mais la colonne s'était brusquement arrêtée, comme frappée de stupeur. Elle comprenait qu'elle n'avait pas d'armes, qu'elle ne pouvait lutter. D'un bout à l'autre, sur toute la ligne, un frémissement secouait le peuple. Et, brusquement, il se débanda, il se jeta dans les rues latérales en criant : « Vengeance ! vengeance ! on assassine nos frères ! »

Ce fut pendant un instant un bruit terrible ; puis les clameurs devinrent de plus en plus lointaines : les ouvriers s'éloignaient, cherchant des armes, appelant à leur aide, jetant l'épouvante et la colère dans chaque rue, poussant toujours le cri douloureux et formidable : « On assassine nos frères, vengeance! vengeance! »

A ce moment, M. de Cazalis et Mathéus descendaient le cours Bonaparte. Le grondement sourd qu'ils entendaient était l'éclat d'emportement de la populace.

Mathéus comprit que tout se gâtait, et il se frotta délicieusement les mains. Pour savoir à quoi s'en tenir, il arrêta un paisible bourgeois qui fuyait, épouvanté, ayant hâte de s'enfermer chez lui.

— Oh! monsieur, lui dit le bourgeois en balbutiant, on se tue là-bas. Les soldats ont marché sur le peuple... Le peuple va mettre le feu à la ville, c'est sûr.

Et il se sauva, croyant voir des flammes derrière lui.

— Eh bien! que vous disais-je? dit Mathéus à de Cazalis; je savais bien que les circonstances nous serviraient... Nous voilà en pleine révolution... Il s'agit de travailler à nos petites affaires.

— Quels sont tes plans? demanda tout bas l'ancien député.

— Oh! mes plans sont très simples. Maintenant que le peuple est fou, je vais pouvoir le guider à ma fantaisie... Il suffit qu'il se batte là où je le conduirai.

Et comme M. de Cazalis, ne comprenant pas, l'interrogeait du regard, l'espion ajouta :

— Fiez-vous à moi... Je n'ai pas le

temps de vous tout expliquer... Un dernier mot : je vous conseille de profiter de votre déguisement pour vous mêler à une compagnie de garde nationale... S'il y a une barricade quelque part, marchez avec la troupe qui l'attaquera.

— Pourquoi ?

— Ne m'avez-vous pas dit que vous étiez impatient et curieux ?... Alors, faites ce que je vous dis : vous serez aux premières places.

Mathéus ricana d'une façon sinistre et reprit en regardant son maître en face :

— Vous comprenez, vous pourriez tenir Philippe au bout de votre fusil. N'allez pas le manquer, au moins... Et pas de mauvaise plaisanterie, ne tirez pas sur moi pour vous débarrasser de ma personne... C'est entendu : quand la barricade sera prise, je vous ferai voir comment je travaille.

Mathéus s'éloigna rapidement. Il avait hâte d'aller embrouiller les choses de façon à ce que la guerre civile devînt inévitable. Comme il suivait la rue Grignan, pour entrer dans la rue Saint-Ferréol et se mêler aux ouvriers qui se retiraient, il aperçut sur le trottoir deux hommes qui causaient vivement. Il reconnut Marius et Philippe.

— Attends, attends, murmura-t-il tout en courant, je vais bien te forcer à venir te battre avec nous.

Marius suppliait Philippe de ne point

se compromettre dans le mouvement révolutionnaire. Il lui parlait de son fils, de leur bonheur à tous. Et comme son frère faisait des gestes d'impatience :

— Eh bien, soit! ne parlons pas de nous, s'écria-t-il... Ne vois-tu pas que l'insurrection qui se prépare ne peut réussir? Le désir d'un bon patriote doit être d'éviter l'effusion du sang, lorsque la lutte est contraire aux intérêts de tous. Je crois mieux servir la patrie que toi, en prêchant la paix.

— On a tenté d'assassiner nos frères, répondit Philippe d'une voix sourde, il nous faut une vengeance.

Ce n'est pas nous qui avons commencé. Tiens, veux-tu que je te le dise ? nous ne voulons plus de la République des bourgeois; nous voulons une République à nous, une République du peuple... Ne réponds rien, c'est inutile. Si le peuple se bat, je me battrai.

— Mais, malheureux, tu te perds, tu perds tes amis eux-mêmes, en les encourageant par ta présence, en les menant à une mort ou à une prison certaine.. Rappelle-toi ce que t'a dit M. Martelly.

Pendant près d'un quart d'heure, Marius insista ainsi auprès de son frère, qui l'écoutait à peine, le front sombre, les yeux ardents. Brusquement, Philippe lui prit le bras et le força au silence. Des bruits secs de fusillade se faisaient en-

tendre vers le bas de la rue Saint-Ferréol.

—Entends-tu ? lui dit-il avec exaltation,
on tire sur nos frères, sur des hommes
désarmés qui demandent justice ! Et tu
veux que j'assiste paisiblement à cela, tu
veux que je sois un lâche !

Il fit quelques pas ; puis, se retour-
nant :

— Si je suis tué, reprit-il avec plus de
douceur, tu veilleras sur Joseph... Adieu !

Marius courut le rejoindre.

— Je vais avec toi, lui dit-il tranquillement.

Les deux jeunes gens descendirent en
toute hâte rue Saint-Ferréol. Arrivés à la
rue Vacon, ils entendirent la fusillade à
leur droite ; ils gagnèrent rapidement la
rue de Rome. Là, ils tombèrent en pleine
bataille.

Voici ce qui venait de se passer :

Mathéus, en se mêlant aux ouvriers,
s'était mis à crier vengeance plus fort
que les autres. Il réunit ainsi autour de
lui un groupe des travailleurs les plus
exaltés. Ce groupe descendit la rue Saint-
Ferréol en chantant la *Marseillaise*; il
s'arrêta un instant au coin de la rue Pi-
sançon, pour écouter Mathéus qui réclamait le silence de la main.

— Mes amis, dit ce dernier, c'est bête
de chanter, il faut agir... Si nous par-
courons ainsi les rues, nous allons ren-

contrer des soldats qui nous tueront ou qui nous feront prisonniers.

Un cri de colère s'éleva du groupe.

— Vengeons nos frères, reprit Mathéus; le sang demande du sang.

— Oui, oui! hurlèrent les ouvriers.

Alors, d'une voix terrible, ces hommes poussèrent cette clameur sinistre :

— Aux barricades! aux barricades!

A ce moment, Mathéus, en regardant vers le haut de la rue, aperçut une compagnie de la garde nationale qui approchait pesamment.

— Voyez, frères, dit l'espion, on envoie ces hommes pour nous massacrer... Nous nous défendrons jusqu'à la mort!

Le peuple était ivre, il montra le poing aux gardes nationaux, il ramassa des pierres pour les lapider.

— Non, pas ici, nous ne pourrions tenir cinq minutes, reprit Mathéus. Venez.

Les ouvriers le suivirent. Ils avaient besoin d'un chef, ils choisissaient cet homme qui semblait partager leur fureur. D'ailleurs, ils auraient obéi au premier venu, tant la rage les aveuglait et les poussait à se battre. Ils se seraient vendus à tous ceux qui leur auraient promis une vengeance prompte et cruelle.

Ils coururent jusqu'à la rue de Rome. Justement, trois grandes charrettes vides passaient en ce moment dans cette rue. Mathéus sauta à la bride du premier cheval et, malgré les cris du charretier, il ordonna à ses hommes de dételer. Puis, quand l'opération fut faite, il dit brutalement au roulier :

— Emmène tes trois chevaux... Le peuple a besoin des charrettes. Il te payera, s'il est vainqueur.

Se tournant ensuite vers les ouvriers et leur montrant la rue de la Palud qui était en face d'eux, il ajouta :

— Vite, roulez ces voitures et renversez-les sur le flanc, en travers de cette rue... Cherchez dans les boutiques voisines, voyez si vous ne trouvez rien pour renforcer la barricade.

En cinq minutes, la barricade fut élevée. Elle ne se composait que de trois charrettes et de quelques tonneaux vides découverts par les émeutiers dans une cave du voisinage. Elle devait être prise dès le premier assaut ; elle n'avait pas la solidité nécessaire pour que les insurgés pussent songer sérieusement à s'y défendre. Mais les insurgés étaient fous d'irritation, ils ne pensaient seulement pas qu'ils ne possédaient aucune arme, et qu'ils allaient être criblés de balles, sans pouvoir riposter.

Mathéus ricanait silencieusement. Au fond, il n'était pas fâché de faire tuer quelques-uns de ses bons amis les ouvriers, qui l'ennuyaient profondément depuis quatre mois avec leurs discours humanitaires.

D'ailleurs, il fallait qu'il y eût au moins

un cadavre pour que la réussite de ses
plans fût assurée. Aussi avait-il veillé
lui-même à ce que la barricade fût pleine
de trous par où les balles pussent pénétrer.

Un silence ds mort régna bientôt. Les
ouvriers, couchés à terre, attendaient.
Tout à coup, ils entendirent dans la rue
de Rome les pas lourds et mesurés d'une
compagnie qui s'avançait.

Alors ils songèrent seulement qu'ils n'a-
vaient pas d'armes. Ils se mirent à arracher furieusement les cailloux qui pa-
vaient la rue, des cailloux aplatis et aigus dont les coups devaient être terribles.

Les pas lourds et mesurés devenaient
de plus en plus distincts. La compagnie
que les ouvriers avaient déjà vue derrière
eux, apparut enfin au coin de la rue de
Rome. Le capitaine Sauvaire, qui marchait fièrement au premier rang, s'arrêta,
pris d'inquiétude, devant la barricade. Au
même instant, une grêle de pierres tomba
sur les gardes nationaux. Il y eut des
membres meurtris, et le shako du capitaine fut crevé par un gros caillou.

Devant cette attaque soudaine, la compagnie recula de quelques pas. Les pierres
continuaient à pleuvoir, une à une, tombant dans ce tas d'hommes avec des bruits
sourds. Alors un commissaire sortit des
premiers rangs et fit les sommations lé-
gales, au milieu d'un profond silence.

Les ouvriers avaient épuisé leur provi-

sion de cailloux ; ils s'étaient de nouveau
couchés à terre, arrachant des pavés, se
préparant à la lutte, sans même écouter
les avertissements du commissaire.

Comme ils se relevaient, le commissaire se retira, les fusils s'abaissèrent, et
une pluie de balles passa sur la barricade.

Les insurgés n'eurent que le temps de
s'accroupir, de se cacher dans les enfon-
cements des portes, partout où ils trouvèrent un abri. Aucun d'eux ne fut blessé.
Leur rage était telle qu'ils ne songèrent
point à fuir ; ils continuèrent à lancer des
pierres, s'abritant le mieux possible. Les
coups de feu, mal dirigés, passaient sur
leurs têtes ou se perdaient au pied de la
barricade.

Mathéus s'était prudemment mis à couvert derrière un énorme tonneau. De là,
il encourageait ses hommes, furieux de
la maladresse des gardes nationaux, cherchant à pousser les ouvriers au-devant
des balles.

Il murmurait entre ses dents :

— Vous verrez que pas un de ces misérables ne se fera tuer !

Il n'était pas exempt d'une certaine
terreur. Il savait mieux que personne
que la barricade serait prise dès que les
gardes nationaux le voudraient, et il redoutait de tomber entre leurs mains, ce
qui aurait arrêté net les exploits qu'il
méditait.

Il voulait un cadavre, rien de plus, et

il comptait fuir ensuite à toutes jambes.
Le malheur était qu'aucun des insurgés
ne paraissait disposé à se faire tuer.

Pendant cinq grandes minutes, il resta
derrière son tonneau, suant de peur et
d'anxiété. La fusillade continuait toujours, faisant voler des éclats de bois en
criblant les charrettes de balles. Les ouvriers n'osaient plus sortir de leurs ca-
chettes. Un d'entre eux se décida enfin à
venir au milieu de la rue pour chercher
une nouvelle provision de pierres. Il se
coula derrière la barricade, profitant des
moindres abris pour se cacher et reprendre haleine un instant.

Mathéus le suivait avec des yeux ardents.

Il sentait que cet homme allait être la
victime qui lui était nécessaire.

— Voilà mon affaire, pensait-il. S'il
passe devant ce trou que j'ai eu soin de
ménager dans la barricade, il est foudroyé.

Depuis un instant, il remarquait qu'une
grêle de balles pénétrait par le trou en
question. Comme l'ouvrier s'était tranquillement mis à arracher des pavés, il
l'appela à lui avec des gestes énergiques.
L'ouvrier, sans défiance, pensant que Mathéus avait une communication importante à lui faire, recommença à ramper
doucement le long de la barricade.

Un moment vint où il se trouva en
face du trou. Huit ou dix balles lui entrè-

rent dans le corps et le jetèrent sanglant sur le pavé; il se tordit atrocement, puis resta immobile, la face en terre.

Alors Mathéus poussa un cri terrible, et tous les insurgés s'élancèrent au milieu de la rue, exaspérés, hurlant. Les gardes nationaux cessèrent leur feu, croyant que la barricade se rendait. L'espion profita de ce moment pour se précipiter sur le cadavre; il le prit dans ses bras, appela à son aide, le chargea sur les épaules des ouvriers et se mit à leur tête en demandant vengeance.

— Venez, leur cria-t-il, il faut que le peuple sache que la garde nationale tire sur des hommes désarmés... Aux armes! aux armes! on a tué un de nos frères!

Et tout bas, il se disait :

— J'ai mon cadavre; maintenant, le peuple se battra.

Le groupe qu'il conduisait s'éloigna par la rue de la Palud. On entendit pendant un instant les clameurs des ouvriers qui portaient leur frère mort comme un drapeau d'horreur et de révolte.

Ce fut à cet instant que Marius et Philippe arrivèrent sur le lieu du combat. Ils trouvèrent la compagnie de la garde nationale stationnant au milieu de la rue de Rome, parmi les débris des trois charrettes.

Cette compagnie paraissait fort embarrassée de sa victoire; elle avait cru avoir affaire à une centaine d'hommes au moins, et elle était restée toute confuse en voyant qu'elle avait mitraillé pendant près d'un quart d'heure une dizaine d'ouvriers au plus. Elle sentait le ridicule horrible et sanglant de sa méprise.

Le capitaine Sauvaire était exaspéré. Au fond, ce qui l'irritait surtout, c'était la terrible blessure qu'avait reçue son shako, dès le commencement de l'action. Il se croyait atteint dans la dignité de son uniforme, il craignait que tout le prestige de son beau costume s'en allât par le trou qu'avait fait la pierre révolutionnaire d'un insurgé.

Marius, en le reconnaissant, s'approcha vivement de lui pour avoir quelques détails sur l'affaire. Mais l'ancien maître portefaix ne lui laissa pas le temps de le questionner.

— Comprenez-vous, lui cria-t-il, des goujats qui nous attaquent à coups de pierres!... Ces imbéciles n'ont pas même des fusils... Tenez, voyez!

Et il lui présentait son shako, dont la plaque dorée était brisée.

— Une balle n'aurait fait qu'un petit trou, reprit-il. Maintenant, me voilà forcé d'acheter un shako neuf. C'est très cher, ces machines-là.

— Pourriez-vous me dire?... demanda Marius.

Mais Sauvaire ne lui permit pas d'achever sa phrase. Il le prit à part, remit son

shako défoncé sur sa tête, et lui demanda
avec une anxiété comique.

— Hein, je suis laid, maintenant?...
Parlez franchement... N'est-ce pas que
cette coiffure trouée me dépare et que je
n'ai plus l'air aussi martial?... Ah! gre-
dins de républicains! je leur ferai payer
leur coup de pierre!

Marius profita de sa colère pour poser
enfin une question.

— Mais que s'est-il passé? demanda-t-il.

— Eh! nous en avons tué un... C'est
bien fait!... Ils étaient là, derrière ces
charrettes, deux ou trois cents, mille
peut-être... Nous en sommes venus à bout
après une heure de lutte acharnée... Nous
avons trouvé une mare de sang dans la
rue. Pour sûr, il doit y en avoir un de
mort... Ça leur apprendra à lapider la
garde nationale... L'ordre, voyez-vous,
l'ordre, moi je ne connais que cela...

Marius allait le quitter, lorsqu'il le retint par un bouton de son paletot.

— En somme, reprit-il d'une voix qui
faiblissait, je suis fâché de la mort de ce
pauvre diable... Ce n'était peut-être pas
lui qui m'avait jeté cette pierre... Oh! si
j'étais certain que ce fût lui... Tout à
l'heure, quand j'ai vu du sang par terre,
ça m'a fait un drôle d'effet. Après tout,
l'ordre...

Le jeune homme le laissa pérorer et
alla rejoindre son frère qui l'attendait
à quelques pas. Il était profondément at-

tristé par ce qu'il venait d'apprendre. Ce sang répandu devait retomber sur la tête de ceux qui l'avaient versé.

— Eh bien? lui demanda Philippe.

Marius ne répondit pas sur-le-champ. Il ne pouvait cacher à son frère ce qui s'était passé, et il hésitait pourtant à le lui dire, s'attendant à un emportement terrible. Ils firent ainsi quelques pas en silence.

— Tu ne réponds pas, dit Philippe d'un air sombre ; derrière ces charrettes, il y avait des cadavres, n'est-ce pas?

— Non, dit Marius se décidant à dire la vérité ; il y a eu seulement un ouvrier de tué...

—Eh! qu'importe le nombre, interrompit violemment le républicain. Maintenant, mon devoir est tracé... La lutte est inévitable... Tu ne me demanderas plus de rester tranquille chez nous. Ce serait de la lâcheté... J'ai trop hésité, je vais rejoindre ceux que j'ai juré de défendre, si jamais on les attaquait.

Les deux frères, tout en causant, étaient arrivés au cours Saint-Louis. Ils furent arrêtés par une foule immense. Des cris sortaient de cette foule. C'était là que l'émeute grondait, pour éclater ensuite plus ardente et plus forte.

XV

OU MATHÉUS ACHÈVE DE TOUT GATER

Les délégués, qui étaient parvenus à pénétrer jusqu'au commissaire du gouvernement, n'avaient pu obtenir de lui
qu'une lettre dans laquelle il donnait sa-
tisfaction au désir des ouvriers de ne travailler que dix heures par jour. Mais
cette lettre arrivait trop tard. Les délégués eurent beau la montrer aux groupes
qu'ils rencontrèrent, le mot de vengeance
était dans toutes les bouches, le peuple
déclarait que le sang demandait du
sang.

D'ailleurs, comme il arrive d'ordinaire,
les causes de la lutte qui se préparait
échappaient à la plupart. La majorité de
la population ignorait le but de l'émeute;
il y avait de la rage et de la terreur dans
l'air, et c'était tout. Tandis que le rappel
battait funèbrement dans les rues, et que
les gardes nationaux se rendaient en hâte
à leur poste, chacun s'interrogeait, ne sachant quel était l'ennemi contre lequel on
s'armait. Une compagnie, composée de

portefaix, refusa de marcher, ayant entendu dire que cet ennemi était le peuple;
malgré les espérances qu'on avait peut-
être conçues, ces ouvriers ne voulaient
pas tirer sur leurs frères.

Le peuple se révoltait, telle était la
seule certitude qui courait dans la foule.
Pourquoi se révoltait-il, que voulait-il?
Personne n'aurait pu répondre. Les ouvriers eux-mêmes n'obéissaient plus aux
motifs qui les avaient amenés devant
l'hôtel de la Préfecture ; ils se laissaient
uniquement emporter par la colère que
les faits avaient mise en eux ; ceux qui
voulaient se battre cherchaient simplement un soulagement à leur fureur. La
lutte était en quelque sorte devenue personnelle, sans aucune arrière-pensée
d'insurrection ultra-démocratique. Si
quelques meneurs intéressés n'avaient
pas poussé le peuple à la violence, il est
à croire que tout se serait terminé par
des cris et des menaces. En un mot, les
barricades qui devaient se dresser allaient
être le résultat d'un de ces malentendus
sanglants qui, dans les révolutions, ar-
ment souvent les citoyens les uns contre
les autres.

La place Royale, que l'on nommait depuis février place de la Révolution, devint bientôt le centre du mouvement insurrectionnel. Quelques compagnies républicaines avaient là leur place d'armes.
Dès que la nouvelle du combat qui venait

d'avoir lieu à la barricade de la rue de la Palud se fut répandu dans les groupes stationnant sur le Cours et sur la Cannebière, les ouvriers se dirigèrent en foule vers ces compagnies républicaines et leur demandèrent si elles allaient également marcher contre le peuple.

Le rassemblement devint considérable ; on y racontait avec des cris furieux les événements de la matinée, on y nommait les citoyens tués ou blessés par la troupe et la garde nationale. Ces récits excitaient les esprits, le tumulte allait grandissant. La foule, d'ailleurs, ne bougeait pas ; elle se contentait de crier et de demander vengeance. Il fallait de nouvelles secousses pour la jeter dans une révolte ouverte.

A ce moment, le général qui commandait la garde nationale tenta une démarche suprême. Il vint, en pleine foule, pour apaiser les esprits par des paroles de conciliation.

Ce général n'était point populaire. On l'accusait, à tort ou à raison, d'être hostile à la République. Il s'était malheureusement entouré d'un état-major choisi dans les rangs de la réaction. Pour la foule, il n'était qu'un inconnu, et le peuple, aveuglé par la colère, le rendit responsable des événements déplorables qui se passaient. Personne n'avait remarqué son désespoir, dans la rue Saint-Ferréol, lorsque, sans son ordre, les soldats avaient croisé la baïonnette. On méconnut son véritable caractère, on voulut ne voir en lui que le chef des hommes qui avaient tiré sur les ouvriers.

Dès qu'il parut, il fut entouré par des groupes furieux qui l'injurièrent et l'accusèrent de tous les malheurs de la matinée. Son attitude resta calme et noble; il chercha à peine à se défendre, comprenant qu'il ne s'agissait pas de sa propre tranquillité, mais de la tranquillité de la ville il s'appliqua uniquement à promettre au peuple toutes les satisfactions possibles, à le conjurer de ne point amener des malheurs plus grands. La conduite de cet homme fut vraiment héroïque. S'il ne réussit pas à tout sauver, c'est que tout était déjà perdu.

Il fallut que les compagnies républicaines vinssent à son secours. Il se retira, en prononçant d'une voix haute et ferme des paroles de paix. Le tumulte grandit encore après son départ.

Alors un officier de police parut et fit sommation à la foule de se retirer. En même temps, les compagnies reçurent l'ordre d'aller se poster sur la Cannebière; une d'elles ferma la rue, dans toute sa largeur, et une autre s'établit sur le trottoir de gauche. Mais ce mouvement ne réussit qu'à déplacer le centre du rassemblement. Le cours Saint-Louis et la Cannebière furent envahis; à chaque instant les lignes des gardes nationaux étaient enfoncées, et des flots de peuple passaient.

La foule s'écrasait, les clameurs devenaient plus violentes. La moindre cicon-
stance devait déterminer une crise.

Tout d'un coup, un grondement éclata
sur le cours Saint-Louis. Le cortége qui
portait l'ouvrier tué rue de la Palud, et à
la tête duquel marchait Mathéus, venait
de déboucher de la rue d'Aubagne. Mathéus avait réglé la marche de ce cortége
avec une science diabolique. Il avait déchiré ses vêtements pour faire croire à
une lutte corps à corps, et il s'était mis
au premier rang, hurlant, noir de poussière, secouant avec furie sa perruque
rousse. Quatre hommes le suivaient, portant le corps, dont les bras et les jambes
pendaient avec des balancements atroces;
la tête, renversée en arrière, montrait
une horrible blessure qui avait emporté
la moitié d'une joue.

Puis, venait le petit groupe de défenseurs de la barricade, les yeux hors de la
tête, rendus fous par la course enragée
que Mathéus leur avait fait faire dans
les rues de la ville. Et tous ces hommes
criaient : Vengeance! vengeance! d'une
voix enrouée et sinistre, pleine de déchi-
rements profonds.

L'effet que ce cortége produisit fut foudroyant. Mathéus était un habile homme;
il avait calculé tous les détails de cette
lamentable mise en scène. Se doutant que
le Cours et la Cannebière seraient pleins
de monde, il s'était arrangé de façon à

produire là le coup de théâtre final. C'est pour cela qu'il avait promené le cortége dans les petites rues, avant de l'amener brutalement en pleine foule.

Il voulait donner au rassemblement le temps de se former, il voulait surtout fatiguer ses hommes, les affoler, en faire des sortes d'illuminés qu'il jetterait ensuite aux quatre coins de la ville pour soulever toute la population.

Il obtint le succès d'horreur et de colère qu'il avait cherché. Dès que le cortége fut sorti de la rue d'Aubagne, la foule s'écarta violemment devant lui, avec des cris d'épouvante et des menaces terribles. Il y eut une bousculade qui jeta les spectateurs contre les maisons. Et, dans l'effarement, dans la colère qu'il soulevait, le convoi funèbre allait droit devant lui, trouant les groupes, traçant une large route qui se refermait ensuite au milieu d'un tumulte effroyable.

Arrivé en haut de la Cannebière, le cortége enfonça la ligne des gardes nationaux qui barrait la rue, et traversa le rassemblement qui occupait la chaussée jusqu'à la place de la République. L'effet produit sur cette seconde foule fut encore plus foudroyant. On eût dit qu'une traînée de poudre venait de brûler au milieu de cette populace compacte, la jetant sur les côtés et la laissant folle d'horreur. A mesure que le convoi avançait, la rage

gagnait la foule, et, quand il eut passé,
toute la foule délirait.

Mathéus, sur son passage, semblait avoir
jeté des torches ardentes. Il laissa le cortége se perdre dans la vieille ville et remonta rapidement vers le cours Saint-
Louis. C'était là que devait se terminer
le prologue du drame.

En traversant le cours Saint-Louis, Mathéus avait aperçu dans un café, alors en
réparation, des gardes nationaux qui s'é-
taient réfugiés là pour ne pas être échar-
pés par la populace. Il revenait afin de
mettre à exécution un projet que la vue
de ces gardes nationaux lui avait fait concevoir. Sa seule inquiétude était de voir
les ouvriers désarmés; il comprenait que
la lutte ne deviendrait sérieuse que du
moment où le peuple aurait des fusils, et
il sentait que les minutes étaient précieuses.

Si quelques coups de feu n'étaient pas
échangés sur-le-champ, la foule pouvait
être domptée et muselée. Le manque d'armes retardait seul l'insurrection.

Dès qu'il fut de nouveau sur le cours
Saint-Louis, il se mêla aux groupes encore tout frisonnants de la vue du convoi
funèbre, et il attira l'attention de quelques ouvriers sur le café où se tenaient
les gardes nationaux.

— Ce sont des carlistes, cria-t-il. A bas
la garde nationale !

Ce cri trouva un écho retentissant dans

la foule. Toutes les têtes se tournèrent
vers le café, toutes les bouches se mirent
à huer et à menacer ceux qui s'y étaient
réfugiés.

— Je les reconnais, hurlait Mathéus;
ils appartiennent à la compagnie qui a
tiré sur nous, rue de la Palud.

Cette assertion était fausse, mais elle
ne pouvait être vérifiée et démentie dans
un pareil moment. Les cris redoublèrent,
les plus ardents commencèrent à ramasser des pierres et à les lancer aux fenêtres où se montraient les gardes nationaux. Ceux-ci commirent la fatale imprudence de mettre le peuple en joue. Dès
lors la foule perdit la tête et se précipita
vers le café. Mathéus se trouvait au premier rang des assaillants et criait :

— Il nous faut des fusils..... Désarmez-
les !

Philippe et Marius étaient depuis plus
d'un quart d'heure à l'entrée de la rue
de Rome. Ne pouvant avancer, ils se contentaient d'écouter et de suivre la marche
de l'émeute avec une émotion poignante.
Ils avaient vu passer le sinistre cortége
portant l'ouvrier tué.

— Regarde, dit simplement Philippe
en serrant fortement le bras de son frère.

Et le républicain était retombé dans un
silence farouche. Puis, quand les gardes
nationaux avaient mis le peuple en joue,
il s'était élancé, sans prononcer une pa-

role, se ruant avec la populace à l'assaut du café.

Lui et Marius, qui l'avait suivi pas à pas, entrèrent dans le café presque en même temps que Mathéus.

Les salles du haut furent envahies en quelques secondes. Les gardes nationaux eurent la prudence de n'opposer aucune résistance sérieuse. Ils furent désarmés par les premiers qui entrèrent.

Philippe s'était emparé de deux fusils. Il en offrit un à son frère.

— Non, répondit fermement celui-ci, je ne déchargerai jamais une arme contre des Français.

Philippe fit un mouvement d'impatience et revint rapidement sur le Cours, sans même regarder si Marius le suivait. Ce dernier l'accompagna tristement, ne pouvant se résoudre à l'abandonner, espérant toujours le sauver de cette bagarre.

Sur le cours et sur la Cannebière, l'agitation était à son comble. Les quelques individus qui étaient parvenus à se procurer des fusils, en désarmant les gardes nationaux, vinrent en courant se mêler aux compagnies républicaines qui occupaient la chaussée. Philippe se plaça à gauche, du côté de l'hôtel des Empereurs. A dix ou douze pas de lui, Mathéus se cacha au milieu d'un petit groupe de fanatiques.

Ce fut ce mauvais moment que le général choisit pour faire une nouvelle tenta-

tive de conciliation. Il se montra une seconde fois au milieu de la foule, prêchant
la concorde. Par une fatale méprise, le
peuple continuait à voir en lui le seul
coupable des meurtres du matin.

Comme il passait devant l'hôtel des
Empereurs, des hommes sautèrent à la
bride de son cheval, un groupe se forma
autour de lui, en l'insultant et en le menaçant. Quelques gardes nationaux essayèrent vainement de le dégager.

Pendant ce temps, Mathéus regardait
avec attention si le fusil qu'il avait pris
était chargé. Ses yeux luisaient, et une
sorte de grimace atroce, un rire silencieux de coquin tordait ses lèvres. Il venait d'avoir une idée pour activer les
choses.

Il se fit tout petit, se cacha derrière la
foule, et, élevant tout doucement son fusil, il ajusta le général qui se trouvait
presque en face de lui. Le coup partit.

Une clameur s'éleva. Le général essuya
tranquillement de la main les quelques
gouttes de sang que la balle lui avait ti-
rées en lui effleurant la joue.

Le coup de feu de Mathéus fut suivi de
plusieurs autres, qui achevèrent de frapper la foule d'une panique folle. Cette infâme tentative d'assassinat termina brusquement le premier acte de la sanglante
tragédie. Les simples curieux s'enfuirent
en désordre, terrifiés, s'attendant à être

mitraillés dans leur fuite. Les insurgés s'éloignèrent en criant :

— Aux barricades ! aux barricades !

On eût dit qu'un vent de colère balayait le rassemblement. Les lignes des gardes nationaux furent emportées, et les compagnies se dispersèrent sous le torrent qui les entraînait. En moins de deux minutes, la Cannebière et le Cours se trouvèrent vides.

Le général s'était retiré, pâle et triste. Mathéus avait disparu comme par enchantement ; sans doute il s'était jeté à terre, après avoir déchargé son arme, et avait rampé entre les jambes des spectateurs Philippe, indigné lui-même, s'était vainement élancé du côté où un filet de fumée annonçait la présence de l'assassin ; il n'avait pu distinguer qu'une forme vague qui se courbait et qui fuyait.

Quand le carrefour fut vide et que le rappel battit sourdement dans le silence accablant des rues épouvantées, Marius entraîna rapidement son frère du côté de la place aux Œufs. Là était caché leur bonheur. Comme ils entraient dans la Grand'Rue, ils aperçurent des groupes d'ouvriers qui occupaient la place et qui élevaient des barricades. Marius retint un cri d'angoisse.

Il était environ midi.

XVI

Pendant qu'une terreur folle emportait et dispersait la foule, Philippe et Marius étaient restés quelques instants devant l'hôtel des Empereurs, abrités dans l'enfoncement d'une porte, pour ne pas être entraînés par le flot épouvanté des fuyards.

Philippe sentait se révolter en lui tous ses sentiments d'honneur et de loyauté, au souvenir du lâche assassinat qu'on venait de tenter sur la personne du général, et son frère, qui lisait son indignation sur son visage, se promettait de profiter de cette circonstance pour essayer une dernière fois de l'arracher aux périls de la guerre civile.

Quand ils s'étaient trouvés seuls :

— Eh bien! lui avait demandé Marius, es-tu toujours dans l'intention de faire cause commune avec ces meurtriers?

— Il y a des misérables dans tous les partis, avait répondu sourdement Philippe.

— Je le sais, mais une insurrection est fatalement condamnée, lorsqu'elle commence sous d'aussi tristes auspices... Je t'en supplie, viens avec moi, ne te compromets pas davantage ; on te donnerait peut-être le nom d'assassin.

Les deux frères s'étaient mis à remonter lentement vers le Cours. Marius poussait Philippe de ce côté pour l'amener dans la chambre où était caché son enfant ; il se disait qu'une fois là, il le retiendrait, et le sauverait malgré lui.

— Fine et Joseph se sont réfugiés près d'ici, lui disait-il en marchant. J'ai conseillé à ma femme de passer la journée avec ton fils dans le petit logement de la place aux Œufs, pour nous mettre à l'abri d'un coup de main facile à accomplir pendant les troubles de cette journée... Allons, viens ; nous ne resterons que quelques minutes, si tu l'exiges.

Philippe suivait son frère sans répondre. Les paroles sévères de M. Martelly lui revenaient à la mémoire, le coup de feu qui avait blessé le général retentissait encore à ses oreilles. Il se roidissait, il ne voulait pas abandonner ses frères, et, cependant, malgré lui, il commençait à entendre la voix grave de la raison lui disant de ne point se mêler à une échauffourée inutile et sanglante. D'ailleurs, il ignorait ce qui se passait ; tout était fini peut-être ; les ouvriers devaient élever des barricades dans des rues éloignées,

et ces barricades seraient prises avant
qu'il eût le temps d'aller les défendre.

L'esprit inquiet, il marchait à côté de
son frère, vaincu à demi, ne sachant quel
parti prendre, et se disant qu'il resterait
près de son fils, si rien ne l'appelait au
secours du peuple.

Ce fut alors que les deux frères, en entrant dans la Grand'Rue, aperçurent sur
la place aux Œufs un rassemblement d'ouvriers qui élevaient à la hâte des barricades.

Marius s'arrêta, désespéré. Deux souffrances aiguës le saisirent à la fois. Il songea que Fine et Joseph allaient se trouver
au milieu même de l'insurrection, et il se
dit que maintenant Philippe se battrait à
coup sûr. Ce qui le déchirait davantage,
c'était qu'il s'accusait d'être l'auteur de
tout le mal. N'était-ce pas lui qui avait
conseillé à sa femme de se réfugier là?
n'était-ce pas lui qui venait de conduire
son frère en pleine barricade?

Il ne voyait point, dans son désespoir,
qu'un malheureux hasard avait tout fait,
— un hasard singulièrement aidé par
Mathéus, — et il se reprochait d'avoir
jeté au-devant des balles et des violences
d'une révolte les seuls êtres qu'il aimait
au monde.

Philippe s'était également arrêté. Il
montra la place à Marius.

— Vois, lui dit-il lentement, le ciel a
voulu m'épargner une lâcheté, en me

conduisant vers ceux que j'avais juré de défendre et que j'allais peut-être abanbonner... Je me battrai pour la liberté et je veillerai sur mon fils.

Il enjamba les premiers obstacles jetés en travers de la rue, et se trouva au milieu des ouvriers qui lui donnèrent de chaudes poignées de main. Marius le suivit et monta rapidement dans la chambre où se trouvaient Fine et Joseph.

Mathéus avait complétement réussi. Il était arrivé à ses fins, pas à pas, servi par les circonstances, marchant vers son but lentement et sûrement. C'était lui qui avait en partie conduit les événements, poussant le peuple à l'émeute, et l'amenant se battre là où il désirait que l'insurrection éclatât.

Après avoir déchargé son fusil sur le général, pendant que la foule terrifiée s'écrasait, il remonta en courant vers le Cours, entraînant des groupes d'ouvriers avec lui. Il poussait un cri de ralliement :

—A la place aux Œufs ! à la place aux Œufs !

Dès qu'il fut parvenu à se faire suivre par une dizaine d'insurgés, il cria plus fort et eut bientôt tout une foule sur ses talons. Ce flot d'hommes armés qui traversait le rassemblement, donna une direction à l'insurrection encore hésitante. Les ouvriers ne sachant où se retrancher se seraient peut-être dispersés ; mais, en voyant un groupe de leurs frères courir

et se diriger vers un endroit qu'ils dési-
gnaient, ils voulurent se rendre à ce rendez-vous, et tous ceux qu'un âpre désir
de vengeance poussait à la lutte se jetèrent dans la Grand'-Rue, à la suite de Mathéus. Bientôt la place aux Œufs fut
pleine.

Mathéus, en arrivant sur la place, fit
remarquer l'excellence de son choix aux
ouvriers qui l'entouraient.

— Voyez donc, leur dit-il, l'endroit
semble avoir été fait pour échanger des
coups de fusil.

Cette parole courut dans la foule, qui
entra dès lors avec violence dans les désirs de Mathéus. La révolte devait éclater
au milieu de la vieille ville, au sein de
ces petites rues que l'on pouvait aisément
barricader.

Chacun sentit que l'insurrection était
là sur son véritable terrain, et chacun ne
songea plus qu'à se battre. Un souffle d'irritation âcre passait sur ces têtes ardentes
et égarées.

Cependant, les ouvriers n'osaient agir.
Le poste de gardes nationaux, que Mathéus avait trouvé le matin, était encore
dans un coin de la place, surpris et effrayé. Ces gardes nationaux étaient armés, et, pour les déloger de vive force, il
eût fallu verser un sang précieux. Les
insurgés auraient préféré les voir se retirer de bonne volonté.

— Attendez, dit Mathéus aux plus ardents, je me charge de les renvoyer. Ce sont des amis.

Il alla trouver le lieutenant avec lequel il avait déjà eu un bout de conversation et lui demanda si ses hommes étaient pour le peuple. Le lieutenant lui répondit qu'ils étaient pour le bon ordre.

— Nous aussi, reprit effrontément Mathéus.

Puis, s'approchant, il ajouta à voix plus basse :

— Ecoutez, j'ai un conseil à vous donner. Allez-vous-en au plus vite. Si vous refusez, nous allons être obligés de vous désarmer, de vous tuer peut-être, et on ne se tue pas entre frères. Croyez-moi, ne restez pas une minute de plus.

Le lieutenant regarda autour de lui. Il ne demandait pas mieux que de s'en aller, mais il avait peur de paraître lâche. Cependant la position était critique ; lentement les insurgés entouraient les gardes nationaux et regardaient leurs fusils avec des yeux luisants de désir. D'autre part, des ouvriers travaillaient déjà aux barricades, et le lieutenant ne pouvait assister à une pareille besogne sans entamer une lutte dont l'issue était douteuse. Il préféra se retirer. Le défilé des gardes nationaux s'accomplit dans un profond silence.

Dès lors, la place appartint au peuple. Les insurgés commencèrent par chercher à s'y fortifier le mieux possible.

Le malheur était qu'ils n'avaient pas les matériaux nécessaires pour élever une barricade haute et solide. Ils durent se contenter des bancs et des caisses des marchandes d'herbes établies sur la place; ils mirent d'abord ces bancs et ces caisses en travers des rues, et ils fouillèrent ensuite les maisons voisines pour trouver des tonneaux, des planches, des matériaux quelconques.

Pendant ce temps, Mathéus se reposait dans sa victoire. Maintenant qu'il était arrivé à son but, il aurait voulu s'effacer autant que possible, disparaître dans la foule pour ne point se compromettre davantage et pour achever sa besogne avec facilité.

Il s'était débarbouillé à une fontaine voisine et avait oublié son fusil contre un mur; il désirait ressembler à un simple curieux. Les mains dans les poches, il flânait au milieu des groupes, comme un bon bourgeois; il avait un air si tranquille que les ouvriers qui l'avaient vu jouant la comédie de la colère, le reconnaissaient à peine. Il finit par monter sur le perron d'une maison, d'où il suivit attentivement la scène qui se passait sur la place. Il cherchait du regard Philippe et Marius; il ne les trouvait pas.

— Vous viendrez dans la souricière, mes petits, pensait-il en souriant d'un sourire silencieux. Mes piéges sont trop bien tendus. Ah! vous vouliez mettre l'en-

fant en sûreté. Eh! niais que vous êtes,
vous l'avez jeté dans mes bras... Vous allez accourir pour le protéger, ce cher
amour, et vous serez pincés avec lui.
Voilà!

Il regardait toujours, il n'avait aucune
impatience. Il savait que ceux qu'il attendait ne pouvaient manquer de venir.
Lorsque les deux frères débouchèrent de
la Grand'Rue, il se contenta de hausser
les épaules et de murmurer :

— Eh! je le savais bien.

Puis il ne les quitta plus du regard. Il
les suivit dans la foule, et vit Marius monter auprès de Fine, tandis que Philippe
se mêlait aux insurgés.

— Allons, c'est parfait, murmura-t-il
encore... Je serai peut-être forcé de tuer
le petit jeune homme... Quant au grand
niais, son affaire est faite; si les gardes
nationaux ne l'envoient pas pourrir dans
la terre, nous nous arrangerons pour que
les tribunaux l'envoient pourrir dans une
prison.

Il descendit du perron et vint rôder autour de Philippe, par curiosité. L'heure
où il devait agir n'était pas encore venue.
Il se croyait au spectacle; ses instincts
cruels étaient doucement chatouillés par
l'espérance d'assister à un massacre; il
jouissait à l'avance du drame sanglant
qui allait se dérouler devant ses yeux.

En attendant de pouvoir accomplir le

rapt dont il s'était chargé, il résolut de s'amuser à voir tuer des gens.

Cependant les insurgés s'étaient mis à travailler aux barricades. Peu à peu, ils avaient amassé sur la place une quantité de matériaux assez considérable. Il y avait là un pêle-mêle étrange, un entassement d'objets sans nom, qu'ils répartissaient le mieux possible entre les six barricades qui étaient en voie de construction. Ils faisaient la chaîne, se passant des planches, des pavés, tout ce qui leur tombait sous la main.

Chacun courait de son côté et revenait jeter sur les barricades ce qu'il avait trouvé. C'était un va-et-vient fiévreux, une sorte de vaste atelier de la révolte où chaque ouvrier se hâtait, ardent et sombre, la menace à la bouche et la vengeance au cœur. Tandis que la plupart apportaient des matériaux, d'autres, sans doute des charrons et des menuisiers, s'étaient chargés de consolider les barricades; n'ayant ni clous ni marteaux, ils se contentaient d'emboîter les objets les uns dans les autres.

Les deux barricades principales furent élevées à l'entrée de la Grand'-Rue, du côté du Cours et à l'entrée de la rue Requis-Novis.

Ces barricades, malgré les efforts des insurgés, n'étaient à la vérité que des amas d'objets peu résistants, ne pouvant offrir aucun obstacle sérieux. Quatre bar-

ricades, plus maigres encore, furent construites au travers des rues de la Vieille-
Cuiraterie, de la Lune-Blanche, de la
Vieille-Monnaie et de la Lune-d'Or. Une
seule rue resta libre, la rue des Marquises, qui ménageait aux insurgés un passage nécessaire pour communiquer avec
la rue Belzunce, la place des Prêcheurs
et toutes les ruelles étroites et tortueuses
des vieux quartiers, dans lesquels ils espéraient s'enfuir et se perdre, en cas de
défaite. Ainsi barricadée, la place aux
Œufs eût été une sorte de forteresse in-
expugnable, si les barricades avaient eu
plus de solidité.

Philippe, dès qu'il s'était trouvé au milieu de ses amis, avait mis la main à
l'œuvre sans hésiter. Il avait travaillé
comme les autres à apporter aux barricades tout ce qu'il découvrait. Il fraternisait avec le peuple; la colère l'emplissait de nouveau, il se disposait à la
lutte avec une joie âpre. Il n'entendait
plus les paroles sages de Marius, il ne songeait plus à son enfant. Toute sa fougue
s'était réveillée en lui et l'emportait.

Comme il traînait un tonneau, il entendit une voix ironique qui lui demandait :

— Voulez-vous que je vous donne un
coup de main, mon ami?

Il leva la tête et reconnut M. de Girousse, qui, les mains dans les poches, le
considérait avec une curiosité heureuse.

M. de Girousse était arrivé la veille à

Marseille. Sentant quelque grave événement dans l'air, il était accouru pour ne pas perdre l'occasion de distraire un instant l'ennui sourd qui le rongeait. Depuis la proclamation de la République, une fièvre de curiosité le brûlait. Il oubliait parfaitement qu'il appartenait à la noblesse, et il regardait les colères du peuple en observateur désintéressé. Il lui semblait qu'il assistait à un drame dont le dénoûment devait être poignant.

En bien fouillant au fond de lui, il eût même trouvé beaucoup plus de sympathie pour la cause démocratique que pour la cause légitimiste, à laquelle son nom le vouaitfatalement.A Aix,on ne se gênaitpas pour dire que M. de Girousse était un fier original qui se plaisait à serrer la main des ouvriers, et il est à croire que les nobles lui eussent fermé leurs hôtels, s'il n'eût pas porté un des plus anciens noms de la Provence.

Depuis le matin, il courait les rues de Marseille, étudiantles progrès de l'émeute, se mettant aux premières places, au beau milieu de la bagarre, pour ne perdre aucun détail.

Une seule chose l'avait révolté, le coup de feu tiré sur le général. Autrement, il trouvait que le peuple payait généreusement de sa personne, que les insurgés avaient une colère superbe et de magnifiques violences. Il s'intéressait à ces hommes, comme on s'intéresse à des lutteurs vigoureux.

Dès qu'il avait entendu dire que les ouvriers élevaient des barricades à la place aux Œufs, il s'était hâté d'accourir. Il voulait assister au dénouement de la terrible tragédie. Il pénétra dans l'enceinte des barricades, se mêla aux insurgés, décida qu'il ne bougerait de là que lorsque tout serait terminé. Il se promettait une journée d'émotion, une journée de vie ardente, ce qui ne lui était pas arrivé depuis longtemps.

Philippe le regardait avec étonnement. Le comte était planté devant lui, vêtu d'une redingote noire, coiffé d'un feutre mou, et, sous son bras, il tenait un grand diable de sabre, tout rouillé, couvert de poussière. Il souriait d'un air goguenard.

— Vous ici! s'écria Philippe. Vous êtes des nôtres?

M. de Girousse regarda son sabre.

— N'est-ce pas que c'est un beau sabre? dit-il sans répondre. On vient de me le confier pour la défense de la liberté.

Et il raconta en raillant comme quoi il venait d'être enrôlé parmi les insurgés. Ces derniers, manquant d'armes, cherchaient à s'en procurer par tous les moyens possibles. Un serrurier avait fait observer, au milieu d'un groupe, que les marchands fripiers de la rue Belzunce et de la rue Sainte-Barbe devaient avoir de vieilles armes dans leurs magasins. Une bande d'insurgés était aussitôt partie pour aller s'emparer de ces armes. M. de Girousse, poussé par la curiosité, avait suivi la bande et avait même pénétré avec elle dans les boutiques.

C'était dans une de ces boutiques qu'un ouvrier, le prenant pour un camarade, lui avait remis le grand diable de sabre qu'il tenait sous son bras.

— Celui qui me l'a donné, ajouta M. de Girousse, m'a fait jurer de le plonger dans le ventre des ennemis de la patrie... Je crois que je ne tiendrai pas mon serment... Mais, comme je trouve que ce sabre fait un bon effet sous mon bras, je le garde. N'est-ce pas qu'un de mes ancêtres, qu'un des preux de jadis, ne devait pas avoir une meilleure mine que moi en ce moment?

Philippe ne put s'empêcher de sourire.

— Je vous ai fait une sotte question tout à l'heure, dit-il au comte avec un peu d'amertume. Je vous ai demandé si vous étiez des nôtres... J'oubliais que vous ne pouviez vous trouver ici qu'en curieux. Vous venez voir si le peuple sait bien mourir. Eh bien! je crois que vous serez content de lui.

Le républicain s'était redressé. Il montra au gentilhomme la foule ardente et active des ouvriers.

— Voyez-les, reprit-il avec une sombre énergie. C'est là le troupeau que vos pères ont tondu et marqué de leur fer

rouge. Pour la troisième fois, en soixante
ans, le troupeau se fâche. Je vous le pré-
dis, il finira par manger ses gardiens...
Au lieu de pousser ces hommes à la révolte, il eût mieux valu lui accorder la
liberté et le pain dont il a besoin pour
vivre. Il aurait employé à créer des œuvres utiles toutes les énergies qu'il dépense aujourd'hui pour élever des barricades.

M. de Girousse ne raillait plus. Sa belle
figure, noble et sévère, était devenue son-
geuse et grave. Philippe continua avec un
certain emportement :

— Votre place n'était pas ici, monsieur
le comte. Vous venez au milieu de nos
barricades, comme les patriciens de l'ancienne Rome allaient au cirque pour voir
mourir des esclaves. Les esclaves mour-
ront avec courage..... Ah ! malgré votre
bonté, il y a du sang cruel et dédaigneux
dans vos veines. Vous avez des curiosités
de maître ennuyé, je le vois, et notre insurrection, cette insurrection qui va nous
coûter du sang et des larmes, n'est pour
vous qu'un spectacle dramatique.....

Croyez-moi, vous feriez mieux de vous
en aller. Nous ne sommes pas des acteurs,
nous n'avons pas besoin de galerie.

Le vieux comte avait pâli. Il resta immobile un instant; puis, comme Philippe
se baissait pour reprendre son tonneau, il
lui demanda d'une voix paisible :

— Mon ami, voulez-vous me permettre
de vous aider ?

Il prit le tonneau d'un bout. Le républicain et le légitimiste le portèrent ainsi
jusqu'à la barricade, où ils le jetèrent.

— Diable! dit M. de Girousse, ce n'était
pas lourd, mais mon sabre me gênait terriblement.

Il se frotta les mains, pour en essuyer
la poussière, et revint sur la place, où il
se trouva face à face avec Marius. Après
les premières paroles de surprise :

— Votre frère vient de me conseiller
de m'éloigner, reprit-il en souriant. Il a
raison, je suis un vieux curieux... Cachez-
moi donc quelque part.

Marius le fit monter dans la maison où
se trouvaient Fine et Joseph. Le comte
s'établit sur le palier du troisième étage,
devant une fenêtre qui donnait sur la
place. Les paroles de Philippe avaient mis
en lui une tristesse profonde.

Marius n'était descendu que pour prier
son frère de venir pendant un instant
rassurer la pauvre Fine et l'enfant, qui
se mouraient de frayeur. Il remonta,
après que Philippe lui eut promis d'aller
le rejoindre au bout d'un moment. Ce
dernier voulait savoir avant tout si ses
frères étaient prêts pour la lutte. Il fit le
tour de la place.

Les six barricades étaient terminées; du
moins les insurgés avaient renoncé à les
exhausser davantage, ne trouvant plus

de matériaux. Un silence lourd commençait à régner dans la foule. Des ouvriers, assis à terre, attendaient en se reposant.

On sentait, dans les voix plus basses, dans le recueillement des attitudes, que l'heure de la lutte approchait.

Ce qui inquiéta Philippe, ce fut le peu d'armes convenables qu'il remarqua entre les mains des combattants. Une cinquantaine au plus avaient des fusils. Le reste était armé de bâtons, même de queues de billard, volées dans les cafés. Il est vrai qu'une grande partie de ceux qui n'avaient pas de fusils étaient pourvus d'armes bizarres et grotesques venant des boutiques de fripiers : les uns tenaient des broches, de vieilles lances, de vieux sabres ; d'autres ne possédaient que de simples barres de fer.

Autour de la fontaine qui se trouve au milieu de la place, il y avait une dizaine d'ouvriers qui aiguisaient des lames rongées de rouille sur les pierres froides de la margelle du bassin.

Les cartouches étaient également en très petit nombre. On en avait à peine quelques centaines, prises dans les gibernes des gardes nationaux qu'on avait désarmés.

Philippe comprit que les barricades ne pourraient tenir longtemps. Il ne voulut décourager personne en montrant ses inquiétudes. Il recommanda seulement de faire occuper les maisons voisines des barricades. Il espérait que les assaillants reculeraient, si l'on pouvait les accabler d'une pluie de projectiles du haut des fenêtres et des toits.

Plusieurs maisons avaient déjà été envahies. Les insurgés frappèrent aux portes des logis qu'ils voulaient occuper, menaçant d'enfoncer les portes si on ne les ouvrait pas. Puis, ils exigèrent les clefs des terrasses, ils firent de chaque fenêtre une meurtrière, de chaque toit une place forte. Pendant près d'une demi-heure, ils travaillèrent uniquement à monter des pierres dans les maisons. En haut, ils arrachaient et brisaient les tuiles, ils encombraient les terrasses de débris qu'ils devaient pousser ensuite sur la tête des soldats.

Quand Philippe se fut assuré que toutes les dispositions avaient été prises, il se décida à aller rejoindre son frère. Il avait obtenu de diriger les hommes qui occuperaient la maison où Marius avait caché Fine et Joseph. Cette maison était à l'angle de la Grand'Rue et de la place aux Œufs, à droite, en venant du Cours. Philippe prévoyait que la barricade de la Grand' Rue serait la plus vigoureusement attaquée, et il n'était pas sans inquiétude sur les dangers qu'allaient courir les personnes réfugiées dans la maison, au beau milieu de la lutte.

Il n'introduisit dans le logis que des hommes dévoués, et il leur recommanda

de défendre la porte jusqu'à leur dernier
souffle. Il les plaça sur le toit, aux fenêtres. Il s'arrêta enfin sur le palier du
troisième étage, où il trouva M. de Girousse qui lui montra une porte du doigt.

— On vous attend, lui dit-il simplement.

Pendant que Philippe prenait toutes
ces dispositions, Mathéus était remonté
sur le perron du logis qui se trouvait de
l'autre côté de la place. Il avait vu le républicain se montrer aux fenêtres, monter sur le toit, et son sourire silencieux de
coquin avait passé comme une grimace
sur ses lèvres.

XVII

L'entrevue fut courte et émue. Philippe
prit un instant le petit Joseph sur ses genoux, et il éprouva un brusque attendrissement.

— Je vous le confie, dit-il à Fine et à
Marius. Je ne le reverrai peut-être pas,
mais je sais qu'il lui restera toujours un
père et une mère.

Marius demeura silencieux. Il comprenait que son frère croyait accomplir un
devoir, et il ne lui dit pas un mot pour le
retenir. Fine avait de grosses larmes dans
les yeux.

Philippe parut faire un effort pour s'arracher de cette chambre où semblait flot-
ter un désespoir muet. Il voulut échapper
aux lâchetés tendres qui l'envahissaient.
Il donna un dernier baiser à son fils et le
remit sur les genoux de Fine. Puis, marchant d'un pas fiévreux, comme pour
secouer ses pensées, il alla vers la fenêtre. Cette fenêtre donnait sur la Grand'
Rue. L'insurgé se tourna brusquement

vers l'ancienne bouquetière, après avoir
jeté un regard au dehors.

— Il ne faudra pas rester sur la chaise
où vous êtes, lui dit-il. Venez vous mettre
de ce côté, loin de la fenêtre... Des balles
pourraient entrer ici.

Il s'arrêta et ne put retenir un cri qui
lui montait aux lèvres.

— Ah! la guerre est maudite. Je l'ai
appelée de tous mes vœux, et le ciel me
punit en mettant en danger ceux que
j'aime.

Sa main serrait désespérément son
front. Il eut peur d'éclater en sanglots
nerveux ; il reprit d'une voix brutale, en
se dirigeant vers la porte :

— Viens-tu, Marius ?

Puis, sur le seuil, il eut un dernier
adieu pour Fine et Joseph, qui le regardaient s'éloigner. Lui et son frère ne songeaient guère à M. de Cazalis, en ce moment ; la pensée d'un coup de main était
loin de leur esprit.

Ils craignaient simplement les violences
qui accompagnent toute insurrection ; ils
redoutaient pour la jeune femme et l'enfant les brutalités des insurgés et des soldats, au milieu de la bagarre.

Quand ils furent sur le palier, ils trouvèrent M. de Girousse qui paraissait se
cacher dans un coin de la fenêtre, et regarder attentivement sur la place.

— Dites, leur demanda-t-il, connaissez-
vous ce vilain oiseau-là ?

Et du doigt il leur désignait Mathéus, planté de l'autre côté de la place.

— Voilà une demi-heure que je suis ses mouvements, continua le comte. Il n'a pas cessé d'examiner cette maison. Cet homme doit avoir de méchants projets.

Les deux frères regardèrend dans la direction que leur indiquait le doigt du comte.

— Est-ce l'homme qui a les cheveux rouges ? demanda Marius.

— Précisément, répondit le comte. Je déteste les roux. Puis, j'ai un flair particulier pour deviner les coquins. Celui-là a des yeux louches et un sourire silencieux qui n'annoncent rien de bon.

— Mais, dit Philippe, je connais cet individu. C'est un démocrate exalté. Je me souviens de l'avoir entendu faire des discours incendiaires dans les clubs.

Je ne l'ai jamais bien examiné, et je vous avoue que j'ai toujours éprouvé pour lui une sorte de répugnance... Tenez, il regarde encore de ce côté.

Une vague défiance venait de s'emparer du républicain. Il s'imaginait que Mathéus pouvait être un agent provocateur, un de ces hommes qui se glissaient alors parmi les démocrates et qui les poussaient aux résolutions extrêmes pour les livrer ensuite à la police. Marius avait d'autres craintes qu'il n'osait formuler; il était plus près de la vérité en sentant par ins-

tinct que l'espion les menaçait personnellement d'un malheur irréparable.

— Viens, dit-il à Philippe, il faut savoir
pourquoi cet homme regarde ainsi cette
maison.

Ils descendirent et se mêlèrent à la
foule. Ils ne perdirent pas Mathéus des
yeux, tout en feignant de ne point s'occuper de lui. Pendant près de dix minutes, ils se promenèrent sur la place, sans
se relâcher de leur secret examen.

Mathéus gâtait ses meilleurs calculs par
une confiance superbe. Il avait si bien
prévu chaque fait, tout lui avait si bien
réussi jusque-là, qu'il croyait la victoire
assurée. Il était déjà triomphant, il oubliait sa prudence habituelle. Il aurait dû
se cacher, ne pas regarder la maison où il
devait s'introduire. Mais il se disait que,
dans la bagarre, tout le monde avait perdu
la tête, et qu'on ne faisait pas attention à
lui.

Quand il vit sortir les deux frères, il
cessa d'examiner la maison et prit un air
bonhomme. La tête basse, il sembla réfléchir profondément. Marius et Philippe
le virent descendre du perron et errer
dans la foule, en proie à une perplexité
visible. A la vérité, Mathéus discutait avec
lui-même s'il ne devait pas aller voler
l'enfant tout de suite, avant la lutte, pour
éviter de se compromettre en restant davantage au milieu des barricades. Il craignait toujours que de Cazalis ne parvînt

à lui jouer un mauvais tour en le faisant arrêter avec les républicains.

Il est vrai qu'il avait pris ses précautions de ce côté, mais il aurait préféré être loin de la bagarre, hors de la portée des fusils. Il s'agissait seulement de se débarrasser de Fine ; cela ne l'inquiétait guère, il userait d'un bâillon, au pis aller d'un coup de couteau. Ce qui l'inquiétait davantage, ce qui lui donnait cet air de profonde réflexion, c'était cette maudite perruque rouge qui lui avait, en quelque sorte, servi jusque-là de drapeau, et dont il aurait voulu se débarrasser pour tout au monde. Il se disait, avec raison, que cette perruque rouge le clouait à son poste, qu'elle lui enlevait sa liberté d'action : jamais il ne pourrait emporter un enfant dans ses bras, tant qu'il resterait « l'homme aux cheveux rouges » comme on le nommait, le fougueux tribun qui avait parlé un jour de brûler Marseille.

Au contraire, dès qu'il aurait ôté sa perruque, il deviendrait un paisible bourgeois, il n'aurait plus à rendre compte de ses violences, il pourrait aller où il voudrait et agir comme il l'entendrait.

Il se promena longtemps, ne pouvant se décider. Il comprenait toute la gravité d'un changement de physionomie. Philippe et Marius, à le voir jeter des regards sournois autour de lui, avaient acquis la certitude que M. de Girousse ne s'était pas trompé. Brusquement, il fit un mouvement, comme un homme qui prend une résolution, et se dirigea vers la porte d'une des maisons de la place. Il y entra, après s'être assuré si personne ne l'espionnait.

Quelques minutes plus tard, les deux frères, qui avaient les yeux fixés sur la porte de la maison, y virent apparaître un monsieur légèrement chauve qui portait le même costume que l'homme aux cheveux rouges. Mathéus venait de retirer sa perruque.

Philippe retint un cri de colère. Il l'avait reconnu brusquement dans un coup d'œil.

— Ah! le misérable! dit-il d'une voix étouffée à son frère, c'est l'âme damnée de Cazalis, celui qui a déjà tenté de voler Joseph chez Ayasse.

— Je sentais quelque guet-apens, murmura Marius qui avait pâli.

— Je m'explique tout maintenant... Ce sont ces maudits cheveux rouges qui m'ont aveuglé... Cet homme ne me paraissait pas inconnu; mais je ne l'avais vu que le soir, je ne pouvais mettre un nom sur ce masque...

Marius interrompit son frère :

— Les minutes sont précieuses, dit-il. Cazalis doit être là, dans l'ombre. Il a attaché à tes pas une de ses créatures pour te perdre, et, au dénoûment, il a envoyé ici ce misérable pour s'emparer de Joseph. Je ne m'explique pas comment tout cela s'est fait, je ne puis chercher à conjurer tous les dangers qui nous menacent. Il faut simplement courir au plus pressé, il faut nous débarrasser de cet homme. Nous verrons ensuite.

Philippe garda le silence, écrasé par la pensée des malheurs que lui seul avait amenés.

— Tu comprends, reprit Marius, nous ne pouvons le faire arrêter en l'accusant d'un rapt qu'il n'a pas encore commis. Puis, nous ne trouverions personne ici pour le prendre au collet...

— Tu te trompes, dit le républicain dont les yeux venaient de s'éclairer. J'ai une idée. Attends.

Philippe courut vers un groupe d'ouvriers qui lui étaient entièrement dévoués. Il leur parla bas pendant quelques instants, et revint trouver Marius en lui disant :

— Regarde, notre homme est pris au piége.

Les ouvriers s'étaient dispersés; puis, un à un, ils avaient manœuvré de façon à entourer Mathéus. Celui-ci, ne se doutant de rien, prenait des airs placides de bourgeois, lorsqu'il fut brutalement interpellé par un des ouvriers.

— Rentrez chez vous, lui dit cet homme.

— Attends, reprit un autre, le citoyen ne m'est pas inconnu.

— Eh! cria un troisième, qu'avez-vous fait de vos cheveux rouges?

— C'est un faux frère! c'est un faux frère! hurla tout le groupe.

Ce cri courut la place; il se forma un rassemblement au milieu duquel Mathéus était secoué par de rudes mains.

Un des insurgés l'avait fouillé, et la perruque rouge, trouvée dans une de ses poches, était devenue une preuve de culpabilité, qui passait de main en main. On parlait de pendre le misérable, car chacun, en se rappelant le rôle qu'il avait joué, criait qu'il était un agent provocateur, un homme de la police, et qu'il fallait faire un exemple en l'accrochant à une lanterne.

Mathéus tremblait d'épouvante. Il ne raisonnait guère en ce moment, et il ne fut pas trop surpris, lorsqu'il vit Philippe lui-même venir à son secours.

— Allons, mes amis, dit ce dernier aux ouvriers irrités, ne salissez pas vos mains en tuant cet homme...

Il suffira de le garder à vue... Il pourra nous être utile plus tard... Seulement, s'il tente de fuir, qu'on lui loge une balle dans le dos.

Deux ouvriers, sur les ordres de Philippe, s'emparèrent de Mathéus et l'enfermèrent dans une petite boutique. L'un d'eux resta à la porte le fusil armé.

Mathéus se mit à faire d'assez tristes réflexions. Il se maudit cent fois pour l'étrange idée qu'il avait eue de retirer sa perruque. D'ailleurs, il ne soupçonna pas un instant la part que les Cayol avaient prise dans son arrestation. Philippe ayant feint de ne le pas reconnaître, il s'imaginait que sa mésaventure venait seulement de ce que les insurgés le prenaient pour un agent provocateur, accusation contre laquelle il n'avait pu se défendre.

Au fond, il raillait même ses adversaires de lui être venus en aide. Il faut dire qu'il ne se désespérait pas outre mesure ; il avait toujours considéré les ouvriers comme des imbéciles, et il se disait qu'il saurait bien leur échapper lors de l'attaque des barricades. Ce n'était qu'un contre-temps. Il s'agissait d'attendre.

Philippe s'était retiré avec Marius, dans un coin de la place, et lui disait d'une voix basse et animée :

J'ai préféré ne pas le laisser pendre... Si nous étions vainqueurs, cet homme deviendrait entre nos mains une arme terrible contre de Cazalis.

— Et si vous êtes vaincus? demanda Marius.

—Si nous sommes vaincus, reprit sourdement Philippe, je te confie mon enfant. Tu le protégeras... Ne m'accable pas. Je dois aller droit devant moi, sans regarder en arrière. Je m'abandonne au hasard.

La conversation des deux frères fut interrompue par un bruit sourd qui s'éleva au milieu de la place. Il était environ deux heures. Depuis plus de trois-quarts d'heure, les barricades étaient terminées, les insurgés attendaient.

Ils avaient profité de cet instant de répit pour organiser un plan de défense et prendre leurs dernières dispositions. Après l'arrestation de Mathéus, un silence de mort s'était établi; chaque ouvrier, cloué à son poste, regardait fixement devant lui, le fusil armé, se renfermant dans une pensée implacable de vengeance.

Tout d'un coup, ceux qui gardaient la barricade de la Grand'Rue virent s'avancer deux personnes qui pénétrèrent hardiment jusqu'au milieu de la place. En entendant le murmure d'étonnement qui accueillait ces deux personnes, Philippe s'approcha et reconnut M. Martelly et l'abbé Chastanier. L'armateur vint vivement à sa rencontre.

— Par pitié, lui dit-il, si vous avez quelque pouvoir sur ces hommes, détournez-les d'une lutte fratricide.

— Mon enfant, murmura de son côté le prêtre, je suis venu à vous pour vous supplier à mains jointes d'éviter l'effusion du sang.

Philippe secoua la tête sans répondre. Il était contrarié de la venue de ces deux esprits droits et affectueux, il se sentait plus coupable, plus accablé devant eux. L'armateur continua :

— Vous le voyez, je viens, comme je vous l'avais promis, me mettre entre le

feu du peuple et celui de la troupe... Je
regrette amèrement aujourd'hui de n'a-
voir pas conquis une popularité de quelques jours sur les ouvriers, afin de les
forcer à m'écouter et à suivre mes conseils.

— Je ne puis rien, finit par dire Philippe. Ces hommes sont ivres, ils m'écou-
tent parce que je pense, comme eux, que
le peuple a une vengeance à tirer; mais,
si je leur parlais de pardon et d'oubli,
ils me tourneraient le dos. Essayez vous-
même.

Les ouvriers s'étaient peu à peu rapprochés. M. Martelly se dirigea vers eux.

— Mes amis, cria-t-il, je suis chargé
de vous annoncer qu'on fera justice à vos
réclamations. Je viens de voir le commissaire du gouvernement.

Ces paroles retentirent au milieu d'un
silence, frissonnant d'une sourde colère.
Puis, au bout d'un instant, la foule entière répondit, dans un seul cri :

— Il est trop tard.

Alors, l'abbé Chastanier s'adressa à
chaque ouvrier. Mais, un à un, ils s'éloignèrent tous, farouches, ne voulant rien
entendre. Quand il leur disait que Dieu
défend de verser le sang : « Pourquoi,
lui répondaient-ils, n'avez-vous pas dit
cela ce matin à la garde nationale ? » De
son côté, M. Martelly n'était pas plus heureux; on le connaissait pour un esprit
indépendant, mais on le savait riche, on

l'accusait peut-être secrètement de céder à la peur.

Le prêtre et l'armateur revinrent désespérés auprès de Philippe. Celui-ci aurait désiré les voir réussir, mais il n'osait les aider ouvertement. En face de ses fautes, dont il voyait maintenant les conséquences, en face des dangers qui menaçaient les siens, il éprouvait des lâchetés.

— Je vous avais averti, dit-il à son ancien patron, toute tentative pacifique est inutile. Le peuple veut se battre et se battra. Laissez - nous faire notre devoir...

Il s'arrêta pour prêter l'oreille. Un bruit sourd, un cliquetis lointain venaient de la Grand'-Rue.

— Voici la troupe et la garde nationale, reprit-il d'une voix grave. J'appartiens à mes frères.

Et il s'éloigna rapidement après avoir serré la main de Marius, qui se hâta de remonter auprès de Fine. M. Martelly et l'abbé Chastanier s'avancèrent vers la barricade de la Grand'-Rue, derrière laquelle venait de se poster Philippe.

Le silence, un silence écrasant, s'était fait de nouveau, et, dans ce silence, on entendait les pas lourds et réguliers des soldats. Les insurgés, accroupis, cachés, attendaient.

XVIII

L'ATTAQUE

Grâce à son uniforme de garde national, M. de Cazalis put suivre les phases diverses de l'émeute. Dès le matin, lorsque Mathéus l'avait quitté devant la Préfecture, il s'était glissé dans les rangs de la première compagnie qu'il avait rencontrée. Cette compagnie se trouva être celle de Sauvaire, et l'ancien député assista ainsi à l'échauffourée de la rue de la Palud.

Il ne connaissait que vaguement les plans de Mathéus. Une curiosité poignante lui fit suivre toutes les manœuvres de ce dernier.

Après la prise de la barricade de la rue de Rome, il vint avec la compagnie Sauvaire sur la Cannebière et fut témoin des malheureux événements qui s'y accomplirent. Quand il vit passer le sanglant cortége que conduisait l'espion, il comprit que la lutte devenait inévitable, il se rappela le rendez-vous que son complice lui avait donné au pied des barricades.

Il fut pris d'une grande perplexité,

lorsqu'une terreur panique eût dispersé la foule. Il sentait que le drame ne faisait que de commencer, mais il ne savait où aller pour assister au dénouement. La prudence lui conseillait de ne pas quitter les rangs et de suivre ses nouveaux compagnons d'armes.

Pendant près de deux heures, il resta sur la place de la Révolution avec la compagnie, qui attendait des ordres pour marcher.

Ce qui l'inquiétait surtout, c'était de ne pas mieux connaître les projets de Mathéus. L'espion lui avait seulement dit de le rejoindre à l'endroit où s'élèveraient des barricades. Il fut brusquement tiré de sa perplexité par un ordre qu'un cavalier apporta et que le capitaine Sauvaire communiqua en ces termes aux gardes nationaux :

« — Mes enfants, la patrie a besoin de nous. En avant, marche ! »

Jamais l'ancien maître portefaix n'avait prononcé un discours d'une telle éloquence. Il fut si enthousiasmé de lui-même, qu'il se mit à remonter la Cannebière, à la tête de ses hommes, d'un air vainqueur, sans trop songer aux dangers que sa vie allait courir.

M. de Cazalis fut très surpris, lorsque la compagnie tourna à gauche, au lieu de se diriger vers la rue de Rome. Il croyait que les efforts de Mathéus tendaient à amener la lutte du côté du cours Bona-

parte, et il ne comprenait plus comment
son complice pourrait voler Joseph, si
l'on se battait dans la vieille ville. Dès-
lors, il ne chercha plus à comprendre.

Comme la compagnie arrivait à la hauteur de la Grand'Rue, il aperçut la barricade. Cela lui suffit; il se dit qu'il était
fidèle au rendez-vous, il attendit les événements.

Le cours Belsunce était plein de troupes. Il y avait là deux pelotons d'infanterie et environ trois cents artilleurs. Dès
que la compagnie Sauvaire fut arrivée, le
commandant, qui avait reçu l'ordre d'attaquer les barricades, eut une courte conférence avec le capitaine.

— Je vous ai attendu, dit-il à Sauvaire,
j'ai ordre d'agir avec le plus grand ména-
gement, et j'ai pensé que la vue de l'infanterie exaspérerait les ouvriers davantage.
Il est préférable que la garde nationale
marche la première et qu'elle tente un
dernier effort de conciliation. Parlez aux
insurgés en compatriote.

Sauvaire pensa dès lors que le sort de
la France était entre ses mains. Il forma
sa compagnie en colonne et pénétra réso-
lument dans la Grand'Rue Les pas de
ses hommes sonnaient lugubrement dans
le silence. Derrière les gardes nationaux,
le commandant fit avancer le reste de ses
troupes.

Quand l'ancien maître portefaix se trouva à cinquante pas de la barricade, il cria :

« Halte ! » et s'approcha seul. Au cri poussé par le capitaine, une quinzaine d'insurgés se montrèrent au sommet de la barricade. Sauvaire, en voyant luire des canons de fusil devant sa poitrine, eut un sourd frémissement de peur. Mais, par vantardise, il fit bonne contenance.

— Eh ! que diable ! dit-il, je suis un ami, ne tirez pas... Nous sommes tous Marseillais, nous ne pouvons nous égorger en famille. Il n'y a que de bons enfants ici, n'est-ce pas ? Si vous tirez, vous allez tuer vos frères ; allons, déposez vos armes, retirons-nous chacun de notre côté.

Un seul cri répondit à ces exhortations :

— Il est trop tard !

— Il n'est jamais trop tard pour agir raisonnablement, continua Sauvaire. A votre place, je rentrerais dans le devoir. On a dû vous dire que le commissaire du gouvernement se rendait à vos réclamations. Que voulez-vous de plus ?

— Nous voulons du sang, retirez-vous ! crièrent de nouveau les insurgés.

Tout en parlant, Sauvaire suivait avec attention les mouvements des ouvriers. Il crut entendre un bruit inquiétant, il allait se sauver précipitamment, lorsqu'une voix forte cria derrière la barricade :

— Prenez garde, baissez-vous !

Sauvaire se laissa tomber lourdement sur le sol, et les troupes qui étaient derrière lui s'inclinèrent.

Au même instant, une décharge partit
de la barricade et des maisons voisines ;
elle passa au-dessus des assiégeants avec
un bruit terrible d'orage. Grâce à l'aver-
tissement qui avait fait courber la tête
aux soldats, une dizaine d'hommes au
plus furent blessés. L'attaque avait été si
brusque, si peu attendue, que les gardes
nationaux se débandèrent, pris de panique. Sauvaire se réjeta à gauche, contre
les maisons, et regagna en toute hâte sa
compagnie qui se reforma cent pas plus
loin.

Pendant ce temps, une scène courte et
rapide se passait derrière la barricade.
M. Martelly et l'abbé Chastanier étaient
restés au milieu des ouvriers, ne cessant
de les supplier d'éviter l'effusion du sang.
Tandis que Sauvaire parlait, l'armateur
avait remarqué que les insurgés s'apprê-
taient à tirer, et c'était lui qui avait crié
aux soldats : « Prenez garde, baissez-
vous ! » Lorsque les ouvriers eurent con-
staté le peu d'effet de leur décharge, ils
entourèrent furieusement M. Martelly.
Philippe, qui descendait de la barricade,
comprit le danger que courait son ancien
patron. Il le sauva en se précipitant vers
lui et en ordonnant impérieusement à
deux insurgés de s'emparer de l'armateur
et du prêtre et de les garder à vue. On les
conduisit tous deux dans la petite boutique où se trouvait déjà Mathéus. Philippe
se sentit soulagé lorsque M. Martelly

ne fut plus là pour lui reprocher ses fautes et son aveuglement.

Cependant les troupes s'avançaient de nouveau. Le commandant avait donné l'ordre à l'infanterie d'emporter la barricade d'assaut. Quelques gardes nationaux, exaspérés par le feu qu'ils avaient essuyé, s'étaient mêlés aux soldats ; parmi ces gardes nationaux se trouvait M. de Cazalis, qui avait aperçu Philippe au sommet de la barricade et qui n'avait plus qu'une pensée, celle de tuer lâchement son ennemi en s'abritant sous quelque porte.

Comme la nouvelle colonne d'attaque allait se ruer sur la barricade, une seconde décharge la repoussa. Cette décharge fut beaucoup plus meurtrière que la première. Un capitaine, blessé mortellement, alla expirer dans une maison voisine ; plus de trente hommes furent mis hors de combat. Le commandant comprit alors que la lutte était inégale, qu'il ne s'emparerait jamais de la barricade, s'il l'attaquait de front ; les insurgés, retranchés derrière des abris de toutes sortes, tiraient à coups sûrs, et les assiégeants ne pouvaient les imiter. Dès ce moment, les soldats et les gardes nationaux se dispersèrent dans la Grand'Rue, se jetant sur les côtés, le long des murs. Un feu de tirailleurs s'ouvrit.

Les coups de fusil se succédèrent irrégulièrement, çà et là ; dès qu'un homme se montrait, il était certain d'entendre une

balle siffler à ses oreilles. On aurait dit
que les insurgés et la troupe jouaient à un
terrible jeu de cache-cache.

Sauvaire s'était réfugié sous une porte
cochère. L'excellent homme commençait
à ne plus trouver drôle le métier de garde national. Sa vanité avait d'abord été
délicieusement chatouillée de l'importance que lui donnait son titre de capitaine dans les graves événements qui se
passaient. Mais, lorsqu'il avait vu qu'on
se battait pour tout de bon, sa pitié bourgeoise s'était éveillée; il avait regardé les
hommes tomber autour de lui d'un air
larmoyant et effrayé.

Il eût voulu pouvoir arrêter la lutte,
d'abord pour ne plus courir le risque d'at-
traper quelque balle, et ensuite pour s'é-
viter le spectacle désagréable d'une bataille. Il n'aurait pas tué une mouche, il
ne songeait qu'à assurer sa sécurité personnelle et à venir en aide aux amis qu'il
pouvait avoir dans la bagarre.

Par un hasard, il se trouvait caché sous
la même porte que M. de Cazalis. Il reconnut l'ancien député et retint un geste
d'étonnement. Connaissant la haine sourde qui l'animait contre les Cayol, il expliqua sa présence en cet endroit, sous un
déguisement, par une pensée de vengeance. Comme il avait vu Philippe sur la
barricade, il se dit que M. de Cazalis
n'était là que pour tirer sur le républicain.

Il se mit à surveiller l'oncle de Blanche

qui, à genoux dans un coin, le fusil en
arrêt, semblait attendre. A un moment,
Philippe se dressa pour recharger son
arme et montra ainsi un bout de la tête.
Le légitimiste épaula avec rapidité et lâcha son coup de feu. Mais Sauvaire, feignant de trébucher, l'avait heurté, et la
balle alla s'aplatir sur la façade d'une
maison.

M. de Cazalis exaspéré n'osa pas injurier le capitaine, sous les ordres duquel
il s'était rangé volontairement. Il glissa
une nouvelle cartouche dans son fusil,
en dévorant sa rage, tandis que Sauvaire
se disait :

— Eh! que diable! les Cayol sont mes
amis; le petit Marius m'a fait bien rire
autrefois, avec la Clairon... Je ne les
laisserai pas tuer comme cela... Ouvrons
l'œil.

Et, dès ce moment, il oublia qu'il était
capitaine, il ne songea plus qu'à faire plaisir au petit Marius en sauvant Philippe.

Ce dernier ne se doutait guère du danger auquel il venait d'échapper. Enfiévré
par la lutte, il se battait en désespéré.
Ses incertitudes s'en étaient allées ; il
croyait défendre son enfant contre toute
une armée. Ses fougues républicaines
avaient fait place à un sentiment de légitime défense. Il tirait sur les troupes
parce que les troupes tiraient sur la maison où se trouvaient Fine et Joseph. C'é-
tait là son grand désespoir.

A chaque instant, il levait les yeux sur la fenêtre de la chambre qui contenait toutes ses affections, et il pâlissait lorsqu'il voyait une balle faire voler en éclats un carreau de cette fenêtre. A la fenêtre voisine, par moments, M. de Girousse se penchait, pour mieux voir, avec un superbe dédain du péril; il rassurait Philippe de la main, puis il jouissait en amateur du spectacle étrange et terrifiant que lui offrait la barricade.

Pendant près d'une demi-heure, la lutte continua ainsi; les soldats et les assiégés échangeaient quelques balles de loin en loin; il y avait des silences de deux ou trois minutes, accablants et sinistres; puis un coup de feu partait, un cri s'élevait, et le silence retombait plus lugubre. Les vêtements éclatants des soldats étaient d'excellentes cibles pour les ouvriers, qui purent tuer, ainsi, un grand nombre d'hommes. Quant à eux, ils se cachaient plus aisément; mais, dès qu'un coup de feu sortait d'une fenêtre, cette fenêtre était aussitôt criblée de balles. Les insurgés, qui s'étaient portés sur les terrasses et qui faisaient pleuvoir de là une grêle de pierres, souffrirent beaucoup de la fusillade.

A deux ou trois reprises, on vit des hommes rouler des toits et s'écraser sur les pavés; ils avaient été tués au bord des gouttières, comme des moineaux.

La lutte pouvait durer de la sorte jus-

qu'au soir. Cette guerre de tirailleurs
était en somme beaucoup plus meurtrière
qu'une attaque franche et décisive. De
nombreux cadavres gisaient déjà sur le
sol, au milieu de mares de sang.

Dès le premier coup de feu, Marius
était descendu dans la rue. Puisqu'il n'a-
vait pu empêcher la lutte, il voulait au
moins venir en aide à ces malheureux
égarés. Par ses soins, on établit une ambulance dans une boutique de la place, et
il s'occupa activement du transport des
blessés.

Comme il passait derrière la barricade,
un homme tomba à son côté frappé mortellement. Il se pencha vers lui et reconnut avec surprise Charles Blétry, l'employé infidèle de la maison Daste et Degans. Ce malheureux le reconnut également, et, comme le jeune homme s'em-
pressait autour de lui :

— C'est inutile, monsieur Marius, lui
dit-il avec un pâle sourire, c'est fini... je
vais mourir... Ah! le ciel est bon de vous
avoir conduit vers moi!...

Il reprit avec effort, les mains déjà tor-
dues :

— Je vous le jure, je n'ai pas déchargé
mon arme... J'ai été entraîné par les camarades; j'ai dû faire comme les autres...
Ecoutez, j'ai un service à vous demander.
Promettez-moi d'accomplir mes dernières
volontés.

Blétry se souleva péniblement et déta-

cha une ceinture de sa taille. Comme il la
tendait à Marius, il fut pris d'une convulsion, et la ceinture tomba sur le pavé, en
laissant échapper quelques pièces de cinq
francs.

Lorsque l'ancien employé put parler :

— Cette ceinture, ajouta-t-il, contient
cent francs. Veuillez la remettre à MM.
Daste et Degans, et dites-leur que ce n'est
pas de ma faute si je ne leur ai pas remboursé entièrement la somme dont j'ai
fait un si mauvais usage.

Et comme Marius le regardait avec
étonnement :

— Vous ne savez pas, murmura-t-il encore d'une voix éteinte, on m'a fait grâce
de deux années ; il y a trois ans que je
suis sorti de prison, et, depuis trois ans,
je travaille comme terrassier... Sur les
cent trente francs que j'ai gagnés chaque
mois, j'en ai remis régulièrement cent à
mes anciens patrons. Je n'ai pu m'acquit-
ter que de trois mille et quelques cents
francs... Mais j'espérais gagner davantage
plus tard, j'avais fait le rêve de consacrer
ma vie entière au remboursement de ma
dette... La mort vient trop tôt : je suis
maudit !

Les mots se brisèrent dans sa gorge. Il
eut une courte agonie, et expira, la face
contractée, les membres roidis. Marius
avait été saisi d'une sorte de respect en
face de cette mort terrible. Le misérable
qui gisait devant lui, lui paraissait grand

de douleur et de remords. Il songeait aux privations que cet ouvrier avait dû s'imposer pendant trois années, pour vivre avec trente francs par mois, et il était profondément ému par le souvenir de cette phrase : « J'avais fait le rêve de consacrer ma vie entière au remboursement de ma dette. » Devant cette volonté forte de racheter les fautes du passé, il pardonnait à Blétry comme Dieu doit pardonner aux grands repentants.

Il prit la bourse et allait s'éloigner, lorsqu'il entendit un grand bruit du côté des rues de la Lune-d'Or et de la Vieille-Monnaie. Il vit tout d'un coup des soldats et des gardes nationaux déboucher de ces rues et envahir la place.

Pendant les quelques minutes que Marius avait passées au côté de Blétry, de graves événements s'étaient accomplis. Tandis que la fusillade continuait à la barricade de la Grand'Rue, deux autres corps de troupe avaient attaqué les insurgés par les ruelles de la vieille ville.

Une seconde colonne vint faire le siége de la place aux Œufs, du côté de la rue Requis-Novis.

Arrivée au bout de la rue Pierre-qui-Rage, cette colonne s'arrêta, en apercevant la barricade que les insurgés avaient élevée de ce côté. Un commissaire de police, qui précédait la colonne, s'avança alors vers la barricade et exhorta les ouvriers au calme et au devoir. Pour toute

réponse, on lui cria que le peuple avait
été provoqué, et, presque au même instant, il eut le bras cassé d'un coup de feu.
Il avait à peine eu le temps de se retirer,
qu'une décharge générale, accompagnée
d'une pluie de pierres et de tuiles, s'abattit sur la troupe. Ce fut comme un grondement de tonnerre, et la rue s'emplit de
fumée.

Les soldats surpris, se jetèrent sur les
côtés, le long des maisons, une guerre de
tirailleurs s'établit, comme dans la Grand'
Rue. Ces échauffourées de carrefours sont
terribles, en ce sens que la force régulière
ne peut s'y déployer et qu'une poignée
d'hommes y tient souvent en échec tout
une armée.

Pendant que la fusillade s'établissait
ainsi sur deux points, une troisième colonne, qui devait être plus heureuse, s'a-
vança vers la barricade qui barrait la
Grand'Rue, du côté du Palais-de-Justice.
Cette colonne, venue de l'Hôtel-de-Ville,
ne s'approcha pas de la barricade; elle
essuya le feu d'un factionnaire qui se re-
plia aussitôt, et jugeant qu'il était impossible d'emporter le retranchement sans
artillerie, elle se décida à tourner la position.

Les soldats entrèrent dans la rue Belzunce, où ils trouvèrent une trentaine
d'insurgés qui firent sur eux une décharge et qui se sauvèrent ensuite, les uns
dans la rue des Marquises, les autres

dans les rues Sainte-Marthe, Sainte-Barbe et du Moulin-d'Huile. Les soldats les poursuivirent au pas de course, essuyant quelques coups de feu auxquels ils ripostèrent et fouillèrent en outre deux ou trois maisons, dans lesquelles ils arrêtèrent un certain nombre d'insurgés.

Mais ils n'osèrent pénétrer dans la rue des Marquises, qui les eût conduits tout droit à la place aux Œufs. Cette rue, qu'ils supposaient barricadée, leur parut étroite et dangereuse ; ils craignirent d'y être écrasés par des projectiles lancés des toits et des fenêtres.

La colonne continua de tourner la place. Arrivée sur la place Saint-Martin, elle se divisa : une partie pénétra dans la rue de la Lune-d'Or, une autre partie dans la rue de la Vieille-Monnaie ; le plan des assiégeants était de déboucher en masse sur la place aux Œufs, où, en effet, les deux détachements arrivèrent presque en même temps.

Les soldats s'élancèrent avec impétuosité vers les barricades qui, de ce côté, avaient été moins solidement construites. Les insurgés, surpris par cet élan irrésistible, s'enfuirent en désordre et se réfugièrent dans les maisons. Pendant quelques minutes, ils arrêtèrent la colonne en ouvrant sur elle, des fenêtres, une fusillade très nourrie. Mais bientôt leur feu se ralentit, les soldats passèrent sous les

balles au pas de course et se trouvèrent
au milieu de la place aux Œufs.

Marius, en apercevant les uniformes
des vainqueurs, comprit que son frère
était perdu, s'il ne cherchait pas à se dérober sur-le-champ à une arrestation certaine.

Il courut à la barricade de la Grand'
Rue. Philippe, tournant le dos à la place,
tout occupé à se défendre, ne s'était pas
aperçu de la victoire des troupes. Marius
le saisit violemment par le bras et l'entraîna en lui montrant les soldats. Comme
les deux frères se dirigeaient vers la maison où se trouvaient Fine et Joseph, ils
virent qu'ils n'auraient pas le temps d'en
atteindre la porte, et ils se jetèrent dans
une maison qui faisait face à celle où ils
auraient voulu se réfugier. Ils barricadè-
rent la porte, désespérés, n'osant se communiquer les craintes que leur causait
l'abandon forcé de l'enfant et de la jeune
femme

Sur la place, un tumulte épouvantable
régnait. Quand les insurgés s'étaient
aperçus que les soldats et les gardes nationaux venaient de se rendre maîtres de
la position, ils avaient imité Philippe et
Marius, en courant se réfugier dans les
maisons. Les colonnes qui attaquaient les
barricades de la Grand'Rue et de la rue
Requis-Novis, étonnées de voir cesser le
feu des rebelles, avaient vite compris ce
qui se passait; elles ayaient renversé les

barricades abandonnées et étaient venues rejoindre les vainqueurs. La place se trouvait ainsi pleine de troupes qui se préparaient au siége des maisons, au milieu d'un vacarme assourdissant.

L'insurgé qui gardait les trois prisonniers dans la petite boutique, avait pris la fuite un des premiers. Mathéus s'était glissé dans la foule et avait disparu. M. Martelly et l'abbé Chastanier, tristes, immobiles, se tenaient sur le seuil de la petite boutique, s'attendant à de terribles représailles. Et, par moments, la tête curieuse de M. de Girousse se montrait à la fenêtre qu'il n'avait pas quittée depuis le commencement de l'action.

XIX

OÙ MATHÉUS TIENT ENFIN JOSEPH DANS
SES BRAS

Sauvaire avait perdu de vue M. de Cazalis en pénétrant sur la place. Il était furieux d'ignorer où il pouvait être, après l'avoir surveillé pendant près d'une heure sous une porte-cochère. Le digne homme continuait à ne plus songer qu'il était capitaine. Il avait une idée fixe, celle de venir en aide au frère de son ami Marius.

Il tournait sur la place, inquiet et embarrassé, lorsqu'il pensa brusquement que Philippe devait être caché dans l'ancienne demeure de Fine. Il regarda la maison et aperçut la tête de M. de Girousse.

— Eh! dites donc, vous, là-haut, criat-il au vieux comte, descendez vite ouvrir la porte.

M. de Girousse avait de vives inquiétudes sur le sort de Philippe. Il se décida à descendre, sachant que les deux frères s'étaient réfugiés dans la maison d'en face et espérant leur être de quelque secours. Mais, en bas, il trouva dans le corridor

des insurgés qui avaient tiré les verrous
et qui ne voulaient pas le laisser sortir.
il obtint enfin qu'on entrebaillât la porte.
Les insurgés le poussèrent dehors et s'enfermèrent de nouveau.

Sauvaire et M. de Girousse se trouvèrent nez à nez.

— Eh ! que diable ! s'écria l'ancien maître portefaix, il fallait laisser la porte ouverte... Je vais vous faire arrêter.

Le gentilhomme regarda curieusement
le capitaine.

— Vous allez me faire arrêter, dit-il ;
eh bien ! arrêtez-moi vous-même, et veuillez me conduire vers les personnes qui
sont là-bas.

Il lui désignait M. Martelly et l'abbé
Chastanier. Sauvaire l'accompagna et
s'excusa lorsqu'il sut qu'il avait mis la
main sur un comte, sur un riche propriétaire.

— Il ne manquait plus que de me faire
déporter, dit M. de Girousse en riant, ma
journée eût été complète.

Il s'entretint ensuite à voix basse avec
l'armateur et le mit au courant de la situation.

— Nous n'avons rien vu de tout cela,
dit M. Martelly. On nous avait enfermé
dans cette boutique, en compagnie d'un
personnage qui a une véritable mine de
scélérat... Vous dites que Philippe et Marius se sont cachés dans cette maison.

— Oui, et j'ai grand peur qu'il n'y

soient arrêtés dans un instant. Le plus terrible est que j'ai laissé dans cette autre maison la femme de Marius et l'enfant de Philippe.

Cette nouvelle acheva de désoler l'armateur. L'abbé Chastanier fit observer que Fine et Joseph ne couraient pas un grand danger; si la maison était mise à sac, on pourrait toujours intervenir.

Il fallait songer avant tout aux deux frères et tâcher de les faire évader. Le malheur était qu'il semblait presque impossible de leur venir en aide.

Les troupes qui avaient envahi la place ne restaient pas inactives. Quelques coups de feu partaient encore des fenêtres, çà et là ; il fallait en finir. Aussi l'ordre fut-il donné de prendre d'assaut toutes les maisons fermées, sur les toits desquels les insurgés brûlaient leurs dernières cartouches. On fit avancer quelques sapeurs, qui attaquèrent les portes à coups de hache.

Sauvaire se désespérait. Il aurait voulu détourner les soldats de la maison dans laquelle il supposait que Philippe était caché, et il ne trouvait aucun moyen pour faire réussir ce projet. Il rassembla ses hommes, il les posta du côté opposé de la place et leur fit fouiller d'autres logis. Mais il eut le désespoir de voir partir un coup de feu justement de la maison qu'il voulait protéger. Un homme fut blessé, et toutes les troupes se ruèrent sur la maison.

— Les imbéciles, murmura Sauvaire, ils avaient bien besoin de blesser cet homme. Maintenant, l'affaire de mon jeune ami est claire.

Il s'approcha, il voulut au moins être un des premiers à entrer.

Pendant que ces événements se passaient, deux hommes causaient vivement dans un coin de la place. C'étaient Mathéus et M. de Cazalis. L'espion, avec ses excellents yeux, avait, en sortant de la boutique, aperçu son maître au milieu de la foule. Lorsqu'il l'eut pris à l'écart :

— Eh bien ! lui demanda-t-il d'une voix railleuse, vous ne me félicitez pas?... J'ai joliment travaillé.....

— Je ne t'ai pas vu sur la barricade, dit l'ancien député.

— Parbleu, ces niais ont pris la précaution de me mettre à l'abri des balles en m'enfermant dans une boutique. Je les en remercie... Allons, la victoire est à nous.

— Où as-tu porté l'enfant ?

— Eh ! vous êtes trop pressé... Je vous remettrai l'enfant tout à l'heure... Tenez, il est là, dans cette maison dont on brise la porte.

Mathéus dit alors à M. de Cazalis ce qu'il avait fait et ce qui lui restait encore à faire. Il était certain du succès.

— Cependant, ajouta-t-il, il faut agir avec promptitude. On a emprisonné avec moi, je n'ai pu deviner pour quelle raison, deux hommes qui sont les amis des Cayol. Regardez, ils sont encore sur le seuil de notre prison commune. J'ai peur que leur présence ne nous dérange.

M. de Cazalis se tourna et aperçut M. Martelly et l'abbé Chastanier. Il ne vit pas M. de Girousse, qui lui tournait le dos.

— Bah ! murmura-t-il, ils ne sont pas ici pour nous... A l'œuvre, Mathéus. Je double la récompense promise, si tu réussis.

Les sapeurs venaient de donner les premiers coups de hache, et la porte rendait un bruit sourd et sinistre.

Les deux hommes échangèrent encore quelques paroles.

— Et sais-tu où a passé ce misérable Philippe ? demanda M. de Cazalis.

— J'espère bien qu'il est arrêté, répondit Mathéus... En tous cas, il va être pincé, s'il s'est réfugié dans la maison. Ne vous inquiétez pas, son affaire est réglée, il en a au moins pour dix ans de déportation.

— J'aurais mieux aimé en finir avec lui... Je l'ai tenu au bout de mon fusil... Ne crains-tu pas, s'il est dans la maison, qu'il ne dérange tes plans ?

— Bah ! il est caché sans doute au fond de quelque armoire... Attention ! voilà la porte qui cède. Ne vous mêlez de rien, regardez-moi faire, si cela vous amuse. Et, dès que j'aurai l'enfant, suivez-moi rapidement. Nous règlerons notre compte plus loin.

Mathéus laissa son maître au milieu de la place et vint se mêler aux assiégeants. Les haches des sapeurs avaient fendu la porte, dont les gonds et la serrure tenaient encore. Elle allait être enfoncée.

Sauvaire avait suivi cette opération avec anxiété. Il comptait réunir ses hommes et entrer le premier. Comme la porte commençait à être ébranlée, une main se posa sur son bras. Il se tourna et reconnut Cadet, le frère de Fine.

Le jeune homme l'entraîna vivement à l'écart et lui demanda d'une voix étouffée :

— Que se passe-t-il ? avez-vous vu ma sœur?

Et avant que l'ancien maître portefaix eût pu répondre :

— Depuis ce matin, continua Cadet, nous sommes consignés, mes hommes et moi, dans nos bureaux. L'autorité, qui connaît mes opinions, a envoyé un piquet de gardes nationaux à ma porte, et je viens à peine de pouvoir m'échapper... J'ai couru au cours Bonaparte, au logement de mon beau-frère. La maison est vide. Mon Dieu ! que se passe-t-il ? Parlez vite.

— Allons, bon, murmura Sauvaire, un malheur ne vient jamais seul... Toute la famille doit se trouver dans cette maison.

— Vous croyez que ma sœur est là?

— Eh ! je n'en sais rien... Ce que je

sais, c'est que j'ai vu Philippe sur la barricade, qui se battait comme un enragé... Ah! mon pauvre Cadet, j'ai bien peur que tout cela ne finisse très mal... J'oubliais; votre ennemi rôde sur la place.

— Quel ennemi?

— M. de Cazalis. Il est déguisé en garde national.

Cadet frissonna. Tout d'un coup, il s'aperçut que la porte était enfoncée.

— Courons vite, cria-t-il.

Dès que le bois de la porte fut tombé, un flot de soldats se précipita pour entrer dans la maison. Mais trois ou quatre coups de feu partirent de l'escalier, et les assiégeants se retirèrent en désordre.

Pendant quelques secondes, personne n'osa pénétrer dans le corridor. Les insurgés avaient brûlé leurs dernières cartouches et s'étaient hâtés, après ce simulacre de défense, de remonter sur le toit, pour essayer de s'échapper. Lorsque le premier moment de panique fut passé, les soldats se décidèrent à s'aventurer avec précaution, jusqu'au pied de l'escalier; puis, voyant qu'ils ne rencontraient aucune résistance, ils envahirent la maison, fouillant tous les coins.

Sauvaire et Cadet avaient commis la maladresse de s'éloigner de quelques pas en causant. Lorsqu'ils voulurent se rapprocher de la maison pour y pénétrer, ils se trouvèrent derrière une véritable foule qui les empêcha de passer.

Malgré leurs efforts, il leur fallut rester dehors pendant deux ou trois minutes, et, lorsqu'ils furent entrés, ils durent
monter l'escalier avec une lenteur désespérante, tant il était encombré de soldats
et de gardes nationaux.

Comme ils arrivaient au troisième
étage, ils furent coudoyés par un homme
qui descendait en bousculant tout le
monde. Cet homme, que les assiégeants
prirent pour un locataire terrifié, tenait
un enfant entre ses bras. Il passa si rapidement, en cachant à moitié l'enfant sous
sa redingote, que Cadet ne put le voir de
face; le jeune homme se retourna, averti
par un sentiment vague; mais l'individu
qui venait de le heurter avait déjà descendu cinq ou six marches. Le frère de
Fine, poussé par Sauvaire, qui n'avait
rien vu, continua à monter et se trouva
bientôt devant la porte du petit logement.

Cette porte était ouverte. Au milieu de
la première pièce, gisait Fine évanouie.
Joseph avait disparu.

XX

COMME QUOI L'INSURGÉ PHILIPPE TIRA UN
DERNIER COUP DE FEU

Les angoisses de la jeune femme avaient été terribles pendant toute la lutte. Chaque coup de fusil la faisait tressaillir, elle se disait avec épouvante que la balle avait peut-être tué un des siens. Elle eût voulu être en bas, dans la rue, pour partager les périls de Marius et de Philippe. Mais la présence de Joseph la clouait dans cette chambre, où elle se mourait d'inquiétude.

Le pauvre petit se réfugiait sur son sein ; il était blanc comme un linge, et serrait les dents, ne pouvant pleurer.

La face dans les jupes de Fine, ses petits bras passés convulsivement autour de sa taille, il restait immobile et muet. Cet enfant et cette femme formaient un groupe d'une suprême douleur, au fond de cette pièce silencieuse, qui, par moment, s'emplissait de l'éclat sourd des détonations.

A plusieurs reprises, des balles entrèrent par la fenêtre, écornant les meubles, s'enfonçant dans les murs. Fine regardait avec stupeur les trous que ces balles creusaient. Elle se faisait plus petite, elle serrait Joseph plus étroitement dans ses bras, elle s'enfonçait davantage dans le coin où elle s'était réfugiée.

Certes, elle ne pensait pas à elle, mais un frisson la glaçait lorsqu'elle songeait qu'une balle pouvait ricocher et venir frapper l'enfant sur sa poitrine.

Pendant plus d'une heure ce supplice dura. Elle écoutait avec anxiété les bruits de la rue. Tout d'un coup, au tumulte qui monta de la place, elle comprit que les barricades venaient d'être emportées. Elle éprouva un soulagement qui fit bientôt place à des craintes plus vives.

La fusillade avait cessé, elle se hasarda à s'approcher de la fenêtre et à jeter un coup d'œil au dehors. Une inquiétude horrible la prenait.

Elle se demandait pourquoi Marius et Philippe n'étaient pas remontés après la prise des barricades. Dès qu'elle se fut posé cette demande, elle se sentit devenir comme folle.

Les deux frères n'avaient pu rester tranquillement sur la place. Ils auraient dû venir en hâte se cacher auprès d'elle. S'ils n'étaient pas venus, c'est qu'ils étaient prisonniers, morts peut-être. Son esprit épouvanté n'admettait aucune autre solution. Alors elle vit son mari et son beau-frère étendus sanglants sur les pavés ou conduits en prison par des soldats. Ces spectacles qu'évoquait sa douleur la firent éclater en sanglots.

Et, comme elle regardait sur la place, elle aperçut les troupes qui se précipitaient vers la maison. Elle se retira vivement. Bientôt retentirent les coups de hache. Joseph se mit à pleurer ; son effroi, jusque-là muet, se traduisit par des cris perçants. Il appelait son père, il se cramponnait au cou de Fine, il criait qu'il ne voulait pas que les soldats vinssent le prendre.

Les cris du pauvre enfant achevèrent de faire perdre la tête à la jeune femme. Elle se précipita dans l'escalier, voulant descendre et courir au secours de Marius et de Philippe. Mais elle n'était pas arrivée au second étage, qu'elle entendit la porte se fendre et tomber.

Au même instant, les insurgés cachés dans le corridor remontèrent, après avoir déchargé leurs armes, et passèrent à côté d'elle. Elle resta un moment hésitante ; un bruit sourd venait du vestibule, bientôt elle entendit les pas des assiégeants qui approchaient. Elle tint bon, elle serait peut-être demeurée là, si, en se penchant sur la rampe, elle n'eût aperçu l'homme qui montait le premier.

Cet homme était Mathéus.

Elle crut voir le fantôme de son désespoir ; elle comprit que le misérable venait lui porter le coup de grâce. Comme fascinée, les yeux agrandis par l'horreur, elle remonta pas à pas, reculant devant Mathéus qui la regardait avec un ricanement atroce.

Lorsqu'elle fut rentrée dans la chambre, avant de lui laisser le temps de s'enfermer, ce dernier s'élança sur elle et lui arracha Joseph. Elle poussa une plainte sourde : ce fut sa seule défense, car l'émotion l'avait brisée et elle chancelait sur ses jambes. Dès qu'elle ne sentit plus l'enfant entre ses bras, il lui sembla que tout tournait autour d'elle ; elle étendit les mains en avant, comme pour reprendre son cher trésor, et, ne saisissant que le vide, elle tomba roide sur le carreau.

Aucun des soldats qui fouillaient la maison n'avait remarqué cette scène. Mais, d'une maison voisine, deux témoins avaient assisté au rapt de Mathéus.

La maison dans laquelle Marius et Philippe s'étaient réfugiés au hasard, était située de l'autre côté de la Grand'Rue, au coin de la place. Par une circonstance heureuse, les deux frères étaient les seuls insurgés qui eussent pénétré dans cette maison. Dès qu'ils furent entrés, ils poussèrent les verrous. L'escalier était silencieux et désert ; les locataires, barricadés chez eux, se gardaient bien de se montrer.

Marius et Philippe s'assirent un moment sur les premières marches et tinrent conseil. Ils ne savaient trop comment se dérober aux recherches des soldats qui, d'un instant à l'autre, pouvaient enfoncer la porte.

Il ne leur restait guère qu'à tenter une évasion par les toits; mais ce moyen était dangereux, et, bien que le péril fût pressant, ils auraient voulu demeurer encore pour s'assurer que Fine et Joseph ne couraient aucun risque.

— Nous n'aurions pas dû les abandonner, dit Philippe; nous avons été lâches de ne songer qu'à notre sécurité personnelle.

— Ne nous désespérons pas, répondit Marius, qui cherchait à se rassurer lui-même en rassurant son frère. Nous nous serions peut-être perdus inutilement... Fine est forte et courageuse...

— N'importe, je ne consentirai à fuir que lorsque je serai tranquille sur leur sort... Ecoute! on enfonce une porte. Montons vite.

Ils montèrent au premier étage, et virent avec angoisse, par la fenêtre du palier, que la maison assiégée était celle d'en face. Ils restèrent immobiles et haletants pendant quelques minutes; chaque coup de hache trouvait un écho dans leur poitrine. Jamais une émotion si poignante ne les avait serrés à la gorge. Ils suivaient les diverses phases du siége avec une anxiété douloureuse. Leur plus grande souffrance était encore leur impuissance; ils ne pouvaient courir au secours de ceux qu'ils croyaient menacés;

il leur fallait assister paisiblememt à cette attaque d'une foule furieuse.

Tout d'un coup, Philippe poussa un cri de rage. Il venait d'apercevoir Mathéus au premier rang des assiégeants. Il le montra à son frère.

— Ah! le misérable! murmura-t-il sourdement, j'aurais dû le laisser pendre. Il se sera sauvé, il est là pour voler Joseph....

Il se tournait, lorsqu'un nouveau cri lui échappa. Du doigt, il désigna à Marius un garde national qui se cachait à demi derrière un arbre de la place. Il ne put prononcer que ce nom d'une voix étranglée :

— Cazalis !

Et il ajouta en épaulant son fusil :

— Je n'ai plus qu'une balle, elle sera pour lui.

Il allait lâcher le coup. Marius lui arracha l'arme des mains, en lui disant :

— Pas de meurtre inutile. Nous aurons peut-être besoin de cette balle... C'est un véritable guet-apens.

Au même instant, la porte cédait sous les coups de hache.

— Montons plus haut, reprit Marius.

Ils montèrent jusqu'au troisième étage. Là, un spectacle navrant les attendait. Ils avaient juste en face d'eux la fenêtre de la chambre où se trouvaient Fine et Joseph. Ils virent la jeune femme qui se tordait les

mains ; ils ne purent lui crier, au milieu
du tumulte, qu'ils veillaient sur elle.

Et ils assistèrent ainsi, pâles et trem-
blants, à l'épisode du rapt. Quand Fine
voulut descendre, ils la suivirent du regard dans l'escalier, dont chaque palier
avait une fenêtre qui donnait sur la rue.
Puis ils la virent remonter, reculant devant Mathéus. Et Mathéus était entré dans
la chambre et avait arraché Joseph des
bras de la jeune femme.

Marius rendit le fusil à Philippe en lui
disant d'une voix étouffée :

— Je sentais que nous aurions besoin
de cette dernière cartouche.

Philippe épaula, mais le canon tremblait dans ses mains. Il avait peur de
frapper son fils.

Il hésita pendant quelques secondes.
Mathéus eut le temps de sortir de la
chambre et de commencer à descendre.

Quand le misérable passa devant la fenêtre du palier du second étage, Philippe
se sentit défaillir de nouveau. Il ne put
lâcher le coup.

— Si tu le laisses gagner la rue, murmura Marius, l'enfant est perdu pour
nous.

Alors, Philippe, par un effort suprême,
devint calme et froid. Il appuya le canon
sur le bord de la fenêtre et attendit Mathéus au passage.

L'espion, qui descendait toujours, posa

le pied sur le palier du premier étage.
Le coup de feu partit.

Au bruit de la détonation. Sauvaire et
Cadet, qui s'empressaient autour de Fine,
levèrent la tête et aperçurent, de l'autre
côté de la rue, les deux frères penchés
anxieusement, regardant l'effet du coup
de feu. L'ancien maître portefaix laissa
échapper une exclamation de surprise et
de joie : il savait maintenant où étaient
ceux qu'il voulait protéger. Cadet eut un
brusque pressentiment de ce qui venait
d'avoir lieu ; il n'avait pas vu l'enfant dans
la chambre, il songeait à cet homme qui
avait passé si rapidement à côté de lui,
dans l'escalier.

Il descendit en toute hâte. Au premier
étage, un spectacle étrange l'attendait.

Mathéus, la tête fracassée, gisait sur
les marches.

En tombant, il avait ouvert les bras, et
Joseph avait glissé sur lui, sans se faire
aucun mal. La balle de Philippe était venue se loger dans le crâne de l'espion, en
passant à quelques lignes du front de l'enfant. Ce dernier, tiré de l'évanouissement
qui avait permis à Mathéus de l'emporter
aisément, venait de reprendre ses sens et
pleurait à chaudes larmes, à demi couché
sur le cadavre.

Cadet repoussa le corps et prit le p au-
vre petit dans ses bras. Il avait déjà remonté quelques marches, lorsqu'il eut
une idée soudaine. Il redescendit et fouil-

la le cadavre. Il s'empara de tous les papiers qu'il trouva sur lui. Cela pouvait servir.

Quand il rentra dans la chambre du troisième étage, il vit Sauvairé fort embarrassé, ne sachant quels soins donner à Fine toujours évanouie. Le digne homme s'était contenté de la porter sur le lit. Cadet posa Joseph au côté de sa sœur. L'enfant saisit aussitôt la jeune femme par le cou, se serrant contre elle, heureux d'avoir retrouvé son cher refuge, et la rappelant à la vie par ses caresses. Elle se dressa, elle embrassa Joseph avec passion. Il lui semblait sortir d'un cauchemar affreux. Brusquement, elle se mit à pâlir de nouveau.

— Où sont Marius et Philippe? demanda-t-elle avec anxiété. Ne me cachez rien, je vous en prie.

Alors Cadet lui montra les deux frères, dans la maison voisine. Elle resta immobile, absorbée dans sa joie, ne pouvant rassasier ses yeux de la vue de ces deux être chéris qu'elle avait cru morts. Tout danger n'avait pas disparu pour eux, mais ils vivaient, et, pour l'instant elle n'en demandait pas davantage au ciel.

Philippe et Marius, eux aussi, goûtaient une joie pure. Après avoir lâché le coup de feu, Philippe eut une défaillance. Ses yeux se troublèrent, il poussa un cri de terreur en voyant tomber Mathéus et l'enfant. Et, pendant un instant, une angoisse horrible l'avait serré à la gorge : il ne pouvait distinguer, à travers la fumée, s'il avait frappé ou non son fils.

Il s'assit sur une marche, n'ayant pas le courage de regarder davantage le groupe sanglant que Joseph et l'espion formaient sur le palier.

Mais, lorsque Marius entendit les pleurs de l'enfant que Cadet venait de ramener dans la chambre, il fit dresser Philippe et lui cria :

— Regarde, le ciel nous a protégés, le ciel a conduit ta main !

Alors les deux frères suivirent avec un profond bonheur la scène qui se passait en face d'eux. Ils ne songeaient plus au péril qui les menaçait eux - mêmes, ils voyaient Fine et Joseph sains et saufs, ils se disaient qu'ils ne couraient plus aucun risque, maintenant qu'ils avaient auprès d'eux des amis pour les défendre.

Ce qui les tranquillisa plus encore, ce fut de voir monter dans la chambre M. Martelly et l'abbé Chastanier, conduits par M. de Girousse. Ces trois personnes avaient attendu que les soldats fussent entrés, pour entrer à leur tour et protéger la jeune femme. Ils ne pouvaient deviner le drame rapide qui allait se passer. Lorsque M. de Girousse entendit le coup de feu, il comprit cependant que quelque événement grave venait d'avoir lieu. La vue du cadavre dans l'escalier le fit se hâter. En haut, il apprit tout, de la bouche de Cadet et de Fine.

— Ce Cazalis est un misérable, s'écriat-il, je me charge de lui... Mais, avant tout, il faut songer à dérober Marius et Philippe aux recherches de la troupe... Tenez, regardez, le temps presse.

Il montrait la place. En effet, la position des deux frères devenait critique. Le coup de feu de Philippe avait attiré l'attention de la troupe sur le logis où ils s'étaient réfugiés. Les soldats qui avaient fait quelques arrestations dans la maison où Mathéus venait d'être tué, attaquèrent furieusement la maison voisine d'où le coup était parti. Les sapeurs en enfonçaient la porte à grands coups de hache.

— Ils n'ont qu'un moyen de salut, dit M. Martelly, c'est d'essayer de fuir par les toits.

— Une pareille fuite est impossible, répondit fiévreusement Cadet. La maison est beaucoup plus haute que celles qui l'entourent... Ils sont perdus.

Fine sentait le désespoir l'affoler de nouveau. Toutes les personnes qui se trouvaient réunies dans la chambre se creusaient vainement la tête. Et les coups de hache devenaient de plus en plus violents.

M. de Girousse s'adressa brusquement à Sauvaire, que Cadet lui avait présenté comme un ami.

— Vous ne pouvez donc arrêter vos hommes ? lui demanda-t-il.

— Eh non ! s'écria le capitaine avec désespoir, vous croyez qu'on obéit comme cela dans la garde nationale !... Attendez, attendez...

Sauvaire ouvrait des yeux énormes. On voyait qu'un enfantement pénible s'accomplissait dans son cerveau. Tout d'un coup :

— J'ai une idée, dit-il. Viens, Cadet.

Les deux hommes descendirent rapidement. Pendant près de cinq minutes, M. de Girousse et les autres les attendirent dans des transes poignantes. Enfin, ils revinrent. Ils portaient chacun un paquet de vêtements.

Cadet fit signe à Marius et à Philippe d'ouvrir la fenêtre derrière laquelle ils se cachaient à demi. Lorsqu'ils eurent compris et obéi, le jeune homme leur lança les deux paquets avec une adresse et une force rares. Les soldats occupés en bas à regarder si la porte ne se décidait pas à tomber, ne virent pas ces masses noires qui passaient sur leurs têtes.

Telle était l'idée de Sauvaire. Il était allé, accompagné de Cadet, dans une ambulance où l'on avait couché une douzaine de gardes nationaux blessés, et là il avait tranquillement volé deux uniformes complets, au milieu du trouble des pansements et des amputations.

Philippe et Marius sentaient toute la

gravité de leur situation. Ils allaient se
décider à tenter la fuite par les toits, lorsqu'ils comprirent que leurs amis s'occupaient de leur salut.

Quand ils eurent les vêtements, ils
montèrent en toute hâte dans les greniers,
et là s'habillèrent en gardes nationaux.
Ils avaient à peine jeté leurs propres
habits par une fenêtre donnant sur une
cour voisine, qu'ils entendirent craquer
la porte d'entrée. Ils se cachèrent derrière une porte et se mêlèrent adroitement au flot des assiégeants. Pendant
quelques minutes ils les aidèrent à faire
des recherches qui demeurèrent forcément
inutiles; puis, sans paraître se presser,
ils gagnèrent la rue.

Ils trouvèrent en bas M. de Girousse et
Sauvaire qui les attendaient. Un peu plus
loin, sur la place, se tenaient Cadet et
Fine, accompagnés de M. Martelly et de
l'abbé Chastanier. La jeune femme, qui
portait le petit Joseph, avait voulu retourner tout de suite au logement du cours
Bonaparte. Dès qu'elle aperçut Marius et
Philippe dans la rue, elle s'éloigna, ne
pouvant s'empêcher de tourner la tête à
chaque pas. Elle avait chargé M. de Girousse de ramener les deux frères.

Philippe et Marius serrèrent fortement
la main de l'ancien maître portefaix, sans
pouvoir trouver une parole de remercî-
ment.

— C'est bien, c'est bien, murmura le

digne homme très ému, on oblige les amis, que diable !... Mais, voyez-vous, l'ordre avant tout ; la garde nationale n'a été créée que pour maintenir l'ordre... C'est moi qui ne plaisante pas avec le service !

Et il se mit à crier après les gardes nationaux qui se promenaient ahuris sur la place. M. de Girousse et les deux frères s'éloignèrent rapidement.

Comme Sauvaire tâchait de rallier ses hommes, il aperçut M. de Cazalis derrière un arbre, inquiet, le visage pâle et contracté. Il feignit de ne pas l'avoir vu et surveilla ses mouvements.

L'ancien député ne pouvait s'expliquer les faits étranges qui venaient de se passer sous ses yeux. Depuis que Mathéus avait disparu dans la maison, il attendait son retour sans rien comprendre aux événements. Quand il avait vu paraître Fine portant le petit Joseph, quand il s'était aperçu que ses ennemis échappaient miraculeusement à tous ses piéges, une rage sourde l'agita. Ce qui redoublait sa colère, c'était qu'une idée folle le torturait : il croyait que Mathéus l'avait trahi.

— Que peut faire ce misérable ? murmurait-il ; il s'est vendu aux Cayol ; c'est lui qui a favorisé leur évasion.

Enfin, poussé à bout, il se décida à aller voir ce que faisait Mathéus dans cette maison dont il ne sortait pas. S'il l'avait rencontré, il l'aurait étranglé. Quand il fut arrivé au premier étage, il se heurta contre le cadavre de son complice. Il devint blême; et, béant, terrifié, il le regarda pendant deux ou trois minutes sans bouger. Puis, brusquement, il se baissa et le fouilla. Lorsqu'il vit que les poches étaient vides, il parut désespéré; il donna un coup de pied de colère au cadavre, et s'éloigna rapidement.

— Je savais bien, pensa Sauvaire, qui ne l'avait pas quitté des yeux, que ce vilain oiseau-là devait être pour quelque chose dans l'enlèvement de l'enfant.

Cependant la lutte était terminée, les troupes restaient victorieuses. Il était environ quatre heures. La résistance avait été vive, mais de courte durée. Les principaux chefs des insurgés s'étaient enfuis dès la prise des barricades. Un grand nombre d'ouvriers fut cependant arrêté. Ceux qui ne purent s'échapper par les toits des maisons où ils s'étaient réfugiés, furent pris dans les caves, dans les armoires, sous les lits, dans les cheminées et jusque dans les puits, partout où ils avaient cru trouver un asile.

Les maisons une fois fouillées, les six barricades furent détruites, et la force armée occupa militairement la place aux Œufs.

Pour finir le récit de cette journée sanglante, il convient de parler en quelques mots des barricades que les insurgés construisirent sur la place Castellane.

Pendant qu'une partie des ouvriers se battait et était vaincue dans la vieille ville, une autre bande de rebelles se portait au haut de la rue de Rome et s'y préparait à la défense. Mais les barricades qui s'élevèrent sur ce point ne furent pas attaquées ce jour-là. Ce ne fut que le lendemain matin qu'on s'en rendit maître avec une grande facilité.

Tels furent les résultats d'un malentendu déplorable. Marseille conserve encore le souvenir des événements terribles qui ensanglantèrent ses rues pendant les journées des 22 et 23 juin, et tous les partis regrettent cette lutte fratricide. Une année plus tard, on jugea à Grenoble les démocrates impliqués dans cette affaire; sur cent trente-sept accusés, quatre-vingts furent acquittés et cinquante-sept condamnés, quelques-uns à la déportation, le plus grand nombre à la prison.

Le 22 au soir, il y eut chez Marius une réunion intime. Le jeune ménage, Philippe et Joseph s'étaient retrouvés avec des larmes de joie et d'attendrissement : ils se serraient mutuellement dans les bras, comme après une longue absence.

M. de Girousse troubla leur bonheur en leur faisant remarquer qu'il s'agissait de faire disparaîre Philippe au plus tôt, si l'on ne voulait pas le voir envoyé dans quelque colonie. Il offrit de l'emmener le lendemain à Lambesc et de l'y cacher dans une de ses propriétés, ce qui fut accepté avec reconnaissance. Jusqu'au lendemain, Philippe devait demeurer dans la maison de M. Martelly.

Quand il ne fut plus là, M. de Girousse eut une longue conversation avec Marius au sujet de M. de Cazalis. Cadet avait remis à son beau-frère les papiers trouvés dans la poche de Mathéus, parmi lesquels était cette lettre que l'espion avait exigée de son maître et qui lui garantissait une somme de plusieurs milliers de francs pour prix du rapt de Joseph. Une pareille pièce était une arme terrible. Les Cayol pouvaient désormais faire rendre gorge à l'oncle de Blanche.

Mais Marius pensa que le mieux était de ne réclamer aucun argent de M. de Cazalis, et de se servir uniquement de la lettre trouvée sur Mathéus comme d'une menace éternelle qui forcerait le député à ne tenter aucune démarche contre Philippe. Un scandale n'aurait pu que nuire à toute la famille. M. de Girousse approuva beaucoup ce désintéressement et se chargea d'aller voir lui-même M. de Cazalis.

Le lendemain, il se rendit chez cet homme et resta enfermé avec lui pendant deux heures. Les domestiques de l'hôtel entendirent seulement des éclats de voix terribles. Jamais on ne sut quelle avait pu être la conversation des deux gentilshommes. Il est à croire que M. de Girousse reprocha cruellement à M. de

Cazalis son indignité, et qu'il dut l'écraser sous l'emportement de son mépris ; il dut le brider entre ses mains d'honnête homme et obtenir de lui des promesses solennelles. Ce fut ainsi que, dans cette affaire, la noblesse lava son linge sale en famille. Lorsque M. de Girousse se retira, les domestiques remarquèrent que, leur maître l'accompagnait humblement, les lèvres serrées et les joues pâles.

Une heure plus tard, le vieux comte et Philippe étaient en cabriolet, sur la route de Lambesc.

XXI

LE DUEL

Une année après les sanglants événements qu'on vient de lire, un nouveau souffle de mort passa sur Marseille. La ville entière était frappée ; il ne s'agissait plus de quelques douzaines de blessés : les hommes tombaient par centaines. Le choléra avait succédé à la guerre civile.

Ce serait une douloureuse histoire à écrire que celle des nombreuses et terribles épidémies qui ont désolé Marseille. La position de cette cité dans un climat chaud, ses continuels rapports avec l'Asie, la saleté de ses anciennes rues, tout semble l'avoir désignée fatalement comme un foyer d'infection où les maladies contagieuses peuvent se propager avec une rapidité effrayante.

Dès que vient l'été, elle est menacée ; à la moindre négligence, si par malheur on laisse pénétrer le fléau, il ne tarde pas à envahir tout le littoral et de là à gagner la France entière.

L'épidémie de 1849 fut relativement bénigne. Elle se déclara vers le milieu

d'août. On prétend qu'elle ne devint grave
qu'à partir du débarquement d'un convoi
de soldats malades, venu de Rome et d'Al-
ger. Cinquante de ces soldats succombè-
rent, dit-on, dans la nuit qui suivit leur
arrivée. Dès lors, le fléau se trouva fortement implanté à Marseille.

Les passions politiques du temps repro-
chèrent avec amertume au gouvernement
de la République un décret en date du 10
août, qui autorisait les navires venant du
Levant à entrer d'emblée dans le port,
sur une simple déclaration des médecins
du bord ; ce décret supprimait ainsi les
quarantaines et ouvrait la ville aux ger-
mes de la maladie.

D'ailleurs, l'incubation fut assez lente.
A la fin d'août, on ne comptait que cent
quatre-vingt-seize victimes. Mais le mois
de septembre fut terrible ; il y eut douze
cents morts. L'épidémie finit en octobre,
après avoir encore frappé près de cinq
cents personnes.

Dès les premiers jours, une panique
folle s'était emparée des habitants. Ce fut
une fuite générale. La nouvelle que le
choléra s'abattait de nouveau sur la ville,
courut de quartier en quartier, comme
une traînée de poudre. Un homme était
mort dans une agonie atroce, et bientôt
cet homme s'était pour ainsi dire multiplié, les commères affirmaient qu'elles
avaient vu passer plus de cinquante en-
terrements. Le peuple parlait à voix basse

de poison ; il disait que les riches, que les conservateurs avaient empoisonné l'eau de toutes les fontaines. Ces idées augmentaient encore la panique, et poussaient les faibles d'esprit à la rage et à la vengeance ; un pauvre diable qui buvait à la fontaine du Cours, faillit être assommé parce qu'un ouvrier prétendait l'avoir vu jeter quelque chose dans l'eau.

La peur faisait des ravages incroyables dans ces imaginations ardentes. Il semblait aux habitants qu'un vent empesté passait sur leur ville ; les femmes ne marchaient plus dans les rues qu'en appuyant un mouchoir sur leurs lèvres, N'ôsant plus boire, n'osant plus respirer, les Marseillais restaient haletants, se croyant toujours menacés d'un coup de foudre subit, vivant sans cesse dans la pensée d'une mort prompte et effroyable.

La ville fut désertée. Tous ceux qui purent prendre la fuite se sauvèrent à toutes jambes. Les campagnes environnantes s'emplirent de fuyards ; il y eut des gens qui allèrent camper jusque dans les collines de la Nerthe ; ils aimaient mieux vivre en plein ciel, coucher sous une tente, que de rester dans une cité où leur effroi les heurtait à la mort au coin de chaque rue. Les gens riches, ceux qui avaient des propriétés ou qui pouvaient louer un asile quelconque, furent les premiers à s'éloigner ; puis les employés eux-mêmes, les ouvriers, les travailleurs qui compromettaient leur existence de chaque jour en abandonnant l'atelier où ils gagnaient leur pain quotidien, se sentirent lâches devant le fléau, et un grand nombre d'entre eux préféra s'enfuir et courir le risque de la faim. Peu à peu, Marseille devint vide et morne.

Il ne resta plus que les gens de courage qui combattaient ou qui dédaignaient l'épidémie, et que les pauvres diables, forcés de demeurer à leur poste, malgré leurs frissons. S'il y eut quelques actes de lâcheté des médecins et des fonctionnaires en fuite, il y eut aussi des actes d'énergie et de dévouement. Dès le commencement, des bureaux de secours avaient été ouverts dans les quartiers les plus maltraités, et là des hommes se consacraient, jour et nuit, au soulagement de la population affolée, mourante de peur.

Marius avait été un des premiers à vouloir s'offrir. Mais, devant les pleurs de Fine et de Joseph, il avait dû céder et consentir à s'éloigner de Marseille. Il connaissait sa femme, elle serait restée à ses côtés, partageant ses dangers; l'enfant aurait alors couru les mêmes périls. La pensée que Fine et Joseph pouvaient mourir dans ses bras, avait épouvanté Marius, et il s'était sauvé, tremblant pour ses chères affections.

La famille se réfugia au quartier de Saint-Just, dans une bastide qu'elle loua

et qui était voisine de l'ancienne maison
de campagne des Cayol. On était vers la
la fin d'août. Depuis une année, Philippe
n'avait pas remis les pieds à Marseille; il
était resté à Lambesc, chez M. de Girousse, attendant que les souvenirs des journées de juin fussent effacés.

D'ailleurs, il n'avait pas été inquiété ;
on le chercha bien un peu, mais des pro-
tections puissantes furent mises en œuvre, et on ne continua pas les recherches.

Dès que Philippe sut que le jeune ménage se trouvait dans la banlieue de Marseille, il fit ses adieux à M. de Girousse
et accourut pour embrasser son fils. Il
s'ennuyait à Lambesc, il avait un violent
désir de revoir sa famille. Il prouva à son
frère qu'il pouvait, sans aucune imprudence, loger chez lui. Le choléra avait fait
oublier l'insurrection, personne ne son-
gerait à venir l'arrêter à une grande lieue
de Marseille.

Une bonne et douce vie commença pour
ces êtres que le malheur semblait prendre un âpre désir à séparer. Ce fut un
temps de joie tendre et recueillie. Pendant qu'un fléau implacable plongeait toute une ville dans un morne désespoir, les
habitants de la petite bastide du quartier
de Saint-Just goûtaient des journées heureuses, d'une tranquillité suprême. Ils
glissaient malgré eux à l'égoïsme; après
les coups terribles qui les avaient meurtris, ils s'endormaient au fond de leur

bonheur. Leur tour venait de ne plus souffrir.

Ils sortaient peu, s'enfermant chez eux, se contentant du petit enclos qui entourait la bastide. Deux semaines s'écoulèrent au milieu d'une paix incroyable. Un matin, Philippe, qui avait rêvé toute la nuit au passé, déclara qu'il allait faire une promenade. Il sortit et se dirigea vers le moulin de Saint-Joseph ; il suivit le chemin qu'il avait souvent parcouru autrefois, pour se rendre auprès de Blanche.

Quand il fut arrivé dans le petit bois de pin qui se trouvait derrière la maison de campagne, il songea à cette journée de mai, à cette après-midi de folie qui avait jeté Blanche dans ses bras et fait le malheur de son existence.

Ce souvenir était doux et amer à la fois. Philippe revoyait sa jeunesse, ses amours folles et cuisantes, et il voyait en même temps les pleurs et les regrets de la seule femme qu'il eût aimée. Deux grosses larmes, sans qu'il en eût conscience, coulèrent le long de ses joues.

Comme il essuyait ces larmes, regardant autour de lui, voulant retrouver la place où Blanche s'était assise à son côté, il aperçut tout à coup M. de Cazalis, immobile au milieu d'un sentier et fixant sur lui des yeux agrandis et luisants.

L'ancien député avait été un des premiers à quitter Marseille. Il s'était réfugié dans sa propriété du quartier Saint-

Joseph, où il vivait seul, rendu farouche
par une irritation sourde. Depuis son entretien avec M. de Girousse, il était tombé
dans un accablement que coupaient de
loin en loin d'effrayants accès de colère.
Une année entière s'était écoulée, et il
entendait toujours à ses oreilles les paroles d'indignation et de mépris du vieux
comte. Ces paroles l'étouffaient, il aurait
voulu se soulager en se vengeant sur
quelqu'un, il comprenait qu'il ne pouvait
s'attaquer à M. de Girousse; il souhaitait
âprement de se trouver face à face avec
Philippe, pour en finir, pour le tuer ou
être tué par lui.

Il ne songeait plus à l'argent, il avait
perdu ses appétits de luxe et de puissance.
Depuis qu'il savait que les Cayol abandonnaient la fortune de sa nièce, cette
fortune lui était devenue indifférente. Il
aurait donné tout ce qu'il possédait en
échange d'une bonne et implacable vengeance. Il ne lui restait au cœur qu'un
immense besoin de contenter sa fureur,
de laver les mépris de M. de Girousse
dans le sang de ses ennemis.

Et, brusquement, il rencontrait Philippe, dans un lieu désert, au fond de ce
bois qui lui appartenait. Il était sorti, la
tête basse, cherchant un moyen pour arriver à son but, et le hasard le mettait en
face de celui qu'il appelait de tous les
vœux de sa colère.

Les deux hommes se regardèrent un

instant en silence. Ils s'étaient courbés tous deux, comme près de bondir et de s'élancer l'un sur l'autre. Puis ils eurent une sorte de honte de se surprendre chacun dans une attitude de bête fauve ; ils voulurent se traiter en animaux civilisés.

— Je vous cherche depuis un an, dit enfin M. de Cazalis d'une voix sèche. Vous me gênez et je vous gêne. Il faut que l'un de nous disparaisse.

— Je suis de votre avis, répondit froidement Philippe.

— J'ai des armes dans cette maison. Attendez-moi. Dans quelques minutes, tout sera terminé.

— Non, nous ne pouvons nous battre ainsi. Si je vous tuais, on m'accuserait peut-être d'assassinat. Il nous faut des témoins.

— Et où voulez-vous que nous en prenions ?

— Dans deux heures, nous pouvons chacun être de retour de Marseille avec deux de nos amis.

— Soit. Le rendez-vous est pour midi, à cette même place.

— Oui, à cette même place.

Ils avaient parlé d'une voix dure, sans la moindre insulte. La provocation fut naturelle, comme s'il se fût agi d'une chose convenue depuis longtemps.

Dans la vie réelle, les événements les plus graves se passent très simplement, les émotions les plus fortes se traduisent par des paroles sans emphase.

Philippe se rendit sur-le-champ à Marseille. Il résolut de laisser ignorer à son frère le duel qui allait avoir lieu. Il sentait que ce duel était fatal et nécessaire, il ne voulait pas que quelqu'un pût y mettre obstacle.

Comme il descendait le Cours, il rencontra Sauvaire qui faisait de grandes enjambées.

— Ne m'arrêtez pas, lui dit l'ancien maître portefaix. Je retourne aux Aygalades en toute hâte... Les hommes tombent comme des mouches ici. Hier, il y a eu quatre-vingts morts.

Philippe, sans l'écouter, lui annonça qu'il avait un duel et qu'il comptait sur lui. Quand il lui eut nommé son adversaire :

— Je suis votre homme, s'écria Sauvaire, je ne serais pas fâché de voir sauter la cervelle de ce scélérat.

Ils se rendirent ensemble chez M. Martelly, dont la conduite courageuse provoquait alors à Marseille une admiration universelle. L'armateur écouta gravement Philippe, et, comme lui, il pensa que le duel était nécessaire et fatal.

— Je suis à votre disposition, lui dit-il avec simplicité.

Les trois hommes prirent un fiacre, et, un peu avant midi, ils entrèrent dans le

bois de pin, où il leur fallut attendre M.
de Cazalis.

Ce dernier arriva enfin. Après avoir
couru vainement Marseille pour trouver
deux de ses amis, il s'était décidé à s'a-
dresser à une caserne où deux sergents
de bonne volonté avaient bien voulu consentir à lui servir de témoins.

Dès que le fiacre qui les amenait se fut
rangé à côté de celui de Philippe, les pas
furent comptés, les armes chargées, rapidement et en silence, sans que les témoins
essayassent d'intervenir. Jamais les préparatifs d'un duel n'avaient été plus
prompts et plus simples. Les adversaires
avaient hâte de se tuer, voilà tout.

Quand ils furent placés en face l'un de
l'autre, Philippe, que le sort avait favorisé, leva son arme, prêt à faire feu.

Un vague pressentiment le secouait d'un
frisson glacial. Avant l'arrivée de M. de
Cazalis, il s'était oublié à regarder mé-
lancoliquement les pins qui l'entouraient
et sous lesquels il avait aimé autrefois. Le
hasard a de grandes cruautés : à quelques années de distance, il remplaçait la
scène d'amour par une scène de sang, et
le décor était toujours le même, le vaste
ciel s'étendait avec autant de limpidité, la
campagne étalait des horizons aussi doux
et aussi paisibles.

Quand il leva son pistolet, Philippe
crut se rappeler qu'il était justement placé
à l'endroit où autrefois Blanche lui avait

donné ses premiers baisers. Ce souvenir
le troubla singulièrement. Il lui semblait
que son cœur murmurait : « Où j'ai péché,
je serai puni. »

Ce ne fut que d'une main tremblante
qu'il pressa la détente. La balle, mal diri-
gée, alla casser la branche d'un pin.

A son tour, M. de Cazalis leva son arme.
Il visa son adversaire, la face contractée, les yeux ardents. Sauvaire et Martelly, frémissants et pâles, attendaient.
Philippe, le corps légèrement effacé, regardait courageusement le pistolet qui le
menaçait. A vrai dire, il ne voyait pas ce
pistolet ; il pensait malgré lui à Blanche,
à ses baisers, et il entendait tout son être
qui criait plus haut : « Où j'ai péché, je
serai puni. »

Le coup partit. Philippe tomba.

M. Martelly et Sauvaire se précipitè-
rent vers le blessé. Il était affaissé dans
l'herbe, la main sur le flanc droit.

— Vous êtes atteint? demanda l'ancien
maître portefaix d'une voix tremblante.

— Tout est fini pour moi, murmura
Philippe. Cette place devait m'être fatale.

Et il s'évanouit. Les deux témoins se
concertèrent un instant. Ils ne pouvaient
le laisser mourir ainsi.

Dans leur hâte, ils n'avaient pas songé
à amener un médecin avec eux ; il fallait
absolument transporter le blessé à Marseille, le plus vite possible.

— Ecoutez, dit M. Martelly, nous allons

le mettre dans le fiacre, et je le conduirai à l'hospice, car c'est encore là qu'il recevra les soins les plus prompts... Vous, pendant ce temps, courez prévenir son frère... Faites en sorte que la jeune femme et l'enfant ne se doutent de rien.

Ces deux hommes étaient désolés, il leur semblait qu'ils perdaient un des leurs. Sauvaire partit en courant du côté de Saint-Just, tandis que M. Martelly, aidé par les sergents, portait Philippe dans le fiacre. M. de Cazalis s'était retiré à quelques pas; il détournait la tête, il voulait paraître indifférent; mais, au fond de lui, la vengeance satisfaite grondait avec des tressaillements de volupté.

L'armateur recommanda au cocher de marcher lentement. Pendant l'heure mortelle que dura le triste voyage, il soutint la tête pâle et vacillante du blessé évanoui. Il avait posé un mouchoir sur sa blessure pour arrêter le sang; mais il le voyait si faible qu'il craignait de ne pouvoir le mener jusqu'à l'hospice.

On arriva enfin. Lorsque M. Martelly eut déclaré qu'il amenait un blessé, on lui répondit assez brusquement que les salles étaient pleines.

On finit enfin par recevoir Philippe; seulement, la place manquant, il fut porté dans une salle de cholériques. Le médecin, qui l'avait visité à son entrée, avait secoué la tête en disant qu'on pouvait le mettre n'importe où, qu'il était à l'abri de tout danger.

M. Martelly l'accompagna. Il ne voulait pas le quitter avant l'arrivée de Marius. La salle où il entra était sinistre à voir. Elle s'enfonçait, blafarde, horrible ; les deux rangées de lits blancs s'allongeaient le long des murs comme des tombes, et, dans ces lits, on voyait des rigidités de cadavre, aux mouvements furieux d'agonie.

L'ignoble fléau hurlait et se tordait dans cette longue pièce froide, montrant çà et là la face noire d'un moribond. Il semblait qu'un souffle maudit passait sur toutes ces couches, glaçant les corps et emportant les âmes.

Des religieuses, des femmes fluettes et délicates tournaient paisiblement autour des lits, aidant les médecins dans leur pénible besogne.

M. Martelly s'était assis auprès du matelas sur lequel on avait couché Philippe. Il regardait la mort en face, il suivait des yeux les saintes filles qui s'empressaient, douces et consolantes, auprès des agonisants.

Il en vit une, à quelques pas de lui, qui adoucissait, par ses paroles tendres, les derniers moments d'un vieillard.

La figure de ce vieillard, contractée par l'agonie, ne lui parut pas étrangère. Il s'approcha et reconnut avec douleur l'abbé Chastanier. Le saint prêtre mourait, victime de sa charité ardente. Depuis le commencement de l'épidémie, il n'avait pas pris une heure de repos ; jour et nuit, il montait dans les mansardes, il visitait les familles pauvres frappées par le fléau ; il avait vendu tout ce qu'il possédait, pour donner des secours aux misérables, et, lorsqu'il ne lui était resté que les vêtements qu'il portait sur lui, il s'était mis à mendier chez les riches. La conduite de cet homme, son courage et son abnégation, avaient été sublimes. La mort seule l'arrêtait dans son œuvre divine.

Le matin, comme il descendait d'une maison de la vieille ville, une attaque foudroyante de choléra l'avait frappé dans la rue. On s'était empressé de le conduire à l'hospice. Depuis deux heures, il y endurait des souffrances épouvantables avec une sérénité céleste. Les mains jointes, les yeux au ciel, il laissait l'horrible maladie tordre sa chair ; son âme ne sentait rien qu'une joie immense, son âme goûtait les voluptés du martyre.

Lorsque M. Martelly s'approcha de lui, ses yeux se voilaient, il ne voyait plus la terre, il entrait déjà dans le ciel.

Il reconnut cependant l'armateur. Il eut un sourire plein de douceur, il ouvrit les lèvres, mais ne put prononcer une parole. Alors il leva une main et montra le ciel à M. Martelly et à la jeune sœur penchée sur lui. Il semblait leur dire :

— Adieu, mes amis. Nous nous retrouverons là-haut. Ne me plaignez pas, je vais enfin habiter la demeure des bienheureux.

Quand il fut mort, M. Martelly le regarda en silence. Il songeait à la vie humaine de cette âme fraternelle, il sentait que cette âme était faite pour un paradis d'amour, et non pour une terre de haine et de misère. Dieu envoie parfois un de ses anges ici-bas ; lorsqu'il rappelle à lui son envoyé céleste, les hommes ne doivent point pleurer, ils doivent se réjouir de la joie de cet ange exilé qui rentre dans sa patrie.

L'armateur revint s'asseoir auprès de Philippe, qui gardait toujours une immobilité de cadavre. Il avait repris sa place, lorsqu'il vit s'approcher la jeune sœur. Elle s'était agenouillée un instant devant le corps de l'abbé Chastanier, et venait voir maintenant si elle ne pouvait être d'aucun secours au blessé.

Elle eut à peine jeté un regard sur le visage de Philippe, qu'une émotion poignante bouleversa ses traits. Elle fut obligée, pour ne pas tomber, de s'appuyer contre un lit. Les yeux fixés sur le jeune homme, la poitrine oppressée, elle resta là, comme foudroyée, abîmée dans une contemplation douloureuse.

A ce moment, Marius entra dans la salle, suivi de Sauvaire. En voyant son frère étendu roide et blême, un sanglot lui déchira la gorge. La nouvelle du duel et de la blessure de Philippe avait été si brusque, qu'il en était devenu stupide. Il était accouru, ne pouvant pleurer, effrayant Sauvaire par son calme.

Dès qu'il fut en face du blessé, il pleura, il demanda avec violence un médecin, il exigea la guérison de son frère. Le médecin qui était dans la salle, devant cet emportement de douleur, consentit à sonder de nouveau la blessure, bien qu'il se fût assuré déjà qu'elle était mortelle. Pendant qu'il tournait autour de Philippe, Marius resta haletant. Il sentit un choc à ses entrailles, lorsque le blessé poussa un cri sourd, au contact de la sonde.

Ce cri du moribond fit tressaillir la jeune sœur. Elle fit, malgré elle, quelques pas en avant et se trouva à côté de Marius. Celui-ci l'aperçut.

— Vous ici ! murmura-t-il avec colère. Ah ! je devais me douter que vous voudriez assister aux derniers moments de celui que votre fatal amour a voué au malheur... Vous êtes la digne nièce de votre oncle, qui vient de me tuer mon frère.

La jeune sœur avait joint les mains. Elle regardait Marius d'une façon humble et suppliante, sans pouvoir répondre, tant l'angoisse la serrait à la gorge.

— Pardonnez-moi, reprit le jeune homme doucement, je ne sais ce que je dis... Ne restez pas là. Philippe pourrait vous voir en ouvrant les yeux... N'est-ce pas ? il faut lui éviter les émotions fortes.

Il parlait comme un enfant, il délirait. Lorsqu'il avait reconnu Blanche sous le costume des sœurs de Saint-Vincent-de-Paul, il avait cru réellement voir se dresser un fantôme devant lui. Cette jeune femme lui rappelait tout un passé de souffrance. Puis il s'était adouci en la retrouvant si tremblante.

Blanche avait sollicité comme une grâce, dès les commencements de l'épidémie, d'être employée à l'hôpital de Marseille. Un secret pressentiment l'amenait dans cette ville désolée. Peut-être espérait-elle y mourir. Elle était admirable de dévouement. Elle vivait dans la mort avec un courage et une abnégation de martyre.

Personne n'aurait soupçonné son enfance faible et délicate, sa naissance illustre, en la voyant penchée sur ces visages effroyables de moribonds dont ses sourires apaisaient les dernières souffrances. A plusieurs reprises on avait voulu l'éloigner en lui disant qu'elle avait payé sa dette. Mais elle avait obtenu de rester, à force de prières ardentes. Elle défiait la mort depuis un mois, et la mort la respectait.

L'agonie de l'abbé Chastanier et la vue de Philippe, inanimé devant elle, venaient de la frapper d'une émotion qui brisait son courage. Elle chancelait, toute son humanité se réveillait en elle, elle redescendait sur la terre. Tant qu'elle était

restée au ciel, dans des pensées de dé-
vouements absolus, elle avait pu être forte; maintenant, elle redevenait femme,
elle se sentait faible et terrifiée.

Elle se retira, un peu en arrière, elle
obéit au geste de Marius qui la priait de
s'éloigner. Cependant le médecin achevait
son pansement. Philippe ouvrit les yeux
et regarda autour de lui avec un étonnement d'enfant. Il aperçut Marius, il se
souvint.

Marius se pencha sur lui. Il avait ren-
foncé ses larmes, dans un effort suprême.

— Je ne vois pas Joseph, lui dit Philippe d'une voix légère comme un souffle.
Où est-il?

— Il va revenir, répondit Marius.

— Tout de suite, n'est-ce pas? Je veux
le voir... tout de suite... tout de suite...

Il referma les yeux. Marius mentait. Il
était accouru, sans prévenir Fine et Joseph, voulant retarder leur désespoir
de quelques heures. Devant le désir de
son frère, il eût donné tout au monde
pour avoir amené l'enfant avec lui.

— Voulez-vous que j'aille chercher le
petit? lui demanda Sauvaire qui se sentait fort mal à l'aise au milieu de tous ces
cholériques, et qui n'osait cependant pas
se sauver.

Marius accepta avec empressement, et
l'ancien maître portefaix partit en courant.

Philippe avait sans doute entendu. Il rouvrit les yeux et remercia son frère du regard. Comme il tournait la tête, sa face prit un air d'extase heureuse ; il venait d'apercevoir Blanche, qui s'était rapprochée en entendant le son de sa voix.

— Suis-je déjà mort? murmura-t-il. O chère et tendre vision !

Et il s'évanouit de nouveau.

XXII

Quand le fiacre qui ramenait Philippe se fut éloigné, M. de Cazalis remercia vivement les sergents qui lui avaient servi de témoins.

— Messieurs, leur dit-il, pardonnez le dérangement que je vous ai causé, et veuillez me permettre de vous reconduire à Marseille.

Les sergents firent quelques façons, disant qu'ils pouvaient fort bien rentrer seuls à la ville. Mais M. de Cazalis tint bon. La vérité était qu'il avait un âpre désir de savoir si Philippe était bien mort. Il n'osait se réjouir tant que son ennemi ne serait pas cloué dans sa bière.

Comme le fiacre qui ramenait l'ancien député et ses témoins débouchait de la rue d'Aix, il fut arrêté par la procession solennelle qui reconduisait la statue de Notre-Dame-de-la-Garde à son église. Cette Vierge est la gardienne bien-aimée de Marseille. Dans les malheurs publics, les habitants la promènent dans leurs rues, se prosternent à ses pieds et la supplient d'implorer pour eux la clémence de Dieu.

M. de Cazalis fut irrité de cet obstacle. Pendant un grand quart d'heure, il dut rester là. Au fond de lui, il envoyait la procession à tous les diables, il avait hâte d'avoir des nouvelles de Philippe.

Comme la Vierge passait devant lui, il sentit tout d'un coup un froid mortel qui descendait dans ses entrailles. Il s'appuya sur l'épaule d'un des sergents, de plus en plus pâle, et, brusquement, il s'affaissa au fond de la voiture, en poussant des plaintes sourdes.

Une attaque foudroyante de choléra venait de le terrasser. Il avait échappé à la main de Philippe, et la main de Dieu s'appesantissait sur lui.

Les deux sergents étaient vivement sortis de la voiture et regardaient, par les portières ouvertes, se tordre M. de Cazalis. La foule, qui sut bientôt que ce fiacre renfermait un cholérique, s'écarta avec épouvante.

— Menez-le tout de suite à l'hospice, cria un des sergents au cocher.

Le cocher fouetta son cheval et le fiacre entra dans la vieille ville, que la procession venait de quitter. Quelques minutes plus tard, il stationnait devant l'hospice.

Deux aides vinrent sur-le-champ prendre M. de Cazalis et le transportèrent dans la salle des cholériques. Par une sorte de fatalité, il n'y avait plus qu'un lit de libre, et ce lit se trouvait à côté de celui de Philippe.

Quand on apporta l'ancien député déjà tout convulsionné, Marius et M. Martelly, qui le reconnurent, reculèrent, frappés d'une terreur sacrée. Il leur sembla voir passer la justice du ciel.

M. de Cazalis ne comprit pas sur-le-champ quel terrible voisinage lui donnait le hasard. La maladie le secouait d'une façon atroce; jamais attaque de choléra n'avait été plus violente. Lorsqu'on put lui accorder les premiers soins, il avait déjà les roideurs d'un cadavre, et sa face noire était horrible d'épouvante. Il était perdu.

A un moment, dans une convulsion, il se souleva et aperçut Philippe étendu sur le lit voisin et toujours évanoui. Il eut un ricanement, il crut son ennemi mort. Puis il songea qu'il mourrait lui-même, qu'il n'aurait pas assez de vie pour goûter en paix toutes les douceurs de sa vengeance. Alors il retomba sur sa couche en poussant de véritables hurlements de rage.

— Sauvez-moi, criait-il, je veux vivre. Oh! je suis riche, je vous payerai!

Et il se tordait dans des souffrances plus aiguës, il disait qu'on lui arrachait les entrailles. Sa douleur était ignoble.

Cependant, Philippe venait d'ouvrir les yeux de nouveau. La voix rauque de son ennemi le tirait de l'assoupissement mortel qui s'emparait de ses membres. Il souleva la tête et regarda M. de Cazalis comme dans un rêve.

Lorsque ce dernier vit le blessé ressusciter et fixer sur lui des regards vagues, il fut pris de terreur, et sa rage monta jusqu'à la folie.

— Il n'est pas mort! hurla-t-il. Ah! ce misérable vivra, et je meurs! Attends, attends...

Il fit des efforts supêmes pour sauter de son lit, il allongeait ses mains crispées, et, dans le vide, il serrait les doigts, comme s'il eût étranglé son ennemi.

Toux deux, ils se comtemplaient, de Cazalis avec une fureur sauvage, Philippe avec un étonnement lourd. Jusque dans la mort, la haine les heurtait l'un à l'autre.

Tout d'un coup, au milieu du silence qui s'était établi entre eux, ils entendirent une voix céleste, une voix qui semblait descendre du ciel et qui disait:

— Tendez-vous la main, je le veux. On ne doit pas emporter de colère dans l'éternité.

Ils levèrent la tête et aperçurent à leur chevet Blanche toute droite dans sa robe grise. Elle leur parut grandie, ils crurent voir autour de sa tête une auréole d'or.

Philippe, sans parler, joignit les mains. Il se croyait déjà dans le monde meilleur où il avait souvent rêvé de retrouver son amante. Son rêve continuait.

M. de Cazalis serra les dents en entendant des paroles de paix. La vue de sa nièce acheva de l'exaspérer.

— Qui t'a amenée ici, cria-t-il. Tu savais que j'allais mourir et tu es accourue pour jouir du spectacle de ma mort avec ton amant.

— Ecoutez, reprit Blanché, Dieu va vous juger. Ne paraissez pas devant lui, l'âme noire de haine... Par pitié, tendez la main à Philippe.

— Non, mille fois non !... Que je sois maudit plutôt que de me réconcilier avec lui... Eh ! il mourra. Quand je le tenais au bout de mon pistolet, je savais bien qu'il mourrait. N'espère pas le sauver et le reprendre pour amant. Tu n'auras que son cadavre...

Il blasphéma, il montra le poing au ciel, il cracha d'ignobles paroles sur sa nièce et sur Philippe. La maladie l'envahissait de plus en plus, il se sentait déjà froid, et l'horreur de la mort le jetait dans un emportement de bête furieuse, enragée et impuissante à mordre.

Devant ce spectacle écœurant, Blanche recula; elle s'appuya contre le lit du blessé qui la regardait toujours avec une douceur attendrie; elle se pencha vers lui, et, de sa voix légère :

— Voulez-vous tendre la main à cet homme? lui demanda-t-elle.

Philippe eut un sourire ineffable.

— Oui, dit-il, je lui pardonne et je désire qu'il me pardonne également... Je veux vivre avec toi, dans le ciel... N'est-ce pas, tu prieras ton Dieu de m'admettre dans ton paradis?

Blanche, très émue, prit la main du moribond qui frissonna. Elle soutint cette main défaillante et la dirigea vers M. de Cazalis.

— Donnez-moi la vôtre, dit-elle doucement.

— Non, jamais, jamais, cria le cholérique au milieu d'une convulsion. Je ne veux pas vivre avec vous, dans le ciel de ce Dieu qui me déchire les entrailles. Je préfère toutes les flammes de l'enfer... Va-t-en... Jamais, jamais !

Il avait serré ses mains l'une dans l'autre et se tordait les bras. Comme il hurlait : « Jamais, jamais! » il fut pris d'un spasme atroce, et expira avec un hoquet horrible. Son cadavre resta tordu comme par la main d'un démon.

Blanche épouvantée détourna la tête. Lorsqu'elle abaissa ses regards vers Philippe, elle vit qu'il expirait à son tour. Le blessé lui serrait la main faiblement. Ses yeux étaient devenus clairs, ses lèvres avaient un sourire plus pâle. Il se croyait mort depuis longtemps, il ne songeait plus à son frère qui était là, ni à son fils qu'il avait demandé.

— N'est-ce pas, murmura-t-il en se

laissant aller, tu vas m'emmener dans ton paradis?...

Et il mourut.

A ce moment, Fine et Joseph entraient dans la salle. Marius s'était jeté sur le cadavre de son frère. Fine éperdue vint lui donner un baiser d'adieu. Le pauvre petit, seul au pied du lit, ne pouvant comprendre, se mit à sangloter.

Depuis que Joseph était dans la salle, Blanche le regardait avec des yeux ardents. Elle songea tout à coup au danger qui le menaçait. Elle baisa la main de Philippe qu'elle avait gardée dans la sienne; puis elle prit brusquement l'enfant entre ses bras, et l'emporta en courant.

Il fallut que M. Martelly arrachât Marius et Fine de ce lieu de douleur. Comme Marius allait enfin se retirer, fou de désespoir, il entendit une voix qui l'appelait.

Il s'approcha du lit d'où partait cette voix, et se trouva en présence d'une femme que ses larmes lui empêchèrent de voir.

— Vous ne me reconnaissez pas, lui dit cette femme. Vous avez oublié la misérable Armande. J'avais juré de ne vous revoir que lorsque j'aurais obtenu mon pardon des hommes et de Dieu. Aujourd'hui, je meurs; je m'étais faite servante dans cet hôpital, je me suis dévouée et

Dieu m'accorde la mort d'une sainte... Voulez-vous me donner la main.

Marius serra la main de cette malheureuse. Alors seulement il vit où il était. Absorbé dans sa douleur, il n'avait pas encore jeté un regard autour de lui.

La salle sinistre lui apparut tout d'un coup, avec ses agonies et ses horreurs. M. Martelly lui montra le cadavre de l'abbé Chastanier. Dès lors, il lui sembla voir la Mort tout debout au milieu de la salle, étendant ses bras immenses et écrasant chaque moribond entre ses mains sèches et osseuses. Il poussa Fine devant lui, il sortit, pris de vertige.

Dès qu'ils furent dans l'escalier, ils s'aperçurent que Joseph avait disparu. Ils demandèrent rapidement le cherchant dans tous les coins. Fine le découvrit enfin au fond d'une cour intérieure.

Une sœur de Saint-Vincent-de-Paul le tenait entre ses bras et l'embrassait avec effusion.

Lorsque Fine se fut approchée, Blanche se décida à lui remettre l'enfant. Elle le lui reprit, l'embrassa encore, puis s'éloigna, chancelante.

Le lendemain, en revenant pour l'enterrement de son frère, Marius apprit que la sœur Blanche avait succombé pendant la nuit à une attaque de choléra.

XXIII

Dix années se sont écoulées.

M. Martelly s'est retiré dans une villa qu'il a fait construire sur les rochers d'Endoume. Il vit dans cette retraite, en compagnie de sa sœur. Sa seule tristesse est de voir que la liberté est une plante qui pousse mal en France; il sait qu'il mourra sans avoir assisté à l'avénement de la démocratie.

Marius lui a succédé dans les bureaux de la rue de Darse. Grâce à l'héritage que son neveu a recueilli, à la mort de sa mère et de M. de Cazalis, il a pu donner à ses affaires une extension considérable. Les armateurs Cayol ont, à cette heure, une des plus grandes maisons de Marseille.

Le jeune ménage a vieilli dans son amour et dans un bonheur longtemps attendu. Fine répand autour d'elle sa sérénité gaie et attendrie. Elle est le bon ange de la maison, le bon ange de son mari et de Joseph, dont elle est la véritable mère. Son frère, Cadet, est un des associés les plus actifs de la maison.

Quant à Joseph, c'est aujourd'hui un grand garçon de dix-neuf ans, qui a la beauté délicate de Blanche et l'énergie passionnée de Philippe. Il vient de terminer ses humanités et compte travailler avec son oncle, auquel il a confié le soin de gérer sa fortune.

Parfois, le soir, lorsque la famille est réunie, on parle du passé. Les chers fantômes de Blanche et de Philippe sont évoqués ; mais les larmes que l'on répand alors sont tièdes et heureuses. La paix est venue, et les souvenirs ont la douceur d'un chant triste et lointain.

Chaque année, Joseph va à Lambesc ouvrir la chasse avec M. de Girousse. Le comte est bien vieux, mais il a encore l'esprit vif et original de sa jeunesse. D'ailleurs, il ne s'ennuie plus, il s'est décidé à fonder une grande usine.

— Ah ! dit-il souvent au jeune homme, si vous entendiez la noblesse du département parler de moi ! Je suis un jacobin, je me suis mésallié en épousant l'industrie... Voyez-vous, je regrette de n'être pas né ouvrier ; je n'aurais pas passé cinquante ans de ma vie à traîner dans ce coin de la France une existence vide et inutile.

Mais le grand ami de Joseph est le digne Sauvaire. L'ancien maître portefaix, perdu de rhumatismes, a gardé ses allures triomphantes. Les jours de soleil, il va encore promener ses vanités puériles sur la Cannebière ; il croit de bonne foi que toutes les fillettes qui passent, tombent subitement amoureuses de lui.

Joseph lui paraît être un garçon bien trop raisonnable.

— Voyez-vous, lui dit-il en s'appuyant sur son bras, il faut s'amuser en cette vie. De mon temps, on riait toute la journée. Ah ! bon Dieu ! en ai-je fait de ces parties fines ! J'ai eu pour maîtresses toutes les jolies femmes de la ville. Demandez à votre oncle. Parlez-lui de Clairon. Voilà une femme qui m'a coûté de l'argent...

Et il ajoute, à voix plus basse, cette phrase qu'il aime à répéter :

— Ce sont les prêtres qui l'ont prise.

FIN

TABLE

Paris. — Imprimerie Nouvelle. — G. Masquin et Cⁱᵉ.
14, rue des Jeûneurs

LE CORSAIRE

JOURNAL POLITIQUE QUOTIDIEN

Le meilleur marché et le mieux renseigné de tous les journaux politiques

Chaque jour le Corsaire publie une LETTRE DE PARIS, par **ALCESTE**; la *Séance*, par Ch. Quentin, la *Journée*, par Gabriel Guillemot; des articles par C. C., Tony Révillon, Henri Maret, etc., et un Roman-Feuilleton.

On s'abonne à Paris, aux Bureaux du Journal, 2, rue de Mulhouse et chez tous les Libraires.

ABONNEMENTS

	PARIS			DÉPARTEMENTS	
Un mois	3 fr. 50		Un mois		4 fr. 50
Trois mois	10 »		Trois mois		13 »
Six mois	20 »		Six mois		26 »
Un an	40 »		Un an		

(Étranger, le port en sus).

PRIX DU NUMÉRO : PARIS, 10 C. — DÉPARTEMENTS, 15 C.

PARIS. — IMP. NOUV. (ASS. OUV.) 11, RUE DES JEUNEURS
G. MASQUIN ET Cⁱᵉ

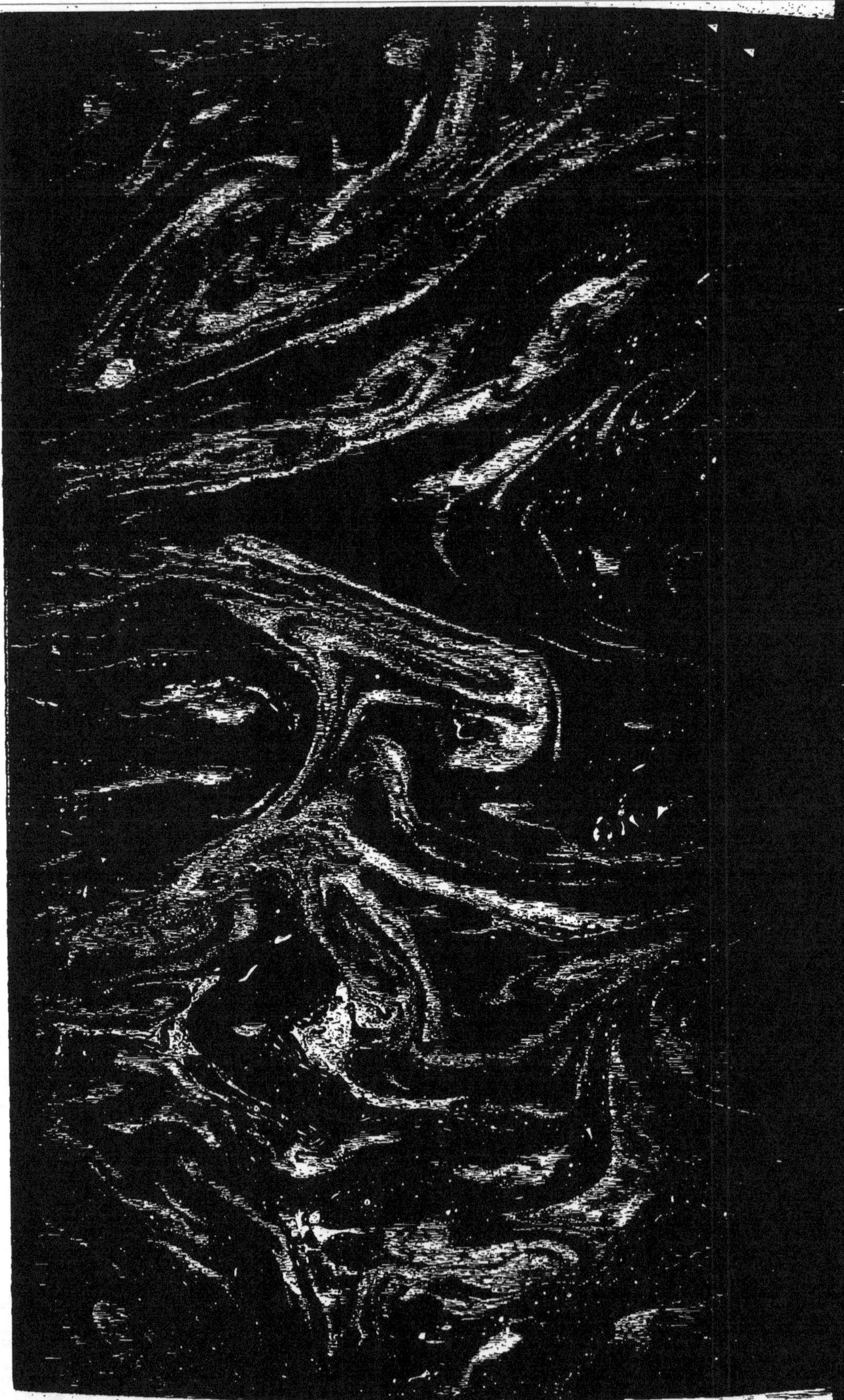

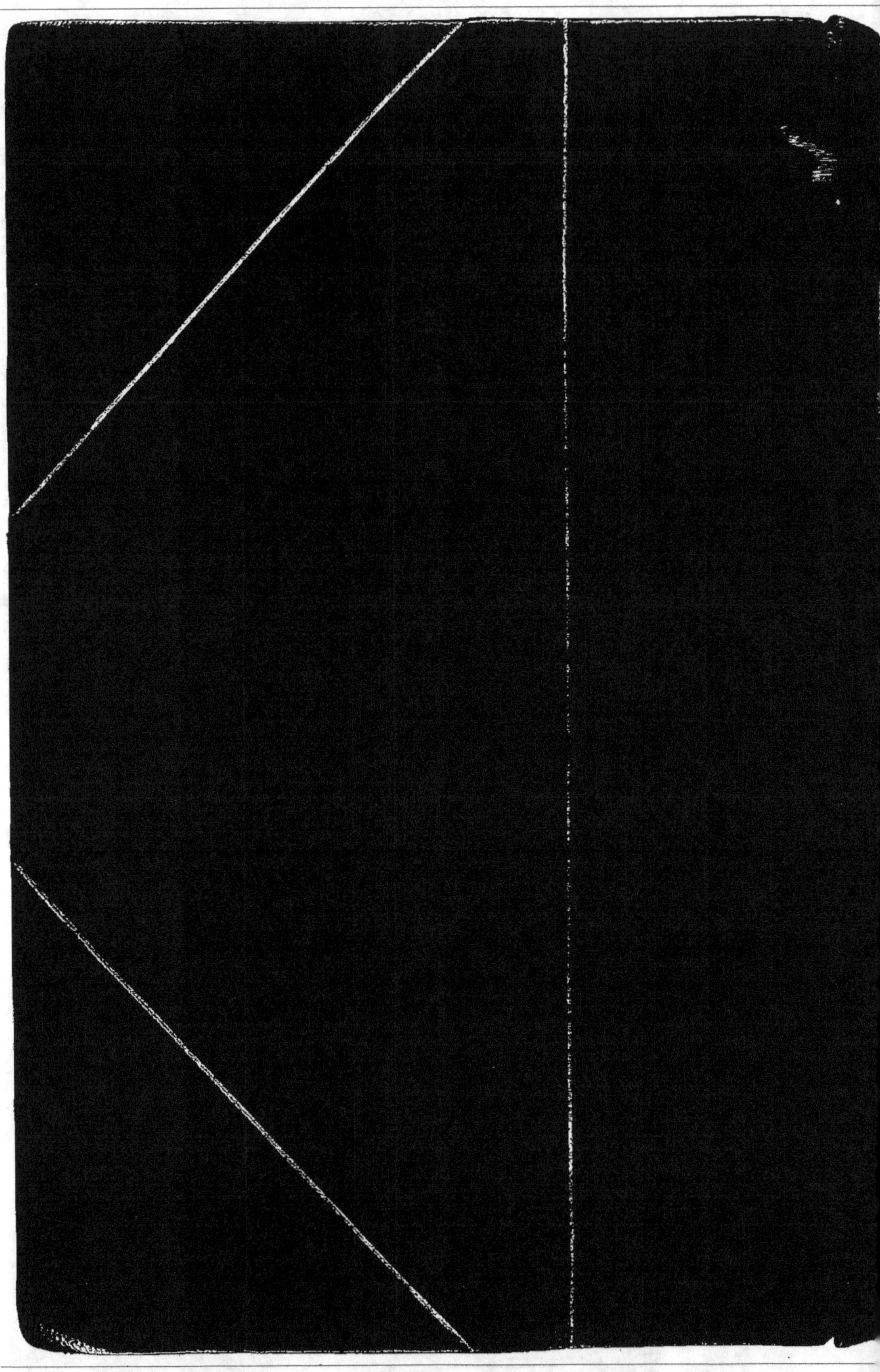

AGRIPPA

UN
DUEL SOCIAL

1873